From Interest to Taste

以文藝入魂

鐵道家族

Mater 2-10

黃哲暎 著　　盧鴻金 譯

目次

第一版發行　二〇二〇年六月一日

「Mater」是日文「山」的簡稱，指山岳型火車頭。在日本帝國主義殖民時期，京城工廠和日本火車會社工廠製造了五十輛Mater 1型仿美國火車頭。川崎重工改良製造的三十三輛Mater 2型火車頭引進韓半島，主要在北韓地區運行。Mater 2-10號在韓戰時期被向北方進攻的南韓軍隊繳獲，並在開城平壤路線上運行。但隨著聯軍撤退，在開城南側的長湍站停了下來。一九五〇年十二月三十一日，美軍為防止火車頭被敵人奪取，將其摧毀。像罐頭一樣只剩下外殼的生鏽鐵塊被取了「火桶」這個外號，長時間棄放在南北韓間的非武裝地帶（DMZ）。

Mater 2-10作為現代文化遺產修復計畫的一部分，經過兩年的維修，成為國家登錄文化遺產第七十八號，二〇〇六年開始在統一公園臨津閣展示。鏽跡斑斑的火車頭朝向北方，從放置在非武裝地帶開始，就貼著「鐵馬想奔馳！」的標語。它長期以來出現在教科書、報紙雜誌、政府宣傳品，甚至還製作成郵票，成為韓戰的象徵。這些古老的鐵片殘骸具有冷戰、反共、和平與和解的雙重性，隨著時代和政權交替，其意義就會發生變化。Mater 2-10號就像古墓中的木乃伊，經過化學保存處理，成為分斷時代紀念碑一般的化石。

黃晳暎

1

李鎮五把離睡覺的位置最遠的圓形通道對面角落定為大、小便的地方。起初他曾抓住欄杆試著排泄，但上身總是會向前傾。如果想保持蹲姿，大腳趾需要用力。唯有如此，才能避免向前傾斜或向後跌倒。腳趾像老鷹的腳爪一樣蜷縮在運動鞋裡，要對準才行啊。

他低頭看糞便是否正確地拉在塑膠粥碗裡。他起初沒有發現這種如此適合的便器替代品，下方幫忙的同事在鎮五腹瀉的某一天早晨給他買了稀飯，在三餐都喝稀飯的情況下，身體好不容易才恢復過來。他發現粥碗的大小和高度正適合代替便器，尤其因為空間有限，臭氣薰天。但如果蓋上蓋子，用塑膠袋緊緊包起來的話，還算是個不錯的方法。下方的同事們接到他的請求後，立即準備了十多個包裝稀飯的容器，每一次吊上去幾個。當然，他每天一次把使用過的容器集中起來，然後將其吊下去，同事會清理乾淨，晾乾，然後把這些容器再次吊上去。

將糞便密封處理後，李鎮五抓住欄杆，望著未曾改變的都市風景。初升的太陽在東方的天空稍微露臉，朝霞在雲層中蔓延開來。市中心的高矮大樓和公寓看起來像是叢林，還看到路邊一成排林蔭樹和右側汝矣島的樹林，五月的新綠現在已是淡綠色。他小時候總是在梧木內橋玩耍，這座橋的材質雖已變為水泥，但流入漢江的小溪還是原來的模樣。

李鎮五在一個月前的深夜裡爬上這個位於發電站工廠建築物末端的煙囪上，高度是四十五公尺，相當於電梯大樓的十六樓。可能是因為最近電梯大樓建築物通常都有二、三十樓高，大家對此高度習慣了，所以這個煙囪看起來不高，遠遠望去更不會令人發暈。即便如此，由於空間狹小，且四周空曠、開放，剛開始時差點越過欄杆，走到虛空中。煙囪的直徑為六公尺，周圍的圓形平臺寬度為一公尺，走上一圈大概是二十步左右。不，因為得扣掉他睡覺的空間，所以大概只有十六步。由於已經有人具有爬上其他城市起重機的經驗，所以鎮五事先學習過在此生存的方法。英淑姐是李鎮五十分熟悉的焊工，她在靜坐示威時，將起重機的駕駛室當作宿舍，還在鐵塔柱子之間種起番茄和花草。據說她每天晚上都夢見那座巨大造船廠的鐵塔變成樹木，也許是因為在物質上，她感覺到坐在巨大鐵塊上的幼小而柔弱的身體就如同鐵的零件一般也未可知。她經常將對面其他起重機看成巨大的闊葉樹從大海各處湧現的情景，鎮五則沒有像她那樣把這座煙囪想像成什麼華麗的雕塑。

在這個地方，時間的流逝讓人捉摸不定，正如同將橡皮筋拉長後放開時，因作用力的影響暫時縮減一般。古人可用太陽的方向、高度、光和黑暗來區分大致的時間以及白天、黑夜，但他有手機，所以對於時間的掌控，可以精確到分、秒。但這種區分逐漸變得毫無意義，因為這裡的日常生活是沒有任何事情發生的無限反覆，只是以當局規定的早、中、晚上的用餐時間來規律地結束每一天。早餐定在八點，午餐是下午一點，晚餐則是六點，通過正門的同事揹著裝有食物的背包，到達煙囪下面空地的時間不到五分鐘。

李鎮五在工廠工作了二十五年，直到五十歲出頭為止。起初他工作的地方是現在身處的永登浦，也是他度過幼年時期的地方，在這裡工作了近十年，之後在南方的城市工作了十五年。他曾在普通工廠擔任過班長，年輕時加入工會，在成為支會長時被解僱。雖然說是解僱，但由於工廠倒閉，被賣給了其他公司，所以職場突然消失，也被迫放棄正常的生活。被解雇者來到總公司所在的首爾，開始了復職抗爭。主張復職和雇用繼承的二十多名同志到最後只剩下十一人，屬於工會執行部門或可以留在首爾的五人成為靜坐示威的核心。這些人即為與李鎮五同齡的金昌洙、四十多歲的老鄭和老朴、二十多歲的老么小車。他們一邊做著工地雜工或能發揮技術的零工，一邊輪流照料鎮五。

在鎮五示威的煙囪周圍，轄區內的警察局以五人為一組輪流值班，正門警備室則由警士或警長輪流常駐。金屬工會和社會團體人士偶爾在發電站外進行集會示威時，載有小隊警力的警察巴士會開進來，在煙囪底下待命。平日當後援的同志進入正門，到達煙囪下時，監督的警察會檢查轉交的內容是否屬於許可物品，並且加以核准。通常早上的檢查十分嚴格，高階人員下班之後的晚上比較鬆懈。即使出現違禁物品，也只是被沒收處理，不會像以前那樣被逮捕或遭受暴力，因此沒有必要過分小心。只是一旦被發現，就要在現場填寫想轉交物品的理由和種類的陳述書，並且至少要接受十天以上的調查，非常麻煩。他們之間約好，盡量在晚上轉交必要的物品，而那些可能被沒收的東西則在週末晚上吊送上去。無論如何，警察也是人，在義警中[1]難免會有同情他們的年輕人，因此不時也能偷渡被禁止的物品。

在登上煙囪之前，他們還進行了事前考察。從數日前開始，每天凌晨把生存所需物品吊上煙囪上面的欄杆平臺。他們沒有經由發電站的正門，而是在煙囪附近的水泥圍牆外放置梯子進出。他們首先將一對滑輪和繩子牢牢地固定在煙囪欄杆上，是為了吊上、吊下三餐以及必要的物品之故。他們還放置了溫室用塑膠布，以及可成為部分防風牆的厚帳篷布，也準備了一人用帳篷和睡袋，至於頭燈等一些瑣碎的物品則以登山用品替代，另外還準備了手機和電池。他們也決定在煙囪外圍掛上明示靜坐示威目的的橫幅。同事和金屬工會一起組成支援小組，在外面的空地上搭起總部帳篷，輪流做飯提供食物。原本計劃每天吊上三頓飯，但在處理生活上的飲用水和大、小便問題時，自然而然地決定了數量和物品。每天原本吊上四瓶寶特瓶裝用水，但隨著天氣逐漸炎熱，數量增加到六瓶。兩瓶寶特瓶裡的水用作洗臉或刷牙，一瓶則用於給剛長出來的生菜和花草澆水。同事們為了幫鎮五打發無聊漫長的時間，特意將種子吊上去，鎮五則在靜坐示威開始幾天之後，將種子種在花盆裡。清空的寶特瓶變成小便容器，裝滿尿液之後集中在欄杆的角落，這是為了防止警察爬上來鎮壓時所準備的抵抗武器。糞便原本用塑膠袋處理，但終究會傳出味道，有時還會漏出來，所以十分擔心。但在發現送餐用的粥碗之後，這個問題也獲得解決。

靜坐示威開始的前一天，老鄭、老么小車一起爬上煙囪，幫助他設置了塑膠罩和帳篷。他們最後在遮擋欄杆的外側塑膠板上緊緊綁住橫幅。「！動勞用雇障保 售出批分止阻」的字句較大，說明了靜坐示威的理由，「！職復員全 承繼會工」是小標題，書寫在大標題下方。李鎮五只能如此讀著顛倒的字跡，為的是讓仰望它的人們能夠正確理解他們抗議的理由。

他今天有事必須完成。幾天前週日晚餐吊上來的時候，同事們把活動扳手放在籃子裡。扳手用鋁箔紙包裹，下面露出兩條燒焦的魚尾，起初以為是烤魚，當拿起沉重的籃子時，立刻就猜到裡面藏有扳手。因為和兩條秋刀魚一起捲在鋁箔紙裡，放在食物中間，所以扳手上好一段時間都染上秋刀魚的腥味。

他首先做晨間運動，以前為了消化，都是在吃完早餐後做運動，但現在把順序改成飯前放鬆前一晚蜷縮身體的動作。吃完飯後，沿著露臺來回走大約一個小時，範圍約莫是往返三十步左右。下午飯後先步行，然後接續做三個動作。晚餐後也相同，並且在睡前放鬆身體。這是經由手機連接附近健身房的教練，多次說明的動作順序。同事們去健身房說明情況，並用手機通話。教練說從事運動最有效的方法是分為每小時來做，時間既短還具有強度。放鬆身體的動作是脖子上下左右轉動、揮動手臂、深蹲、放鬆四肢關節、坐姿腹肌運動、上身左右轉動、最後是像屍體一樣全身放鬆等。徒手培養肌肉力量的三個動作是伏地挺身、騎馬姿勢的深蹲、以及引體向上，但因為沒有單槓或運動器材，所以必須一次性完成這「三個動作」。伏地挺身時，伸直上身，雙腳併攏，以坐姿蹲下，站起來，舉起手臂，猛地跳起，再回到坐姿，伸直雙腿後趴下回到伏地挺身姿勢。

1 指服警察役的青年。

教練說這些雖然是簡單的動作，但要做二十次才能維持正常的體力。他剛開始只能做七次，即便如此，還是累得喘不過氣來。現在也只能做十次，不知道還要鍛鍊多久才能完成二十次的目標。

手機響了，是老么小車的聲音。

「從今天開始，我負責您的飲食。」

「哦，金兄去工作了？」

「是，他去工地了，晚上會來的。」

「大家都還好吧？」

「是。我現在進去了。」

老么小車帶著早餐來到了正門。李鎮五靠著欄杆往下看，小車出現在水泥牆的轉彎處，義警也從煙囪下面的警察哨所裡出來接他。小車拉開揹來的背包，拿出食物容器。義警心不在焉地看了看，往後退了一步。鎮五放下掛在滑輪上的繩子，籃子掛在末端，小車彈了一下繩子，示意可以拉上去了，於是他慢慢地把繩子拉上來。

「好了，你辛苦了！」

李鎮五將籃子拉上來之後揮了揮手，小車也揮了揮手，轉身離去。籃子裡的早餐有稀飯、荷包蛋、泡菜和炒小魚乾。今天運上來六瓶飲用水，天氣變熱的話，一天可能要運送兩次飲用水上來。鎮五先把荷包蛋一口吃掉，稀飯雖然已經涼掉，但還留有一絲熱氣。稀飯是有一些細末可嚼的蔬菜粥，把早餐吃完用不到十分鐘。將餐具再次放回籃子裡稍加整理之後，用飲用水刷牙，將水倒在塑膠臉盆裡洗臉。說是洗臉，其實也就是沾點水擦拭罷了。本來想在露臺上來回走走，但今天的工作必須高度使用身體，所以決定暫時略過。同事告知這個星期或下個星期初會與公司進行面談，如果達成協議的話，問題自然能獲得解決，但還是得做好談判決裂的準備。已經持續兩年的紛爭不可能在一夜之間達成協議，鎮五也是做好長期抗爭的準備才爬上煙囪的。而且如果談判決裂，公司可能會強烈要求警方投入大量警力解散抗議行為。想爬上煙囪，只能利用梯子一個人接著一個人上來，如果在入口處阻止，並拖延時間的話，可以撐到工會和市民團體的支援到來。因此鎮五收集了裝滿尿液的塑膠瓶，但僅憑這個武器，鎮五仍然放心不下，所以他決定讓梯子這個從螺旋樓梯的盡頭到煙囪的最終通道無法使用。梯子的高度約有十公尺左右，外圍罩著透明的壓克力安全板。如果拆掉梯子上的螺絲，往外扭彎的話，通道就會堵住，任何人都無法爬上去。

李鎮五把多餘的繩子綁在身上，繫在欄杆鐵條上，然後順著梯子往下走。為了不讓扳手掉下去，還用細繩綁住，掛在脖子上。從最下面的螺絲開始動手，只稍微轉開，在自己的身高處完全取下螺絲，放在工作服和褲子的口袋裡。剛開始轉開螺絲很費力，但只要開始鬆動，在中間的程度就可以用手指轉動。當他將扳手固定在螺絲頭上，以逆時針方向旋轉時，從下方傳來高喊的聲音。

「你在幹嘛？」

鎮五只是保持沉默，因為沒有必要一一回答。他一階一階向上移動，反覆著取出螺絲和向上攀爬的動作。義警把正門的警長請過來。

「請中止危險的行動。」

李鎮五向下看，咧著嘴笑，然後又回歸沉默。他們開始沿著螺旋形樓梯往上爬，不久後喘著氣來到鎮五的下方。但因為鎮五在他們上方大約三公尺，他們只能仰望，卻無法阻止。

「你現在的行為是毀損設施。」

警長先說了一句話之後，義警接著問道：

「你為什麼冒著危險取下梯子的螺絲呢？」

此時李鎮五才停止動作，並回答道：

「這個？為了不讓你們上來。」

「可是我們根本不能鎮壓示威，只是在一旁看啊！」

他拔出螺絲，放進褲子的工作袋裡，然後說道：

「喂，這不是比我跳下去好多了嗎？」

「欸，真是煩人啊！你們這是可以馬上解決的事情嗎？」

警長轉過身去，小心翼翼地彎著膝蓋走下樓梯時，喃喃自語說道：

「別老是搞這些事情，那些高官根本就不關心你們。」

李鎮五花了一個半小時左右的時間，才把長度達十幾公尺的梯子兩側螺絲都拔掉，最後三階等到爬到上面以後，用輕鬆的姿勢完成。抓住梯子用力向外推，梯子就緊靠在通道圓形壓克力防護壁上，如此完成之後，任何人都無法上下。得益於此，他的退路也於焉消失。雖然不知道什麼時候能下去，但鎮五把螺絲傳給下面的同事，期待他們重新轉上螺絲、攀爬上來的那一天。

他像往常一樣，吃完午餐後，做三個動作和走路的運動，讀書，再吃晚餐，然後再做三個動作，還完成了熱身運動。這時正是人們下班後和同事一起喝杯酒，或者回家吃晚餐、看電視的時間。李鎮五用手機和妻子通了電話，還和工會同事發了短信。這是沒有特別變化的平靜尋常日子。城市裡夜幕降臨，夜深之後，噪音逐漸減弱，偶爾從遠處傳來汽車的喇叭聲。他進入帳篷的睡袋裡準備就寢，在此處可以睡個夠，因為在黑暗中無事可做，只要過了晚上九點，他就會進入睡袋躺下，不知不覺間陷入熟睡之中。

✣ ✣ ✣

他因為尿意，從睡夢中醒來。眼睛雖睜開，但仍不想走出睡袋，折騰了半天。拉下睡袋的拉鍊，像蠶繭的幼蟲一樣掙脫出來。周圍籠罩著濃霧，鎮五走到離帳篷稍遠的地方，即使只有數步之隔。他站在欄杆前面，將尿液射向什麼都看不見的欄杆外。他抖抖身子，轉過身來，看到如雲海般的霧氣後，向欄杆外面伸出右腳，並且隨意揮動，總覺得腳下並不空晃。過去當他在欄杆周圍來回走動時，經常有種想走到半空中的衝動。李鎮五在欄杆的隙縫中彎下身，然後又伸出一條腿，像似踩在被褥或毯子上。他雙手扶著欄杆，雙腳踩在外部站立。怎麼回事，走路沒問題嘛。鎮五嚇了一跳，喃喃自語後，搖搖擺擺地走進霧中，感覺就像走在積雪的原野上。起初，他似乎走在積雪深及膝蓋的地方，但後來腳步變得輕快，開始打滑。濃霧籠罩著他，彷彿還身處雲層裡。此刻，李鎮五走在堅硬、乾燥的泥土路上。

鐵路出現，商店和酒館低矮的屋頂上，陰暗濁黃的電燈燈光從木板上的格子窗戶透出來，經過商店後，鐵路兩側開始出現狹窄的巷子。他沿著鐵路走去，可以看到熄燈的傷殘勇士會館。

他想起小時候和父親一起去那裡看過幾次西部電影。普通學校三年級的時候，他發現一條可以偷溜進去的小路。理髮店的孩子首先發現了經由畫招牌的美術作業室越過電影院窗戶的路。傷殘勇士會館在戰爭後作為軍隊的福利事業，將軍需倉庫改造成電影院，幫助改善傷兵的福利。雖然是用木材和白鐵皮建成的倉庫，但加蓋在臨時建築旁邊的美術作業室始終敞開著。晚上作業室的門雖然關著，但悄悄地推開進去就行了。爬上堆滿木棍和箱子的地方，就能看到裝有木製隔板的倉庫電影院的窗戶。窗戶裡面有黑色的遮光窗簾，跳下去就是排滿座位的走道。後來有人被守衛大叔抓到，狠狠地教訓了一頓，從那時起，美術作業室的門上晚上都會上鎖，窗戶上也釘上像雞籠一樣的鐵絲網。傷殘勇士會館的守衛有三人，都是傷兵。拄著枴杖的瘸腿大叔負責售票，被燒傷的鬼怪大叔站在驗票的入口，獨臂大叔在整個劇場區域巡視。他們輪流守在門口，打掃衛生，也擔任警衛工作。三個人中獨臂大叔最可怕，他將義手套在一隻手臂上，用兩根尖鉤子夾住菸頭，樣子非常帥氣，然後用正常的手接過電影票。他一生氣，就會把像大魚鉤一樣的鉤子往前一推，並威脅說要不要試試看？

理髮店的孩子嗤嗤笑著，並告訴鎮五自己重新開闢了新的通道。鎮五在他的帶領下，一大早就走進了會館建築後面的巷子。他們將建築物後面板子牆下的白鐵皮蓋向上拉開，一股糞便的味道撲鼻而來，鎮五一聞到這個氣味就後悔了。他付給那個傢伙一盒尪仔標紙牌作為代價，那傢伙跟他要整盒紙牌，結果鎮五把自己最珍愛的百寶箱送給了他，百寶箱是美軍用品市場上販賣的鐵製餅乾盒。鎮五心想，再怎麼喜歡看熱鬧，也不能從廁所爬進去啊。那小傢伙已經定好可以落腳的地方，還曾經看了兩次免費電影。那天晚上，兩個孩子拆開紙箱，各自帶兩個去了會館。因為電影院廁所馬桶的縫隙透出光線，所以能看到地面。廁所很深且寬敞，踩著事先搬進去的石頭，避開馬桶正下方的一堆糞便，走到縫隙外面，在伸出上半身之前，先把紙箱的碎片鋪在踏腳的地方。好不容易鑽出來，就已經是在廁所裡，隨即得以進入電影院。他們用這種方法進出過幾次，有時手上或上衣會沾上尿，鞋子沾上糞便，那是因為上廁所的人中，邋遢的大人沒能對準，因而在踏板上留下尿液。當他們在黑暗中摸索著空位子時，有些人會因為突然出現的糞尿氣味而頻頻吸鼻子，或者互相詢問這是什麼味道。鎮五覺得太過丟臉，決定再也不要這樣做。

理髮店的孩子住在哥哥家，他的哥哥是理髮師。小傢伙的父母很早就去世了，算是寄人籬下，他和嫂子的關係非常不好。我們把他的外號取為小理髮師，所以他的哥哥就叫作大理髮師。後來小理髮師離家出走，經歷了各種各樣的事情。他曾居住在撿舊貨的小混混的帳篷裡，還從捕蛇人前輩那裡學到抓蛇的方法。因為蛇是補品，如果煮幾條蟒蛇吃的話，即便是冬天，身體也會發熱到出汗的程度。他能和蛇交談，捕抓之前，他會從草叢中爬出來，跟瞪著他的蛇搭話。你要去哪玩？哥給你好吃的，過來一下。然後毫不猶豫地抓住蛇的尾巴。蛇不停地扭動上身，他會問蛇，你是想咬我嗎？我之所以丟下你爸爸媽媽，只帶你走，都是有原因的。你要怎麼做？我那裡老鼠太多，簡直活不下去了，我會讓你多抓老鼠的。你要是再搗亂，我就當場把你打死。小理髮師迅速地把蛇裝進袋子裡，然後又試著和另一條蛇說話，然後又將其裝入袋子裡。這些其實都是小理髮師吹的牛，但鎮五總是聽他說這些事情。小理髮師後來進了少年監獄，當起了喇叭手。過了幾年，那個傢伙回到村子裡，隨身帶著小號吹嘴。他把吹嘴放在嘴唇上，雙手合十，用十分哀婉的曲調吹起就寢號。如果長輩們問他長大後想做什麼，他總會回答說要當軍人或警察，但如果同齡的朋友問他，他會回答其實自己最希望當小偷。問他為什麼，他回答說，只要技術好，就能占有世界上任何東西，還能請窮困潦倒的朋友們吃炸醬麵。可是沒過多久，小理髮師就莫名其妙地死了。鐵道工廠附近的空地總是會堆著幾個生鏽的橋墩，他晚上在鐵橋之間跳著玩耍，結果卻掉了下去。雖然沒有人看到，但可以想像他雙腳踩空，小小的身軀跌落在建築物之間，身體各處撞到鋼筋，最後躺在地上的慘狀。他的屍體過了幾天才被發現，據孩子們說，當時正好有馬戲團路過，村裡能搭公演大篷的地方只有那裡，喜歡看熱鬧的小理髮師可能每天都鑽進帳篷裡看空中雜技。他會不會是想模仿那些動作？因為想成為大盜的話，平時就應該多練習那些技能。後來鎮五才意識到小理髮師懷有多麼遠大的夢想，竟然想占據世上所有的東西。

現在進入了間村的大路，路邊排列著一些商店，每個區域都形成了巷子。三岔路口種有粗壯的懸鈴木，鎮五他們村子就是從這裡進入。老師們把這種樹木叫作梧桐樹，孩子們則將它們稱呼為懸鈴木，韓藥店的老爺爺說那是洋懸鈴木，說是大洪水泛濫之前，日本人在鋪設鐵路的時候種了數十棵。鎮五曾詢問父親，他回答說自己的朋友們從小就把這些樹叫作懸鈴木，你們這些孩子這麼稱呼也無妨。經過以前是喪輿庫房、現在是葬儀社的轉角處，和小理髮師他們家的理髮店之後，會出現汽車可以進出的十字路口，對面有豆腐店，旁邊肉鋪的這一側是雜貨店。再經過以前是碾米廠、現在成為木材廠的地方，轉進窄小的韓屋的米店巷子，李鎮五就是在這個巷子裡的房子出生。鎮五毫不猶豫地推開大門，今天非常特別，大門無聲向內敞開。通常情況下，都會聽到令人不悅的摩擦聲，也許是大門的合頁鉸鏈不合所致。門房旁邊有個廁所，一進大門就是個略長的院子。本來是四四方方的，但曾祖父每次搬家時，為了建造工坊，總會在大門旁邊建造四坪的廂房。鎮五家把曾祖父李百萬稱為太爺爺，藉以與爺爺李一鐵作區別。奶奶申金從來沒有把主臥室讓給任何人居住過。那間房子在日據時期原本是太姑奶奶的家，雖然房子較小，但房梁和椽子仍然十分結實。曾祖父李百萬托兒子李一鐵的福，後來住進了鐵道官舍，但是沒住幾年，他覺得官舍生活鬱悶，所以搬到了間村的房子。一鐵和他兒子去了北朝鮮後，留在南韓的家人之所以能平安無事，也是得益於他們依靠自己的力量組成一家人，並與官舍那些人保持一定距離所致。鎮五打開大門進入院子，正在廚房下方的自來水管邊洗菜的奶奶申金抬起頭迎接他。

「哎呀，我的乖寶貝，天氣這麼熱，上學很辛苦吧？」

鎮五打量了一下自己渾身上下，對於自己回復到普通學校學生的體格並不感到驚訝。奶奶接過他的書包，讓他脫掉襯衫和背心沖個涼。鎮五打著赤膊，趴在木盆上，奶奶用瓢子舀起冰冷的自來水，毫不留情地潑在他身上。哎呀！鎮五打了個寒噤，雙手放在腋下裝模作樣，奶奶拍打他的後背，讓他再趴下。冲涼之後，奶奶在小托盤上盛上一碗米飯、白開水、撕開黃花魚乾和一碗小蘿蔔泡菜，放在簷廊盡頭。當時西海還能捕獲許多黃花魚，首爾附近的人一過初春就會購買來自仁川朱安的黃花魚，家家戶戶用鹽巴醃漬後，都會放在籮筐裡，然後用兩、三條繩子吊起來，晾在牆上曬乾，製作黃花魚乾。就像初冬醃泡菜一樣，春天醃漬和晾乾黃花魚是家裡的時令習慣。

「餓了吧？趕快用水泡著吃，那才涼快。」

奶奶穿著沒有衣帶的夏季麻布上衣和日式工作褲，頭髮沒有綰起，只是剪成圓圓的短髮，看不到一絲白髮，所以村裡的人都說她像以前的夜校老師一樣，是新女性。申金出生於金浦，普通學校畢業，這在農村很罕見，她還在紡織廠學習了中學課程。她能認識丈夫李一鐵還是托他的弟弟二鐵之福。李百萬生下兒子後，因為想到火車，所以將兒子的名字取為一鐵，之後出生的兒子跟著取名為二鐵。申金在紡織工廠工作時，因傳教士的勸說，對讀聖經產生興趣，尤其是舊約全書，她把舊約當成故事書，讀了好幾次，後來也掌握了讀書的能力。申金奶奶從年輕的時候開始，只要看到某人，就能看到那個人周圍是否有鬼魂，偶爾還會出聲驅趕。小叔二鐵還沒結婚時，每次回到家，她總喃喃自語說他身後有兩個女人跟著，也因此被丈夫一鐵責備。申金曾告訴自己的兒子李智山，說是與後來確認為小叔女人的長相非常吻合。據說那兩個女人八字都很硬，所以申金喃喃自語說「不要出現在我小叔身邊」，為此，二鐵覺得不好意思，甚至還推開飯桌離開。但後來，她們反而因為二鐵的緣故變得不幸。雖然申金漸漸不再去教堂了，但無論是誰，只要她見了面稍稍看一眼，就會像算命先生一樣猜出那人過去發生的事情以及今後會發生的事情，令周圍的人大吃一驚。所以她的外號叫「神通廣大的申金」。李百萬對這個兒媳不置可否，只是一到新年就會悄悄問她今年家裡是否會平安無事。

鎮五拿起湯匙，奶奶就會用其他筷子把小蘿蔔泡菜絲放在泡過水的米飯上，再放上一塊乾黃花魚肉。用這種方式吃完一碗泡過水的飯之後，鎮五躺在主臥室和對面房間之間的地板上，午覺的睡意自動襲來。

不知道是發生在哪一年，奶奶把當天的故事講了好幾次給李鎮五聽，他幾乎能夠背下來。

「我那天得了風寒，身體不舒服，沒能去市場賣衣服。好不容易幫你曾祖父準備好早飯，回到房間蒙著被子躺下。我迷迷糊糊地睡著，夢裡去到以前官舍的房子。你爺爺如果從滿洲回來換班，那也得大清早才能到，但大白天的，怎麼會這麼早就下班回來。我在夢裡還擔心是不是發生了什麼事故，會不會是被解僱了。可是他開心地笑著說，我把妳兒子智山給帶回來了。我太高興了，就問他說我兒子智山在哪裡。他說，兒子身體還沒好，還不能讓我看到，以後親眼看到之後，別嚇著了，能活著回來就已經十分萬幸了。說完這話，他就消失了。我那時醒了過來，搖搖晃晃地起身，走到簷廊外。有個黑影站在大門前陰暗的背陽處，只能聽到聲音。媽媽，我回來了。那孩子十六歲的時候說要出去找爸爸，之後卻杳無音信。戰爭多可怕啊，好像都過了一百年。但是這個又黑又瘦的孩子回來了，只剩一條腿。那個大熱天，他身上穿著破爛軍服，一側的褲腿折成一半，兩腋拄著拐杖。他在中學生的年紀突然消失，回來的時候卻變成一副中年人的模樣，一條腿不見了，你知道我的心情如何嗎？但是我沒有哭，用很小的聲音說『好孩子，你終於回家了，太好了，我就知道你會回來，原來是你父親把你帶回來了。』」

李智山當時二十一歲。李鎮五是在父親二十七歲的時候出生，所以是在他出生的六年前，李智山拿到了釋放證明，在釜山上了火車，並接獲指示，讓他到達目的地車站後要進行申報，經由居住地的事務所，再去區政府領取身分證。他在永登浦站下車時，只看到被炮擊燒毀後僅存柱子的火車站廢墟，水泥站臺四處都凹凸不平，雜草叢生。巡警和憲兵並排站在剪票口，觀察著出站的人。李智山走到憲兵面前遞出釋放證明說道：

「那個……，我是被釋放的俘虜，現在回來故鄉了。」

憲兵看了一眼他遞過來的紙張，向巡警使眼色，然後揮動握著釋放證明的手，走在前面。

「你跟我過來。」

他們走進在車站廣場轉角處搭建的軍用帳篷，有幾個男女先進來接受調查。憲兵和巡警坐在各自的座位上，憲兵用下巴示意他坐在桌前的竹椅上。

「你坐那。」

憲兵問道：

「你是義勇軍嗎？」

「不是，我是軍務駕駛兵。」

「你駕駛火車嗎？」

李智山如往常一樣回答：

「是，我是被動員的。」

「逮捕場所呢？」

「在黃澗附近。」

「黃澗？那是什麼地方？」

「在越過秋風嶺之前。」

啊啊，憲兵好像是知道了的表情點了點頭。

「你們是向洛東江戰線運送物資的吧？」

他在俘虜名單中確認了李智山的名字，然後將釋放證明交給巡警，李智山本人則交給年長的便衣刑警。正調查其他人的便衣刑警用銳利的眼神上下打量智山，問他地址，智山回答他絕對無法忘記的閭村住家地址。便衣刑警從抽屜裡拿出一大堆厚厚的文件翻找，斜眼看著李智山，用筆敲打桌子說道：

「你是李一鐵的兒子吧？紀錄上，那個傢伙是參加朝鮮勞動組合全國評議會之後逃到北朝鮮的，李智山也是被記錄為在事變之前失蹤，你這個傢伙真的是徹頭徹尾的赤色分子啊！」

便衣刑警接著搖頭低聲說道：

「這些東西如果都赦免的話，國家怎麼辦？如果是以前的話，逮捕後馬上就會被槍斃。」

憲兵說道：

「是總統的特別命令。」

「你的腿怎麼回事？」
便衣刑警俯視著他摺起來的褲角，輕輕提了提。
「我被炮彈炸傷，經過治療後被送進了戰俘營。」
「你是反共俘虜沒錯吧？總之，你回家後三天內到總署稽查處報到。」
正要轉身走出帳篷的李智山身後傳來了便衣刑警的聲音。
「一定要去報到，不要到最後被逮捕遭受侮辱。」
李智山走在當時還保存完好的火車站前中心商街。椿樹是綠色的，人行道上的地磚雖然有很多脫落或凹陷的地方，但是從日據時期開始，商業街和來往的人就非常多。從學校回來的路上，他曾經長久站著觀看的糕餅店圓形玻璃窗雖也照舊，但裡面陳列的日式生菓子消失了，代之堆滿了仙貝餅乾。他在市場圓環路口前停下腳步，環視了照相館和牙醫診所的舊招牌。監理教會附近的小商店增多，擺設的攤位甚至占據了道路的一半。垂落在教會臺階上方的柳樹枝全部被砍斷。他走到鐵道邊，向右轉，再向左轉，往間村的方向走去，在不遠處就看到了村子的入口。過了懸鈴木，走到碾米廠前，發現這裡成了廢墟，到處都是長木椿和長竿，上面掛著染色的軍裝和舊衣服。當李智山轉進米店巷子時，他看到一個頭上頂著裝滿溼衣服竹筐的年輕女子正從對面走來。她戴著頭巾，身穿粗布短上衣和破舊短裙，肚子鼓鼓的。兩人在相隔十步左右的時候就開始意識到彼此的存在。在某個瞬間，李智山收起拐杖，等待她走過去。直到她走得很近的時候，李智山才認出她是誰。女子走過他身邊時也瞥了他一眼，大概走了三、四步，女人停下腳步，幾乎是同時和李智山一起回過頭來。他用顫抖的聲音問道：

「那個……妳是福禮吧？」

「天啊！」

她的頭歪了一下，頭頂上的竹筐傾斜，衣服掉了出來，她也因此差點跌倒，李智山拄著拐杖跑過去扶著她。女子趕緊恢復原來的姿勢，把掉在地上的衣服一件一件地裝進筐裡。兩人陷入沉默，什麼話也說不出來。李智山拄著拐杖，低頭看了她一會兒，然後轉過身去。

這是李鎮五父母親重逢的瞬間，他們是同一所普通學校的同學。在討伐共匪這件事上建功的黃海道出身警察朴總警官的弟弟，像其他離開北朝鮮的難民一樣，進入永登浦居住。弟弟朴某將美軍部隊和基督教救助團體流出的軍服和舊衣服染色、整理後運到市場，賺了大錢。在那個除了粗布以外沒有像樣衣料的時期，軍服和救濟的衣服是重要而珍貴的東西。李智山回家後，順利向管轄警察局完成報到，過了幾天後，他悄悄對母親說：

「我回家那天看到福禮……」

中金用裝著木炭的熨斗熨著公公李百萬的上衣，漫不經心地說道：

「嗯，應該快到生孩子的日子了。」

然後回頭看了一下兒子，若無其事地說道：

「嫁得還不錯，雖然年齡上有些差距，但能在這樣的混亂中維持生計，也算是萬幸了。」

中金開始稱讚她的秉性和生活能力，說福禮也從他們家拿到貨物，創造不少利潤。說她年紀還小，手腕就那麼強，還很有人情味。

「歲月無情，你們以前不是同學嗎？」

言談至此，母子倆再也無話可說。

李鎮五躺在地板上，聽著奶奶所有動靜，好像還聽到奶奶低聲說著老家過去的事情。當時母親肚子裡的孩子在他出生前六年誕生，也就是正子姊姊。戶籍上自己被登記為李鎮五，姊姊則被登記為朴正子。經營染坊的朴某比母親大十五歲，因疾病飽受煎熬，正子出生三年後在肺結核醫院去世。染坊由他最小的弟弟繼承，尹福禮去了市場，在中金商店旁邊擺了個賣衣服的攤位，後來依據命運的安排，成為李智山的妻子。

2

嫩芽從乾枯的樹枝中冒出，長出淡綠色的嫩葉，快速成長的綠葉顏色變深，露出光澤，在陽光下閃閃發光。李鎮五在煙囪上的日常生活沒有變化地持續著。說是馬上就要談判了，但到了初夏，公司卻沒有任何回應。金屬工會偶爾會在週末聚集到公司本部大樓前面，打開擴音器、展開橫幅進行示威，但也只有二十多名義警在周圍守著，公司沒有任何反應。煙囪靜坐示威進行了一百天的紀念示威也無事結束。公司只是表示，由於目前公司的持有者身分並不明確，所以接手公司的一方組成管理階層後，才能針對以前的解雇或工會問題展開協商。解僱韓國工人、出售公司後，將工廠轉移到海外，在當地僱用工人，再轉變為其他公司的明顯伎倆當時正在韓國四處發生。但是李鎮五和同事們堅定決議，無論誰成為公司持有者，他們要求的條件都不會改變，這表示靜坐示威才剛剛開始。

吃完早餐後熱身，重複三個動作鍛鍊肌肉，然後往返於欄杆周圍。李鎮五在秧苗盤上挖洞，放入兩、三粒生菜籽，幾天過後就長出了小葉子，過了二十多天後，長出了三、四片如手指長的葉片。他從這些葉子中選出看起來最新鮮、長得最好的幼苗，並將幼苗移栽到剪成兩半的寶特瓶花盆中，每一個花盆各種三株。他有五個這樣的花盆，土壤是小車從附近一家花店買來的，分別用小袋子裝著。李鎮五用早晨、晚間送上來的飲用水澆花，他跪下來仔細觀察葉子、莖和土壤，還看見幾隻白色的小蟲子蠕動著，到底是從哪裡來的呢？大概是原本就生活在泥土裡的吧。他想著，這些比灰塵還小，如果沒有蠕動，就無法發現的小東西也努力生活著。對這些小東西來說，一天會是多長的時間呢？

午餐送上來時，西邊的天空開始陰沉，烏雲密布，風也開始變大。李鎮五剛把午餐籃子吊下去，雨滴就嘩嘩地落了下來。他首先檢查圍在欄杆外側的厚帳篷下緣是否已捆紮好，然後整理了內側重疊的溫室用塑膠布下緣。此外，他還確認位於角落的個人用帳篷，逐一拉動綁在欄杆和煙囪內側螺絲上的繩子，查看帳篷是否固定好。他將花盆拉到塑膠布下緣內側，把裝有運輸滑輪和物品的塑膠盒以及綁在繩子上的東西重新捆綁數次。雨開始下了起來，他穿上雨衣，戴上帽子。他心想不能因為下雨就躲進狹窄的帳篷裡待著。如果有晴天，就會有陰天；有雨天，也會有颱起暴風的日子。不管寒冷、炎熱，天氣都沒有什麼大不了的。無聊、氣憤、索然無味、悲傷、喜悅的心情變化都會在一天、一夜之間過去。

李鎮五將自己的上半身伸進帳篷裡，吃完送上來的晚餐。雨衣帽子上滴下來的雨水流到米飯和燉湯裡。他將飯籃吊下去後，沿著欄杆來回走動。大雨傾盆而下，看起來似乎不會輕易停止。他特意放慢了腳步，心裡數著步數。他想像自己是外星人，不是嗎？這個地方不是天空，也不是地面。這裡不是人居住的地方。這個狹窄的圓形空間脫離地面的日常和時間，如同太空船的駕駛艙一般。他雖然沒有死，活在這個空間，但世界對他毫不在乎。對於別人來說，他就像旅行中的人一樣，總有一天會回來。就連妻子在和他通話時，內容也如同向身在國外的人轉達自己身邊的消息一樣。李鎮五逐漸脫離了地面上的時間，煙囪上的日常生活已經不是現實。

❈ ❈ ❈

間村的傍晚時分總是充滿活力，從周邊數十家工廠湧出的工人和從鐵道工廠、皮革造紙廠等地下班的人群，他們的自行車總會將道路堵住。紡織廠的女工脫掉工作服，穿上花花綠綠的便服回家，住在宿舍的女工則準備外出。婦女們在家門口擺出褐煤火爐，用鼓風扇烤魚。丈夫們把午飯的空便當盒掛在自行車的把手上，慢悠悠地走進間村的中央通道。便當盒裡的筷子相碰，咣咣作響。自行車不是一兩輛，在同一時間從遠處開始傳來咔噠咔噠的聲音。孩子們察覺到父親或哥哥回來了，經常會跑到大路邊等候。戰爭結束後，幾乎所有工廠都被破壞，非常冷清。但隨著歲月的流逝，以前的大工廠都完成了修復工作，新工廠也開始尋覓空地遷入。在嚴重毀損的麵粉工廠或磚廠等地，普通學校的孩子們分年級上課，一直持續到學校恢復正常為止。

李鎮五站在路邊，看著村裡的大叔們從職場回來的情景後回家。母親尹福禮雖然還沒有從市場回來，但是奶奶申金應該已經到家了。母親準備好早餐後，到永登浦市場服裝店開門擺攤；奶奶去市場後，母親會回家給丈夫李智山和曾祖父準備飯菜，在準備好午飯之後又回到店裡。奶奶有時會立刻回家，有時在進貨或客人多的日子會和兒媳一起忙，晚上再買菜回家。每當此時，菜籃裡不僅有做菜的材料，還會有鎮五的零食。有時是紅豆餅，有時是糖果，有時是切糕，總之奶奶從未忘記買零食給鎮五。

曾祖父李百萬過去住在柳樹屋的時候，第一次有了自己的工坊，但鐵道官舍則沒有相同空間，搬到間村的理由也許正因如此。他最先在院子前蓋起了側房，那個地方也成為一個規模較小的手作工坊。李百萬在少年時期曾經在金屬工坊當過學徒，進鐵道局工作，正式學習了車床工作後隨之放棄，但作為愛好，他總是在家裡製作小東西。他經常暗自誇耀自己的本事，說雖然這是瑣事，但也不是一般人能擁有的工匠手藝。他給妻子和兒媳中金製作了刻有細藤花紋的銀戒指，還給她們做了簪子。在世間風俗改變之前，女人出嫁時經常會製作衣櫃和箱子，木頭上必然會貼上各種美麗的裝飾品。螺鈿衣櫃雖然是富家媳婦新婚時才能擁有的，但大部分樸素的木製衣櫃或箱子等諸多生活所需的物品，都要貼上各種金屬裝飾才算完成。曾祖父的工坊有著能噴出強烈火焰的焦炭風爐，融化鉛和燃燒塗膠的味道撲鼻而來。他操作的是在鐵上澆上鋅的白鐵、黑鐵、錫、黃銅、鉛、金、銀、金箔、銀箔之類的東西。全世界所有的鐵類他都處理過，還有將牛角薄薄地展開，加以塗色的裝飾品、梳子、長刀等，只要有人訂做，他都能做出來。只收曾祖父製作品的木工廠把這些裝飾品貼或釘在木製家具上，拿到市場上銷售。鎮五的父親失去一條腿回來後，曾祖父從頭開始慢慢教他，幾年後父親也能熟練地製作裝飾品。他製作了太極圖案的鹿、鶴、鳳凰、孔雀、烏龜、牡丹、漢字字樣的福、壽、康、寧等各種裝飾品。他們在工作期間不停地活動手臂，說著各種事情。

李鎮五現在蹲坐在曾祖父工坊的角落裡，聽著兩人的談話。以前大概也是如此，下班後的爺爺一鐵幫助自己的父親李百萬工作，轉動風爐的爐口或簡單地塗膠。在李鎮五出生之前，當時曾是少年的父親李智山也像自己一樣，蹲坐在同一個位置上，聽著他們的故事。

「爺爺，跟我說說家鄉的事情吧。剛開始怎麼會在鐵道工廠工作的？」

「我是在江華島仙源面一個叫智山里的小村莊出生的，那個村子是在仙源寺下方，我們靠著耕作寺廟的土地過活。」

「所以父親以前跟我說過，我的名字智山就是這樣取的。」

「村裡有人種地，也有人跟著釣船出去工作。江華島人的性格很強，很有生活能力。有人去了仁川和麻浦做生意，賺了大錢。」

曾祖父李百萬在十三歲時去仁川找工作，當時的仁川有很多日本商店、旅館、酒吧，還有很多中餐廳和中國商店，也有許多往返於中國、仁川的西洋船隻。到達仁川的兩個月後，他在日本人經營的碾米廠獲得跑腿的工作，運氣還算不錯。他十歲時跟隨父親乘坐捕撈玉筋魚的漁船到達麻浦，在日本雜貨店當了一年的店員，這段經驗對他很有幫助。當時也是出於偶然，父親一行人在麻浦渡口搬運船主的玉筋魚桶時，李百萬爬上江邊的集市觀看。到了日本雜貨店前，看到堆滿像是從仁川船運過來的貨物，工人們進進出出，搬運著箱子。穿著浴衣和木屐的店主在店裡和外面的路上來回穿梭，他看到少年後，用日語不知說了什麼。看到店主幾次指著堆放的行李和店鋪內部，在自己眼睛部位比著兩根手指的動作，聰明的孩子一下就看懂要他守著貨物的意思。箱子搬運完畢後，店主露出笑臉向他招手，要他過去，並從玻璃罐裡掏出一粒大糖果遞給他。李百萬雖然吃過朝鮮的麥芽糖，但這個黑色的糖更甜、更硬。少年李百萬眼睛發亮，用手指著周圍零亂散落的稻草、鋸木屑等，做著掃地的動作，店主點了點頭，拿給他掃帚和簸箕。在李百萬迅速將商店門口打掃乾淨時，父親前來找他。商店主人把負責店員工作的朝鮮青年叫來，讓他對李百萬的父親說道：

「他是你兒子嗎？這孩子很聰明，能不能讓他在這裡打雜？雖然沒辦法給很多錢，現在給你五元，等以後送他回家時再給你五元。我會讓他穿上衣服，每天讓他吃三頓飯，怎麼樣？」

父親心想自己有四個孩子，百萬這個十歲的兒子已經算長大了，更何況還能減少一個吃飯的人，簡直是太好了。他有三個兒子，名字分別取為千萬、百萬、十萬，再加上一個小女兒莫音，李百萬是次男。他認為十元也是一大筆錢，如果給兒子起那樣的名字，財富似乎會從某個地方一下子掉下來。長男千萬已經十四歲，再過一段時間就可以盡到一個壯丁的義務。十萬只有六歲，還得再餵他吃幾年飯，所以父親認為十歲的次男百萬早點體驗這個社會也不錯。更何況，現在是什麼世道？朝鮮早已滅亡，成為日本的領土了。父親摸了摸次男李百萬的頭，跟他說生在這個艱難的世道，只有勤奮才能吃上飯，然後就拿著五元離開了麻浦。從那天開始，李百萬頭上綁著頭巾，身上穿著印有商店名字的背心跑腿。他送外賣、搬東西、打掃、開店門，逐漸瞭解了人情世故，還當上店員的助手，接待客人。他也從說簡單的日語開始，一直進步到能閱讀日文。一年多以後，李百萬因為想念家人，漸漸變得憂鬱起來。父親幾個月來麻浦一次，第二年春天，他鼓起勇氣說想回家，父親簡單地回答他：

「好吧，去當漁夫吧！」

回到智山里後，生活依然艱苦，比在麻浦的時候還要無聊。才過了一年，他又像外遇的農村媳婦一樣，憧憬著仁川這個大都市。甚至每當漁船經過仁川港外海時，他只要看到黑暗中閃耀的燈光，就有跳入大海游去仁川的衝動。

「我之所以知道開化的世界有很多東西，就是因為火車的緣故。」

「您第一次看到火車是什麼時候？」

「在麻浦的時候第一次看到。」

那是李百萬跟隨主人去龍山的時候。從遠處看到像彩虹模樣的鐵塊掛在江上。主人對張嘴呆呆看著的百萬說道：

「那是漢江鐵橋。很厲害吧？」

主人自豪地說，日本跟西方一樣發展得很快，那座橋在七年前建好，前年開通了從釜山到京城的鐵路。他們決定從麻浦渡口坐船回來，當他們登上渡船時，火車發出巨大的汽笛聲，像黑色鐵塊的火車頭從橋上駛過，遠處傳來鐵道上的轉輪聲以及鐵橋發出的吶喊聲。

「那個鐵塊竟然能像風一樣飛快地行駛！不是馬，也不是腳踏車，更不是人力車。別提有多快了，稍微低下頭的短暫時間裡，火車行駛過的大橋就空無一物了。」

從京城出發的火車到達的終點就是仁川。如果沒有大海，火車會繼續向前奔馳。李百萬來到仁川後，在日本旅館工作、搭伙兩個月，覺得沒有什麼意思。有一天他去碼頭，在漁船靠港喧鬧之際，有一個日本人向漁民大聲嚷嚷。漁夫們用朝鮮話罵說那傢伙在說什麼，路過的李百萬告訴他們：

「他在問那些魚要不要賣？」

「你告訴他，這些是論箱賣的，如果只要買一兩條，讓他們去魚店買。」

李百萬照原話告訴那日本人，他高興地表示要買兩箱。仔細一看，魚是每到這個時候就會游上臨津江的河豚。在李百萬他們村子，每到這個季節，村民們就會到月串以及流道去捕撈河豚。因為是當季才有的魚，所以河豚的價格昂貴，漁民們只要切一條來做生魚片吃的時候，渾身都會發抖。他們覺得這條魚如果賣出去，能拿到多少錢啊，自己怎麼能吃？那日本人當場用現金買了兩箱，雖然沒有人要求，但李百萬自己就扛起了魚箱。少年李百萬這時已經知道日本人特別喜歡河豚，十三歲少年扛起兩箱魚，身體微微有些晃動。那日本人搖了搖頭，把一箱魚夾在自己的腰間，簡單地說了一句：

「我會付你工錢，你跟我來。」

李百萬跟在他後面，去到離碼頭不遠的碾米廠。他們剛走到那裡，日本職員和工人就蜂擁而至，打開箱子之後，開始歡呼起來。

「今天要狂飲一番了！」

「原來這就是俗稱大海豬肉的貴重物品啊。」

那日本人招了招手，叫搬運箱子的李百萬過去，然後掏出幾枚銅板。這幾個錢雖然夠買五個糖餅吃，但少年搖著頭，沒有收下。日本人皺著眉頭低聲說道：

「怎麼？還想要更多啊？」

李百萬說道：

「不是，我想在這裡工作。」

那日本人再三上下打量少年。

「怎麼想到要在這裡工作？」

李百萬想了一下回答道：

「我想學技術。」

日本人微微一笑說道：

「那你得見習幾年，在你學成之前可是沒有酬勞的哦！」

「好，我會好好學的。」

「你叫什麼名字？」

李百萬爽快地回答：

「我叫李百萬。」

他又用日語說「二百萬」，[1] 周圍的職員都大笑起來。

李百萬還說了自己來自江華島，以及過去在京城麻浦的日本商店做過店員助理的事情。就這樣，在沒有得到任何人的幫助之下，他在吉田碾米廠找到工作。剛開始的時候，他作為各類技工的助手，負責管理工具箱、打油、收緊、擦拭的粗活，在碾米工作中忙碌的時候，他也會去幫助需要的人。他在工廠裡吃住，不到幾個月，大家都會想找他。無論是誰，如果發現他不在，都會抱怨說為什麼在忙碌的時候要讓他去跑腿。吉田碾米廠設有機械製造和技術班，修理、製作磨損的零件或皮帶，許多臺發動機也必須隨時檢查。由於每道工序的機械裝置都略有不同，所以規模雖然比麵粉廠小，但它是普通磨坊無法比擬的現代設備工廠。聚集到仁川港的白米全部由聚集在這裡的十多家碾米廠處理，吉田碾米廠是其中屈指可數的大型工廠。李百萬在這裡學了三年車床，他的手藝精巧，也能製作一些細小的零件。有一天，等同於他的技術師傅的中村先生要離開碾米廠之前，請他去中餐館吃烏龍麵。中村向坐在他對面的李百萬說道：

「我這次會跳槽到京仁鐵路車床部工作，你這手藝在日本職員中也是少有的，想不想跟我走？」

李百萬從以前就對火車一見鍾情，所以當天就去找吉田社長說明了要離職的事情。社長感到十分遺憾，還說原本想讓他去內地留學，學習技術，最後還給了他離職金。雖然李百萬不是正式職員，只是預備雇員，但他就像古代書生考上科舉一樣得意洋洋。離職之後，他覺得當務之急是掌握火車頭的結構和發動機的原理。他下班後沒有回到住處，而是跑進工廠，研究那些有待修理而進到工廠的火車頭，他四處摸索，用眼睛和雙手熟悉機械。中村先生說，大部分的火車頭都是美國製造的，因此由經驗豐富、受過教育的技術人員負責工廠火車頭的維修，我們則致力於車輛的製造和生產。

李百萬十八歲那年娶了朱安鹽田工人的女兒，她身上總是帶著泥灘的味道。身材高大、聲音洪亮的她在生下了一鐵兩年後又生下二鐵，她把兩個兒子照顧得很好。李百萬成為鐵道局的正式雇員是在成為預備員工的五年後，當時他也在永登浦工廠安頓了下來。李百萬的妻子朱安媳婦[2]從生下第一個孩子之後就開始發胖。李百萬成為正式雇員後，妻子不知怎的，就算吃了東西還是覺得肚子空蕩蕩的。他去工廠上班後，妻子經常會連做兩頓午飯吃。李百萬加班的某一天晚上，妻子煮完一袋地瓜，趁熱吃了幾個，深夜醒來之後又吃了二十多個涼地瓜，她說地瓜漲到喉嚨，連連拍著胸脯，咕嚕咕嚕地喝下涼水，然後往後倒下。李百萬回來時，朱安媳婦張著嘴，雙腿跨在門檻上，身體呈大字形倒下。孩子們突然失去了母親。後來唯一的妹妹莫音說，雖然不知道嫂嫂經常覺得饑餓的病是怎麼發生的，但可能是因為李百萬從未溫柔地疼愛妻子，她感到孤獨所致。李百萬根本聽不懂這話是什麼意思。李莫音起初為了想進紡織工廠工作而來到永登浦的二哥家，但一直沒有出嫁，直到超過適婚年齡，還是一直照顧一鐵、二鐵和哥哥他們全家人。李莫音

1 韓語中，李、二兩字發音相同。
2 過去對於朝鮮婦女經常以出身地名加上「媳婦」稱呼。

原本看起來好像不會嫁人，但直到上了年紀才和一個木匠結婚。李百萬之所以對瑣碎的金屬工藝產生興趣，也許是因為他很早就失去妻子，獨自生活了一輩子之故。

「鐵路是用朝鮮百姓的血淚修築的。」

李百萬經常對孫子李智山如此說道。他十六歲時以見習雇員的身分跟隨日本技術人員進入京仁鐵道工廠工作，這幾乎是奇蹟般的幸運，但也是因為他天生擁有與眾不同的機械手藝所致。那年夏天韓、日合併，國家完全被日本併吞。京仁線和京釜線早已開通，湖南線在他開始工作的那一年動工，隔年鴨綠江鐵橋架起，將朝鮮和滿洲連接在一起。他記得在長子一鐵出生的前一年，湖南線和京元線也開通了。

李百萬在當見習工的時候，在永登浦站附近搭伙，那是一家長期在現場經營工地食堂的夫婦經營的飯館。永登浦剛開始雖然只有數十戶人家，靠著種菜生活，十分貧困，但從十年前起，隨京釜線工程的動工，人們開始從四面八方聚集。在鐵道公社工作的日本土木技術人員、事務員、監工、工人雲集，於是商人、旅館業者、餐飲業者和妓女也跟著聚居在此。隨著消費的日本人增加，朝鮮人也聚集在此，成為零工、流動攤販、賣飯的、賣酒的、賣菜的商人，開始在這裡掙口飯吃。永登浦成為京仁線和京釜線的交會處後，車站周圍出現了郵局、電報分社和電話分社等比較像樣的新式建築。站前廣場對面出現了日本人居住區。經過這些繁華街道後，永登浦市場逐漸成形，十字路口四周出現許多店鋪和飯店，小酒館、客房等也相繼出現。

李百萬最初幾年寄居在廠裡，到市場街上解決三餐。名為安養媳婦的四十多歲女性是飯店女主人，始興人閔什長[3]是他丈夫。搭伙的人有二十多人，進進出出的常客大部分都是在市場周圍工作的人，所以飯店總是沒有位子坐。廚房、臥室、簷廊、外間等每個角落都擠滿了人，常見的平民韓屋狹窄院子裡也擺出兩張飯桌。主人夫婦和兒女一家人都捲起袖子接待客人。主人閔什長覺得李百萬在體面的工廠上班，年紀雖然不大，但他從來沒有對李百萬說過半語。[4]客人像波濤退潮一樣離開後，下午兩點到四點比較清閒，晚上結束營業的時間是九點左右。李百萬在此地搭伙六個月後，閔氏一家都把他當成家人一樣，如果菜沒了，他會自己到廚房把準備好的菜碗端走。有一天，李百萬因為加班錯過了午飯時間，下午很晚才來到食堂，坐在餐桌上等著上飯，他看到黑乎乎的東西從他腳下嗖地掠過。

「哇，這是什麼？」

百萬慌忙地抬起雙腿東張西望，安養媳婦站在廚房門口望了望。

「唉，這個妖物又跑來了。」

那是隻黑貓。朝鮮人雖然喜歡養狗，但認為貓是來報仇的，因為怨恨重，所以很多民間傳說都說牠們以後會害人，不願意和牠們親近。不只一兩隻貓，而是許多隻每天晚上聚在一起，發出奇怪而尖銳的聲音，所以晚上經常睡不著覺。閔什長在內屋裡看著這個情況說道：

3 什長是指在現場監督、指示工人的負責人，這是源於以前在工廠以十人為單位組成小組進行勞動的說法。

4 韓語中分尊、卑，對比自己年紀小、階級低的人可用簡短語句說話，謂之半語。對於長輩和地位較高之人則必須說敬語。

「那東西是從街道對面的日本人村子過來郊遊的。」

他冷嘲熱諷地說，日本人只要看到貓就走不動路了。

「大概是符合日本人的性格吧。」

安養媳婦故意裝懂地說道，在開化的城市有錢人家裡，偶爾有些婦女喜歡養貓。那隻貓可能覺得氣氛不合牠意，小心翼翼地走過院子，向房子後面走去。安養媳婦端著飯桌向丈夫說道：

「秋刀魚身上的油真多啊，火爐裡的火燒得真旺。」

「嗯，我就說嘛，那傢伙可能是聞到了烤魚的味道。」

「每次把醃黃花魚拿出去晾乾，都會少掉一兩條，一開始都不知道是誰幹的，真氣人啊，真得把那些傢伙都抓起來。」

在發生這件事情兩天之後，李百萬結束夜間加班，到了將近九點才去食堂。安養媳婦把蓋著棉布的飯桌端出來。

「飯放在炕頭上，還熱著呢，快把湯熱一下給他。」

她對正在廚房裡不知做什麼的丈夫說了一句：

「哎呀，真是夠了，不要再煮了啦。」

「得燉久一點才能成藥。」

百萬接過飯桌後，舀了一口飯，閔氏也單獨把小盤子放在涼床上坐了下來。他對著放在桌上的碗呼呼吹氣。盛滿湯的大碗旁邊放著裝有大醬和蒜頭的小碗。閔氏在等候湯變涼的時候低聲說道：

「這就是補藥啊。不是說挨打的話，粉湯最好；骨頭疼的話，老虎骨最棒嗎？」

「虎骨？」

李百萬如此詢問後，閔什長呵呵笑著。

「貓不就是小老虎嗎？」

李百萬終於聽懂他在說什麼，皺著眉頭問道：

「貓也能吃嗎？」

「你這人真是的，蛇、蜈蚣、蟬不都可以當作藥材吃嗎？」

聽到這些話，百萬想起自己小時候在家鄉曾經看到過患有肺病的大叔吃山椒魚的情景。那個大叔在溪邊的石縫中尋找，如果抓到山椒魚的話，他就會用大拇指和食指抓住還在蠕動的魚，張開嘴，讓這個小生物消失在他的喉嚨裡。大叔故意裝作若無其事的樣子，望著孩子們微笑。百萬察覺到閔氏蹲在廚房裡煮的正是那隻黑乎乎的傢伙。

「那個傢伙動作很快，能抓到真不容易。」

李百萬一說完，閔氏笑著回答他：

「我用在鄉下抓兔子的方式設置陷阱。」

他終於端起碗來，喝了幾口，然後趕緊拿起一顆大蒜沾著大醬放進嘴裡咀嚼，頻頻咂嘴。閔氏停了一會，又一口氣喝完碗裡的湯，並拿起大蒜吃下。

「腥味真重，因為是公的嗎？」

不知是不是因為不好意思，他把上衣掀開，露出從肩膀到胸口的巨大傷口。

「你看，這是被長劍刺到的部位。能保住性命，都是我老婆的功勞。」

「哎呀，怎麼回事？」

「什麼怎麼回事，就是因為脾氣不好才會變成這樣。你在鐵道局僥倖找到一份工作，混口飯吃，這些話不應該對你說的。可是日本鬼子修建鐵路的時候，幹盡了各種壞事。」

閔氏開始說明為什麼自己的外號叫什長。

「我跟大部分朝鮮人一樣，都是種地的。我有兩畝地，六畝水田，一家人只要辛勤耕作，就能過上好日子。我父親是平民，三代獨子，很早就失去父母，從他鄉來到這裡，靠著當佃農勉強度日。自力更生，平生只擁有一小塊土地。我二十歲跟老婆結婚，算是晚婚，生了一雙兒女。隨著年紀增長，日子也好過一點，但是後來聽說要建設鐵路。我為了看從仁川往返鷺梁津的火車，走了幾十里去了永登浦站。我呀，膽子比較大，第一次看到火車，雖然嚇了一跳，但很快就鎮定下來。可是一起去的同鄉嚇得把頭伸進牛車車輪底下，不敢出來，哈哈。黑色鐵塊冒著熱氣，發出隆隆的巨大聲音往前行駛，哇，世界上怎麼會有這樣的怪物？沒過多久，聽說要建設從首爾到釜山的鐵路，又說要鋪設從首爾到鴨綠江盡頭義州的鐵路。」

整個國家突然鬧翻了天，鐵路沿線的廣袤農田、森林和村莊突然被徵用。雖說日本和韓國政府簽署了協定，但已經開始失去國權的韓國政府官員幾乎都是日本的走狗。日本鐵路公司不只對鐵路沿線的大片土地進行徵收，還把以車站為中心的廣大地區指定為鐵路的附屬用地。剛開始還假裝說會以十分之一的價格給予補償，但隨著與俄羅斯的戰爭爆發，軍隊開始露骨地直接徵用。京釜鐵路株式會社的司機、下面承包的日本土建公司以及鐵路工人以日軍為藉口，開始強制徵用工程所需的土地。這在京義線地區更為嚴重，鐵路經過的地方被強奪土地的百姓多達數萬人，同意鐵路腹地徵用幾乎等於是無償沒收。就連初期說要支付的極少補償金也被韓國地方的政府官員或小官侵吞。老百姓不僅被搶走了土地，連房子、林野和祖墳也被廉價奪走。鋪設京釜鐵路的過程，本身就是透過掠奪鐵路用地，來彌補剛開化不久的日本資金不足劣勢的過程。

「有一天，我和村裡的人去巡田，發現日本軍人和工人正在填平田野。他們挖稻子的時候，我們急忙問你們在幹什麼。我們圍了上來，卻也只能跺著雙腳，毫無辦法。那些混蛋走進田裡，開始亂砍作物。我們當中有幾個人想出面勸阻，結果被他們用槍托打了一頓，渾身是血地倒在田埂上。翻譯對我們說，這裡已經被徵用為鐵路用地，如果覺得委屈，就去官廳詢問。」

閔氏他們村莊的人由執綱[5]官員帶領前往郡衙，但由於日本憲兵們上刺刀守衛，所以大家都不敢站出來。有消息傳出，日本人把割下來的青苗當作戰馬的飼料。村民們當然也進行了抵抗，但日本卻在各地方駐紮了憲兵部隊。全國各地充當為鐵路用地和軍隊駐紮地，導致房屋被拆毀的百姓露宿街頭，失去農田的居民湧向無力的朝鮮官衙，但只能痛哭，別無他法。官員們強制將他

5 朝鮮時期負責面、里行政事務的人。

們驅離，如果有不聽他們話的人，就會用板子打一頓後讓他們回去。

初期與京釜鐵路株式會社簽訂承包合約的韓國土木建設公司調配了勞動人力，趁著突然颳起的鐵路建設之風，成立了十幾家土木建設公司。這些公司大部分都推舉大韓帝國政府的高層官員作為主要領導。不僅是鐵路建設工程所需的勞動人力，從木材、石材、煤炭等勞動材料，到工人日常生活所需的煙草、白米、小菜等，提供施工現場所需的所有物品。土木建設公司在總公司設有總務和事務員，下面設有現場總務、工頭、什長、工人，在事務所支部設有道司務、職員以及前述現場的勞動管理者。日本土建公司最初採取與韓國公司合夥的型態，但因日本與俄羅斯發生戰爭，意圖加快京釜、京義鐵路的建設速度，於是日本公司甩開技術和經驗不足的韓國公司，主導了大部分地區的工程。韓方的土建公司全部沒落，只有工人管理組織被日本公司合併，負責招募和監督工人。在初期的工程中，工人大部分是為了維持生計而自發參與的，因此後來發生衝突的原因正是由於工資過低所致。但隨著工程進入中期，人力調配改為強制動員，情況於是發生變化。

「我認識一個小官，向他訴苦，最後把徵用的農田價格按市價的三分之一計算，得到了補償。其中一半的錢當作交涉費用，都花在他身上，可是我又能怎麼辦呢？當時的時局已經不能依賴種地維生，連幾畦農地都賣掉了，幸虧是在遠離鐵路的斜坡上，所以得到了應有的補償價格。全國有很多人家產被搶，流落街頭，我們還算是幸運的。我去到工地分所，送給工頭四隻雞，獲得了一個什長的位子。約好要分利潤，還說好準備飯車。起初工人幾乎都是朝鮮人，只要有飯、湯和泡菜就可以了，我老婆也興致勃勃地幹活。分包的朝鮮公司直接指定人提供食物和物品，說起來，我因為有工頭當靠山，也算是其中之一。而且我在什長裡面，還算是個認識字的人。雖然日語說得不好，但因為能讀漢字，所以能閱讀文件。雖然沒能升到工頭，但在什長中也算是個頭頭了。稻田被廉價搶走，但因為找到另外的工作，所以還不是非常氣憤。可是在分所中，我們的人一個接一個地消失，由日本鬼子替代。從分所長到工頭全部都換成日本鬼子。他媽的，還說我年紀太大，要我辭職。在一兩個月內來了很多日本工人，聽說他們國家的鐵路工程大半都已經完工，整個團隊都移過來了。一夜之間，美好的時光就結束了。」

閔什長放棄了農務，也沒剩任何土地，不能再回到從前。夫妻倆帶著孩子們去始興集市，用木板搭建了臨時房子，整理之後，開始賣起湯飯。餐風露宿之餘，令百姓人心惶惶的全國消息迅速傳來。日本官員去到每個地方的鐵路工地，威脅幾乎已經亡國的大韓帝國官員，要求他們提供枕木和石材，並要求各地區郡、縣動員朝鮮人勞動力。徵用牛、馬用於運輸，並逐村逐戶搶奪雞、豬和糧食。不僅是京釜、京義鐵路經過的地區，遠達數百里的地方也被要求將壯丁帶去當工人。在建造橋梁或隧道的工地附近動員了一百多人到數千人次，每次通常在六個月以上。朝鮮人的勞力動員不分節日或祭祀的日子，農忙時節也不留情面。在收穫的季節，因為村裡的壯丁都被帶走，各地的農田都為之廢棄。

大部分鐵道公社在戰爭期間收到日本政府盡快完工的指示後急切趕工，因此日本監督者的催促和糾纏如火如荼。逐漸變得粗暴的他們用刀和槍支武裝，像對待牛、狗一樣使喚朝鮮工人。只要工人動作稍微慢一點，他們就毫不留情地用棍棒毆打，如果倒在地上就用腳踢。每個工地被動員的朝鮮良民都在日軍一個小隊的監視下不分晝夜地工作。許多地方開始發生衝突，不僅是軍人，就連平民身分的日本職員和工人也開始隨意殺傷朝鮮人。他們不僅用刀、槍，還用工作的工具打死朝鮮工人。有些地方以朝鮮工人在工作時經常抽菸、對工作不勤奮為理由，槍殺了在一起工作的工人。

工地附近開始鬧鬼，閔氏也親眼見過。當時正在進行貫穿田野的低矮丘陵地下隧道工程。夜間小組進去挖掘時，因為即將引爆炸藥，大家都陸續跑了出來。只要按下點火裝置，就會聽到像打雷一樣的爆炸聲，從挖掘入口處冒出石塊和粉塵。最後方跑出來的某個人大聲喊叫：

「等……等一下，裡面有人。」

技師表情疲倦，再次用日本話詢問，翻譯回答說裡面還有人。

「到底是哪個笨蛋妨礙工作啊？」

技師生氣地站起來跑向工人，翻譯也趕忙跑在他後面。

「裡面有人大喊救命。」

那人說完之後，向旁邊的同事問道：

「你也聽到了吧？」

「好像喊的是，媽媽。」

翻譯轉達完之後，日本技師生氣說道：

「如果是喊媽媽，那裡面的人就是不想工作的混蛋。」

他讓什長們立刻去將那人抓回來。閔氏帶著另外兩個什長進了隧道，舉起棉花團上沾滿石油的火炬進去時，發現裡面到處都是粗糙的土牆和岩石，所以走路時必須十分小心。最後雖然到達了前方被堵住的施工地點，但看不到任何人跡。

「搞什麼？什麼都沒有啊！」

「一定是因為肚子餓才聽錯的。」

他們無力地轉身，閔什長聽到有聲音傳來。分明就在身後，隱約聽到的是救命啊、救命啊的聲音。他停下腳步時，其他人似乎也聽到了那聲音。閔氏轉身喊道：

「誰？」

他們舉著火把到處查看，前方僅是一堵被擋著的土牆，但是從土牆那邊傳來男人哭泣的聲音。不知道是誰先開始跑的，但無論如何，三個人都相繼跌倒在地，好不容易才從洞穴中逃了出來，那天晚上工程當然為之中斷。

閔氏的妻子安養媳婦也經歷過這樣的事情。她在工地拉著飯車，不分天候如何，都跟著工地移動。只要確定施工場地，她就會去附近的村莊購買當季蔬菜，醃漬泡菜、做飯，經常和結伴的拉著牛車的老人們一起來往於田野小路上。當天正是晚秋時節，太陽已經西沉，天色灰濛濛的，還下起了雨雪。在這樣的日子，冷冽和寒氣自然會滲進衣服裡。老人坐在牛車前方，輕輕地咂著舌頭催趕牛前行，安養媳婦裝著飯菜，垂著雙腿坐在後面。她看見遠處有一個女人朝著牛車走來，看起來似乎是低著頭把頭巾壓在韓服上。她心想這女人走得可真快的時候，她已在不知不覺間悄悄靠近牛車，從旁邊一閃而過。然後好像還看了安養媳婦一眼。

「哇，那是什麼啊？」

安養媳婦嚇得直打寒噤，挺起上半身，仰頭一看牛車前方，卻是什麼痕跡也沒有留下。她轉過身來，那個女人又從後面走了過來。安養媳婦嚇得叫老人把車停下來，連事情都還沒來得及說明，就問老人旁邊的位子能不能坐？事情並沒有就此結束。飯車到達現場後，工人們排成一列，安養媳婦開始準備湯飯和小菜。有十多個飯車聚集在一起，所以配餐在一個小時內就結束了。安養媳婦正在整理剩下的飯、湯和菜時，突然有人從黑暗中出現。

「給我飯。」

安養媳婦抬頭一看，剛才那個女人正站在眼前。她身上穿著沾滿汙垢的粗布韓服，戴著白頭巾。安養媳婦一聲不響地癱在地上，過了半天，回過神來坐直，發現剛才那女人已經消失無蹤。

某個村子是居住七百多戶人家的大村莊，日本軍隊來到這裡動員勞動力，卻強姦殺人，居民全部逃跑後，這個村莊變成了無人之境。但不知從何時起，開始有傳聞說在鐵路施工現場死亡的鬼魂聚集在一起，占據了該村莊並停留在那裡。傳聞說走在夜路上，會發現家家戶戶都亮著燈，聽到人們鬧哄哄的笑聲，不知是煙還是霧，總會縹緲地飄在茅草屋頂上。鐵路開通後，這個村子還是長期無人居住，附近土地都被徵用，成了廢地。過不了幾年，那裡蓋了小車站，建立儲炭所。

隨著鐵路的鋪設，朝鮮百姓的土地被強取豪奪，他們被拉到火車站受盡苦楚，家人和親戚被殺害。於是他們在全國各地開始妨礙列車運行和鐵路工程。在這個時候，因國權被剝奪、國家滅亡而崛起的義兵也經常把鐵路作為主要攻擊的目標。

「在永登浦車站附近，一些看起來像是貨商的人把燒熱的瓦片堆在鐵軌上，讓前後的列車相撞。我們當時都跑去那裡看。只要被抓到，那些人都會當場被槍殺。堆上碎石，蓋上鐵軌，還埋上火藥。他們利用深夜搬運工地石材，堵住鐵路，導致火車頭和車廂分離、脫軌、翻車，造成日軍幾十人死亡，數十人受傷，這些事情也發生在我們郡裡面。」

推倒鐵路邊的電線杆、切斷電線這些事情已成為家常便飯，日本也公布了保護電線和鐵路的軍規。內容包括：破壞鐵路者處以死刑；對事先知道卻未報案的人處以死刑；抓獲破壞者的人給予二十元獎勵；告發破壞者並使其被捕的人給予十元獎勵；由村民保護鐵路沿途的電線及鐵路設施，村長擔任負責人，並設專人輪流看管，如村裡的電線和鐵路發生損壞卻未能逮捕破壞者時，當天對負責人重罰大板並加以拘留；對於在一個村子內發生兩次損害的情況，向韓國政府通報，予以嚴懲等。但是義兵們仍在全國各地組成數百名的部隊襲擊車站或攻擊鐵路工地。

閔氏說起那天肩膀被刀砍中的事情。

「當時是進行京釜鐵路最後工程的時候，大概是九月中旬左右吧。從施工初期開始，始興郡內被動員為鐵路勞工的人日益增加，但是動員單位也是郡裡，所以勞工的薪資和費用都由村裡共同承擔。一次要收幾百兩到三千兩，這又不是收稅金，真是飛來橫禍啊！當時傳聞甚囂塵上，說是郡守貪汙了農民幾萬兩錢，還盛傳說郡書記侵吞鐵路勞工的伙食費。郡裡有一萬多人站出來，不知道是哪個村子的聰明小官發來署名通告，於是大家都站了出來，在下午聚集到郡衙，不知是不是郡守的請求，日本人拿著長劍和鐵棒等著我們。住民們向郡守大聲抗議時，日本人突然揮舞著日本刀和鐵棒衝了過來。站在前排的人被打傷、砍傷，傷勢嚴重。有的人耳朵被削掉，有的人腦袋被砸爛，有的人肩膀被長刀刺到而倒下，第二天就因出血過多死亡。當場有一人死亡、九人受傷。我們突然遭到日本人的攻擊，先是退出官衙到外面，後來又扔石頭衝了進去。」

「唉，一想起那時候就不由得打起寒噤，氣得我牙齒都發抖。我千叮嚀萬囑咐，讓他不要被捲進去，可是他那天中午喝了太多濁酒。」

安養媳婦咂舌埋怨，閔氏氣憤的聲音馬上就平息下來。

「如果沒有她的話，我早就沒命了。」

閔氏當時身處蜂擁而至的群眾後方，帶頭的那些人衝進官衙，把郡守和他兒子打死，將官邸和署吏的家具砸爛後放火焚燒。憤怒的群眾追向逃跑的日本人，打死了其中兩個人。沒來得及逃跑、躲起來的日本人向另一個方向奔逃後，氣勢洶洶的人們緊隨其後，這時閔氏也拿著棍子急忙追擊。當到達石牆整齊的後方道路時，閔氏看到日本人轉過身來，反而躊躇不前，環顧周圍一看，追過來的只有四、五人。日本人當中，拿著日本刀的人加快步伐衝向前，閔氏直到這時才清醒過來，正要逃跑的時候，似乎看到光芒閃過。日本人又砍傷另一人，群眾猶豫不決，沒能立刻撲上來，於是日本人又轉身逃走。閔氏流著血趴在地上，安養媳婦為了打探丈夫的安危而焦慮地四處尋找，正好跑到了那條巷子，並發現了閔氏。妻子撕開裙子，用好幾層布包住丈夫噴血的肩膀，然後懇求人們送他去集市醫院。縫合斜切的傷口、貼上膏藥，直到浮腫消退並癒合為止，躺了一個多月。不知是否因為當時鎖骨斷裂，從那以後左手臂僅像是懸吊著，無法使力。他的後遺症持續多年。閔氏現在多虧妻子，幸運地熟練了賣飯。

「我的人是在隊伍後方，只是受了傷才得以倖免，但主謀的人全都被抓了。日軍緊急派出一個小隊，把他們全部抓到憲兵隊關押起來。先是在裡面吃了不少苦頭，後來他們不僅被送上法庭、服刑、還得賠款，家裡乾脆就完蛋了。所以啊，鐵路怎麼不是由朝鮮人的血淚建成的呢？」

3

李百萬認識鎮五的曾祖母朱安媳婦也真是件奇妙的事。他十八歲的時候還是永登浦工廠的預備雇員，一個人勉強能吃上三頓飯。當時住在智山里的家人中，大哥李千萬娶了妻子，在沿岸貨船上工作，舉家搬到仁川生活。有一天，哥哥發來「父親病危，速歸」的電報。李百萬把電報拿給日本班長看，並請了兩天假去仁川。當家的哥哥千萬當時也不過二十二歲，在貨船上也只是個輪機助手。老么十萬像二哥一樣聰明，在糧食買賣事務所當跑腿，幫助家裡的生計。他後來經由米店賺了錢，在兄弟中第一個站穩腳跟。回到松林山山坡上的家之後，父親早已去世。由於身處異鄉，幾乎沒有弔唁者，只是全家人圍坐在一起。哥哥的兩名船夫同事正在喝著燒酒。莫音從廚房望出去，迎接了二哥。因為父親還是中年人，所以只能說是突然死亡。雖然很久之前受傷，但也是個能自立更生的人。只要出了家門，就算沒有什麼活能幹，他也從不會空手而歸。

父親不久前開始去魚市場工作，他在捕撈黃魚的船上工作時認識的船長，在漁獲拍賣市場擔任班長，給了他一份工作。拍賣結束後，經常會剩下沒有被選中的魚，所以能以低廉的價格拿到這些魚。他一天能拿到幾箱小魚，用腳踏車載到附近的酒館或飯店，賣給他們，留下一點利潤。雖然是小錢，但因為每天都有收入，工作一個月也就相當於上班的人一個月的薪資。父親興致勃勃，每天一到下午就騎腳踏車出門。他去世前兩天去魚市的時候，拍賣已經接近尾聲，最受歡迎的魚種都賣光了，剩下的只有三條鮟鱇魚和幾箱不起眼的石斑魚、斑頭魚、鯧魚等。和往常一樣，沒有那麼糟。這種程度的話，常去的酒館也會歡迎這些生魚片或辣魚湯材料，價格也一定不錯。尤其三條鮟鱇魚中有一條體積非常大，也很新鮮。放在腳踏車後面箱子裡前行時，總會聽到從後面傳來啪嗒的聲音。剛開始是偶爾聽見，後來甚至能聽到咕嚕咕嚕的聲音。父親總覺得那個聲音是鮟鱇魚發出來的。雖然每個地方、每個港口稱呼的名字都不一樣，但無論是叫魸魚還是刺魚，指的都是鮟鱇魚。雖然聽過黃顙魚會發出咯吱咯吱的聲音，但從未聽說過鮟鱇魚發出的聲音會像狹口蛙或大蟾蜍一樣。

到達經常送貨的酒館，停好腳踏車，將箱子搬下來時，最下面的箱子裡又傳來啪嗒的聲音。他搬開上面的箱子，打開下面箱子的蓋子，鮟鱇魚三兄弟並排趴著，其中一條最大的魚偶爾左右搖擺魚尾，撞到箱子，所以才聽到剛才發出的聲音。呵，這傢伙，還真是命大啊！百萬的父親一個人自言自語，突然產生了要用這條魚進補的想法。他想到每天把累死了掛在嘴邊的千萬、剛生下長孫沒多久的兒媳、十萬、莫音等家人，以及年近五十的自己以便宜燒酒度日的處境。是啊，今天得把這條魚燉爛，讓兒媳婦能好好餵奶，讓全家人都能吃得上。他只留下那條魚，把另外兩條無力的魚扔進另一個箱子的雜魚中。他把這些魚貨交給對方後，坐在座位上，慢慢喝著石斑魚湯和用大碗裝著的四勺燒酒。他在酒館裡待了足足半個小時後，再度騎上腳踏車回家時，後面依舊傳來啪嗒和咕嚕的聲音。嗬，這條魚真厲害啊。父親把腳踏車停在山下的店鋪裡，拿著只有一條鮟鱇魚的箱子爬上斜坡路。箱子裡突然傳來響亮的咕嚕咕嚕聲，他把箱子放在地上，掀開蓋子查看。只見那條大嘴巴、銅鈴大眼的鮟鱇魚張開又大又長的嘴，對父親笑著。他嚇了一跳，但平復了呼吸之後，靜靜地看著。天已經黑了，四周應該很暗，雖然家人後來都覺得父親可能是喝醉、看錯了，但李百萬後來聽到這件事時，覺得也有可能是事實，因為這個世界上一直在發生很多奇怪的事情。

他在江華島智山里生活的時候，曾看過鄰居奶奶殺雞的場面。大概是那個奶奶家迎來了一個特別的日子，想殺一隻長相肥美的公雞。奶奶一手拿著菜刀，一手抓著雞的翅膀來到院子裡。她把公雞放在劈柴的原木上比劃著，一刀子剁下去。雞頭啪地掉下來，從切斷的脖子上冒出血來，老奶奶自己嚇了一跳，放開了抓著的雞，退後一步。於是從原木上跳下來的無頭雞身體開始跑來跑去。奶奶喊了一聲，那家的哥哥們蜂擁而至，為了抓住沒頭的雞，到處追逐。雞在院子裡跑了半天，撲棱著翅膀飛上杏樹。那隻雞飛到高高的枝頭上，好像在休息一樣，靜靜地坐著。大家都沒辦法再抓住那隻雞，三天當中，那隻沒頭的雞就是不從樹上下來。那家的哥哥從遠處借來梯子，爬上去把雞抓了下來，結果雞早已死得渾身僵硬。那家人誰也不想吃那隻雞，於是聽奶奶的話，把雞埋在向陽的地方。

總之，父親靜靜地望著鮟鱇魚坐了下來，牠的嘴一動一動地，好像在罵他媽的、他媽的、他媽的。父親嚇了一跳，一氣之下抓住那條魚的魚尾，把魚摔到地上。那傢伙無力地還罵著他媽的。

據莫音說，父親在院子裡聽著聲響，突然雙手抓住一團黑乎乎的東西，踢開廚房的門，像甩掉一樣把牠扔進鍋子裡去。

「快點火，快！」

他用雙手使力按住鍋蓋，連聲說著趕快點火。直到莫音把木片推進灶孔，再次點燃底火為止，他始終沒有鬆開按住鍋蓋的手，並滔滔不絕地敘述了鮟鱇魚奇怪的行動。莫音只覺父親妙語如珠，所以蹲在灶孔前咯咯地笑了起來。蘿蔔切好，蒜頭、蔥也切碎了，放了點辣椒粉，熬了一鍋好喝的湯。但不知怎麼的，父親說自己的身體狀況不太好，於是回房間躺下，直到全家圍坐在飯桌前都沒起來。大兒子千萬說別吵醒父親，他還說，對於睡著的人來說，沒有任何食物會比睡覺更好。第二天，莫音想叫醒父親，卻發現他已完全沒有一點鼻息。

這些話雖然沒有告訴任何弔唁賓客，但莫音卻曾悄悄對百萬說道：

「鮟鱇魚就是陰間使者。二哥，不是說他們會變成各種模樣出現的嘛。」

李百萬在說明自己結婚的原因時，之所以莫名其妙地提到父親喪事的經過，是因為當天前來弔唁父親的老同事後來就成了他岳父。家人們把父親的棺材放在炕頭上，連屏風都圍不上。他們將長木架斜著搭起來，用薄被單遮住後坐了下來。一個發著吭吭厚重鼻息聲的人走了進來，是個五尺短身，肩膀卻精壯寬闊的男人。

「吭吭，我是你們父親的同事，吭，這真是，吭吭，晴天霹靂啊。我去了魚市場，班長告訴我，所以來看你們，吭吭，人生真是無常，黃泉路就在門口啊，吭。」

十萬在很久之後，還是記得那天的事情。因為他始終不知道那男人的姓名，如果只說他是哥哥的岳父又有點不像話，所以幫他取了個外號，叫他萬伊大叔。他們兄弟名字的尾字都是萬字，所以更覺得有著如同親人般的感覺。萬伊大叔和父親是在漁船上工作時認識的，因為同齡，兩人關係密切，是可以互相說半語的存在。他在朱安鹽田找到工作，人住在北村，那裡也和這個村子差不多，聚居了許多靠打工維生的窮人。萬伊大叔呆呆地坐了半天，然後豪爽地對他們兄弟說了一句話：

「那個，吭吭，今天是我交完鹽、領到錢的日子。吭，因為心情不好，吭吭，所以我請你們喝酒吧。我今天請你們吃肉、喝酒，現在大家一起走吧！吭吭。」

千萬回過頭向弟弟使了個眼色，百萬察覺到哥哥是讓自己陪同的意思，於是跟著走了出去。走在下坡路時，萬伊大叔的肩膀左右搖擺，走路的樣子像是體育選手一樣。

「吭吭，我們村子有一間肉鋪，都是進整條牛。吭，今天就是屠宰場進牛的日子，吭吭，離這裡很近，我們就去那裡吧，吭。」

李百萬只好跟著大叔離開。北村口有一家小肉鋪，當時的屠夫是白丁[1]階層，稍微有點年紀的光頭男子是老闆。紅肉、排骨、前後腿等肉類在他頭頂上方用鉤子一串一串地掛著，擺木板桌

1 白丁是韓半島從古代流傳下來的稱呼，亦即以屠宰牛、豬等動物進行銷售的屠宰業者，在朝鮮時代屬於平民下層。

的地方只有兩處。萬伊大叔對強壯又比他年長的老闆說半語。
「今天有進牛肝旁邊的肉嗎？」
「啊，那個部位已經有人先預約了，您去別家吃吧！」
「吭吭，有人預約？誰？」
萬伊大叔抬起頭詢問，肉店老闆就像覺得你是什麼東西一樣，噗哧地笑著回答：
「何站長、江什長。」
萬伊大叔微微一笑。
「啊，我還以為是誰呢。趕快給我上。」
「他們馬上就要來了。」
萬伊大叔好像很生氣似的，從牙間發出嘶的聲音。老闆不再囉嗦，把整塊肉給拿了出來。那個部位的肉大小像是大香瓜一樣，非常有彈性，油光油光的。
「吭吭，一條牛的身上只有這麼一點，附著在肝臟旁邊，味道可好了。吭吭。」
刀、砧板、裝著油鹽的小碗和一升燒酒接連拿上來。大叔親自切肉，和一般切肉的聲音不同，李百萬聽到沙咯沙咯的聲音。百萬常說喝酒是從岳父那裡學到的，岳父此人分明是破落戶，但性格乾淨俐落，用日語形容，就是あっさり（阿莎力）。木板門咔嗒咔嗒地打開，一個健壯的男子帶著兩個工人進來，他與萬伊大叔目光接觸，立刻低下了頭。
「大哥，您來了？」

「吭吭，你來這裡幹嘛？」

因為身材高大，幾乎要把入口給塞滿的男子恭敬地打了招呼，萬伊大叔不以為意地說道：

「聽說你，吭吭，先預約了這個？」

「啊？沒有啦……」

「吭吭，這裡是我常來的老店。」

「是是，我們先告退了，您慢用。」

肉鋪老闆目瞪口呆地看著這一幕。何站長、江什長這些人操控碼頭工人簡直就是絲毫不費勁，可奇怪的是，他們竟然對個子這麼矮的人誠惶誠恐。但是世界上每個人都會有自己的剋星，萬伊大叔對還在發呆的老闆說道：

「吭吭，那個什麼，後隔膜、後腰肉，吭，肩胛肉，各拿一點過來。」

肉鋪老闆一聲不響地切下來，連同烤架上的炭火爐一起端上來。

「我通常是喝三升燒酒，今天認識你，我就簡單地喝兩升，多吃點肉吧！」

百萬酒喝得差不多了，很好奇像大叔一樣矮個子的人剛才是怎麼壓制住那個巨漢的，於是悄悄地趁機問了一下。

「吭吭，其實也沒什麼，我們的身材矮小，一定要有別的技術。」

他們那種身材的傢伙通常會以摔跤這個運動在村裡作威作福，所以一旦交手，他們一定會向上伸出雙臂，試圖把自己放倒。這時身材矮小的自己會迅速爬到他們下面，緊緊貼住他們的身體，抓住他們的睪丸。只要狠狠一抓，對方就會變得無力。反覆威脅他們說，你現在要叫我大哥了吧？我放開的話，你還會再撲上來吧？最後再使勁一捏，他們無一例外地都會尖叫，自然而然地叫我大哥。

「吭吭，那個什麼，我有一次就是在碼頭附近這麼教訓他的。」

那天李百萬吃著佳餚，爽快地喝下大叔的勸酒，結果喝得爛醉如泥。舌頭打結自不在話下，四肢乾脆就像章魚一樣了。百萬就這樣和大叔勾肩搭背地去到萬伊大叔只有兩個房間的家。黎明時分，他被狠狠地打了一記耳光，嚇得他睜開眼睛。不知不覺間，房裡點燃了蠟燭，非常明亮。雖然還醉得沒完全醒過來，但可以清楚地感受到他脖子上抵著鋒利的刀尖。

「吭吭，你這該死的東西，吭，竟然敢隨便到別人房間睡覺。」

「哎呀！」

女人尖叫的聲音從身邊傳來。轉身一看，只穿著內褲的女人猛然站起來，雙手摀住臉，高喊著我不管了，然後衝出房門。大叔雖然身材矮小，但腕力極大，按住百萬的雙臂，用菜刀抵住他的脖子。

「你既然和別人家珍貴的女兒，吭吭，一起睡了，你就說你要不要跟她結婚，吭。」

百萬雖然覺得莫名其妙，但為了活下去，只能回答說，好的，好的，我跟她結婚。萬伊大叔一聽到回答就悄悄地出去了。李百萬在此之後就睡不著覺，天一亮發出聲響，想要離開，房門打開後，大叔跟著端著飯桌的女兒走了進來。

「那個什麼，吭吭，事情既然都發生了，也不用挑什麼日子了，我今天就去找你哥哥千萬談一談。吭。」

他還再三稱讚自己的女兒，說雖然她是一個沒有母親的可憐丫頭，但從不讓他操心，家事也做得很好。他還說自己有積蓄，會出結婚的費用，所以至少要在永登浦置辦有一兩個房間的房子。就這樣，李百萬稀里糊塗地娶了朱安媳婦，還不能跟家人說自己因為喝醉，在慌亂的瞬間被岳父纏上了。後來，外孫一鐵出生後，岳父在酒後向女婿吐露了內心的話。

「吭吭，我第一次看到你的時候，就把你內定為女婿了。吭。在這個艱難的世道裡，吭，能擁有技術是多麼，吭，不容易啊。所以我才灌你酒，把你帶回家裡，吭。」

李百萬租了一個兩個房間的屋子，那個房子靠近市場的十字路口，是密密麻麻的平民韓屋中最偏僻的一間。一鐵出生後過了幾年，他才成為永登浦鐵道工廠的正式雇員。亦即摘下見習這個標籤花了五年時間。日本人只要畢業於工業中學就給予見習技師資格，普通學校畢業後經過學徒階段，三年之後就可以成為技工，但他們絕對不會讓朝鮮人擔任負有權責的職位。

朱安媳婦正如萬伊大叔誇口的一樣，是一個生活能力很強的女人。以李百萬雇員的薪資，要養活自己一個人都很吃力，現在每個月要付房租，再加上孩子出生，總共有三口人，一個人賺錢是很難應付的。朱安媳婦從那時開始，每天往返於娘家和自己家之間。雖說是娘家，但並不是去向父親伸手要錢，而是前往仁川魚市場。她有時是去搬魚貨，每到五、六月分，她會從進入港口的漁船上直接把鮮蝦搬回家醃漬蝦醬。鹽巴是從父親那裡用草袋搬回來堆著，因此一進他們家，總是會聞到一股魚腥味。日本人喜歡在早飯的飯桌上吃烤魚、燉魚或魚湯等海鮮料理，因此她會根據季節將梭魚、青魚、沙丁魚、鯧魚或對日本人來說是高級海鮮的鯛魚、河豚等帶回來，還會帶回來蝦、螃蟹、蛤蜊、牡蠣等。她在院子裡挖了地窖，埋了五、六個大蝦醬缸，在初冬製作泡菜的季節賣得一乾二淨。朱安媳婦起初用木盆頂著魚去火車站前的日本人村子，挨家挨戶上門做生意，後來逐漸接到他們的訂單，還僱了一個小伙子用背架揹著前去送貨。沒過多久，她乾脆就在市場擺攤賣起魚來。

後來成為一鐵妻子的申金之所以到市場開始做起服裝生意，也是因為公公李百萬多次回憶起早逝的朱安媳婦的生意手腕所致。他們家人中記得朱安媳婦的，除了丈夫李百萬之外，只有姑姑李莫音和偶爾在家裡有喜事才會出現的李百萬岳父萬伊大叔。其中，岳父是每隔幾年才見一次，但後來沒看到了，才知道他去世了的事實。人們也才記起朱安媳婦是一鐵、二鐵生母這件事。經常談論朱安媳婦的人還是莫音姑姑，朱安媳婦睡醒後吃地瓜，因為食道堵塞而死亡的故事也是因為姑姑對申金、一鐵、二鐵兄弟敘述才被傳開。

一鐵從鐵道學校畢業，開始住在鐵道官舍時，李百萬起初不太願意搬進官舍生活。首先因為大部分居民都是日本人，其中還有以前使喚他的上司，所以感到尷尬。另一個原因是他對柳樹屋一直無法忘懷。柳樹屋是他們以前租的市場十字路口後方最角落的那棟房子，柳樹緊挨著大門，在蓋房子的時候，一直沒有砍掉，後來愈發茂盛地生長起來。隔著小院，兩側是內屋和對屋，大門旁邊連著廁所和門房，門房是朱安媳婦做生意時，為了招工而建的小房間。在兩、三坪的房間角落裡，只能容納一名工人勉強躺下，連伸腳的空間都不太夠，房間裡總是堆著鹽袋，院子裡一半的空間是埋著蝦醬缸的地窖。無論如何，這間屋子是朱安媳婦用販賣魚蝦醬存的錢買的。有人來拜訪的時候，房子角落的柳樹總會成為指標，而家人們甚至稱其為「柳樹屋」。

朱安媳婦和她父親萬伊大叔不同，身材魁梧。萬伊大叔也說，自己個頭小，但之所以能簡單地打敗摔跤手和打架的對手，都是因為自己的俠氣和大膽。萬伊大叔的口才也不容小覷，他經常指導女婿李百萬。

「吭吭，吵架的時候沉默寡言，吭，沒什麼幫助。面對對手的時候，口才就是吵架的一半。吭吭。對方拿著刀撲過來的話，你就泰然自若地說『小子啊，回家給孩子切香瓜吧，你拿那個東西過來能幹嘛啊？』總之，你就想著拿著工具撲上來的人只能用一隻手就行了。就算捱了一拳或者摔倒，也絕對不能洩氣，你就躺著等待機會。如果腳踢過來，你就抓住他的腳；如果對方為了讓你站起來，抓住你的領子，你就用頭撞他。還有，嘴巴千萬不能閒下來，比如『你今天運氣全完了』『看你那熊樣子，原來是在發抖啊』等等。」

但是朱安媳婦和她父親不同，是一個非常沉默的女人。十歲的時候，個子已經超過父親許多，肩膀很寬，手臂和腿不但長而且結實，力氣比男人大，一個人搬運蝦醬缸是每天都要做的事情。她搭乘京仁線火車的時候，李百萬會告訴車站的同事，讓她乘坐貨物車廂。來往的火車時間都是定好的，所以經常是清晨出門，下午回來。有時乘坐旅客車廂，只帶著空木箱，回來的時候乘坐貨物車廂。並不是整個星期都這樣，而是每隔兩、三天往返一次仁川。

因為貨物組的苦力告知，李百萬才知道有一次曾經出過大事。小件行李通常會放在兩輪的推車上，大件行李則是裝在騾車上，直接進入車站內，停在貨物車廂旁邊裝卸。朱安媳婦當天也推著空魚箱等候，那時大腿結實、鬃毛堅硬的騾子將行李拉了進來。車夫先把騾車停在合適的地方，在輪子下面墊上石頭等待，然後車夫們就會勤奮地將行李搬到車廂裡。一個負責把行李放在同事肩上的搬運工爬上騾車，其他搬運工聚集在周圍後，騾子挪了幾步，開始搖晃。車夫舌頭發出聲響，並拉緊轠繩，但隨著嘎吱一聲，騾車的輪子斷裂，騾車也因此傾斜，搬運工則掉到騾車底下。騾子太過驚嚇，於是跳了起來，車夫直冒冷汗，把騾子嘴上咬著的轠繩拉得更緊。另一個搬運工試圖在扭曲、不穩定的另一個輪子下面墊上石頭，結果連他都被壓在地上。騾車上滿載的行李雖然滑落下來，但剩下的行李重量還是不容忽視。被壓住的工人雙腿掙扎，不知是不是因為昏倒，突然安靜了下來。這時朱安媳婦衝了上去，蹲在車底下用肩膀頂住，瞬間就把騾車給抬起來，搬運工們利用這個機會，立刻將同事的雙腿拖出。轉告這件事的工人咂著舌對李百萬說：

「哇，你老婆只是臉有點紅，就像把蒼蠅抓來吃掉的癩蛤蟆一樣，若無其事地站在那裡。」

李百萬可以大致想像當時的情景。新婚時住在租房的單間裡，半夜在行房事的時候，百萬正處於最後關鍵時刻，在老婆肚皮上拚命使勁。那時聽到身後有什麼東西發出咔嚓咔嚓的聲音，然後門板裂開，倒在他身上。原來是在下面搖晃的朱安媳婦因為興奮，抬起雙腿踢到房門所致。總之，百萬原本在家裡就不怎麼說話，朱安媳婦也比較沉默寡言，所以家裡總是像寺廟一樣安靜。不再加上百萬休假的時候也總是坐在家裡製作和整理一些小工藝品，朱安媳婦變得更加不說話，不管是什麼東西都大口大口地吃，也就是從這個時候開始發胖。她有時會坐著，屁股向著一側傾斜放屁，莫音姑姑先是咯咯大笑，然後說道，啊，窗戶紙經常會噠啦噠啦地抖動。

孫子李智山在成長的過程中，曾多次聽父親李一鐵說他跟著爺爺李百萬去漢江看洪水的事情，曾孫李鎮五也聽過。間村就不用說了，漢江一帶曾經歷過長達五年的洪水。任誰聽了都不會相信怎麼會發了五年的大水，但那分明是他們一家人經歷過的事情。

永登浦原本就是沙地，一到夏天經常都會浸水，除了冬天以外，地面總是泥濘不堪。因此從很久以前開始，居民們會自嘲地稱永登浦為泥登浦。別說是穿草鞋的時節了，就是在橡膠工廠生產的地下足袋（日本布襪形狀的工作鞋）、膠鞋、橡膠雨鞋上市後，也流傳著「如果想住在泥登浦，沒有老婆也沒關係，但不能沒有雨鞋」的說法。泥登浦是比較文雅的話，因為下雨的話地面就會被水浸透，土路會變成像粥一樣，所以更過分的表現是「粥地」。

在大洪水開始的前一年，全國掀起了三一獨立萬歲運動。[2]永登浦是京釜線和京仁線的交會處，也是物資和人員往來頻繁的京城要道。因為是全國的消息在一兩天內就能傳達到的地方，所以發生萬歲運動的消息一下子就在京城和京畿道一帶傳開。不僅是熱血沸騰、性格急躁的人，連喜歡看熱鬧的人也經由漢江人行橋步行進入城內，與親戚和同事們見面後回來，開始傳播聽到的

2 又稱三一獨立運動，始於一九一九年三月一日，朝鮮民眾於京城（今首爾）塔谷公園宣讀〈獨立宣言書〉後，引發的全國性反日運動。雖然該運動在同年底遭日本殖民政府鎮壓，但也使當局對朝鮮半島改採懷柔政策。

消息是事實，並廣為傳揚自己所見所聞的內容。在李百萬來到永登浦生活近十年的時間裡，國家雖然滅亡，但義兵仍不斷在四處起義。他們與日軍發生槍戰，有時還用炸彈襲擊日軍，在被逮捕後死亡，甚至自殺，給朝鮮人留下了痛苦而深刻的記憶。春夏秋冬四季經過，事態平靜下來，也被人所淡忘，平凡無奇的日子像江水一般將其覆蓋後流逝。自然災害也是如此，每年夏天，漢江岸邊漲起的洪水都會像例行公事一樣發生。

進入初夏，每到農曆五、六月，人們就會想起雨季，開始擔心住處的安危。李百萬經常在下班吃晚飯後，牽著一鐵的手，到太陽開始西沉的江邊去看看。江水上映照著北漢山和南山反射的晚霞，西側是仙遊島後方，可以看到紅色的天空。漢江在汝矣島分開，形成小河，流到永登浦前，在楊花津前匯合。安養川在梧木內前的鹽倉流入漢江，永登浦夾在其中。越過漢江，從麻浦一帶到龍山為止，江邊幾乎都是沙地。只要一下雨，陰晴交替的話，就到了雨季的起點。一鐵習慣聽著屋簷下雨水滴落的聲音睡著、醒來的日子，不知怎麼的，只覺得既溫馨又安靜，不僅沒有嘈雜的感覺，反而睡得更好。

那天晚上雷聲大作，就像要翻天覆地一般，大雨傾盆而下，一直下到天亮。李百萬憂心忡忡地望著天空，出發上班，但被狂風吹得無處遮身。油紙傘是日本女人才會用的東西，當時連雨衣都還沒有出現。下雨時，要嘛戴斗笠，要嘛披著蓑衣。

一鐵八歲，二鐵六歲。因為一鐵要到十歲才能上普通學校，母親出門做生意時，他都會照顧弟弟，和村裡的孩子一起玩。朱安媳婦非常愛孩子，下雨、下雪天或颱風的時候就會停止做生意，和孩子們一起度過。一到下雨天，一鐵心情會特別好，因為那一天能和母親一起度過一整天，她不僅會給孩子準備飯菜，而且直到父親晚上回來為止，會一直不停地做零食一起吃。用高粱或馬鈴薯煎餅，烤或蒸玉米和地瓜，蒸南瓜，瞞著父親搗碎糯米，製作年糕或切糕。李百萬對於孩子們晚飯只吃了幾口就把碗筷放下感到無法理解，覺得他們是不是哪裡不舒服，還會摸孩子們的額頭或按摩他們的肚子。一鐵因為和母親約好，所以閉口不提，但偶爾二鐵會壞了好事。

「我們做了蒸糕吃。」

李百萬一副我就知道的表情點了點頭，向妻子嘮叨了一句。

「妳這樣大手大腳的怎麼行？到底能不能維持家計啊？別人家都怕吃不上飯，妳沒事就跟孩子把米拿來做蒸糕啊？」

這時朱安媳婦總會一聲不響地坐在丈夫對面，挖起滿滿一大匙飯，塞進嘴裡，假裝說不出話來，然後瞪著二鐵。

父親的嘮叨雖然僅止於此，他總會默默地去到對面的房間，沉迷於做工藝的事情。

「遲早要把那些鐵塊都丟掉。」

不管孩子們能不能聽到，朱安媳婦總會這樣漫無邊際地瞎說。

但是那天下的雨真不一般，完全沒有停歇地下了一整夜，而且下的是傾盆大雨。因為他們家是在巷子的最角落，平時陽光也只能照進來一會，所以也沒有合適的地方去觀察周遭的情況。就是這樣的日子，朱安媳婦埋怨丈夫不在家和家人一起待著，而是固執地要到工廠上班。

「真是個老頑固，說不定這個房子、我們家人都會被水沖走，到時候要去哪裡找人啊？」

真是一語成讖。雨下個不停，天空變得更加陰暗，朱安媳婦終於下定決心，搬動空缸子，在上面墊著原木，艱難地爬上屋頂。她爬到屋頂上之後，擔心瓦片被踩破，小心翼翼地移到屋脊上，扭動上半身，突然看到了驚人的景象。他們村子的地勢可能比市場稍微高一些，雖然巷子裡還沒有進水，但另一邊已經被泥水覆蓋。偶爾看到人們經過，但水已經漲到膝蓋。如果水再漲下去，他們就會被困在巷子裡，毫無他法。她很快地爬下來對一鐵說道：

「我出去一下，你帶著弟弟守好家裡。」

朱安媳婦走出巷子，來到市場十字路口轉角的大街上，四周只有泥水，什麼也看不見。頂著包袱的人從四處湧出，互相叫著家人，場面非常混亂。對於大人來說，當時的水已經漲到了膝蓋以上，如果是孩子，約莫是達到肚子部位。漲水必定會愈來愈高，說不定會超過孩子的身高。

朱安媳婦回到家，快速地思考淹大水時應該去哪裡。她心想，一定要往高處走。附近有兩個地方距離比較短，另有一處離丈夫工作的地方比較近。雖然更遠處也有自己認為安全的地方，但在去到那裡的過程中，水會漲得更凶，中途無計可施，可能會遭遇橫禍，而且還有兩個孩子需要她照顧。離家近的地方是同一個方向，往東北方向走的話有個製陶村，是她去買蝦醬缸或一般缸子的村子。那裡有兩處陶窯，房子只有十幾間。後來在一鐵上中學的時候，這個村子的入口處建起教堂，整個山坡上密密麻麻地建起瓦房。越過製陶村的山坡，走近江邊，就會出現高度更高的堂山山坡，那裡有幾棵銀杏古樹。另一個地方是經過市場十字路口，南側新基里方向的春米岬渡口前的山坡，下方支流的方向有一個名為鬼岩的地方，除了有許多岩石之外，孩子們夏天經常會在那裡的深水坑淹死。她覺得那裡很危險，因為那條支流的河水可能會在途中流到山坡下方。丈夫工作的工廠附近有一個元堂山丘，如果李百萬沒法回家，就可能會躲到那裡。

她決定前往製陶村，催促著孩子們出發。在尋找能夠浮在水面上的東西時，發現家裡只有巨大的木箱。因為上面有特製的把手，所以可以把繩子繫上。巷子裡已經開始有水嘩嘩地湧進，他們母子三人拖著木箱出發。幸好比平時的地面好多了，木箱很順暢地滑了起來。四處湧出來的人群沿著各自決定的方向在水裡掙扎著。朱安媳婦帶著兩個孩子行走，有些地方的積水雖然淺，但有些地方還是比較深，所以二鐵喊了一聲，被湧上胸口的水嚇得跌倒，朱安媳婦趕緊抓住他的手腕，把他扶起來。二鐵因為吸進泥水，咳咳地哭了起來。朱安媳婦揹著二鐵，一鐵抓著浮在水面上的木箱行走。一鐵小時候從春天過後到初秋時分，喜歡跟村裡的孩子去河邊玩，所以會游狗爬式。不知是否因為如此，他抓住木箱，雙腳偶爾離開地面，興奮地踢水。

母子三人到達製陶村山丘下時，從四處聚集了相當多的人。他們爬上陶器棚，到處都有滾動的破缸子，還有兩處帶有煙囪的燒窯，陶器棚是在柱子上加蓋屋頂的作業現場，作業間以ㄷ字形排成長串，是很多人避雨、停留的地方。雨勢未減，下了一夜一日，當天比平日更早天黑。當然，李百萬不但沒有消息，也沒有出現在家人面前。就算是大力士，在面對這樣的情況時也別無他法。

聚集在陶器棚的人說遭逢天災，更應該要互相幫助，於是在幾個作業間點起篝火。晚飯時間稍遲，大家就在村裡製作飯糰，彼此分享。避難的男女老少共有三十多人，加上陶器棚的人，約莫有四十人左右。洪水漸漸上漲，已經淹到離山坡很近的地方。他們在陶器棚裡互相依靠，熬了一整夜，在天色漸亮的黎明時分眺望山坡下，確認他們完全被孤立。四周簡直是一片汪洋，除了製陶村的坡頂以外，泛濫的水漫過了整個田野。朱安媳婦從斑斑點點的屋頂形狀勉強認出他們家所處的村子。泛濫的溪水洶湧而下，遠處只能看到北側聳立著古樹的堂山丘，西側雖能看到幾處工廠地帶的煙囪，但無法預料水會漲到何等高度。朱安媳婦那天白天在製陶村裡做了一件大事，此後在很長的一段時間裡，這件事成了人們口中談論不已的傳說。

由於連續下了三天的雨，暴漲的江水成了泥水，將漢江沿岸的所有低窪地帶淹沒。到了下午，暴雨似乎漸次消退，但帶著泡沫的泥水圍繞製陶村的山坡，洶湧地向下流動。倒塌的房屋、樹木以及破爛的垃圾和衣櫃等幾乎占了江水的一半，上下浮沉地漂流下來。避難至山坡上的人群不安地觀望眼前的情景。朱安媳婦不知想到了什麼，爬上陶窯頂端四處張望，然後對陶窯主人問道：

「有沒有繩子之類的東西？」

「妳找那個幹嘛？」

朱安媳婦笑著說：

「那些無價之寶都漂流下來了，我想撈撈看。」

「欸，妳想闖禍啊？還是想去水裡游個狗爬式？」

朱安媳婦又笑著反駁：

「我原本就在濟物浦海邊長大，水底就是我家的院子啊！」

陶窯主人心生好奇，將草繩拿來，並把三根草繩熟練地擰在一起。在完成兩根結實的繩子後，朱安媳婦走到山坡邊，主人又追了上來，遞給她一包東西。

「這是我們去河邊捕魚時用過的漁網，妳拿去試試吧。」

朱安媳婦看到漁網後面露喜色。

「這東西正合適。」

主人和兩、三個工人緊緊跟在朱安媳婦後面，她把繩子纏在腰上，並把尾端交給工人。

「我大喊的話，你們就把我拉上來。」

朱安媳婦在山坡邊觀察，毫不猶豫地跳進水中，繩子緩緩放鬆。她游向幾個漂來的西瓜，只見她將那些西瓜收攏在一起後，用漁網倒扣上去，然後大聲喊叫。她短暫地冒出水面，然後又潛到水裡，把香瓜、黃瓜等收集起來。不知不覺間，她以熟練的泳技，見到什麼就撈起什麼。她也用木板或椽木之類的東西，將某人家裡漂來的柴火原封不動地收了回來。那時有兩頭豬四肢掙扎，隨著江水漂流下來。其中一頭的身軀幾乎像朱安媳婦一樣，另一頭則是其一半大。朱安媳婦游了過去，在那頭較大的豬隻脖子上套上繩索，然後抱住另一頭豬隻的脖子叫喊。工人們向圍在周圍的人請求幫助，他們無分男女都衝上去，抓住繩子拉了起來。大豬大概也知道繩子拉扯的方向是活路，自己也四肢掙扎地被繩子拉出水面，一手抱著小豬的朱安媳婦也用單手和雙腳打水，身體掛在繩子的末端浮出水面。那天從下午到晚上，大家在陶窯棚裡除了盡享西瓜和香瓜以外，還殺了豬，在陶窯裡烤著吃，大飽一餐。這個故事在多年間一直像傳說一樣被誇張轉述，傳遍了村里之間。說是一個叫朱安媳婦的女人，不但游泳游得好，力氣還像大力士一樣，竟然把幾十頭豬從水裡撈起來。

不只這個傳說，還有傳聞說是朱安媳婦去工廠救了丈夫李百萬。這個故事是莫音太姑奶奶告訴李一鐵，又透過孫子李智山告訴了曾孫李鎮五。

李百萬在洪水泛濫的第一天去了工廠，日本幹部幾乎都待在家裡，只有幾名技師、系長、雇員以及大部分的苦力、勞工上班。車床部的技師松田先生擔心發電設備和車床機器會被淹沒，但由於大部分都是重型裝備，所以也無法隨意移動。他們一上班就開始在廠房門口堆沙包，築起臨時堤防。洪水開始漲起，沙包也堆到人身高度。與平地相比，工廠位於較高地帶，如果積水達到這種高度，整個大街小巷都會變成一片汪洋。下午當洪水漲到緊急堆積的沙包堤防三分之二高度時，職員們開始撤離。他們想撤退到永登浦站，因為那裡是辣椒山嶺的入口，屬於較低的山坡之故。車站腹地之所以定在高於平地的地帶，是因為方便利用地形幫助火車頭出發和停止。由於從工廠到車站有支線鐵路，所以他們決定在火車頭之後安裝三節車廂移動。幾個人決定在工廠留守到最後，李百萬也和雇員們一起留下來。火車載著工作人員小心地出發，鐵路被水覆蓋，已經不見蹤跡。但因車廂稍高，晃動的積水只是達到車廂入口臺階的程度。

有十幾人留在工廠裡，他們原本打算就算洪水漲得再高，即使要爬到屋頂上，也絕不會離開工廠。但臨時堆積的沙包堤防一側倒塌，洪水湧進工廠內，李百萬和同事們利用緊急梯子爬上屋頂。因為屋頂是以木材結構加上石板瓦建成，所以如果集中在某一個地方，會有坍塌的危險。他們各自分散，蹲在屋簷附近。不知不覺間，他們全身都被雨淋溼，雖然是夏天，但夜裡也因為寒冷而無法忍受。熟悉附近環境的人提議躲到元堂山鐵道官舍的山坡上。此處離工廠不遠，平日的午飯時間，職員們會帶著自己的便當到山坡的樹蔭下吃，可算是近在咫尺。但因為不知道積水有多深，所以不敢任意跨越。到了夜裡，大家在屋頂上淋雨熬夜。如果睡著的話會因失溫而死亡，所以大家一起唱歌，有時還互相打耳光。到了第二天，大家在饑餓和疲憊的狀態下緊緊相擁，一直堅持下來。幸好雨停了，但積水卻逐漸增加。中午時分，雨又開始下了起來，這時，從濃霧中出現一個人的身影。

朱安媳婦在展示自己拉動豬隻的能力之後，將打撈上來的雜物中破碎的房屋板子、椽木等收集起來，用繩子加以固定後製成木筏。據說，她把木筏放到水面上，用長杆當作划槳，向丈夫所在的工廠方向划去。她進入並非靜止狀態的積水，而是洪水肆虐後快速流動的水中，任誰看到此光景都會加以阻止。但是所有人都曾經目睹朱安媳婦四處尋找繩子、拉扯豬隻的情景，所以沒有任何人阻止她的決定。

據說朱安媳婦的木筏就像飛箭一樣向堂山里方向快速滑行，她操槳的的速度非常快，在洶湧的水流中划動木槳的動作就像跳舞一般。當時能看到的只剩下工廠的屋頂，朱安媳婦準確地將木筏停在人們聚集的地方，運送他們到元堂山的山腳下。剩下的有十多人，當時一次運送兩人都很困難，要想全部運送完，大概需要來回十次。元堂山有祠堂，也有幾間房子，再加上附近的人來此躲避，所以可以點燃篝火，獲得食物。無論如何，朱安媳婦又再次救活了許多人。又過了一天，洪水幾乎退去後，朱安媳婦和李百萬一起走到陶器棚，見到托其他人照顧的孩子，全家得以平安地回到柳樹屋。對於有關朱安媳婦的驚人傳說，李百萬大多保持沉默，沒說什麼，但對孫子李智山卻很寬厚而簡單地說了一句：

「你姑奶奶本來就很會吹牛。」

李智山經常說，雖然李百萬把這件事情以妹妹李莫音是吹牛大王一筆帶過，但是對於爺爺的回答，讓他感到非常失落。爺爺說雖然撈到豬隻是事實，但具有這種能力的朱安媳婦製作木筏，冒著大洪水救了數十人卻是謊言，這簡直前後矛盾。因為唯有這個事實正確，乙丑年洪水時已經去世的朱安媳婦再次登場的說法才能成立。

莫音姑姑從小就很健談，所以她會將很多事情誇張描述，但關於朱安媳婦的事情都是有根據的。在五年間反覆發生的水災中，最後發生的乙丑年洪水規模最大，當時朱安媳婦已經去世，莫音姑姑原本要去紡織工廠工作，但卻為變成鰥夫獨自生活的二哥照顧孩子。在那場水災中，朱安媳婦再次登場，無論如何那是第一次發生洪水過後五年的事了。

根據李莫音的經驗，直至乙丑年洪水為止，五年當中發生的事情就比較明確了。經歷過一次水災的人到了雨季來臨之前的陽曆六月初就已經開始做準備。他們找來油紙，製造全家人可用的蓑衣；有些人則在ㄱ或ㄷ字形的屋頂上架設椽子，用木板連接，建造臨時避難所；院子寬敞的人家還另外建造瓜棚形狀和結構的亭子。李百萬的家則因為他的手工精巧，所以從結構上看起來是村裡最像樣的。為了符合柳樹屋這個名字，在房子角落的柳樹上適當的高度搭起了堅固的橫梁，懸掛在後來建成的門房屋頂上。椽子交錯搭建，上面鋪著木板，這就相當於有了小閣樓，兩個大人和兩個孩子可以在裡面蹲坐著。一鐵和二鐵兩兄弟在歲月流逝後仍經常說，他們還記得那棵樹上的小亭子，那裡是世界上最出色的指揮所。雖然每年都會淹水，但在第一次發生洪水的隔年，水位只停留在地板底下的高度，市場一帶則都被淹沒。從申酉年開始，龍山和永登浦一帶開始建設堤防工程，在朱安媳婦去世的當年竣工。莫音姑姑究竟是在朱安媳婦去世之前還是之後來到李百萬家，其實並不明確。但從她說朱安媳婦吃了數十個地瓜後死亡的情況來看，莫音姑姑確實是在朱安媳婦死亡之前來的。但李百萬說那也是吹牛，朱安媳婦不是因為吃地瓜脹死的，而是在懷第三胎的期間因健康狀況不好，最後和胎兒一起死亡。因為兩個孩子的緣故，百萬還請了幾天假，因此莫音姑姑極有可能是在朱安媳婦死後才來到永登浦。從姑姑對乙丑年的洪水記得極為清楚來看，那年夏天她分明是守著朱安媳婦不在的房子。

在庚申年飽受教訓的總督府開始整治京城一帶每年都會經歷的洪水，但即便如此，堤防工程還是倉促結束。很明顯的，這是在短短一年內完成的粗製濫造的工程。上一次也是如此，乙丑年也下了兩次暴雨，不幸形成洪水。雪上加霜的是七月初颱風來襲，降雨量極大，在還沒來得及把洪水全部排完的情況下，當月中旬緊隨其後的颱風又襲向西海岸，於是從上游開始發生水災，京城的全部低窪地帶和高陽、光州、楊州、加平、始興、金浦、楊平等區域都被水淹沒，好不容易竣工的漢江邊堤防倒塌，將龍山、麻浦、永登浦一帶變成了泥塘。

每年遭受水災之苦的李百萬一家通常會在柳樹上搭建的亭子避難所裡堅持兩、三天，度過洪水的難關。那年雨季開始後，像往年一樣，他們把儲存飲用水的缸子搬上亭子，屋頂上也鋪上茅草，用繩子綁牢。一鐵那年十三歲，就讀普通學校三年級，二鐵十一歲，讀二年級。開始下雨之後，學校點完名就讓孩子們直接回家。也許就是在那年春天，姑姑來到永登浦的二哥家。因為前一年的冬天朱安媳婦去世，李百萬帶著兩個孩子處理後事，艱難地度過冬天。李百萬沒有要求妹妹幫忙，李莫音在嫂子去世時，與小哥李十萬一起前來守靈，協助葬禮的進行。大哥李千萬因為乘船去了海州，所以沒能參加葬禮。李莫音聽到鄰居家同齡的人進了永登浦紡織工廠工作的傳聞，自己也覺得不能再這樣下去。因為哥哥家裡沒有婦女，所以她決定為了幫助二哥家的家務先去永登浦，然後再找機會進工廠工作。莫音來到李百萬的家裡時，他表面上雖然無動於衷，沒有露出任何想法。但是李百萬一個月後拿到薪水就去購買了布料，交給村裡的裁縫店，為莫音做衣服，從這一點來看，他確實很歡迎妹妹的到來。

莫音姑姑當年春天到他們家的時候，一鐵、二鐵兩兄弟用大人們的話來說，已經長大懂事了，可以處理好自己的事。下著傾盆大雨的那天，孩子們從學校回來，李百萬也提前下班，全家人聚在一起就安心許多。從下午開始，低窪地區開始淹水，莫音當天做的飯比平時多三倍，吃完晚飯後再把剩下的米飯包成飯糰。鍋巴已經收集起來作為應急糧食，用曬乾的紙張包滿。巷子口開始浸水後，還算能經受得住，在到達地板高度之前，他們決定留在房間裡。前幾次洪水時，雖然大水流進村子的巷弄裡，但只到成人大腿的程度，所以只是擔心地望著湧向院子的水，並沒有爬上亭子。兩、三天後，隨著暴雨再次傾盆而下，各處的堤防倒塌，水也一下子湧了上來，整個永登浦開始被水淹沒。這時，院子裡的積水越過地板，高度達到成人的腰部，李百萬一家人這才登上亭子過夜。水漸漸漲高，他們在黑暗中蹲在亭子裡，被雷聲嚇得睡不著覺。大水覆蓋院子，越過地板湧向內屋對面的房間，他們預估比這裡的地勢更低窪的市場十字路口一帶，積水應該已經超過一般人的身高。

當時是半夜，雨下個不停，水也漸漸漲起。根據後來的報導，說是隨堤防倒塌，曾是平地的永登浦全部被水覆蓋，甚至看不到房屋的屋頂，就連曾是較高地帶的永登浦站前附近，水也淹到三公尺高。在這一帶，沒有被淹的只剩下工廠附近鐵道官舍所在的元堂山丘。那是幾年前朱安媳婦用竹篙划著木筏載運工廠人員的地方。這時正值深夜，水還沒有漲到那個地方，突然聽到有人敲門的聲音。根據莫音姑姑的說法，當時沒有人能分開漲到院子裡的水前去開門，李百萬打著瞌睡，一鐵最先從睡夢中醒來。

「姑姑，我母親回來了。」

李莫音下意識地說道：

「哎呀，那就應該去開門啊。」

說到一半，突然想起嫂子已經離開人世的事實。

「那是風聲啦，是誰說有人來了？」

「因為母親出現在我夢裡。」

聽到咔喳咔喳的聲音，大門敞開，朱安媳婦身上穿著蓑衣，頭上還戴著斗笠，啪嗒啪嗒地往裡面走，仰望著臨時亭子。

「小姑，妳不趕快跟孩子一起下來，在幹嘛呢？」

聽到這個聲音，莫音精神為之一振，一鐵最先下去，到他母親身邊，二鐵也跟著下去，但是李百萬還是打著呼睡覺。

「二哥，嫂子來接我們了，快醒一醒啊！」

這時李百萬才醒了過來。他先把妹妹送下去，自己也猶豫不決地爬了下來。從巷子裡出來，看到木筏正等著他們，大家都爬了上去。朱安媳婦最後爬上來，開始用竹篙推動木筏，然後從巷子裡划出來，最後出現在推測為十字路口的寬闊水域。洪水漸漸漲了起來，木筏也在搖晃、顛簸，並發出聲響，然後向著西南方向奔去，僅用了幾分鐘就到達元堂山丘。朱安媳婦把他們放在山坡上，然後又乘木筏消失在黑暗中。可是這樣的故事也和李百萬後來說的不一樣。

李百萬說，莫音姑姑從小就有獨自入神思考的習慣，相信自己腦袋裡想的事情都是事實。他說那天在工廠裡聽到颱風要來，他接到通知，要所有職員攜家帶眷到鐵道官舍躲避。下班後，他帶著莫音和一鐵、二鐵去到鐵道官舍區域，在公會堂住了三天，等水退了才回家。但問題是並不只有姑姑一個人記得朱安媳婦的幫助，就連一鐵也堅信母親來過。一鐵還補充說，母親分別給了他們一個熱騰騰的紅豆蒸糕，他們吃得津津有味。他說那不是在木筏上吃的，而是母親後來出現，把他叫到公會堂外，給了自己和弟弟，他們還淋著雨吃掉。

「你們在這裡的期間，媽媽每天都會過來給你們送米糕。」

一鐵還證明說朱安媳婦就是這麼說的。一鐵忘記了姑姑眯著眼睛囑咐他說父親在旁邊的時候不要說那樣的話，興高采烈地敘述著。當時他十三歲，還在上普通學校，是已經能充分領悟事理的年紀，於是後來他的妻子申金和兒子李智山也只能相信他說的內容一半左右。相差兩歲的弟弟二鐵雖然選擇站在李百萬那邊，但他的話很快就被忽略。一言以蔽之，理由是二鐵就算長大了，對於家中的情況卻從來不關注。大家都說二鐵要嘛就是跟在社會主義者屁股後面，被日本警察追趕之後逃逸，要嘛就是被關在監獄裡虛度歲月。

莫音姑姑與一鐵很合得來，編織出關於朱安媳婦的各種傳說。李莫音在講述與丈夫相遇的緣分時，也不放過朱安媳婦。她為了進入紡織工廠，每次發布招聘公告時都會拜託哥哥李百萬，還存了錢買化妝品去找班長的妻子，但希望總是落空。被友善拒絕的理由總是要當女工，至少也應該從普通學校畢業；或者現在已經十七、八歲了，是適合結婚的年齡，幹嘛還當紡織廠女工等等。當時也看了招聘公告，還前去面試，但卻只是被同樣的話當面拒絕。她帶著眼淚回到家，走進家裡的院子，朱安媳婦正在舂米。

「哎呀，嫂子妳在這裡幹嘛啊？」

朱安媳婦像以前一樣晃動著魁梧的身軀，不停地往磨臼裡敲打著木杵並回答道：

「看了還不知道嗎？我在給我們家一鐵、二鐵做米糕啊！」

「二哥看到妳沒事做米糕的話，一定會生氣的。還是做米飯吧！」

莫音說完，朱安媳婦卻面帶微笑地繼續舂米。

「在老頑固回來之前，我會把米磨完再走，蒸糕就交由小姑妳來做吧。」

李莫音進房間換完衣服出來一看，朱安媳婦已經消失得無影無蹤了。臼裡裝著磨得又白又細的粉末，所以莫音姑姑那天先蒸了米糕才做飯。孩子們從學校回來後，狼吞虎嚥地吃到過節時才能吃的紅豆蒸糕。莫音姑姑在二哥下班回來之前，把所有痕跡都收拾乾淨，並做了大醬湯和烤魚，擺上飯桌，並瞞著二哥說孩子已經先吃過晚飯了。隔日清閒的下午，李莫音睡了一覺醒來，發現朱安媳婦坐在簷廊的盡頭。

「小姑妳跟我來。」

她跟在朱安媳婦的後面，去到的地方是市場入口。一位中年男子和一位年輕人正在建造臨時添加的房屋。他們立起木柱，在上面放置支撐屋頂的椽子，等於是在原來的房子裡加蓋，並往路邊開設店鋪。李莫音回頭一看，卻沒看到拉著自己前來的朱安媳婦。她走來走去，聽到年輕木匠說的話。

「讓一下、讓一下，妳沒看到我們在做事嗎？為什麼在旁邊礙手礙腳的？」

「我們家也有地方要修，所以來問你們。」

也沒人指使李莫音，她卻說得如此順暢。老木匠回答她：

「啊，是巷底的那個柳樹屋吧？剛才有個大嬸才說過。」

老木匠對年輕人說道：

「你趕快去看一下，明天一早就可以去那裡幹活了。」

李莫音跟在年輕木匠的身後回家，就好像事先想好的那樣說道：

「我們家每年夏天都會被水淹，沒有一個地方是完好無損的。每個房間都漏水，柱子也有好幾根傾斜。」

年輕人點點頭說道：

「其他人的房子都十分破舊，這個房子還算不錯。我看看。」

他查看了傾斜的基石上的柱子，又敲了敲內側的幾處平柱，還看了漏雨房間的天花板。李莫音對下班的二哥說，朱安媳婦顯靈了，讓他修葺房子，從明天起，讓他們開始工作。李百萬不置可否，但他一直等到木匠們到來，和他們約定工程、定好工錢後才遲遲上班。從那天開始進行了十天的房屋維修，莫音則為木匠父子提供午飯和點心。這件事卻造就了緣分。老木匠先向李百萬開口，請求讓李莫音和自己的兒子成親。因為這等於是去世的朱安媳婦做的媒，所以莫音姑姑沒能對任何人說明相關的事情，只對兩個人說過。一個當然是從一開始就相信自己話的一鐵，另一個則是後來成為一鐵妻子的申金。此後，朱安媳婦也經常出現在李莫音和李一鐵面前，與申金一起，三人悄悄地互相交流自己經歷的事情。

例如，李一鐵日後在支線貨運火車工作時，從火車駕駛助手底下的火夫做起。那是發生在下著暴雪的冬至月夜的事。火車司機握著安裝有逆轉器和剎車閥的方向盤注視前方，助手根據地形和速度向爐口投擲煤炭，一鐵則蹲在機房後面的儲煤庫裡，負責打碎煤塊。為了提高褐煤的火力，發放摻滿焦油的煤炭，但由於寒冷甚至凍結，為了便於用鐵鍬投入爐口，必須一一將其敲碎，方法則是用削尖的長鐵棒像打碎冰塊一樣砸碎煤塊。原本在加速或爬坡時，助手和火夫一起輪流用鐵鍬挖取儲煤庫裡的煤炭投入爐口。在平地上行駛時，則適當地收集，偶爾放進去，火車司機和助手也可以在這樣的區間內休息片刻。一鐵穿著雨衣蹲在沒有屋頂的儲煤庫裡，冒著暴風雪持續敲碎煤炭。非但不感到寒冷，因為工作非常辛苦，導致全身發熱。火車上還備有防止口腔乾燥的兩升容量水壺，因為很容易疲憊，一般都裝著米酒，好讓大家加把勁。如果口渴，就傾斜水壺喝米酒，然後再繼續工作。風雪變大，一鐵舉起鐵棍朝煤塊插下，黑暗中有一片鬱鬱蔥蔥的冷杉樹林一閃而過。識路的一鐵知道路過這裡時，開始會有斜坡。如果不連續投入煤炭，火車就會在斜坡上因缺乏火力而停止，甚至可能會後退，如此則必須在幾十里外重新開始加速。一眼望去，不僅是火車司機，連助手也都蜷縮在左邊、右邊的椅子上打著瞌睡。一鐵扔掉鐵棒，正要衝到爐口前，突然有一個黑乎乎的人擋在前方，打開燒得通紅的爐口，並開始鏟煤。就像側身跳舞一般，那人向後轉身，繼續用鐵鍬把煤炭挖到前面的爐口裡。一鐵來到鍋爐間後，就只有在火車出發前接受一個多小時的投入煤炭實習。這個突然出現的人卻比任何一名火夫都要熟練地反覆鏟煤。一鐵一眼就認出那是朱安媳婦。她戴著頭巾，身上穿著與平日一模一樣的衣服。一鐵打起精神，拿起鐵鍬走到她旁邊，正一起投入煤炭時，助手醒了過來。

「哎呀，差點就倒退了。」

助手慌忙地拿起鐵鍬開始投入煤炭，一鐵又退回儲煤庫。司機也醒了過來，提高火車頭開始爬坡的蒸氣壓力，火車使盡全部的力氣越過山嶺。

4

不知從何時起，鎮五開始不吃早餐。有消息指出，外部為了建造支援勞工日常生活的休息處，正展開共同運動。他們將透過社會各界的捐款，購買市中心巷弄中的舊建築，重新裝修。如此一來，支援李鎮五靜坐示威的大本營就會被牢固地建立起來，其他同志也可以輪流到那裡幫助鎮五。他認為自己不是從事粗重的工作，只是在僅有十六步的空間裡活動受到限制而已，按時吃三頓飯反而很奇怪。最重要的是，支持自己的同事都必須從事勞動或零打工，只有自己在被解僱的期間可以擁有較為充裕的時間。當然，雖然也存在來自金屬工會的支援，但這僅局限於向社會做宣傳或針對企業的共同活動，抗爭者的日常生活還是必須由當事人自己解決。雖然同事們輪流用沒有外出工作的日子支援他，但是用餐時間決定更改為只有午餐和晚餐這兩頓飯後，負擔似乎減輕許多。

李鎮五上來煙囪後的頭兩個月還在適應這個空間，現在感覺愈發習慣。就像苔蘚生長的過程一樣，孢子飛到乾涸的岩石上附著，接受細微的溼氣、風和陽光，形成生命的居所。最重要的是，他克服了無聊的感覺。早晨太陽升起後，他從帳篷裡爬出來，在往返三十步的軌道上行走近一個小時，進行熱身，並實施三個動作。接在伏地挺身的動作後，有一個動作是蜷縮腿部，蹲下再站起來，向空中跳躍，然後再次蹲下，回到伏地挺身的姿勢。剛開始這三個動作只能做十次，現在增加到十六次，他打算提升到教練說的二十次。

雨季結束後，酷暑襲來。水泥製成的煙囪溫度超過攝氏五十度，白天甚至接近六十度。這種程度可以將雞蛋烤成半熟。因此運動的時間只能在清晨五點到六點左右進行，最遲也得在七點之前結束。他將飲用水倒入露營用鍋裡，大致洗臉、刷牙，潑水擦拭剃光的頭部。從上個月開始天氣變得炎熱，他要求將電動理髮器送上來，並用其剃了光頭，之後乾脆就用刮鬍刀刮臉和頭部。晚上穿著內褲，白天則穿上機能性長袖衫和運動服，反而感覺稍微涼爽。他終於明白沙漠的遊牧民族為何要包裹全身和臉部生活，雖然悶熱，但是能承受熱氣。即便胸部和臀部冒汗，感覺也稍微好些。

午餐吊上來了。現在也掌握了拉滑輪繩子的技巧。東西分三、四次吊上來，李鎮五經常會戴上橡膠塗層的工作手套拉繩子。他往下看，和他一起長期守護工會支部的金昌洙擔任今天的伙食值班，他們互相揮手問候。手機的震動聲響起，他聽到老金的聲音。

「明天就是第一百天了，我們在想要不要舉行一個小小的活動。」

「哎呀，現在才剛開始，有點不好意思。」

聽到李鎮五難為情的話，老金完全沒有改變語氣，而是認真地說：

「活動不是李兄你來決定，而是工會決定的，你只要在上面撐下去就行了。」

「這個嘛，我……」

鎮五只能閉上嘴巴。公司方面完全沒有反應，前段時間，他們在公司前幾度要求與會長面談，或者進行工會支援的街頭廣播和示威，但沒有一個人到大樓外和他們接觸，進行的抗議只是淪為街上的噪音而已。

「哦，還有休息處已經開始營運了，以後每天的飯菜會從那裡送過來。」

鎮五心想以後可以吃到和家常飯差不多的食物了。事實上，在圍牆外的臨時帳篷裡做飯後送上來的食物是露營時食用的，過三天就會吃膩。他打開便當，拿出自己之前要求的豆瓣醬。花盆裡的生菜長大了，雖然過去這段時間每天摘著吃，但葉子還是很茂盛。如果太熱，這些生菜都會枯萎，所以打算不斷地摘下葉子食用。下面嫩葉正冒出來，等它們長大後也可以摘下來吃，枯萎的話就整齊地埋在花盆裡。它們雖然也離開了地面，但還是用幾滴水堅固地守護著自己的生命。

從四面八方傳來了各種消息。在南方城市的某處，計程車司機爬上起重機，進行近一年的靜坐示威；火車女乘務員進行了十多年的復職抗爭；此外，教師們連續幾年走上街頭，要求將法律之外的工會移至體制內。各地的清潔工、臨時工死亡、受傷、被趕走。對他們來說，時間是靜止的。對於鎮五的十一名同事來說，這場抗爭持續了三年多，也不知道什麼時候才會結束。一位老工人在酒桌上呼喊的聲音還清晰地盤旋在李鎮五的耳邊。

「總之啊，資本主義太壞了。那麼對策是什麼？我也不知道。雖然我他媽的不知道對策，但我知道資本主義太惡劣了。」

午餐結束後，鎮五站在開始炎熱起來的欄杆前，聽到了手機嗚嗚的震動聲。仔細一看，是妻子打來的。

「是我，你還好吧？」

「吃得好，拉得好，睡得好，沒事。」

李鎮五故意耍嘴皮子。

「怎麼樣？孩子們還好吧？」

「嗯，沒什麼特別的，每天去上學。那個老金，他要我明天去你那裡。」

「妳應該很忙吧？明天不工作嗎？」

「嗯，明天是大夜班。」

「究竟是什麼大賣場，每天通宵。半夜到底有誰來買東西？」

「大賣場都是這樣。對了，媽媽說她明天也要去，我會去接她。」

鎮五的妻子在他進行復職抗爭的期間，在大賣場找到收銀員的工作，承擔了一家之主的責任。母親尹福禮很早就結束掉申金經營的市場店鋪，市場前面加上傳統二字後，此地土生土長的人全部消失，從鄉下上來的人承接了市場的攤位。尹福禮住在間村房子的時候，在村莊前面開了一家小店鋪貼補家用。但隨著新式超市的進駐，尹福禮自然地結束營業。鎮五一家人能處分掉家產，購買了一間二十四坪的公寓，還算是幸運。

「別來了，也沒什麼特別的。」
「從事文化工作的人說要製作影片，讓我們說兩句。」
「才一百天，搞什麼活動？公司根本無動於衷。」
「嗯，你辛苦了。」
「保重。」
和妻子的通話結束。
他拿出老金中午放在籃子裡用來製作橫幅的布條和麥克筆。下午的烈日毒辣，但因為有風，所以還能忍受。李鎮五把布條展開成雙臂長度，一隻腳跨上去壓著，另一側放上寶特瓶，裡面裝有已經變成褐色的尿液。

示威第一百天
趙泰俊，你必須遵守廢除的協定
立即進行勞資對話

第一個布條有五個字，第二個有十四個字、三個空格，第三個有十個字，兩個空格，他非常用力地寫著每一個字。趙泰俊雖然只是寫在布條上的文字，卻也是解僱他們，把公司搞垮的罪魁禍首。過去五年的復職抗爭期間，雖然喊了這個名字數百次，但卻連一次也沒有見過，所以只是一個不知道長相的人，也只是在文件上熟悉的名字。根據書中提到的，那只不過是資本的抽象符號，在沉默中履行著社會賦予的角色。趙泰俊不屬於青年、壯年或老年，但是在與李鎮五和他的勞工同事完全不同的時間裡，過著與他們無關的生活，甚至不會記住他們。對於趙泰俊來說，他們就像壁紙上的瑕疵一樣，雖然存在，暫時受到關注，但並沒有影響日常生活，只是熟悉的微小痕跡而已。

李鎮五用紅色和藍色的麥克筆書寫後，用粗繩綁住橫幅，圍在圓形的欄杆上。他拿著麥克筆想了一會，然後朝下看那些空寶特瓶，想在它們上面寫下真正屬於自己這一方的名字。哼哼笑完後，鎮五在瓶身上用麥克筆寫下小理髮師。然後又拿起排列著的幾個寶特瓶，開始寫起朱安媳婦、申金，如此寫完後，他看了看被紅色麥克筆墨水暈染的大拇指和食指，就像割破的傷口一樣。寫完英淑兩個字就停了下來，把另一個寶特瓶取名為鎮基。「小理髮師」、「鎮基」、「英淑」、「朱安媳婦」、「金」。如此寫完名字之後，發現他們都是過世的人。如果說曾祖母、太姑奶奶、小理髮師是以前的名字，那麼英淑和鎮基是近幾年他得知的名字。他把寫有名字的瓶子從裝有尿液的寶特瓶中分開來，單獨綁在欄杆上。

那天吃完晚餐，夕陽西沉，鎮五枕上小理髮師這個寶特瓶，並決定跟它對話。

「喂，小理髮師，好久不見。我偶爾會想你，真想再和你一起去以前去過的鬼岩和小溪，還想去養馬山和栗島。」

一個十二歲的男孩踮起腳尖坐在他的枕邊。鎮五裝出一副吃驚的樣子，爬到帳篷外面和他面對面坐著。

「我討厭住在高處，臭小子，你住在這裡啊？」小理髮師張望四周後說道。

「你這混小子，誰住在這裡？我是來玩的，你看不出來嗎？」

鎮五也變成了孩子，用他的語氣接話。小理髮師很快地輕聲細語道：

「鎮五，我們去挖花生吧，現在是最好吃的時候。」

「就我們兩個人？」

「這裡除了你以外還有誰？」

「走吧！」

鎮五爽快地回答後，小理髮師一如既往地提出條件。

「有一塊只有我知道的田地，現在花生應該已經成熟了。要去的話，你的彈弓能給我嗎？」

啊，想起彈弓了。那是將腳踏車輪條上的螺絲插進管子裡，再插入木棍，最後裝上木製把手的手槍。是父親在曾祖父的工坊裡抽空製作的玩具，裝有扳機和撞針的手槍。將燭蠟融化，釘上螺絲之後，在前端貼上紙火藥，扣動扳機，隨著爆炸聲響起，炙熱的燭蠟塊就會飛向對方。如果被打到，會非常疼痛。

「有點捨不得啊！」

「臭小子，算了，算了，我要走了，你自己玩吧！」

「好啦，給你，給你。」

鎮五不知何時從煙囪上走下來，翻過堤防來到江邊。沿著長滿高度達到腰際的紫芒、蘆葦和月根草的江邊走下去時，因水量減少而成為小溪流的分岔口上有一座石橋。越過該處，小理髮師領著他走在稀稀落落出現水坑和裸露土地的道路上，他用手指著某個交匯處，大聲說道：

「那個地方有很多芳草芽，那邊是酸模，還有那片蛇尾草叢中有成堆的龍葵。這裡只有我知道，吃的東西多得不得了。」

他們走到能遠望養馬山的花生田轉角處。如同洋槐葉一樣圓圓的葉子十分繁茂，用手摸索著可以抓住莖幹，另一隻手挖掘沙地，輕輕拔出根部，就會出現如同小瘤一樣懸掛的花生。他們只取下花生，然後再輕輕地挖出另一串。不過一會工夫，兩個孩子的膝蓋上就堆滿了花生。他們決定先嘗味道後再繼續挖，於是用嘴巴呼呼地吹掉沙土，牙齒咬住外殼，輕輕咬破。如果用手指剝開，因為尚未完全乾燥，花生會貼在一起。外殼也軟得像薄膜一般，直接嚼的話，帶著一絲香甜的腥味，花生的內裡則像煮熟了一樣嫩。他們兩個口袋都裝滿花生，還用脫下的運動衫包得滿滿的。如果被大人們發現，他們一定會被嘮叨，因此他們決定在回到村子之前將花生全部吃掉。他們爬上能俯瞰汝矣島機場的堤防，跨坐在輸油管上，細心地剝著花生，把它們放進嘴裡。

「你還要再爬到那個煙囪上面啊？」

「當然啊！」

「有意思嗎？」

「雖然沒有意思，但都已經約定好了，那就應該遵守諾言。」

「你決定要跟誰見面了嗎？」

小理髮師的好奇心似乎不會輕易結束，鎮五微笑指著他說道：

「臭小子，不是決定跟你見面了嗎？」

「你讓我每天爬上那個那麼高的地方？」

「不，如果我叫你的話，你就像今天這樣陪我玩就好。」

小理髮師想了一下說道：

「你這小子，這個世界上哪有免費的午餐？你們家的工坊不是有很多神奇的東西嗎？」

「那不是我能決定的。」

「喂喂，你曾祖父沒有做不了的東西吧？我把小號嘴弄丟了，你只要讓他給我做小號嘴，以後不管什麼事，我都會照做。」

鎮五爽快地回答：

「我知道了，不管怎樣，我會去拜托我爸或爺爺。」

不知不覺間，李鎮五已經趴在帳篷裡支著下巴，而小理髮師寶特瓶則安靜地擺在前面。他把寶特瓶放在其他名字的瓶子中間。

太陽升起後，進入第一百天。雖然說要舉行活動，但李鎮五的心情沒有變化，也不怎麼興奮。現在才剛開始，而且說靜坐示威也讓他覺得有點不好意思。其他地方靜坐示威的工人們幾乎要過一年左右，大家才會給予關心，說「啊，已經過了一年了啊？」今天從一大早開始，警用護送巴士就開了過來，義警們排隊下車後，圍在煙囪周圍，另外一輛卡車運來安全墊，打氣之後鋪在地面，說是為了預防有人從上面跳下來什麼的。為了進行彈力實驗，鎮五還真的產生了跳下去的想法。

正門附近也有警察擋在門前排成一列。在發電站圍牆另一側的臨時本部帳篷裡，同事們和工會成員、市民團體會員聚集在一起。底下傳來擴音器的聲音，也傳來了老金朗讀呼籲書的聲音。雖然不知道來了多少記者，但是媒體上也沒有表現出太大的關注。最近影片什麼的都有很多技術、方法，只能自己著手宣傳。如果工會成員們四處擴散，就會取得一定的效果。他還沒到直接要求跟老闆面對面的階段，所以鎮五不願意修復被拆掉的梯子。下面也發表靜坐示威正式開始的宣言，似乎打算好好利用今天這個一百天的意義。這時，手機鈴聲傳來。

「是鎮五嗎？我是媽媽。你為什麼不吃早餐啊？」手機那頭傳來尹福禮的聲音。

「您怎麼來了？」

「我想來看看你，可是他們不讓啊！你怎麼不回答我？為什麼不吃早餐？人是鐵，飯是鋼啊！」

「我都沒怎麼動，如果三餐都吃的話，反而會生病啊！」

「我在夢裡見到申金婆婆，她要我做紅豆蒸糕給你吃。她還說爺爺喜歡吃，你也喜歡吧？」

「嗯，我也喜歡吃。」

「勞動抗爭原本就是李氏家族的遺傳，我不是讓你自己一個人吃好喝好，而是所有勞動者都能夠過上像人一樣的生活，」

尹福禮語氣堅定，令鎮五突然鼻子一酸。

「是，是啊！」

「你就不要想在一兩個月以內下來，從以前到現在死了多少人啊？」

她說的話是曾祖父李百萬和爺爺李一鐵以及父親李智山經常掛在嘴邊的話。這句話是李鎮五的母親尹福禮從年輕到現在都同意的，也是她自己的想法。

「怕你噎到，我還做了甜米露帶過來。就當今天是你從煙囪裡出生的日子，好好享用你的生日宴吧。」

母親打完電話，把手機遞給妻子。妻子和他交談的內容包括母親和自己的健康沒問題、孩子成績進步、沒有告訴娘家母親，即岳母關於他的事情，所以萬一岳母打來電話，要像在公司工作一樣說話等。還補充說影片是母親一個人拍攝的，為的只是想盡情炫耀兒子。

「第一百天靜坐示威」活動以簡單的形式結束。

從那天晚上開始，料理組在休息處精心製作的食物送了上來。他收到了兩個女人的短訊，其中一個人是以前熟識的纖維工會被解雇者，長期在工廠工作，最近又回到家裡專事家務，後來又開始想念以前的同事，所以來這裡當義工。另一個是同齡的大嬸，也是被解僱的工人。她在工廠前進行長時間的一人示威，在復職後，她們工廠也像李鎮五的工廠一樣轉移到國外，偽裝破產，她也再次被解僱。不僅是工會，各階層的後援者也積少成多地捐款，籌辦並運營休息處。其他工會的工人們去買菜，協助料理，食物準備好後，由李鎮五的同事送到現場。籃子裡有保溫便當和保溫瓶，裡面有菜碗，還有一張紙條：「今天是第一百天，恭喜恭喜！一百天是新生兒，讓我們邁向一週歲！」就像過生日或節日一樣，保溫瓶裡裝有牛肉海帶湯、熱飯、煎餅，還有辣炒豬肉和拌菜。但是，如果是要邁向一週歲，那就要過一年啊！確實，之前的高空示威抗爭者幾乎把超過一年當作是常態，只有達到這種程度，資方才會假裝進行協商，輿論也才會開始關注。不時有無法忍受的人中途投身自盡，隨著被貼上烈士的名字，他們被混合在眾多照片中，與流逝的歲月一起被埋葬。

李鎮五在發臭的毛巾上沾水，擦去全身的汗。時間雖已是晚上，熱度依然不減，汗水變成了水，毛巾上的水分又變成了汗水。傍晚才吃過晚餐，到了九點左右，又開始饑腸轆轆。鎮五把白天吃剩的紅豆蒸糕從塑膠袋裡拿出來，和著溫乎乎的甜米露一起食用。蒸糕柔軟，吃起來還不錯。過了一夜的話，蒸糕就會壞掉，然後會和垃圾混在一起，放在籃子裡吊下去。鎮五咬了一口蒸糕，跟寫有奶奶名字「金」的寶特瓶搭話。

「奶奶，要是能吃妳做的蒸糕和一碗蘿蔔片泡菜就好了。」

但是沒有任何回答，寶特瓶只是靜靜地靠在欄杆上。鎮五十分懷念昨天小理髮師來找自己玩的回憶，不但去了江邊，還去挖花生吃。他繞到欄杆盡頭，走到被帳篷堵住的後方，小便後轉身時，一個熟悉的人站在前面。申金穿著平常的衣服招著手說道：

「我們回家吃蘿蔔片泡菜吧！」

他們倆忽前忽後地走在黑暗中。

鎮五跟在奶奶身後，到達的地方並不是以前位於間村的老房子，而是市場後方巷子的柳樹屋，他曾經聽說長輩們以前住過該處。

❈ ❈ ❈

李一鐵只花了四年就從普通學校畢業，然後進入五年制高等普通學校，這件事長久以來成為李百萬的驕傲。雖然他自己透過自學識字，歷經打雜和傭人的工作經驗，學會了日語和技術，但大兒子堂堂正正地成長為上學校的讀書人，讓他感到無比驕傲。他希望兒子成為火車司機，當李百萬第一次看到火車的威容時，他的夢想是自己坐在擁有巨大動力的火車駕駛座上。住在柳樹屋時，一鐵考上了總督府的鐵道從業人員培訓中心。以前委托南滿鐵路經營的時期名為京城鐵路學校，後來總督府重新開設，直接經營，並更名為培訓中心。李百萬經常感到遺憾的是，直到當時為止，還沒有一名朝鮮人當過司機。京釜、京義線的客車裡也沒有任何一名朝鮮人擔任駕駛助手、火夫和煤工，後來在支線的貨車或客車內才招收了朝鮮人擔任火夫或煤工。

鐵道從業人員培訓中心成立後，允許對朝鮮人進行鐵路技術教育。李一鐵就讀高等普通學校三年級時，在父親的幫助下，獲得鐵道工廠日本人主任官的推薦書，報考了本科，並順利入學。當時雖然允許朝鮮人入學，但也存在如果錄取十名日本人，朝鮮人只會有二到三名的慣例。本科的授課年限為三年，入學資格是高普二年結業。鐵道局職員的子弟享有優先順序，因此李一鐵的入學資格可謂是毫無問題。一鐵借貸了十二元的學費，住進位於龍山的學校宿舍。當他穿著學生制服和披風出現在市場十字路口的巷子時，李百萬總會公然地帶他去市場酒館，就像和自己的朋友一樣對酌。雖然一鐵曾經不經意地說他們父子與弟弟二鐵不同，沒有什麼發酒瘋的習慣，這是因為父親從他岳父萬伊那裡學習酒道，而自己則是從父親那裡學來的，所以自然而然養成良好的習慣。但弟弟二鐵是在紡織廠和他同齡的人胡亂學習喝酒，養成了發酒瘋的習慣。儘管如此，還是弟弟李二鐵先認識申金，並把她介紹給哥哥，也許這真是非常特別的事情。

申金是金浦普通規模農戶的小女兒。她有五個哥哥，父親當年五十歲，在當時已經被認為是半老年人，母親則是四十八歲。雖然處於那個不知道女兒珍貴的年代，但因家裡沒有女兒，所以她的父母一直希望有一個漂亮的女兒。她和哥哥們的年齡差距很大，最小的哥哥在別人家已經是可以作她父親的年紀。只要是申金說的話，就會讓一家人瑟瑟發抖。三個哥哥結了婚，分家過日子，她和大哥、小哥一起住在娘家。申金不管是誰來家裡玩，都會盯著對方看。小心狗！她只說了這句話，就忘了自己說過什麼，立刻沉迷於自己的遊戲。母親則訓斥她，要她別說這種倒霉的話，但過了幾天就傳來訪客被狗咬的消息。她對訪客說對奶奶好一點！之後不久，那位客人的奶奶就過世了。因此即便被家人約束，不讓申金多說話，但她每次說完就會立刻忘記。

有一天，父親看到申金一個字一個字地慢慢讀出朝鮮報紙上的廣告，嚇了一跳，決定讓她接受新式教育。申金進入哥哥當年讀書時尚未設立的郡立普通學校，她相信從四年制普通學校畢業後，她一定會被送去女子高等普通學校繼續求學。雖然京城和地方城市有幾所私立女子高中，但父親絲毫沒有把小女兒送到他鄉的想法。普通學校的導師屢次說明每個學校都有宿舍，但父親根本不想聽。就如同當時所有的父親對女兒說的那樣，都已經十五歲了，馬上就要到婚期，在家乖乖地學習家事，遇到新郎後就嫁出去。申金一直待在房間裡，連飯都不吃，母親為這個女兒感到惋惜。

最小的兒媳婦說自己聽到了好消息。她是從鹽倉里嫁過來的，她說自己村裡的一個同齡朋友進入紡織廠接受教育、學習技術，現在成了組長，算是出人頭地。因為薪資高，而且與同一家工廠的技術人員結婚，現在住在永登浦，生活無虞。母親準備好衣料、珍貴的魚乾等禮物，然後帶著最小的兒媳婦去永登浦見那女人。她們在幸州渡口等候漲潮，乘坐帆船經過鹽倉，半天後就到達仙遊島楊花渡口。小媳婦的朋友一聽申金畢業於普通學校，立即保證說等於是已經找到工作了。還說工廠裡有三年制的夜校講座，可以邊賺錢邊學習。雖然申金的家在金浦是擁有三十畝稻田的普通中農，但因為子女多，學到的也只有農務，所以分家出去的兒子也只能勉強過日子，連本家的家人在努力種地的情況下，也只能勉強維持生計。當時的社會已經認為金錢比白米重要。申金是普通學校畢業，這在當時是非常有用的。她在學校學習日語，而非朝鮮語，她還會說、讀、寫日語，這是長輩們所不會的。申金跟著嫂子去了永登浦，在進入紡織廠工作之前，在嫂子朋友家繳交糧食換得住宿，住了大約一個月左右。

申金進入工廠工作，也分配到宿舍。宿舍房間是四、五個人一起寄居的榻榻米房。在宿舍餐廳吃大醬湯、醃製的蔬菜，偶爾會有一小片魚的飯，工作結束後去教室上兩、三個小時的課。一週只有星期天休息，當天從下午到晚上可以外出，八點必須回到工廠。但是工廠實際的生活與當初聽到的不同之處實在太多，每天的勞動時間通常是十個小時到十三個小時。早上六點起床吃早飯，七點開始工作，十二點吃午飯，下午一點重新開始工作，晚上六點結束工作，然後去宿舍的教室邊打瞌睡邊聽課。因為太過疲倦，通常十點多就倒下睡著。如果工作太多，還得加班，很多時候必須工作到晚上九點多。宿舍紀律嚴明，除星期日以外不准外出，甚至不准離開分配的房間到其他同事的房間串門子。傭人和苦力都很羨慕她們，這些人是臨時工，工錢也是發日薪。工廠辛苦的雜活都是他們在做，但只要稍微偷懶或犯了一點過錯，當天就會被解僱。申金兩年後摘掉學徒這層身分，當上正式織工，三年講座結束後當上了組長，和兩名助理一起負責屬於她們的紡織機。

李一鐵在鐵道從業人員培訓中心上二年級時爆發了滿洲事變。進來教室的老師介紹了軍隊派遣的教官，他詳細介紹前一週發生的滿洲柳條湖事件及其經過。他首先簡單說明長春萬寶山水路工程現場發生的朝鮮移住農民與中國人的摩擦。內容是中國人在將土地出租給外地人時，隱瞞了未經縣政府許可即無效的規定，在簽訂契約後不承認有關朝鮮農民的水路權限。日方和中國軍隊發生零星衝突後，日本政府以中方主張移住滿洲的朝鮮人是日本先遣隊為藉口，在朝鮮報紙上大肆報導中國壓迫、侵奪朝鮮人的權益。因此相信該事件是真實情況的朝鮮人，包括京城在內，在朝鮮各地襲擊了華僑經營的餐館或商店、農場等。得知情況的朝鮮人社會團體紛紛告知真相，勸告朝鮮人不要被日方的宣傳所欺騙，並強調朝、中人民的友誼。當然，一直待在學校專心接受技術教育的李一鐵得知這個情況已經是很久以後。當時，日本早已在滿洲全境鋪設鐵路，成立南滿洲鐵路公司，以保護日本人及其生命、財產為藉口，讓關東軍駐紮滿洲合理化。日軍參謀部宣傳說，中國以侵害日本利益為目的，先行炸毀了滿洲鐵路，但這也是在關東軍特務的作戰下自導自演。教官以激動的語調結束當前形勢報告。

「我們英勇無雙的大日本帝國關東軍，僅用五天的時間就控制了遼東和吉林省的大部分地區，使這個長期屬於中國的地區得以獨立。」

李一鐵在鐵道從業人員培訓中心就讀的第二年寒假期間，日本宣布建立滿洲國，清朝的最後一位皇帝溥儀就任執政，滿洲地區完全落入日本的手中。

李一鐵的弟弟二鐵畢業於普通學校，在附近的鐵廠像父親李百萬一樣學習車床技術，後來進了鐵道工廠當苦力。要想在苦力中成為正式雇員，就要像父親一樣擁有優秀技術，態度勤勉。他雖然不像哥哥那樣學習成績優秀，但很有眼力，極其聰明，所以很快就能扮演好助手的角色。二鐵在父親的技術雇員同事指導下進行打磨車床的工作，有一天，組長皺著眉頭，讓他去鑄造部確認模具的原型尺寸是否正確。他拿著鑄造品去到鑄造部門，雇員確認尺寸後，催促將鐵水倒入模具裡的勞工。他們當中有人舉手說道：

「我們只是把溶液倒入送來的模具中，凝固後取出而已。是不是尺寸從一開始就有錯誤？」

「總之，不管是哪個部分的錯誤，犯錯的小組要負責賠錢。」

鑄造部雇員確認了紙條上的尺寸，量了一下，點點頭。
「製作模具時出了差錯。」
他們當中的其他人又舉手問道：
「不良品有多少個？」
二鐵回答：
「七個。」
「我來賠償吧！」
雇員出神地看著那個出聲的男人。
「那個，我們在座的都是朝鮮人，互相幫助吧。再倒進去需要二十分鐘左右，我們按照數量再加工不就行了？」
他也是經過多年的勞務工生活之後才成為雇員，沉默了半天才說：
「費用能從你今天的日薪中扣嗎？」
他微微一笑回答：
「沒問題，不要解僱我啊！」
聽了他的話，鑄造部的雇員一起笑著說道：
「什麼解僱……」
原本凝固的氣氛似乎一下子解凍了，李二鐵對那個工人留下很深的印象。晚上下班回家的路上，看見那人腰帶上掛著便當，肩膀左右搖擺地走在前面。二鐵加快了步伐，走到他背後跟他搭話。

「您住在哪裡？」

「啊，這是哪位？不是車床助手嗎？」

「請說半語吧！您的年紀就是我大叔啊！」

二鐵心情愉快地回答。他連忙揮手。

「你以為我不知道啊？你不就是李百萬雇員的兒子嗎？我們就只是幹粗活的人而已。」

他說自己住在市場後街的旅店，二鐵說自己的住處離那裡不遠，提議去那附近的小酒館喝杯酒。從很久以前開始，市場街道周圍就有很多飯館和酒店，一到下班時間，那附近就鬧哄哄的，連個座位都沒有。有家庭的人如果不是週末，總會在菜肴街道買一兩條魚之後匆匆回家。但那些單身的工人即使回去住處，也只是幾個人一起交日租金的小旅店。熟識的人平均分攤費用，晚上吃著便宜又豐盛的酒菜，佐以米酒或燒酒。他們兩人點了小酒館火爐裡烤著的青魚和綠豆煎餅，在酒壺裡裝進米酒，站在木板架邊吃喝。兩人首先互通姓名，然後交換故鄉在哪的話題。

「我叫方又昌，從忠清道天安來的。」

「我叫李二鐵，父親的故鄉是江華島，我出生在永登浦。」

方又昌笑著問二鐵：

「看你的鬍鬚還很軟，你幾歲？」

「啊，我十八歲。」

「哇，年紀超過二八青春，分明就是男人了。我剛滿三十歲，已經是沒用的人了。」

二鐵向他詢問從一開始就很好奇的問題：

「今天生產的不良品是大叔背黑鍋了，這種人很少見呢。」

方又昌一如既往地笑咪咪說道：

「昨天和今天一樣，今天和明天一樣，就當今天沒出現過。」

方又昌繼續說道：

「如果車床部和鑄造部爭論尺寸和鑄型的錯誤在哪裡，我們之間就會變得勾心鬥角，如果鬥爭擴大，就會有人被解僱。朝鮮也是因為這樣才完蛋的，日本這隻老狐狸就是用這種方式玩弄朝鮮百姓。」

「您一說我們都是朝鮮人，大家都把嘴巴閉上了。」

二鐵似乎感觸頗深，一說完，方又昌拿起一碗米酒，猛地喝了一口說道：

「大家都把這些忘得一乾二淨，就我們自己吵鬧。這裡是朝鮮的土地，我們才是主人。」

酒酣耳熱之際，方又昌自然而然地跟二鐵說起半語。

「你休息的日子做什麼？」

「嗯，就在家裡無所事事。」

「我有一些認識的朋友，我們打算一起去河邊抓魚。」

「好啊，我要準備什麼？」

「你就打一瓶酒來吧，其他的我們準備就行了。」

星期日，也就是三天之後，二鐵在市場打了一升便宜燒酒，夾在腋下去了堤壩。從市場街道到堤壩近在咫尺，他一口氣爬到堤壩上，看到已經先在河邊等候的方又昌和兩個陌生人。方又昌讓二鐵跟自己的朋友們打招呼，兩人中一人姓洪，一人姓池。仔細一看，是在工廠其他部門工作的人，所以覺得很面熟。聽方又昌說還有一個人要來，等了一會，出現了一個臉色黝黑、長得結實的青年，他一側肩上扛著一卷疊好的漁網。方又昌把他介紹給二鐵，他跟其他人都很熟。說自己姓安，是甲種傭人，隸屬於貨車部。工廠的工作場所分為合金鑄造、電氣、客貨、貨車、塗裝、鋼板等。如果是甲種傭人，技術是得到一定程度的認可，也是進入見習雇員門檻的工人。安某看起來像是三十歲左右，他說自己的名字叫大吉。方又昌在介紹他的時候說了個笑話。

「名字雖是大吉，但姓氏不好，就是否定[1]的意思啊。」

安大吉和善地笑著點點頭。

「無論名字取得再怎麼好，因為這個安氏的緣故就變得不好了。」

「他撒網的技術在我們村裡是最好的。」

洪某一說完，方又昌連忙插嘴：

1「安」的韓語發音與否定詞「不」相同。

「不要加姓氏了，就直接叫他撒網達人就行了。」

天空上浮雲朵朵，陽光炙熱。大家打著赤膊，跨過與小溪無異的河川，湧向處處有著大水坑的地方。他們在沙地上擺放餐具、調料、蔬菜等，撿來石頭堆砌能置放鍋子的灶口。有人說道：

「喂，抓魚的時候吵鬧又有趣，但撒網的過程太像修行了。」

安大吉獨自一人走到水深及膝的地方，盯著水面，撒出網，漁網既美麗又圓融地撲向水面。撒了三次網之後，籃子裡裝滿了大大小小的淡水魚。他們挑出一些最小、最差的扔回水裡，過了一個小時左右，看到籃子裡裝滿鮎魚、鱖魚、鯽魚、鰷魚等。幸運的是，他們還捕獲麻浦江的特產——兩條鰻魚。煮魚粥的時候，他們滋滋地烤著整條鰻魚，只撒上鹽，大家舉起第一杯燒酒。喝完酒、吃完魚粥之後，跳進水裡消暑，然後圍坐在附近的堂山樹蔭下。其他人好像以前也參加過這種聚會，二鐵第一次從他們那裡聽到神奇的故事。

二鐵只知道方又昌是天安人，此時才第一次聽說他年輕的時候曾參加過高喊獨立萬歲運動的事情。二鐵小時候當然聽說過京城、京畿道和全國各地展開獨立萬歲運動，他雖然知道有人死亡、受傷、被抓走、受盡侮辱、坐過監獄的傳聞，但面前的方又昌竟然親身經歷過這樣的事情，讓他十分驚訝。在天安集市上聚集了三千多人高呼萬歲，這已經很了不起了，但當時有數十人遭到日軍槍擊身亡。據方又昌說，他在整個四月分一直上山點燃烽火，但在集市上遭到逮捕後，被帶到憲兵隊，幾乎要被打死，他也因此經歷過六個月的牢獄生活。

安大吉的話則更加神奇。高呼萬歲也不能真正獨立，像我們這樣赤手空拳的勞動者和沒有土地的農民們，不僅是自己，連自己的子孫後代都無法擺脫這種貧困。我們就像被壓在沉重、重疊的岩石之間的青蛙一樣。他還說，我們被日本和資本雙重壓迫。

「資本是什麼？」

話說到一半，二鐵如此問道。安某回答說：

「簡單來講就是錢。」

「錢？去賺就好了啊。」

「空手？」

安某說道：

「土地和工廠都是生產手段，這些都是錢。工人如果共同擁有那些的話，可以均衡地維持生計，但是少數幾個占據這些資源的傢伙不是在隨便使喚我們嗎？從前是國王和他周邊的官吏，他們身邊的掌權者代代相傳，成為富翁，現在日本鬼子占據了整個國家，和那些人一起使喚我們。」

方又昌說道：

「二鐵是普通學校畢業的。」

「那你朝鮮語和日本語都能讀吧？」

「太難的沒辦法。」

總之，他們的話雖然有些難懂，但似乎很有道理。俄國在十幾年前，百姓們就已經站起來驅逐皇帝，建立了人民政府。在滿洲，許多朝鮮愛國人士手持武器與日本人作戰。現在朝鮮為了擺脫日本統治，建立新的國家，必須進行革命。為了實現殖民地人民的自由和平等，社會主義思想傳入，過去十數年間，社會主義者在全國農村掀起一千多次的佃農爭議，在工廠、礦山、港灣、碼頭也為勞動者的權益而鬥爭。這種鬥爭如果沒有組織是不可能的，組織不是像過去一樣由讀過幾本書的知識分子指導、進行，而是工作的勞動者自己開拓自己的生活，召集同事，在其中選出代表和領導人，建立最高階段的組織：政黨。

二鐵過了幾個月後才知道，這樣的事情最終是為了建設黨而做出的努力。早在數年前，朝鮮共產黨就已創立，但幾個月後被日本人逮捕，社會主義者的第二次、第三次重建運動仍在持續。正如登山的道路有許多條一樣，進行獨立運動的方法也有很多，因此雖然思想和政見存在差異，但最激烈鬥爭的一方還是以一無所有的無產階級為背景的社會主義。安大吉雖然沒有說那樣的話，但方又昌悄悄遞過來的筆記本上記載了各種內容，那是一本幾個人手寫的筆記本，內容非常具體。

絕對反對鎮壓工人罷工、抗爭的自由，即警察、軍隊對罷工的鎮壓。絕對反對限制工會和其他一切工人組織的自由。絕對反對鎮壓工人的所有惡法，尤其是反對《治安維持法》、出版法、暴力行為取締令等。立即釋放一切政治犯，反對死刑制度。保障勞動者言論、集會、結社自由。保障政治集會、示威的自由。保障創立一切經營委員會的自由。反對一切對工人的封建宿舍制束縛。實現每天七小時、一週四十小時的勞動制。對有妻子的勞動者實現最低薪資制度。絕對反對加強野戰式勞動、待遇改惡、降低薪資、延長時間等資產階級產業合理化。實現同工同酬制度。堅決反對婦女、兒童的延期合約制和買賣制。推動成立全國、全京城的產業工會。

筆記本裡面還蒐集有從一九二五年開始的朝鮮報紙，將刊登的各種事件報導按年度和日期剪貼在一起。雖然在四月分創設了朝鮮共產黨，但十一月因新義州事件，無數社會主義者遭到拘捕。從第一次共產黨事件到第五次共產黨事件的五年間，全國每年發生數百起勞動和租佃爭議，參加人數從一萬到三萬多人次不等。獨立軍初期在國內外出動次數為五百多次，後來延續至每年一百多次，在滿洲和國境交界地區持續與日軍作戰。就在最近，隨著第五次共產黨事件的爆發，從光州開始的學生抗日運動擴散到全國。滿洲事變發生後，隨日本帝國主義加強《治安維持法》，抗日民族統一戰線——新幹會[2]的解體，在十個月內有三千多人被拘捕，監獄形成飽和狀態。

李二鐵對於不到十年就發生這麼多重大事件感到驚訝，他覺得永登浦的日常生活總是燃燒著熊熊烈火。除了這些報導資料外，他還閱讀了幾本安大吉和方又昌給他的日語書籍。二鐵把難懂的部分反覆讀了幾遍，星期天見到他們的時候，還詢問底下劃線的內容。二鐵還閱讀了從日語翻譯成朝鮮語的馬克思《宣言》手抄本。一本以「有一個怪物在歐洲徘徊著」為開端，並以「全世

2 一九二七年二月十五日，由朝鮮的社會主義者與民族主義者合作成立的抗日組織，於一九三一年解散。

界勞動者團結起來啊！」結尾的薄本，數量在他自己的親筆抄寫下增加三本。也許有人在閱讀時寫的手抄本就是這樣傳到自己的手上。他雖然讀了《資本論》日語版，但只能讀懂一小部分，日本學者解說的《唯物論》從一開始就太難了。反而摘錄《資本論》並附有解說的文章更容易閱讀，所以只把這些部分單獨寫下來。《資本論》的解說是有人用鉛筆書寫，在文章結束的最終部分看到用鉛筆寫的小字「柳」。列寧的《國家與革命》節本比馬克思的《資本論》更容易理解，尤其是無產階級的任務部分似乎刺痛了他的心臟。二鐵在那幾個月內就像沙地吸水一樣，掌握了這些新思想的概要。最重要的是，他本人是勞動者，也是日本帝國主義占領下的朝鮮人民，所以所有的語言似乎都在向自己高聲呼喊。

那是發生在他和安大吉、方又昌見面後回家的某一天晚上。因為家裡只有兩個人，主臥室的燈已經熄滅，家裡就像空屋一樣安靜。他沒聽到父親低沉的鼾聲。對面的房間是一鐵和二鐵兄弟住的房間，但是哥哥當時住在龍山的鐵道學校宿舍，所以二鐵一個人住在這個房間裡。他悄無聲息地走上簷廊，準備打開房門時，只聽到李百萬咳嗽一聲後問道：

「二鐵回來了？」

「是，我……回來了。」

「你進來一下。」

李百萬把燈打開，從被窩裡坐了起來。他靜靜地看著二鐵盤坐在炕頭上，然後問道：

「你最近在做什麼？」

「什麼做什麼？下班以後和同事們見面，然後回家啊。」
「喝酒了？」
二鐵不情願地回答：
「那個，喝了一杯米酒。」
「跟哪些傢伙？」
對於李百萬冷不防的提問，二鐵一時答不上來。
「我仔細觀察了一下，很多傢伙在你的作業間裡東張西望，你也經常不在自己的工作崗位上。你哥如果從培訓中心畢業，就要當個體面的鐵道局職員了。你至少也得勤練技術，才能避免當苦力，成為雇員助手啊。」
聽了李百萬的話，二鐵轉過頭咕噥著。
「我的活路我自己會找的，別擔心。」
「怎麼，你是打算靠賺一天錢吃一天飯來結束你的人生嗎？」
「我有自己的想法。」
二鐵正想起身，李百萬突然高聲叫喊：
「坐下！我有話要說。」
李百萬高喊之後，長嘆了一口氣。
「最近社會上的傳聞我也都聽說了。在朝鮮全國引起爭議和同盟罷工，這樣韓國就能獨立了嗎？你覺得日本鬼子會把這個他們已經吞噬的國家還給我們嗎？你以為我不知道你們在搞社會主義嗎？哪有一個朝鮮人不知道我們國家應該要獨立的？先撐過這些年，活下去。我的運氣還算好，找到了工作，一直活到現在。」

「父親您的運氣有什麼好的？對您來說，倭寇不就是主人嗎？我的意思是說，不管是日本鬼子還是朝鮮人，都不能是那種只能維持生命的奴僕，而是應該按照勞動而得到相應的待遇來過生活。如果這樣的社會到來，國家也能獨立。」

聽了二鐵的話，李百萬居然順應地點了點頭。

「好吧，就算你說得有道理，但是我們也得有力量才能實現那個世界，也才能獨立。我們家族是有土地還是有船？朝鮮百姓有八成都是我們這種人。你看你哥，他會比你更缺心眼，所以才只顧著用功讀書嗎？先得支起自己的身體，建立好自己的生活基礎啊。」

一提到哥哥，二鐵突然哽咽起來，聲音變大。

「父親，不要再提哥哥了。從以前到現在都是這樣，莫音姑姑、仁川大伯、叔叔，甚至您都一樣，每天掛在嘴邊的不就是我們一鐵、我們一鐵嗎？學生手冊拿回來，就只有哥哥受到表揚，拿到優等獎狀的那天，還殺了雞。是啊，託哥哥的福，我才能吃到雞肉。我在您的工坊幫了您很多忙，也想做得更好，可是從來沒有被您誇獎過一次。有哥哥在，您應該不用擔心了，就當沒有我這個兒子吧，我的人生我自己會看著辦的。」

父親暴怒的態度驟變，聲音變得低沉。

「如果你決定要這麼做的話，好吧，我們家人中至少也得出現像你這樣的人吧。但是過去我不贊成，現在也不反對。反正你已經到了自己掙飯吃的年齡，你自己看著辦吧。但是不管你們在工廠做什麼，都是我不知道的事。唉，我還寧願你跟我在不同的工作崗位上掙飯吃啊。」

父親李百萬不再說話，恢復到平時木訥而毫無表情的臉孔。李二鐵猛然起身，從主臥走了出來。他躺在熄燈的對面房間裡，從父親低沉的鼾聲中得知他已經睡著了。他沒有開電燈，而是點燃蠟燭趴在地上打開筆記本，在簡短的解說上方附加的小標題上用鉛筆畫著粗線，重新讀了起來。在最下面罷工鬥爭的方法中，他開始寫起解說部分。這些都是之前和安大吉、方又昌等人討論過數次的課題。直到那時，二鐵還不知道工廠外面有什麼組織，只是模糊地知道安大吉是這些組織之間的連接點，工廠外部還有與工廠內相同的組織部門負責人，他們將位於京城的各個工廠連結起來。據他所知，朝鮮的共產黨總是不到幾個月就被日本帝國主義的治安機關拘捕並粉碎。此外，只用嘴巴實現社會主義的知識分子組成黨派，反覆聚在一起然後分散，本人則在不改變生活的情況下，因急於聯絡現場的工人或農民大眾，緊急組建了只提出口號的組織，結果經常被拘捕。對於小資產階級知識分子的觀念性組織和派系主義，共產國際的〈十二月綱領〉嚴厲批評，要求解散和整合所有過去的組織。李二鐵從安大吉那裡接受民族主義改良主義和紅色工會運動的區別為何的教育。當左、右派合作運動體——新幹會的民族主義右派暴露出希望脫離日本擁有自治權的路線時，安大吉表示社會主義派徹底反對這種機會主義，並走向組織解體，對此二鐵深有同感。

申金對當時的事記得很清楚。她多次向孫子李鎮五講述與爺爺李一鐵結婚時的故事，幸好兒子李智山跟著父親離開，在戰亂中九死一生地活了下來。但無論如何，她也成為超過半個世紀的離散家屬，活到九十多歲，她似乎努力不忘記丈夫青年時的樣子。

「當時你曾祖父還住在市場街上。我們結婚，等到智山他爹找到鐵道局的工作，位子才空了出來，我們也住進堂山鐵道官舍。在那裡住了好像三、四年。你曾祖父一直忘不了工坊，所以就來到間村姑姑家。你莫音太姑奶奶那時去了滿洲。」

「那奶奶您和爺爺是怎麼認識的呢？那個什麼……啊，做媒？還是戀愛結婚？」

對於鎮五的提問，申金嘻嘻地笑著說道：

「我們又不是鄉下人，沒有做媒的媒婆。但也不是在街上看到就談戀愛的。」

「那到底是什麼？」

奶奶用手摀著嘴笑了。

「就算是一半一半吧！」

也就是說，他們兩位一半是做媒，一半是戀愛。鎮五總是追問兩人究竟是如何相遇的，申金才提到了丈夫的弟弟李二鐵叔公。

「你也聽說過我小叔在日據時期是個社會主義者吧？」

李鎮五直到長大才聽懂那是什麼意思。他曾經委屈地認為，自己的未來只能成為勞動者，沒有其他的道路。爺爺逃到北朝鮮，父親跟著他走，在受傷之後成為反共俘虜回到南韓。而且他的叔公很早以前就是共產主義者，在日本帝國主義強占時期就死在獄中。爺爺的選擇是不是早就已經定好了呢？也許連曾祖父李百萬木訥無表情的中立主義也早已確立。

5

申金當時一到星期天就去教會。她被工廠可以短期完成女高補校課程的話所欺騙，進入紡織工廠當女工，她心想既然如此就一定要學些什麼。她羨慕專科學校的學生或日本留學生能說會讀英語，所以聽到朋友說教會裡有英語聖經班，問她要不要去看看時，她就開始去教會學習。教會除了朝鮮人牧師外，還有美國傳教士夫婦供職，傳教士夫人瑪麗負責英語聖經班。英語班每週有兩次，分別在星期三和星期日上課。星期三是晚上禮拜結束後的一個小時，星期日是白天禮拜結束後的下午一個小時。總之，她在工廠完成了三年的短期女高補校課程，所以時間比以前充裕。她當時已是正式紡織工人和組長，如果附近有房子，她也可以通勤上下班。然而，雖然寄宿在宿舍裡有些不方便，但能解決食宿，連帶地可以節省生活費，所以她還是選擇留在宿舍的雙人間。宿舍管理員要求她請教會開具證明後，才允許她外出。

教會離工廠很遠，是往永登浦車站的方向，經過市場十字路口，在陶器村山坡入口新建的紅磚建築。後來這裡開辦了幼稚園，但她沒能將李智山送進去就讀，對此，她一直覺得十分可惜。

總之，她星期天上午出來做禮拜，下午上完聖經班的課程後，有時出去吃飯再回工廠宿舍，有時去市場街上的劇場看電影，有時還欣賞日本新派劇或劍劇等武士劇。但是星期三下課後，通常已經超過九點，所以為了趕上宿舍的就寢時間，不得不匆匆趕回。那時候，除了途經站前廣場之外，幾乎沒有其他回工廠的路。夏天還好，有很多路人或在家門口、巷子裡乘涼的居民，但一到天氣惡劣或寒冷的日子，四周就會寂靜無聲，令人害怕。不管是以前還是現在，鬼倒不是最可怕的，最可怕的是人。有一天，中金從教會出來後走著，有一個黑影在後面跟她保持適當的距離，然後朝著同一個方向繼續前進，最終逐漸縮小了距離。她走到行人來往頗多的市場十字路口，突然駐足等候。她看到走近她身邊的人，原來是個年輕人，穿著扣子扣到脖子的綠色工作服。在附近上班的人從工作崗位回來時，都會穿著這身衣服，所以覺得非常熟悉。青年沒有超越她，而是距離她五、六步遠，轉過身去，故意拿出菸捲，慢慢地點火。中金覺得有些唐突，毫不畏懼地走近他說道：

「為什麼跟在我後面？」

「啊？」

他趕緊放下抽著的菸捲，向後退了兩步，說話結巴。

「妳認識善、善玉吧？」

「你是說朴善玉？她是我的助手，怎麼了？」

「這應該從何說起……事實上，我也跟妳在同一家工廠工作。」

申金這時看見一幅灰色的畫從黑暗中浮現出來，然後又消失了。他黝黑的身上交織著一條條黑線，她搖了搖頭，好像要擺脫那種景象時，黑線就消失了。

「我沒見過你。」

他撓撓頭，難為情地說道：

「我進工廠才一個多月。」

「哪一個部門？」

「我進發電部當苦力。」

申金不由自主地笑了笑。如果是苦力，那就是拿日薪的臨時工，所以等於是打雜工。而且才剛進工廠一個多月，現在還正是不知道能不能勉強掌握工廠內部情況的階段。

「好好學習工作，將來當個有用的人。」

青年點了點頭，然後說道：

「是的，我有這個想法。事實上，我之前在鐵道工廠上班，後來被解僱了。」

申金說從一開始，二鐵給人的印象就不是什麼臨時工，她對眼前浮現的畫面耿耿於懷。她跟兒子李智山和孫子李鎮五說過幾次。她經常說，她提前看到了小叔會連續坐牢的命運。申金非常清楚在鐵道工廠發生數百人罷工的事件，對於如此大的事件，只要是住在永登浦的人都聽過。許多人被捕、獲得釋放，勞動爭議蔓延到電氣工廠、橡膠工廠、麵粉工廠、碾米廠等地，永登浦和仁川一帶一度鬧得沸沸揚揚。兩人自然而然地慢慢走起來，他跟著走到紡織工廠。他想說的內容是，工廠的幾個人每週日都在外面舉行讀書會，希望申金也能參加，介紹人就是她的紡織機器助手朴善玉。

「當時永登浦是新一代共產主義者剛開始從事勞動運動的時候。老一輩的人每次在餐館、咖啡館裡宣布建黨，然後又反覆被逮捕、被破壞，所以他們乾脆各自進入工廠，建立組織，想從基層做起。最高層有一個叫李某的傳奇性勞工運動家，你叔公當時甚至連那個人的臉都沒有見過。而且組織的線不只一兩條，雖然大家都成立自己的組織，而且有些人自稱是國際共產黨的下線，但我們都異口同聲地高喊：拜託大家齊心協力吧、看看朝鮮人民生活的鬼樣子。」

永登浦鐵道工廠宣布，由於滿洲事變和世界經濟不景氣的影響，將進行重新整頓，並臨時停業。為此，一百多名朝鮮工人展開了罷工。公司方面堅決解僱包括正式工和多數臨時工在內的兩百多人。為了表達不滿，三百多人參加罷工，工廠完全停擺。包括安大吉、方又昌、李二鐵在內的七、八名非公開罷工委員會成立，外部由安大吉聯絡的中央組織指揮了罷工情況。他們召開全體職工大會，從中公開選出五名代表。此前，在殖民地朝鮮的罷工中，從未組織過包括工廠內全體員工在內的大會，因此當然具有威力。一次性解僱兩百多人的強硬政策反而讓工人們團結在一起。

二鐵永遠不會忘記工廠裡所有工人停機後聚集在前院的那天早晨。不僅是接到解雇通報的兩百多人，連組長、班長、雇員、技術職員也全部離開工作崗位，聚集在一起。其中也有日本班長或雇員，當然聚集的大部分是朝鮮工人。二鐵看著父親佇立在工廠最內側的車床前。就像水慢慢退去一樣，幾臺斷電的機器也陸續停止。當工人開始依次走出通道時，李百萬的機器仍在運轉。最後，連他的機器也停了，他坐在工作臺前良久。李百萬緩緩地走出機器之間的通道，二鐵站在左右敞開的工廠大門前。父親成為最後一個走出大門的人。這時，二鐵關閉了連結在軌道上的大門。

「你有菸嗎？」

二鐵從工作服口袋裡掏出香菸，抽出一支遞了出去，還給父親劃了火柴點火。已經聚集在工廠前院的工人對罷工委員會主持人呼喊的聲討內容大力鼓掌，高喊呼應口號的聲音非常嘈雜。李百萬長長地吐出第一口菸，對兒子說道：

「既然已經這樣，那就好好幹吧。我也進了三百名解雇者名單，但應該只是威脅而已。工廠不能開工，他們又能怎麼辦？可你們這次把口袋裡的錐子都露出來了，總得有點覺悟吧？」

就這樣，父子倆參加了罷工。經過幾天的罷工之後，出現了最低限度的拘留者和解雇者，事態看似得到了平息，但也只不過是開始。

日本殖民政府當局以懷柔政策撤回解雇的決定，開始進行綿密的調查，並逮捕了五名代表以及和他們公然舉行大眾集會的李二鐵。他們堅決否認與不純組織有所牽連，首先被訓誡後釋放，但隨著安大吉和方又昌的存在被揭露，他們再次全部被帶走。安大吉和方又昌兩人被拘留，李二鐵和擔任罷工委員的洪某、池某被解僱。二鐵在休息六個月之後，又重新在紡織廠當起了工人。外圍的中央組織仍然活躍運轉，讓看起來比他們更加隱祕的傭人大嬸去安大吉和方又昌所在的拘留所探視。大嬸把工人捐獻的基金作為伙食費交給他們。在他們被送到看守所之前，以安某嫂子為名義前去探望後回來的大嬸，把安大吉的話轉告給二鐵，安大吉說，方又昌馬上就會出去，自己則將被判刑。安大吉的母親在新吉町附近租了房子，開了一家飯館，讓李二鐵去看看。二鐵雖然只是邁出了作為勞工運動家的第一步，但馬上認為這句話有隱藏的目的存在。

經過永登浦車站，越過辣椒村山崗，到達新吉町後，可看到新道路的兩側出現全新形成的街道。幾十年前，隨日本人居住地和商圈的出現，丸星工廠入駐，這一帶出現了不亞於市場附近的飯店、酒館、住宿場所等。行人和出入者大多是因為日本人的商業活動，或希望在工廠工作而聚集的工人。無論是有工作崗位的工人，還是在街頭勞動的零工，大家都依靠著這裡的某個地方生活。從廉價的日租房到飯館，擠滿了年輕男人。沿著車站後面的鐵路邊形成的眾多巷子裡，有許多臨時搭建的私娼寮。車站前掛著堂而皇之招牌營業的妓院裡，日本妓女們正在營業。二鐵聽洪某說去過一次安大吉母親的飯館，所以讓他一起去。忙碌的午飯時間過去，正專心洗碗的安大吉母親聽到李二鐵和洪某安慰的話，轉移了充滿眼淚的視線，呵呵地笑著說：

「我懂什麼呢？兒子都長大了，他有自己的想法吧？」

「安大吉大哥要我們來看您，讓我們跟您討論。」

李二鐵隱祕地說完，安大吉的母親看了他倆一會，然後點了點頭。

「三天以後再來，我可能有需要轉達的話。」

二鐵又去找她，拿到時間和地點的通知。他越過漢江人行橋到龍山，在太陽下山的六點站在電車車站前。他假裝用摺疊的報紙遮住陽光，擋在自己的臉孔前面。有個人走過他的身邊，拍了拍他說道：

「你是永登浦人？」

他說完這句話，腳步沒有停留，繼續往前走。二鐵跟在他後面，自然地走著，然後說道：

「安大哥留口信讓我去看望他母親。」

「你叫什麼名字？」

「我叫李二鐵。」

他們沿著龍山站前方向順著街道樹林立的人行道繼續行走。

「被解僱了吧？不能長時間閒著，再找工作吧。」

那個人建議二鐵利用組織的方法，找到可以信任、溝通的兩個同志，接下來由三個人進行討論，並在各自的工作崗位上，用同樣的方法形成三人討論團體。在盡量減少接觸點的同時，以三三得九、三四十二、三五十五的方式擴大組織。後來，這種組織方式被稱為三駕馬車法，因為它就像三匹馬拉著的馬車。李二鐵在與中央的接觸中繼承了安大吉的角色，成為永登浦組織的聯絡負責人。與上級聯繫有第一次和第二次兩個層次，第一次是新吉町飯館，第二次是每月最後一天相同時間在龍山市場入口的三開湯飯館吃晚飯。

❈ ❈ ❈

二鐵擁有向父親在現場學到的車床技術，雖然還沒有製作過精巧的零件，但是會操作一般的機器。他去應徵工人，人家問他以前在哪裡工作過，他回答從普通學校畢業後曾在小規模工廠做過，於是就順利找到工作。他被分配到機械部的樣本庫，雖說是助手，但紡織工人在運回故障的機器後，只告訴他細節，看了一下他處理的過程後就放心地離開，去外面抽菸或跟同僚閒聊後再回來。沒過幾天，二鐵就和工廠裡的組長、班長這幫人混得幾乎熟透，還一起去喝酒。他開始組織讀書會是在工作一個月後，與以前的工廠不同，因為是紡織工廠，所以大部分的工人都是年輕的未婚女性，監工等人則是上了年紀的女性。

中金在星期天跟著助手朴善玉去了舉行讀書會的地方，那是在市場街北邊堤壩下方的村子。因為和市場近在咫尺，店鋪鱗次櫛比，大大小小的商店和攤位也很多。聚會場所是打通狹小韓屋前方的店家，該處是賣年糕的商店。朴善玉的外祖父、外祖母帶著一個從農村來的小伙子製作糕點販賣。在店鋪前的攤位上，擺放著熱騰騰的各式蒸糕、切糕、條糕、風年糕、松糕等。內部是生活空間，最角落有後屋，糧食袋子、打糕鎚子、鍋碗瓢盆等雜物占據了房間的一半左右，但還是有空間能讓很多人靠牆圍坐。聚會共有六人參加，除了李二鐵之外，其餘都是女性。而除了申金是正式職工外，其餘的人都是助手或輔助苦力。二鐵剛開始帶著革新人士主導的幾種月刊雜誌和小冊子讓她們輪流閱讀，她們還閱讀了短篇小說和新詩，並讀了有關社會科學的文章。輪到朴善玉朗讀時，她結結巴巴地讀道：

「pro……propeller……」

「propeller是螺旋槳，正確的是proletariat。」

李二鐵笑著糾正她，朴善玉問道：

「這句話出現了好多次，究竟是什麼意思？」

二鐵回答說是一無所有的無產者，並告訴她們就是像我們這樣的勞動者的另一個名稱。二鐵用以前從安大吉那裡聽到的解釋讓她們瞭解，在西方的羅馬時代，無產階級指的是一個社會階層，其能夠對社會做出的貢獻，只有生產和自己一樣的奴隸。

他們的集中力一般無法維持超過一兩個小時，所以在一個小時內讀書、互相詢問內容、談論感想後，在剩下的時間裡進行交流活動。他們也說要在工廠的同僚中，尋找穩重、品性好，能夠參加讀書會的人。申金在工廠夜校的同班同學中拉了兩個人，二鐵找到了一個男性組長——曹永春紡織工人，是個比他大五歲的青年，畢業於普通學校，讀了兩年工業高中，中途退學。他經常說對於學業還有夢想，所以想存錢後去日本取得技師資格。幾個月間，曹永春也像二鐵一樣，透過學習、領悟到自己作為殖民地勞動者的處境。李二鐵和曹永春、朴善玉一起成為紡織廠的基本組織指導員。他們在與外部中央的聯絡中得知，應該以產業別工會為中心加以聯合，並察覺到金屬、纖維、化學、出版等部門正在進行聯合運動。二鐵也得知製絲、紡紗、絹織等每個工廠都連結少則七、八人，多則十多人以上的赤色工會籌備委員會。化學領域的橡膠工廠遍布全國，每個城市都有，在纖維領域中，京城也有數十家紡織工廠，普通大城市也有三、四家。這些工廠的員工大部分都是婦女和未婚女性，從某種意義上來看，她們比起那些別說是上學，就連自己家的圍牆外都不能出去，只是等著嫁給父親指定的男人的無數同齡朝鮮姑娘來說，已經做好果斷開拓自己人生的準備。因此，她們比工廠的男性紡織工人還要先進。據說，申金在李二鐵的帶領下，站上社會主義的起點，但當時發生了一件非常私人的事件。

李二鐵在秋天被解僱後，隔年春天開始了讀書會，秋天時會員增加了一倍，僅在工廠內就有兩個小組，他還聯合附近的製絲工廠，形成了三個小組。李二鐵自願到外面的聯絡部門活動，所以非常忙碌，曹永春和朴善玉一起帶領讀書會。申金和朴善玉、孫英順等製絲工廠的同事一起去遠足，還去看了新派劇。申金把孫英順拉入讀書會，這個女人從工廠夜校時期就一直陪伴在申金身邊，她比任何人都要更熱情地努力帶領女工加入會員。在三個人中，她的年紀最大，是二十一歲。自從和申金變成親密的朋友後，她向申金坦白說實際上她把兒子託付給位於忠清道的娘家。她從普通學校畢業，十七歲就結婚了，丈夫是比自己小三歲的少年。懷上兒子的時候，丈夫在某一個夏天跟隨村裡的朋友們去錦江划船、抓魚時溺水身亡。她回到娘家，生完孩子不久，經親戚介紹到紡織廠工作。申金和她同住一個宿舍三年，吃飯吃到一半，或者躺在床上時，經常看到孫英順在發呆，似乎在想別的事情。看著她溼潤的眼睛，申金不由自主地看到一個頭髮少、眼睛大的孩子。原來妳在想孩子啊，那時英順總會用手掌摀住眼睛哭泣。

當天，朴善玉和曹永春參加了其他讀書會，申金、孫英順和李二鐵等一起參加聚會。隨著會員的增加，原本在朴善玉家的米糕店聚會分成兩組，另一組在李二鐵他們家的柳樹屋聚集。他們輪流看書，談論各自的想法時，房門突然被打開，看見有人站在簷廊前。李二鐵若無其事地對他說：

「把門關起來。」

那人戴著帶有金屬裝飾的帽子，身穿扣著金屬鈕扣的黑色學生服，帽簷壓得很低，只能看見半邊臉。聽到二鐵簡短的話後，他一聲不響地關上房門。孫英順壓低聲音問二鐵：

「是誰啊？」

「我哥哥。」

當時申金坐在房門旁邊，沒能正面看他，只是轉過頭看了一眼他纏在手上的繃帶。後來一鐵簡單地說明是在實習中受傷，但申金曾說過數次，她事實上對那個繃帶留下深刻的印象，就好像他是在前線英勇戰鬥後回來的戰士一樣，也像隱藏了足以傷害身體的激烈事情原委而出現的男人一般。在高普生中，練習足球、柔道、劍道等運動班的學生經常會在脖子、手或手臂上纏著繃帶，這種流行趨勢之所以持續很久或許也是出於這個理由。在青春痘上貼上星形的ＯＫ繃，或者在脖子上纏上繃帶的女高中生，也可能是表示她是個玩得很凶的女孩。聚會結束，起身要離開的時候，二鐵對申金說：

「今天是公休日吧？待會我們去看電影。」

「有好看的電影嗎？」

「有一部朝鮮電影，口碑很好。」

申金用眼神詢問英順，英順也點頭同意。三人走到院子裡，李一鐵從對面李百萬的工坊裡走出來，對弟弟說道：

「你們要去看電影啊？」

「哥如果也想去的話，就跟我們一起去。」

聽到二鐵的話，一鐵在簷廊上穿皮鞋，露出急躁的神色。

「事實上，我也想看那個電影，所以才回來的。」

他們四個人非常自然地走出家門，來到市場十字路口。二鐵向哥哥介紹她們兩個人，先是介紹申金。當然後來家人也多次問她，在那一瞬間看到一鐵的臉，是不是有浮現什麼畫面？但出乎意料之外的是，他們得到的回答竟然是真的什麼也想不起來。申金對於親近的人甚至完全不認識的人，一看就能猜到他所經歷的事情，但擁有這種神奇能力的申金在一鐵身上卻什麼都看不到，這反而是一個奇怪的徵兆。後來兩人結婚後一起生活時，才看到一些畫面。去溫陽鐵路旅館的第一晚，她已經看到智山的樣子，這在家人之間是最有名的故事。那還是大白天，他們拿著行李進入房間，在榻榻米房裡鋪著的被褥上，智山光著身子躺著，四肢胡亂揮舞，咯咯地笑。申金說她在李智山的肚臍旁邊還看到酷似公公李百萬的黑色肉瘤，雖然李百萬的黑色肉瘤是長在肩胛骨上。申金擁有在兒子出生前就已經看到自己兒子模樣的偉大能力，但在第一次見到即將成為自己丈夫的人時，卻什麼都沒看到，這不是很奇怪嗎？不管是兒子李智山，兒媳尹福禮和孫子李鎮五問起這些事情，申金總是會說出像是準備好的回答。

「那是因為已經確定他是我丈夫，所以沒有必要非得讓我看到。」

申金看著一鐵，卻看不到任何畫面，這時才開始心跳加速。一鐵也結結巴巴地說她的額頭和靈巧閃亮的眼睛太可愛了。

「我們要去看什麼電影？」

孫英順問完，一鐵、二鐵兄弟幾乎同時回答：

「《沒有主人的渡船》。」

「有沒有人要看《阿里郎》？」

申金和英順同時搖頭，哥哥對弟弟說：

「你不工作，每天只看電影嗎？」

「那你呢？」

「因為每家報紙都大做廣告，所以才想去看看。」

哥哥說要買四個人的票，申金立刻反對，說學生有什麼錢，她們是上班族，電影票由她們買。二鐵抱怨說，哥哥是領取數十元的錢，在宿舍學習的總督府學生，所以應該花點錢。最終他們決定各自買票，讓哥哥請客吃晚飯。電影結尾出現了渡口的老船夫用斧頭砍死鐵橋工地技師，然後為了破壞枕木和鐵橋，無數次使用斧頭砍劈的場面。火車鳴笛迎面駛來，老船夫死後房子著火，女兒也被火燒死。江面上無心地盪漾著空蕩蕩的渡船。從劇場出來後，申金和英順哭得雙眼通紅，二鐵好像還沒有消氣，連連罵道：

「應該推翻日本鬼子創造的世界，要把那些日本人都打死！」

一鐵沒說什麼，去中餐館等著上烏龍麵的時候說了一句話：

「渡船不能跟鐵橋鬥吧？就好像牛馬車鬥不過飛機一樣。」

「但也不能就這樣死皮賴臉地活著啊？」

聽完二鐵的話，一鐵又補了一句：

「我要學技術。但無論如何，我希望這能給朝鮮人帶來好處。」

和她們分手回來後，並排躺在房間裡的兄弟倆交談許久。

「聽說你辭去了工廠的工作，進了紡織廠？」

「因為被解僱，所以隨便進了一家工廠。」

「父親說你正從事共產主義活動。」

二鐵沒有回答，一鐵也沒有再追根究底。

「我這次學業結束後就是鐵道局職員了。因為是駕駛專業，所以打算將來當司機。家裡由我來負責，別擔心。但我希望你外面的事情，可以在外面解決。」

兄弟倆當時確認了立場，並承諾相互理解。兩人一直努力遵守這樣的約定，違背當初的約定是在解放後，那已經是弟弟二鐵去世後的事情了。

二鐵沒有想到在不久的將來會舉行罷工，最重要的是工廠員工的自覺性，但幾個月內祕密聚集的十多名讀書會會員，也還沒有明確認識到自己應該做什麼。另外，才開始連結的其他纖維領域的工廠也尚未完全掌握。二鐵去了新吉町的飯館，聽到方又昌時隔三個月才被釋放出來的消息。方又昌從事街頭勞動，寄居在附近的一間日租房裡。二鐵沒有告訴他自己成了永登浦的聯絡人。

「身體怎麼樣？」二鐵詢問年紀已經是大叔輩的方又昌。

他捋著瘦削的臉頰和下巴回答道：

「我被判緩刑，關了三個月就被放出來了，沒吃什麼苦。」

「安兄呢？」

「他受到很多拷問，聽說被判一年六個月。只要好好調理身體，就當作是鍛鍊吧。」

方又昌在被拘捕時，假裝成是一個目不識丁的人，裝作連句子都不會讀的樣子，苦苦哀求，把所有事情都推給安大吉。日本人為了讓他招供，給他餵了辣椒水，還脫光他的衣服吊起來，一直打到暈倒為止，但方又昌只是哭著求饒。但他樂觀地笑著說，這種裝模作樣只能做一次，如果牽連到其他事件，處罰和刑責都會加倍。方又昌也沒有把全部的事情告訴二鐵，他在拘留所遇到來自上海的某個人。方又昌說他暫時只會從事街頭勞動，停止了組織工作。

❈ ❈ ❈

二鐵按照月末的日期，六點整就坐在龍山市場入口的三開湯飯館裡等候中央的接觸。他點了一碗湯飯，坐在那裡苦苦回想上次那個男人，卻怎麼也想不起他的長相。如果他換裝出現，可能會認不出來。六點多一點，一個穿著工作服、戴着舊漁夫帽的人走了進來，一下子坐在入口附近的二鐵面前。他點完湯飯後對二鐵笑笑。

「充饑之後就趕快走吧！」

二鐵覺得他是上次的那個人無誤，首先是聲音很熟悉，也想起他笑的時候那張眼角露出細紋的臉孔。

「我聽說李兄您在努力做生意。」

「啊？誰說的……」

二鐵就此打住，不再多問，因為彼此詢問如何連結是沒有意義的。兩人不再交談，只顧著吃湯飯，然後走上夕陽西下的街道。二鐵邊走邊說到有關於正在進行的讀書會，該男子偶爾會好奇地問問題。他們登上青葉町附近種植樹林的山坡，漁夫帽男子說道：

「如果吃得太急，會消化不良的。在維持好現在組織的讀書會的同時，要確保在罷工或引發爭議時，盡量讓更多的職員參加。絕對不能用革命性的內容或話語來反駁勞動群眾，要提出與生活密切相關的問題。」

登上山坡，可以看到周圍住家亮著燈的窗戶。他們經由小徑走到下坡的盡頭，然後又折返回來，如此反覆數次。樹林裡人跡罕至，寂靜無聲，只聽到腳下堆積的落葉踩踏聲。黑暗中有人出現，跟在他們後面。漁夫帽男子拍拍二鐵，低聲說道：

「坐一會再走吧。」

二鐵猶豫地跟著他坐下，跟在他們後面的人毫不猶豫地坐到他們身邊，漁夫帽男子大概和他約好了在這個地方見面。黑暗中如同影子一般突然出現的人披著人力車夫的和服，他對二鐵說道：

「我常聽到安大吉同志提起你，我是柳。」

李二鐵在筆記本上看到過寫有他姓氏的鉛筆字。柳某愉快地問道：

「你在永登浦很辛苦吧？」

李二鐵嚥了一口口水。

「我、我才剛學會走路。」

「我們都像李同志你一樣剛邁出第一步。時間不多，我們就只說重點吧。勞工運動家和大眾沒有分別，應該避免有人一直帶頭，有人只是跟著做的現象。個人和大眾一旦產生階級意識，就會互相學習。沒有群眾的黨只是頭腦中的觀念而已。日本帝國主義的壓迫愈嚴重，民眾就愈會左傾，而愈是這樣，我們愈要沉著冷靜。堅持原則，但要寬容，該隱藏的就要深藏。應該警惕任何脫離勞動大眾生活的言語或行動。」

李二鐵問了一個一直很好奇的問題：

「獨立運動和階級運動是兩回事嗎？」

「對我來說，這也一直是個問題。我們被兩個沉重的鐵鎖捆綁，那就是日本帝國主義的殖民壓迫和資產階級社會的體制。我認為，在引發勞動大眾的鬥爭和與日本帝國主義鬥爭的過程中，可以自然地解決這兩個課題。」

他們討論了讀書會的成員，也談了很多與其他工廠的聯絡事項。

「接觸應該盡量減少範圍和人員，並交給各工作崗位進行。按照李同志你做過的方式，在其他工作崗位上逐漸擴大組織範圍就可以了。」

那天二鐵腦海中銘刻的是，不要著急，也不能錯過劇變的情況，要信任勞動大眾的自律性和指導力。勞工運動家應該是在幫助群眾的同時，不斷接受群眾指導的存在。二鐵在青葉町山坡上認識了柳某，但此後再也沒見過他。李二鐵長期珍藏著他送的幾本手抄本，雖然內容有時非常具有理論性，很難理解，但是柳某親自記下來的大部分都是具體的內容。

徒步時，攜帶大件物品，例如書籍等出門時，冬天要藏在長袍、外套或圍巾裡，夏天藏在衣服中間。小件物品，例如信件等要藏在鞋底。

搭乘電車時，上車後馬上買車票，一定要從後門上車、前門下車。但是有隨身物品的時候，要坐在前排座位上，坐的時候要把隨身物品放在膝蓋下面。注意每個車站，刑警一上電車就立刻下車。

對於決定好的場所，要提前一兩分鐘到附近密切觀察情況，然後再去現場。

試著和對方交換視線，對視後，走在約好見面的人的後方。在明亮的路上，要保持距離行走。進入公開的道路時，要交換視線，分前、後行走。過馬路時，要交換視線，然後跟隨者先過馬路。

不要引起別人的注意，要自然地行動，低聲說話。

在室內，桌子上要擺著資產階級文學等書，重要的書籍要放在室外。

嚴禁塗鴉，特別是不准亂寫名字。寫有字的紙要插在房間的縫隙裡。

手抄本小冊子用這種方式列出具體的行動綱領。幾年後，李在柳這個名字充斥在報紙頭版，用「逮捕、脫逃、祕密出行、通緝」等字詞形容他，在整個朝鮮鬧得沸沸揚揚，他被捕後囚禁了很長時間。李二鐵後來才知道「柳」不是姓，而是他名字的最後一個字。李二鐵先在獄中死亡，李在柳也在日本帝國主義戰敗十個月前死於獄中。在龍山接觸過的人是與李二鐵同宗，從日本留學回來的知識分子，後來雖然也在西大門刑務所和預審審判庭中見面，但那也是數年後的事情。李二鐵雖然不知道會持續到什麼時候，但仍決定成為他的接觸下線，通訊是在安大吉母親的飯館，若需要見面，則在龍山的三開湯飯館。但在非常時期，他也會單獨進行聯絡。

6

申金說那天在紡織廠發生的事件不是先行計劃好，而是偶然發生的。有一天，孫英順把機器交給助手們，自己跑出了工廠。日本監督大喊大叫，朝她追了出去。申金起初不知道究竟發生了什麼事。

「那天晚上沒有加班，快六點了，工作即將結束。英順的母親從家鄉帶著四歲的孩子來見女兒，警衛說不准探視，把她們趕到大門外。外婆哄著哭哭啼啼的孫子，在工廠門外踱來踱去，等了好幾個小時。她跑去向進出工廠的人說明情況，但不管在什麼時間，能夠隨意進出的只有高層人士或日本人。他們連聽都不聽，直接拒絕然後進入工廠。幸虧朝鮮技術人員和日本人一起進去的時候聽說了這件事。」

他走進工廠，將大門前的情況告訴了某個人。孫英順聽到兒子和娘家母親遠道而來看望自己的消息後，擔心和喜悅交織在一起，流著眼淚跑了出去。日本監督是一名中年女性，在沒有事先聽到詳細內容的情況下，對於在工作時間未經允許就離開機器跑出去的組長厲聲警告。孫英順推開攔住的警衛，打開側門跑出去，抱住母親和孩子。監督氣喘吁吁地追上來，拽住孫英順的頭髮。

「該死的蠢蛋，現在是上班時間啊！」

看到這一幕的母親用拳頭毆打監督的背部，監督放下英順的頭髮，轉身摑了母親一記耳光。打了一次後，母親搖晃了一下，監督又用另一隻手打了母親耳光，直到她倒下為止，用雙手打了四次。孫英順脫下頭巾，給癱坐在地上的媽媽擦鼻血，哭泣不止。她在走回工廠的監督背後沉著說道：

「妳要負責！」

孫英順沒有回到工作崗位和宿舍房間，而是帶著兒子和母親離開。她直接去了朴善玉家的米糕店，下班回來的善玉讓她們住進自己的房間。接到朴善玉的聯絡後，中金和讀書會同組的曹永春趕了過來。

「妳母親怎麼樣了？」

曹永春問完，孫英順沉著地回答：

「我要把工廠鬧翻天，如果被炒魷魚的話，就帶著母親和兒子回故鄉吧。」

「絕對不能就這麼算了。」

聽到曹永春的話，孫英順點了點頭，又說道：

「罷工吧，我來帶頭。」

「要想把人聚集起來，至少需要兩、三天的時間。」

朴善玉說完，孫英順就站了出來。

「光我們聚會的人就有十四個。」

申金起初不作聲，後來說了一句話：

「妳是當事者，就老實待著吧。別在一氣之下就說要辭職。」

「總之成立罷工委員會吧，我會聯絡會員的。」

當天稍晚，李二鐵和曹永春在市場十字路口見面。

「罷工是誰的決定？」

對於二鐵的詢問，曹永春支支吾吾地說：

「就是……孫英順組長說要帶頭。」

「應該要跟會員們商量之後再決定要不要罷工吧？」

曹永春一反常態，臉上帶著興奮的表情自信地說道：

「所以已經四處聯絡過，明天一上班就舉行公開集會。」

「罷工是最後手段，說不定會有很多犧牲者。就好像才剛擺好飯桌，突然就要掀翻桌子一樣。明天不要公開集會，晚上另外聚集吧。要想準備，至少也需要兩、三天時間。」

對於李二鐵的勸阻，曹永春無奈地抬起頭一笑。

「哎呀，真是令人洩氣啊！今天發生的事情雖然會引起公憤，但過幾天的話，就會變成無關緊要的事了。」

「如果是過了三、四天就不了了之的事，最好一開始就不要做。如果想要進行討論、確定各組分工、起草聲明，將更多的人聚集到罷工委員會，三天的時間也不太夠。」

那時，曹永春抽出一支菸叼著，呼出煙氣和長長的嘆息，並說道：

「上級似乎認為應該立即開始行動。」

「上級？有嗎？我們的原則是在各自的生活現場根據勞動大眾的條件進行活動。」

曹永春沒有回答就站了起來，二鐵再次問他：

「你剛才說上級，最近你跟誰見面了？」

「你自己不也忙著聯絡，幹嘛這樣啊？」

二鐵呆呆地望著他，曹永春轉向市場十字路的口對面，並留下一句話：

「去見見方又昌吧！」

第二天，孫英順像往常一樣上班，消息已經在同事女工之間傳開，要她加油，還有助手把仙貝餅乾或糖果放在她的工作檯旁邊。在工廠內沉重的沉默和緊張氣氛中，漫長的一天結束，讀書會會員一個個聚集到朴善玉家的米糕店。因為孫英順的母親和兒子住在那個狹小的房間裡，他們雖然不好意思，但還是圍坐在朴善玉外祖父母使用的內屋。十四名會員中有十二人參加。因為大家都知道昨天發生的事，所以立刻進入正題。首先討論是否舉行罷工。

曹永春就目前必須掀起罷工的理由表示，過去這段時間工廠內部的積弊很多，應藉此機會進行改善，如果像昨天這樣的事也乖乖地承受，未來將會受到更多非人道的待遇。他說最近在朝鮮八道發生租佃爭議和勞動罷工幾乎成了家常便飯。不僅是我們，永登浦鐵道工廠也已經進行了大規模的罷工，鄰近的製絲廠和文安的紡紗廠、絲織廠、橡膠廠等也經歷了多次罷工。

李二鐵說雖然曹永春的話是事實，但我們工廠與其他工廠相比，待遇還算不錯，而且以現在職工大眾的意識高度也很難立即投入鬥爭。他說，罷工要做好犧牲的心理準備，因此一定要確保罷工取得勝利。二鐵表示敗北的鬥爭固然也很重要，但也可以在更加成熟之後再進行勝利的鬥爭。

他們最終以舉手表決的方式決定贊成或反對罷工。首先有八人舉手贊成，剩下的也不用問了，就只有四個人，因此算是決定罷工。不僅是曹永春和孫英順，朴善玉、申金等也對舉手贊成罷工。大家都把孫英順及其家人經歷的事當作自己的事情一樣，十分憤慨，因此他們絕對不可能投下反對票。其餘四人是李二鐵和他帶領的第二個小組的成員。但是既然決定下來，大家都贊成要擔任罷工委員會的成員。他們決定先選出日後會面臨解僱和處罰的委員長一職。孫英順最先站出來表示自己願意承擔，申金勸阻，並表示希望由自己擔任。他們大多察覺到李二鐵、曹永春與外部組織有所關聯，因此反而希望這兩人不要擔任容易暴露身分的職位。孫英順和申金在互相爭吵後，會員們提出了意見。孫英順擔任罷工委員長，申金在宣傳部門擔任副委員長，朴善玉負責組織部門，其餘罷工委員會委員負責調查部和聯絡部。曹永春協助廠內的組織工作，李二鐵則協助宣傳與聯絡部門的工作。

討論結束後，李二鐵對昨天曹永春提及方又昌的事情感到掛心，所以打算去找他。新吉町安大吉母親的飯館和方又昌的日租房近在咫尺，因此他決定先去飯館看看，因為出現了新的情況。

走進飯館，晚上的生意也結束了，安大吉的母親正在休息。他打招呼後含蓄地說：

「因為身體不舒服，所以來這裡。我得跟大叔聯絡。」

母親若無其事地說道：

「最近因為季節變換，所以感冒了。得小心點。去附近轉一圈再回來吧？剛好他過來村子裡了。」

「啊？什麼時候？」

「中午在這裡吃完飯就走了，聽他說附近有事得處理。」

「我大概兩個小時以後再來。」

安大吉的母親揮著手對二鐵說道：

「沒那個必要。到時候去丸星運送會社後門的巷子吧。」

二鐵去了方又昌的日租房，他先看見二鐵，趕緊穿上鞋子走出庭院。每個房間和院子裡都有結束工作回來的臨時工進出，像發霉臭味一樣的汗味和腳臭味很重。二鐵跟著不作聲的方又昌邊走邊說：

「我們決定要罷工了。您跟曹永春很熟嗎？」

「嗯，算比較熟吧，你不要誤會。」

他們走出巷子，來到能踩到碎石子的鐵路邊，兩人蹲在那裡交談，方又昌說：

「我在大伯家見到國際黨的聯絡人，他是從上海來的留學生，如果沒什麼其他的事，他過兩個月後就會過來。因為他有傳達的線路，所以我才跟他接觸。永登浦那邊也進來了好幾條線。」

「這邊不就是要在國內以赤色工會為基礎重建黨嗎？為了方便起見，我們之間稱呼為京城三駕馬車。」

「幾年前，共產國際已經在〈十二月綱領〉中把朝鮮的黨建設運動視為派系和宗派，下達了解體後重建的指示。」

「這個事情我也知道。」

「當前的任務就是無條件合併。」

「不是不知道哪一方是派系主義嗎？」

說完後，二鐵有些冒火地繼續說道：

「勞動大眾是不會知道那些事情的。只是在自己的生活現場，為了生存權而鬥爭。無論是哪一方，只要肯獻身、肯幫忙，無論是誰都可以接受，不是嗎？」

「大眾固然如此，但我們是先鋒，不能忽視國際黨的領導。雖然你們的事情是偶然發生的，但是這次永登浦一帶的罷工也是他們先同意，然後才開始指揮的。通知你那邊接觸的領導，爭取與國際路線會面。」

「先聯絡吧，不過我先跟方兄您說，彼此該遵守的還是要遵守。」

兩個小時後，二鐵在丸星運送會社後門巷子裡見到漁夫帽男子。因為那裡是開始進入私娼街的地方，醉漢很多，妓女們沒有坐在格子玻璃窗內，而是走上街頭積極拉住男人的衣袖。二鐵不安地東張西望，一個穿著鬆垮垮西裝上衣的男子走過來，搭住他的肩膀，豪爽地說：

「我們去喝一杯吧！」

今天沒戴漁夫帽的他在二鐵耳邊悄聲說道：

「你看到那邊的雙城樓了嗎？我們進去吧！」

他們走進一家中餐館，坐在有著隔間和拉上紅色窗簾的角落。已經過了吃飯時間，酒客也都走了，只有他們兩個客人。二鐵迅速談及剛才見到方又昌、罷工的事情以及方又昌轉告的事項，他只是點頭傾聽。

「柳同志經常說，我們絕對不能出國。即使死也要死在朝鮮，在國內活動到最後。因為我們朝鮮人民生活在這片土地上，他們的生命就是我們的現場，也是我們的現實。外面的人不會代替我們革命。雖然貧窮、寒酸、不如人意，但我們只能相信朝鮮人民的力量。」

那些畢業於莫斯科共產主義大學的人，雖然都表示要組織聯誼會或者以各自的路線聚集，但大部分人在越過國境或在京城街頭被捕。他們突然出現，說自己是紅色國際工會的派遣者，或說自己是接受共產國際上海支部的命令前來，多次自稱是國際聯絡人。但李某說，包括柳同志在內的國內黨重建派從未拒絕過國際合作和指導，他們拒絕的是打著共產國際的旗號，企圖藉助國際組織的權威意圖前來統治的權威主義態度。李二鐵把方又昌說的內容轉告給他，並得知自己讀書會的成員曹某與方又昌有聯絡。李某嘆了口氣。

「包括共產國際在內的國際革命組織，沒能有效提出對殖民地朝鮮運動系統性、一貫性的方針。這些人當中有從共產國際遠東部派遣來的人、在上海接受中國共產黨指導的人、從紅色國際工會遠東部派遣參加國際黨會議的人、國際共產青年同盟東洋部、中國共產黨滿洲委員會、太平洋工會派遣的人，還有無數出身於莫斯科共產主義大學的人。他們把在日本帝國主義的壓迫下蠕動、為了生存而站起來的朝鮮勞動大眾說成是自己的組織，重複掀起運動，爭奪主導權。這些人在外面學到的有關朝鮮的知識，對於他們進入國內進行運動，沒有帶來實際的幫助。」

「您覺得怎麼辦才好？他們說要會面。」

對於二鐵的提問，他點了點頭。

「雖然很危險，但還是得答應吧，不然我們就會淪為派系。那些同志這次好像是要考驗我們的實力。我覺得這次罷工是無法獲得勝利的，在過去的幾個月裡，京城和仁川很多地方接連發生罷工，日本帝國主義當局正提高警覺。」

「已經以多數決的方式決定罷工，想要反悔會非常困難。」

「當然，如果現場的氣氛是那樣的話，那就應該執行。該給的給，該收的收。我們會透過老方來推動聚會，你在現場按計畫進行。」

他告訴李二鐵為何永登浦會有那麼多路線的勞工運動家進來。

這個地區聚集了三十多家各種工廠，有兩萬多名工人，加上自由勞工的話，是一個擁有近數萬人的產業地帶。工人當中幾乎很少有原居民，都是從全國各地前來此處工作的人。除了少數住在工廠宿舍的工人外，大部分都在普通民宅租房居住，或者居住在臨時搭建的店鋪裡。因此居住的持續性很短，工作更動也很頻繁，具有相對而言不受警察追蹤或監視的優點。永登浦不僅是首爾勞工運動的中心，也是地下組織的根據地，有時還是勞工運動家的避風港。另外，在短短的半天內可以往返於由鐵路連接的西海岸最大港口仁川，那裡也是碼頭裝卸場和工廠密集的區域，工人多達數萬人。永登浦實際上是以仁川為後盾，以京城為為前線的。李某說明：

「在永登浦，也許沒有必要把罷工當作活動的業績。如果每個工廠都有堅定的赤色工會同志，勞工運動就可以日常化。」

李二鐵那天晚上回去製作文件，把它抄在複寫紙上，做了十份左右。宿舍女工起床的時間是六點，七點開始工作。進入罷工委員會的讀書會成員共有十四人，他們按照各自被分配到的任務，六點到達工廠，在多個地方張貼大字報。並通知組長女工、助手、助手助理、傭人、苦力等聚集到工廠前院。六點半到七點之間，三百五十多名工人聚集在院子裡，擔任委員長的孫英順為了宣讀聲明書而走上講臺。她在朗讀文件前，先行講述了自己兩天前經歷的事件。

「各位，我娘家母親從遙遠的忠清道坐了很長時間的火車來到這裡看我。我有一個四歲的兒子，寄養在娘家。母親因為這個每天哭鬧要去看媽媽的孫子，所以沒有計畫地揹著孫子離開了故鄉，以為來這裡就能見到女兒。但是我們工廠的規則是什麼？除公休日外，嚴禁會客和外出。我為了見母親和我的孩子，暫時離開工作崗位去到正門，但中川監督為了不讓我們一家人見面追了出來，抓住我的頭髮，多次打了我母親的耳光，老人家被打到流鼻血。我們雖然是沒有國家的百姓，但一定要受到如此可悲的待遇嗎？我們再也無法在中川這樣的監督手下工作，她應該立即被解僱。目前的工作時間十三小時原則上是違約，與日本內地相比，從早上七點到晚上六點的十個小時勞動就已經非常過分，夜間延長工作的三個小時沒有任何津貼，等於是免費勞動。」

她讀完聲明後開始喊口號，工人們齊聲跟著高喊。

一、無法在中川監督下工作，必須立即解僱！

二、將勞動時間從十三小時縮短為十小時，加班時支付津貼！

三、廢除日本人和朝鮮女工之間的飲食差異！

四、修改禁止宿舍會客以及外出的公司內部規定！

我宣布從現在開始進行無限期罷工，直到我們的要求達成為止。

他們三三兩兩地回到各自的廠房，但沒有轉動機器，組長、班長都沒有催促他們工作。罷工主導者利用這個時間，跑來跑去，分發連署文件。大家寫上名字，在名字的末尾按上自己的手印。紡織工人們都毫不猶豫地按了手印，不僅是助手和助手助理，普通傭人、苦力們也都放下手中的工作坐著。始作俑者中川監督被叫到辦公室，日本教育者大嬸們也銷聲匿跡。中午過後，日本幹部帶著一名日本教育者出現在工廠裡。雖然警告罷工者如果不開始工作，將全部解僱，但大家都沒有重新開始工作的跡象。

「這裡誰是代表？」

幹部皺著眉頭詢問，孫英順站了出來。

「是我。」

申金也跟著她站出來。

「我也是代表。」

一說完，朴善玉馬上站出來說道：

「我也是代表。」

日本幹部十分生氣，喃喃自語：

「混蛋，全部都是代表嗎？」

工廠裡的女工們議論紛紛：

「這是關乎我們所有人的問題，我們所有人都是代表。」

「妳不要在後面囉嗦，告訴我們妳想怎麼解決。」

結果一整天都沒有妥協。到了下班時間，他們決定從第二天開始乾脆就不上班，工人們各自回到宿舍和家裡。申金說明當時的情形。

「孫英順因為兒子和母親的緣故，直接回到了住宿的地方。朴善玉也因為孫英順一家人住在他們家，所以要回去照顧他們，然後就下班了。李二鐵和曹永春因為是男人，根本不敢靠近宿舍附近。工廠後院只剩下幾個人點燃篝火，熬夜等待與我們的聯絡。我回宿舍一看，六位讀書會員各自在每個房間做起思想工作，要求大家明天、後天都不要工作，直到同意我們的要求為止。宿舍管理員和教育者不知道去了哪裡，一個人都沒看到。罷工三天後，公司才將全體職員聚集到禮堂，提出了妥協方案。但在四個要求事項中，他們只接受解決吃飯差別問題和宿舍會客、外出問題。可是我們表示，如果四個問題不能獲得解決，全體員工就不會去工作。協議決裂的第二天，早上起來洗漱後，下去餐廳，看到門口有巡警和便衣刑警兩個人和舍監一起守著。他們第一個叫住我，我說有什麼事，他們說要我前往警察署接受調查。他們也帶走幫我張貼大字報的室友，我們被帶到車站前的本町通警察署，孫英順和朴善玉已經先被帶過去，幸虧他們還沒能掌握到李二鐵和曹永春的行蹤。」

後來報紙報導，事件在永登浦警察署高等係[1]的調解下達成妥協。中川監督因為對職員及其家人施暴，無法受到職工們的信任，因此必須在訓斥之後提交辭呈。勞動時間和薪資問題要在延長工作時提前告知，並將一個月加班的工資以日薪計算進行調整。從初夏到晚秋，京城地區的各行業也在不同的工廠頻繁發生罷工和動亂，日本帝國主義治安當局非常緊張。總督府警務局甚至下達了需進行嚴密的工廠內部調查，釐清是否受到共產主義者煽動的指示。

警方勸告監督提出辭呈，卻也有條件地接受了公司的意見，把擔任罷工委員長的孫英順解僱，並允許她進入其他工廠工作，但期限是在休職六個月之後才可以進行。此外，還向曾擔任副委員長的申金提出同樣的條件。申金表示，如果解雇的範圍只限於孫和自己兩人，則會接受。總

1 日本殖民統治時期，負責監視和鎮壓韓國人獨立運動及政治、思想動向的警察部門。

之，在如此協商的過程中，孫英順和申金被關進拘留所。李二鐵、曹永春和朴善玉等人作為擁有鬥爭經驗的勞動者組織中的基本細胞，計劃暫時沉默以待之。

拘留所分為上、下兩層，申金與共犯孫英順分開，關進樓下的房間。身上佩刀，穿著黑色制服的日本巡警與朝鮮巡警助理一起輪流監督。申金關在女性牢房，所以一起關著的是在日本人家裡偷東西的保姆少女，以及在私娼街被逮捕的兩個女人。申金一眼就看清她們的底細。

「孩子，妳是因為戒指進來的吧？」

申金對少女說了這句話，少女一隻手摀住嘴，驚訝地睜大眼睛。

「哎喲，妳怎麼知道的？」

「我看得一清二楚。妳住過的房子裡有浴室吧？那裡不是有著玻璃門嗎？戒指滾進了門和牆的縫隙裡，還在那裡閃閃發光呢。」

少女說自己被冤枉，又開始哭了起來。在對面打著瞌睡的妓女們開始吵鬧起來。

「又哭又鬧，吵死人了。死丫頭，安靜點。妳以為進來這裡的人只有妳是無辜的嗎？」

「妳為什麼平白無故地把那孩子弄哭啊？妳是算命的還是女巫？」

申金嘻嘻地笑了笑，決定對她們也說上一句。

「那邊那位一個晚上接了兩個客人，在不同的房間裡來回，結果引起打架，然後就進來了。還有那位，把路過的學生帽子搶過來，說玩玩再走吧。」

「哎呀，真的是菩薩顯靈了。那我們什麼時候能出去？」

「妳們放心吧，今晚睡一晚就能出去。妳們那有個捲髮的男人吧？」
「嗯，我們老闆就是。」
「交完罰款後，明天就會把妳們帶走。」
看起來跟申金年齡相仿或稍微小一點的兩個女子雙手合十祈禱，不斷在拘留所的地板上磕著頭行禮。申金和她們一下就混熟了，聽到其中一個原本在製絲廠做女工時墜入苦海的經過。
申金過去工作過的工廠規模較大，有製絲和紡紗兩個部門。由於是日本總公司派遣的技術團隊和管理團隊經營的大企業，在京城還算屬於條件非常好的。但每天的工作時間一般是十三個小時，薪資水準還不到日本人的一半，從這一點來看，屬於明確的剝削性勞動。一般來說，製絲廠等小單位的工廠必然是受到大工廠的轉包，因此勞動條件是非常惡劣的。
地方政府或警察向日本人或朝鮮人業者收取每人定額的回饋金，幫助招收鄉村少女。她們僅以十幾元的價格被賣到城市裡，簽訂六年到十年的契約，可說是只要簽了約，就再也無法獲得自由。她們根據各自的命運被賣到私娼寮或工廠。日本政府的這種經驗成為慣例，後來被用於戰爭時期的徵用和慰安婦動員。這些為了拯救捱餓的父母而奮不顧身的少女們，在私娼寮如同割肉般的痛苦中枯萎，在工廠裡像消耗品一樣死去。申金在拘留所遇到的妓女剛開始被賣到工廠，後來因為工廠的技術難度提高、負債增加，因此有很多少女被輾轉賣到私娼寮，過著地獄般的生活。果不其然，因為妓女們無法營業的每一天對老闆來說都是在虧錢，為了讓她們接活，老闆繳交罰款後，她們也被釋放。保姆少女被誣賴為小偷，送進拘留所。申金一開始三餐吃的豆子幾乎占了一半的牢飯，配上鹹蘿蔔、豆芽、鹽湯等。但突然開始有了外面送進來的自製食品。午飯後，巡警走到鐵窗前，打開門，叫她出來。

「會客。」

「是誰？」

「我怎麼知道？說是妳的未婚夫。」

申金離開漆黑的拘留所，走進警察署會客室。一道黑色身影背對著玻璃窗外灑下的陽光，雖然看不到他的臉孔，但當巡警說是未婚夫時，申金總覺得會是李一鐵。他們面對面坐著，身旁有一位監督巡警。

「我昨天回家才聽到消息。」

一鐵說話時，聲音柔和而略帶沙啞。申金在那一瞬間決定要嫁給這個人。那時她知道了自己的命運，我要作這個人的守護者。

「聽說妳是為了同事挺身而出，不要後悔。」

聽到一鐵的話，申金故意裝蒜地接話。

「不是為了誰。」

「我打聽了一下，說是以原來的工廠解僱為條件，讓妳換公司。」

「我早就打算不幹了。」

一鐵好像再也無話可說，只是默默坐著。他戴著有棱有角的帽子，學生服上披著披風，看上去地位似乎比巡警還要高。兩人沉默了一會，巡警宣布會客結束。申金在離開會客室前，很快地對一鐵說：

「這裡的食物要和其他人分著吃，請你買點米糕或切糕送進來。」

也許一鐵是聽懂了這句話，在她回到拘留所大約一個小時後，收到了一個白米糕。她把米糕平均地分給了樓上、樓下的十多名被拘留者。此後很長一段時間，申金一直如此炫耀：

「我們的訂婚儀式算是在拘留所辦的，因犯們分享了婚約的米糕，他們就是證人。呵呵。」

十天後，孫英順和申金被釋放。孫英順已經知道自己的技術無法再發揮作用，她如果想要在其他工廠找到工作，成為像現在這樣負責織造機的組長，那就必須得到以前公司的推薦書或證明書，但她只有擔任罷工委員長的惡名。離故鄉較近的地方城市也有小型紡紗工廠，可以找到傭人之類的雜工工作，可是她堅強地說：

「無論如何都要在家鄉生活，養育我的孩子。」

因為申金也被解僱，所以不能繼續住在宿舍，首先必須準備住處。如果是男人，至少可以打零工，賺取一天的收入，找個日租房或臨時住房集體住宿。但女人要保護自己的身體，不能做街頭勞動。朴善玉建議與申金一起住在外祖母家自己住過的房間，於是申金把宿舍的行李搬到那裡。過了幾天，李一鐵和弟弟一起來找她，一鐵只是默默坐著，俯視著地板，弟弟二鐵在原位上躬著上身行禮，裝模作樣地說道：

「嫂子，您好。我哥去拘留所會客時，在官府文書上寫的是未婚夫，這下可退不了了。」

申金和李一鐵都沒能吭聲就坐了下來，朴善玉在旁邊附和：

「是啊，我也該從組長那裡解放了。快把我姐娶回去。」

概括二鐵的話就是哥哥即將從鐵路學校畢業，如果被分配到工作，就要起到家長的作用。現在是訂婚期間，可以直接回家住對面的房間，但首先要得到父母的允許，根據禮儀，先將嫂子送到別的地方。父親和哥哥打算抽空去申金在金浦的家提親，婚禮最好在哥哥畢業後隔年的陰曆二月舉行。原本活潑樂觀的申金在真正要面對自己的婚事時，變得沉默寡言，看起來似乎不知所措。兄弟倆前來拜訪過後的第二天早上，朴善玉去工作，申金在院子裡幫著老夫婦放下糯米，在磨臼裡搗碎。這時，有個婦女毫不猶豫地推開商店旁邊的門，走了進來。

「妳就是申金？」

「是，您是哪位……」

「什麼哪位？我就是來把妳帶走的人。」

但是，在豪爽地大聲說話的婦人背後，又有一個身材高大、頭髮蓬鬆，就像剛睡醒一樣的女人微笑站著。如果是來別人家看新娘子，至少要穿上像樣的衣服，這樣別人看到也才像話。她上身只是穿著韓服上衣，下面穿著女雜工們經常穿的工作束腳褲，腳上荒唐地穿著橡膠鞋。申金慌亂地打量她全身上下，那女人也跟著申金的眼睛，看著自己的德行，她突然像個男人似地哈哈大笑說道：

「呵呵，我從幫忙我丈夫工作的地方跑來，也顧不上換衣服，就穿成這樣了。我是一鐵、二鐵的姑姑。」

申金後來對家人說，如果不是善玉的外祖父母也在，她一定會問在她身後跟著她的人是誰。就這樣，申金見到了姑姑，也見到在每個重要場合都會跟在莫音姑姑和一鐵後面的朱安媳婦。申金慌慌張張地收拾好行李，跟著她走出去，走到街上就見不到跟著前來的大個子婦女。申金頻頻回頭看，好像有人沒跟上來，姑姑也察覺到這一點，於是問她：

「是不是有什麼東西沒帶出來？為什麼總是回頭看？」

「想知道一起來的大嬸去哪兒了。」

莫音姑姑停下腳步。

「一起來，跟我？」

「是啊，身材高大，胖胖的女人……」

姑姑拍了拍雙手，嘆了口氣。

「妳好像看到嫂子了，沒錯！妳注定是要成為我們家的人啊。」

說完又停下腳步，瞇著眼問申金。

「妳原本就能看到那些東西嗎？」

事實上，她也在想那會不會是鬼魂，但剛說出口就後悔了。因為從小就經常被提醒，去任何地方絕對不要露出那種表情，如果不是一般的對手，就裝作不知道。在拘留所裡，對方都是好欺負的少女，不會發生什麼事，但站在面前的人不就是未婚夫的姑姑嗎？

「要看情況。今天的事情很特別。」

申金打算就那樣蒙混過關，幸虧姑姑沒有多問，邊走邊說：

「她是一鐵、二鐵的母親，家裡有重要大事的時候，她總會時不時地冒出來。孩子們上普通學校的時候嫂子死了，我就去哥哥家撫養他們。二鐵這個人心不在焉，自己母親來了也見不著，但一鐵很體貼，很多情，所以好像偶爾會看到他母親。」

莫音的姑姑沒有提到嫂子在洪水時活躍的故事，也沒有提到一鐵曾經從死去的母親那裡拿到米糕的事情。因為即使說了那樣的話，也不會有人相信。總之，姑姑對於申金非常滿意，如果她不是兒媳婦的最佳人選，在自己這個姑姑都不知道的情況下，朱安媳婦會在光天化日之下被這個孩子看見嗎？李莫音走向閭村的家時，又忍不住說道：

「雖然我也根據情況而不一樣，但之所以能認識我丈夫，也是因為嫂子的緣故。」

她向申金敘述以前發生過的事情，例如前一天朱安媳婦來給孩子們做米糕，在臼裡搗米的事情；第二天起床後，嫂子又出現了，大白天說要一起去某個地方，於是在修房子的地方遇到了成為她丈夫的人。申金沒有露出驚訝或無可奈何的表情，對於她的話只是點點頭。莫音姑姑壓低聲音對申金說：

「這是只有一鐵和我知道的祕密，現在妳也知道了，咱們仨就是一夥了。呵呵。」

申金想了想，為什麼今天一鐵的母親沒讓姑姑看見呢？也許正因為今天是自己和婆婆的第一次見面，所以是很重要的事情。又或者是姑姑故意裝蒜。而且申金雖然表面上沒有任何表示，但覺得自己對李一鐵是一見鍾情。所以是不是因為眼睛被蒙上了什麼東西，所以第一次見到他的時候什麼都看不到呢？

到了間村的家，姑姑的丈夫姜木匠外出工作，兩個孩子也去上學，還沒有回來。房子是小小的三個房間的韓屋，院子寬敞，中間地板和房前的簷廊十分光亮，顯露出李莫音操持家計的能力。據說這個房子原本是茅草屋，公公去世後，丈夫下了很大的決心，在屋頂上覆蓋瓦片。莫音姑姑搶過申金的行李，打開對面房間旁邊的小格子房門，扔了進去。

「這裡就是妳的房間。」

然後又向申金說明，原本這裡是放置雜物、木工工具的房間，但幾天前一鐵和二鐵過來整理得乾乾淨淨，還重新貼上壁紙。申金進入房間，環顧了塗有全新韓紙的牆壁和窗戶，並輕輕地打開貼有白銅裝飾的半拉門，好像是從他們父親的工坊裡拿來的。旁邊的角落放置有姑姑疊好的被褥，上面還蓋著繡好的棉布。在新貼窗紙的格子房門中間，貼有手掌大小的長方形玻璃，眼睛靠近就能一眼看到院子和大門。申金把臉貼近，假裝向外看，莫音姑姑說道：

「妳不知道我們家一鐵有多細心，他從家裡拿來玻璃，用兩層紙包著，他說怕妳會覺得鬱悶。」

申金還看到三扇窗戶上貼著黃色的銀杏葉。貼在疊紙上的銀杏葉在陽光下顯得更加鮮黃，那可能也是一鐵的手藝。

由於是以從紡織工廠離職為前提的勸告辭職形式，所以申金在姑姑家停留了兩週左右，進行了離職處理等事項。一鐵先帶著申金回家，向父親李百萬請安，表達結婚的意向，李百萬在兩人面前悄悄轉頭擦拭眼淚。

「他這孩子沒有母親，我當然應該為他做點什麼，但其實我只是把他養大而已。反正他平安無事地從學校畢業，當然也會找到工作，我還有什麼可擔心的。這都是你們的福氣。」

婚事的討論非常順利，定下日期後，申金提前三天回到金浦家向父母稟報婚事，並確定了李百萬和李一鐵上門拜訪的順序。

雖然當時是初冬，但當天天氣格外晴朗，也沒什麼風。趁著退潮從鹽倉渡口乘船，瞬間就到達金浦，是去申金娘家吃午飯的適當時間。剛下渡口，申金的小哥就前來等候，看到一鐵的校服之後就跟他搭話，也帶領他們到村子。走進院子，申金的雙親和大哥也在等候迎接他們。申金的父母親看到李一鐵修長的身高、校服校帽以及披風的學生裝束後，不禁瞠目結舌。雖然已經從女兒那裡事先聽說過，但一鐵也確實是個不得了的準新郎。

婚禮定在一鐵從學校畢業的二月，地點在永登浦鐵道官舍的公會堂舉行。證婚人是李一鐵普通學校五年級時擔任級任導師的朝鮮人許相佑老師。他也曾擔任過弟弟李二鐵的導師，跟李百萬也認識。他是一位從師範學校畢業的中年教師，性格安靜，話也不多。後來二鐵被通緝陷入困境時，還曾一度把二鐵藏在他的鄉下家裡。一鐵一直很尊敬他，偶爾也會去找他商量事情。中金還說，許老師的死亡是丈夫一鐵逃到北朝鮮的原因之一。每當提起婚禮當天的記憶時，申金都會說出一些細節，但通常只說幾件事就閉口不談。好像說得太多的話，珍惜的東西就會磨損一樣。

「關於老式婚禮，我從小在鄉下跟著母親看了幾十遍。就是把一家親戚和村裡的人都聚到一起，像祭祀一樣擺好飯菜，屁股坐下來對拜，再行禮，喝婚禮酒，整天就是閉著眼睛當瞎子罰站。我們舉行的現代婚禮還是不錯的，隨著嗟嗟的風琴聲入場，證婚人宣布成婚後，新郎、新娘挽著手退場，就宣告禮成。」

比起別的，拍照是最特別的事情。儀式結束後，新郎、新娘再次入場，先是兩人單獨拍，再和雙方父母一起拍照，然後和親戚、朋友一起合影。當時，攝影師把置於架上的照相機放在前面，再將內有紅色布料的黑色布包套在相機上，然後把頭伸進裡面，調整許久，看起來非常無聊和滑稽。過了幾分鐘，攝影師終於露出頭，一手拿著一個帶繩子的小球，另一隻手拿著寬大的板子說：來，笑一個，大家向前看。等了很久，攝影師覺得滿意的時候，就把板子上的鎂炸開，同時按下小球。隨著爆炸聲，白光一閃！拍照時，大家都閉上了眼睛，不知道怎麼辦，後來看到照片，雖然臉色僵硬，但看起來還不錯。儘管如此，偶爾也有閉上眼睛、瞇眼或睜大受驚嚇的紅眼睛的狀況。申金最先和雙方父母合影時，看到堂而皇之地坐在前排的朱安媳婦。她穿著一件白色的韓服。照相時，新娘申金這邊有雙親，但新郎一鐵這邊只有李百萬一人，所以從一開始就由姑姑代替母親的角色，並排站在新郎旁邊。但是在申金的眼中，朱安媳婦從前排座位上站起來，悄悄地走到姑姑旁邊。輪到親戚們合影時，她也不退讓，一直挨著新郎。千萬伯父、十萬叔叔夫婦和他們的孩子並排站著時，朱安媳婦還站在那裡，後來洗出來的照片中當然沒有出現。儀式結束後，李一鐵夫婦第二天在鐵道局厚生部的妥善安排下，去了溫陽溫泉鐵路旅館。一進房間申金就看到了還沒有出生的智山嬰兒時期的模樣，申金自己後來也反覆說了好幾次。新郎李一鐵小心翼翼地向妻子吐露說，事實上他在賓客中看到自己的母親。後來有機會確認的時候，莫音姑姑也說看到坐在前排的嫂子。

那一天是非常重要的日子，莫音姑姑也深信朱安媳婦那天一定會出現。她對申金具有和自己相似的氣質感到非常滿意，因此她認為一鐵、他的妻子申金以及自己這個姑姑三個人之間，存在著別人不知道的特別信任關係。

李一鐵從鐵道從業人員培訓中心駕駛部畢業後，立即被分配到京仁線擔任駕駛員見習助手。因為是第一次實際操作，所以還不是負責客車，而是從貨物運輸開始。見習期間是六個月，當時還不知道以後會被分配到哪裡。只是將朝鮮鐵路委託給滿洲鐵路公司經營的總督府再次改為直接經營後，從開設的鐵路學校畢業的畢業生將優先獲得安排，這也表明了總督府教育機關包括偏僻支線在內，都將派遣受過良好教育的人員的意志。京仁線客車的終點在漢江鐵橋開通後的數年間一直是鷺梁津，後來變成了龍山。但是京釜線和京仁線的交會站在永登浦，隨著數十家工廠的進駐，產業貨物增加。再加上途經從京釜線的支線出發的湖南線後，永登浦站自然而然地成了南京城站。貨物倉庫增加至數十間，車站內的鐵軌也因多條線路而顯得錯綜複雜。連接工廠地帶和鐵路工作間的鐵路貫穿永登浦市內已久。京仁線的仁川是港灣，再加上產業化，工廠區域增加，是僅次於京釜線終點釜山的主要貨物運輸通道。不僅是白天，在沒有客車運行的夜間，貨車還通宵來回。一鐵剛來實習，主要被安排駕駛夜間貨車。他直到太陽升起的早晨才回到家，早飯也敷衍地吃了幾口，然後就睡死過去。

一鐵的六個月見習期也是申金在柳樹屋度過新婚生活的時期。公公李百萬把自己使用的內屋讓給了兒子夫婦，自己則搬到對面房間，延續了平凡技術工人的上下班日常生活。他也沒有什麼特別的興趣，一到週末和休息日，就待在院子對面的工坊製作五金工藝品。孫子李智山進入小學時，全家搬到堂山鐵道官舍，李百萬沒能在那裡布置工坊，直到重新回到間村為止，不得不放下手工藝品的製作。李百萬後來還向孫子說過，當時是他一生中最漫長、最無聊的時期。二鐵在哥哥娶了媳婦、父親搬到對面的房間後，偷偷地租了位於新吉町的房間。起初，他每三、四天回家一次，後來減少至一週、十天，再後來就很少回家了。隨著自己的存在逐漸為人所知，他工作的地點也從紡織工廠更換為電氣工廠，但仍然輾轉於從事技術雜工。家人只能猜測他仍然繼續扮演著勞工運動家的角色。

申金這時已經懷上智山，肚子也漸漸鼓了起來。時值初夏，申金突然想吃南瓜泡菜。南瓜泡菜主要在秋季醃製，用於燉湯，在完全發酵前放入海鮮煮沸。結婚還不到一年，申金就開始思念起娘家的飯菜了，她自己也頻頻搖頭。那時大門嘎啦一聲被打開，莫音姑姑走進院子。一鐵上完夜班回來正在睡覺，姑姑大聲呼喊之前，申金把手指放在嘴唇上，做出噓、噓的手勢。姑姑提著包袱進來，兩人走進白天空著的公公李百萬的工坊坐了下來。打開包袱，裡面裝有一個小罎子，打開蓋子，一股酸味散發出來。

「哇，這是什麼?是不是南瓜泡菜啊?」

「妳怎麼知道?這是我們經常做的泡菜。沒有胃口，吃不下飯的時候，沒有比這更好吃的了。」

「您真是太厲害了，姑姑，我正想吃這個呢。」

莫音姑姑拍了拍手，申金又把手指抵在嘴唇前，發出噓的聲音。

「哈，這附近家家戶戶都醃南瓜泡菜吃，我就知道妳會嘴饞。在我們江華島，跟花蟹一起煮湯吃。」

「我們金浦老家那邊是把青鱗魚或小帶魚放進去一起煮。」

「聽說隔一條江的黃海道人都放醬汁下去煮。」

莫音姑姑壓了壓手，讓申金稍等片刻，然後嗖地走出大門，還不到一頓飯的時間又回來了。她一隻手把串在細小繩子上的三條西海帶魚帶來，點燃爐火煮南瓜燉湯，僅憑這些菜就吃到了美味的午飯。這樣心意相通，莫音姑姑心情也很好，於是對申金說：

「肚子也飽了，我們去喝點東西吧？」

「要不要去什麼地方吹吹江風？」

「一鐵要到晚飯的時候才會起來吧？」

「是，是那樣，但……」

姑姑在前方帶路，說離這裡不遠，要申金跟著自己走。申金雖然跟著走了出來，但因為不知道要去哪裡，腳步漸漸變慢。

「要去哪裡啊？」

「嗯，我偶然知道的地方，在鐵路邊。」

如果是鐵路邊，那就是從市場十字路口一直往上走，轉向閭村方向附近。

「要去見誰嗎？」

莫音姑姑笑著點了點頭。

「有一位千里眼。」

兩個人走進鐵路邊的小房子。當時路邊蓋起既不是韓屋，也不是日本屋，而是帶有玻璃窗的人字形屋頂的房子。下面是販賣膠鞋、工作鞋等的鞋店，還有陡峭的梯子。少女揮著蒼蠅拍，聽到姑姑問「在嗎」的聲音，慢慢地點了點頭。申金在姑姑的帶領下，小心翼翼地爬上樓梯。在白色韓紙屋頂的閣樓裡擺著一張桌子，一位老奶奶坐在那裡。

「正想睡個午覺，有什麼事？」

與此同時，那位老婦人盯著姑姑身後的申金。兩人目光相遇，申金不想避開視線，不由自主地瞪眼看她。老奶奶的目光悄悄地往下沉，從那時開始只望著姑姑。申金看到奶奶旁邊坐著三、四歲的小女孩，身穿老舊的韓服和不合時節的短背心。看到申金的小女孩嘻嘻笑著，莫音姑姑向老奶奶問好。

「嗯，我今天帶姪媳婦來了。請用千里眼好好看看。」

老奶奶抓起一把米，啪啪往申金身上撒，喃喃自語道：

「什麼千里眼？這個新娘才是。」

申金拍掉落在胸口上的白米問道：

「為什麼要在我身上撒那個？」

「因為妳的氣勢太強。」

然後老奶奶反問：「妳看得到我們太主吧？」

莫音姑姑嘻嘻笑著側身而坐，申金說道：

「不就是得了天花死去的孩子？原來是奶奶的孫女啊。」

老巫女不理會申金，兀自搖著鈴鐺，連連打哈欠，聳了聳肩，打了個寒噤，用小女孩的聲音說道：

「嗯，會生兒子。又聰明又帥。他父親也沒什麼問題，能出人頭地。但是有生離死別的可能。父母和子女分開後還會再見面。妳一個人要帶領全家人在這個險惡的世界生活。」

穿著短背心的小丫頭直視著申金，小聲嘟囔著，但只是嘴巴在蠕動，聲音卻是從奶奶口裡傳出來。老奶奶一直不停地說著，莫音姑姑啪地拍打方桌喊道：

「今天好像看的不太準啊。算了，算了。」

老奶奶長嘆了一口氣，睜開了眼睛，申金爽朗地笑著說道：

「辛苦了。會生兒子，丈夫也會出人頭地，謝謝您的吉言。」

莫音姑姑無精打采地帶著申金走出那間房子。

「那個老太婆今天好像不怎麼靈驗。」

「我和那個太主丫頭對視了。」

中金輕鬆地說著，莫音姑姑又按照平時的習慣拍了拍手。

「其實妳就是千里眼，我讓妳白跑了一趟。我看不到什麼太主之類的東西。」

「二鐵小叔說過，其實這些都是迷信，只是天生的天賦吧。因為這個世界各種各樣的事情都會混雜在一起。」

莫音姑姑不高興地說：

「那位老奶奶說，我會住在數萬里以外的他鄉，擁有千金萬金，活得不比別人差。但是她說我會有點孤獨。」

中金總是很樂觀，笑咪咪地說道：

「我在想，如果未來已經確定了，那就不要心急，而是順其自然享受生活。」

第二年，中金生下了白胖健康的兒子，紅辣椒被串上綁在大門外的草繩，一直掛到滿百日為止。李一鐵在京仁線駕駛助手的見習期滿後，被分配到京釜線貨車運輸部。不知道是因為他勤勞、安靜的品性被日本幹部看中，還是因為他的父親長期作為鐵道工廠的雇員，從未惹禍，默默地工作所致。總之，鐵道員前輩們說，他沒有被分配到山區或支線運輸礦物的火車，而是分配到當初就設定為大陸之間運輸的京釜線的火車頭助手，真是非常幸運。

7

李鎮五登上煙囪已經將近七個月，老金告訴他，再過三天就滿兩百天了。幾天前已下過第一場雪，正式進入冬天。為了準備過冬，他戴上毛線帽、穿上冬季登山服和羽絨服，還穿上毛襪和防寒鞋。他在煙囪露臺的水泥地上鋪上塑膠布，帳篷裡的地板重新鋪上保麗龍和錫紙墊子，再鋪上合纖毛毯，然後在防水羽絨睡袋上蓋上毯子。過冬物品是工會得到各市民團體的支援後吊上來的，裝衣服和食物的容器都是登山用品。到目前為止，白天還可以忍受，但太陽下山後，晚上的氣溫急遽下降，到了凌晨，就像嚴冬的酷寒期一樣。暴露在高空中，簡直就像掛在懸崖上一樣。

鎮五覺得自己至少還有過兩次類似的經歷。服兵役的時候在前方高地哨所度過了兩年的冬天，當時配給的過冬裝備與現在自己穿著的戶外服裝差不多，自然環境也不亞於這裡。不，也許那時候比現在的情況要好得多。哨所執勤無論是深夜還是凌晨，通常是一個小時，最長不會超過兩個小時，下一班衛兵必然會來換班。而且還是晝夜循環勤務制，一週只有幾次。軍隊並非像這裡一樣，四周暴露在高空中，而是連接山脊戰壕的牆壁和具有屋頂的哨所。前方有觀察口，即使有風吹進來，只要戴上防寒口罩和護目鏡，就會非常暖和，甚至會讓人入睡。士兵大都把裝填好子彈的槍口伸到觀察口前，然後靠坐在椅子上，睡睡醒醒，等待交接的時刻。如果內務班的學長在日常生活中沒有干涉和虐待，冬天也不是那麼可怕的季節。

第二次是他擔任工會分會長時期，因違反《集會示威法》，服了六個月徒刑。一般人都說監獄裡沒有四季，只有夏季和冬季。夏天從五月開始到九月結束，冬天則是從十月開始到四月結束。他運氣不好，十月進了監獄，算是在冬天服刑。十月是冬季的開始，因為在那個時候，人們會更換寢具、衣服和維護設施，為過冬做準備。囚犯們資歷愈深，愈是提早開始準備瑣碎的事情。他們會委託被服部製作內裡有著合成纖維棉花的背心，縫製在囚衣上衣內側。還可以購買毛襪，可穿，也可以適當裁剪，製作成戴在頭上的就寢用保溫帽。配給的被子是長期交接下來的，在數次洗滌的過程中，裡面的棉花結成團，縮在一起。獨居的囚犯在勞役犯外出工作的時候，會進去大房間，打開別人的被套，小心拿出裡面如同雪人一樣結塊的棉花，均勻地攤開、鋪在布上，再將被套嚴密縫上。從十月底開始，牢房逐漸變冷，一到嚴冬，鋪在水泥地上的木板會不斷冒出溼氣。海綿床墊下如果不鋪上紙箱的話，床墊會變得溼漉漉的，無法成眠。鋪上紙箱後，早上起來一翻開，會發現由於體溫和地板的溫差過大，紙箱如同淋雨一樣變得潮溼。早上睜開眼睛，水泥牆上會泛著白色的霜花，天花板上滴水。那是自己一整夜呼出的氣體上升到天花板，結霜後融化掉下來的水滴。監獄裡交接的軍需用品中，實彈筒是非常珍貴的保溫用品，只允許那些有背景的囚犯使用。實彈筒是鐵製品，帶有橡膠密封墊，非常適合當作保溫瓶。如果無法拿到實彈筒，就要買兩、三個厚重的塑膠瓶。在寒冷的天氣裡，若得到獄警的許可，可以接走廊暖爐上煮開的熱水，裝進瓶子裡。為了讓瓶子正常發揮保溫功能，必須進行加工，那就是用瓶袋裝起來。把舊毛毯碎片縫成兩層，然後把水瓶放在裡面，置於被子裡腳部的位置，溫暖的氣息直到早晨起床時，還會留存在被子裡。

此時此地無法拜託同事們將熱水吊上來，暖暖包這種東西問世也已經很久，所以沒有那個必要。只要在睡前將暖暖包固定在雙腳的位置，脖子到肩膀再貼兩個，不但溫暖，還能抵擋寒意。如果把飲用水瓶放在枕頭邊，到天亮時就會結冰，他決定把水瓶放在睡袋裡。傍晚太陽很快下山，黑夜變長，就像在監獄裡一樣，一到九點肚子就餓了。無論如何，晚上九點左右，他就必須進入睡袋裡睡覺。李鎮五在寒冷漫長的黑夜結束之前，盡量不從帳篷裡出去。睡覺前，他遵守的最優先原則是先小便。每晚睡覺之前，他都必須花很長的時間理好寢具，調整好姿勢，唯有如此，他才能夠在睡袋裡保持體溫就寢，不用半夜醒來，走到外面的露臺小便。但如果半夜尿意襲來，他會披上羽絨服，把拉鍊拉到下巴部位，戴上毛線帽，再戴上羽絨帽，爬到帳篷外面。他總是搖搖晃晃地走到離帳篷稍遠的地方，站在欄杆旁邊，把上衣的下擺往上拉，並拉下防寒褲的拉鍊。蜷縮在胯下的那個東西反射性地噴出尿液。他辨識風向小便，幸虧西北風把尿液颳向左邊。他身體一抖，打了個寒噤，小心翼翼地走在露臺的地上，回來的時候盡量把身體貼近牆上，伸出一隻手抓住欄杆，一步一步地走著。好像有什麼東西被腳絆到，往下一看，靠在欄杆上用繩子繫著的一個塑膠瓶露了出來。這些瓶子都是鎮五寫上名字後立起的，他彎腰拿起瓶子爬進帳篷裡，用手電筒一照，看到了用麥克筆寫著的「鎮基」兩字。

他脫下羽絨服和防寒鞋，穿著厚厚的毛襪，戴著毛帽躺進睡袋裡。風聲從帳篷的下擺傳進來，走到外面時聽到的如同尖銳的口哨聲，進入帳篷時就成了海邊低沉的海浪聲，有時在空蕩蕩的煙囪上湧動的風會發出嗚嗚的聲音。鎮五想起放在床頭的塑膠瓶。鎮基是在金屬工會集會上認識的勞工朋友，雖然比他小三歲，但還是用沒禮貌的半語和他對話。喂，李鎮五，我們還不都是吃鐵粉的蟲子，這年頭啊，我們的爛命搞不好隨時都會被軍靴碾碎。

鎮基的個子很矮，與鎮五面對面站在一起時，能夠很清楚地看到他的頭頂。髮旋消失得無影無蹤，脫髮的部位幾乎像座鐘一樣寬。同事們說鎮五和鎮基的名字相近，所以叫他們哥哥和弟弟，對不認識他們的人借用以前電影的名字開玩笑說「兄弟很勇敢」。曾是汽車工廠解雇勞工的鎮基幾年前爬上工廠煙囪，進行了近一年的高空靜坐示威，但最終沒有成功。此後有二十二名被解僱的勞工自殺，他是第九個自殺的人。他有兩個兒子、一個女兒，他被解僱後，妻子在飯館工作數年，勉強養活家人。鎮基歌唱得很好，小時候，他的家鄉舉行《全國歌唱競賽》節目的選拔賽，他被選中，通知他參加在地方道廳所在地的月末大會。但根據他的說法，他前一天喝得酩酊大醉，所以沒能參加。一提到鎮基，李鎮五就噗哧地笑，流著眼淚、打著哈欠掩飾。當鎮五反問他為什麼偏偏在前一天喝醉時，他總是用同樣的回答逗人發笑。他說梅花鹿跟他表白，說會等到他成功為止。那個傢伙總是把他的妻子稱呼為「我們家的梅花鹿」，讓人討厭。李鎮五在枕邊放著塑膠瓶，躺著喃喃自語。

「我總是掛念著你。」

話音剛落，身邊就傳來聲音。

「喂喂，那你就請我喝一杯燒酒啊，我們去我老婆工作的小吃攤吧！」

「哎呀，你為什麼出現在這裡發神經啊？」

李鎮五回頭一看，鎮基用一隻手托著頭部，斜躺在旁邊低頭看著他。因為懶得刮鬍子，鼻子下面和下巴長著像豬毛一樣鬍子的臉依然如故。鎮基和往常一樣，又開始做出哥哥的姿態。

「小子，哥哥既然來了，就先在前面帶路。我們去喝杯酒，連這個都要我先說嗎？」

「你什麼時候亮出過身分證？我又不是不知道你的年紀，你這個小不點還哥哥呢。」

「你只是在年紀上比我大三歲，爬上煙囪這件事，我可明顯是你的前輩啊。」

「好啦，前輩就讓你當吧，臭小子。我請你喝杯酒吧。」

鎮五搖搖晃晃地在前面帶路，離開煙囪，沿著兩邊雜草叢生的柏油路走去。他們看到正在徹夜作業的工廠燈光，南方的工業園區位於城市的東南部郊區，鎮五和鎮基工作的工廠相隔一個街區。工業園區入口處有公寓、連排住宅和套房，還有便利商店、餐廳、酒吧等聚集的中心街道。那個地方算是他們的社區。雖然在這個城市與家人一起定居的人很多，但是先在這裡工作，家人住在其他城市，所以獨自居住或兩、三個人合宿的情況也很多。鎮五的家人是長期居住在永登浦的原居民，所以一個人來到這裡，但鎮基和家人從工業園區形成初期開始就一直住在這裡。親家的小吃攤是賣後肉的烤肉店，這裡也是鎮基先帶鎮五去的，後來成為鎮五每次想喝酒時都會去的熟店。第一次去那家酒攤的時候，鎮五向鎮基問道：

「喂，組織部長，那個亂七八糟的後肉是什麼？」

鎮基笑著說，自己一開始也是這麼想的。以前在屠宰場如果殺豬，首先會切割容易賣掉的肉，然後從每個部位都會單獨處理一些雜肉，這些反而是好吃的部位。鎮基說明，因為屠夫們在結束工作後，會聚在後面一起吃這些雜七雜八的部位，所以取名為後肉。

「也就是說，原本幹那些髒活的人，在現場反而吃到最好吃的東西。可是那也是過去的事了，最近因為改名為特選部位，價格變得更貴了。」

兩人點了後肉，放在炭火上之後開始喝燒酒。他們嚼著烤好的肉片，交換酒杯。烤肉味美，只要沾上幾粒粗鹽就顯露原味。

「你被炒魷魚多久了？」

「你不也知道，快三年了。」

他們雖然都不想說在外匯危機時是如何活下來的，但經常會透過長時間的沉默來猜測彼此。就像用大鐵鍬把原本平靜的蟻穴狠狠地捅了一遍一般。工廠被分解，用「彈性雇用」或「結構調整」等模棱兩可的理由來解僱勞工。如果僥倖地避開解雇或勸告退休而生存下來的人，也會被調到其他地方的工廠，以臨時工、契約工等危殆的處境，維持不安的餘生。然後，以為一切都將過去的時候，工廠又提出「無限競爭」和「全球化時代」的話術，開始打包行李，移向工資更便宜的海外。鎮基他們汽車工廠的一部分轉移到海外，國內勞工被大量解僱。他們堅持要死守工廠，在屋頂有組織地靜坐示威，但被投入的警力無情鎮壓。工會的組織部長相當於行動隊長，他身上只受了幾處燒傷，就像自己所說的那樣四肢健全。鎮基把燒酒杯收走，往玻璃杯裡倒酒，大口大口地喝了起來。

「媽的，你喝酒為什麼喝得那麼急？」

「怎麼，擔心要付太多酒錢嗎？因為好久沒喝，酒味太甜了。」

李鎮五他們工廠也因惡劣的傳聞而提心吊膽，但當時還沒有什麼問題。領薪水的他本來打算今天請鎮基喝酒，但不知怎麼的，鎮基的態度令人有些不安。鎮基用玻璃杯連續喝了幾杯，這時才眼底朦朧，略帶醉意地對鎮五說：

「幹，終於有點醉意了。喂，高個子的分會長啊，我唱首歌怎麼樣？」

「又不是練歌房，在這裡唱？」

「那要帶著像木頭一樣的你去練歌房耍酷嗎？我們家梅花鹿也不在。」

「你老婆去哪了？」

「小子，她幹活去了。喂，我都說我要唱歌了。」

令人意外的，他居然放低了聲音，唱了起來。他的嘴唇鬆弛，雖然發音不太清楚，但聽起來更加順耳。這小子歌總是唱得很好，也許第一次見到他時，也是在街頭集會的後方聽到他哼唱的歌聲。鎮五當時覺得作為幹粗活、吃鐵粉的勞工唱起歌來還真是很有氣氛。他在親家的小吃攤唱的歌是什麼來著？雖然不知道歌名，但想起了歌詞的第一節。

即使閉上眼睛行走
即使睜開眼睛行走
讓人看到的只是憔悴的模樣

他唱著唱著，低下頭許久，然後抬起頭，將上半身前傾，對鎮五說道：

「鎮五啊，我要上去。」

「上哪去？」

「煙囪上面，幹，除了那裡以外，我們還有別的地方可去嗎？」

鎮五什麼話也沒說。雖然很多人離開了，但鎮基還留在這個城市，在二十二坪的多戶住宅裡，他的家人一起支撐著，等待他這個家長有一天能回到工作崗位。

「我昨天去了趟喪家，你不也知道我們工會連續辦葬禮嗎？」

「又發生了？」

「走了五個人。這回可是當過工會代表的前輩，他以前的技術真的非常優秀。他從十五樓的公寓跳下來。」

鎮五隔週在現場親眼看到鎮基爬上一座關閉的工廠的煙囪。煙囪正面垂著長長的布條，上面鮮明地寫著「解雇就是殺人！」的紅字。被解僱後，他們在街上度過三年，爬上煙囪，爬上輸電塔，還爬上了鐵塔。鎮基死後，靜坐示威仍在繼續，但沒有任何問題得到解決。這次輪到李鎮五他們工廠停業並在出售後關門，但事實上只是換了工廠名字，並轉移了資本。被解僱的勞工們無力地分散了，堅持下去的人從五十名減少到三十名，後來剩下十多人，現在只剩五個人艱辛地持續高空靜坐示威。

李鎮五不知不覺間從酒館出來回到煙囪上，在睡袋裡如同繭裡的幼蟲一樣蠕動著。鎮基也跟著進來，斜躺在連一個人都覺得狹窄的帳篷裡。

「我沒能去參加你的葬禮，當時在總部大樓前示威了好幾天。」

聽了李鎮五的話，鎮基嘻嘻地笑了。

「這個世界會改變嗎？我覺得是愈來愈壞了。」

「因為活著，所以想動一動。那樣的話，會一點一點改變吧。」

李鎮五望著帳篷的下擺喃喃自語：

「因為今天還活著，該做的還是要做。」

以前有很多人往自己身上澆油放火，像是得了傳染病一樣。但是現在擊垮他們的不是憤怒，而是絕望，這是被叫作「日常」的可怕而偉大的敵人一點一點侵蝕的結果。集會結束分開後，他們都成為獨自一人。回到家人等待的家庭，他們又各自成了獨自一人。世界本來就像宇宙一樣無情。寂寥、靜默、無聊、無價值的日常把他們都擊垮了。解雇就是殺人。

鎮五在鎮基的葬禮舉行十天後去他家慰問。他和以前一起參加工會活動的同廠同事商量後，籌措了一些奠儀。平時和鎮基像朋友一樣相處的李鎮五決定代表他們去死者的家拜訪。此刻鎮五從煙囪上下來，回到拜訪那天。鎮基像煙霧一樣搖搖晃晃地徘徊在鎮五的周圍，忽前忽後地跟著他。

「我擔心我記不得你家在哪，是不是那個連排房子？」

「你去找找看。」

原本塗著白漆的四層樓建築處處可見油漆脫落或汙漬、黴菌泛黑的部分，可見這些房子相當陳舊。

「最前面那棟，是左邊第二個入口吧，在幾樓來著……」

「我喜歡土地和青草的味道。」

是啊，在一樓。他們家的孩子經常打開客廳的門，跑到前面那棵樹下。鎮五一走進入口就向右轉，然後按下門鈴。按了一兩次，正在考慮要不要再按的時候，大門打開一絲細縫。

「您好，我是李鎮五。」

「哎呀，李分會長。」

梅花鹿頭髮蓬亂，可能剛睡醒。不知道是不是因為還沉浸在悲傷中，還是她原本就是這樣，只覺得她有些呆滯，面無表情。她連請進都沒說一聲，只是開門後側身避開，鎮五也慢慢地走進門內。孩子們坐在客廳的小桌子前，各自在打招呼後，一下子躲進了房間。他們的母親關掉電視，拉著坐墊說道：

「請坐。」

李鎮五跪坐在地上。

「我們那天剛好也有活動，所以沒能去參加葬禮。事情太突然了，真是不知道怎麼安慰您才好。」

現在已經沒有人叫梅花鹿這個綽號了，她回到了疲憊的母親角色。她總是看著鎮五後方的牆壁。鎮基只陪伴到家門口，在這裡則看不到他。儘管如此，鎮五還是不由自主地回頭看了看，只見那裡掛著圓形電子掛鐘，原來她在看時間啊。

「您在哪工作吧？」

對於鎮五的提問，她微微點了點頭。

「是啊，今天得通宵上晚班，為了給孩子們做晚餐，所以回來。」

「啊，那我得告辭了。」

「不，沒關係。是縫紉工，在我們社區裡的小工廠，以前也曾經做過。」

她已經能夠微微一笑了。十天左右的話，表情也會變得淡然嗎？也許她累了、疲倦了。疲憊的梅花鹿突然改變了語氣，語調變快。

「那個矮大叔把我們都蒙在鼓裡。把孩子們都送去上學，在我出去工作的時候，一個人搞出這種事？我在工廠，女兒放學回家後最先看到，然後就跑來找我。床頭上放著一瓶巴拉松殺蟲劑，嘴裡沾滿了泡沫，地板上到處都是嘔吐的痕跡。可能是因為太痛苦了，所以一直在房間裡打滾。」

她一口氣說出那麼痛苦的經過，這才長嘆了一口氣，用指尖抹去眼淚後，擦在裙子上。鎮五不知何時又回到了睡袋裡，鎮基還斜躺在他旁邊，不想走。鎮五問他：

「喂，你那麼倔強，為什麼要自殺？」

鎮基噗哧一笑。

「事情都過去了，幹嘛問啊？因為活著沒有意義了，怎樣？」

「小子，你的梅花鹿和孩子怎麼辦？」

「就算我在他們身邊，也不會有什麼變化。孩子們以後也會活得跟我一樣。」

李鎮五真誠地說道：

「那些孩子也像我們一樣，要嘛爬上煙囪，要嘛創造另一個世界，這樣生活又怎樣……」

「可能是我期望的太多了。」

鎮基有些沮喪地喃喃自語，不知怎的，鎮五也哽咽說道：

「你期望的怎麼會太多？」

因為沒有聽到他的回答，鎮五回頭一看，只看到被風吹得微微顫抖的帳篷下擺。鎮基已經走了。

太陽升起後，從帳篷的前緣透入的光線讓紅布的顏色變得清晰起來。鎮五那個時間總會自動睜開眼睛，在睡袋裡等候負責伙食的同事打來的手機震動聲響起。早上八點半到九點之間，負責早餐的同事會到達煙囪下。早晨太陽升起的時間在當時是七點半，然後愈來愈晚，四十分、四十五分才會日出。到秋天為止，鎮五一直不吃早餐，但隨著冬季的到來，早晨空腹對忍受嚴寒非常不利，因此決定再次麻煩同事和休息處的後勤組。頭髮到了冬天就不再剃光，長度也已經長了不少，在耳際部分翹起，並稍微蓋住耳朵。鬍鬚可以用小工具剪刀大致剪下來。鎮五想遵守自己的規律，雖然是靜坐示威，但也不能像廢人一樣放任不整理自己。前一天晚上，如果把裝有熱水的塑膠瓶和晚餐一起吊上來，他就會把瓶子放在睡袋裡就寢，早上起床後用它洗臉、刷牙。他偶爾會用小鏡子確認自己的臉孔，雖然臉頰有些消瘦，但看起來還可以。其他季節每天做兩、三次的運動，現在縮減為只做伏地挺身和蹲下站起，在中午過後的下午時間進行。他認為所有這些努力都是有意義的。從曾祖父李百萬，到爺爺李一鐵和父親李智山為止，傳達給他的意義是什麼？也許就是一種信念，即生活雖然枯燥而艱難，但依然會持續下去。就這樣活到了今天。他八點鐘離開睡袋，用寶特瓶裡微溫的水洗臉刷牙。早晨氣溫低於零下二十度，他擦乾水漬後，趕緊戴上毛線帽和手套。做了三組三十下伏地挺身與三十下深蹲。他感覺到被毛帽遮住的前額有汗水凝結。八點三十五分，手機發出嗚嗚的震動聲，鎮五拿起手機。

「李前輩，是我。」

鎮五從手機裡的聲音聽出是老鄭。十幾天前，他告訴鎮五他自願當早餐值勤義工。他說在附近的工地找到了工作，身分雖然是臨時工，但也聊勝於無。他早上上班時，到休息處領取食物，轉交給他們靜坐示威的現場。中午時，老么小車或負責休息處生計的女性勞工也會前來，晚上則總是由和鎮五同齡的金昌洙送來。昌洙也是在結束晚上的工作後，輪流照顧鎮五。最後剩下的五名被解雇者中，老朴在京畿道的蔬菜農場找到工作，所以只能在週末前來，和同事們在一起，以表達自己的歉意。反而是鎮五鼓勵他努力工作、堅持下去。老鄭到達煙囪下，吊上早餐之前，透過手機說道：

「您記得後天就滿兩百天了嗎？」

「嗯，昨天金兄告訴過我。」

「這次想辦大一點的活動。」

「三百天的時候再辦大一點，這次簡單點就行了。」

從之前親眼目睹其他靜坐示威者的情況來看，過了一年左右，社會才會出現小小的輿論，看眼色行事的公司也才會做出想要協商的樣子。當然，談判不能保證屆時能獲得妥協，但至少公司是以「他們要求什麼？」的方式，稍微轉過頭來。事實上，無論是在地面上，還是在高空中，從那時起，鬥爭才是邁出了第一步。

「您只要向我們揮揮手就行了，工會和各社會團體的人會在下面做一些事情。」

「你告訴他們，天氣這麼冷，別太辛苦了。」

他把昨天清空的容器放在背包裡吊下去，下面則吊上來裝有早餐的保溫容器和飲用水。下午五點天開始暗下來，再過三十分鐘左右，周圍就會一片漆黑，路燈和漢江鐵橋上的照明則早已點亮。晚餐吊上來的時間定在六點，但一般都是六點到六點半左右。因為當時是下班時間，從休息處到這裡的交通非常複雜。金昌洙把食物裝在背包裡，乘坐地鐵或搭乘去休息處訪問的人的便車來到這裡。他在六點四十分左右到達，到達後，在義警檢查裝有晚餐的背包時，他的雙手做成喇叭狀向上高喊。

「喂，今天沒事吧？」

「嗯，你們辛苦了。」

鎮五也把上半身搭在欄杆上對著他呼喊。透過滑輪的繩索吊下中午送來的背包，再從下面換上老金揹來的背包。晚上的背包更加沉重，除了晚餐和書以外，偶爾還會有兩、三個充好電的手電筒電池以及裝熱水的塑膠瓶，這時會分兩、三次吊上來。背包都吊上來之後，手機的震動聲響起，老金的聲音傳來。

「後天我們打算去國會訪問，說明靜坐示威的原因，並敦促國會議員出面解決，然後打算五體投地[1]爬到這裡來。」

「聽說要舉辦文化節？」

「市民和社會團體的人聚在一起舉行文化節，我們會爬到這裡，說不定會爬到煙囪上去看你。」

「距離會不會太遠？天氣這麼冷。」

「你在說什麼呀？到了第三百天，我們所有人還打算爬到青瓦臺。」

---

1 五體投地是指將雙肘、雙膝、額頭五處人體部位貼在地上行禮的禮敬方式。僧侶在佛菩薩的像前五體投地懺悔是慣例，因此五體投地形成了懺悔修行的一部分。這種三步一拜的儀式後來超越宗教，成為表示抗議社會、政治的手段。

「總之不要讓人家太辛苦。」

鎮五如此說道，老金反而責備他。

「你這人怎麼變得這麼軟弱？公司那邊還沒哼一聲呢，你只要在那裡堅持住，好好吃飯，好好大小便就行了，硬仗就由我們來打。」

老金離開之後，鎮五進入帳篷，為了不讓風颳進來，他把下擺扣好之後才吃晚餐。保溫便當盒裡的飯還熱乎乎的，湯則很快就涼掉，凝結的油黏在嘴唇上。剛醃漬的泡菜嫩葉很香，偶爾會嚼到拌在調料裡的生牡蠣。他把單獨包裝、送上來的泡菜醬料滿滿地鋪在米飯上攪拌。啊，要是有幾滴麻油的話就更好了。過去夜裡睡到一半突然醒來，跑去奶奶的廚房翻找，就會發現裝滿生拌蘿蔔絲的小碗。打開鐵鍋，利用殘火的餘溫，鍋裡有著熱水，上面還有一碗盛好的飯。把飯和生拌蘿蔔絲倒進盆裡，放一湯匙辣椒醬，再撒上麻油一拌，家人都會嚷嚷著說要一起吃。鎮五吃完晚餐，收拾好容器，喝了水之後，站在寒風凜冽的欄杆前，望著市中心遠處的燈光。天氣好的時候，偶爾也會唱歌。他從擺在帳篷前欄杆旁寫著名字的塑膠瓶中拿起「金」坐回帳篷裡。像少女一樣可愛、漂亮的名字，就像小時候在巷子裡玩家家酒的鄰家孩子。他這才發現寫下奶奶名字的時候，如同對待同伴一樣，省略掉姓氏。他從小就和奶奶一起在家度過很長的時間，奶奶知道的東西很多，可講的故事也多，也教給鎮五好幾首奇怪的老歌。他偶爾會哼唱從奶奶那裡學到的歌曲，這時，妻子和工廠同事都會捧腹大笑，甚至覺得神奇，說這是哪個遠古時代的歌啊？他從奶奶那裡學到〈婚嫁歌〉、〈藥果歌〉、〈一粒兩粒〉、甚至還學了〈國際歌〉。他問申金奶奶〈國際歌〉

是誰教的，奶奶回答是從二鐵小叔那裡學的，你爺爺、你父親都會。鎮五打開提燈，躺在帳篷裡哼著歌。

髮髻左搖右晃的小小新郎
騎著馬要結婚去了
要不我們一起去逗他玩
好啊好啊一起去逗他玩
小新郎戴著冠帽，真不像樣
小新郎戴著冠帽，真不像樣

長得像醬缸的老新娘
坐著花轎，閉上眼睛結婚去了
要不我們一起去逗她玩
好啊好啊一起去逗她玩
經過山崗下的老新娘真是個賠錢貨
經過山崗下的老新娘真是個賠錢貨

鎮五唱著「賠錢貨」，將最後一句歌詞拖長，並提高嗓門後結束。申金不知從何時開始，蜷縮著坐在他的對面，拍著膝蓋一起唱起來。我去對面村子看人家辦喜事，拿了一塊藥果，想跟我媽一起吃，結果被該死的狗搶走了。

接下來的歌曲是在寒冷的冬天，把腳伸進鋪在地板炕頭的被子裡，點著彼此膝蓋唱的歌。歌曲結束時，被抓住膝蓋的當事者要接受懲罰。一槍、兩槍、三槍，在雪地上嘎吱作響，老鷹、獵鷹、獵人來了，砰！鎮五獨自吟唱。

「以前連歌詞的意思都不懂，只是跟著奶奶唱，但媽媽經常罵我，要我別唱了。」

「什麼歌啊？」

「〈國際歌〉啊！」

「你唱唱看。」

鎮五開始哼唱起歌曲。還是得無數的群眾齊唱，才能有像海浪一樣湧來的力量，但獨自一人哼唱，聽起來覺得非常悲傷和微弱，就像鎮基的「閉上眼睛走」一樣，但是從心底卻湧現出某種火熱的感覺。

起來，被詛咒烙印的你們，全世界饑寒被奴役的你們

我們憤慨的心智沸騰，準備好引領我們進入死亡鬥爭

我們將摧毀這暴力世界的根基，建立我們的新世界

我們本來一無所有，但將成為一切的主人

這是我們最後，以及決定性的鬥爭
國際共產主義一定要實現！
這是我們最後，以及決定性的鬥爭
國際共產主義一定要實現！

「但是奶奶，比起日據時代的版本，我更喜歡最近我們唱的〈國際歌〉。」

奶奶低聲笑著說：

「世事常有反覆。世界、人類，甚至地球的風俗都為之改變，但其實也還是這樣。也許人們的生活從古到今只是表面上有所變化，內容都是一樣的吧。」

鎮五雖然沒有再唱歌，但在心底反覆回味著在集會上和同事們一起唱的歌詞。

「你是不是覺得只有你一個人在煙囪上？」

「不是有奶奶在一起嘛。」

她拉著孫子的手腕。

「你看那天上的星星，數百、數千萬的人活過又離開了，但是他們都還在看著你做的事情呢。」

鎮五又回到小時候，牽著奶奶的手走到永登浦市場街道。無論何時都如同夢境一樣的柳樹屋依然如故。雖然他的記憶是從搬到鐵道官舍之前的間村開始，但是從父親和奶奶那裡聽了太多柳樹屋，甚至可以把那些環境畫出來。

8

李一鐵被派到京釜線的貨運火車擔任助手，有時從龍山或永登浦出發，到達大田之後再回返。有時在大田輪班值夜班後，到釜山值夜班再回來，所以一週有一半的時間不在家。他第一次去龍山站駕駛待命室，發現一個身材略高的三十五歲左右日本男子坐在火爐邊啜飲著茶水。他直視著打開玻璃門進來的一鐵臉孔問道：

「喂，你是新來的？」

「是，我被派到貨運部。」

「在哪兒見習的？」

「京仁線。」

「你運氣不錯啊！」

那男人問起他的名字，當他回答李一鐵時，男人露出了難堪的表情。

「李、李，李一鐵發音太難，我可以叫你李桑嗎？」

「可以的，大家都那麼叫我。」

「好，我姓林。」

他就是火車頭林司機。火車司機必須在出發前兩個半小時或至少兩個小時到達，首先到中央辦公室接受自己的運行區間指令，聽取有關貨物運輸的特別之處或注意事項，然後去待命室和一起工作的組員會合。各路線的火車頭司機和助手在出發前都會聚集在待命室，雖然有點混亂，但是當大家向各列火車湧去後，整個建築物裡就像什麼都沒有發生過一樣空蕩蕩的。林遞給他一只懷表，是火車頭助手和司機獲得配給的懷表。所有司機的懷表都精確地對準到時針、分針和秒針。在火車頭司機中，大部分的新手都會在南大門站、龍山站、永登浦站等大站按照路線分離和配置火車頭，他們會從辦公室那裡收到寫有鐵軌號碼和火車頭號碼的小木牌。林站了起來。

「好，走吧！」

他們走出待命室，離開車廂停靠的站臺，橫穿鐵軌，去到倉庫鱗次櫛比，貨物列車排成一排停靠的地方。林對於位置知道得很清楚。工人們從倉庫裡取出行李，裝進推車，堆在貨車車廂前，不停地裝進貨車裡。在貨物列車區域的站臺上有人站著，向林問好後跑了過來。他戴著工作帽，身穿工作服，腿上綁著綁腿，也用日語向一鐵打招呼說請多多關照。林點了一下頭，對一鐵說道：

「李桑，這個人是要成為你左膀右臂的煤工，姓什麼來著？」

林一問完，他就挺起腰桿大聲回答：

「我姓金。」

「嗯，我都是叫他小金。」

一鐵一眼就看出他也是朝鮮人。原本火車司機、火車頭助手、火夫、煤工四人被安排在火車頭，但因為太過複雜，火車頭僅由司機、助手和煤工三人負責，因為火夫和煤工被認為可以和助手一起完成兩種工作。火夫兼煤工的小金和助手兼火夫的李一鐵排序上雖然幾乎相同，但上、下級關係卻有很大的差異。因為小金算是工人階級，而李一鐵將來是要成為火車司機。在工作崗位上，即使只有一名日本人，也禁止使用朝鮮語與朝鮮人對話。林在離開站臺，登上在平地看起來更高的火車頭的鐵製樓梯之前，問了一鐵：

「你應該知道這是什麼火車頭吧？」

「啊，不就是Mikado型嗎？」

「嗯，真是個了不起的怪物。這類型的火車頭原本是從美國買來，我們川崎造船廠的工廠在改良後製造的。怎麼樣？這是國產的。」

鎮五在學校學過關於朝鮮運行的火車，所以相當清楚。在貨物列車用火車頭中，Mikado是最大型的，重量為五十噸，汽缸牽引力達四萬磅，在千分之十勾配線上，每小時平均以二十哩的速度前行，可牽引的貨物列車最多達二十四輛。被稱為Paci型的太平洋（Pacific）火車頭與Mikado如同兄弟一樣，是旅客列車用火車頭。Paci被使用在京釜線支線—湖南全羅線的旅客列車運行，京釜線、京義線以及到達滿洲的國際特快列車由坦克型大型火車頭負責。小金在火車頭下面一動也不動地站著，林對一鐵說：

「先檢查下面，再看駕駛室。從下次開始，外面要由李桑來負責。」

「好的。」

鎮五跟著手持小鎚子的林走到火車頭笨重的大輪子下面，偶爾敲打活塞氣缸和壓縮空氣箱，觀察連接杆和滑桿是否正確與輪子齧合，並用鎚子敲打。他也察看壓縮機是否保養好，然後爬上駕駛室，三個人依次走上鐵製樓梯。駕駛座在內側的左邊，助手座在右邊。正面有調節器、逆轉管和加減速管，推開時蒸汽口關閉減速，拉開時打開加速。駕駛室中間正面有鍋爐罐，下面有爐口。如果用腳踩閥門，爐口就會向兩側打開，如果鬆開就會關上。調節器也附著在手柄上，分為只有在火車頭上才能啟動的單獨調節器和傳達給列車的自動調節器。在駕駛座前，從火車頭側邊可以看到鐵軌的左側前方，副駕駛座的窗戶也朝向列車右側前方打開。後面有儲煤庫，下面有水箱，透過注水器連接到鍋爐。煤工在儲煤庫前用鐵鍬鏟起褐煤，向前拋擲，適當堆積後，助手和煤工兩人成為火夫，輪流往鍋爐內塞煤。在加速或爬坡時需要不斷加煤，但用眼睛估量火力並適當調節是火夫的任務。助手不但要起到火夫的作用，在有了駕駛經驗或熟練工作後，必須代替正在休息的火車司機操控火車。在火車頭林司機檢查各種駕駛儀器的過程中，一鐵爬上火車頭頂部，觀察鍋爐的安全閥和蒸汽接收器的調節閥，敲打沙罐是否填滿沙子。

時間一到，一鐵往前方的鐵軌方向望去，告知可以出發的閉塞器標誌牌豎起，表明沒有任何障礙物。他一舉手，林就打開了蒸汽閥門，列車隨後發出嗶聲和響亮的汽笛聲，這是出發的信號。火車緩緩前行，和往常一樣，一鐵站在助手座出入口的鐵製樓梯上，一隻手抓住鐵桿，然後舉起另一隻手臂。在月臺的盡頭處，鐵軌部的職員拿著通行牌子在等候著。那是一個圓形的皮框，下面有一個小包，裡面裝有通行證，這是允許列車運行前方鐵軌專用的標識。運行時，經由電報和電話通知每一站，從鐵軌的轉換到為了通行安全移動障礙物等任務，徹底按照時間執行。無論是貨物列車還是旅客列車，如果沒有通行牌子，都不能隨意行駛。當火車開始加速行駛時，助手要抓住站員遞出的通行牌。如果說火夫的工作是從鏟煤開始，那麼火車頭助手的工作則是從順利拿到通行牌開始。一鐵用前臂接住通行牌，呼啦呼啦地纏繞著飛來的圓形皮框狠狠地打在他的手臂上。每當此時，就像被皮鞭擊打一樣，會留下發紅的傷口。因此在火車頭司機之間，對於是否已經成為老資格，也會開玩笑說「手臂上留下疤痕了嗎？」而一鐵只用了一個月就能敏捷地用手抓到通行牌。

通行牌所允許的區間是到天安站為止，在俗稱的天安三岔路口，因為存在忠清道內浦平原方向的忠南線支線，因此需要休息等待。與旅客列車不同，深夜的貨物列車以一定的速度行駛，毋須在小車站一一停車。今天Mikado火車頭連結的貨車廂有十八節，可以保持良好的速度。貨車平均時速保持在二十哩，也就是一小時行駛八十哩左右。雖然是夜間駕駛，但與經常停車和發車的旅客列車相比，貨車司機的疲勞度要小很多。從某種角度來看，這也是得益於貨物列車單調的工作內容，三個半小時就能到天安。

在一鐵成為新的組員，首次開始運行一個月後，火車頭林司機在離開京城和永登浦地區，到達安養、水原後，就會離開駕駛座，在後面的椅子放上軟軟的坐墊，頭靠在車體上休息。代之以一鐵坐上駕駛座，握住操縱桿。旅客列車和開往大陸的火車頭幾乎都是具有自動供煤設施的新型火車頭，但幹線上的貨物火車頭幾乎都是使用煤工和火夫直接用鐵鍬挖煤燃燒的舊型火車頭。煤工小金不在後面的儲煤庫裡，而是走到前面來，在爐口前鏟煤。一般來說，每個區間的燃料量都是固定的，所以從儲炭庫中挖出褐煤堆積，偶爾鏟入爐口中。要想讓鍋爐的蒸汽壓力保持在一定水準，火力不能下降。爐口內像盤子一樣，中間平坦，左右邊緣上揚，鏟煤時要向右側撒一次，向左側再撒一次，然後向中間深處用力地撒進去。鐵道局還舉行過煤炭投擲比賽，給見習的火夫、煤工頒獎並鼓勵他們，因為大部分工人都是朝鮮人，所以興致對勞動也很重要，亦即必須成為舞蹈動作。站在側面，把後面的煤炭一鍬一鍬地鏟起來，轉身向左、右投入後，站在爐口前的正面，深深地撒入，一、二、三、四、五、六的動作就像被繩子拴住一樣，有條不紊。放鬆手臂和腿部力量，活動肩膀，配合打令調的節拍。從烏山地界，經過西亭里後到平澤的區間開始出現緩坡，山坡、彎道各有兩處。然後從平澤到天安是在鐵路直線延伸的原野上行駛的區間，因此可稍微鬆口氣。外面淅淅瀝瀝地下起初冬的雨。這時林司機慢慢地從椅子上起身，伸伸懶腰，將一鐵推開，自己握住操縱桿。過了一個多月，他看到助手熟練地通過那個區間，愈來愈多的時候都在後面睡覺。一鐵在進入山坡前拉響汽笛，林司機應該是被那聲音吵醒了，但他還是閉著眼睛坐著，佯裝不知。一鐵提醒小金：

「持續投入煤炭！」

小金哼著〈新高山打令〉[1]。投炭舞開始了。

聽到新高山嗚嗚煤炭車開走的聲音
橡膠廠的大孩子整理小包袱
哦啷哦啷哦　咿呀欸嘿呀嘀哦啦啊
所有人都是我的愛
哦啷哦啷哦　咿呀欸嘿呀嘀哦啦啊
所有人都是我的愛

火車噴出蒸汽，開始爬坡，逐漸減緩的速度甚至能讓人奔跑著登上火車。此時，他拉動加減速器加速，同時按下打開沙箱噴霧管的裝置。在雪天或下雨天，為了提高車輪和鐵軌之間的摩擦力，必須撒下沙子運行。爬行山坡，經過平緩的上坡之後，必然會再次出現下坡，這時要推開加減速器，保持正常的速度。在火車行經彎曲的地方，鐵軌的寬度會逐漸變寬，從一千四百三十五公釐增加到一千四百四十五公釐，增加近十公釐。彎道外側的輪子與鐵軌摩擦時發出的聲音十分尖銳。這時，行駛中的火車車輪磨出的鐵粉被風吹散，部分會飛到駕駛座上，火車司機對此說是

1 朝鮮民族樂曲之一。

「變成瞎子」。鐵粉進入視網膜後，會感到刺痛和流淚，好一陣子睜不開眼睛，必須互相呼氣吹對方眼睛，或用手帕沾水冲洗。好不容易經過山坡和彎道各兩處後，從平澤到天安的平坦鐵路就會一直延伸。一鐵再次拉響汽笛，直到駛向天安站貨車區域鐵軌時，林才起身握住操縱桿。在天安站將火車停靠後，三人走向待命室。在這裡等候一個小時左右的期間，其他旅客列車經過，開往幹線上的貨物列車在這些火車經過後再次出發。從現在開始會經過車嶺山脈，在忠清南、北道之間行駛，經過鳥致院、新灘津到大田的區間，到處都有隧道和橋梁，也有很多斜坡，因此林會親自駕駛。加上在天安的等待時間，首爾—大田之間的貨物列車運行時間需要六個小時。在貨物集中的旺季，火車頭不在大田換班，而是直接運行至釜山，大概需要十二個小時。火車司機們雖然可以在淡季工作六個小時，然後在大田住宿，但如果忙碌的話，可能會到釜山住宿，休息一個白天之後，當天深夜從釜山出發回首爾。一個月有一半左右的日子在大田住宿，另一半在釜山住宿和休息，停留的時間較長。對於林、李一鐵和小金三人來說，大田和釜山成了他們熟悉的地區。沒過幾個月，他們就像一家人一樣親密，也傳承了火車司機之間流傳下來的習俗和規則。

如果想在大田睡一晚，就得去站內的集體宿舍住宿。那裡的結構是簡易旅社程度的設施，每組分配一間榻榻米房。門口玄關旁邊有廁所和浴室，就像軍營一樣，長長的木造建築左、右兩側都是房間。林起初和他們一起睡在集體宿舍，但沒過多久就開始外宿，直到出發時間三十分鐘前才出現在貨物站臺。他跟兩、三個其他路線的火車司機一起在外過夜，有一天不知道是不是因為他自己一個人留下來，悄悄地跟一鐵說：

「李桑，要不要跟我一起外出？」

「外出？」

一鐵裝作不知道反問。林說：

「嘿，我們火車司機就像遠洋船員一樣，也要會玩啊。」

「玩什麼？」

「跟我走，我教你。」

林豪放地笑著，拍了拍一鐵的肩膀。他們去到站前廣場，看到空曠的平地上密密麻麻地建有日式木製房屋的街道。林站在車站前東張西望，一個男人走過來打招呼，遞給他一個信封後就匆匆消失了。林朝著廣場對面的街道走去，一鐵默默地跟在他後面。

「這裡原本是人力車候車處，時間晚了，一輛都沒有。」

一鐵掏出懷表一看，已經是凌晨兩點多了。林吹著口哨向右邊的路彎進去，過了三、四個十字路口，到了兩邊立著水泥柱子、掛著燈的大門，林回頭看一鐵後說道：

「這裡是大田春日町妓院。」

大門只是為了在路邊標示區域而建的，裡面也有街道，每間樣子都相似的二層屋子，欄杆上都掛著燈。他走進中間像旅館一樣的房子，在值班門房的小茶室裡，有個穿著和服的中年女人坐在那裡打瞌睡，他們一走進去，她突然醒來並抬起頭。

「歡迎光臨，林桑。」

「大家都好吧？給我們帶路。」

女人把他們領進客廳，猶豫不決地等著他們發話，林告訴她：

「叫一下夏香吧，如果她沒有客人的話。」

女人點點頭後走了出去，一個年輕的日本女子拿著裝有熱清酒的瓷瓶、酒杯和下酒菜盤子出現在他們面前。

「什麼嘛，今天是工作日，很冷清啊。我今天帶了我的助手李桑來。」

林剛說完，夏香就跪在地上向一鐵鞠躬致意。

「請多多關照，我是夏香。」

「好了，既然已經打過招呼了，就去叫一個人過來。」

聽到林的話，女人拿出托盤下的薄相冊，放到桌子上。林把相冊推到一鐵面前說：

「在這裡面挑一個吧。」

一鐵猶豫了一下。

「那個，我今天很累，我跟您喝杯酒就回宿舍。」

「搞什麼呀，男子漢大丈夫的。我作為你的上司，命令你今晚在這裡住宿。」

靜靜聽著兩人對話的夏香笑著說道：

「我們這裡也有朝鮮小姐，您看相冊的最後一頁。」

林隨意拿起相冊，翻到最後一頁。

「嗯，有五個人呢，你從這裡面挑一個。」

一鐵不說話，只是尷尬地坐著，林將清酒倒進杯子裡對他說：

「你說你還在新婚階段吧？都過了半年了，已經算是舊婚了，早就過了應該開始嫖女人的日期了。」

林沒有再問就直接告訴女人：

「妳看著辦吧，把最近剛來的女孩帶過來。」

「我知道了。」

「你們這裡的腳爐是不是凍死了？房間怎麼這麼冷？」

「對不起，因為時間晚了，所以好像把腳爐給關了。」

「沒關係啦，反正就要睡了。」

女子出去，他們喝了三、四杯清酒後，夏香帶著穿著開化韓服的少女進來。即使不是因為衣服，一鐵也能認出她是朝鮮女性。沒有化妝的臉和短髮，最重要的是長度在腳踝之上的開化期裙子以及沒有縫製衣帶的上衣。她的雙手文靜地交叉，腳上穿著布襪。一鐵沒有說話，林感嘆道：

「哇，真是一朵小野花啊。妳叫什麼名字？」

夏香使了個眼色，朝鮮女性輕聲說道：

「我、我叫春香。」

「呵呵，這一家好像全都取香這個字呢。」

一鐵心裡想，為什麼她偏偏取名叫春香啊，他差點發出笑聲。

「今天我們小李就拜托妳了。」

林和夏香互相遞了個眼色，然後上了二樓。剩下的兩人默默地坐了很久，也許是忍不住發睏，春香先對一鐵開口說道：

「就寢吧。」

一鐵不好意思獨自留在客廳，默默地起身，跟著女人上樓，進入走廊最裡面的房間。房間裡已經鋪好了被褥，還有雙人用的長枕頭。

「您要洗澡的話，我帶您去。」

「不，沒關係。」

一鐵趕緊說道：

「我累了……想自己一個人睡。」

女子向他求情似地說道：

「那樣的話，我會被罵死的，千萬別讓我出去。」

兩人又坐了很久，女人先開了口。

「熄燈就寢吧。」

「妳先躺下吧，我坐一會再回去。」

女子踮起腳尖，關上掛在空中的燈泡開關，沙沙作響地脫下外衣，鑽進被窩裡躺下。一鐵一動不動地坐在黑暗中，女人又喃喃自語。

「我本來不想穿朝鮮衣服的，但是他們拿過來讓我穿上。」

一鐵原本想告訴她，不管是朝鮮衣服還是日本衣服都沒關係，但他閉口不談，只是聽著。

「我說要去朝鮮妓院，但他們說過了石橋的那邊比這裡更險惡。」

在這個日本妓院標榜朝鮮人的特色，難道是愧對自己的同胞？這女孩怎麼會到這裡來呢？一定是到春荒期的農村，說要為過了婚齡的女兒介紹工作，預付了幾十元錢，然後把她帶到這裡來。過了一年之後，少女也許會變得更加熟練，成為老練的妓女，以春香這個名字而聞名。也有可能因為得病或被歸類成適應不良者，以更低廉的價格賣到站前私娼寮。隨著年齡的增長，再被賣到偏僻的礦山地帶或島嶼，不到三十歲死去。這種時刻二鐵到底在哪裡做什麼？民族解放真的能給這些人帶來新生命嗎？一鐵察覺到少女低沉地呼氣入睡的動靜，於是拿起外套，放低腳步聲，小心翼翼地走下樓。

第二天出發回首爾的時候，臉上鬍鬚已經刮乾淨、煤炭汙漬也消失的林來到駕駛室責備一鐵。

「李桑，你這混蛋，昨天我們各自付了三元錢，你就這樣跑掉了？」

「因為太累，所以直接回宿舍了。」

一鐵如此含糊其詞地帶過之後想著，那也就是說林昨天在妓院支付了六元錢。一袋白米五元，他們昨天等於是吃掉了一袋以上的白米。身為朝鮮人駕駛助手的自己月薪是三十元，如果成為司機會漲到四十元左右，林是日本人，可以拿到朝鮮人的兩倍，所以至少是八十元左右。那麼他用什麼錢在每個住宿地外宿，並支付吃喝玩樂的費用？一鐵後來才從前輩那裡得知，火車司機們「盜賣煤炭」可以賺取零用錢。在大田發生那樣的事情幾天後，一鐵和小金去了鐵道員集體宿舍，林則與其他日本司機一起外宿。他在上火車前，把一鐵叫到一邊。

「到京城以後，用這個錢跟小金一起吃飯、喝酒吧。」

他把疊得方方正正的紙幣迅速塞進一鐵工作服的口袋裡，後來拿出來仔細一看，發現是三張一元錢。盜賣煤炭通常發生在中途停留的車站或終點站。例如，如果是天安站，出發後火車離開車站區域，進入郊區之前的地點就會成為合適的地方。那時林會將操縱桿交給一鐵，火夫小金也被叫到後面去，他自己親自握住鏟子。火車鍋爐間的結構像一個巨大的爐子，地面上必然堆積著燒焦的煤灰。他們在車站補充供水，煤灰也必須停車鏟掉。將開閉桿推開，敞開鍋爐間的地面，將煤灰鏟到枕木下面，火車站鐵軌部的人就會清除乾淨。火車再次出發後徐行，到達約定地點時，就像加速時一樣，用鐵鍬不停地挖褐煤，扔進鍋爐間，然後打開鍋爐間的地面駛過。那時枕木上就會鋪著一層煤炭。在當地等待已久的業者會帶幾名工人來，將拋下的褐煤裝進袋子，放在推車上之後消失。業者可能已經提前向在車站內等候的火車司機支付了褐煤錢。由於盜賣煤炭的價格是市場價格的一半，車站附近的商人都爭先恐後地想與火車司機拉關係。有的是現場交易，也有每月集中一次性支付的情況。在進入終點站之前的外圍入口處，鍋爐間的地面會打開。在出發站接收煤炭時，一般會根據火車頭的種類、牽引車輛的數量，以及貨物重量等供應褐煤。以Mikado為例，最多能牽引二十四輛車身，按此數量供給，如果途中燃料不足，就會引發重大事故，因此通常會充分給予燃煤。如果牽引的車廂減少，燃料也會剩下，這算是給夜間工作較多、從事危險辛苦工作的司機的一種獎金。也正因為如此，火車司機平時要經常給庶務科車輛部的負責人油水。也許林往返一條路線盜賣一兩次煤炭，就能賺取十到十五元的外快。各個地方城市的中心街道都是以車站為中心形成的，那裡的酒吧、餐廳、妓院業者都覺得火車司機「氣質」很好、學過東西，人也長得修長，因此很受女性歡迎。火車司機雖然生活在路上，但也被稱為很會玩的公子哥。跑大陸線的火車司機非常大方，收入非常多，超越國內線的司機甚多，在當地幾乎都有女友，他們在舞廳、酒吧等地非常受歡迎。

此外，與「盜賣車廂」相比，盜賣煤炭簡直就是小兒科。通往遙遠地方的火車不僅能運送人，還能運送物資和當地特產。在那些地方，價格便宜的東西送達目的地時會翻好幾倍。愈是遙遠的地方，差距就愈大。盜賣車廂的種類繁多，司機與貨主串通，將牽引貨物列車的一兩節車廂以規定運費的一半價格裝運。比這更確切的賺錢方式是乾脆僱用手腕高明的當地人，每個季節都會拿到缺貨或價格上漲的物品，然後裝上未登記的火車車廂，賣到其他地方。「盜賣車廂」不是經常能幹的事，一個月只要一兩次，額外的收入就很可觀了。據說，能力高超的司機經常誇耀自己在殖民地工作，因為收入是在日本的兩到三倍，而根據傳聞，跑大陸線的人收入極高，並不亞於高等參事官。

李一鐵在往返大田路線的那天晚上上班，在大田過夜，第二天下午回到家。在家中休息後，第二天一整天可以和家人一起度過，晚上再上班，這種型態已經變成家常便飯。經過大田到釜山的日子，在前一天晚上出發，十二個小時之後，亦即第二天上午到達釜山，在那裡睡到下午，晚上再出發，隔天上午到達京城，然後回家休息，隔天也不上班。長途運行回來的第二天，相當於給了一天的休息時間。節日到來之前，從釜山盜用車廂把機張海帶等魚乾類和龜浦梨運到京城的當日，林拿出五十元給一鐵和小金，由此可以推算他賺了將近三百元。一鐵每次從林那裡拿到酬勞時，都會覺得彆扭和不好意思。而且在把自己收到的酬勞分給小金時，也不知說什麼才好，覺得非常為難，不敢輕易支付，總是猶豫不決。盜賣煤炭時，他們拿到的錢只有三、四元左右，在下班的路上用一元錢去還不錯的中餐館或酒館一起吃喝，分手時再各拿一元，說買餅乾給孩子吃吧、買個禮物送給妻子吧等等，沒有什麼太大的問題。但如果是五十元左右的話，那不但是超過自己三十元的月薪，而且對於小金來說，這是他月薪的五倍。但他也不能按照自己的月薪拿三十元，分給小金相當於他薪資兩倍的二十元。

一鐵從小學習父親李百萬周密、勤儉節約的習慣。他內心決定要按照各自的薪資將「盜賣車廂」的酬勞分走，即自己三十元，小金十元。剩下的十元再平分各五元。也就是實際拿到三十五元和十五元。這樣一兩個月內經由「盜賣車廂」賺來的錢雖然對一鐵的幫助不小，但對於小金來說，更無異於發了一筆橫財。有一天下班的路上與組長林分手，一鐵和小金到達終點站龍山貨物站後，來到了車站前。一鐵把當天從林那裡拿到的酬勞分給金某之前，兩人先去了常去的酒館。

「林桑真是一個好人。」

小金笑咪咪說完，一鐵淡然問道：

「你怎麼進來鐵道局的？」

「我父親在家鄉的私設鐵路線路班工作了很長時間，所以我也在忠南線鐵路區間當工人，後來才到了這裡。」

他們喝米酒配滷肉。小金在一鐵拿起酒壺後，就立刻用雙手捧起杯子。

「我從以前就在想，鐵路究竟是誰的？」

「啊？什麼誰的？」

「就是說到底是日本的，還是朝鮮的？」

小金若無其事地回答：

「以前委託南滿鐵路公司經營，後來收回來了，現在是朝鮮總督府的吧。」

「是嗎？那就是日本人的了？」

「這個嘛，我們也沒有國家……」

小金尷尬地盯著李一鐵。

「在我們出生之前，日本就開始在朝鮮的土地上鋪設鐵路，算是在即將滅亡的國家奪走了鋪設權。土地和勞動力幾乎都被徵用，用廉價的費用建設起來，這難道不是主客顛倒嗎？」

「不管是不是被搶走，反正現在不就是別人的嗎？」

小金接連向一鐵問道：

「這裡雖然是我的家，但家產都毀了，別人搬進來住，我們能怎麼辦？」

「房子雖然可以蓋了又拆掉，但是土地能奪走嗎？這裡是我們朝鮮人居住的土地，當然應該屬於我們。」

「唉，要等到何年何月啊？」

一鐵向天真的小金說明：

「小偷進來偷我家的財物，還搭上梯子翻牆進來。日本怎麼會為了朝鮮人而鋪設鐵路？他們從一開始就把通往大陸的半島鐵路定為軍用鐵路，所以可以隨心所欲地強制徵用。」

「在這種亂世中還能找到工作，我們還是很幸運的，不是嗎？」

聽了小金的話，一鐵十分灰心似地點了點頭。

「你說的也沒錯，我們還收了林桑的賄賂呢。只是我想說的是，絕對不能忘記我們是主人這個事實。」

兩人默默地喝了半天酒，小金抬起頭說：

「啊，心情變好了，因為我們是主人！」

「是啊，現在雖然是在伺候別人，但我們才是主人，絕對不要忘記。」

他們喝完酒出來後，雖然才晚上九點左右，但周圍卻已經像是深夜一樣寂靜。一鐵在付完酒錢後，從林留下的鈔票裡拿出一張一元的紙幣給小金。兩個人今天也還是覺得不好意思，分完錢後，兩人連一句告別的話都沒能好好說完就轉身離去。

申金哄孩子睡覺後，正在打掃公公的工坊和院子，這時聽到敲門聲和莫音姑姑的聲音。

「智山的媽！」

申金扔下掃帚走出去，莫音姑姑背後跟著一位女性。姑姑首先向那位女性介紹申金。

「打個招呼吧，她是我外甥媳婦。」

申金打量著她。她上身穿著白色上衣，下面是黑色開化期裙子，頭髮是短髮，眼睛大而圓潤，嘴唇緊閉，顯得很精明。她躬身向申金問好。

「我叫韓如玉。」

申金像往常一樣瞇著眼睛，看著對方的身體輪廓在陽光下灰白地融化掉。她身後泛起二鐵的笑容，看到他抱著孩子。嬰兒抬起瘦如樹枝的手臂，挪動著蜷縮的雙手。

「愣在那兒幹什麼？」

申金在被莫音姑姑帶著笑容斥責後，才一下子清醒過來。

「我是智山的母親。」

姑姑在旁邊插話。

「說起來就是我們二鐵的嫂子。他哥哥就是這個人的老公，呵呵。」

申金用眼神詢問姑姑，她大大地點了點頭。雖然沒有問是不是二鐵的女人，但是兩人一下子就已溝通清楚。

「快請進。」

申金把她們領到內屋，姑姑看到正在睡覺的孩子，壓低了聲音。

「哇，看看我們智山睡覺的模樣，這孩子乖巧，帶起來一點都不費力。」

「好久沒看到小叔了，不知道他最近都在哪裡幹什麼。」

申金察看韓如玉的眼色，像是在自言自語。莫音姑姑說道：

「二鐵幾天前把這個人帶了過來。」

申金一眼就看出她是小叔的女人，也提前知道他們之間會有孩子。莫音姑姑說：

「我打算暫時帶著她過日子，我會先找房子，再給她準備被褥和生活用品什麼的。」

「住我們家也可以。」

聽了申金的話，莫音姑姑趕緊擺手，好像是自己麻煩她一樣。

「不行，不能這樣。妳公公不是住在對面的房間嗎？」

「對面的房間原本就空下來，要給小叔用的。」

「那妳公公就要搬到工坊去了。妳嫁來之前短暫住過我們家的那個小房間還能湊合著用，所以想讓她暫時住在我家。」

默默坐著的韓如玉開口說道：

「突然給您添麻煩，真不好意思。最近我和李二鐵發生緊急情況，暫時要小心……」

申金一下就聽懂了。

「那得盡快找一下房間了。可是我小叔在哪裡做什麼呢？」

韓如玉口風很緊，對他們自己的事隻字不提，莫音姑姑代替她回答：

「嗯，好像是幫人聯絡事情吧。」

申金從以前開始就察覺到二鐵是赤色工會永登浦聯絡人的事實，也推測最近因為當局的調查變得嚴格，所以必須謹慎行事。申金因為智山的緣故不能外出，為了讓二鐵和韓如玉能夠置辦最起碼的生活用品，把錢塞給莫音姑姑。她想如果以後能租到房子的話，會再多給一些。晚上二鐵下班回來，申金告訴他二鐵小叔有了配偶，並說暫時會住在姑姑家。

「二鐵也不能在被人追捕的情況下回到家裡生活吧。話說回來，為了能讓他們兩個人過日子，找個住宅區的全租房吧。」

申金經常對兒子智山說：

「我現在還是認為你嬸嬸不會死，在某個地方過得很好。她是個氣場強大、不簡單的女人。」

韓如玉是慶尚道小城市韓醫院家的女兒。普通學校畢業後，在十七歲的年紀，因頑固的父親想強迫她結婚，於是她逃到日本。在母親的幫助下，她上了專門學校的預備課程，後來因無法籌措到學費而回來朝鮮。雖然與全羅道的大地主家兒子相識並結婚，但因無法忍受封建、大男人主義的壓迫，隻身逃出來，經由滿洲遊覽大陸各地之後，在京城當咖啡廳的女侍。申金猜測，她之所以跟思想運動有所連繫，大概是從滿洲開始的。她加入朝鮮社會主義組織的時期，正好是當時畢業於莫斯科東方大學的年輕知識分子大舉來到朝鮮，尋找運動據點而入境的時期。也許就在自稱國際線的多條線中，找到國內運動的切入點，並要求接受指導的時候，她認識了國內組織的某條線。她與李二鐵相遇並一起生活的過程，是二鐵和如玉各自向申金講述的故事碎片，這個不完整的故事被她給拼湊完成。

李二鐵在哥哥和申金結婚後離開家裡，在新吉町租了一個單間房，一個人住，並重新在電氣工廠當雜工。但是每天在工廠工作十三個小時以上，讓他無法承擔聯絡分散在各職場組織成員的任務。他決定成為像方又昌一樣能更加自由活動的街頭工人。當然，他與中央唯一一條線的李同志達成了協議。透過數次活動積累出信任後，得知李同志的名字是李冠洙，也知道他是曾留學日本的高等普通學校教師出身。另外，在第四次朝鮮共產黨組織被逮捕、共產國際的〈十二月綱領〉出臺後，開始出現了新的認識和思潮，李二鐵所屬的組織形成中央。那是在滿洲事變發生的時候，應該是李在柳出獄後的那年冬天開始的。

當時共產國際透過書信批判了殖民地朝鮮的社會主義運動，包含以知識分子為中心、派系主義、缺乏階級性、思想的混亂、與民眾分離的觀念主義，正式宣布解散朝鮮共產黨。因此，對於新一代活動分子來說，他們與過去的前輩不同，活動路線的轉換必須成為運動的任務和目標。那不是幾個知識分子社會主義者聚在一起組成黨組織並宣布就可以成就的，而是媒介活動人士進入工人、農民的生活現場，透過意識鬥爭鍛鍊他們後，從該處開始自下而上組成組織，建設黨的組織方針。從一九三〇年代初期到中期，這種形態的活動在全國像野火一樣點燃。在滿洲，民族主義派的武裝鬥爭逐漸消失，以社會主義派系為中心的武裝鬥爭正積極展開。但根據一國一黨主義原則，決定在中國戰鬥的朝鮮共產主義者應該被中國共產黨吸收，在日本則應該被日本共產黨吸收，殖民地朝鮮的共產主義者在朝鮮土地上建設共產黨遂成為眼前的緊迫任務。因為在被奪走國權，成為殖民地的國家，不能連革命的基礎都於焉消失。

李在柳在日本勞動時，就讀於大學專門部，在高麗共產青年會日本部活動時被檢舉，並押送至朝鮮。他在漫長的預審期間，認識了進入矯正所的多名活動分子，他們在未及建立組織基礎之前，就先樹立了朝鮮左翼勞動者全國評議會、朝鮮共產主義者協議會、朝鮮反帝同盟等宏偉的招牌，但是大部分的實踐活動只不過是幾個文件或宣言而已。雖然還沒有相互聯絡，但全國各地方的農村、城市都形成了沒有名字的社會主義團體，不斷展開租佃和勞動爭議，並開始鬥爭，這也是三一運動以後的時代特徵。李在柳認為，這些獻身的活動人士應該相互聯絡，最重要的是找到朝鮮最貧窮、最痛苦的工人、農民，即以自己的生存權為賭注進行鬥爭的民眾。

他被釋放後，立即與在監獄裡認識的幾名青年一起，重建了先後四次被連根拔起的朝鮮共產黨的組織方式。他們各司其職，建立組織架構。首先，為了掀起學生運動，確定了專門負責男、女高中和專門學校、大學等的成員，將京城、永登浦、仁川等地的工廠劃分為產業別部門，確定專門負責人，並提出運動的原則和方法論。最初負責分工的李在柳等成員成為中央，在他們各自負責的現場認識的人組成了小團體，該團體的成員們再透過各自的分工，組成了下位團體。該組織與過去不同，沒有任何名稱和綱領。但是各團體在閱讀合法書籍的同時，逐漸有機會閱讀了從中央下達的非法手抄本或印刷品。這是最大程度地減少相互交流或溝通，透過有組織的聯絡網與中央交換意見的方式。他們後來在日本殖民政府開始抓捕時，幾乎有兩百多人為世上所知悉，但如果考慮到從逮捕中逃脫、留在現場或外圍的成員，應該有近五百多人。以五百多名群眾為基礎的組織向上級證明他們有能力重建黨組織。但是他們謹慎地展開與咸鏡道、平安道地區的原山、平壤以及身處黃海道平原地帶的日本大農場的佃農、南方的忠清、全羅道的農民和光州、木浦、釜山、大邱的勞工之間滲透的社會主義活動人士在全國範圍內進行聯繫。當時還不是展開聯合鬥爭的階段，透過最低限度的人員交流，互相瞭解對方，掌握誰在哪裡正在發生什麼事情。以李在柳為首的朝鮮共產黨重建委員會成員試圖以京城為中心，成長為更加充實、堅實的組織。這些人就是所謂的「京城三巨頭」組織。

總之，李二鐵與他們偶然接觸的時候還屬於組織設立的初期階段。他們幾乎有一年半左右的時間在京城地區的各級學校進行聯合罷課，在工廠舉行首次的連鎖罷工，部分獲得勝利，部分遭到逮捕，但活動並沒有因而萎縮。日本帝國主義治安當局察覺到在全國範圍內頻繁發生的某種不安定跡象，並保持高度警戒，開始展開內部調查。除了正規警察人力外，日本帝國主義開始大舉動員朝鮮人出身的輔助員和密探。他們當中有身處現場的工人、農民或貧民，被逮捕後轉變政治思想傾向的人，也有從一開始就為了金錢和生活保障而自願當密探的人。在這種情況下，組織成員均單獨接觸，不透露姓名，並在經過兩三條安全路線、確認安全後進行會面。下級成員只需接受上級指示，前往指定的無人地點領取文件。

李二鐵每隔三、四天就會去附近方又昌的日租房一起吃飯，有錢的時候還會喝米酒。事實上，二鐵得到哥哥的幫助。他因為缺少活動費，去哥哥那裡借錢，一鐵總會一聲不吭地給他十元，有時還給五十元。

「哇，鐵道局的火車司機還真棒！」

沒有工作，也不工作，只是接受巨款的二鐵不知怎的，總覺得不好意思，於是故意對哥哥冷嘲熱諷，一鐵只是淡淡地說了一句：

「那是偷來的錢，用在做好事上吧。」

二鐵去找方又昌，他正好來到院子裡，其他幾名集體宿舍的工人回來後，各自打水準備洗漱，十分喧鬧，他趕緊把二鐵拉出去。

「我正想去找你呢，有點急事。」

他們的見面即便十分平常，但如果有重要的事，會在步行中交談。李二鐵和方又昌經過丸星運送會社前方，穿過鐵路沿線散步到小河的堤防。方又昌小心說道：

「有一個從上海派來的同志，想跟你們中央見面。」

雖然兩人各有各的連接點，但在永登浦的工人組織中，因為是同一個組織的成員，所以彼此間是信任的關係。二鐵說：

「我問過之後，如果有回覆，再告訴你。」

「他時間很趕，明天可以嗎？」

「大概需要兩、三天，總之我會盡快聯絡的。」

李二鐵在和方又昌見面後，走到鷺梁津電車終點站，坐電車進入城門內。李冠洙的住處在東大門昌信町附近，巷子入口的香菸店就是通信場所。二鐵進到店裡，看到經常坐在狹窄的店內小房間裡的老奶奶。

「請給我香菸。」

「那個，長壽菸怎麼樣？」

「不，請給我櫻花的。」

二鐵拿起一包香菸問道：

「李氏在家嗎？」

「你去看看吧，他今天應該沒出門。」

二鐵走進巷子，推開斜坡內側的木板大門，發現是敞開的。大門上掛著小鐵鈴，發出叮噹的響聲。房子與日本式結構相似，是人字屋頂單純的長方形房子，但由於前院狹窄，似乎有路通到裡面的房屋。在盡頭處有掛著李冠洙名牌的房間。他走進狹小的院子，木板門打開一條細縫，李冠洙注視著他。也許從大門上掛著的鐵鈴響起時，李冠洙就一直在觀察外部。他坐在小桌子前面，親自抄寫文件。那些是要發給各小組的內容，沒有使用複寫紙，而是全部親自抄寫。二鐵把聯絡事項告訴他，他皺著眉頭想了半天。

「我們也知道他是誰。他們就像在田野裡種豆子一樣，在全國連接一兩個人，散發傳單或文件。你上次罷工的時候不是也見過那邊的人嗎？」

「是，我記得。那時候我也曾聯絡過您。」

「內容差不多。柳同志讓我見見來自海外地位相當重要的國際路線的同志。」

他稱呼李在柳的時候，總是叫他名字的最後一個柳字。

「原來當時他們沒見面啊！」

「當然。柳同志讓我們自己商量，但他曾這麼說過，如果是想討論具體的鬥爭問題，任何同志都可以見，但如果是見一面就撒手不管的小資產階級人物，從一開始就沒有見面的必要。我們都贊同他的話。」

「您這次也不打算見他嗎？」

「不，這次應該要見面吧？其他組織經常在現場發生衝突，我認為聯合或調整的時機已經到了。」

二鐵好奇地問李冠洙：

「您說您知道他是誰？」

李冠洙微微一笑說道：

「當然。因為那個人的緣故，日本警察的調查經常會變得更加嚴厲。每次散發傳單的時候我們都很緊張，他和我前輩同齡，是很有名的人，應該是叫金亨善吧。」

他們製作文件，透過郵寄送到北線地區，然後由當地組織成員重新謄寫，郵寄到平壤附近的工廠和平安北道的礦山等地，並發送到全國各地的工廠和礦山新聞分所等，在首爾和仁川的街頭則散發數百份。黨報的名字叫《共產主義者》，內容包括展開反戰鬥爭、死守蘇維埃同盟、擁護中國紅軍和蘇維埃、將帝國主義戰爭轉變為反對日本帝國主義的民族解放戰爭、堅持朝鮮獨立等。傳單分為「反對日本占領滿洲！」和「紅色五一節」兩種。

「將這樣的事情發展為公開的群眾活動，讓我們有點吃驚。」

李冠洙對於海外活動人士遠離祖國和民眾現場的冒險主義感到無奈，並補充說最重要的是武裝鬥爭。總之，有必要瞭解對方的意向。李冠洙長嘆了一口氣，然後低聲說道：

「既然是為了解放而戰，那就必須和每一個人攜手合作。」

李二鐵傳達了聯絡事項，第二天又去找李冠洙，李冠洙把李在柳的口信交給二鐵。內容是同意按照提議見面，並約定時間、日期和地點。但兩人見面的接頭地點先由李二鐵和對方的聯絡員見面後再商議。只要發現有一點異常的情況，見面就會取消。

金亨善一九二〇年代初在社會主義普及較快的馬山開始參與社會運動。他組織了馬山共產青年會，隨後組織馬山共產黨。第二年，朝鮮共產黨在首爾創立後，金亨善組織的馬山共青和共產黨在「具發展性地解散」理念下，分別改編為朝鮮共產黨和高麗共產黨青年會的馬山細胞組織。他在成立最初的朝鮮共產黨時，與「火燿派」[2]的朴憲永、金丹冶等共同成為最年輕的發起人。在新義州舉行祕密聚會時，一名新義州青年喝醉後與日本人打架，並豪氣地聲稱自己是共產黨員，日本警察逮捕他進行審問，於是發生了朝鮮共產黨全貌被揭露的荒唐事件。這時，全國颳起了逮捕旋風，金亨善和朴憲永、金丹冶一起逃到中國上海。自〈十二月綱領〉頒布之後，中國滿洲一帶的朝鮮共產主義者批判在朝鮮國內重建派的立場是「國內延伸主義」，於是加入了中國共產黨。經過兩年時間，朝鮮共產主義者的滿洲總局與日本總局解體，根據「一國一黨主義」的原則，分別被中國和日本共產黨吸收。當時，金亨善接到中國共產黨命令，與中國共產黨及上海所有團體斷絕關係，與金丹冶合作在朝鮮進行運動。他們進入朝鮮後，向工人、農民散發傳單、聲明、小冊子等進行教育，並以此為黨的建設做準備工作。他於一九三一年二月從上海出發抵達京城。此後，一直到第二年的四月底為止，他與金丹冶數次聯絡，以金丹冶從上海寄來的傳單及小冊子為主要工具展開運動。金亨善透過上海的聯絡員，開始接受運動資金和團體黨報《共產主義者》的各期刊物，在購買油印版後散布道各地。警方開始進行逮捕行動後，他逃離朝鮮前往上海與金丹冶等人見面，進行活動報告，三個月後再次入境。金亨善依次會見了之前透過黨報和傳單等聯絡的各地組織成員。這是二十世紀三〇年代初期以全國各地大城市為中心，採取派遣活動人士建立組織網的典型共產黨建黨方式。但各地群眾基礎普遍薄弱，本想以首爾為中心連結全國各地主要城市的金亨善等人，在首爾與李在柳領頭的路線發生衝突也是理所當然的結果。他們在現場就已經感知到彼此的存在。

約定日當天，李二鐵比約定時間早十五分鐘到達梨花町附近。到了晚上七點左右，在京城帝大本館所在的東崇町大學路上，已經沒有學生的足跡，也無人跡。初夏的楊柳林蔭樹綠油油的，太陽西沉，晚霞染紅了建築物的牆壁。二鐵從梨花町沿著大學路慢慢走去，他仔細觀察周圍有沒有跟蹤或潛伏的人，決定走到惠化町圓環後再回來。雙方聯絡報告的安全檢查在同一時間進行。

2 火耀會是一九二四年十一月十九日思想研究團體「新思想研究會」改組為行動團體後誕生的朝鮮共產主義運動的一派。

那邊也會有人出來，聯絡員在中間點大學主樓正門前接頭。二鐵沿著人行道走著，看到對面走來的人，是一名女性。那邊來電話說聯絡員會打陽傘，所以二鐵推測會是女性前來。她穿著單色連衣裙和皮鞋，上半身被天藍色的陽傘遮住，看不到臉孔。兩人的距離愈來愈近，女性輕輕舉起陽傘露出臉，用犀利的目光看著二鐵。二鐵穿著工作褲，捲起襯衫袖子，左手拿著報紙，這是二鐵這邊提供的標示。她從旁邊走過時，兩人目光對視。二鐵確信她是對方的聯絡員。二鐵走到惠化町圓環，過了馬路後又折回來，看到拿著陽傘的她站在大學正門前。二鐵朝她走去，低頭看懷表，已經是七點整了。他走近後，女人先開口說：

「現在幾點？」

「七點。」

二鐵確認周圍沒有一個行人後很自然地說道：

「要不要一起走一下？」

一起走本身就是安全信號。

「今年天氣會出現乾旱的。」

女人說完之後，二鐵回應：

「可不是嘛，從春天開始就沒有下過雨。」

這一男一女朝著惠化町方向走，雖然沒有東張西望，但都留意查看四周。從駱山方向下來的斜坡上，戴著草帽、穿著短袖苧麻襯衫的李在柳在他們身後遠遠地走過來，當來到惠化町圓環附近，對面巷子裡出現了一名西裝革履的男子。

「他來了。」

二鐵扔掉報紙說，女性也收起陽傘點了點頭。

「我們這邊的人也來了。」

這對男女過馬路之後，李在柳也跟著過來。穿著西裝的男人從巷子裡走出來，站在對面，這對男女走過他的身邊，轉向昌慶宮方向，要見面的兩個人自然會合，並排向東小門方向走去。確認他們順利見面後，這對男女在比剛才更加放鬆的狀態下走上昌慶宮的石牆路。雖然沒有詢問彼此的名字，也不知道彼此做什麼工作，但是身為與日本帝國主義鬥爭的活動人士組織的一員，感覺就像一家人一樣親密。到了遠南町附近，二鐵突然說道：

「吃過晚飯了嗎？」

「還沒，午飯比較晚吃……」

二鐵知道因為各自都按照約定時間趕來，所以沒時間吃晚飯。他坦白說：

「我好餓。」

女人指著對面說道：

「那邊好像有飯館。」

過馬路後，女人停下腳步說道：

「您去吃飯吧，我就先告辭……」

「啊啊，我想跟您一起吃晚飯。」

女人微微一笑，搖了搖頭，用目光致意後，朝鍾路方向走去。街角裝有玻璃門的食堂是一家麵館，二鐵頗覺惋惜地獨自坐在角落點了豆汁麵吃。

✣ ✣ ✣

李在柳和金亨善走出東小門，行經敦岩町高爾夫球場附近進行了會談。金亨善首先談及自己感受到的國內運動。

「您坐了這麼多年牢，可能不太瞭解局勢。日本帝國主義吞噬了滿洲，進入大陸，也許這就是全面戰爭的開始。我們朝鮮人民正處在比以前更加嚴重的貧困和壓迫中，人民在此迫切的情況下，鬥爭的意志蓄勢待發。但與此相反，朝鮮的活動人士們卻無法應對這個局勢。他們之間以知識分子為中心，陷入派系主義和觀念主義，與人民的需求背道而馳。」

李在柳只是默默地聽著，金亨善忍不住公開了自己是誰。

「國際共產黨為了梳理處於混亂狀態的朝鮮左翼運動戰線，派我來這裡。」

他強烈主張透過與正確的國際路線接軌，梳理國內各派路線，並以此擴大和加強在朝鮮的運動。李在柳對此謙虛地說出自己的意見。

「我還沒有開展具體的活動，我個人沒有什麼力量，只要是組織的命令，一定會服從國際路線的運動。」

下一次的會面將在一週後的晚上八點，假崇一町佛教中央學林西側的松樹林中。如同以往，李二鐵在十幾分鐘前到達，在中央學林附近反覆進行安全檢查，也見到了上次提前出來的女性。她也在附近散步，環顧著四周。太陽西沉，天色已暗。根據雙方聯絡員的安全信號，李在柳和金亭善走進道路對面安靜的林蔭道。確認兩人以兩、三分鐘的間隔進入林蔭道後，二鐵和那女性像上次一樣，如同戀愛中的青春男女散步一樣，慢慢走到幽靜的惠化町路上。

「上次很不好意思。」

女人說完，二鐵比上次回答得更活潑。

「沒什麼，我本來就應該請妳吃晚飯的。」

「今天我也有點餓。」

「那我來帶路吧，剛才過來的路上好像有一個不錯的地方。」

李二鐵成為活動分子後，在永登浦工廠地區帶領許多人參加讀書會，在努力拉近彼此關係的同時，他的個性也變得更加親切。他的性格本來就很樂觀，也很外向。

「我姓李，妳就叫我李同志吧。」

女人躊躇了一會兒，爽快地回答道：

「我姓韓。」

他們通常會對在活動中遇到的工人或群眾使用假名。李二鐵有兩個假名，分別是朴哲或金英。另外，活動人士之間在現場見面時，原則上禁止互通姓名。因為知道名字對彼此來說都是負擔，不知道他們當中誰會在什麼時候先被抓走，經過嚴刑拷打後說出別人的名字。但是非常親近的同志們相信彼此的信念，相信即使他被逮捕遭受拷問，也絕對不會開口說出對方的本名。這意謂著在同一組織中承擔相同任務的關係。李二鐵和女人都說出自己的姓氏，這也象徵著現在正執行同樣的事情，非常微小的信任關係已經開始萌芽。兩人在前往惠化町電車路之前，走進了路邊內側巷子裡的牛肉湯店。二鐵坐在位子上說道：

「這個地方嘛，對於女性來說，有點那個什麼。」

韓同志只是默默地笑著。吃飯的時候，二鐵問她：

「故鄉是首爾嗎？」

「不是，是南部。」

「但是從韓同志的口音中，完全聽不出來故鄉是哪個地方。」

她又嘻嘻地笑說：

「因為四處漂泊。才會如此吧。李同志的故鄉是哪裡？」

「我在永登浦出生，從來沒有去過別的地方。」

吃完晚飯，他們在車站前分手。二鐵站在電車的車窗前回頭看向低頭走路的韓同志，直到再也看不到她為止。上次他們分手之後，沒有發生任何事，但今天不知怎麼的，二鐵擔心她是否能平安回家。

走進松樹林的金亨善和李在柳沉默了一會兒，觀察周圍有沒有其他聲音後坐下來。兩人坐在松樹林間的岩石上，開始第二次會談。

「上次李同志您說會服從國際路線，您不知道我有多安心。」

金亨善非常從容地開口後，又用柔和但堅決的語氣說道：

「對您的指示已經下來了，請您離開這裡，前往咸興活動。」

李在柳和上次不同，以更加冷靜的態度反問他：

「那是國際路線合理的決定嗎？去咸興固然好，但如果搬家的話，我擔心警察可能會注意到我。我不太清楚那邊的情況，那裡的工業化進行得早，元山總罷工後思想和組織上非常進步。太平洋工會的黨報被送到京城，給工人們很大的鼓勵。這麼多優秀的同志都在那裡，而且路線都已經定下來了，用不著我去吧？」

「咸鏡南道地區的領導層被大舉逮捕，並被判長期徒刑，所以出現了領導層的空白。如果派遣李同志去，會有很大的幫助。」

李在柳毫不退讓地說道：

「如果我非去不可，請給我一個方針。」

「方針？什麼方針？」

「作為國際黨，有必要帶著符合現實的方針前往。如果確定不了正確的方向路線，用什麼來指導他們？」

靠著國際路線的權威獲得領導地位的金亨善感到有些慌亂。他沒有自己自主的運動方針，只能藉助海外的權威，因此他回答：

「有一份由上海國際黨的朝鮮委員會發行的報紙。要分發這份報紙來匯聚讀者，然後再把這些讀者群組織起來，從事共產運動。」

金亨善所說的報紙是指朴憲永、金丹冶等人在上海發行的《共產主義者》和宣傳冊、傳單等。

李在柳再次問他：

「這份報紙是政治報紙還是理論雜誌？」

「這是一份兼具政治性、理論性的報紙。」

「無論是哪一方，它都會有缺陷。如果是政治報紙，就要時時刻刻報導朝鮮國內大眾的政治要求，如果在上海發行，即使突破雙重、三重的監視網，也需要兩、三個月的時間，到達朝鮮時已經成了舊聞。另外，如果是理論性雜誌的話，以此為中心成立的讀者群體必然會成為革命黨的基礎，因此如果是根據上海發行的出版物匯聚朝鮮的讀者和活動人士，絕對是一個不現實的方針。」

李在柳沒有攻擊金亨善，而是沉著地說服他：

「因此，僅憑這一點，就算是運動方針，我也不能接受國際路線讓我改變活動地區的指示。例如，如果是要整合各派系的話，請具體提出對派系的方針、組織問題、技術選擇問題等核心政治方針。」

這個問題包含著很多意義。包括黨的重建運動中經常出現的對海外中心主義和國際路線的毫無批判、盲目的追隨；沒有自主的運動方針，只想借助國際路線的權威，凌駕於活動人士之上的態度；沒有群眾基礎，僅依靠少數運動家由上而下結成組織的方式等批判與反省。不知如何回答的金亨善只是吞吞吐吐地整理自己的提案：

「無論如何，這個問題等黨報出來後再討論吧。」

李在柳為了明確表達自己的意思而說道：

「沒有必要因為這樣的理由，就讓這裡的同志趕著去咸鏡道。即使經過相當長的時間後，覺得必須前往咸南地區，那也不是根據國際路線的指令，而是根據運動的需求前往的，希望您能諒解。」

他們第三次的會面在隔月，即七月分上旬。由於前幾次見面的過程中，已經確認了安全問題，所以這次約定的場所是在塔谷公園附近。當然，聯絡員不需參與這次會見，只是在定好的見面日期之前先行碰頭，共同確認準確的會見時間和場所。

李二鐵和韓如玉決定在當初開始進行聯絡時的永登浦見面。二鐵透過方又昌通報，隨即獲得她馬上會前來的消息。他們約好在方下岬下面鬼神岩石附近的入口處見面。那裡有著小河，左側是堤壩開始的地方，而從右側斜坡往下就是汝矣島的楊樹林。二鐵先到，判斷她也許會從鷺梁津電車終點站下車後走過來。他坐在路旁的岩石上，俯視著山坡下的大方町。他看見幾個行人，後方有一個女人。雖然距離很遠，但也能看出是她。她今天身穿圓裙和白色上衣，一副普通庶民的打扮。他故意在路中間站了一會兒，好讓她能看見，等她到附近之後就先下了山坡。回頭一看，她也隨之下了山坡。他跨過墊腳石，走到白楊林邊，那附近沒有什麼人跡。韓如玉走過來，額頭上沁出汗珠，她用手絹擦著臉和脖子，然後走近他。他們迎著涼爽的江風，走在林間沙地的小徑上。

「他們倆見面的日期定在明天，地點是塔谷公園十層石塔附近，時間是晚上七點。」

二鐵說明最重要的部分，韓如玉複誦。

「是的，明天晚上七點在塔谷公園十層石塔附近。」

韓如玉問二鐵：

「他真的是派系主義者嗎？」

二鐵停下腳步。

「啊，妳聽過這樣的傳聞嗎？」

「我是聽幾個我認識的人說的。」

二鐵心裡大略猜測，他們早就在與工廠的現場聯絡中見過與國際路線聯絡的人。去年罷工期間，雙方在京城某現場罷工的勞動者面前展開爭論。

「我們已經表明會接受國際黨領導的意見，但是在任何情況下，運動都是在發生問題的生活現場引發的。列寧在德國領導俄羅斯革命，但我們不能將同樣的方法拿來套用。國際黨的方針應該從大局出發，例如從下而上地組織群眾，透過鬥爭上來的這些人出來組織黨或者提出這樣的原則就可以了。」

「你們正這樣實踐嗎？」

韓如玉再次問道，二鐵充滿自信地回答：

「不管哪個組織，我們都願意在一起，這也是現在我們最緊迫的目標。」

韓如玉猶豫了一下，然後說道：

「請讓我參與。」

「啊？」

「我進過工廠，幾個月前離職。剛開始是參加讀書會，後來就業，我每天只做分發文件的工作。但不知怎麼的，文件本身的水準也太……」

「水準？」

韓如玉噗哧笑著說：

「掌握內容的人所寫的文章、所說的話都很簡單明瞭，但文件內容太難了，有很多外來語，漢字也很多。」

李二鐵也笑著同意。

「我們收到這些小冊子時，基本上根本不管，不分發，或者整理之後重新解讀、謄寫。但是您過來我們這邊工作也沒關係嗎？」

「不管是在哪一邊，都是為了祖國和勞動階級的解放而鬥爭，又不是什麼立身揚名的事業。

啊，男人對霸權很執著吧？但是去現場的話，工人們無法理解，為什麼要為相同的路線爭吵呢？他們說只要雙方都支持我們，我們就能和日本對抗。我也和他們的想法一致，接受正確的路線，假裝不知道不現實的方針。」

「原則上，我也和韓同志您一樣。但是領導階層透過有組織地討論所決定的事項必須要堅持到底。」

二鐵當時說出了自己的名字。

「我叫李二鐵。」

韓如玉搗嘴笑道：

「那應該有一鐵吧？」

「嗯，我哥哥叫一鐵。」

「我叫韓如玉。」

當她說出名字時，二鐵後來對韓如玉本人說過，當時他心裡振顫，甚至到肩膀發抖的程度。後來他也對嫂子申金說過，他們當時的關係已然超越了組織聯絡員的程度。

在塔谷公園見面的金亨善和李在柳在樂園町如迷宮般的後巷裡進行了討論。上一次見面時，金亨善的意見受到正面批評且遭到拒絕，後來兩人以僵硬的表情分手，但再次見面時，金亨善對李在柳非常親切。

「我們決定採納李同志的意見。那麼，除了從海外引進的黨報之外，還可以介紹朝鮮國內的組織或活動人士吧？」

聽了金亨善的話，李在柳爽快地答應。

「好的，那些事情我們正在進行。」

說完之後，李在柳向金亨善問道：

「報紙報導說上海將舉行遠東反帝大會，上海黨部對此有何方針？」

「上海的同志們自己會看著辦吧。」

「首先，我們要通過宣傳、鼓動，讓大眾知道反帝大會將在上海舉行。不以這些努力為前提，不管上海派誰來，都沒有任何意義。」

金亨善又向李在柳試探是否願意前往咸鏡道，但他這次還是一口回絕。他說需要自己的地方不是運動蓬勃發展的咸鏡道，而是剛剛開始的京城，等到這個地區的勞動運動成熟後再考慮。金亨善雖然對不服從他們決定的李在柳感到不滿，但也不能強迫他離開，最終只達成了在國內自己發行黨報的協議。但無論如何，他們的協議再也無法進行下去。

金亨善認為，檢查永登浦的組織工作迫在眉睫。這是因為對於國內運動基礎還很薄弱的他來說，如果按照與李在柳的協議，他自己也認為只有組成向京城散布黨報的組織，才能進行聯合運動。他認為被稱為「南京城」的永登浦工廠地帶和仁川地區是最有可能的地方。聯絡永登浦方又昌的是先入獄後獲判緩刑的上海時期共青會員張某，他坐牢時，曾經和方又昌住在同一個房間，意氣相投。透過文件連結的組織在京城內有三十多人，張某和韓如玉是同一組的成員，輪流與金亨善聯絡，擔任聯絡員的角色。金亨善帶著張某到永登浦看望方又昌是在七月中旬，也是與李在柳進行第三次會談的兩週後。金亨善先讓張某去方又昌住處，讓他把方又昌帶出來。當時是晚上八點左右，已經過了晚飯時間，周圍都已漆黑。張某去過他的集體宿舍幾次，毫不猶豫地走進工人們洗漱、交談的院子，徑直來到方又昌的房間。正值炎熱的夏天，每個房間裡穿著內衣的工人們都把門打開。方又昌赤著上身躺著，看到他出現在房門前，慌忙地站起來，披上襯衫後催促他一起離開。

「你怎麼可以一聲不響地突然跑來找我？」

「這不是更安全嗎？」

事實上，他們定期在每個月的第一個星期二和最後一個星期二晚上碰頭。原則上，如果當時有特殊情況，應提前通報，變更日期和時間。方又昌離開住處，像是散步到人跡罕至的地方一樣，那是他自己的會面方式。張某走在前面說道：

「他來了，您跟我走。」

方又昌一下子就聽懂了他在說誰。因為如果是上級的話，肯定是國際黨派來的人。方又昌默默地跟著張某，走進丸星運送會社後方，就是紅燈區入口的那家中餐館。只要是有經驗的人，就會知道那種距離較遠的中餐館正是適合密談的場所。之前李二鐵和李冠洙見面的地方也大多是在那裡。他們知道平日過了用餐時間後，這個中餐館的客人就會很少，而且每個座位之間都有隔板，所以更加安全。掀開窗簾後，坐在餐廳內側的金亨善站了起來。兩人坐下後，張某平靜而隱祕地分別介紹了方又昌和金亨善。他們點了食物和酒，互相問候。相談正歡時，有人突然拉開窗簾，擠進上半身來。

「哇，這是誰呢？怎麼會來中餐館？」

瞬間，方又昌猛然起身，撞向男人的臉，張某走到隔板外面，用腳踢那男人。張某下意識地從正面通道向外跑，金亨善也緊隨其後。這時，方又昌轉身向飯館的廚房和廁所對面的內側跑去。他穿過廚房，甩開受到驚嚇的廚師，走出小巷，聽到尖銳的哨音。方又昌攀越過死巷的圍牆，穿過院子，來到黑暗的鐵路邊緣。在高聲喊叫的喧鬧聲中，他越過鐵路，向熟悉的小河堤壩方向跑。他明白不能回到集體宿舍，也不能留在永登浦了。

中餐館門外有三、四名便衣警察在等著，張某為了讓金亨善逃跑，衝上去攔住他們。盯住他們的刑警當然已經做好準備，刑警用棍棒毆打撲過來的張某頭部，他暈倒在地，金亨善動彈不得，被制服之後倒在地上。他們把金亨善的雙臂扭過來，銬上手銬。

「方又昌跑了。」

一名流著鼻血，襯衫上沾滿鮮血的男子從飯館出來後，一氣之下踩了幾次倒下的張某，但被其他刑警攔住。一個好像是他們上司的人用皮鞋將無力的張某翻過來，端詳著他的臉說道：

「沒抓到方又昌真是重大失誤啊。」

他們幾週前開始調查方又昌。總督府警務局從去年全國發生罷工事件後，暗中有條不紊地重啟調查。警務局高等係被派到各警察署，對和罷工有關的人進行調查，在觀察他們最近動向的過程中，已經透過跟蹤或潛伏等方法，重新調查因其他事件而被逮捕後獲釋的人。因罷工事件被檢舉，在監獄服刑三個月的方又昌是主要嫌疑人，他是街頭工人，居住在工人密集地區。經過確認，他經常進出京城門，在永登浦也經常與工廠工人見面。掀開中餐館的窗簾，假裝認識方又昌的年輕人其實是助理警察。其餘三人中，有一人是正式日本刑警，其餘兩人都是朝鮮輔助人員。日本帝國主義在與朝鮮合併的初期就開始增加憲兵和警力，實行朝鮮人輔助員制度。三一運動爆發後的五年，應聘者競爭率是二比一或三比一左右，但在一九二〇年代中期，超過了十比一，進入一九三〇年代後，招募人員增加，但競爭率仍保持在二十比一以上。他們大多充當密探，其實就是調查朝鮮人的走狗。畢業於普通學校會說日語的人，通過居住地的身分調查後參加考試，接受一定時間的教育後，被分配到憲兵隊或警察署。但有時憲兵和警察也根據需要聘用臨時情報員，如果可靠、有能力，就會獲得特別錄用。日本殖民時期後半期，比起正式錄用者，這樣出身的情報員愈發增加。

那天金亨善的被捕，事實上是偶然抓獲的「大魚」。為了調查有治安前科的方又昌，輔助員喬裝成工人，住在同一個集體宿舍，監視他的房間。有一次，張某來拜訪方又昌，該輔助員曾跟蹤他們出去。後來再次確認方又昌外出後，進入市區與張某見面。他直覺在房間相遇的張某不是街頭勞工，按照高等係的俗語來說，就是不知從哪裡冒出的「墨汁的味道」。在向他的直屬上司，即日本刑警報告後，決定下次出現接觸者時立即聯絡並加以逮捕。那天，他看到張某來訪問方又昌，便跟蹤他們，他們一進中餐館後，就立刻打電話聯絡車站附近的刑警。一名日本刑警和兩個輔助人員不到十分鐘就趕赴現場，他們只是抱著進行預備調查的想法，覺得先抓住再說，所以沒有考慮請求支援，直接撲了上去。但抓住金亨善後發現是巨頭，所以整個京城的治安網都忙著互相聯絡。

方又昌在溪邊的草叢中等待夜深人靜的時刻到來，蚊子叮遍他的全身。他大膽地再次走回新吉町方向，去往李二鐵的房間。他住過的宿舍和李二鐵的新吉町住家雖然相鄰，但區域不同，距離也不近。那是位於小山坡上，密密麻麻建滿小房子的平民區域。他來到小巷子裡李二鐵家的窗戶下面，輕輕敲打玻璃窗，窗戶一下子就打開了。他在黑暗中確認了房間裡的臉孔，也許是察覺到發生什麼事，二鐵悄悄起身，打開大門。夜已深沉，因為二鐵住在門旁邊的房間，所以內屋不會知道有誰進出。

「什麼事？」

方又昌低聲地簡單說明事情的來龍去脈，李二鐵緊張不已。

「您在天亮之前必須離開，想好要去哪兒了嗎？」

「這個嘛，我在想要不要去仁川。」

「是不是應該要發出緊急信號？」

「你轉告曹永春吧。」

他指名過去曾是自己組織成員的紡織工人曹永春，二鐵點了點頭。他輕輕掀開炕頭上的墊子，拿出折得皺巴巴的二十元錢遞給他。

「快動身吧。」

方又昌只是緊緊握住二鐵的手，然後放下，走到大門口時，再次低聲說道：

「這一陣子活動就停止吧。」

他消失在黑暗中，到仁川得走七十多里路。二鐵天一亮就走到鷺梁津，坐電車來到東大門。他的心裡很著急，現在開始必須跟時間賽跑，活動人士之間有二十四小時的不成文規定。也就是說，被捕者必然會遭受拷問，為了保護他所知道的其他同志，至少得堅持一天。治安當局也知道這一點，因此在逮捕之後，就對他們無所不用其極進行拷問。為了盡可能獲得重要資訊，甚至到了絕對必須擰出點東西來的程度。在此過程中，崩潰的人轉而成為敵人的工具或罹患精神病，成為脫離組織者。堅持到最後的人如果不是因為身體受傷死在獄中，就會生存下來，回歸為更加堅定的活動分子。歸根結底，組織是所有弱小而孤獨的個人的集合體。二鐵到達昌信町李冠洙家是在早上七點半左右，當他敲開院子內側李冠洙的木板房門時，李冠洙猛然起身，用緊張的表情迎接李二鐵。二鐵告知金亨善被捕和方又昌逃逸的消息，兩人毫不猶豫地起身離開家。李冠洙有責任立即轉移李在柳位於東崇町的基地，他獨自翻越了駱山。

不久前，二鐵和如玉兩人結束最後的聯絡員任務後，在離別前走了好幾個小時，還歇了歇腳，一起聊天。真正要分手的時候，二鐵問她，如果發生緊急情況要怎麼聯絡才好。為了讓她放心，還告訴她自己的聯絡線。說自己熟悉的方又昌能夠和她聯絡，若有事請跟他說。韓如玉也告訴他鍾路的某家咖啡廳。此刻李二鐵著急難耐。在如此危急的時刻，他擔心萬一韓如玉會為了聯絡自己，跑去找住在集體宿舍的方又昌。李二鐵從東大門快步走到鍾路優美館[3]附近。雖然找到了咖啡廳，但還是一大清早，所以可能要到十點多才會開門。他走進小巷，用牛肉湯充饑，充分打發時間後，來到咖啡廳，因為還沒到午飯時間，咖啡廳內還很悠閒，客人只有一名穿著西裝的年輕男子。他坐在靠近門口的角落，女侍打著哈欠向他走來。

「您要點什麼？」

二鐵像是想起什麼，靜靜說道：

「阿姨在嗎？我是她的同鄉。」

「有什麼事……」她向唯一的客人方向瞥了一眼，悄悄問道。

「她母親病危。」

聽到二鐵的話，她點了點頭，趕緊回到櫃檯打電話。過了三十分鐘左右，韓如玉開門進來。她穿著斑點花紋的夏季連衣裙，環顧一下室內，跟女侍用眼神打了個招呼，然後又走出去，二鐵跟在她後面。她沒有走大馬路，而是走進一條名為避馬街的長巷裡。二鐵與她隔著一定距離走了一段，又快速地與她並排走著。韓如玉問道：

「發生了什麼事？」

「金先生昨晚在永登浦被逮捕。」

3 日本殖民時期，一九一二年十二月開業的電影院。

韓如玉太過驚嚇，瞬間停下腳步。
「沒多少時間了，我也得整理一下身邊的人和事。」
「我只是先聯絡一下，現在要馬上離開住處了。他們那邊的聯絡員同志也一起被抓了。」
「幸好他不知道我家在哪，但是他知道是在哪個區域附近。妳先走吧，妳那邊不也有需要整理的東西？下午五點在以前見面的方下岬會合吧。」
兩人暫時分手，二鐵坐上電車。他一到永登浦就想好要見他的下線——朴善玉和曹永春。現在最擔心的是曹永春，朴善玉不知道他是屬於方又昌一線，但如果曹永春被透露，她也會很危險。他想到另一家電氣工廠的下線，因為那裡是一個相對較小的工作場所，就在路邊，適合在路過的時候把那人叫出來。因為是夏天，路邊工廠的每扇窗戶都打開，前後門也敞開著。裡面機器運轉的聲音嘈雜，熱氣撲面而來。二鐵探頭探腦地看著，只見那人跑了出來。正是以前和安大吉、方又昌等人一起去河邊抓魚的池某。
「發生什麼事了？」
他那張黑乎乎、充滿油漬的臉湊近二鐵問道。他叼著一根菸抽著，二鐵說：
「也給我一根。」
兩人並排蹲坐著抽菸。任何人看到這個場景，都會覺得他們是利用工作之餘出來透透氣、一起抽根菸的樣子。二鐵若無其事地笑著說道：
「今天國際路線的幹部和聯絡員一起被捕了，方又昌兄逃離了現場。」

「怎麼會這樣？那我們的同志沒事嗎？」

「哥，你能提早下班吧？」

池某皺著眉頭說：

「雖然有點麻煩，但應該沒問題。」

二鐵要他現在立刻到紡織廠去告訴曹永春這個消息，因為曹某沒有直接接觸過國際路線，所以如果方又昌沒有被抓獲，就會很安全。但是如果他身為下級組織，還有其他連接點的話，那就有必要提前整理好。二鐵去了方下岬，五點見到韓如玉，他們在白楊樹林等到天黑。她穿著與在鍾路見面時不同的衣服，看上去像是完全不同的人。她身穿白色棉布上衣和黑色棉布裙子，提著小皮箱，看上去像是從某個鄉下來找工作的樸素女人。在二鐵的眼中，這種樣子看起來更好。傍晚時分，薄暮降臨，他們越過堤壩，穿過市場十字路口，向間村方向走去，他要去的地方正是莫音姑姑的家。二鐵來到姑姑家門口，猶豫了一會兒，敲響大門。大門稍微開啟，彷彿裡面有人正默默地等待著他們。

「哦，是二鐵啊？快進來。」

二鐵有點吃驚，姑姑就像提前知道，正等待他們一樣。

「那個，有人跟我一起來……」

莫音姑姑若無其事地打開大門說：

「嗯，知道了，快進來吧。」

二鐵先進門，韓如玉隨後跟了進來，姑姑急忙關上大門，把手放在韓如玉的背上說道：

「從剛才開始就一直在等你們，歡迎妳來我家，太好了。」

後來，莫音姑姑悄悄告訴了申金內幕。

姑父姜木匠當時獲得永登浦長老教會的長老轉包，在文來町製絲廠、紡織廠、製粉廠等聚集的地方承包建設五百套集體住宅，他作為建設一百套住宅工程的現場監督，正外出工作中。承包的公司當然是日本建設公司，住宅是四方形像箱子一樣的日式集體住宅。因此姜木匠每週一半以上都是在現場的工地食堂睡覺，其餘時間再抽空回家。那天是丈夫不會從現場回來的日子，所以莫音姑姑很晚才吃午飯兼晚飯，用冷飯充饑後，無精打采地坐著。她說當時正把丈夫買給她的箱型收音機放在枕頭邊，聽著有名的相聲演員——申不出表演的笑話，後來聽到外面傳來動靜。姑姑拉開房門，一邊喃喃自語，預感好像會發生事情。

「誰來了？」

雖然心裡嚇了一跳，但姑姑嚥了嚥口水，朝簷廊看去，在盡頭看到背對院子坐著的身材臃腫的女人。

「嫂子好久沒來了。」

只見朱安媳婦轉過頭笑著。

「嗯，我們家二鐵要來了，所以我正等著呢。」

「哎喲，那得趕緊煮飯了。」

朱安媳婦聽了小姑的話，若無其事地站了起來，去到廚房，然後問莫音姑姑：

「小姑，米在哪？那個磨臼又在哪？」

「最近都是吃碾米廠用機器碾出來的白米。我來吧，您讓開。」

聽完莫音姑姑的話，朱安媳婦又笑著說：

「二鐵要娶媳婦了，他會把媳婦帶來，要做蒸糕給他們吃啊。」

「嗯，好的。蒸糕和米飯都做吧。」

姑姑從罈子裡拿出糯米，把白米、糯米一起倒進鐵鍋裡。姑姑還煮了大醬湯、再把小菜拿出來，這時候，糯米飯也做好了。朱安媳婦沒有交代，她就蹲在走廊的地板上，把糯米飯放進盒子裡，用木製年糕槌搗碎。然後將豆子放在乾鍋中翻炒，再磨成細粉，均勻地撒在四方形的年糕上，切成棱角分明的形狀，年糕就完成了。年糕是一鐵、二鐵兄弟最喜歡的零食。準備大致結束後，這對姑嫂並排坐在地板盡頭，鬆了一口氣，這時聽到敲門聲。莫音姑姑趕緊跑出去迎接二鐵和韓如玉，如果當時申金也在的話，也許會認出朱安媳婦，然後對姑姑說悄悄話，假裝自己知道些什麼。但是二鐵這兩人的眼睛看不到朱安媳婦，姑姑只好裝作若無其事，但總覺得有什麼不自然的地方。韓如玉在與婆家的人親近後，從申金和姑姑那裡聽到婆婆朱安媳婦顯靈的事情，這才點點頭。難怪剛開始進姑姑家時，好像有人在看著自己，她則一直在院子裡張望。不僅如此，韓如玉說姑姑的視線無法集中在他們身上，總是朝向房間一側的角落，就覺得那裡好像有人。韓如玉甚至還這樣問道：

「隔壁房間空著嗎？」

「啊？嗯，是我的孩子們用的房間，那下面另外有你們的房間，別擔心。」

姑姑不知道如玉已經察覺到，只是這樣含糊其詞。姑姑拿出盛有年糕和蘿蔔泡菜的小盤，坐在炕上觀看的朱安媳婦甚至用只有姑姑才能聽到的聲音幫腔：

「吃年糕的時候要喝水泡菜，這樣慢慢吃的話消化才會好。」

「嗯，嫂子妳不要管。」

莫音姑姑放下小盤，回頭一看，一時衝動就說了這句話，二鐵覺得莫名其妙，於是說道：

「啊？誰？什麼不要管？」

莫音姑姑對二鐵眨了眨眼睛，含糊其詞。

「最近每天只是守著房子，自言自語的情況變多了。」

二鐵看出了蹊蹺，微微一笑。

「最近偶爾也能看到我母親啊？」

「才不是，你和你父親不是同一邊嗎？」

莫音姑姑是指二鐵和她哥哥李百萬不相信自己的話，二鐵趕緊拿起一塊年糕，嘴裡嚼著又笑了出來。

「哈哈哈，那姑姑、哥哥，還有嫂子三個人不就是同一邊嗎？」

吃完晚飯後，進入後房的二鐵和韓如玉對於只有一套被褥感到非常慌亂。

「看來是我姑姑誤會了。」

「不，沒關係，辯解的話不是更奇怪嘛。我穿著衣服，靠在牆上睡就行了。」

「我去孩子們的房間。」

那時，韓如玉頑強地勸阻二鐵。

「我們從今天開始就是夫妻了。雖然不知道會在這個家裡待到什麼時候，但我經常在祕密基地看到很多假裝是夫妻的同志，也許也就自然而然地成為夫妻。」

二鐵吞吞吐吐地癱坐在房門口。

「躺下吧。我在這一側休息。」

兩人半天沒躺下，坐著交談。

「妳可能沒有注意到，我姑姑說她偶爾會看到我去世的母親。剛才我們吃晚飯的時候，她也表現得好像母親就在旁邊一樣。」

對於二鐵本來只是好玩而說的話，韓如玉的反應出乎意料地沉著。

「說不定是真的呢？也許她是因為擔心兒子才出現的。」

「我哥和嫂子相信姑姑這種迷信的笑話。」

「那您為什麼不相信呢？」

二鐵不好意思地說道：

「因為我們是從事科學的人……」

這時，韓如玉放聲大笑。

「只要溫暖地接受就可以了，這個世界上，我們不知道的事情不是更多嗎？」

二鐵說過他當時被如玉那成熟的話語所感動。他後來被逮捕，整個青年時期都在刑務所度過，此後他經常向嫂子申金坦率地吐露自己人生的變化。二鐵和如玉竊竊私語地交談時關掉電燈，這時韓如玉輕輕發出了驚嚇聲。

「媽呀！」

二鐵問她怎麼了，如玉在黑暗中只是低聲笑著。韓如玉在電燈熄滅的那一瞬間，看到了越過敞開的房門門檻的女人背影。她曾經暗暗地詢問姑姑，二鐵的母親的身高是不是像男人一樣高，肩膀也如男人寬闊，身材是不是胖得連腰都分不清？對此，姑姑嚇了一大跳。姑姑多次對申金說，韓如玉清楚地認出她婆婆的形象。

此後，莫音姑姑堅信韓如玉是二鐵的妻子，一定是自己的家人。幾天後，姑姑帶她去找申金。在李一鐵和申金的幫助下，二鐵和如玉租到了住房。人多的地方反而比安靜的地方更安全，在鐵路沿線新開的一排店鋪後巷裡租了一間兩房的出租房。不是韓式，也不是日式，而是像人字屋頂的箱子一樣的平房，是當時屋主們建造的城市平民住宅。前面可以出租，街道方向則有出入口和玻璃門的空間，後面有一間附帶的房間，還有隔著一扇門的廚房、簷廊房和房間。如果是一對沒有工作的夫婦，周圍人們的看法也不太好，所以不管怎麼說，在前面擺攤似乎更有利。經過家人的討論，決定從朴善玉家的米糕店進貨銷售。二鐵買了一輛中古送貨腳踏車，每天早上都裝滿年糕盒，跑到市場前方的堤壩村。二鐵將朴善玉外祖父母從凌晨開始製作的發糕、白米糕、切糕、條糕、風年糕、酒糕、松餅等運回來，陳列在店鋪裡，韓如玉負責販賣。剛開始的時候，如果有剩下的蒸糕，兩人用來代替晚飯或留到第二天吃。過了一兩個月後就安定下來了，有了常客，對是否能掙到錢的擔心也為之消失。莫音姑姑覺得這兩個兄弟像他們的母親朱安媳婦，不但愛吃蒸糕，還有口福，所以經常誇獎他們。星期天在店鋪舉行男女紡織工人的讀書會。從各個地方聚集了五、六個工廠的組織者，讀書會中，二鐵會將從中央收到的印刷品或聲明書分發給他們，連結了各個聚會。

至於李二鐵和韓如玉何時能從名義上的據點夫妻到真正合而為一，家人也只是猜測男女在同一個房間裡生活的話，遲早能自然而然地融為一體。他們兩人在家人的幫助下租了房子，雖然分家出去生活，但前幾個月還是分房。二鐵和如玉分別睡在店鋪附帶的房間和內側有廚房的房間。一天晚上店鋪關門後，二鐵因為聚會外出，只有韓如玉一個人守著家。如玉收拾好飯桌，分別在外屋和內屋鋪上被褥，並在內屋抄寫文件。當時她聽到後方發出沙沙聲，內屋的門被打開，進門的卻是被褥。如玉在黑暗中看到的女人抱著被褥向房間裡伸進上半身，在黃色三十燭光的電燈照明下，身材魁梧的女子身穿寬鬆的工作褲、沒有衣帶的上衣，笑著大步走進來，並和如玉搭話。

「你們為什麼分房睡啊?既然結為夫妻，就應該一起睡啊。」

韓如玉因為曾經聽二鐵說過，所以若無其事地回答道：

「伯母，其實我們還不是夫妻。只是因為迫不得已，裝成夫妻的模樣而已。」

朱安媳婦噗嗤噗嗤地笑著，乾脆坐在內屋鋪好的被褥上。

「就是因為這樣，所以我才把被褥搬來，你們從今天開始就一起睡吧，生個孫子給我看看。」

韓如玉搖了搖頭，再一看，房裡只見被褥，朱安媳婦卻消失了。如玉不知能不能再見到她，於是關了電燈，靜靜地坐在黑暗中。但只有臨近處暑的夏夜涼風從窗戶吹拂進來而已。

她故鄉的家在能看到統營碼頭的海邊。原來是「字形韓屋和有著寬敞院子的房子，生長多年的四棵柿子樹矗立在圍牆邊。家族先人是韓醫員，所以她的父親也繼承了家業。隨著往來於全羅道和慶尚道海路的船隻增多，原本只有漁船出入的碼頭逐漸聚集了許多渡輪和貨船，港口的人口增加，韓醫院也忙碌起來。如玉的父親在院子建造了新式的二樓建築，附近島嶼和地方的患者都來這看病。二樓有好幾間實施針灸治療的房間，下面主要用作供應藥草的藥房以及客人的休息室。她每次去跑腿時，總能看到候診室裡坐著五、六個人，而與患者候診室分開的藥房則是父親和熟人暢談的場所。父親叼著菸斗，背對著屏風坐在內側，後面則由助手切藥草或煎煮草藥調劑。房間裡擺著小桌，周圍鋪著坐墊，客人圍坐在一起，有時下圍棋、喝茶，有時中午還享用碼頭的餐廳送來的麵食。

如玉十五歲那年從普通學校畢業，原本想考釜山的女子高中，但父親就像當時地方的仕紳一樣，認為女人如果學得多，就會毫無緣由地苦命。父親堅信，女兒只要在家幫忙做家務，然後遇到一個家境還不錯的男子，安靜地嫁出去，那對女人的一生來說是最安穩的保障。再加上每天圍在他身邊的港口仕紳們的想法幾乎一致，各自推薦的新郎人選也不只一兩個。就像申金一樣，韓如玉也向母親訴說自己鬱悶和哀怨的心情，母女倆經常在臥室裡待上一整天，母親也同意女兒的意見。如玉能外出的地方只有天主教會堂，她在那裡認識了外國神父和修女，經由照片和書籍開始瞭解開化的思想，最後終於發生離家出走的事情。

父親有一位朋友是擁有三、四艘船的船主，他家的兒子從釜山高中畢業後回來，兩位父親意氣相投，認為這一對男女到了婚期，是彼此合適的對象。如玉完全沒有結婚的意願，更沒有要在統營度過一生的念頭。再加上看到那個男生在短褲上寬鬆地披著浴衣，嘴裡叼著菸捲走過去之後，對他的印象極其不佳。他頭上歪斜戴著白線學生帽，碼頭上的人都能認得出這是誰家的兒子。相親時，如玉再度看到那個不懂事的傢伙，感到極度厭煩。當時兩家父母在中餐廳見面吃飯，那傢伙與如玉面對面坐著，看著她咧嘴傻笑，甚至把腳伸到餐桌下面，用腳趾觸摸她的膝蓋。韓如玉以胃不舒服為藉口，不顧父母驚慌勸阻，回到家後立刻決定離家出走。母親流著眼淚想要挽留，她也用眼淚訴苦，最終拿到母親的私房錢，坐上去釜山的凌晨渡輪，並將目的地定為之前已經決定好的東京舅舅住的寄宿房。

舅舅僅比韓如玉年長四歲，在朝鮮讀完高中後前去日本，經過兩年的預科課程之後升上大學。當然，在馬山的外婆家也是個富裕的家庭，如玉的父親偶爾也會給小舅子提供學費補助。如玉曾給舅舅寄過兩封信，因此他對外甥女出現在東京並未感到驚訝。更因為姊姊寄來的那封充滿擔憂的囑託信，讓他感到責任重大。如玉是個獨立心很強的女人，母親雖從家裡寄來寄宿費和學費，但她決心自己工作補貼學費。舅舅安排她從事自己在預科時做過的送報工作，所以她必須一大早起來，騎著自行車送報。送報員中有很多學生，大部分都是從朝鮮過來的年輕人。她自然而然地從同齡人那裡聽到有關社會主義的聚會，不到一年，她就加入了隸屬於朝鮮共產黨日本支部的共青組織。當時對於讀過書、喝過點洋墨水的留學生來說，如果不懂社會主義，就會被當作無知之人，因此如玉就像極度口渴的人喝水一樣，迅速吸收了新思潮。朝鮮的左翼書籍大多被禁，但在所謂內地的日本，革命書籍的原著不僅能出版，還可見到無數的日本學者解說書。如玉之所以放棄學業，名義上是學費籌措不易，事實上是因為共青成員大舉被捕，很多朝鮮學生被逮捕或退學，她也遭到通緝。申金經常說道：

「長山他母親只告訴過我那件事，那並非出於愛情，而是在危急的時候想抓住一根能救命的稻草。她舅舅就讀的大學同年級學生中，有一位來自群山的大地主兒子，他經常會拿出一大筆錢給學生作為聚會之用，以自己是某種革命的支援者自居。那個人喜歡如玉很久了，他剛好要回國，順便能拯救在異國他鄉陷入困境的人，對他來說算是幸運。長山母親是處女之身，先跟著他去了下關，沒有坐客輪，而是去到福岡，坐上貨輪，最後回到木浦港。」

之後韓如玉連他的父母都沒見過，那男人在群山準備房子，住了一年左右才知道他已經結婚，還有妻兒。他讀高中時就在家人的勸說下娶了媳婦，原配還生下兒子，只等著他完成學業回國。韓如玉當年剛滿二十歲，她沒有和丈夫大吵大鬧，只是冷靜地談判，拿到撫慰金後去了中國。她在中國經歷了什麼，並沒有聽她詳細敘述過。但根據二鐵向嫂子申金講述的幾件事情，可以知道她經由上海去了滿洲，之前在日本留學時的共青經歷起到了輔助作用，她應該是在那裡加入了隸屬於東滿洲的紅色國際工會組織。隨滿洲事變爆發，以及朝鮮青年尹奉吉在上海的公園投擲炸彈，炸死日軍平川大將等多名軍官的事件發生後，她才回到國內。正好當時國際黨遠東地區的一國一黨主義政策也成為像她一樣的共青組織成員回到朝鮮的契機。她經由平壤來到京城，之所以在咖啡廳當女侍，也許是組織的決定，但韓如玉卻能熟練地擔任咖啡廳女侍的工作，就像擁有與生俱來的本領一樣。她能喝酒，還能與客人們交談，但似乎沒有發生什麼特別的戀情。韓如玉是不是一個從未愛過任何人，就像枯樹一樣的女人？據申金回憶，她是一個「來不及被愛」的可憐女人。而且申金奶奶經常對兒子李智山和孫子李鎮五說：

「在那個時代，可憐的女人又豈止是一兩個？」

韓如玉在黑暗中閉著眼睛坐著，然後安靜地起身，到後院往木盆裡裝滿水洗澡。冷水從頭上流到肩膀，再流到小腹和大腿。洗完澡後在房間裡鋪上被褥躺下，兩個枕頭也並排貼在一起。在似夢非夢將要睡著時，聽到外面有動靜，也聽到店鋪玻璃門被打開的聲音。聽到聚會結束的二鐵打開外屋房門的聲音，卻突然安靜了下來。還感覺到他放輕腳步進門，站在廚房裡猶豫要不要打開內屋的門。

「我的被褥在這裡嗎？」

他問道。如玉躺著，用充滿睏意的聲音說道：

「進來吧，今晚一起在這裡睡。」

沉默了一會兒，房門被無聲地打開，二鐵進來坐在房門口。韓如玉靜靜地躺著等待，二鐵猶豫了一下，脫下衣服，只穿著內衣，躺在她的身邊。如玉轉過身來，手臂伸到他的肩膀上抱住他。雖然不知道是不是那天晚上懷上了長山，總之過了幾個月後，莫音姑姑悄悄告訴申金，如玉懷孕了。一鐵兒子的名字取自曾祖父李百萬的故鄉——江華島智山里，因此取名為李智山。根據山字輩的規矩，將二鐵的孩子取名為長山，那也是如玉故鄉附近的山名，當然那是隔年的事了。在莫音姑姑和申金的保護下，長山在父親不在身邊的情況下出生。當時李二鐵被逮捕關在監獄裡，他即將出獄的時候，長山因為命短夭折，沒能見到父親。

9

李一鐵那天乘坐貨運車到釜山後返回，從龍山站下班，乘坐京仁線在永登浦站下車。大概是中秋時節，他和小金一起買了幾斤肉，和火車司機林桑一起「盜賣車廂」後，將剩下的龜浦梨每人分了一箱。他肩上扛著箱子，一手抓住綁著肉的繩子，走向站前的廣場。一個男子經過他的身邊後停下腳步，向一鐵搭話。

「喂，你是不是李一鐵？」

一鐵回過頭來看他。他頭上戴著鴨舌帽，身穿西服上衣和長褲，雖然看起來很眼熟，卻怎麼也想不起來。

「我是李一鐵沒錯，您是？」

「呀，你這小子，我是崔達英啊！讀普通學校的時候，我們不是同班嗎？」

聽到名字，一鐵才認出他的長相。在永登浦普通學校附近的山坡對面，有一個土生土長居民長久生活的沙村，那裡有很多草屋。村子裡很多人家都養豬，達英的家裡也養了好幾頭。無論是哪一家，餵豬都是男孩子們的工作，所以崔達英的衣服上總是散發出臭水溝的味道。因為那個味道，班上孩子們也經常捉弄他。一鐵雖然已經記憶模糊，但依稀記得幫了他幾次。日本老師星期一早上實施衛生檢查時，站在崔達英面前，捏住鼻子伸出手指著教室外面。

「滾出去！」

那件事一鐵也記得很清楚。在達英還沒來得及做出反應，臉部發紅，猶豫不決的時候，老師用點名簿敲打他的腦袋，再次說道：

「畜生！馬上去把衣服洗乾净。」

那時一鐵站了起來。

「小崔家養豬，身上當然會有一點味道。」

可能是因為一鐵學習成績很好，還是模範生，老師感到有些意外，所以抑制住憤怒的神色說道：

「你的意思是說你喜歡這傢伙的味道？」

「我學過不能讓困難的人感到羞愧的道理。」

一鐵的話音剛落，老師就抽了他一記耳光。

「好啊，你也滾出去！真是個放肆的傢伙。」

崔達英一邊流著眼淚，一邊推開教室的門跑出去，一鐵也跟著走了出去。兩個男孩跑到學校圍牆邊的洗手檯，達英脫掉上衣後，邊脫褲子邊喃喃自語：

「幹！看我會不會再餵豬吃飯。」

達英打開水龍頭，把上衣和褲子揉成一團，他只是站著往下注視那團衣物。一鐵脫掉鞋子，捲起褲管，開始用雙腳踩他的衣服。看到一鐵如此做，達英也一起踩起自己的衣服，這時少年們才露出了笑容。

「聽說你進入鐵道局工作了。」

崔達英拍拍他的肩膀說道，一鐵也高興地上下打量對方。從穿戴來看，他並不是普通的勞工，應該是在辦公室工作的人。

「你在哪裡工作？」

崔達英隔了一會才說：

「啊？我在……我在殖產銀行工作。」

一鐵知道他勉強才從普通學校畢業，所以心裡有點吃驚。說到殖產銀行，那是直屬於總督府的東洋拓殖會社和負責殖民地經濟部門的國家機關。大部分的幹部都是日本人，如果不是畢業於專門學校以上的朝鮮人精英，是很難進入這家公司的。

「哇，你真了不起。你是怎麼進去那裡工作的？」

聽到一鐵的感嘆，崔達英撓著後腦勺說道：

「其實我不是正式職員，只是個下人罷了。」

一鐵聽到他以下人或傭人自居後，笑著說道：

「我們朝鮮人在哪裡工作不都是下人嗎？」

「我們好不容易才見到面，怎麼能就這樣分手呢？找個地方去喝杯酒。」

一鐵暫時放下裝有梨子的箱子，從上衣口袋掏出懷表看了看。快七點了，一家人該聚在晚飯桌前坐下來了。但無論如何，家裡都配合父親的晚飯時間，所以申金應該已經收拾飯桌了。對於因加班和排休，所以回家和上班時間不規律的他來說，這樣的事情經常會發生，所以妻子也認為理所當然。

「還是火車司機大人比較好，還帶著那麼好的懷表。」

崔達英豪氣地穿過站前廣場，走進日本居民集中的本町通路。李一鐵過去雖也經常沿著外圍的大道——站前中央路經過此處，但真正進入這個區域至今還屈指可數。他們走進門前掛著帷帳的居酒屋，一走進去，在廚房工作的男主人用日語大聲喊著歡迎光臨，並跟他們打招呼。崔達英先坐進裝有半人高隔板的內側角落座位，從他向在大廳工作的日本中年女性舉起一隻手打招呼看來，他似乎是這家店的常客。崔達英脫掉上衣掛在旁邊，一鐵看到他腋下的皮套裡插著一把左輪手槍，於是無言地瞧著崔達英。

「其實我不是在銀行工作，我是警察。剛才瞎編隱瞞，對不起。」

崔達英也許是為了說這句話而故意脫掉外套。一鐵心裡雖然感到驚訝，但並沒有表露出來，最先想到的就是弟弟二鐵的臉孔。他記得妻子說最近二鐵發生了一些緊迫的事情，還說幫忙找到與他帶來的女人一起生活的房子，因此一鐵決心要和坐在面前的崔達英交好。

「搞什麼啊，都變成大人物啦！我得小心了。」

一鐵故意用誇張的聲音表示驚訝後，崔達英的態度與在路上遇到時完全不同。

「我在遠處幾次看到你穿著鐵路學校的校服走過。」

「那你為什麼不像今天一樣叫住我？」

「鐵道局的火車司機是連內地人都羨慕的職業，你剛才不是說過所有朝鮮人都是下人嗎？」

一鐵瞬間忘了要回答的話，撓了撓頭。

「那什麼……是你先說下人的嘛。」

崔達英拍著一鐵的肩膀笑了。

「我是開玩笑的，反正我們倆現在過得都還不錯。」

「我從事的是危險的工作，但你真是搞出名堂了。」

崔達英點了生魚片和火鍋料理，還點了兩瓶清酒。幾杯酒匆匆下肚後，崔達英說道：

「你以為我忘了吧？跟你在自來水管邊用水沖洗沾了豬糞的衣服那件事。從那以後，我就覺得如果我有朋友的話，就只有你一個。」

「我都忘記了。你能那麼想，真是太感謝了。」

「你看，我從來都沒有忘記過。後來在畢業典禮上，你連我都不屑一顧。」

一鐵以為普通學校畢業典禮那天，幾乎不會有人記得自己做了什麼。自己那天做了什麼？拍了團體照，每個人預約的攝影師拍了三張和幾個朋友或家人的紀念照，然後各自分手，前往中餐廳或直接回家。經濟還不錯的家庭會像舉行生日宴會一樣，邀請朋友來，準備烤肉和煎餅。他特別記得崔達英，但沒有一起拍照或邀請他回家。也許崔達英只是遠遠看著，無法加入。那天鰥夫李百萬當然不可能把自己的朋友邀請到家裡舉行小型宴會，好像只是把他帶到中餐廳，和莫音姑姑、二鐵等家人圍坐在一起吃了炸醬麵或烏龍麵。

「像你這樣的模範生可能不會知道，我之所以能走到今天，中間經歷了多少坎坷。」

聽到崔達英的話，一鐵真心感到抱歉地回答道：

「是啊，應該很辛苦吧？我嘛，只是按照老師教的考完試再升學而已。」

「像我們這種人，也只能忍受各種謾罵，一步一步地爬上去。對主子忠心耿耿地侍奉，他們才會提拔我們。」

一鐵很自然地想換個話題。

「對了，你父母都好吧？」

「父親早就過世了，母親帶著妹妹們住在道林町。一個妹妹馬上就要嫁人了，小妹則打算讓她找份工作。對了，你弟弟二鐵做什麼工作呢？」

「從工廠辭職之後，開了家店鋪做生意。」

「怎麼了？你爸爸和你都是鐵道局職員，那小子跟我一樣，跟學習有段距離啊？」

崔達英拍著自己的胸脯再次說道：

「像我一樣參加警察或憲兵助理考試就好了。」

「就是嘛，聽說最近的競爭率超過二十比一，得像你這樣腦筋轉得快的人才能合格吧？」

聽到一鐵的話，崔達英咧嘴大笑。

「你以為是讀書考進去的啊？那個都沒有用。表面上雖然有這樣的公告，但特別聘用才是捷徑。」

一鐵心想今天既然見到了崔達英，就將整個晚上的時間都給他，所以兩人悠閒地喝著酒。

事實上，崔達英在幾個月前才接到從巡警助理正式晉升為巡警的命令，因為他立下了總督府警務局認可的大功。金亨善被捕那天，在方又昌的集體宿舍中潛伏了幾天並且跟蹤他的偵探就是崔達英。不是所有巡警助理都能隸屬於高等係擔任偵探，不過他從十幾歲開始就自告奮勇當日本警察的幫凶。

達英從普通學校畢業，之所以出來找工作，是因為當時以養豬維生的父親病故後，他背負了整個家庭的生計，而且這個家庭除了他以外，都是女人。在家裡，母親和兩個妹妹繼續從事父親留下的養豬工作，達英在飼養的豬隻長大後，親自屠宰並販售。起初是將豬隻以批發價賣給屠宰戶，後來發現直接宰殺後出售，利潤會更高。父親活著的時候，他們在住家旁邊的院子裡豎起幾根柱子，打穿豬的耳朵，將豬隻拴在草繩上飼養，因此全家人的生活都和豬隻的糞便、氣味交融在一起。

少年崔達英到里長那裡說明自己的情況，並請求借用距離住家較遠、位於村莊山坡的一個角落，以每年端午節宰殺一隻豬分享給村民為條件，毫無困難地租下土地。達英在山坡上挖掘土洞，前方圍著松樹籬，建起了頗像樣的養豬場。從那時起，豬隻的數量從不到十頭增加到二十頭左右。達英在養豬場旁邊搭起一間小屋，晚上、白天都住在那裡。每到吃飯的時候，妹妹們就會來換班，或者將蒸地瓜、馬鈴薯等食物送過來。永登浦市場附近或道林川對面也有屠宰業者，每次宰豬時都要和他們約好，交給他們一部分肉或支付適當的費用，將他們請過來。

達英察覺到如果自己來的話，所有的事情都能賺錢，於是用心學會了駕馭豬隻的方法。趕豬前行時，將繩子綁在尾巴上拉動，然後另一隻手拿著竹鞭，拍打豬隻往前走。去勢或屠宰前，防止豬隻跳動的方法也很簡單。豬隻要想用力，必須抬起下巴上下搖晃，如果把牠們的嘴巴綁緊，就會一下子失去力氣。殺豬這件事也必須培養一些膽量。如果在養豬場宰殺，以後其他的豬隻就不會聽主人的話，所以必須將豬隻拉到遠處的院子前面。那裡離水井很近，可以燒水處理豬隻。把豬隻趕來之後，用鏈子拴在院子的柱子上。這時，豬隻也已經知道自己死期將至，咯吱咯吱地拉屎，並且跺著後腳，哇哇吼叫、搖晃。這時必須拿鎚子，上面綁有拳頭般大小的鐵塊，將其藏在身體後面，沉著地靠近適合瞄準豬隻頭部的距離，不可留下太長的間隔，在一口氣之間快速地用鎚子敲打豬隻額頭。額骨凹陷的豬隻突然昏厥時，立即用磨好的刀割喉。擔任助手的大妹會拿著水瓢和桶子過來接豬血，如果覺得豬血快流乾了，就把死豬翻過來，使其肚子朝天，切下豬頭，並從脖頸處一直割到肛門，清理內臟，然後倒入滾水，用磨好的刀將硬梆梆的毛刮掉。

不僅是殺豬，飼養工作也很辛苦，養豬能否成功，關鍵在於如何獲取飼料。碾米廠生產的所有穀物麩皮，玉米、高粱等的莖稈，飯店的廚餘，豆腐工廠、油店釀造廠生產之後剩下的豆腐渣、油渣、芝麻等，都得去載回來。不僅如此，還必須去涼粉店要到橡子殼，因為吃了橡子的豬隻肉質會變得軟嫩。父親生前有幾處固定購買飼料的地方，少年崔達英也到處尋找，於是認識的飼料業者慢慢增加，養豬的飼料問題勉強解決。飼料採購的訣竅在於必須將勤勞和經商的本事結合在一起，有時得拉著手推車在一天內去數十個地方，只要有一點時間，就得去供應商那邊轉轉，有時還要遞上一包香菸、幾斤肉，有時還得用幾分錢作為酬謝。

他之所以對這些事情產生厭煩，繼而放棄養豬事業，很大程度上是因為白順。

白順是誰？是他養的母豬的名字。奇怪的是，白順是被叫作黑豬的土種母豬所生的八頭仔豬中的老么。牠之所以被主人發現，首先是因為在兄弟之間身材最小，走路搖搖晃晃，而且毛色不同。還好豬通常是屠宰後販賣，如果活生生地放在家畜市場，因為不是純種黑毛，很容易被抓到把柄。飼養豬隻時，通常都是公豬、母豬分開，母豬和小豬也分別飼養在不同的豬圈中。因為交配時間頻繁，公豬、母豬一起養的話很難長胖，母豬和小豬一起養的話，母豬為了餵小豬，會克制自己的食量。過了哺乳期之後，得趕快把小豬從母豬身邊移開。也許和黑豬交配的公豬是當初從日本引進與外來種混合的品種，牠們的腹部和後腿上可見白毛，八頭幼豬中有兩頭也因此混有白毛。其中一頭是公的，體型正常，另一頭是母的，身體比兄弟們小得多，體力也不足，總是被擠到角落。吃奶的時候，總是不能夾在其他貪心的小豬身邊，只能被擠到母豬後腿，沒有機會吃奶。

崔達英給這頭小豬取名為白順，還把牠放到母親的乳頭邊，讓牠能順利吃奶。在斷奶後，把牠抓到籬笆外單獨餵食，精心飼養，六個月後，成長為比其他兄弟身材更大、更結實的母豬。不知道是不是因為受到主人的特殊照顧，抑或天性就是如此，只要叫白順的名字就能聽懂。如果為了餵食靠近豬隻，其他的豬就會撲向食物桶或瓢子，大聲吵鬧，但只有白順搖著尾巴走過來，把嘴巴湊近達英的褲管，顯得非常高興。有一天，崔達英發現白順真的能聽懂自己的話。在天氣晴朗的春天，遠處的田野升起薄霧，在陽光明媚的中午時分，用豆腐渣和米糠混合清水倒進食物桶裡給白順吃，他則靠在籬笆上站著，然後像往常一樣自言自語地對白順說：

「多吃點豆腐渣吧，凌晨拿回來的，應該還是溫的。」

白順咕嚕咕嚕地翹起嘴，用笑臉回答，但達英卻聽懂了那聲音。謝謝爸爸，太好吃了。白順明明就是這麼對自己說的，崔達英嚇了一跳，再次和白順搭話。總之，這些內容也是很會說古老故事的申金從丈夫李一鐵那裡聽來的，經由兒子李智山傳給孫子李鎮五，所以應該很誇張。但因為有人記得當時崔達英帶著白順去拿飼料，所以好像也不是很荒唐。崔達英對白順這樣說道：

「我們家白順每天被關在籬笆裡，應該很鬱悶吧？」

白順咕嚕咕嚕地回答：

「是啊，爸爸。以後去市場的時候要帶我去哦。」

崔達英說，因為太過驚訝、荒唐，又很高興，還擔心是不是因為自己屠宰了很多豬，所以被鬼魂給迷住了。他告訴來換班的大妹這個驚人的事實。

「哇，我到今天才知道我們家白順能跟我講話。」

妹妹呆呆地看著哥哥的臉，搖頭低聲說道：

「太可憐了，你不要再養豬了。」

她以為哥哥受夠了這樣又髒又累的工作，在胡說八道。

「妳好好看著，我跟白順說話。」

崔達英用真摯的表情看著白順，並下達了命令。

「好好聽爸爸的話，妳現在跟姊姊打個招呼吧。」

「什麼呀，這輩分還真特別。哥哥是父親，我能是姊姊嗎？」

「妳別吵，來，白順啊，跟姊姊打招呼。」

但不知為何，白順只是把頭埋進飼料桶裡，津津有味地吸著米糠粥而已。妹妹說道：

「哥哥，快去吃午飯吧。你應該是肚子太餓，腦袋才會變成這樣。」

崔達英說，那時他才意識到只有自己一個人的時候，白順才願意跟他溝通。從那以後，崔達英再也不將鏈子綁在白順的脖子上，直接把牠從豬圈裡放出來，推著手推車去市場時，已經變成中型豬大小的白順一直跟在他後面。從村子經過車站前再走到市場是不近的距離，但路過的商店老闆和行人為了觀看這個奇異的景象，都只是呆呆張著嘴站立。孩子們有時跟在後面，有時還想開玩笑，但聽到崔達英的喝斥聲後逃跑。像狗一樣跟在人身後的豬隻在永登浦一帶變得十分出名，大家也都知道牠的名字叫白順。市場的商人看到崔達英的推車和豬隻出現，都高興地喊「白順啊，白順啊」。在市場商販中，無論自己賣的是地瓜還是南瓜，反正只要是豬喜歡的食物都會給牠吃，還鼓掌說豬吃得真香。當白順吃得太多、肚子太飽的時候，牠就會接過食物，叼給父親，崔達英則大聲回應，說聽懂牠的話了。

「哎呀，是不是妳吃飽了，要留著待會吃？讓爸爸保管一下？」

此時市場商人總會鼓掌，哈哈大笑。

有一天，白順可能身體不舒服，躲在土窯裡不出來。達英打開豬圈進去一看，只見白順四腳併攏，側身倒躺，微微地喘著氣。

「白順，妳怎麼了？哪裡不舒服？」

聽到這話，白順咕嚕咕嚕地回答：

「哎呀，可能是吃壞肚子了。」

大妹從幾天前一直這麼說，白順總是把身體往柱子上撓，用前爪挖地，非常不尋常。剛開始以為沒什麼，但健康似乎出了大問題。達英跑到小溪對面的另一個畜舍，主人是飼養數十頭牛和豬的老練農民，在父親生前就是互相幫助的同伴。大叔與慌忙前來的達英一起到豬圈查看白順。

「這就是總跟在你後面的那頭豬吧？」

「是啊，牠很聰明，比狗強多了。」

「好像是吃壞肚子，或者是在外面感染了疾病。」

大叔歪著頭再次說道：

「你沒聽到傳聞嗎？聽說口蹄疫在京畿道一帶蔓延。」

「那怎麼辦？」

「什麼怎麼辦，在傳染給別的動物之前趕緊殺掉。」

「殺掉？把白順殺掉？」

「咳，真沒見過這麼不懂事的人。怎麼會給豬起名字？你現在趕快把牠殺掉，把肉也賣了。」

大叔好像根本沒發生什麼事似地哈哈大笑回去，也沒有像以前一樣，提議以幾塊肉為報酬代為宰殺。因為他知道，崔達英會親自動手。

大妹擔心地望著白順的方向說道：

「哥，快動手啊！」

「噓！安靜點，妳想讓白順聽到啊？」

妹妹無語地望著天空笑道：

「真是奇怪啊！光靠養豬能養活我們一家人嗎？」

妹妹氣呼呼地轉身回家後，崔達英在白順旁邊蹲了好久。大約過了一頓飯的時間，他拿著工具，推著手推車又去了豬圈，可能是因為擔心，妹妹也拿著桶子跟在他後面。白順的氣力比剛才更虛弱，嘴裡吐著白沫。在把豬隻裝進手推車之前，崔達英小聲說道：

「白順啊，得送妳上路了。」

話一說完，原本毫無動靜的豬隻開始搖頭，並搖了幾下尾巴，咕嚕咕嚕地叫了起來。崔達英的耳朵裡聽到白順無力說話的聲音，爸爸救命啊，我的病會好的。

「喂喂，幫我把牠的後腿抬起來。」

妹妹嘴巴裡嘮叨個不停。哥哥抓住白順的上身立起來，她則到豬隻下方，抓住白順的後腿哎呦喂呀地叫著，好不容易才把白順拉上手推車。

「哎呀，還好只長到這麼大，要是再大點怎麼辦？」

崔達英把白順帶到住家前院，綁在柱子上，沒有用鎚子擊打，直接讓牠躺在地上，崔達英用尖長的刀刺向白順的脖頸，然後往側面旋轉。因為已經沒有氣力，白順沒有發出聲音，就此死去。妹妹立刻拿桶子盛血，崔達英把刀子扔了出去，跑出家門。平時看著哥哥屠宰的妹妹把媽媽和小妹叫來，接續剩下的工作。從那以後，達英對養豬感到厭惡，也不想靠近豬的身邊，更是一口豬肉都不吃了。崔達英在說完這可笑卻又悽慘的故事後，對李一鐵說了一句：

「じつよう，我後來才學會這句話。」

崔達英接著說道：

「じつようほんい，就是實用本位。無論在哪裡，日本上級都這麼教我。無論是人情還是義氣都是垃圾，如果把這些全部清除掉，大腦也會像空房間一樣整潔。」

一鐵只是默默地看著他。

「好好吃飯，好好生活，難道不是人出生的理由和本分嗎？這有什麼不好的？我決心要變得更強，所以最先付諸實踐。」

崔達英有一天去站前派出所拜訪曾見過面的日本刑警森。過去他曾把豬肉賣給常去的店家，結果違反了屠宰法。以前雖也是如此，包括在日本帝國主義進入朝鮮後，對於在農村舉行結婚、花甲、葬禮等喜事或喪事以及村祭時，宰殺豬、雞等家畜與在現場的家人和鄰居分享的事情是默許的。但私自屠宰或以商業為目的，向民眾出售肉品則嚴格禁止。像牛之類的大型牲畜，主人是很難親自宰殺的，但豬和山羊則是任何人都可以宰殺。養豬戶只能用批發價把豬隻賣給得到政府許可的屠宰商，或者借用其手進行屠宰，並將肢解的豬肉賣給商家。但是經過這樣的過程，利潤幾乎僅剩三分之一，所以畜產農民直接進行屠宰的情況所在多有。達英在凌晨把蓋著草袋的豬肉裝在手推車上，在市場內來回叫賣時，在某個醒酒湯店門前被森刑警逮個正著。森的朝鮮語發音雖然有時讓人覺得他的舌頭很短，但還算熟練，他的朝鮮語實力相當於只有普通學校畢業的崔達英的日語實力。

「過去一直對你通融，但今天不行了。這些東西都得沒收，你去坐牢吧。」

「請放我一馬，我不會忘記您的恩情的。」

「是嗎？如果我放過你，你要用什麼來報答？」

森大喊一聲，緊貼著崔達英的臉，達英下意識地說道：

「有的店家在賣私釀酒。」

森刑警並未顯得特別高興，只是不情願地說道：

「那又不是只有一兩家在賣，得抓住釀造的人啊。」

「他們還祕密製造燒酒。」

與屠宰相較，私自釀酒的罪行更加嚴重。朝鮮人自古以來村裡就會為集體祭祀一起釀酒，而各家為祭祀、喜事、喪事等，也會釀酒。自從被日本占領後，鹽、菸、酒類成為專賣品，私自釀酒成為必須嚴加管制的事項。滿洲事變後，中國大陸持續發生非正式的戰爭，因此在鼓勵產米增糧運動的時局下，白米更應該節省，不能用酒麴任意釀酒。更何況釀造清酒和燒酒消耗的白米數量比米酒更多，因此需要接受當局的管理。嗜酒的人認為與燒酒相比，米酒只會讓人覺得喝飽，與肉類、海鮮等下酒菜不合，所以都會各自尋找燒酒。私自製售燒酒可獲利數倍，所以可處以逃漏稅的重罪。

「你在前面帶路，我們去看看到底是不是真的。」

森刑警帶著派出所一名朝鮮助理，讓達英在前方帶路，他們去到堤防村。那是位於市場東北側的村落，隨著集市的擴張，增加了大小不一的營業場所，例如豆腐工廠、豆芽工廠、磨坊、油店、釀酒廠等。崔達英在前面帶路時，雖一度後悔，但隨即改變了想法。釀酒廠是父親過去獲得酒糟飼料的商家，現在也是達英每隔三、四天就得去一次的地方。他獲得酒糟的代價是每次去的時候，都得把結束工作的工廠打掃乾淨，再把酒缸和罎子清洗乾淨，將之搬到院子裡曬乾，有時會給工廠工人一些豬內臟作為下酒菜，所以他覺得沒有欠對方什麼。到了釀酒廠，森把工廠裡的三名工人和老闆叫到前院，自己和助理一起翻找。釀酒廠內有一個大工廠和兩個隔間，根本不用多加察看就找到了蒸餾燒酒的地方。另外還在倉庫裡發現剛包裝好的燒酒瓶，以及裝有瓶子的木箱。崔達英當時只是用手比劃，然後就逃走了，此後釀酒廠關閉了近一個多月。達英對事情後續如何處理感到好奇，在經過派出所時，露出腦袋偷窺。森刑警在裡面看到他，把正要轉身離去的達英叫住。

「喂，你進來一下。」

達英走進派出所裡，身穿制服的巡查長坐在最裡面，森和另一位穿著制服的巡士，還有兩名助理坐在窗邊的長椅上，好像剛剛才結束會議。他們當中只有巡查長和森刑警是日本人，巡士和助理看起來分明是朝鮮人。森向巡查長介紹崔達英。

「這個傢伙就是我說的那個孩子。你跟派出所長打個招呼。」

崔達英沒有多想就彎腰打招呼。巡查長問道：

「你叫什麼名字？」

「崔達英。」

派出所長原想跟著他發音，但卻停了下來，對森說：

「幫他取個名字。」

森向崔達英問道：

「你說你住哪裡？」

「我住道林里。」

「你是說那個山丘下的村子？」

森想了一會兒，若無其事地說道：

「你的名字從現在開始叫山下。」

巡查長又問道：

「今年多大？」

「十八歲。」

他們可能是就密告釀酒廠私釀燒酒事件的朝鮮少年交換了意見。森和巡查長互相點頭，森說：

「山下君，我們想讓你在這裡工作。」

「啊？在這裡工作……」

「你從今天開始就是我們派出所的跑腿，月薪是十五元，但是因為還有外快或獎金，所以一個月大概會有三十元的收入。你覺得怎麼樣？」

崔達英在心裡盤算著，半天沒有回答，森從上衣口袋裡掏出鈔票遞給他。

「這是上次的工作獎金，二十元。下次如果好好幹，就按你的功勞發獎金。」

達英接過二十元錢，稀里糊塗地回答道：

「是，我會努力的。」

一個月三十元，那是從普通學校畢業，經過二十比一的競爭，通過巡士考試，成為巡士助理之後才能拿到的薪資。達英後來才知道，派出所的朝鮮人巡士助理並非正式被任命為巡士助理，而是像崔達英一樣成為內線，上了年紀後才被稱為巡士助理，他們和自己一樣，只不過是臨時雇員而已。但比起真正的巡士，他們如果前往一般市井街道，能夠對朝鮮人行使更大的權力。朝鮮人把這些人稱為走狗、爪牙或狐狸。如果擔任親日團體的首長，朝鮮人會把這些掌管走狗的各機關委托人稱為山雞。這些人以公安機關用語稱為偵探或密探。韓日合併當時有憲兵三千多人、警察二千六百多人、憲兵助理四千八百多人、巡士助理三千多人、偵探三千人。憲兵助理和巡士助理也以遂行密探功能為主，加上偵探的話，共有一萬零八百多人。如果再加上憲兵和警察每人兩名個人密探，全國範圍內的人數大約是兩萬五千多人。為了獲得這樣的職位，每年都會舉行二十比一的競爭，如果加上未能獲得錄取，在暗地裡遂行潛在走狗功能的人，那麼這個數字將會達到數十萬。如果說有一群人捨棄家產和家人，冒著生命危險與日本帝國主義鬥爭，那麼有更多的人成為敵人的走狗，貪圖幾分生活費和微小的權力。

密探的種類大致分為四種。第一是像崔達英一樣，他們被稱為雇用密探，被薪資或獎金所迷惑，充當個人或機構的職業情報員。像他這樣的人可以分為警察署、憲兵隊、特務機關等僱用的密探，以及擔任巡士或憲兵情報員的個人密探。第二是臨時的委託密探，為了某一事件或情報所需，只有在必要的時間進行密探工作，這種人多半也是貪圖獎金。第三是告密者，也可說是準密探，這與單純因利害關係或怨恨而主動提供情報的舉報者有所區別。舉報者是問話後才回答，比較被動，因此提供情報的行為沒有必然的利害關係。第四是巡士或憲兵根據偵查、訊問的需要，利用職務之便進行密探。他們偽裝成平民或活動人士直接滲透，或者利用自己的個人密探間接獲取情報。機關為了確認密探的情報，有時也會對密探進行偵察。在這四種類型中，最常見的是雇用密探和委託密探。其中不乏可以稱之為密探業者的大人物，這類人經常會歷任「一進會」[1]等親日團體的幹部，或是在獨立運動團體中變節的人，甚至受到總督府警務局、日本外務省委託，接受職位，以地方仕紳或權力者的身分自居。

崔達英雖隸屬於永登浦站前的派出所，但活動範圍不限於永登浦地區。東北從鷺梁津、龍山開始到西南的富平、仁川，南邊則從冠岳山到始興、安養。根據案件的種類，有時必須出差，而根據潛伏、跟蹤、滲透等工作的形態，有時還必須變裝。剛開始一兩年，他是森巡警的個人密探，主要去打探犯罪情況。雖然根據直屬上司森巡警的調查指示行動，但是隨著經驗的積累和技巧的熟練，他自己也會尋找獵物，獲取個人利益。他帶著一個後輩助手，指示他跟蹤賭博公司的組織。一般只要到延坪乾黃花魚市開始的春天，他就會到仁川沿岸碼頭，伺機取締船主的賭博行為。冬季農閒時期，他就會襲擊始興、金浦、高陽等京城周邊的富農賭場。所謂「公司」是指有賭博前科的專門賭徒根據特長聚集在一起的犯罪組織。「技師」以敏捷的手藝更換或隱藏花鬥牌，給予對方需要的牌，並果斷地押賭注，然後將之一掃而空。「助手」則偽裝成憨厚的賭徒，加入賭局，並進行慫恿，幫助技師行騙。「主人」則準備場所並提供賭本；「契主」則負責召集有錢並喜歡賭博的顧客。他們一組大概有三、四個人，多的話有七、八個人。這樣的組織和方法也大都經過了開化期，賭博的道具從朝鮮時期的抓甲和紙牌，受到日本賭徒的影響變成了花鬥。起初崔達英闖入賭場，利用沒收賭資、加以釋放的方法從中獲利。幾經嘗試後，他與公司的契主達成協議，亦即公司通宵開設賭局，到了凌晨時分，賭注就會大量積累，這時突然進行突襲，沒收賭徒們贏的、攜帶的錢，有時將他們釋放，有時讓他們逃跑，只將賭注吃下來，代之以保障公司的營業行為，賭徒和管控他們的警察成為一夥。崔達英可謂是實行實用本位的高手，每件獲益都上交給森。大約三年後，山下的能力被警察總署所熟知，職務也從刑警的個人密探，經由正式特招成為巡士助理，並被調到高等係，這是發生在前年的事。

崔達英來到高等係還不到一年，就在事先揭發、粉碎了永登浦絲屋町製絲工廠的反動罷工。永登浦高等係的稽查目標是根據工廠地帶的特性，事先掌握工人的罷工或抵抗，並逮捕潛伏其中的共產主義者。進入一九三〇年代後，滿洲地區經常發生武裝鬥爭，農村的租佃爭議與工廠社會主義者的罷工事件在全國蔓延。崔達英雖然是巡士助理，但是署裡讓他擔任組長，並指派另外三個巡士助理聽從他的指揮。崔達英的上級指揮是高等係的日本人科長松田警監。達英領軍的山下密探組經常不到警察署上班，而是分區域進行調查後，晚上聚在一起分享情報。崔達英沒有那麼傻，他不會去三家製絲工廠聚集的絲屋町現場查察。如果他真的去了，很明顯地只會被女工們注意到而當作可疑的人對待。製絲廠屬於轉包工廠，與紡織廠相比，環境更為惡劣，但熟練工年齡較大，薪資稍微好一些。因此在楊平町一帶有很多女工租一個單間房，裡面住兩、三個人，也可以自己做飯。崔達英在這個地區的入口處擺起路邊攤，專門販賣菊花餅。

由崔達英和三個巡士助理組成的山下偵探組，以楊平町十字路口的菊花餅攤位為根據地，進

1　一進會創立於一九〇四年八月，是大韓帝國時期具有代表性的親日團體。

行潛伏任務。女工們三五成群地來到攤位，站在陳列架前購買菊花餅吃，或者買一袋剛烤出來的餅回住處。在此段時間，密探的首要任務是傾聽嘰嘰喳喳聊天的女工們的對話。如果覺得出現重要線索，那些偽裝成路邊攤助手在一旁等待的助理就會跟蹤她們，記住她們的住處，在深夜走到她們房間的窗戶旁邊，偷聽她們的聲響。他們得知工廠有讀書會，並暗中調查、打聽出讀書會的成員是哪個工廠的什麼級別，後來得知以製絲廠為中心，讀書會至少有三個之多。山下偵探組自信地表示，只要集中力量調查最初找到的讀書會，一個月之內就能經由調查揭發與他們有關聯的其他聚會。永登浦警察署高等係的松田警監再次晉升為崔達英的直屬上司，指派成為巡士長的森為班長，拘捕製絲廠女工們的讀書會成員。他們在潛伏期間掌握了讀書會聚會的場所、日期和時間等。週六晚上七點左右，森、崔達英以及三個巡士助理緊盯著她們聚集的楊平町一戶人家，各自就位。

製絲工廠讀書會是與李二鐵路線不同的組織，是金亨善進到韓國後，散發文件、傳單和黨報等，並以此為基礎緊急組建的工廠組織。這些細胞組織是由其他國際組織建立的，與曹永春、方又昌有連繫，他們在李二鐵等人領導的紡織廠罷工期間偶然知道了彼此的存在。讀書會還不是能接觸核心的組織，而是下部細胞組織，但如果組織鬆散，就會像挖馬鈴薯一樣，將底下的根莖拉扯出來。偵探們各自走進那條巷子，森站在巷子入口處，像在等人一樣抽菸，看著手表；一名助理進入巷子後方，守在鄰居家的圍牆前，以防有人翻過那道牆逃出去。崔達英站在路邊的窗前側耳傾聽，聽到有人似乎在讀什麼的低沉聲音。似乎是一個人在讀，房間裡的其他人聽著一樣。崔達英下巴一扭，助理走到大門口。崔達英和另一名助理站在大門兩側，助理敲響大門。裡面的朗讀聲中斷，沉默了一會，只聽聞女性的聲音傳出。

「是誰？」

「我來送電報。」

房間裡再次安靜下來，然後聽到有人走近大門，拉開門閂，大門稍微打開的瞬間，他們猛地推門進去。森不知何時來到大門前，崔達英和另兩名助理同時打開房間的推拉門，穿著鞋就跑進房間。房間裡共有六名女工，一眼看去，除了推拉門之外，路邊的小窗戶是唯一出路。她們當中也許有人會進入內屋的院子，越過房子後面與鄰居家之間的圍牆後逃跑，但當時措手不及，這些女工簡直成了甕中之鱉，被一網打盡。由於房間裡無處藏身，她們手中的文件和書籍都被沒收，所有人都被戴上手銬，用繩子捆綁在一起。森走進內屋找房東，看起來約莫五十多歲的大嬸瑟瑟發抖地求情。

「我只是像別人家一樣，把房子租給女工們，沒有犯其他的罪。」

「妳把房子租給反動分子，得接受調查。」

房東也被戴上手銬，共有七人被帶到警察署，由於支援車輛在三十分鐘前趕來等候，所以分乘兩輛車，森和崔達英同一輛。助理三人將內屋翻遍，查找是否還有其他隱藏的反動文件。

日本警察的幹部大部分是齊藤總督之前出身憲兵的人，施行普通警察制後，對朝鮮人被逮捕者的拷問和酷刑仍然延續下來。憲兵根本不在乎現場逮捕的朝鮮人審判或犯罪的輕重，從鞭刑到即決判刑，他們進行無法無天惡行的傳統在實施警察制度後依然存在。在宣布《治安維持法》後，如果在起訴後的審判過程中，被告推翻供詞，或提出因拷問而被強迫製作調查報告等異議，就會被再次帶到拷問室遭受酷刑，審判或司法正義從一開始就不過是虛有其表的形式而已。此外，《治安維持法》宣判被告進行獨立運動的最終刑期，在服刑結束後，也可以以維持治安為藉口延長拘留，進行保護留置。警方知道，逮捕活動人士或不逞之徒，第一天的二十四小時是最重要、最緊迫的時間。他們知道，只要被捕者堅持一天，他的同志們就能獲得銷毀嫌疑證據或逃走的時間。

被逮捕者帶到警察署後馬上開始進行拷問也是基於這個原因。嫌疑愈嚴重，拷問就愈急迫、野蠻。只是為了掌握情報而保留嫌疑犯的性命，即使因拷問後遺症致殘或死在獄中，也沒有人會為此負責。更何況當局對於社會主義派系的處理原則大部分都是「可以殺掉」，因此「可以殺掉赤色分子」這句話成為了長期的調查慣例。日本人主要是接受報告，只有在被拘禁者是大人物時才會親自出面，大部分情況下，拷問室的現場負責人都是朝鮮人巡士或巡士助理。因為他們同樣是朝鮮人，非常理解被拷問者的感情紋理，很容易掌握他們的內心世界。同樣的話語因為朝鮮語解釋不同的微妙差異，也只有朝鮮人才能分辨出來。最重要的是，讓朝鮮人成為朝鮮人的敵人，對日本來說反而是一件有利的事情。

當女性小組讀書會成員被拘捕時，警察署內部就會開始興奮起來。這意謂著可以像野獸獵食的巢穴一樣，舉行盛大的宴會。女性被逮捕時，最先被要求的就是脫光衣服。男性也一樣得脫掉，但女性赤身裸體本身就是無法忍受的恥辱，因此如果沒有從一開始就做好接受所有酷刑的準備，精神會為之崩潰。

拷問有很多種類，一是由幾個傢伙圍在一起用棒子不斷毆打；二是用帶鉛塊的鞭子抽打赤裸的身體；三是把木棒夾在膝蓋內側，跪在地上，踩其大腿；四是將手臂和腿部往後扭轉，綁在棒子上吊起來毆打，或長時間放置的「烤全雞」；五是將綁在桌子和桌子之間的身體加以擠壓或毆打的「漢江鐵橋」；六是「辣魚湯」，亦即在被拷問者的鼻孔內灌進泡有辣椒粉的水；七是「水鬼」，亦即將人綁在椅子上，用潮溼的抹布蓋住臉灌水。還有用竹針釘入指甲與肉之間；將電棒或棍子插進男女性器中；用烙鐵燙烙等。這些殘酷的拷問翔實記錄在活動分子的回憶錄中。最輕的拷問是將手動電話的電線纏繞在潑了水的溼手指上，然後轉動發電手柄。這樣的拷問是日本帝國主義的遺產，在國家解放後，在對待政敵時仍肆意實施長達數十年之久。

他們首先要調查的是經由誰的勸誘或指示成立讀書會，以及從哪裡收到文件，與工廠內部或其他工廠工人的牽連關係等，都是最亟需瞭解的事項。這些人被徹底分離，受到拘留、拷問和調查，這是為了預防統一口徑。聚會裡通常都會有主導者，讀書會成員們也做好準備，在審問開始不久後很快就能發現主導者。審訊會集中在他身上，其他人則是在他開口後，為了確認新的事實，以隔離的方式進行事實確認。主導者通常會回答他是從誰那裡拿到文件，但是這個人通常都是在送文件後消失，或者突然來到工廠，所以不知道他是在哪裡做什麼工作的人。他的姓是金、李、朴，名字叫某某。其實那也是假名，因為活動分子在常識上不會如實說出自己的住處和名字。他們會從某個會員身上發現新的事實，這個會員的意志變得薄弱，受到驚嚇，籠罩恐懼，於是招供出主導者收到文件後，在舉行讀書會的那天不經意說過這是從國際黨路線傳來的文件。嚴峻的拷問又開始了，國際黨是什麼意思？事實上，警方也掌握到在上海發行並郵寄到朝鮮全國的《共產主義者》小冊子。讀書會的主辦者說，傳達文件的人說是從國際黨寄來的，只有見到那個人才能知道內幕。拷問持續兩天，雖有三人昏厥，但調查沒有進展。只是獲知他們想拉攏工廠裡的幾名女工，所以給她們送來幾張傳單。另外，附近工廠讀書會會員的名字也逐一出現，警察們急忙出去，把他們一個個都抓回來。

警方在三個製絲工廠中的兩個地方逮捕了十五名讀書會會員，最初被逮捕的讀書會主導者是所有人的組織負責人。也許為了因應危急情況，他們之間已經約好最初被逮捕的人將承擔所有責任。在這樣的事件中，大部分的普通會員都不知道是什麼意思，只是寫下以後要做忠實的皇國臣民、認真工作、後悔加入讀書會等內容的悔過書後，處以緩起訴或訓誡釋放的處分。但是其中某些人一旦再次接到組織的指示或接觸，就會承擔自己能做的事情。主導者滿身瘡痍、被工廠解僱、移交審判，被判處一年到三年左右的有期徒刑。

崔達英在高等係以山下組的潛伏工作和赤色工會讀書會拘捕的成果，獲得了優秀的工作評價。他們再次得出對永登浦轄區內勞動爭議的主謀及相關人員進行調查迫在眉睫的結論。崔達英在翻閱上次事件的文件時，發現安大吉、方又昌等人的名字。安大吉正在服刑，方又昌的地址不詳。為此，他派出密探助理，讓他們掌握方又昌的下落，自己也暗中打聽。崔達英現在以山下的名字感到自豪，因此警察署的日本上司和朝鮮人助理都稱呼他為山下桑。山下從丸星村落的情報員那裡確認了方又昌的所在地。情報員是站前貨物課的工人，去年因竊盜罪進過監獄，拘禁於同一個監獄的傢伙告訴他在工地食堂看到共產主義分子。聽說這個共產主義分子為人很好，每當有人來會客時，他都會將食物毫無差別地分給房間裡的受刑人，因此大家都很尊敬他，還說這樣的人也要做雜工生活的世界真是糟透了。山下經由文件上的照片熟悉了方又昌的長相，並走遍情報員所說的經營村落日租房的工地食堂。這些工地食堂不過三、四處，沒過幾天他就發現了方又昌。山下身穿舊工作服，脖子上圍著髒毛巾，租了一個房間，和方又昌住在同一間房子裡，開始觀察他。在看到金亨善的聯絡員訪問他後，山下覺得機會到來，於是跟蹤了方又昌，並將朝鮮國際路線中央的重量級人物金亨善逮捕。現在他已經不再是助理，名正言順地當上了高等係刑警。

10

初冬的某一天，李一鐵在龍山站中央辦公室查看貨物車廂時間表時，發現遺漏了自己的名字。一鐵慌張地詢問車輛課的職員，那人歪著頭，翻閱各種文件後說道：

「啊，在這裡啊。去南大門站吧，你被調到京義線了。」

職員將文件遞給一鐵看，然後說道：

「火車司機是不是林太郎桑？」

「是的。」

「前幾天應該已經通知過了，他好像忘記了。」

一鐵走到鐵路邊，向正緩慢駛向南大門站的一輛火車招手，然後坐上去。南大門站就是京城站，現場職員之間用以前的名字稱呼，而首爾站這個站名是解放後才出現的。一鐵到了南大門站之後，去中央辦公室一看，果然他和林桑一起被調到京義線貨物列車。按照原本的規定，上班時間是運行前兩個半小時，所以還不算晚。他走到貨物列車停車的月臺，到駕駛課等候室一看，沒有看到林桑，所以他與另一名中年男子及幾個火車司機坐在一起，中年男子首先向不知如何是好的一鐵搭話。

「你是李桑吧？林桑的……」

「是的。」

「我是跟你交接路線的司機。」

「請多多關照。」

「林桑是老練的司機了，你也應該能做好。你是總督府鐵道從業人員培訓中心畢業的啊，在哪條線工作過？」

「啊，我在京仁線和京釜線工作過。」

「哇，這種經驗的話，都可以當火車司機了！」

前田桑年紀較大，為人寬厚、文雅。過了三十分鐘左右，林桑走進了駕駛課等候室。

「哦，李桑，抱歉。我前天下班的時候應該告訴你調令的消息的。和前田桑打過招呼了吧？」

他們一起走向貨物列車月臺，火車頭正蓄勢待發。軌道上停著一輛大型火車頭，不是他們在京釜線上駕駛的Mikado型火車頭。林和李一鐵在京釜線區間駕駛的Mikado型總重量為五十噸，汽缸牽引力為四萬磅；京義線貨物列車的火車頭是Tender型火車頭，最大重量為八十八噸，汽缸牽引力為四萬一千五百磅。Tender型火車頭與後來開始配置的山岳型Mater火車頭都是有利於山區和長途運輸的大陸型火車頭。這些火車頭均配備了自動連接器、空氣制動器和氣泵。在Tender

火車頭中，大型的幾乎都在自動開關式火口門上配備逆轉器，在保護工作人員安全、減輕勞累、提高駕駛的安全性和準確性方面起到極大的作用。另外，作為一種新式裝置，自動供煤機從儲煤庫地面連接到火口內側，因此毋須火夫站著看守，也毋須另外用鏟子鏟進去。在連接的管道內，螺旋形的輪子轉動，可以順暢地將煤炭倒入火口中。因此駕駛室只需要司機和駕駛助手兩人即可，不需要火夫。

京釜線的特快旅客列車「あかつき」(Akatsuki)號是黎明的意思，最高時速達一百一十公里，平均時速保持在七十到九十公里，僅用六個小時即可到達終點站。以貨物列車而言，雖然停靠站比旅客列車少，但比起維持高速，列車以貨物運輸安全為目標，因此同樣的距離需要八個小時左右。從京城到義州的貨物列車大概需要十個小時，貨物列車的運行時間主要是夜間，對火車司機來說是重體力勞動。列車大致上會經過黃海道的平原地帶，上到平安道，通過山區，所以需要經過很多的橋梁和隧道。

前田指出並說明了與Mikado型的不同之處，林和一鐵確認了Tender型更先進的機械裝置。補充完水和炭後，前田親自抓住加減器，拉住、推動，慢慢地將火車頭駛向貨物月臺。哐噹一聲，火車頭與貨物車廂連接成功。前田司機首先發出嗶的汽笛聲，噴出好一陣子蒸氣，然後開始緩慢前進。一鐵走下右邊的臺階，伸出一隻手臂，朝火車的盡頭望去，可看到拿著通行牌站在該處的軌道部工作人員。一鐵熟練地抓住整張通行牌的圓形皮套。剛開始時伸出手臂，穿過環裡夾住，但每次都會出現手臂像被鞭子抽到一樣的苦痛和傷口。新入職期間結束後，一鐵在一個月內就能夠迅速抓住通行牌。皮環下方的小袋子裡裝著該火車頭的通行證，區間是到平壤為止。從平壤到義州將再次發放通行牌。Tender型火車頭裝有十五列貨物車廂，以時速六十公里左右的速度離開京城，現正進入高陽，到達文山浦時，夕陽朝漢江下沉。經過臨津江鐵橋一小時之後，就能到達開城站。

他們在開城站吃晚飯，從傍晚開始下起初冬雨，到了晚上變成了帶雪的雨。他們到車站候車室去洗臉，把工作服換成便服，進入車站。開城站是西式木製建築，中間矗立著高高的鐘樓，兩側向前突出，是相當華麗的雙層建築。二樓是傾斜屋頂形成天花板的閣樓形式，突出的窗戶懸掛在傾斜的屋頂上。二樓的兩側有咖啡館和餐館，站前餐廳是鐵道局直營的，朝鮮的每個大城市車站都有。通常的菜單是日式和西餐，但旅客列車的餐廳裡販售便當和壽司，還有蛋包飯、咖喱飯和炸豬排、漢堡排等。一鐵心裡盤算，在這樣的天氣裡，比起乾巴巴的食物，熱湯似乎更好。但是前田毫不猶豫地帶領他們上到車站二樓，林也緊隨其後，所以一鐵連去車站外面的朝鮮酒館或餐廳的意見都沒能提出。因為已經過了晚飯時間，一鐵以為只會有自己一行人用餐，進到裡面就因為室內座位上的人群而有點吃驚。有青年男女，也有中年人，大概有二十多人。這些人散坐於餐廳各處，吃著便當或蛋包飯，一邊還喝著啤酒或清酒。只有中央的座位空著，一鐵一行人東張西望，在大廳中間坐了下來。先進來這個四方形空間的人似乎都在看著他們，這些人都穿著西服，女性也都穿著套裝、外套、皮鞋，顯得非常洗練。前田低聲咕噥著：

「怎麼回事？這些人是旅客嗎？」

林桑靜靜地側耳傾聽，然後搖了搖頭。
「能聽到國語，也能聽到朝鮮話。」
一鐵也靜靜地聽著，然後說道：
「是的，日本人和朝鮮人混在一起。」
他仔細地看了看眾人，然後又說道：
「好像不是旅行團，不會是藝人吧？」
「藝人？什麼……」
男侍上前來點菜，前田在點菜前低聲問他：
「那些客人是做什麼的？」
「啊，您不知道嗎？他們是京城有名的青春座[1]演員。」
他們等待食物上桌的同時，先點了幾瓶啤酒喝，旁邊的中年男子用日語搭話。
「不好意思，你們要去哪裡？」
「我們會到終點站。」
「哦，那你們要去新京[2]嗎？」

1 日本殖民時期的話劇劇團。
2 日本定的滿洲國首都。

前田沒有回答，回頭看了兩人，一鐵用朝鮮語對看起來像朝鮮人的男人說道：

「我們是火車司機，正駕駛京義線貨物列車。」

坐在旁邊的中年男子用朝鮮語向在座的人大聲說道：

「他們是火車司機！」

說完後，他立刻轉過臉對一鐵說：

「朝鮮人也能成為火車司機，真是令人吃驚。我們是話劇演員，現在要去滿洲公演。開城公演結束後，接下來要去平壤，還有丹東、奉天、新京，在哈爾濱結束表演。」

他冗長地自我炫耀，一鐵問他：

「您是第一次去滿洲嗎？」

「才不是，這次是第三次。」

一鐵坦率說道：

「這兩位日本前輩是正式的火車司機，我還只是助手，我沒去過滿洲。」

「嗯，以後會成為正式的火車司機吧？滿洲既不是中國，不是日本，也不是朝鮮。怎麼說呢，那是國際性的場所。去新京看看就會知道，那裡是非常現代的地方。」

兩人不斷用朝鮮語對話，林提醒一鐵：

「你們在說什麼呢？會不會對前田桑失禮？」

「啊，對不起。聽說他們要去滿洲演出，剛才說滿洲是國際性的地方，新京是非常現代化的城市。」

在旁邊聽著的前田說道：

「這還是得益於五族協和論。」

「有點難理解，那是什麼意思？」

林詢問之後，前田回答道：

「意思是說，日本人、朝鮮人、漢人、滿洲人、蒙古人等相互融合，建立和平的國家。還有，不分國籍，任何希望定居的各個種族的人都可以生活在一起。當然，在第一階段引領的是日本。」

這時林笑著對一鐵說道：

「聽到了嗎？大日本帝國的關東軍創造了和平的滿洲，鐵路就是先遣隊。」

菜上來了，三個人的對話自動中斷，但是一鐵記得林平時也是個喜歡冷嘲熱諷的人。

在開城吃完晚飯後，三人再次回到休息室，等待了三十分鐘左右，接到貨物列車的運行通知後立刻出發。從開城到平山是由一鐵操控，其餘兩個司機休息。從經過滅岳山的丘陵地帶，行經鳳山、沙里院到黃州，是由林駕駛。最後進入平壤站是由前田負責。每次經過洞穴或橋梁時，前田都會向兩人敘述地形、地貌和需要注意之處。

貨物列車在午夜時分到達平壤站。火車頭在這裡加水、加炭之後，還要更換。他們全權委託當地的車輛課進行，自己在候車室休息。雖然經常加夜班，但可能是因為駕駛陌生的路徑，只覺得比平時更加疲勞。從十多年前起，朝鮮每個大城市都聚集了很多中國工人，郊區有很多中國農民種植蔬菜的大農場。由於萬寶山事件[3]的錯誤宣傳，平壤和平北地區發生許多針對中國人的殺人事件，當時的傷痕在朝鮮人和中國人之間還多有殘留。日本人在這些矛盾中保持距離，因為他們聚居在有車站和行政機關的所謂本町通，因此沒有與中國勞動者直接接觸。但是朝鮮勞動者在工作崗位上與中國人競爭，在居住地也經常發生衝突，因此矛盾愈發深刻。邊境地區的新義州與鴨綠江對岸的安東和鄰村也是一樣，雖然爭吵不斷，但彼此的食物和風俗卻混雜在一起。

中國勞動者在沒有任何通行許可的情況下，乘坐渡船或越過冰凍的鴨綠江進入朝鮮。由於他們比朝鮮人工資低，且勞動時間更長，因此日本企業主們比起有時抗爭的朝鮮工人，更喜歡僱用中國勞工。總督府後來才意識到經營殖民地的困難，決定禁止中國人在朝鮮就業，但日本農場主和企業主卻置之不理。相反的，滿洲地區的中國人蔑視朝鮮人，稱其為亡國奴，加以排斥。但是進行抗日武裝鬥爭的中國和朝鮮的年輕人組成抗日聯軍一起戰鬥。非開墾農民的技術員、教師、官僚、商人等朝鮮的中產階層，深刻領悟到滿洲的統治者是誰，因此努力讓自己的身、心與日本人一樣。

在平壤站休息和更換火車頭後，前田、林和李一鐵三人再次行駛在開往新義州的鐵路上。越過清川江鐵橋，經過定州、郭山、宣川後，天色已亮。到達新義州後，將列車交給當地車輛課。在進入鐵路旅館休息之前，三人決定像一般的火車司機一樣，在終點站喝杯酒。前田對新義州、鴨綠江對面的安東、奉天、新京都瞭如指掌，所以帶他們去了中國料理店。前田用幾句中文點了菜之後，對兩位後輩說道：

「我明天早上會動身去新京，如果你們今後幾年熟悉了京城到新義州的路線，就會像我一樣，駕駛大陸線列車，還有可能負責旅客列車。有傳聞說，日本鐵路職員正逐漸減少。」

火車司機之間一直說特快旅客列車的司機是鐵路職員中最吃香的。聽到前田的話，林臉上露出相當興奮的表情，並且問道：

「這、這個消息有什麼根據啊？」

「有傳聞說戰爭將會擴大。鐵道員接受過教育，如果被徵召，將被任命為軍官。」

聽到前田的話，林嗤之以鼻。

「因為軍隊徵召導致鐵道員減少，所以空出許多職位。這也就是說，不能保證我會繼續擔任火車司機吧。」

「我說你這人啊，你不是已經三十多歲了？等到戰爭接近尾聲的時候，才會徵召你們這些老傢伙吧。」

林點了一下頭，回頭看了看一鐵，並說道：

「像你這樣的朝鮮人，機會會愈來愈多。」

3 一九三一年，中華民國南京政府與大日本帝國朝鮮總督府之間的衝突事件。起因於中國農民轉租長春萬寶山地區田地給朝鮮人，朝鮮人在開築水渠過程中造成附近農戶損害，引發吉林省政府下令朝鮮人撤離，但日本警察制止朝鮮人撤離，要求其繼續築渠，又引發中國農民拆壩，遭日本警察鎮壓等情形。又因萬寶山中國農民屠殺朝鮮人之不實新聞，引發朝鮮半島大規模排華運動。

第二天，兩人去鴨綠江對岸的安東參觀了滿洲入口的異國風情。他們走上回頭路，乘坐其他火車司機駕駛的義州到京城之間的貨物列車返回，並繼續像以前一樣工作。京城到義州的火車司機為了應對將來轉移到大陸區間的情況，每年都會乘坐南滿鐵道局的大陸火車，接受為期半個月的實地考察教育。

❈ ❈ ❈

李二鐵和韓如玉經營的米糕店名聲逐漸傳到附近的楊平町和間村，因此常客愈來愈多，僅由朴善玉的外祖父家供貨已經不夠。他們和莫音姑姑商量後，決定在家裡一起生產米糕。他們準備了三個大窯鍋和三個年糕蒸籠、各種花紋的年糕模板、案板、年糕杵、磨臼、木盆、粗篩和棒槌等大小工具。生活愈來愈方便，市場街上有兩家碾米廠。每隔幾天，他們就會把糯米、粳米、雜糧等按照需要磨成粉末。紅豆、綠豆、芝麻、蜂蜜、油等穀物或包進餡裡的東西都會抽空製作好。莫音姑姑說在家閒著幹嘛，就算當作副業，貼補孩子們的學校月租金，所以也捲起袖子幫忙。韓如玉那時懷了長山，肚子漸漸鼓起。李二鐵愈來愈不好意思隨心所欲地參加聚會，所以一週只外出一兩次。白天一般賣年糕或送貨，晚上則準備第二天上午製作米糕所需的各種材料。粗重的事情主要是自己做，切年糕、捏年糕、定好形狀後包餡的細活都是韓如玉和莫音姑姑坐在房間裡完成的。那天也和平常一樣，韓如玉和莫音姑姑在店鋪裡用年糕模板印出切糕的花紋，二鐵在每個鐵鍋上放上蒸籠，燒火、打水、搬柴，忙得不可開交。

無論是房間裡的女人還是二鐵，都嚇得心驚膽跳，一看，打開玻璃門跑進來的是朴善玉。她是申金的助手，在紡織廠擔任赤色工會細胞達兩年之久，後來升為紡織女工組長，對組織有著深刻的理解，也是李二鐵的基本下線。對二鐵來說，她是永登浦地區屈指可數的珍貴同志。

「哥哥，出事了！」

「你看這個。」

她遞過來的是還散發著濃烈印刷味道的最新報紙，頭版頭條詳細報導了李在柳被捕的消息，以及他的逃亡過程。

警務局對李在柳的地下組織有了模糊的瞭解。京城連鎖罷工變得頻繁，在審問各工廠主導的男女勞工的情況下，出現了接近中央的人的口供。負責此案的西大門警察署和龍山警察署扣押了大量文件，在其中發現了類似指令的文件。警方加強審訊，期能掌握赤色工會的中央。「加強」二字幾乎意謂著施加殺人般的拷問。調查過程中有一人死亡，兩人甚至在預審中死在刑務所裡。警務局在過去的文件夾中發現李在柳在日本被捕，並被押送到朝鮮的事實，還有他的個人資料與政治立場轉向的赤色工會成員所陳述的相符。警務局不久便確定此人是李在柳，並向京城所有警察署高等係下令，凡逮捕他的人將晉升一級，並可領取鉅額獎金。

李在柳身邊有一名貼身的女性報告員，負責聯絡，她在距離李在柳藏身處不遠的地方租有獨居房。金亨善被逮捕的當日，他立即和她一起租了房間，成為偽裝夫婦。為了不引起村人懷疑，他一直在道路施工現場工作。他與假冒的妻子立下的原則是遵守回家時間，而且每次出門回來時，他都不會放鬆對周圍的觀察。出門前，她先走到巷子外面的大街，觀察電車車站周圍後回來，等他工作結束回家時，會在前一個車站下車，徒步走回來，並觀察街道的動向。他在巷子入口處看向房子，確認安全信號。如果牆上掛著白色的衣服就表示安全，如果沒有衣服，就是更換時間，在別的地方等待或要特別留意。如果是黑色，就表示不要進來，也不要再回來了。

某一天，李在柳從工作崗位回來時，在巷子入口查看房子，確認牆上沒有衣服，於是他沒有回家，而是轉身向負責龍山地區工廠的可靠同志家走去。那人是和安大吉、方又昌等人一起參加李在柳最早組織的赤色工會的勞工運動分子，也都是為了重建屢次受挫的朝鮮共產黨，從基層開始致力於組織發展工作的人。他在位於首爾站後方的萬里町山坡的平民住宅區租了一間房，並在工廠上班。他也在上次連鎖罷工後被通緝，辭去了工廠的工作，在車站周圍進行街頭勞動，並與組織保持聯絡。張萬壽是他的代號，李在柳一直在附近等到天黑才去到他的房間。當時正好張萬壽回來，李在柳把祕密的警戒信號告訴他，希望他能加以掌握。當天晚上李在柳熬了一整夜，讓張萬壽去向接觸的工廠女工打聽情況。李在柳前往南山打發時間，為了在約定的時間與張萬壽見面，前往中林町電車站附近等待。兩人約定的時間是三點，雖然已經過了十五分鐘，但他心想張萬壽可能會晚一點，決定等到三十分。違反原則是李在柳的錯誤，原則規定只要超過約定時間十分鐘就必須離開。

警方掌握到偽裝夫婦的房子，並逮捕了與其假裝結為夫妻的學生女工洪某。幸好白天李在柳不在家，他們再次逮捕了罷工當時曾經逮捕過的女工，並進行拷問，詳細瞭解洪某的個人資料，並推測她就是李在柳的報告員。警方相信只要逮捕她，就能近距離查到李在柳的行蹤，於是在沒有潛伏的情況下直接逮捕。他們也從將房子租給他們的房東以及村民那裡得知他們是夫妻，透過在工地工作的她名義上的丈夫長相，確信他就是警察正在尋找的李在柳。根據調查，確定洪某是李在柳的祕密基地成員，被捕後，洪某自然無法在他回家的時間發出安全信號。而即使洪某被逮捕，警方也沒有解散緊急警戒網，而是進入潛伏狀態。巷子周圍由偽裝成小販的刑警守著，如果張萬壽親自前往，他可能會在遠處察覺到這些潛伏的警察，但他自己也是被通緝的對象，所以認為如果派一名平凡的女性前去，她可以謊稱自己是洪某以前的同事。但是警察更加老練，她去到祕密基地的民家，詢問洪某的行蹤，確認她遭到逮捕後非常緊張，警方不動聲色，直到她離開為止。此時，潛伏組立刻轉變為跟蹤組。他們跟蹤這名女工，並逮捕在首爾站前等候的推車夫張萬壽。

西大門警察署的高等係在逮捕他們之後，就非常清楚應該如何對待他們。警方集中拷問張萬壽，所有組織成員都把被捕時一定要堅持二十四小時當作最高指導原則。如果在保持沉默之後，實在無法堅持下去，為了擾亂調查，還會說出編造的人名和地址，或者說出虛假的場所和時間。但是特別拷問小組成員根據長期的經驗和訓練，很快就會察覺出來。如果不是與李在柳直接相關的情報，會被認為是虛假的口供，然後進行更加無情的拷問，使其在恐懼中崩潰。如果是女性，就會立即攻擊最羞恥的部分。對於像張萬壽這樣健壯的男人，幾乎都會遭到酷刑，其嚴重程度甚至會讓他們相信自己會當場殘廢，或在遭受極端的痛苦後喪命，因為警方也知道在拘捕後的一兩個小時是最重要的。

張萬壽在三個小時內就垮了，不，他並沒有全部吐露。由於一次的虛假情報，他的指甲被拔掉，後來又遭到電刑拷問。他只說出前一天晚上李在柳在自己房間裡睡了一覺的事實，還把自己房間的地址告訴警方。他隱藏了下午三點會與李在柳在中林町電車站見面的事。張萬壽相信只要拖延這麼長的時間，經驗豐富的組織領導人李在柳就能順利逃走。因此他吐露的時間也是下午三點。這些朝鮮單純的活動分子努力遵守被捕後堅持二十四小時的原則，傳說中的活動分子裡有數十人遵守了這樣的原則，但不少不夠強壯的人在牢獄中卻因後遺症失去了性命。很多人大概堅持了幾個小時，對忍受痛苦的人來說，兩、三分鐘是多麼漫長的時間，如果是五分鐘，戰場上的肉搏戰一般都會結束，拷問中的五分鐘就像過了一輩子那樣漫長，重要的是，五分鐘也會改變歷史。無論如何，張萬壽只說出自己的房間地址，但問題是他回家的路是在中林町電車站下車後，走上萬里齋山坡的那條路，所以離得太近了。

冬天的午後大風凜冽，幾乎沒有行人。商店的玻璃窗上結著白色的霜花，向外伸出的暖爐煙囪裡冒出白煙，馬路上偶爾有電車和汽車經過。李在柳想確認這班電車後再離開，於是他望著從南大門方向彎過來的電車進站。與上端電線接線的滑輪偶爾會因短路冒出火花，李在柳可以看到電車內站立著許多乘客。在寒冷中等待三十分鐘的李在柳心想下車的乘客中也許會有張萬壽，所以急忙向車站靠近。接近到能認出電車車掌小姐臉孔的距離時，他看到一群男人湧向出口，陸續下車，這些人都是刑警。通常身處潛伏工作中的他們也喬裝成貧民、工人、流動攤販等，很難認出他們的身分。所以這些人一定是直接從警察署趕來要逮捕誰的，李在柳透過經驗一下子就認出這些戴著鴨舌帽、穿著西裝上衣、長褲，腿上還有綁腿，戴著金邊眼鏡、留小鬍子的人都是高等係的刑警。

看到從電車上湧下來的刑警，李在柳趕緊轉身向蓬萊町方向走去。他沒有回頭，而是加快了腳步。在人跡罕至的路邊，他靠近電車時突然改變方向並快速行走的模樣很容易被察覺，下了電車的刑警中，有幾個人注意到他並跟了上去。李在柳加快步伐，走上蓬萊町大橋時，遇到從大橋對面走來的五、六名刑警，他們也是趕往張萬壽家的其他組刑警。李在柳已經無法回頭，只能長嘆一口氣，面無表情地向前看。刑警們似乎不知道他的存在，慢慢地走了過來。從前方走來的刑警用犀利的眼神上下打量李在柳後走了過去，在後面追趕的刑警也逐漸靠近。李在柳和他們錯身而過的瞬間，兩邊的刑警直覺地發現他就是他們要追捕的人。朝鮮刑警突然轉身，從後面扯住他的脖子，將他摔倒在地。刑警們一齊衝上去，抓住他的手臂和脖子，把他狠狠按在地上。

「你是李在柳吧？」

「那是誰？我是在鐵道局上班的金歌。你們是不是認錯人了？」

在喘氣回答的李在柳身後，刑警將手銬拷上他被扭到背後的手腕，再用繩子捆綁。李在柳全身掙扎著喊道：

「放開我，你們這些齷齪的日本鬼子啊！」

他掙扎著不想被拉走，在地上滾著大喊大叫。讓周遭的朝鮮人注意到有一個朝鮮人被逮捕，也是活動分子的任務。走在路上的朝鮮人無法靠近，只能遠遠地站著觀看，或者害怕得裝作沒看見，慌張地躲開。刑警對他拳打腳踢，在他氣焰消失殆盡時將他拉走。

李在柳被捕之前，已經有很多活動分子被警察逮捕。跟據推算，李在柳的組織在首爾有兩百多人，地方有一百六十多人。警方懷疑李在柳與上海聯繫，試圖組建全國性組織，為了得到口供，開始用惡毒的方法進行拷問。後來出版的刊物上是這樣記載的：

毆打、踢踹、灌水、吊起來，然後把鐵條燒熱，將他的大腿燒焦。在用死亡守護自己信念和守護共產活動的崇高精神下，李在柳同志一直保持沉默，焦急的警察親自揹著無法進食、無法走路的李同志到審訊室，甚至進行了電刑拷問。李在柳同志後來向其他同志說道：「因為經不起嚴刑拷打，已經做好了赴死的準備。」

負責拷問的是在西大門警察署惡名昭彰的兩名朝鮮刑警。他們先將李在柳的上衣脫下來，讓他躺在和舉重時一樣的窄長木椅上，雙手和雙腳綁在一起，讓他動彈不得。其中一個傢伙像騎馬一樣，跨坐在他的胸口上，讓他張開嘴，用毛巾堵住，弄得他無法喝水或呼吸。另一個人脫下皮鞋，換上雨鞋，走近椅子，用雙腿緊緊夾住被拷問者的臉部，避免他左右搖擺，然後用裝滿水的水壺壺嘴往鼻子裡灌。在嘴巴被堵住的狀態下，水進入鼻子，呼吸變得困難，而水流進肺部，內臟像要炸裂的痛苦不斷襲來。

為了不讓李在柳咬舌自盡，警方用毛巾堵住他的嘴，因為痛苦，李在柳的身體不斷蠕動，反覆昏厥。警方用水逼供未能奏效，就將磁石式電話的電線纏繞在他溼淋淋的身體上，轉動手柄進行電刑，並用燒熱的烙鐵燙他的大腿，李在柳聞到自己大腿筋肉燒焦的味道後尖叫起來。對於他的組織實際的連鎖罷工活動，已經有調查報告，因此調查起來非常容易。他所能做的就只是當被問及每個組織成員時，他以這些成員不知道社會主義為何物，是因為弟弟或朋友才參加等虛假陳述，藉以減輕他們的刑量。

面對這樣的拷問和酷刑，李在柳沒有屈服，警察為了給他帶來精神和肉體上的痛苦讓他招供，於是展開長期審訊。當時他不在拘留所，而是在高等係辦公室二樓的分所。警方雖宣稱他因患有嚴重的傷寒或腳氣病而被隔離，但這是為了隱瞞拷問後遺症，以及避免他和同志們在拘留所裡互通聲息，共同串通事件內容或對外披露遭到拷問的事實而引起騷亂。

三月中旬的一個雨夜，李在柳趁著因長時間審問而疲憊不堪的刑警打瞌睡的時候，翻過靠近路邊的窗戶逃跑。他因為長期遭受酷刑和腳氣病，腳步蹣跚地向光化門方向或跑或走，竭盡全力遠離警察的追捕。到了貞洞入口，後方已經傳來警察追捕的哨音和喊聲。他走進貞洞的巷子，跟隨正好路過的柴火推車前行。隨著追捕迫近，李在柳翻過某個建築物的圍牆，他進入的地方正是貞洞法院對面的美國領事館。

李在柳不知道那是何處，為了躲雨，爬行到屋簷下，因為突然襲來的疲勞和放鬆，整個人暈了過去。不知過了多久，他被嘈雜聲驚醒，前面站著一名身穿制服的西方軍人，手持長槍。軍人們把他帶到警備室，李在柳用生疏的英語說自己是流亡者，要求政治庇護，但美軍佯裝聽不懂。美國領事把他安置在警衛室後，給日本警察打電話說抓到小偷，要求把他帶走。為了尋找逃離警察署的李在柳而費盡心思的日本警察，顧不上偷竊這種輕微犯罪而未予理會，直到接到幾次催促電話後，才不得不派出巡士前往美國領事館。巡士以非常不耐煩的表情前來接管小偷，後來知道他是李在柳而嚇了一大跳，連忙叫來支援警力，鬧得沸沸揚揚。李在柳昏厥後被送到西大門警察署，打完針才清醒過來。警方以為他原想進入蘇聯大使館避難，卻誤入近在咫尺的美國領事館，判斷他試圖前往共產主義國家，於是進行了無止境的鞭打和侮辱。他根本沒有想要活下去的念頭，反而產生了自殺的想法。他的手上戴著自動手銬，腳上綁著大鐵塊，手腳被捆綁起來。而且腰上還被繫上鈴鐺，身體一動就會發出聲響，就算監視者睏意襲來，也會被吵醒。所有的門都被牢牢鎖上，吉野高等係主任下班時，都會把鑰匙帶回自己家裡，這就是李在柳第一次逃脫失敗的始末。

誰也沒有想到渾身是傷的他竟然在如此森嚴的監視下再次逃脫。過了一個月，當時是四月的一個深夜，李在柳突破了如銅牆鐵壁般的監視網，第二次逃脫成功。在鋪展開緊急警戒網的情況下，全京城的警察像螞蟻群一樣出動，守候在每個車站和通往郊外的路口，並實施盤問調查。穿著制服的警察挨家挨戶地搜查，甚至在南山、北岳山、仁王山、駱山等地進行夜間埋伏，但始終沒能抓住他。對此吉野高等係主任引咎辭職，事件被移交到京畿道警察部，逃走的李在柳還被懸賞五百元。

他的逃脫經過後來被公開，檢察官的紀錄和解放後活動分子的回憶有所不同。

前者記錄如下：在他逃脫十二天前，為了方便日常起居，給他戴上腳鐐，但解開了手銬。兩手獲得自由後，他立即著手準備逃亡。他在一個多月前被獨自關押，後來被移到二樓的高等係訓導室，裡面關押著金某等六、七名朝鮮人政治犯。其他人都沒有戴手銬，大、小便時可以下到一樓解決，但警方不讓李在柳踏出訓導室一步，大、小便時把糞桶拿過來，讓他解決。當時囚犯們都能喝到送來的牛奶，牛奶裝在玻璃瓶裡，因此很容易獲得鐵皮製的瓶蓋。他把飯粒壓扁，放進腳鐐裡定型，然後把奶瓶蓋拗成鑰匙。經過試驗，腳鐐竟然能輕易打開。他把鐵皮鑰匙藏在床底木地板的縫隙裡，因為床底下可置放個人物品，所以還有外套以及附在指甲剪上的小刀。李在柳把衣服的內裡剪下來，做成喬裝時所需的口罩。

他趁半夜大家熟睡的時候，一樣一樣準備，沒有任何一人注意到。他被捕時穿著的外套內側還有為了以防萬一準備好的金錢，縫在內襯裡。當天晚上李在柳故意留下一些飯，並把它給了同房的痢疾患者金某，金某吃得十分高興。從晚上十二點左右開始，金某對巡士哀求說想去上廁所。經不住他反覆苦苦哀求，巡士在凌晨四點帶他去廁所。這時，李在柳用鑰匙迅速解開腳鐐，戴上口罩，穿上放置於床下的外套，深壓帽子，遮住臉孔，大大方方地走出正門。在大門前，哨兵巡士以為他是刑警，還打招呼說「現在才下班嗎？」他甚至還回答說「辛苦了」，然後坐上計程車。計程車費是用他為了隨時逃逸而縫在內襯裡的錢支付的。他換乘了幾次計程車，去到已事先想好的最後藏身之處。

但是後者的陳述與前述檢察官的紀錄不同。李在柳與夜間監視者——高等係訓導室的新進日本巡士官交好。警察中通常都有抱著保護善良的人、抓壞人的單純心態參加警察考試的日本青年。一個名叫森田的年輕人天性開朗，總是為他人著想。雖然不是社會主義者，但「討厭日本的天皇主義，具有民主主義思想，對共產主義非常感興趣」的森田每當在夜間工作時，就想和光明正大說「為了人類平等，成為社會主義者」的李在柳交談。李在柳第一次被抓回來時，由於當時是兩人一組進行看守，所以沒有單獨談話的機會。但當監視趨緩，獨自值班後，森田首先用日語搭話。李在柳透過「用宣傳鼓動的力量感化了森田，獲得了他的好感和理解，森田佩服他的革命熱情、知性以及豐富的人性」，使森田決心幫助李在柳逃逸。

李在柳告訴森田，天皇制才是資本家和掌權者為了統治人民而創造的精神枷鎖，日本只有廢除天皇制，最終成為社會主義國家，才能實現人類完全的平等。他說，日本以帝國主義侵略亞洲，朝鮮之所以成為受害者也是因為資本主義想維持自身地位，進而不斷膨脹的必然結果。就像他對自己的組織成員們說的時候一樣，他用親切和充滿信念的堅定臉孔向森田進行說明。他說，不分東、西方和男、女性，全世界的人都有自由平等生活的權利，只要人類能夠實現這個夢想，自己即便失去性命也再所不惜。森田被他的話深深打動，兩人的對話一直持續到深夜，森田在自己的備忘錄中記錄了他的話，表示高度認同。初任巡士的森田每天晚上都值夜班，經過多次深入交談的兩名年輕人變得非常親近，甚至可以敞開心扉。有一天，他們聊了半天之後，李在柳小心翼翼地跟他說：

「我想出去，做正確的事情、自由地生活。」

森田的臉上頓時失去笑容，用真摯的語氣回答道：

「外面盛開的櫻花只要一進入這裡就會凋謝，但是誰又能阻止不凋謝而盛開的花呢？朋友走了我會更孤單吧，但是不會引起騷動的，直到一杯茶涼了為止。」

當晚，李在柳解開腳鐐，把裝有衣服的包袱放在被子裡，顯得鼓鼓的，然後越過窗戶逃走。森田約三十分鐘後才吹哨，大喊犯人跑了。原本在宿舍睡覺，聽到聲響後跑出來的巡警在建築物內到處亂竄，連衣服都沒穿好的騎馬警察隊為了把馬牽出來，鬧得沸沸揚揚。警車和摩托車蜂擁而出，從家裡趕來的吉野主任拔出手槍，像瘋子一樣生氣地在辦公室走來走去。騷亂發生幾個小時後，放走李在柳的當事人森田巡士出現在關押朝鮮人政治犯的拘留所。剛過二十歲的森田與其他日本巡士不同，感情豐富、純真，對於朝鮮囚犯展現隱祕的同情。為了抓捕逃犯，警察署一片混亂，但森田只是因為上夜班顯得有些疲憊，臉上卻露出泰然自若的表情。他像往常一樣面帶笑容站在被關進拘留所的朝鮮人面前，說要唱昨晚自己創作的短歌。

「櫻花園裡開的花，有已經褪色的花，也有正盛開的花。」

森田和著日本歌的曲調唱著。不知道外面發生什麼事情的朝鮮人政治犯稱讚說歌曲寫得不錯，森田的面孔陷入沉思，只是淒涼地笑著。因為此事件受到嚴厲追究的森田巡士被貶職，派到離京城遙遠的咸鏡道偏僻山村派出所。

❖ ❖ ❖

在西大門警察署附近的汽車公司乘上計程車的李在柳，在黃金町二町目下車，步行到三町目再乘車到東小門，下車後越過駱山的山麓，前往東崇町。為了避開追蹤，他首先考慮那些身分明確、日本警察完全不會懷疑的人。李在柳克服前輩們小資階級的觀念性活動方式，實踐從下而上進行黨的重建後，組織成員幾乎全部以勞動者身分投入現場。他認為學生運動圈和勞動現場一樣重要，雖然他們不像勞動者那樣被嚴峻的生存條件所逼迫，但他們積極接受純粹、先進的社會思想，即使參加鬥爭被逮捕或受到壓迫，仍有很多人自己克服，回到活動現場。尤其是光州學生抗日運動全國化以來，學生運動多年來一直具有獨立運動的性質，並不斷發展壯大。從最初成立中央組織開始，學生運動領域的責任就交給了鄭某。鄭某從京城帝國大學畢業後，沒有走上立身揚名的道路，而是成為一名活動分子。京城帝大的三宅教授畢業於東京帝國大學，在德國留學時參加了社會主義運動，後來到京城帝大學任教，講授經濟學和馬克思主義。受到他影響的朝鮮學生很多，負責學生運動領域的鄭某向李在柳介紹了三宅，他們數度討論朝鮮局勢和日本的帝國主義，相互信任。

李在柳認為，如果想避開警察的追擊，居住在京城帝大三宅教授的宿舍，無疑能爭取到一些時間。他來到東崇町，在黑暗中翻過三宅教授家的圍牆，坐在庭院裡等待天亮。天一亮，他抖了抖沾滿泥土的衣服，摘下口罩，然後按了門鈴。女傭出來應門，李在柳說自己叫金某，是教授的學生，前來拜見他。三宅聽到女傭說有個姓金的學生來找他，一時想不起來，歪著頭從玄關走了出來。看到身穿西服、繫領帶、披著外套的李在柳在清晨這個時間前來訪問，三宅已經猜測到情況，急忙把他帶到客廳。

李在柳說自己剛從西大門警察署逃出來，問三宅教授能不能暫時在這裡躲藏。由於他第一次逃脫的風波在一個多月前已經登上報紙，所以三宅對他的第二次逃脫更感吃驚。那天正好鄭某也來拜訪三宅教授，李在柳請求鄭某尋找合適的藏身之處，並拜託鄭某準備潛行所需的衣服和鞋子等。此時三宅的妻子正住院當中，母親從日本來訪，女傭也在。李在柳為了保密，提議最好沒有女傭，於是女傭在當天就被解僱。幸運的是，李在柳來找三宅教授的時候，他的妻子和母親都在醫院。李在柳在客廳睡了一夜，他雖然向三宅請求提供一個暫時能藏身的房間，但是京城全境都布滿了警察，屋外寸步難行。而且當天上午轄區的東大門警察署通報說將於四月十五日進行春季清潔檢查。此時發生了一件日本殖民統治時期運動史中最令人驚訝和怪異的事件，三宅教授沉著地說出自己的意見：

「乾脆躲在地板底下怎麼樣？」

李在柳和三宅一起搬走榻榻米，拆開地板，地上露出光禿禿的土地，仔細一看，是混合了很多沙子的軟土，所以很容易挖掘。李在柳用鐵鍬挖地，從以前開始，由於這一帶在河川旁邊，土壤屬於沙土，但有很多石頭，所以挖地也並不容易。從早上十一點左右到晚上十點為止，李在柳一直在挖地，挖出的泥土和石頭由教授裝進桶裡，堆在庭院中。可以讓人躺著生活的坑洞和通道準備妥當，他們決定在南面窗戶下開氣孔，方便遞送食物。泥土地上鋪著厚厚的報紙，上面放著被褥、衣物等東西。食物則準備了可按時食用的麵包、雞蛋、餃子，還有橘子、蘋果等水果和罐頭作為緊急糧食。大、小便則挖洞解決，用泥土覆蓋。四月二十日，三宅的妻子出院，與母親一起回家，第二天母親就回去日本。但令人擔心的是，三宅從四月二十二日起必須前往滿洲間島進行考察，十天後的五月二日左右才能回國。這是根據鄭某在外面觀察局勢的聯絡之後，李在柳勸三宅在這段時間出差。李在柳認為，主人出差的這戶人家不會受到警方的關注。

「為了不麻煩您，食物只要一次性地放在地板下面就可以了。」

雖然李在柳如此拜託，但三宅教授卻搖了搖頭。

「我不能那樣做，我會向妻子說明事實並拜託她的。」

「啊，您要跟夫人說實話嗎？」

「妻子從學生時期到我去德國留學，一直都是我最忠實的同志，我不能對她撒謊。」

三宅將妻子秀叫到客廳，跟她介紹鬍鬚濃密的李在柳。

「他是朝鮮的革命家，共產主義運動的同志，我有保護這個人的責任和義務。如果妳愛我、相信我，請幫助我們。」

秀淚流滿面，瘋狂地點頭。

「謝謝你相信我，我會按照你的意思保護李先生的。」

秀在德國留學時，曾參加過在柏林舉行的反帝同盟大會，並與德國社會主義團體交流，很熟悉那裡的氣氛，因此對政治活動分子持有好感。在丈夫出差的十天當中，她忠實地履行給地板下洞窟裡的李在柳置放食物等與丈夫約定的任務。直到五月二十一日鄭某和三宅被捕為止的三十八天當中，李在柳都藏身在地板下的洞窟裡。他之所以在朝鮮全域乃至日本廣為人知，是因為與曾是京城帝國大學三宅教授的同志情誼，以及在他家地板下挖洞藏身的軼事。這段期間，李在柳在客廳桌腳旁邊挖了個可以伸進筷子的洞，與三宅互發紙條，進行通信聯絡。李在柳用手電筒的光閱讀三宅放進來的書，有時半夜還從洞裡爬出來洗澡。

在此期間，他與三宅就韓國反帝國主義運動的總體方向進行了討論，由於他和他所組織的工人被捕，反帝國主義運動被打斷了。在連鎖罷工嚴峻的形勢下尚未明確決定的朝鮮運動方針草案中，針對過去運動的批判及今後運動的方針等進行檢討。對於在這種脈絡中，接受紅色國際工會遠東部指導的元山和咸鏡道地方的「太平洋工會系列具有何種理論？」及「朝鮮運動的一般方針為何？」等問題，兩人展開了廣泛的討論。之前經由鄭某與李在柳接觸過的三宅也透過鄭某的安排，與自稱國際路線的金亨善派系的「京城共產主義者」團體進行了活動方針的協商，積極努力連接這兩個組織。因此李在柳躲在洞窟的期間，三宅還曾與他就國際路線團體的地下出版品《共產國際第十三屆大會主題》及機關報《無產階級》、《五一國際勞動節檄文》等內容一起進行討論和批判。

隨著介紹他們認識、會面的鄭某在五月十七日被捕，三宅教授也在四天後的二十一日被捕。三宅要求警察署將審問時間推遲一天，若獲得允許，他自己會寫招供的自白書。第二天，亦即二十二日的晚上，三宅才承認從西大門警察署逃出來的李在柳躲在自己家中的事實。當然，這也是三宅為了給李在柳爭取逃跑時間而採取的一種拖延戰術。李在柳從鄭某被逮捕的那天開始，已經做好隨時逃跑的萬全準備。因為他認為鄭某是知識分子，不可能堅持太久，而且還會坦白他自己以外的事情。儘管如此，鄭某還是堅持了四天。李在柳在鄭某被捕之前穿著學生運動組織為他準備的西裝和皮鞋，三宅給李在柳準備了懷表和緊急經費三十六元。三宅的妻子秀告知李在柳丈夫被帶走的消息後，他立即逃離三宅家，越過駱山，逃到鍾路六町目方向。據說，因三宅的招供，刑警襲擊他家時，地板下的洞窟到處都散落著李在柳吃剩的蜜柑。此後，三宅以違反《治安維持法》及藏匿罪犯的罪名，被京城地方法院判處有期徒刑三年。在獄中，他發表名為〈感想錄〉的聲明後改變了政治理念。

三宅被捕後，他的妻子秀在京城帝國大學畢業生的幫助下，在竝木町開設古書店。後來在朝鮮活動家的幫助下，在明治町開了一家名為「龜屋」的古書店，以照顧丈夫的獄中生活。三宅出獄後，妻子結束了經營的古書店，並於一九三七年回到日本。他在與妻子秀一起回到日本後，再也不能回到大學復職，而是在山腳下種植蘑菇生活，直到戰爭結束後才重返校園。他活到八十二歲，直到去世前一年還在幾所大學講課。他生前收藏的書籍以《三宅文庫》的名義捐贈給仙台的東北大學保管。

11

崔達英的山下偵察組開始了新的作戰。京城一帶的警察署高等係因為讓京城和全國鬧得翻天覆地的李在柳逃逸事件，已維持了兩個多月的緊急工作型態，但仍沒能將其逮捕。工廠密集的永登浦地區有著數萬名紡織工人和聚集在他們周圍的零工，還有街頭工人等，無法掌握的流動人口合計有數萬人之多。他們雖認為永登浦和仁川是同一個區域，但過去在仁川工作的人轉移到永登浦，或與此相反，永登浦的工人跳槽到仁川的事情也所在多有。仁川也密集存在紡織、機械、化學、電氣、製粉等類似的工廠，大部分工廠都是總部設在日本的大企業，並且與大陸相連。松田警監參加警務局會議回來後，傳達了新的方針。根據對上次在永登浦警察署逮捕的金亨善、此次在京城西大門警察署逮捕的京城帝國大學教授，以及對李在柳的組織成員等進行調查的結果，共產黨重建派和大陸派遣的國際黨組織正在尋求合併。從上次山下組拘捕的女工讀書會所使用的文件來看，分明是金亨善一派引進並重新出版的。松田警監說道：

「從這件事情上也可以看出國際黨的組織仍在活動。也許重建派的頭目李在柳認為與他們接觸是最優先的課題，所以必須調查與國際黨有關的反動聚會。」

「我在想上次逃掉的方又昌會不會去了仁川。」

山下組組長崔達英說道，松田問他：

「你確定嗎？」

「他分明不在永登浦。」森班長接著說道：

「如果是從這裡逃走的話，目標一定是京城或仁川那邊。從勞動者的動向來看，即使從永登浦離職，不去京城的概率居多。雖然可以躲到龍山，但不管怎麼說，那裡有很多總督府直接管理的鐵道局或與此相關的工廠，比較容易被掌握，與永登浦和仁川相比，貧民區和村莊規模也比較小。所以結論是，我們還是得仔細調查仁川。」

松田警監點了點頭，山下說道：

「方又昌和安大吉因為同一事件被立案，安大吉馬上就要出獄，我們需要觀察他的動向。」

「好，派偵探組去仁川吧。」

聽到松田警監的話，森班長提出了問題。

「要向仁川署請求協助嗎？」

松田當即斥責他。

「喂，他們應該連方又昌的名字都不知道，還不如拜託仁川警察署幫我抓呢。絕對要進行祕密作戰。」

山下說道：

「我會像上次一樣，安排潛伏工作。只要設置陷阱、投餌就行了。」

「什麼意思？」

「我們充當國際黨分子就行了。」

警監和班長立即表示贊成。山下和往常一樣，帶著三名刑警助理前往仁川。他們租了一間位於下仁川，有兩個房間的民屋。從警察署帶來的資料有在調查過程中掌握的文件和宣傳冊，以及在大陸發行的機關報，他們也用準備好的油印機印出了一百多張傳單。如果在工廠地帶的路上隨意發放，工人們也會看，但是擔心會有舉報，刺激到仁川的警察。他們在半個月內掌握了紡織工廠的女工、機械工廠工人和碾米廠工人的宿舍，以及他們聚集的飯館、酒館等。然後由一兩個人各別向聚在一起吃冷麵、湯飯或喝米酒的青年男女工人搭訕。山下崔達英從幾天前開始就把目標對準在酒館喝酒的兩名男性工人。當他們喝完一壺，正在喝第二壺米酒時，聲音愈來愈大，笑聲也愈來愈大。

「我早晚會收拾班長那個日本狗東西。」

「我也被那小子搧過兩次耳光。狗東西！」

山下低聲向經過桌子旁邊的少年說道：

「喂，給我一盤白切豬肉。」

少年看到他的米酒碗前還剩半盤下酒菜，驚訝地反問道：

「大叔，還有很多下酒菜啊！」
「不，帳我來結，你把它送到後面那桌吧。」
男孩過了一會，把裝有熱騰騰豬肉的盤子送到那邊的桌子上。吃著兩張涼掉的綠豆煎餅的兩名青年頓時愣住。
「欸？我們沒點這個啊。」
「那邊的客人讓我送過來的。」
山下笑著回頭看了看，他們轉過頭一看，然後竊竊私語。
「是你認識的人啊？」
「不是，我不認識啊。」
山下轉身對後座說：
「我看兩位聊得很開心⋯⋯我也想插個花。」
「啊，這樣？您一個人啊？」
「一個人喝酒覺得味道有點淡，有點寂寞，呵呵。」
「我們一起喝吧！哈哈！」
山下先讓他們放心。
「我姓崔，是船員。」
「我姓金，他姓吳。」

「我們兩個都在機械工廠上班。」
「哇，是技術員吧？」
「哎呀，我們只是幹了幾年的雜工。」
他們瞬間成了親密的酒伴，提起故鄉，也說到未婚，最近生活的情況。山下說：
「我坐船往返於上海，是鍋爐助手。」
他又點了酒和下酒菜，兩個青年都已經喝得半醉了。
「剛才偶然聽到，班長好像是日本人吧？」
「無論在哪，上司不都是倭寇嗎？」
「船上也一樣。」
「那些傢伙到別人的國家來搶東西，還當家作主呢！」
山下表示他們說的太正確了，然後又說道：
「如果遭遇到不公平的事情，大家一起討論，齊心協力抗議才能解決。」
「怎麼齊心協力？」
「首先，如果想要志同道合，就必須結合大家的意見。」
山下只說到這裡，在酒快要喝完的時候，他從口袋裡拿出一張傳單遞給他們。
「我偶然撿到這東西，讀過之後覺得熱血沸騰。」
山下與不知所措的他們在酒吧前分手時說道：

「我們的船過幾天就要離開了，如果想見我的話，明天也來這家酒館吧。」

他們面帶笑容地分手了。山下組聚集在住處，說明彼此一天的成果。三個組員分成兩個小組外出，像他們組長一樣分發傳單，雖然沒有約定，但開始期待能聚集多少人。

山下第二天晚上到酒館去等，那兩個青年東張西望地進來。他毫不猶豫地舉手示意，青年們不安地走到他面前坐了下來。山下向店員點了一壺米酒和下酒菜，然後說道：

「昨天看到那個沒有嚇到嗎？」

「不就是打敗日本鬼子，讓朝鮮獨立嘛……」

「也是讓工人團結起來。」

說完，青年四處張望，然後問他：

「大哥真的是船員嗎？」

他微微一笑，婉轉說道：

「我都說了我是從上海來的。那裡和這邊的氣氛完全不一樣，主張與日本鬼子作戰的朝鮮年輕人非常多。」

「請再多說一些吧！」

山下對他們說其實自己是獨立運動者，正在召集同志，想舉辦讀書會。兩個青年欣然答應說自己也想學習。他們離鄉背井，從事勞動，沒有沾染上市儈之氣，保留著純潔的心志。約好日期、時間和地點之後，他們那天也愉快地喝酒後分手。山下組招募的讀書會會員申請者有六人，他們決定在住處附近另租兩間房作為聚會場所。

山下和一名組員參加了讀書會，另外兩名組員決定暫時不參加。過了一個月之後，會員數增加了兩倍。這期間共舉行了四次讀書會。

山下崔達英把準備好的資料油印出來，分發給讀書會會員，以一起閱讀後討論的方式主導聚會，他每次聚會都勸十多名會員把可靠的同事帶來。在機械工廠工作的吳某把自己工作崗位的組長帶來參加聚會，並介紹給大家。組長尹某，性別男，是長期在傭工的崗位上實習的發電機技術工人，年齡超過三十歲。如果是這種程度，工廠不僅會給予班長級待遇，對於普通傭工或見習工而言，說話也是很有權威的。

方又昌逃到仁川後，去到從開港初期就開始經營的老舊碾米廠。由於他在永登浦鐵道工廠是自己負責車床的熟練工人，因此碾米廠這種程度的工廠甚至能聘請他擔任技術人員。仁川碼頭裝卸工人中也有幾名在經歷元山碼頭罷工後移居到此處的太勞系（太平洋勞動組合系列）的活動分子。不到一年，他們就與進入各級工廠來自京城、江原道、京畿道等地的活動分子建立了聯絡管道。他們也自然而然地聯絡上金亨善的國際路線，接收他們發送的機關報和印刷品。這些人當中有共產黨京城重建派的領頭分子，方又昌是唯一能夠掌握這兩方的人。他一逃到仁川，就向太勞系的領袖——碼頭裝卸場的什長趙某報告了自己的情況，兩人得出逃亡者最好的藏身之處最終還是工作崗位的結論後，一到仁川就計劃就業。在趙某的介紹下，他進入碼頭對面歷史最悠久的碾米工廠，那是日本人經營的。他直接去到工廠，自由自在地使用車床機器，研磨了幾個被分配到的機械零件，日本工廠廠長和工程師欣然地把他能專門負責的機器交給他。他們每週一次到常去的酒館聚會，定期討論附近的情況。有一天，在某機械工廠工作的尹某組長報告說，聽到自己手下的兩個組員參加讀書會的事情，他們當然認為有必要弄清楚對方屬於哪個路線。太勞系在海參崴有據點，國際黨組織路線在上海，因此即使他們的方向不同，最終還是以國際路線為背景。李在柳等黨重建派僅表面上就有兩百多人被捕，但暗地裡仍有很多男女活動分子留在工作現場。國際黨的活動分子看到李在柳等中央階層開始逃亡後，以統合的名義試圖將他們吸收進來。但是現場工人們並沒有嚴格劃清彼此的界限，反而批評說應該克服派系主義。因此，仁川太勞系的領袖趙什長勸機械工廠的尹某和方又昌瞭解一下新成立的讀書會。尹某跟隨在同一個工作崗位上工作的組員，出現在山下偵探組正在謀劃的讀書會上。週日下午兩點是工廠工人們難得的悠閒時間。有家人的好不容易包上紫菜包飯去月尾島遊樂園郊遊，還去親戚家或父母家，青春男女們脫下沾滿油汙的工作服，穿上華麗的季節服裝約會，或者舉行排球、足球比賽度過整個下午。帶尹組長過來的紡織工人吳某首先向主管讀書會的崔達英介紹了他，並在讀書會開始前再次將他介紹給在座的人。

「我邀請擔任我們工廠發展班組長的尹兄來參加聚會。」

尹某盡最大努力，平淡地說了一句：

「我什麼都不懂，因為不知道世界是怎麼運轉的，所以很多時候都很鬱悶，請多多指教。」

崔達英用銳利的目光打量尹某。他穿著白色棉布短袖襯衫和工作褲，看起來是個平凡的工人。嘴角總是掛著微笑，用半張著嘴的輕鬆表情輪流看著討論的年輕人。他看起來不像完全能聽懂的樣子，他把事先給他的名為《共產主義者》的小冊子一部分放在膝蓋上，漸漸露出無聊的神色。他沒有讀油印的字，只是大致地翻閱一下小標題。兩個小時的讀書會結束後，山下崔達英決定問第一次來的尹某幾句。對尹某來說，這也是他所希望的。

「參加讀書會的感想如何？」

尹某也像崔達英一樣老練，所以連連笑著回答：

「我太無知了，所以不太清楚。只是希望我們工廠的薪資能高一點。」

「要想那樣的話，首先應該召集志同道合的人，一個人什麼事也做不了。」

「請問您在哪個工廠工作？」

坐在旁邊的小吳說道：

「我不是說過嗎?這位是船員，從上海來的。」

尹某又親切地笑著點了點頭。

「啊，從上海來的。那您應該不太瞭解這裡的情況吧？」

崔達英無奈地說道：

「我只是個中間人，上海那邊要我把消息傳達給這裡的工人。」

尹某放低了聲音，表情也為之改變。

「這裡是危險區域。」

崔達英認為自己應該展示一下手上的牌。

「前幾天在報紙上看到，國際黨出身的金亨善被逮捕了。」

尹某又再次恢復那張面無表情的臉。

「像我們這樣的人，因為忙於生計，不知道世界是怎麼運轉的。」

他們的會面大致就是這樣開始的。讀書會結束後，山下回到住處和偵探組員舉行了每日檢討會。結束討論時，他進行了整理。

「尹某是一個有兩種可能性的人。雖然在政治上無知，但可能是希望改善薪資或職場待遇的普通前輩工人，對他來說利害關係應該是他最關心的問題，說不定他是比較容易成為我們這一邊的對象。另一種可能性也許是作為潛入工廠的活動分子，想要來觀察我們，所以有必要關注尹某的動向。」

另外，尹某出席了活動分子每週的聚會，見到太勞系的趙什長、方又昌、紅色工會組織的金根植等五名核心人物，向他們報告對於讀書會的印象。他把自己拿到的小冊子展現在他們面前。

「從內容來看，這是繼我們擁有的《共產主義者》第三冊之後的第四冊。」

方又昌翻了翻冊子說道：

「那是金亨善同志囑咐我重新出版印製的，沒什麼新意。但即便如此，他們怎麼會有這個機關報文件呢？如果在國內重新出版的話，說不定跟京城的殘餘組織有關。而且如果真的是從上海來的，應該會有這個冊子之後出版的新文件。」

趙什長說道：

「再等等吧，直到弄清他們是哪一邊為止。」

山下偵探組的一名成員在尹某的機械工廠附近擺攤，沒過幾天，組員輪流暗中跟蹤尹某。在下一次讀書會到來之前，他們基本掌握了尹某的動線。崔達英留下組員，自己回到永登浦本署，報告了至今為止的調查情況，山下偵探組也理所當然地認為需要來自上海的新資料。他們向警務局提出請求，不久就收到最近在上海發刊的文件。過了十天左右，崔達英回到仁川，助理們向他報告了幾個新的事實。尹某不是普通的勞工，證據是他在工作結束後回家讀書，或公休日在萬國公園、文鶴山、築港、月尾島等地與其他工人見面，舉行戶外讀書會。崔達英參加了時隔兩週的讀書會，發現十一名會員中，尹某也坐在裡面。崔達英分發用油印版印刷的文件，那是上海共青雜誌的一部分，刊登在《共產主義者》第五冊裡的相關論文和五一勞動節鬥爭的內容，還有反對帝國主義戰爭的宣言等。崔達英一如既往地重複與文件相關的安全指南。傳單可以各自持有，如果被當局發現，就要說是在路上撿到的，或者是不熟的人撿來保管的。還有就是文件要先帶回家仔細學習，下次見面時再交還。同樣的，如果被發現，就要說有人扔在家門口就走掉等等。崔達英說，這次先討論兩篇宣言，雜誌和機關報的文章帶回家閱讀後，下次見面時一起學習。他在這個讀書會裡化名為崔甲植。尹某在隔週舉行的活動分子定期聚會上，向同志們出示了文件資料。

「很明顯的，這個叫崔甲植的人坐船去過上海。從內容上看，這是最近國際黨的文件。」

趙什長和金根植一眼就看出這些文件的內容是由黨組織執筆的。這是來自當地的聲音，也是黨的方針，從大局指出活動的方向。方又昌說道：

「不用所有人都去接觸，那邊由尹同志負責就可以了。」

山下崔達英經由組員的報告，得知尹某在下仁川附近的酒館與幾個人見面，在一個月後的八月中旬，在酒館對面擺好陣仗等待他們，最終認出和他們一起見面的方又昌，正是他去年在永登浦的丸星運送會社巷子裡漏掉的難忘面孔。他在看到方又昌的瞬間，想著要不要就這樣撲過去，但為了將狂跳的心臟安定下來，他掏出一支香菸，慢慢抽著，然後告訴帶他過來的助理說：

「要弄清楚他們所有人在哪裡做什麼，這就是我們在仁川進行活動的理由，特別是方又昌由我來負責。」

山下立即回到本署進行報告，警務局高等係課長也出面再次確認了他的報告。決定先不逮捕他們，等到他們和京城有聯絡的時候再一網打盡。

安大吉刑滿後釋放，他回到位於新吉町母親經營的飯館。安大吉遵守了因治安事件被關押後獲釋的活動分子守則。大部分的活動分子如果不是領導組織的核心，可以在調查過程和審判庭上發表轉變政治立場宣言。幾乎所有現場工人都將政治責任推給被逮捕的核心活動分子，自己因為無知，不知道活動的意義，只是按照指示去做，提交了以後要以善良的皇國百姓過活的保證書。甚至在他們獲釋之前，監獄就要求他們在保證書上蓋手印，承諾會遵守程序。相反，組織的核心積極分子貫徹自己的主張，承擔起向大眾和社會進行宣傳鼓動的責任，但堅稱自己的革命行動正在準備，還停留於組織化之前的未遂階段。安大吉也只是在罷工爭議過程中起到主導的作用，並沒有查到他與赤色工會組織有所關聯，因此量刑較短，釋放前在誓約書上蓋上手印。一旦被釋放，就不能急於與過去的同志們聯絡。在休息期間，他努力恢復因獄中酷刑而衰弱的健康，持續過著單調的日常生活。最重要的是無論做任何事，都必須維持生計，亦即必須就業，因為就業意謂著進入社會的體系內，監視的強度也會變得鬆弛。如果組織需要和他聯絡，就會派報告員前來。直到那時為止，他必須忘掉一切，耐心等候。另外，如果發生緊急情況，想要進行聯絡的話，必須通過可信賴的報告員聯繫，並等待指示。

安大吉自己決定了一天的作息，清晨早起打水，協助母親做飯，然後去市場購買母親交代的蔬菜和食材，用腳踏車載幾箱回來。母親在後院的鐵鍋裡放入白米，他就會燒柴生火，並鼓動風爐燒炭。一整天都在幫母親給客人送飯、送菜、迎接、送客到門口等，忙得不可開交。過了晚飯時間，較為空閒時，他才會在脖子上圍著毛巾，往方下岬方向走，在小河裡洗澡或散步回家。他的日常一成不變。觀察危險分子的動向通常是新任巡士助理的工作，他們總是按時記錄並報告安大吉的相同舉動，但大概過了一個月左右，觀察者或接到報告的刑警就會開始鬆懈。另一方面，想要聯絡的一方會密切觀察他的日常生活，斟酌哪個時間和場所進行聯繫更加有利。

李二鐵知道安大吉確切的釋放日期，也在離新吉町飯館稍遠的地方確認他來回走動的情況。他選擇了既是紡織工廠的女工，也是黨重建派的基本負責人朴善玉去聯絡。安大吉很清楚她是誰，也知道她想傳達誰的訊息。朴善玉雖然是紡織廠的工人，但經常在上班前幫外祖父母去市場買菜。李二鐵和韓如玉在開設米糕店後，輪流去市場，因此對於在永登浦街道和巷子經營小店鋪的商人來說，早市並不是什麼特別的場所。安大吉在市場人滿為患的清晨，牽著腳踏車沿著攤販所在位置走著。朴善玉來到他駐足的攤位前，在他身邊停下腳步。安大吉一眼就認出她是誰，她的臉上瞬間浮現出喜悅的微笑，隨即消失。這時，韓如玉在開闊的市場街道邊緣的魚攤上，假裝不停地挑魚，實際上卻在觀察兩人的周圍。果不其然，經驗豐富的她看到跟蹤安大吉的人。他穿著寬鬆的西裝上衣，下身穿工作褲，還打著綁腿，深怕別人不知道他是巡士助理，或許安大吉也知道有人在跟蹤自己。

「哎喲，等待已久的新豆子終於上市了！」

朴善玉高興地抓起一把豆子往籃子裡裝，安大吉很自然地對站在旁邊的她搭話。

「這是好東西吧？」

「當然了，放進飯裡也好吃，用來做豆粉也很美味。」

她要了一大瓢新豆，自言自語地喃喃說道：

「中秋節都快到了，天氣怎麼還這麼熱？婦女要想去鬼神岩石洗澡，得過午夜才行。」

安大吉一下子就聽懂了，還進行確認。

「這洗澡吧，中秋節的前一天最好。」

買了豆子的朴善玉遠離攤位，安大吉買了青菜和馬鈴薯之類的東西後，裝上腳踏車。朴善玉和韓如玉撇下還在逛市場的安大吉，從市場入口處出來，並排走著。

「中秋節前一天十二點，在鬼神岩石，已經確認了。」

朴善玉輕易地處理了自己負責的事情，韓如玉回去後告訴丈夫二鐵。二鐵在李在柳被捕和脫逃騷動後，一直與他中央的唯一上線李冠洙保持接觸。但李在柳隱居在三宅教授家中，再次脫逃後，李冠洙轉移了祕密基地，彼此的聯絡就中斷了。可以推斷的是他們一起潛伏在京城附近的某個地方。李二鐵認為，愈是這種時候，就愈要進行組織檢查，保存活動力量，以免相互分散或偏離。這也是沒有被逮捕，留存下來的人的義務。在永登浦這個組織裡起到重要作用的安大吉和方又昌，對他來說是重要的開始。韓如玉去了京城檢查後回來說道，過去和他們競爭的國際路線權某的組織主張自己才是李在柳一派的接班人，也是重建黨的唯一組織，並頻繁接觸現場工人。李二鐵不只一次聽到對他們的批評，主張京城三架馬車的黨重建派系是派系主義者，這種不合時宜的事業應該被剷除。作為成熟的共產主義者，二鐵對此不予理會。現場的人們認為，無論是誰，只要思想正確，就應該互相幫助。雖然有些人說這是自稱國際黨的人企圖篡奪組織，但二鐵並不介意。

在月亮邊緣稍稍不足、近乎滿月的農曆八月十四日晚上，當月亮即將升至中天的時候，二鐵離開了家。家家戶戶在時隔一年的中秋節為了準備祭祀桌，整條巷子都瀰漫著油煙味。到了十二點左右，街上人跡罕至，大家似乎都在為明早的祭祀養精蓄銳。當時正是日本帝國主義的走狗為了自己的家人早早下班、睡死了的時候。二鐵走到方下岬鬼神岩石附近，那附近正是他從小來過無數次的洗澡處，就算陰暗，他也熟悉到能閉著眼睛四處走動，更何況是八月十四日月光明亮的月夜。那裡也是過去李二鐵和金亨善的報告員韓如玉見面的地方。他在如同湖水一樣寬闊的水坑盡頭俯瞰著鬼神岩石的山坡上，專心注視道路的下方，很快就看到依稀像人身的形體，隨著他的接近，可以認出是熟悉的安大吉的步履。當安大吉走近時，二鐵先走到路中間，以便讓他能認出自己。兩人沒有交談，先往水坑方向走去，安大吉跟在他後面。繞過水坑的岸邊，穿過小溪，就能看到紫芒和雜木叢生的樹林。他們趺坐在紫芒間，給彼此一個擁抱。

「辛苦了吧？」

「我因為是個大老粗，所以只有剛開始被修理。去了刑務所之後還去工廠服外役，所以還算不錯。」

安大吉似乎非常好奇，先問了二鐵。

「方兄去哪裡了？他不是比我更早出獄嗎？」

「他受到國際黨金先生的牽連，目前正潛伏著。」

「哎呀，怎麼會發生這種事？他在哪裡？」

李二鐵說道：

「仁川。他的生活已經安定下來了，不用擔心。」

二鐵把過去這段期間發生的很多事情都告訴了安大吉，並認為要盡快恢復與中央的聯絡。他們也商議好重新聯絡的信號、中間聯絡的方式等。

烏鴉飛走後，梨子就掉下來。[1]幾天後有人來到安大吉的飯館，那人穿著流動商販的衣物，把裝有賣剩的青鱗魚、鯷魚等兩個木箱放在扁擔上挑了進去，他東張西望地把扁擔支在院子裡坐下。

「大嬸，給我泡一碗湯飯，再給我一碗米酒。」

他似乎沒看到走來走去的安大吉，只是豪爽地對坐在房門下休息的安大吉母親如此說道，此時已經過了最忙碌的時間。安大吉反應很快地靠近他，幫他擺好筷子，並端來泡菜碟子。男人環顧周圍，確認只有他們母子兩人後，壓低聲音說道：

「我是從仁川來的。」

安大吉沒有回應，只是呆呆地看著他。

「所以呢……？」

男人嘻嘻一笑說道：

「買點青鱗魚吧，這是從仁川方氏商會來的好東西。」

安大吉不置可否，只是點點頭，把母親泡好的熱湯飯放在托盤上端給魚乾商人，然後說道：

「先吃湯飯吧，然後再想要不要做生意。」

「說的也是。」

小商販好像也馬上聽懂了，嘻嘻笑著吃起湯飯。他吃完飯後，站在廚房前面看著他的安大吉說道：

1 韓國俗諺，指進行某事時，另一事正好與之吻合，使人不禁產生懷疑。

「過來一下，我看看那些青鱗魚。」

兩人一靠近廚房的走道，眼神和語氣就變了。

「你是誰？從哪來的？」

聽到安大吉的質問，小商販回答：

「我叫金根植，在仁川的工廠工作。方又昌同志在碾米廠安定下來了，和組織也聯絡上了。」

安大吉還沒有鬆懈，又問他：

「沒有要你傳達什麼話給我嗎？」

「他問二鐵過得是否還好？」

安大吉放心地點了點頭，握住了金根植的手。因為他們必須在十分鐘內結束對話，所以只談了重要事項。臨別前，金根植說道：

「和上海那邊已經聯絡上了，以後和國際黨的協商會更加順暢。」

安大吉按照原則行動，認為和方又昌會有很長一段時間無法直接見面。

「過不了多久，二鐵會去你們那裡的。」

安大吉如此說道。

事實上，山下偵探組尚未察覺到金根植的行動，所以才沒有安排人跟蹤他。金根植清晨從家裡出發，到達碼頭之後，在趙什長的幫助下打扮成流動商販，帶上乾貨等步行到富平，離開仁川之後，在富平坐上火車，一早就到了永登浦站。上下班的工人和事務員讓車站顯得非常擁擠。實際上，他當天上午也真的一直在楊平和堂山一帶的平民住宅區販賣乾貨。金根植是老練的活動分子，無論後面是否有人跟蹤他，他都覺得自己應該真的成為流動攤販，即使是為了避開自己未曾察覺到的偵探視線也應如此。他在時間稍晚的下午兩點左右去到安大吉家的飯館，他回家的路上也是在富平下車，挑著扁擔行走，避開仁川市中心，半夜才到達碼頭，換穿別的服裝。午夜時分到家，巷子裡早已一片靜寂。

李二鐵接到李冠洙的聯絡，之前他失去蹤跡已久。二鐵得知李在柳和他似乎還沒有離開京城，雖然極力克制進行活動，但正在整理之中。在他們之間，所謂「整理」是為了減少損失以及提出正確的路線。首先必須自己切斷沒有暴露的連接點，只留下最小限度的人員，用文件傳達指令。用手謄寫的簡明文件經由背誦或重寫來傳遞。二鐵接到通知後進入京城，並前往以前定為緊急場所的東大門外圍的東廟附近。圍繞東廟的是繁盛城市中貧民的茅草屋，這些狹窄的巷子裡總是擠滿商販。根據約定，他下午五點半到六點之間，會在兩百公尺左右的路上來來去去。當他走到第三趟，李冠洙穿著縫過的馬褂，頭上戴著一頂深壓著的毛帽，從對面走來。二鐵起初沒認出他來，剛要走過他身邊時，李冠洙停住腳步，跟他搭話。

「那個，我問一下路。」

二鐵聽到他的聲音後才意識到他是李冠洙，然後回答道：

「啊，是、是，您問。」

「東廟怎麼走？」

二鐵毫不猶豫地站在他前面說道：

「我正好要去那裡，您跟我來。」

兩人自然而然地同行，走進小村之間的岔路，然後去到村外。確認沒有人跟蹤後，他們走向已經秋收完的菜田。此時周遭已是初冬時節暮色昏暗之際，兩人邊走邊談。事情很簡單，被捕的鄭某和與三宅接觸過的國際黨路線權某要求會面，但沒見成。剩下的部分組織為了掌握現場情況，最好和權某一起合作。文件以朝鮮共產黨重建協議會的名義發布，此後將成為各組織的聯合名稱。曾擔任學生運動部門的朴某同志將負責留在京城的組織聯絡工作。文件只允許他們之間最少數的組織閱讀，李二鐵也向他報告了仁川的現狀。

「您認識一個叫金根植的人嗎？」

「啊，他是李在柳同志的老夥伴，兩個人在服刑時相遇，是我們這邊的人。」

「據他轉告，他們建立了和上海聯絡的管道。」

「仁川嘛，應該也是有可能的。但是他們太不瞭解國內的情況，所以要盡量避免直接聯絡。」

「方又昌兄在我們組織工作的時候與國際黨的金亨善有過聯絡，您知道他逃往仁川的經過吧？」

「我知道。你安排一下，透過方又昌，我們跟來自海參崴遠東支部的權某組織見個面。」

李二鐵和李冠洙的見面結束後，連晚飯都沒能一起吃，就在往十里的田野上道別。李二鐵回家後和妻子韓如玉商量，她說乾脆自己去仁川看看，但二鐵的想法卻不同。她身為金亨善的報告員，也是最早的聯絡人，在接頭時，方又昌被發現，因此他認為妻子不應該再次牽連到這件事上，更何況她快要臨盆了。

李二鐵知道到仁川之後聯絡金根植方法，他決定先派朴善玉過去。朴善玉穿著樸素的便服——開化裙子和上衣，披著外套，就像女辦事員和女紡織工一樣去了仁川。金根植不愧是長期的活動家，約見地點也不同尋常。朴善玉去的地方是教堂，在禮拜結束後，她走近結束唱詩班風琴伴奏的女性。當朴善玉問她是否知道如何聯絡乾貨商販時，她佯裝不知，反而問那是什麼意思。朴善玉說上次他賣的青鱗魚很好吃，那女人瞬間臉色一變。她是金根植的報告員，在東洋紡織工作。當晚，朴善玉和金根植假扮成情侶，在萬國公園約會，當場確定了李二鐵和方又昌見面的日期和時間。

12

李二鐵在嚴寒伊始的十二月中旬乘火車去了仁川。他在夜幕降臨的鷹峰山入口處等候六點整到來。

山下組集中調查方又昌，等待決定性的時刻。兩人一組反覆進行跟蹤和潛伏，發現在碾米工廠上班的方又昌日常生活比較規律，沒能看到什麼變化。酒館裡的聚會漸漸減少，不知道是不是更換場所或形式，成員已經許久沒有聚在一起。山下崔達英變得愈來愈焦急，擔心如果燜得太久，是不是會讓做好的飯燒焦。他們偽裝的讀書會辦得非常順利，在調查尹某和方又昌的動態之餘，不放鬆搜尋任何線索。當天山下在住處，外出潛伏的組員慌忙地闖了進來。

「方又昌外出了。」

「什麼？他去哪裡了？」

「現在正在跟蹤他，您得快點去看看。」

山下看了一眼手表，此刻是吃晚飯的時間，也許方又昌想喝杯酒。可是他下班後已經好久不出門了，確認他的行蹤後再回來也沒有什麼損失。如果因為自己沒有確認方又昌去見了誰而錯失線索，過去這段時間的辛苦可能會全部化為泡影。山下穿上鞋子，急忙跑到街上。他們不顧周圍的目光，不久就追上了跟蹤的組員。確認了走在前面的方又昌後，一起去的組員交替任務，開始跟蹤方又昌，先行跟蹤的人貼近山下組長身邊。

「他一定是去見某個人。」

「為什麼？」

「現在不是正往街外走嗎？那就不是去喝酒或者吃飯。」

他們保持一定距離跟在方又昌身後，愈發確信。他前往的地方是鷹峰山方向，並朝著鷹峰山萬國公園聖公會教堂旁的散步小徑走去。他們在黑暗中勉強與方又昌維持一個可以辨識的距離，看到他走進一條僻靜小道，組員之間低聲說道：

「我們在這裡埋伏，你去確認一下他跟誰見面。」

「要不要逮捕？」

組員緊張地詢問。山下不耐煩說道：

「混蛋，我們這麼辛苦的原因不就是為了把他養肥之後再殺掉嗎？只要去確認就行了。」

過了一會，消失在黑暗中的組員回來。

「他去跟某人見面。」

「太好了，方又昌一定會回宿舍去，我們的目標是那個來見他的人。」

山下在瞬間做出判斷。那個人應該是從仁川以外的地方來見方又昌，那麼他就一定會回去，不會在這裡住宿，否則會在旅館或住宿場所留下痕跡。交通方式有兩種，步行或者乘坐京仁線火車離開。那人絕對不會在這麼寒冷的夜晚步行離去，一定會去火車站。

山下認為仁川終點站最靠近碼頭，於是毫不猶豫地做出決定。一個人從這裡開始跟蹤來見方又昌的人，其他組員在則在前往車站的中間地點等待，然後互相交替，進行跟蹤。組長山下決定在車站等他，並立刻前往車站候車室確認火車時刻表，火車只剩下末班車，他先買了去永登浦的票。他可能得在沒有援助的情況下進行跟蹤，或者是在途中進行逮捕。過了三十分鐘左右，旅客開始陸續進入候車室。山下在候車室的右側角落裡佯裝看報，他看到幾個人走了進來，後面有組員跟著，組員一眼就認出組長，來到他身邊坐下。

「那個穿草綠色半大衣、戴毛線帽的人，就是他。」

山下順著跟蹤組員眼神的方向，看到似乎在售票處附近確認末班車時間的男人背影。山下緩緩站起來，向男人走去，試圖靠近並確認他的長相。走到大約離他四步距離的位置時，那個男人轉過身來，山下不慌不忙地低頭從他身邊走過，並在火車時刻表前方停下腳步。雖然他假裝抬頭看時間表，但後腦發麻，心臟劇烈跳動。看到男人的臉那一瞬間，山下崔達英就像被火針扎了似的，嚇了一跳。候車室的人亂哄哄的，開始剪票了。他回頭一看，乘客們正排著隊走出剪票口。山下沒有插隊，只是站在原地看著草綠色外套消失在人群中。遠遠地觀察組長的助理急忙跑過來說道：

「不用跟蹤他嗎？」

山下若無其事地回答道：

「沒有那個必要了。」

他轉過身來，帶頭走到候車室外面點起菸。組員點燃火柴，他吸了一口菸，然後長長地吐出一口。

「是我非常熟悉的傢伙。」

第二天早上，山下前往永登浦總署，根據過去這段期間的偵查結果，針對碼頭裝卸場的趙什長、方又昌，以及在他們發起的讀書會中發現的尹某，還有昨天來見方又昌的聯絡員進行討論。最終，內部調查結果顯示，碼頭的趙什長是很早就從咸鏡道元山過來的太平洋勞動組合成員，推測與共產國際遠東支部的連接點就是趙和方兩人。因此判斷方又昌是在與國際黨的聯絡中找到趙什長，並逃到仁川。

「把這兩個傢伙擰一擰的話，京城的國際黨組織就會全部暴露出來了。」

「如果昨天見面的那個人是聯絡員，不也是有所關聯嗎？」

「他應該是去問方又昌關於聯絡方式的事，不用太著急。」

松田警監問道：

「不用著急？那又是什麼意思？」

「那是我過去掌握的人，可以暫時把他晾在一邊，當作誘餌。」

「不是重要人物嗎？」

「重要人物不會直接和通緝犯見面。」

山下幾乎是確信地說道，森班長也同意。

「如果是聯絡員的話，應該是下層的細胞。」

松田警監似乎有些懷疑地歪頭說道：

「嗯，總之也要派個潛伏組繼續觀察他。」

永登浦警察局高等係將行動開始日期定為星期二晚上，森班長決定增援兩名日本刑警前往仁川與山下偵探組會合。在他們出發去仁川之前，偵察李二鐵米糕店的助理氣喘吁吁地跑來，向山下作了報告。

「米糕店的門鎖著，我繞了一下，覺得屋裡好像沒人。」

山下想了一會之後對助理說：

「我自有分寸，你暫時先別管。」

他們要到仁川逮捕的人是趙什長和方又昌兩人，他們發展並祕密調查的資料則交給仁川警察署。亦即山下組決定把讀書會聚會時查到的朝鮮勞動者名單和他們的公司、看似單獨運作讀書會的尹某的讀書會等資料，製作成簡單的核查報告書。森和山下前往仁川警察署高等係，告知班長這段期間的調查內容，很晚才接到報告的日本警司大發雷霆，甚至把報告書扔到他們的腳下。

「你們憑什麼到人家的地盤來開這個玩笑？」

森生硬地回答：

「我們只是按照警務局的指令進行而已。」

「所以你們要逮捕頭目立功，讓我們去收拾那些被誘騙的小魚？」

「不好意思，這是由警務局直接指揮的治安案件。」

沉默了一會後，警司似乎還不解氣，告訴部下說：

「都抓起來，因為是和上海相關的組織事件。」

警司出去後，仁川署的班長挖苦山下：

「你以後不要出現在仁川，如果被我看到，就會立刻把你當作上海的赤色分子聯絡員逮捕。」

星期二晚上十點，他們逮捕了方又昌和趙什長，並移送到永登浦。他們知道被捕的第一個晚上非常重要，在黎明破曉之前，必須盡可能多挖掘事實，才能取得更多的成果。他們從趙什長那裡得知與元山的聯絡網，並集中拷問方又昌，得知他已將京城國際黨的中心——權某的聯絡方式告訴了李二鐵。他們還從拷問中，獲知永登浦工廠組織中幾個國際黨員的名字。另外還瞭解到，方又昌曾與京城的黨重建派以及國際黨有過接觸，而且正如警方推測的，這兩個派系有合併的動向。警方從方又昌向李二鐵告知的權某聯絡員所在地出發，進一步查明權某身在何處。清晨的拷問非常殘酷地進行，方又昌暈倒三次，每次都有待命的醫生進來注射強心劑。天快亮的時候，方又昌完全崩潰，說出權某藏身的益善町香菸店鋪祕密基地。從警務局直接前來仁川的副警司透過緊急電話，派遣刑警隊到益善町並將權某逮捕。在森的指揮下，直接拷問方又昌的山下等朝鮮刑警前往永登浦管轄的各工廠抓人。當天下午，方又昌不知是否因為失去了最後的氣力，最終宣告死亡。醫生的診斷書上死因雖記錄為心臟麻痺，但很明顯的，死因是由於長時間的電擊和灌水導致的肺部受損。

✣ ✣ ✣

至於李二鐵是如何避開這一最危險、也是最初的抓捕時間？他在仁川見到方又昌後，走向下仁川終點站時，察覺到異常的跡象。他看到有人站在進入中心街道的電線杆後方抽菸，在相對較遠的距離外，他也留心觀察到微小的火花。二鐵走過他的身邊，掃了一眼對方的裝扮，他身穿毛料半大衣，耳朵上戴著兔毛護耳罩。二鐵走到他自以為淹沒在黑暗中的地方，快速回頭一看，他看到兩個黑影，但不久就合二為一。他瞬間察覺到有人在跟蹤他，稍遲才意識到這些跟蹤的人正監視自己和方又昌的行蹤。那麼這些人就是在監視方又昌的人，也是隸屬於仁川警察署的走狗。他猶豫了一下，考慮是向黑暗的田野逃竄，還是照常前往終點站搭乘火車。周圍已經是中心街道，他不再回頭張望，刻意走到馬路對面，往同一個方向行走，尾隨的人不知何時已經不見蹤影。李二鐵決定按計畫搭乘末班車，當他進入車站候車室時，又看到戴著兔毛護耳罩的身影，還看到他坐在某人的旁邊。二鐵故意不回頭，而是仰望著火車時刻表，等候乘車時間。他突然轉過身，看到原本在閱讀報紙的那個人正朝自己走來，兩人的視線互相交錯到底經過了幾秒？雖然對方低著頭從旁邊走過，但二鐵已經在視線交錯的那一瞬間認出他是誰。那人分明是崔達英，二鐵跟這個哥哥小時候玩伴之一的養豬戶達英也非常熟悉，並從哥哥那裡聽說過他當上巡警助理，成了賣國奴，而且偶爾也會在稍遠的地方看到達英在市場的街道或車站前的轉角處緩慢行走的樣子。在候車室，二鐵等著他過來搭話，但不知何故，他裝作不認識自己。二鐵坐上了火車，崔達英沒有跟上來。二鐵一回到家就向即將臨盆的妻子述說了自己遭遇的事情。韓如玉雖然曾經身為祕密基地的情報傳遞員，後來才與二鐵成為真正的夫妻，但卻是一個深知革命運動重要性的女人。

「現在你得馬上去通知那個聯絡員，通報緊急狀況。」

「不可能直接聯絡，會按照我們的方式，先進行兩次安全接觸。」

「那不就需要兩天嗎？」

「沒有時間了，因為崔達英知道我是誰。我們現在沒有時間了。」

韓如玉想了一會，然後對丈夫說道：

「我去跟莫音姑姑商量一下，你快躲起來吧。」

二鐵沒有刻意去見還沒有接觸過的權某的聯絡員，他認為將永登浦的痕跡處理好是最重要也是最緊急的。他想切斷國際黨和京城重建派之間的聯絡。目前，總督府警務局正在調查的是國際黨路線，京城重建派在李在柳逃離前後已經逮捕了數百人。他先與朴善玉見面，告知她情況，並囑咐說趕快逃走，到時如果被逮捕，為了將自己遭受的苦楚降到最低，必須陳述自己只是一個跑腿的。他也將方又昌和自己即將被逮捕的消息告訴安大吉，還告知正與國際黨聯絡的曹永春和池某，至於要如何選擇，由他們自己做出決定，他還拜託他們保護朴善玉。曹永春說自己組織的讀書會會員都是普通勞工，即使被逮捕，其實也幾乎一無所知，損失不會太大，並打算拖延時間後交出他們的名單。事實上，除了方又昌之外，他並沒有與永登浦以外的組織有直接聯絡。二鐵知道天一亮，刑警們就會出現在自己家附近。他就不用說了，連妻子韓如玉都再也回不了家，二鐵也不能去柳樹屋，就拜託朴善玉聯絡大嫂。

申金對於小叔、他的妻子韓如玉，還有當時尚未出生的長山後來的命運記得相當清楚。她一直記得朴善玉雙手顫抖地告訴她發生了危急情況，還有當說起她當天沒能做晚飯，趕緊出門的事情時，也不忘提到婆婆朱安媳婦出現的情景。

「村莊教會幼稚園前院是約定場所。出門的時候，朱安媳婦已經在我三步前慢慢走著。我沒有跟她搭話，只是走著熟路而已。教會周圍是磚牆，前面的鐵門打開，裡面有滑梯和鞦韆。進到教會裡，小叔就站在門邊的陰影中，低聲喊，嫂子，是我。」

二鐵大致說了一下情況，說妻子去了莫音姑姑那裡，他們兩個人都得逃。申金問他打算去哪裡，他回答雖然還沒有定下來，但無論如何都要離開永登浦。那時，朱安媳婦以微微駝背的姿勢站在兩人旁邊，聽著他們的對話。她出現的時候，通常都只是默默地坐著、站著或跟在後面，但當天申金耳中卻聽到她濃濁的嗓音。那個誰啊，不是有一個當過他們兄弟級任老師的人嗎？就是你們結婚時當證婚人的那個好人，去他那邊躲著就行了。申金在慌亂中，根據耳邊婆婆傳來的聲音照樣說道：

「去許相佑老師家怎麼樣？」

二鐵點了點頭，對申金說：

「妳知道他家在哪裡吧？」

「我們當然知道了，去年中秋節前還去過他家。」

申金帶著小叔去了道林町。他們兄弟上過的普通學校馬路對面就是建有國民住宅的社區。到達許老師家時，正好是吃晚飯的時候，申金覺得非常尷尬。師母對他們兄弟非常熟悉，而且把申金當作自己的兒媳婦，因此反而對他們突如其來的拜訪感到高興。吃過晚飯後，二鐵說出自己的情況，許老師說道：

「雖然我聽說過你從事思想運動，但我想起了一句老話，說是就算以後被抓，也得暫時避開鋒芒。你得先躲起來，直到這場風波結束。」

然後說今天先在老師家睡一晚，明天天一亮就去冠岳山山腳下的農家。許老師的故鄉在始興郡羅蜜，正位於與永登浦的交界處。冠岳山山脈環繞四周，進到山區之後有偏僻的山谷，非常安靜。有一次暑假，他們兄弟倆跟著老師去那裡玩了兩天。申金之所以在朱安媳婦告訴她去找許老師幫忙時，二話不說地確信，是因為她相信莫音姑姑說過在洪水泛濫時，婆婆曾經出現幫助姑姑的故事。她後來對丈夫一鐵說了這個事情，一鐵點頭說她做得很好。因為比起弟弟二鐵，他更相信母親現身的事情，甚至他自己也體驗過。第二天，二鐵跟著許老師去了羅蜜。在老父母去世後，故鄉的老家現在是由老師的弟弟居住和耕種。他們家的廂房有兩間寬敞的房間，二鐵決定寄居在此。

在仁川，包括金根植在內的幾名活動分子沒有露面，一直守著剩餘的組織。但在永登浦，與過去兩年間發生的各種罷工爭議相關的普通勞工都被逮捕，並接受了調查。安大吉、曹永春、池某、朴善玉等人最先被捕，被抓到永登浦警察署的工人大約有四十多人。其中，對方又昌的調查最為殘酷，他在審訊中死亡後，各種拷打集中在有前科的安大吉身上。根據調查，李二鐵、方又昌、安大吉、池某等人從永登浦鐵道工廠時期開始就是組織最初的成員，而且二鐵是與黨重建派中央有聯絡的主要人物，還查明他的妻子韓如玉是國際黨派遣者金亨善的報告員。山下崔達英立即來到柳樹屋找李一鐵，一鐵帶他到市場十字路口轉角處的酒館。崔達英喝了一大口一鐵倒給他的米酒後，單刀直入地說道：

「要是沒抓到二鐵，你們家就要支離破碎了。」

一鐵小心翼翼地說道：

「每家不是都有個愛惹事的孩子嗎？我畢業於總督府鐵道學校，在直營鐵道局工作，是一個徹頭徹尾的皇國臣民。正如你所知，我父親一生都忠實地在鐵道工廠工作，作為一名技術員，沒有犯過任何錯誤。求你告訴我，該怎麼配合你。」

崔達英直勾勾地看著他說：

「讓他自首就行了。我念在和你是兄弟的分上，當初在仁川遇見他時，也是故意不抓他的。但在審問其他犯人的過程中，二鐵的罪狀都暴露出來了，連我都幫不了他。聽說那傢伙的妻子也是共產主義分子的聯絡員，即便是現在也可以立即逮捕。現在他倆在一起嗎？」

一鐵慌忙說道：

「弟媳現在快要生了，就是這兩天了。她只不過是受丈夫指使的跑腿罷了。只要你答應我一件事，我就說服弟弟，把他交給你。」

「如果不是太勉強的要求的話……好吧！」

「不要逮捕快要生的弟媳，我要求的就只有這個。」

崔達英用手指敲著桌子陷入沉思後回答道：

「好，如果二鐵願意改變政治思想，他老婆在簡單調查後就會放了。」

「無論如何，我都會說服他的。」

「我的條件是不能拖延，如果二鐵能說出正在逃亡的李在柳所在處，我就會讓他在訓誡後立刻釋放。」

李一鐵從妻子申金那裡聽說弟弟避居在許相佑老師位於羅蜜的村舍，他在不用上班的那天去羅蜜找二鐵。弟弟看到哥哥親自來找他，非常吃驚。一鐵把和崔達英的談話內容告訴他。

「哥哥怎麼能這樣對我？雖然你是為了活下去，自願當日本帝國主義的奴隸。」

「是啊，父親一輩子削鐵撫養我們，雖然母親已經不在了，現在我還要代替父親養家。你可以罵我，但沒有國家的老百姓都那樣過日子。雖然父親沒說什麼，但還是會像我一樣理解你。可是你老婆和將來出生的孩子怎麼辦？你不是說要當活動分子嗎？那為什麼還要娶媳婦啊？你的妻兒不是應該由你來保護嗎？」

二鐵流下眼淚，沒有擦拭，而是仰著臉長嘆一口氣。

「不知不覺就變成那樣了，誰想那樣呢？」

「達英承諾，如果你寫悔過書，弟妹就會在訓誡後釋放。」

「即便是為了同志們，我也不能這樣做，倒不如受刑而死呢。」

一鐵真心地勸弟弟說：

「聽說方又昌在被捕的第一天沒過多久就在審問中死了，一定是受盡各種折磨吧？能活下來就得活下來，區區一張悔過書又算什麼？雖然會被罵，但也要撐下來。不讓身體受傷，活下來之後，不是可以再抗爭嗎？你又不是名人也不是領導階層。」

兄弟倆那天熬了夜。寒風吹來，貼著窗紙的門扇不住搖晃。一鐵躺了好久都沒能睡著，半睡半醒之際，弟弟在黑暗中低聲說道：

「哥，睡著了嗎？」

「嗯？還沒。」

「我們明天一起去永登浦吧？」

「真的？」

二鐵停頓了一下後說道：

「我先去看一下如玉，後天再去見崔達英。」

兄弟倆到達莫音姑姑家是在第二天的中午時分，韓如玉躺在申金結婚前暫住過，也是她和二鐵租到房子前暫時住過的後屋房間裡。她聽到聲音，透過玻璃看向院子，然後嚇了一跳跑出來。

一鐵沒有站上長廊，只是在院子裡對弟妹說：

「因為這些事情妳受累了，你們倆好好商量一下。」

莫音姑姑看到憔悴的二鐵，早已淚流滿面。

「唉，開個米糕店過日子不就好了，怎麼弄成這個樣子？」

一鐵答應第二天早上來找弟弟，然後就直接回到柳樹屋。那天晚上，二鐵和如玉緊握雙手，並排躺著聊了很久。要想盡可能簡單地概括寫悔過書，那就需要提前做很多準備。雖然永登浦周圍的人都知道二鐵的情況，但如玉的過去應該全部抹去。她的故鄉、去日本的經過保留下來，但在群山結婚之後的事情全部刪除，去過中國或走上活動分子之路的經過等當然都完全抹去。在離婚後，她來到京城當咖啡廳女侍，偶然認識了二鐵，按照他的指示當過幾次跑腿。李二鐵對自己也做了整理，他在鐵道工廠罷工時，認識了方又昌、安大吉等人，並根據方的指示進入京城，見過名為李冠洙的人一次。他記得曾經轉交過一份文件，是關於永登浦地區罷工的內容。來自國際黨的人和自己見面認識後，自己也成了聯絡員。當時還把中間的聯絡任務交給韓如玉，雖然不太知道金亨善和李在柳是誰，但是因為國際黨和京城派的主要人士見面，必須實施雙層保密工作，所以他們這一邊也需要兩個人。韓如玉完全按照二鐵的指示，其餘的什麼也不知道，只是去了約定地點，然後聽下一個約定場所的訊息。二鐵加入組織時被尋找勞動者權利的理論所吸引，但是因為太難了，所以不知道其深意和哲學。雖然認為朝鮮獨立這個想法是好的，但也認為這是一件既遙遠又困難的事情，僅憑自己個人的力量是不可能實現的。如果再有機會，願意以皇國臣民的身分勤勞地過日子。兩人在整理這些事情時，不約而同地哭了起來。

「太可恥了，以後怎麼活下去啊？」

韓如玉帶著哭腔喃喃自語，李二鐵也哽咽說道：

「要保存力量啊，不是說需要挺身而出反抗和養精蓄銳等待反擊這兩種人嗎？我無論如何也要度過這次難關再回來。妳只要替我經營米糕店，等我回來就行了。」

第二天，李一鐵帶著弟弟穿過市場十字路口，去了站前本町通警察局附近的咖啡館，然後給崔達英打電話。崔達英穿著整潔的西服和黑色大衣走進來，身邊跟著一名助理。他一坐下來，就向二鐵搭話：

「二鐵，好久不見。你自己來找我，應該已經下定決心了吧？」

二鐵默默地低頭坐著，一鐵說道：

「按照約定，你不會動我弟妹吧？」

「啊，那得看我們二鐵怎麼做了。不要太擔心，我只會把她當作證人調查，之後就會放她出來。」

山下崔達英回頭看了一眼坐在另一個位子上的助理，他走過來把手銬拷在二鐵的手腕上。一鐵跟在帶走弟弟的山下後面說道：

「你好好處理，這份恩情我是不會忘記的。」

山下崔達英對李一鐵微笑說道：

「既然犯了罪，免不了要坐牢。還有，你為什麼不改成日本姓名呢？現在政策已經頒布，全民應該都會改成日本名字了。」

這句話深深觸動了李一鐵的內心。啊，應該需要日本名字了。要想完全依靠鐵道局吃飯，必須順從總督府的指示事項，更何況自己是還想駕駛火車的朝鮮人。他在警察站崗的警察署正門前停下腳步，看著被抓進去的弟弟微微駝著的背。二鐵知道哥哥會一直看著他，但他終究沒有回過頭來。二鐵剛進入警察局高等係的審問室，山下組的助理就準備好了。山下把二鐵推進去，並告知部下：

「他已經自首，就不要太過分了。」

他丟下這句話之後就去了隔壁房間。一個助理先用拳頭毆打二鐵的臉部，在他快要跌倒時，另一個人又抓住他的衣領，毆打另一側。當他即將向前倒下時，另一個傢伙又把他拉起來，用膝蓋踹他，二鐵向後摔倒在地。

「哇，這麼脆弱，怎麼能當共產主義者啊？」

二鐵的鼻子、嘴唇裂開，整張臉血肉模糊。朝鮮人助理拷問者毆打他好一陣子，脫掉他的上衣和褲子，讓他只穿著一條內褲坐在接受調查的桌子前。山下走進來，開始進行調查。直到當天傍晚，調查才大致結束。第二天韓如玉被叫來，她在上午結束調查，一直等候到晚上下班的時間。

夫妻倆事先整理好的內容吻合，而且二鐵的調查非常順利，因此韓如玉被安排回家。之前對重大嫌疑人的調查已經結束，最重要的是國際黨中央的權某組織幾乎被逮捕殆盡，因此二鐵夫婦的調查報告只是將之前的事實按時間、地點進行確認而已。這與方又昌在審訊中死去時，提前阻止了永登浦的工人團結在一起的事情相似。從一開始，總督府警務局的調查方向就集中在粉碎國際黨對朝鮮勞動者有組織地接近這一事件上，因此普通勞工如果加以反省，並寫下悔過書和保證書，就會處以在訓誡後釋放或緩刑等較輕刑責。但是安大吉、曹永春、李二鐵等人因為與組織有所關聯，所以被處以較重的刑罰。身為累犯的安大吉被判處四年有期徒刑，管理讀書會的曹永春被判處兩年有期徒刑，聯絡員李二鐵被判處一年六個月有期徒刑。事實上，當時的行刑制度和刑務所情況非常惡劣，即使被判一年期滿出獄，也經常因生病而長期受苦或因後遺症而死亡。曹永春、李二鐵按照山下的指示，寫下了政治轉向保證書並按了手印。當然，國際黨組織有關人士受到三到四年以上的重刑處分，其中領導階層在刑滿後也受到治安監護處分，被關進保護所。直到他們被捕一年後，在京畿道附近農村從事農活並潛伏的京城重建派李在柳才被捕，李冠洙再次脫逃並去到地方城市。

韓如玉在李二鐵被捕一個月後，也就是他還在接受預審的時候生下孩子。申金對當時的情景記憶猶新，彷彿是昨天發生的事。當時距離春節還有幾天，韓如玉原本想回他們夫婦開的米糕店，但因為莫音姑姑和申金極力勸阻，所以一直待在姑姑家的後屋。由於不知道什麼時候會分娩，所以身邊必須有人照顧。大概是晚上十點左右，申金一個人在臥室睡覺，李一鐵那時晉升為京城到新義州之間的貨物列車司機，不再是助手，而是成為正式的火車司機，負責一條路線。也許那天晚上一鐵就在遙遠的邊境城市新義州過夜，申金感覺到有人推了推自己的胸口，猛然從睡夢中醒來。

「嗯……是、是誰？」

「孩子，快過去看看，我們家孫子要出生了。」

申金睜開眼睛，在黑暗中看到朱安媳婦坐在她枕頭旁邊。

「母親，這三更半夜的又有什麼事？」

她梳理了一下凌亂的頭髮坐起來，朱安媳婦又開始催促她。

「妳快點去看看，如玉就要生了。」

「啊？要生了？」

申金趕忙起身，披著衣服走到前廊，側耳傾聽對面房間的動靜，聽到了公公李百萬的鼾聲。

她故意大聲咳嗽，李百萬打鼾聲戛然而止，用睏倦的聲音問道：

「是智山的娘嗎？」

「是的，我想去姑姑家看看，弟媳好像今天要生孩子了。」

李百萬支起上半身，敞開了房門。他平時雖然不露聲色，但對兒媳婦的預感有所瞭解。他不經意地說道：

「怎麼樣？這次會生兒子嗎？」

「當然了，父親。」

「嗯，好，妳別擔心智山，快去吧。」

她加快了腳步，來到間村莫音姑姑的家，朱安媳婦已經先到門前，在那踱來踱去，等待著申金。她一敲門，莫音姑姑出來開門，她一見到和申金同行的朱安媳婦立刻就明白了。

「看樣子孩子要出生了，要不要把接生婆叫過來？」

「有我們三個在這裡，擔心什麼？」

「三個？」

姑姑呵呵大笑起來。

「也是，我們嫂子力量最大了。」

此後不到五分鐘，如玉就開始出現陣痛，不久就生下孩子。申金和莫音姑姑接生孩子、剪斷臍帶、洗乾净之後包在襁褓中。整個生育過程朱安媳婦都在旁邊幫忙。韓如玉額頭上冒出汗珠，用盡全身力氣後睡著，孩子也閉著眼睛躺在母親身邊。

申金和莫音姑姑在分娩前就知道孩子的名字是長山，申金對即將成為智山弟弟的長山出生感到欣喜，可是突然看到周圍似乎變得烏雲密布，孩子的臉也變黑了。然後她看到裝著嬰兒的竹筐，筐子上面綁著白布。孩子會死，她覺得太悲哀了，眼淚嘩嘩地流了下來。莫音姑姑為如玉準備了海帶湯，端進來時，看到申金的表情後問道：

「怎麼了，為什麼流淚啊？」

「沒有啦，就是覺得她很了不起，很開心。」

莫音姑姑想到幾乎是自己撫養長大的二鐵進了監獄，長山連父親都見不到，真是太可憐了，於是也流下眼淚。

「好日子總有一天會到來的！」

韓如玉大概坐了三週月子後，申金把孩子和如玉帶回柳樹屋。因為公公李百萬搬離對面的房間，在工坊裡生活，他多次向大兒媳申金說把小兒媳和孫子帶回家。莫音姑姑的兩個兒子都在上普通學校，所以她堅持由自己來照顧如玉母子，但申金轉達了李百萬的懇切意願。姑姑邊收拾行李邊說道：

「哎呀，我哥哥那個倔脾氣誰能改變？以後米糕店要由我自己經營了。」

智山和長山相差兩歲，就像一鐵和二鐵小時候的舉止，對李百萬來說，青春似乎再次回返。長山在過百日時，李百萬覺得他們家已經不是過去貧窮的家庭，決定簡單辦個宴席。莫音姑姑詳細告訴申金儀式如何進行，早上要擺三神桌，[1]必須放置白米飯、海帶湯、蒸糕、紅豆糕、點心和水果，在小桌上鋪上白紙，放上白米、白線團和紙幣。抱著長山的韓如玉坐在桌子中央，左右並排坐著莫音姑姑和申金，眾人合掌拜禮，祈願孩子長壽。百日宴是由婦女主導的，李百萬坐在工坊裡，在祭禮結束後進到內屋，圍坐在家庭桌旁。到那時為止，除了二鐵進了監獄之外，李百萬他家比其他朝鮮人更安穩、過得更好。

杜鵑花盛開後凋謝，所以應該是五月底、六月初之際，智山和長山都感冒了。剛開始，先是長山流鼻涕，然後咳嗽，智山也馬上出現和弟弟一樣的症狀。兩個孩子隔著大廳，在內屋和對面的房間裡分別躺著，申金和韓如玉互相商議並照顧孩子們。孩子們發燒三天，臉部和胸口長出紅疹，這才意識到不是一般的感冒。莫音姑姑跑過來往裡一看，臉色陰沉，立刻說道：

「什麼呀，這不是風寒，而是麻疹啊，看那紅疹應該是！」

兩個女人趕忙帶著智山和長山去十字路口後方的中醫院看病，被診斷是得了麻疹。麻疹自古以來就被認為百藥無效，生或死看天意。後來痊癒的人在發高燒三天後，疹子擴散到全身，並降至腳尖，然後自動退燒，就可以起身。但是死去的人在紅疹長到腹部時，會因咳嗽加重而死亡。當時全村有好幾個孩子都死於麻疹傳染病，智山在紅疹蔓延到腳底後就好了，但長山卻停止了呼吸。申金雖然事先已經知道會發生這樣的事情，但是對孩子的母親韓如玉和莫音姑姑都未曾提過。而且據說申金的眼睛還能看到疫鬼，智山和長山在罹病、發燒、咳嗽之前，申金在柳樹屋村子的小巷裡看到女鬼。因為是黃昏時分，西向的巷子內側陰暗，外側則因為陽光直射進來，所以十分耀眼。申金正要出去買菜，這時一個小女孩站在家門口。那個女鬼梳著羊角辮，穿著黃上衣、大紅裙子，就像在玩跳格子遊戲一樣，蹦蹦跳跳地玩著。

「妳這丫頭，為什麼在別人家門口放肆地跑來跑去？」

申金尖銳地嘀咕著，小女孩不知是不是受了驚嚇，停止動作，站了起來。

---

1 生孩子後獻給三神的祭祀桌。準備好米飯和海帶湯，祈禱讓孩子健康長壽，祭祀完由產婦食用。

「大嬸能看到我啊？」

「當然，當然能看見。看樣子妳也在覬覦我們家，想被關在籠子裡嗎？」

女孩子伸出舌頭，邊跑邊嘀咕：

「哼，已經進去又出來了。」

聽到這句話，申金心裡咯噔了一下。好像是在午睡的時間，那個女孩子進屋後又出來了。女孩子跑到每一家門前，裙子飄動，巷子裡逆光照射。雖然如此，因為申金是開化女性，不至於到處找巫女或算命的人，所以就放任不管。長山死亡的早晨，申金不知在大門那邊看到什麼，用瓢子舀起冷水，把辣椒粉倒進去攪拌後，灑在門前。

「妳這個死丫頭，快滾蛋吧！」

為了埋葬長山，從葬儀社請來一個男人。他給孩子穿上新生兒內衣，再用乾淨的布包起來，放在竹筐裡，纏上白布，然後用揹帶背起來。申金拉住悲痛的韓如玉，勸阻她不要跟過去的時候，李百萬和莫音姑姑跟著葬儀社的男人走出去。他們後來只是說孩子葬在公墓的轉角處。韓如玉送走長山後，病了半個月，到了夏天，她去探望被關在大田刑務所的二鐵。韓如玉並沒有說明探望二鐵的經過，後來被釋放回家的二鐵也沒有提起，所以不知道兩人之間到底談了些什麼。但是申金推測，當時韓如玉可能向孩子的父親說了關於長山的出生和死亡的事情，並傳達自己要離開的意思。

那年秋天的某日，韓如玉提議和李一鐵、申金夫婦晚上一起出去吃飯。聽到韓如玉說已經在村裡規模最大的中餐館安排好位子，他們夫妻倆都很好奇到底有什麼事。坐下吃飯時，如玉說道：

「我的命不好，沒辦法過安穩的日子，事情變成這樣，好像都是我的錯。上次去探望長山父親，我們已經商量好了，我想要離開家。」

申金已經大致猜測到，雖然知道沒有辦法，但還是想先勸勸她。

「等到小叔出來，就可以重新開心地生活啊，妳到底要去哪啊？」

韓如玉淡淡地苦笑了一下。

「不管是他還是我，一旦走上這條路，就沒辦法回頭了，因為欠同志們的債太多了。我打算回去以前待過的滿洲。」

韓如玉毅然決然地接著說道：

「在那個地方，生死分明，因為不只是政治鬥爭，而是持槍的戰鬥。」

沉默的一鐵問道：

「弟妹，妳在滿洲有什麼地方可去？」

「我打算去以前認識的人他們村子看看。」

「那是在什麼地方？」

「間島那邊。」

一鐵說道：

「如果是圖們江方向，日軍警備森嚴，跟以前不同。先去鴨綠江沿岸，再從滿洲坐火車去比較安全。但是高等係對妳的遷移會袖手旁觀嗎？」

「真是不好意思，但如果大伯您能幫忙的話……」

不知為什麼，申金聽到這句話後流下了眼淚。她用手絹沾了一下眼角，對一鐵低聲說道：

「智山他爹，這是我們應該做的，就算是我也會這樣做。」

一鐵仔細想了想，然後開口說道：

「給我幾天時間吧，我來準備一下。」

李一鐵駕駛京義線貨物列車來往兩、三趟後，決定了韓如玉的出發日期。申金把米糕店的保證金拿出來，為她籌措了旅費。在此之前，誰也不知道莫音姑姑在一年後會搬到滿洲。韓如玉前往龍山站，在一鐵的安排下，偷偷乘坐上他分配到的貨物列車。一鐵現在是司機，他的助手也是朝鮮人。隨著滿洲戰況的緊迫和大陸戰場的擴大，日本人被關東軍徵召入伍，空缺由尚未被允許入伍的朝鮮人充當。一鐵把韓如玉帶上緊挨在火車頭後面的第一列貨車，那個地方大都裝載鐵道局本身的貨物或有權勢人士的行李。而且為了讓資深火車司機在長途區間能夠休息，還在第一列貨車準備了寢具，可以輪流睡覺。貨車車廂不僅在正面有門，側面也有側門，因此從火車頭進出也很方便。韓如玉在箱子覆蓋的角落裡找地方躺下來，火車行駛了一整夜，在平壤更換火車頭時，一鐵也沒有去休息室，而是一直堅守在座位上。到了新義州，可以放一天假的一鐵帶著如玉去了舊義州。等到夜幕降臨，和幾天前找到並約好的船工見面。可以避開國境警備哨所的渡江方式是往返於中國和朝鮮的很多商人、走私客、抗日活動分子最常利用的途徑，在江面結冰的冬季更是容易。韓如玉穿著在滿洲最安全的洋裝，韓服太顯眼，中國的衣服則是不知為什麼不適合朝鮮人，西服才是任何人都能穿的服裝。在登上渡船之前，韓如玉向李一鐵鞠躬致意。

「不知道什麼時候才能再見到你們。如果朝鮮獨立的那一天到來，我會去永登浦的家，也請代我向申金嫂子說一聲。」

李一鐵也彎腰答禮，並且說道：

「我們都會等妳回來，妳一定要保重身體啊！」

13

李鎮五在漆黑的夜色中睜開眼睛，今天是他爬上煙囪的第三百天，幾天前就開始為這天做準備。下面正準備由市民團體和金屬工會執行部主辦的五體投地示威，他們打算一大早聚集在煙囪下面，簡單地進行出征儀式後，一路跪行到青瓦臺。現在雖然是三月，但天氣依然寒冷，煙囪上也還是冬天。醫生會上來簡單檢查一下他的健康情況，此外宣傳部門的工作人員會將他們自己製作的影片上傳到YouTube，不僅向全國的勞工，更是向普通市民廣泛宣傳。但當局以安全為由，不允許除醫生以外的其他人爬上煙囪。無論如何，攝影機會吊上去，李鎮五得自己拍攝為什麼爬上煙囪、要求事項為何，以及如何靜坐示威等影片。他在帳篷裡慢慢移動雙手，稍微打開睡袋，手臂伸向外面，毫不猶豫地拉下拉鍊。寒氣一下子透進全身，他以敏捷的動作穿上好幾層衣服，在厚重的冬季衛生褲外穿上防寒褲，然後再穿上厚厚的毛襪離開睡袋，迅速穿上防寒鞋。全副武裝完成，手機顯示現在是清晨五點十分，時間是不是太早了？同志們說今天的早餐會在七點送來，兩個小時很快就會過去。在這段時間，鎮五覺得自己有很多事情要做。他開始小心翼翼地拉開昨天同志們吊上來的橫幅末端，注意不被風吹走或扭曲，鎮五將這些已經穿洞、打結的布條用繩子綁在欄杆上。他把橫幅夾在腰間，從末端展開並繫上，如此反覆展開、捆綁，一直到達欄杆的盡頭。寫著「！業作廠工復恢，售出割分止停」紅色大字的布條完全展露。他看了看五名同志中最有才華的老么小車用手機發給自己的海報，那是宣傳煙囪靜坐示威三百日紀念文化節電子海報。

死守民主工會，爭取雇用繼承，阻止分割出售！

把青春獻給工廠的工人
只是奪取有價值的東西，不需要工人的公司
我們去見三百天期間守護煙囪、守護工廠的李鎮五

看著以煙囪圖畫為背景，飄浮著栩栩如生文字的海報，他像被水嗆到一樣不住哽咽，暫時停止呼吸，然後長長地呼出一口氣。在地面高喊反對解雇的抗爭中，三年的歲月轉眼消逝，工會分會因公司單方面通報正式員工和非正式員工的利害關係，導致雙方出現裂痕。御用工會誕生，解雇變得正當化。他仰望尚未破曉的天空，煙囪上總是會吹來冰冷的強風。雖然春天到了，但就像在地面上一樣，春寒還是令人討厭地堅持著，未曾退去。「春來不似春」這句諺語似乎並非在形

容季節，而是在形容像自己一樣的勞工此刻的心情。

鎮五在外面的塑膠帳篷坐下來，真想爬回單人登山帳篷裡的睡墊上，重新躺下。某一天，因為孤獨、寂寞，把想念的人名寫在寶特瓶上，其中，他看到寫有英淑姐姐的寶特瓶歪斜地立在申金奶奶寶特瓶旁邊。沒錯，還有她。比他們早幾年爬到造船廠的起重機上，堅持了一年多的如鋼鐵般的女工。不，雖然別人這麼稱呼她，但她自己卻說想成為年輕勞動者的姐姐。正如寫下某首詩的工人所說的，英淑姐姐是一位像大地之母一樣，把鋼鐵起重機變成巨大綠樹的美麗女人。她靜坐示威的巨大鐵塔在太陽光照射下無比炙熱，像要燃燒姐姐微弱肉體一樣的炎熱季節，她在寫給同志們的信中如此說道：在尚未冷卻，還殘留著悶熱氣息的起重機駕駛室空間裡，姐姐做了一個夢。夢中感受到從鐵塔下端隱隱傳來微小的震動，笨重的四角形起重機鐵柱開始移動，它們變成樹根，蜿蜒蠕動，鑽入地下。在大地上扎根伸展後，樹葉從下方開始生長出來，褐色油漆的顏色恢復成新綠。隨著鐵塊變成活樹，樹葉長得十分茂盛，從涼爽的陰涼處向上攀爬。起重機鐵塔終於消失，成為一棵大樹。李鎮五從未在任何書中讀過像英淑姐姐的夢境一樣美麗的文章，一名工人在她靜坐時期用幾行字寫下了她的半輩子，鎮五還記得這幾句話。

十五歲離家出走
做過送報員、裁縫女工、市內公車車掌小姐
成為泰山重工業最初女焊工的人

二十六歲被解僱，進過三次共產主義分子調查室
兩度入獄，被通緝五年
頭髮花白的五十三歲女人
一個把韓國近、現代史中工人和民眾的受難史
完全銘刻在自己全身的人
在絕望的起重機上
仍然比地面上任何人都要開朗、活潑、
幽默的人

姐姐爬上鐵塔時，鎮五為了支援抗爭，和同事們、有志市民一起奔向南方盡頭的港口城市。是什麼力量讓纖弱、上了年紀的她爬上去？經由多年無休止的勞工運動，工會給了她指導委員這個僵硬的頭銜，但對於後輩年輕勞動者來說，那只不過是「大姐」一詞的另一個名稱。和她一起被解僱、一起靜坐示威的同事自殺後，為了告知世人其死亡的意義，她決心死在鐵塔上的事情被傳開。堅持了一年多，身體幾乎消瘦如柴，只剩兩眼發亮的英淑姐姐被警察機關在現場逮捕，並處以一年半徒刑。隨著社會的憤怒蔓延，英淑姐姐被送往醫院，安靜下來後無聲無息地回到寂靜的日常生活中。她不知是累了，還是需要自我整理，她躲開人群隱居，音訊全無。然後傳來了她罹病的消息，她只留下意志，然後消失。我們開始在全國各地離開地面，爬上高空。沒有名字、

貧窮、沒有力量的人，如果想要將自己所經歷過的委屈公諸於世，除了展現出忍受險境的漫長過程之外，別無他法。每個人也都知道，整個世界並不站在我們這一邊，只是一步步地緩慢變化。他靜靜地呼喚著，英淑姐姐。

身穿深藍色工作服，像男人一樣留著平頭，頭髮半白的她站在露臺欄杆上。鎮五把在這裡見到小理髮師、鎮基和申金奶奶的事情忘得一乾二淨，嚇得低聲說道：

「啊，姐姐妳怎麼會來這裡？」

「聽說我們後輩支會長撐了三百天，所以就過來了。」

「姐姐不是說過嗎？現在的韓國社會與一九七〇年代的全泰壹前輩、二〇〇三年主益兄留下遺書當時沒有兩樣。」

「沒錯啊！」

李鎮五就像問申金奶奶一樣問姐姐：

「但是我們為什麼要一直做這件事呢？」

英淑姐姐走到他旁邊蹲下。

「累了的話，現在就下去吧。」

他低著頭沉默了半天才回答道：

「那下面的人，比我更艱苦地撐過三年歲月，這個經驗實在太珍貴了。而且難道只有我們？還有千萬名工人啊。」

「解僱我們的公司都到哪去了？去菲律賓了。為了找到更便宜、更好欺負、比我們更沒有力量的勞工的國家，整個工廠都搬走了。聽說那裡才剛開始動工，就有幾十個人受傷、死亡。」

「我從小就是個膽小鬼，因為聽說我們家三代都是赤色分子。」

英淑姐姐沒有感到驚訝，向李鎮五問道：

「那是什麼意思？」

「從日據到戰爭時期，我們家的男人都是工人。」

「北韓同胞是統治者對我們這類人的稱呼，其實只要一句話就夠了。」

英淑姐姐講到她十四歲時某個秋天發生的事情。她小學畢業後，在家裡幫媽媽做事。父親在結束租田耕種之後，輾轉於各個工地，一兩個月只回家三、四天，還去很遠的地方工作，結果腰部受傷，模樣淒慘地回到故鄉。只要有一點錢，他就會喝燒酒，在村落巷子裡徘徊，到討厭的人家附近大吼大叫，回來之後倒頭大睡。她們母女倆一起去別人已經全部收成的地瓜田，在黑暗中摸索著，用鋤頭挖半天後，別人沒來得及挖出的幾顆地瓜就被刨出來了。就這樣挖到深夜，尋遍整片寬大的壟溝，並挖出一袋的分量。她們心想這些地瓜可以解決半個月的糧食問題了，母女倆前後扛著袋子，有時還在地上拖著，但後面有人追了上來，原來是地瓜田的地主。她氣喘吁吁地跑過來，抓住草袋，並用雙腳踩著。

「這是在我們田裡挖的吧？誰允許妳們未經同意就挖走的？我們明天還想整理這些剩下的地瓜呢。」

媽媽沮喪地說，本來打算明天早上見到地主時告訴她，如果有別的工作，母女倆會幫助她。那個地主老奶奶踩著草袋，固執地說道：

「就算是明天要來跟我說，現在這些地瓜也得留下。」

母女倆連晚餐都沒吃，地瓜也被搶走，精疲力盡地回到家裡。母親癱坐在門口嗚嗚地哭喊：

「可不可以一起活下來啊？你們這些混蛋，可不可以讓我們一起活下來啊？」

李鎮五聽懂了她剛才說的「只要一句話就夠了」，指的就是這句話。

「勞動者爬到高處靜坐示威，要求人們瞭解自己的處境和立場，這已經是巨大的社會變化。我奶奶總是這麼說。總之，世界正一點一點地變好。」

聽到鎮五的話，金英淑點了點頭。

「那倒是。我們年輕的時候，別說是工會，只要討論爭議或罷工，只要有人對同事說類似的話，就會被抓走。所以才會去找教堂或教會保護我們，為了不被戴上赤色分子的帽子。你以前違反過《集會示威法》吧？還進了監獄……」

「過了一個冬天才被放出來。姐姐妳動不動就被抓去共產主義分子調查室，坐了兩次牢，安靜了五年。我們以前一直看眼色行事，開始得比較晚。」

一名年輕大學生在治安總部共產主義分子調查室遭受酷刑時喪生，後來在輿論壓力下，整個建築物完全封閉，在此之前，勞動爭議的組織者們把這個地方叫作「拷問工廠」。英淑姐姐和其他男同事被帶到那裡時，因為是女性的緣故，所以被分開監禁。在水泥牆上塗白漆的房間裡，只有一張桌子、兩張椅子以及軍用木床，旁邊還有廁所。非常寬敞的廁所裡放置不協調的大浴缸，看起來像是什麼汽車旅館的豪華套房。但是浴缸裝滿水後，那裡瞬間變成死亡的場所。據前輩們說，他們施行的種種酷刑都是從日本殖民統治時期流傳下來的技術。比如將電線綁在後腳跟，電流就會沿著小腿上升，動搖內臟，撕裂脊椎裡像蜘蛛網一樣聚集的神經，最終在腦中爆發。兩個男人把她倒栽在浴缸的水裡，讓她不斷喝水，或者讓她坐下，把手帕蓋在臉上，將水壺裡的水慢慢倒下，溼布緊貼在臉上，導致呼吸困難，鼻子和嘴巴進水後窒息。有時把衣服脫光，赤身裸體躺在停屍板上，澆水後貼上電線，還故意讓四肢的關節脫臼錯位，放置一段時間後再重新復位。經歷過共產主義分子調查室的酷刑，即便是離開之後，他們也會因為那些比拷問更可怕的侮辱感和羞恥心而戰慄。跪在地上哭喊著要求饒恕他們，調查官說什麼，他們就寫什麼。他們的失業、饑餓、貧窮、加班、疲勞、疾病等痛苦被簡單地以個人原因排除，用革命鬥爭、平壤金日成間諜等荒唐的詞語貫穿整張調查報告。調查官雖然也非常清楚他們罷工或製造爭議的目的是為了要求更高的薪資和更好的勞動環境，但長期以來的調查手法就是把事件引向共產主義、間諜等思想問題，因此政府設立的部門名稱也是共產主義分子調查室。

「你知道我消失無蹤的期間最辛苦的是什麼嗎？」

對於英淑的提問，鎮五說道：

「我想起被解僱的那一天，好像突然從這個世界被趕出去，我是一個無用之人、被社會拋棄。」

「是啊，好像是廢棄品，還背負了名為通緝犯的社會罪刑。但最難受的是孤獨。」

李鎮五很清楚自己在煙囪上所經歷的孤獨是什麼。當然，每當同事們毫無例外地出現、每頓飯都吊上來，也告訴他外面的消息，每當此時，他都會穩住並調整自己，但這些力氣總是會在可怕的日常生活中被磨滅。他禁不住想反問自己現在究竟是在做什麼沒用的事情？即便是在嚴寒的冬夜，每當他看到煙囪下公寓和大廈的窗戶，以及江邊道路上不斷流淌的汽車前燈浪潮時，他總會切實感受到世界是如此無情。他既不是被拋棄，也不是被遺忘，但也只不過是連林蔭樹都不如的不受關心的小人物。英淑如同竊竊私語一般低聲說道：

「我想起過去被通緝時回到故鄉的事情。」

「是的，我好像也聽說過。」

英淑突然沿著公路往前走，鎮五跟在她後面。夕陽西沉，公路是條土路。

「姐姐為什麼突然回去故鄉？」

對於鎮五的問題，英淑回答道：

「第一次坐牢被關了一年兩個月就出來了。以前上班的時候一次感冒都沒得過，出來之後，不知怎麼身體就變得衰弱了。」

英淑成為通緝犯，到處躲避，因為經常吃不上飯，而且過度疲勞，所以得了流行性感冒。撐過十分嚴重的重病之後，以為已經恢復了，但還是會不停咳嗽。在工會支部同事的幫助下，接受醫院診斷，發現是肺結核初期。當時在韓國社會，這個病幾乎已經絕跡，但如果過度勞累導致營養不良，身體免疫力就會下降，任誰都會染上肺結核這種病。雖然有吃藥，但仍得好好休息，且服藥不能間斷。但她當時處於隨時隨地都有可能被逮捕的不安處境，而且住處也是燒煤的小房間，空氣自然不好，她十分想念位於忠清道的故鄉。母親還活著，四兄妹為了謀生而分散各地，只有二哥留在家裡照料溫室。她搭乘長途汽車到青陽，沿著公路往河川流淌的支流上游走二十多里路後，就是她的老家水裡谷。村子裡的空房子愈來愈多，家家戶戶都只剩下老人。她為了不引起村人的注意，故意在深夜回到村裡，但路上偶爾還是會有人來往，所以一直坐在村前的山丘上等到完全靜下來為止。天黑以後，人們圍坐在飯桌前，她才走進家門。鎮五也跟著英淑姐姐小心翼翼的腳步走進那間房子，沒見過的狗汪汪大叫，一字型房子的中間房門被打開，哥哥的聲音傳來。

「誰啊？」

英淑沒有回答，走向簷廊。

「是我，英淑。」

聽到她的回答，坐在哥哥身後的母親越過門檻爬到簷廊上。

「誰？是英淑嗎？」

嫂子從右側盡頭的廚房走出來，正在吃飯的兩個姪兒、姪女也跑出來，看著互相擁抱的母女。家人都圍坐在飯桌前，鎮五站在牆邊俯視眼前光景。在蒼白的日光燈下，英淑變成了孩子，正幫著母親做飯。湯也重新加熱，盛飯、遞上湯匙、筷子，母親用筷子挑下英淑姐姐最喜歡的鹹青花魚，放在湯匙上。

「以前只是讓孫子讀妳寫來的信給我聽，真沒想到能再見到我已經長這麼大了的女兒。」

哥哥讓第一次見到的嫂子和姪子們向英淑打招呼，甚至還介紹了院子裡的黃狗石鐵。

場景轉換，英淑去到廚房旁邊的小房間裡躺下，還傳來咳嗽聲。哥哥進來了，被太陽曬得黝黑的臉上只有眼睛發亮。

「妳又闖禍了嗎？」

「沒什麼大不了的，很快就會沒事。」

「要是那樣就好了。幾天前他們也來過。」

「誰？」

哥哥用摻雜著煩躁語氣的聲音說道：

「還能是誰啊？鎮上的情報科刑警。」

「他們還找到這裡來了？」

「誰知道啊？他們說妳變成赤色分子，問我有沒有妳的消息。」

鎮五坐在英淑的身後，想到自己一家人一輩子都是聽這種話過日子的。有意見的工人在這塊土地上總是被當成赤色分子，那些給多少就拿多少、二話不說只是幹活的人就是善良的老百姓，還絕對不說自己是奴隸。英淑姐姐的二哥說道：

「我怎麼也弄不明白，妳成為焊工時，我非常羨慕妳，也後悔自己為什麼要這樣待在鄉下生活。但是為什麼妳會被那麼好的工廠解僱、坐牢，還要忍受被罵是赤色分子呢？」

「不知道要從何說起，但也算不上什麼長篇大論。只是大家都過得很苦，如果那麼辛苦工作的話，就要得到應有的待遇啊。」

「我也在溫室裡種生菜、辣椒、青菜，賣出去的話，收入經常都比我們家人的工錢要少。有時候收支相抵，有時候因為價格暴跌，就直接扔到田裡去，大家都是靠運氣過活。」

「那些都只是讓商販得到好處，我們是在跟巨商抗爭，他們只知道錢，從來不為別人著想。有權力的人也站在有錢人那一邊。」

「那也是，但只要不挨餓不就行了？」

「哥哥，我有點不舒服，想休息幾天再走。」

哥哥嘆了口氣，仰望著天花板說道：

「我是這個村的里長，很多人都在盯著我。所以明天，最遲後天就得去申報說妳回來了。」

英淑對哥哥的話沒有感到不是滋味。過去在工廠靜坐示威時，警察還把住在附近的女工家人們帶過來，讓他們把她們拉出來。刑警們在遠處笑著觀看媽媽和女兒、哥哥和妹妹互相叫喚和拉扯的情景。她第二天一整天都沒有離開房門，也沒有心情到院子裡去摸摸黃狗的頭。只睡了兩個晚上，英淑在第三天黎明離開了水裡谷。

逃亡時期健康狀況不好的英淑為了能安定下來，去找了貞子姐姐。貞子姐姐奇蹟般地還在以前那個工廠上班。工廠位於城市外圍，雖然沒有倒閉，但發展停滯，是一家接單進行轉包作業的小企業。貞子姐姐是英淑故鄉水裡谷同一村莊的人，英淑十五歲離家去找她時，她當時也住在富川的那個村子。她比英淑大五歲，當初聽說任何人去大城市都要有靠山，剛開始是住在開計程車的哥哥家，隨著工作確定下來，她租了單間房，離開哥哥家。貞子姐姐很勤勞，手藝好，很快就從學徒、助理升到縫紉師。英淑找到貞子姐姐後，姐姐說想起自己第一次來到城市時的處境，於是爽快地答應和她住在一起。

英淑一邊送報紙，白天到小工地打雜，後來在縫紉廠當了臨時工。托貞子姐姐的福，英淑才能在首爾近郊成為工人。英淑雖然成為公車車掌小姐，但她知道那樣的工作不足以支應生活。她上焊接技術學院，進行現場實習，二十一歲通過考試。那是她來到首爾六年後的第一次小小成功，之所以離開富川是因為她進了泰山重工業工作。她二十六歲成為工會成員後被解僱，輾轉於其他轉包工廠。被通緝時已經過了三十五歲，她心存僥倖地聯絡了貞子姐姐，令人驚訝的是，四十多歲的姐姐奇蹟般地仍在那家沒有倒閉的富川縫紉廠擔任縫紉師。社長、廠長兼班長的五十多歲男人心地非常善良，也是縫紉師出身，他曾公開說像貞子姐姐一樣的熟練工就像自己的合夥人一樣。貞子姐姐和同齡的工人結婚，大部分的女工沒有太大的欲望，做著同樣的工作，直到年華老去。但是包括她丈夫在內的男性勞工如果不是技術人員的話，對於輕工業工廠反覆的單純工作都會感到厭倦。然而這些人從工廠辭職後，能做的事情就只有沒學過的食堂生意或小販，如果倒閉或發展不下去，最終還是會回到工地。最近外國勞工增加，很難找到薪資高、環境好的苦力工作。他們凌晨去人力市場等候，如果被選中就有工作可做，但並不是每天都如此。其中也有一些人去了地方找工作後再也沒有回來，貞子姐姐的丈夫就是如此。後來打聽到丈夫的下落，發現他在南邊的某個島上認識了其他女人，在那裡靠養殖水產品生活。

姐姐生了一個女兒，還有一間十五坪的租賃公寓。女兒是中學生，已經開始讓人操心，動不動就不回家，被拴在工廠裡的貞子姐姐也不能去找女兒。因為過於擔心，英淑代替貞子去了學校，但發現女兒無故曠課已經超過一個月了。從同班同學那裡打聽到女兒經常光顧的網咖，並找到在網咖打工的小伙子告知的汽車旅館，聽說離家出走的男女中學生集體住在那裡。英淑經過苦思，向貞子姐姐說明了這件事，她幾乎要暈過去。貞子姐姐去縫紉工廠上班之前，在稚氣未脫的二十歲時也做過公車車掌小姐。她夾在粗魯的司機和耍賴的乘客之間，自然而然地學會堅強。這樣的生活對英淑來說也並不陌生，她認為自己內心也和貞子姐姐一樣倔強。聽到英淑的話，姐姐臉色煞白，火冒三丈，哆嗦地站了起來。

「我得馬上去打死她！」

她在屋裡東張西望，毫不猶豫地拿起洗碗槽旁邊垃圾桶後方的球棒。因為只有母女倆住在一起，所以開玩笑說是拿來防盜用。英淑只說了汽車旅館的名字，貞子姐姐從公寓出來後，立即快步穿過複雜的街道。

「姐姐，妳知道在哪裡嗎？叫梅特汽車旅館。」

「什麼汽車旅館？就是以前的阿里郎旅館。」

去到那裡之後發現，那是一棟簡陋、破舊的房子，三層的水泥建築上貼滿瓷磚。她一進門就不分青紅皂白地追問坐在櫃檯裡的老婦人。

「聽說你們這裡容許未成年人長期住宿？那個房間在哪裡？」

「不是，妳現在是在鬧什麼……」

貞子姐姐用球棒在水泥地上砰砰地敲打著，並對結結巴巴的女人喊道：

「妳是老闆嗎？在我舉報這個旅館讓你們關門之前，最好趕快告訴我是幾號房。」

女人結結巴巴地嘟囔著：

「我不知道，應該是三樓最後一間吧。」

服務員話音未落，姐姐就喘著粗氣，一口氣跑上三樓。她穿過黑暗的走廊，來到最後一間房前，側耳傾聽之後便大聲敲門，站在貞子身後的英淑也聽到很多人的吵鬧聲和笑聲。只聽到「誰呀？」貞子姐姐不回答，繼續敲著門，門打開一道細縫。貞子姐姐推開對方，把門打開闖了進去，英淑也跟著往裡面衝。總共有六個孩子，四男二女，棉被被推到四周，房間中間散落著啤酒瓶和燒酒瓶，還有餅乾碎片。姐姐像用槍一樣把球棒對著前方大吼大叫。

「全部跪下！」

當然，兩個女孩中有一個是她的女兒。男孩中像大人一樣留長髮、個子高高的傢伙用抗議的語氣說道：

「妳們又不是警察，到底在幹嘛啊？」

貞子姐姐不由分說地用球棒猛擊那傢伙的胸膛，孩子啊的一聲跌坐下來，裝出一副要窒息的樣子。

「你這個混蛋，我是比警察還可怕的家長。」
「媽，我跟妳回家。」
英淑拉著貞子姐姐女兒的手說道：
「快走！」
「走什麼走？我要把這些傢伙全部交給派出所。」
英淑哄著貞子姐姐從房間裡出來後，貞子哭了出來，並開始抽打女兒的背部。英淑費勁地將兩人分開，擋在她女兒前面。回到家後，貞子姐姐好像安心了，開始放聲大哭。
「人家說沒有丈夫福氣的女人也不會有兒孫之福，這種爛貨我幹嘛供她上學，還把她養大？」
她東張西望之後找到剪刀，把女兒的頭髮剪掉，孩子一掙扎，她就到處亂打。英淑把孩子推到房間裡，給她蓋上被子。
「姐姐妳活得那麼堅強，怎麼會變成這樣？」
英淑用平靜、低沉的聲音說道。姐姐大聲怒吼：
「別在我面前裝模做樣。進了大公司，吃飽飯沒事幹，加入什麼工會、什麼勞工運動？我受夠了妳這樣的東西。因為你們，像我們這樣沒學過什麼、努力生活的人更加辛苦。妳是赤色分子吧？不要再騙別人說世界會變好，滾蛋，我不想再看到妳。」
姐姐可能突然想起了什麼，把放在廚房角落裡英淑其貌不揚的包包丟出去，還把掛在衣架上的衣服一件件收起來扔到腳下。

「快點滾出去！」

英淑對鎮五說雖然想拿幾瓶燒酒和姐姐通宵聊天，但當時好像因為自己通緝犯的身分而疲憊不堪。

「半夜被趕出去，到處找睡覺的地方，我連眼淚都沒掉。大家都吃飯、工作、睡覺、生活，根本就不覺得累，憤怒就像氣球一樣飽滿，一旦出現如同針尖般的小小契機，就會爆發出來。」

英淑姐姐問鎮五：

「可是為什麼這些人反而會恨我們呢？」

鎮五想了一會。是啊，為什麼會這樣呢？

「也許是我們離他們太近才會這樣。他們是不是因為眼紅姐姐妳還有抗爭的力氣？」

「抗爭的力氣？我真的比貞子姐姐還累，只是我還有夢想。」

說到「夢想」二字的時候，鎮五抬起頭來，英淑姐姐消失了。

東邊遠處的天空出現一條細細的光帶，天快亮了。他今天也做了三組三十次伏地挺身，所以是近百次。撞擊臉頰的晨風雖然還是很冰冷，但與嚴冬不同，脖子和額頭都浸透了汗水。六點三十三分太陽升起，他用電動刮鬍刀刮鬍子，從睡袋裡把保溫用寶特瓶拿出來，將溫水倒進塑膠小盆裡洗臉。有客人要來，不能露出一副蓬頭垢面的樣子。通常後輩同事老鄭在去自己的職場之前，會先去休息處拿食物過來，但是當天活動預定在七點，出征儀式是八點，所以決定由休息處的女性勞工將早餐送過來。

從近處傳來嘈雜的聲音，主要是汽車的引擎聲。在煙囪下貨櫃哨所進行輪班值勤的五名義警跑出來站成一列，公車通過正門，暢通無阻地進入圍牆，來到煙囪底下停了下來，數十名義警在警官的帶領下，從巴士下車排隊，好像是為了應對今天的三百日文化節。七點二十分，兩個揹著背包的婦女出現在煙囪下方。

「李文會長，今天是我們來。」

擔任休息處總務工作的女性勞工用手圍著嘴巴，向上喊道。鎮五也和她對喊。

「是，昨天聽說了。」

「我們把早餐吊上去。」

他把掛在滑輪上的繩子解開，下面的人把背包繫在繩子上彈了兩下。他從背包裡拿出保溫便當和熱水瓶裡的湯和菜，並把昨晚的空碗送到下方，休息處總務喊道：

「今天是三百日特餐，加油！」

熱騰騰的牛肉蘿蔔湯和烤得非常油潤的烤肉、煎餅、素菜、泡菜等，就像過生日或過節一樣。人們開始聚集到圍牆另一邊能看見煙囪的空地上，主辦單位在那裡搭起大型帳篷作為活動總部。正門禁止出入，內側的煙囪正下方如同往常一樣，有警力待命。不過沒關係，在對面圍牆另一側的空地，煙囪看起來更近，與靜坐抗議者李鎮五溝通也很方便。警察不干涉牆外的事，當局對勞資之間的事情保持中立，不加參與。但如果判斷集體行動或暴力事件會造成治安問題，則會立即解散靜坐示威現場的人群。數年前警察對在公司建築物屋頂上靜坐示威的汽車公司工會無情鎮壓的事情，還有在龍山發生拆遷戶和租戶們集體靜坐示威時，警方進行如同戰爭一樣的鎮壓，導致很多人喪生。此後，面對一人示威或勞工單獨靜坐示威，警方以不負責、不介入為原則，基本上放任不管。市民團體和金屬工會的支援組陸續聚集在一起，有五百多名群眾參加。八點整，三百日靜坐示威抗爭紀念儀式和前往青瓦臺的五體投地出征儀式開始。來自各工會支部的工人和市民團體會員有一百多人報名，他們都穿著工會文化部提供的白色褲子，綁著寫有口號的頭帶，參加遊行的人高舉橫幅或標語，他們按照主持人的提議轉身向煙囪高喊。

李鎮五，我愛你！加油！
吃霸王餐的資本家撤回解雇！
繼承工會，啟動工廠！
抗爭，抗爭，繼續抗爭！

首先宣讀聲明。從喇叭中傳出激昂的聲音，鎮五在煙囪上聽起來像是有人在旁邊喊叫一樣非常清晰。

去年五月二十七日開始的李鎮五同志煙囪靜坐示威，今天迎來了第三百天。

用我們青春的血汗建立的工廠，經過五年反對關廠抗爭後找回的工廠，不能就這樣被併吞掉，少數工人留下來又抗爭了三年。為了對抗紋絲不動的資本家，為了打開生路而選擇的抗爭日子，就像日常生活一樣流逝。四季輪轉，再次迎來春天，也迎來第三百天。資本家不顧抗爭的工人，只是等待抗議者的疲憊到達極限之後，單方面決定拆除工廠。讓我們證明，對於只在乎金錢的資本家來說，他們一定也有做不到的事情。

雖然不能一直在一起，但希望不要錯過真正需要齊心協力的時刻。為了不讓維護勞動者生計的抗爭更孤獨、更孤立，我們向全社會宣告漢陽重工業煙囪靜坐示威，也呼籲大家聯合起來。

出征儀式繼續進行，參與的市民團體代表朗讀呼籲書，聯合的社會團體和個人接連發表感言。五體投地示威計劃從煙囪周圍出發，以一定的間隔步行到市政府前，然後再從那裡步行到青瓦臺，然後再次進行五體投地示威。「五體投地」原本是佛教界的儀式，但那是用身體表現佛教徒皈依在佛法之下的積極行為。這也意謂著對治安當局不具暴力性，甚至是對於對方的暴力採取不抵抗的態度。現在只有在寺廟的大型活動中才能看到，也是西藏人民之間的日常祈禱方式。合掌走幾步，配合鼓點直起腰來跪下，然後上身直接彎下，雙臂伸直貼在地上，雙腿向後伸展，身體完全貼近地面，然後低下頭，額頭貼到地面。原來向佛祖行禮時要求將額頭貼在祂的腳上，就像與大地融為一體。額頭、雙臂、雙膝觸地才能成為五體投地。趴著行禮，用捧住佛祖足部的樣子，把手掌向上抬到耳朵下面，這是小心抬起佛祖的腳，把自己的頭放在佛祖腳下的表現。站起來時，依次舉起手掌，抬起上身，同時拉回雙腳，恢復跪著的姿勢。雙手合十後，腳後跟貼在一起，手掌貼在地上，頭部向前伸出，以身體的彈性輕輕站起來。就像鳥類走路的樣子，脖子一點一點向前，利用其彈性輕快地移動身體。清空心靈，殷切祈求。他們將從起點出發，走幾步之後俯身在地，然後慢慢步行到市廳門口。市民團體的一位僧人站出來，按照五體投地的合掌跪坐、接足禮、起立的順序，向參加者進行示範，練習幾次動作後開始出征。在他們跪拜、反覆趴下、站起的過程中，緊隨其後的示威參加者中有幾個人敲鼓，讓大家配合節拍。

現在在煙囪上已經看不見他們的身影，鼓聲雖漸漸遠去，但還是隱隱傳來好一陣子。大家都離開了，總部的帳篷裡還剩下十多人，各自做著自己負責的工作。喇叭中持續傳出錄音的口號和抗爭歌曲。九點整，同齡的老金揹著背包，與市民團體的律師、醫生一起通過正門，來到煙囪下面。他們必須在正門警備室接受身體搜查和盤問，到了煙囪下面還得重新接受警察的行李盤查。在兩名義警的陪同下，老金、律師、醫生等五人排成一列，沿著環繞煙囪四周的狹窄螺旋形樓梯向上攀爬。煙囪正下方有十多公尺覆蓋壓克力安全牆的鐵梯。在登上煙囪的初期，鎮五把螺絲都鬆開，乾脆把上方的螺絲拔掉，然後將梯子向前翻轉，貼在壓克力防護牆上，任何人都不能上下。當局並不可信，根據情況的變化，他們隨時都有可能前來鎮壓。到目前為止沒有發生任何事情，可見當局已經制定了袖手旁觀的政策。不過現在要讓其他人上來，必須恢復通道。鎮五將保管好的梯子上端的螺絲和活動扳手放進布袋裡，綁在輔助繩上，向下垂吊。老金拽著繩子接過布袋，帶著義警爬上來的警官急忙問道：

「那是什麼？」

老金打開布袋，貼近他的胸膛後說道：

「是扳手還有螺絲，得把那個梯子恢復原狀，人才能爬上去吧？」

警官無言地退到一旁，老金向李鎮五高喊：

「往上拉！」

鎮五往外推，把壓克力安全壁上的梯子往前拉。雖然很緊，但一用力，梯子就貼在煙囪上了。

老金踩著最下面的階梯往上爬，並開始用扳手鎖緊鬆掉的螺絲。往上爬的時候，在拔掉螺絲的位置重新鎖上並擰緊。老金鎖上最後一個螺絲，越過煙囪露臺欄杆後，鎮五向前伸手拉他。沒有人指使他們，但彼此仍情不自禁地互相擁抱。

「太辛苦了！」

老金用手指抹去眼淚，鎮五的表情反而很淡定。

「哪有……下面其他人才辛苦呢。」

老金朝著在下面等候的人喊道：

「慢慢上來吧！」

為了安全起見，告訴他們要一個一個按照順序往上爬。醫生先上來，律師隨後。兩名警察站在梯子下方等候，被允許的面談時間為三十分鐘。醫生從背包裡拿出血壓計、聽診器和針筒等。首先測量血壓，用聽診器檢查胸部和背部，然後用針筒採集少量血液。他也察看了鎮五的眼球，讓他張著嘴翻來覆去地檢查舌頭。雖然血壓比正常數值低一些，身體看起來沒有異常，但能看見幾處部位凍傷，驗血結果將在幾天後出來。他緊盯著鎮五，讓他做幾個動作。

「整體上身體確實變得很虛弱，因為不年輕了，而且這樣露宿也快一年了。」

「我很努力運動，你看！」

鎮五挽起手臂，彎曲幾下，展示肌肉。老金笑出聲，有點緊張的另外兩個人也跟著笑了出來。

「肌肉沒有減少是個好現象。」

律師正用帶來的小型照相機拍攝這些場景，他目不轉睛地對鎮五說道：

「請你說明一下住的地方。」

「好的，這裡是熱電廠的煙囪。高四十五公尺，煙囪的直徑是六公尺，煙囪周圍的這個空間寬度是一公尺。小步行走的話，大概是十五步左右。這外面藍色的帳篷是防風牆，就這樣用繩子牢牢地綁在欄杆上，裡面有登山用單人帳篷，最裡面是睡袋和毛毯。」

當鎮五想要述說自己上來這裡的理由和自己的主張時，老金說：

「沒多少時間了，以後自拍時再說明吧。」

律師也放下相機說道：

「影片之後會上傳，好好準備後再拍吧。」

「上傳這個影片的話，搞不好趙振泰會要求進行協商。」老金如此說道。

律師把小型相機裝在三腳架上並對好焦，教他如何錄影和停止。

「最近操作變得簡單多了，跟用手機拍攝一樣。」

他們在煙囪上面停留超過四十分鐘之後，在下面等待的警察高喊：

「已經超過下來的時間了，現在下來吧。」

老金向下回答道：

「知道了，我們現在就下去。」

他把照相機和三腳架遞給鎮五時又說道：

「明天放在早上吊上來的背包裡，然後再吊下來就行了。」

醫生和律師依次與鎮五握手。

「繼續運動，三餐一定要正常，好好吃飯。」

「我們也在敦促公司繼續進行協商。」

三個人依次從階梯上下去。鎮五靠在欄杆上，看著他們踏到煙囪下方的地面，然後揮手致意。他經由手機收到抵達青瓦臺前的五體投地一行人的照片。鎮五看著三腳架上的照相機，準備了幾句話。

「我們在這個工廠最長工作了二十多年，最短也有十年。但這個工廠在二〇〇六年出售，從那以後經過五年的抗爭，好不容易爭取到繼承雇用、工會、團體協約三個條件，才轉給新的公司。但是以低價購買工廠的趙振泰會長以赤字為由，提出解僱全體工人，並以非正規職員工的身分再回聘的條件。而且他以親資的勞動者為中心，建立了御用工會。員工接受勸告辭職和自願退休後，就不能維持工會成員的資格。接受非正規職條件的人各自得到慰問金和退休金，成立了御用工會分會，剝奪了我們工會繼承的三個條件。這些新的管理階層從一開始就以破壞工會、勞動者的非正規化以及清算工廠為目標，打算以購買金額的一倍價格出售，這從開工僅一年六個月就要清算工廠可以看得出來。資方讓過去一直像一家人般生活的勞動者相互不信任，甚至反目成仇，對於我們的正當權利要求，資方申請禁制令，並且持續施壓。甚至對於靜坐示威者、帳篷橫幅口號的使用，索賠數億韓元的賠償金。」

面對相機的鏡頭，獨自訴說心境的李鎮五突然哽咽起來，導致聲音中斷。全世界都不會站在我這邊，不僅是資本家和政治人物、銀行、法院、公權力都成為一夥人，支持有權勢的人。他突然感到慚愧，再也說不下去了。難道不是嗎？也許是因為老金說的「上傳這個影片的話，搞不好」的那句玩笑話讓他心情動搖。我正在打一場正當的戰役，我不是要危害這個社會，也不是要給誰添麻煩。鎮五重新打起精神來，向家人問好、開始講述被解僱的同事們的日常生活。沒有拿到工資，他們堅持了數年的日子就像乾旱中的樹木一樣，逐漸枯萎，從樹葉、樹枝到根部全部病入膏肓。完全沒有甘霖，只是偶爾有人用瓢子舀水，澆在樹根上，以此堅持了幾年。

晚上，結束五體投地的人和隸屬於市民團體的群眾再次聚集在工廠後的空地上，結束了煙囪靜坐示威三百天的紀念文化節。他們最後高喊鼓勵李鎮五的口號並吶喊，鎮五也做了回應，並發表簡短的演講。晚餐吊了上來，還沒吃完，夜幕就降臨了。雖然風很涼，但畢竟是春夜，像嚴冬一樣刺骨的寒氣已然消失。他沿著欄杆來回走三十步，總共一百遍。整個冬天都沒有做使用到全身的三個動作，所以決定重新開始。一想到今天做了那麼多事，疲勞一下子就嚴襲而來。

14

李鎮五進入睡袋，側躺著，沒有拉上拉鍊。

「今天太辛苦了。」

不知不覺間，申金奶奶來了，坐在鎮五身邊。

「奶奶，您給我講講那時候的事吧。」

「你是說什麼時候？」

「聽說你們後來住進鐵道官舍？是我父親上學的時候嗎？」

「不是，我們搬去那裡是在你父親五歲的時候。」

老申金奶奶清楚地記得那一年，他們家人之所以把柳樹屋賣掉後搬到鐵道官舍，是因為李一鐵被指派擔任連接釜山到新京的大陸列車司機。在那之前，朝鮮總督府鐵道局為了提高運輸設施和能力，致力於車站線路和火車頭的改良。京仁線投入了從京城到仁川僅需四十分鐘的超特快列車，每天可以往返十三次。鐵道局改良蒸汽火車頭的性能，經由不斷進行試驗運行，終於實現了將原本需要十小時以上的京城到釜山間的火車時間縮短為八小時，原本需要十二小時的京城到新義州的火車時間縮短為八小時五十四分鐘的目標。中日戰爭爆發後，連接朝鮮和滿洲的大陸鐵路最終目標是在十六個小時內能從釜山到達安東，以及在七十二小時內能從東京到達新京。李一鐵擔任林的助手駕駛貨運列車時，釜山和新京之間的運行出現了直達快車「光（ひかり）號」，釜山和奉天之間的運行出現了「希望（のぞみ）號」列車，將日本東京到新京之間所需的時間縮短十二個小時。往咸鏡道圖們江方向運行了從京城到先鋒、雄基的直通旅客列車，以及京城和清津之間的直通貨物列車。此外，釜山到京城之間能在六小時四十五分鐘到達的「曉（あかつき）號」也投入運行。戰爭爆發後，從釜山到北京可以在三十八小時四十五分鐘到達的直達快車也開始運行。日本鐵路當局之所以如此致力於列車速度的提升，是為了最大限度地縮短日本、朝鮮、滿洲、中國的時間距離，將朝鮮和中國大陸穩固地編入日本。

李一鐵被指派駕駛從釜山開往新京的直達快車「光號」。事實上，這條路線的司機和火車頭是三班制的。京釜線組、京義線組和安東線組各三人，共由九人負責。如果各組由兩人輪替，那就是兩倍，也就是由十八人負責這條路線，在戰爭前，這十八人中只有兩名是朝鮮人。中日戰爭爆發後，如果說有十人是日本人，那麼就有八名是朝鮮人。到了日據時代末期，半數以上的人變成了朝鮮鐵道員。此外，在運輸方面，輸送軍需物資的貨車比旅客列車更加緊迫，因此運行的次數也為之增加，許多朝鮮助手被任命為正式司機，日本鐵道員則被軍隊徵召為下士或軍官。

二鐵被判一年半徒刑入獄，韓如玉去了滿洲，第二年的年底，莫音姑姑家也離開了間村的故居。有一天，莫音姑姑一大早就來找申金。

「智山他娘，開門啊！」

申金說，這一大早的，姑姑究竟是怎麼回事，心裡有些不安。套上鞋子跑出去開門時，莫音姑姑穿著一件衣領上掛著毛皮的外套，是過去沒見過的，手上還拿著一個包袱站在那裡。第一次見到姑姑穿著毛大衣，所以睜大眼睛的姪媳婦申金突然想起，以前有一次去算命的老奶奶那裡，她說莫音姑姑命中注定要去數萬里外的他鄉生活。

「您這是要去滿洲啊？」

申金一說完，莫音姑姑就癱坐在地板上，開始大呼小叫起來。

「哎喲，嚇我一跳！太厲害了。真不知道妳為什麼不去擺地攤算命。」

申金自己其實也是稀里糊塗地隨便一說，看到姑姑露出如此驚訝的神色，不再急著詢問，而是等待她說出實情。

「去滿洲出差的姜木匠昨天回來了。」

在楊平町建設五百戶集體住宅時，負責一百戶轉包工程的洪社長和日本總公司的專務一起去出差，姜木匠也跟著去。她一口氣說道，聽說在滿洲也要建設日本移民者的集體住宅，並且簽訂了工程合約，所以決定舉家搬到滿洲。

「哦，那有說要去哪裡嗎？」

「還能是哪裡，新京啊。」

「哎呀！還真是萬里他鄉啊……」
「聽說那裡簡直就是一個無比廣袤的新天地。還說什麼，京城跟那裡比起來就是一個落後的小村莊。」
莫音姑姑說了好一陣子，然後拉開包袱，裡面有一支鹿茸、手掌大小的香菇、黑木耳等。
「這是收到的禮物，聽說都是那裡的特產。鹿茸原本是一對，我搶來一個。你公公他總是吸鐵粉，常常咳嗽，聽說鹿茸對消除咳嗽最有效。」
「全家人都要移民到滿洲去啊？」
申金一問，莫音姑姑就跳了起來，搖了搖頭。
「不是，姜木匠的合約期是三年，住滿三年之後應該會再回到永登浦，所以那什麼，我們村的房子不會賣掉，打算租出去。」
總督府從發動所謂中日戰爭的兩、三年前開始就積極宣傳、鼓勵朝鮮農民移居滿洲。據說到了滿洲，原本沒有土地的農民都可以獲得耕地種田，因此數萬名農民帶著家人前往滿洲。不僅是朝鮮人，日本國內的人也聚集到那裡。知識分子、中產階級、朝鮮人為了尋找工作和做生意的機會，聚集到滿洲繁華的大城市如奉天、新京、哈爾濱等地。當然，其中也有很多青年是為了加入在滿洲進行抗日武裝鬥爭的獨立軍而前往。
李百萬從兒媳那裡聽到妹妹一家人要遷往滿洲的消息後，還是一如既往地沉默寡言。李一鐵是特快列車「光號」的火車司機，完成京義線區間任務之後可休息，交接後再前往安東、新京區間，得花四天才能回家。休息兩天後，又繼續同一區間的任務。莫音姑姑來過家裡幾天後，一鐵才從妻子申金口中聽到這個消息。在父親的工坊裡，他一邊和父親喝著妻子買來的米酒，一邊聊起家事。李百萬喝了一大口一鐵倒在他碗裡的米酒後說道：

「你聽說姑姑要搬到滿洲去的消息了嗎？」

「是啊，姑父好像很有本事。」

「那是因為和洪社長配合得很好，集體住宅建設得不錯，所以日本總公司也相信他並委託給他。但是他們說要把間村的房子租出去。那間房子是姜木匠自己蓋的，十分結實，院子也大，真好……」

一鐵察覺到父親內心的想法，不以為然地說道：

「我在等入住鐵道官舍，應該再過兩個月就可以定下來了。我現在是特快列車司機，得聽鐵道局的指示。尤其是因為二鐵，如果得罪上司，有可能連工作都會丟掉。」

在李二鐵入獄整整一年後的冬天，潛伏在京畿道楊州一帶的李在柳也被逮捕。他被捕的消息被多家報紙大肆報導，「凶惡的朝鮮共產黨終於被消滅」。從朝鮮的立場來看，他是國內社會主義獨立運動最後的希望。報紙的頭版刊載了他喬裝成農夫，雙手戴著手銬、全身被繩子捆綁的照片，照片中，他的身旁還有二十七名喬裝成各種階層和職業、潛伏在他周圍的刑警。整個朝鮮因為這件事而鬧得沸沸揚揚。他於一九三六年十二月二十五日被捕，在公州刑務所結束七年刑期後，李在柳根據《治安維持法》，再度被關押在清州保護監獄。遺憾的是，他在解放前十個月的一九四四年十月二十六日死於獄中。

在李在柳的預審和審判正如火如荼進行的一九三八年夏天，李二鐵被釋放，回到永登浦柳樹屋。平時嚴肅無語的父親李百萬為了給剛出獄的小兒子補身體，親自到市場買狗肉。但因為只是將狗毛燒掉、稍微燒灼的肉，對於申金來說，是一道非常難以處理的料理。她問鄰居做法，記在筆記本上。將肉浸泡在冷水裡、去血，佐料是大醬、生薑、燒酒、洋蔥和小黃魚，從煮肉到做湯、切肉、辣炒肉等依次區分開來，從一開始就非常成功。後來申金以熟練的狗肉湯製作手藝，養活了公公李百萬、李一鐵、二鐵兄弟，以及克服戰爭危險，艱辛活著回來的兒子李智山，以及孫子李鎮五等好幾代的李家男人。

「二鐵現在在哪裡做什麼？」

李百萬問道。一鐵後悔自己先提及關於弟弟的事情，默默不語。弟弟被釋放後，在家療養了一百天。有一天他結束工作回來，二鐵卻一聲不響地消失了。

「我也不知道。」

「他沒跟智山他母親說什麼嗎？」

「是啊，她只是說二鐵什麼話都沒說就離開了家，沒有回來。」

「他會不會是進京城了？」

對於父親的提問，一鐵立刻回答：

「他應該不會去那邊。」

李百萬沒有多問，繼續著喝米酒。一鐵心想弟弟可能向妻子申金吐露了什麼心聲，他還記得有一天妻子不經意說出的話。

「坐火車去仁川不用一個小時，這跟去京城鍾路沒什麼兩樣嘛。」

「嗯？為什麼突然提起仁川……」

一鐵反問，申金又把話收回來。

「不是啦，有人說買一箱黃花魚晾乾之後，就能夠吃幾個月便宜的菜了。」

「所以想去仁川看看？」

「我只是突然想起長山他母親，她特別喜歡吃延坪黃花魚。」

「怎麼，聽到什麼消息了？」

申金閉口不談，這時一鐵才突然聯想到弟弟是不是在仁川。申金以前在紡織廠工作的時候，把同樣是活動分子的朴善玉和二鐵看作是理念上的同志，一直到她嫁給一鐵，二鐵變成她的小叔為止。在這樣的亂世當中，她自己過著安穩的生活，也難怪會感到抱歉和覺得小叔可憐。雖然相處的時間很短，但是她認識了韓如玉，接生長山，親眼看著二鐵入獄以及孩子的死亡，還有和如玉的永久離別，也因此產生了代替一鐵照顧他弟弟的責任感。二鐵離開柳樹屋的那天，他當然向嫂子說出自己的想法，因為他心裡想著這些話總有一天會傳達給哥哥知道吧。他被釋放回來之後，一直沒有出門，只是待在家裡。出獄後，二鐵必須在指定的日期主動到永登浦警察署向保護觀察負責人報到，他的負責人正是山下崔達英。山下現在是高等係刑警班長，他接任了森被調到其他部門後留下的職位。二鐵向正門哨口的警察說明自己來警察署的目的後，警察打電話報告，過了一會，刑警助理出來把他帶到二樓高等係辦公室。高等係大部分都在外出勤，只有兩名刑警留在位子上，而山下在隔板另一邊的班長位子上接電話。二鐵跟著助理進門，山下用流利的日語邊說著話，邊拿鋼筆指著前面的位子讓他坐下。二鐵坐在那裡，助理則以謙遜的姿勢站在他的背後。山下放下話筒後對二鐵說道：

「喂，二鐵，辛苦了吧？你的監護觀察期跟刑期一樣，所以這一年半都要向我們做生活報告。」

「我知道。」

二鐵生硬地回答，山下默默地看著他說：

「為什麼要從事思想運動呢？你的孩子剛生完就死了，韓如玉跑了，家裡不就支離破碎了嗎？你父親和哥哥都是善良、誠實的人。好，你以後要怎麼辦？」

「我沒怎麼想過……」

二鐵雖然想立即撲上去，用雙手把他的脖子扭斷，但他只是咬緊牙根，繃緊下巴坐著。山下就像習慣一樣，用鋼筆敲著桌子，他的聲音雖然低沉，但很有威脅性。

「沒想過？你寫的轉向書還保存在我們的文件夾裡。我們都知道那不是你的真心話，除非你真的改變自己的生活，否則我們隨時都能把你抓起來。你現在就在這裡，親筆寫下你以後要怎麼生活。」

他把鋼筆、墨水瓶和劃線的兩面橫格紙推到他的面前。

「把被釋放的感想和以後的生活計畫寫在這裡。」

山下讓助理留在二鐵身邊，然後暫時離開。二鐵一動也不動地俯視兩面橫格紙上的黑線。讓我在那些線條裡寫上我的生活計畫？他目不轉睛地盯著山下那把空椅子呆坐，根本不想動筆。過了三十分鐘左右，刑警班長山下回來了，他看到原封不動放著的兩面橫格紙就生氣了。

「你這混蛋想耍誰呢？不是叫你寫自述書嗎！」

「我不知道該怎麼寫。」

「是嗎？那按照我說的寫下來，姓名、出生年月日、地址。」

二鐵隨便寫著，山下開始唸起來。

「我因為愚蠢的錯誤，加入不良組織，被捕入獄，結束過去一年六個月的刑期後，於七月二十一日獲釋。未來我會反省錯誤，成為大日本帝國的皇國臣民，以忠誠之心活下去……」

山下自言自語，然後看了看二鐵正在寫的紙張，生氣地用手掌打他的頭喊道：

「混蛋，你這個狗崽子！誰讓你用韓文寫的？用國語寫！國語！」

「國語我都忘了。」

山下的火氣漸漸冒上來。

「你一個從普通學校畢業，還上過技術培訓中心的小子不懂國語？這傢伙找死啊，要下去調查室嗎？」

在後面觀看的助理可能是因為感到煩悶，打了二鐵一記耳光，然後把他從椅子上推開。

「跪在地上。」
他坐在二鐵之前坐的位子上，開始用熟練的日語潦草地寫下山下說的內容。他突然停下筆，對著二鐵的後腦勺問道：
「今後的計畫是什麼？」
「我沒怎麼想過，您還是教教我吧！」
還沒等助理說話，山下就大叫起來。
「是不是應該做一些維持生計的事情啊？你打算怎麼謀生？」
「我會努力工作的。」
「你要做什麼工作？」
「我想再去工廠就業……」
二鐵還沒說完，山下就打斷他的話。
「那是不可能的，用你的名字再也不能去工廠就業了。」
「那我應該靠什麼吃飯呢？」
「街頭勞動啊、小販啊、開店啊，你自己看著辦。」
「我要做街頭勞動。」
二鐵才開口，山下就不滿地咂舌。
「跟你哥哥商量吧，就先寫勞動吧。」

刑警助理寫完三、四行關於今後計畫的句子後朗讀起來，內容是作為大日本帝國的人民，遵守法律，致力於生計，勤勞更生。

「在這下面按手印。」

二鐵在自述書下端寫上名字，用力按住印泥，並按了手印。山下看了看文件說道：

「你父親和你哥都是隸屬於總督府下面的職員，到現在還不創氏改名，在搞什麼啊？」

二鐵默默地站著，山下持續威脅他。

「現在是戰爭時期，雖然目前還是勸導事項，但未來會成為國家政策。朝鮮人必須徹頭徹尾變成日本人才能活下去，只有這樣才能成為一等國民。總之，你下個月也要主動報到。」

二鐵轉身要出去的時候，山下在他身後說道：

「幫我跟一鐵問好！」

助理把他送到警察期的大門口，在他離開之前說道：

「原則上，你被禁止離開京城地區。如果有事要遠行，必須來這裡申報，獲得允許才能前往。如果未經允許擅自離開，就會再次被逮捕，明白嗎？」

二鐵沒有回答，只是躬身致意後轉身離去。主動到警察署接受調查，令他感到無比地羞恥和痛苦，汗浸溼了他的後背。他沒有對家人說什麼，只是大口吃著嫂子煮的狗肉湯和白切肉。二鐵出獄過了三個月零十天後，臉上終於恢復血色，也恢復了元氣。過完中秋節幾天後，申金在秋日陽光溫暖的院子裡，把南瓜乾菜、蘿蔔乾等準備過冬的乾菜晾在竹盤上，智山在院子裡玩著爺爺做的玩具火車。躲在對面房間的小叔二鐵悄悄地走出來，坐在簷廊地板上。

「嫂子，我想明天離開家。」

「啊？你要去哪裡？」

「不管去哪裡，我得先離開永登浦。」

申金深知小叔作為治安當局的保護觀察對象，已經主動去報到三次，每次回來都露出痛苦的神色。

「嫂子應該很清楚，我是需要繼續從事活動的人。」

「誰會攔著你啊？」

申金一邊這麼說，淡淡地笑了笑。那是苦澀而惋惜的回應。

「幫我把朴善玉同志叫來。」

「善玉那時受了侮辱，然後就離開了工廠，現在只做米糕店的工作。」

「我不是想讓她牽扯到什麼事情上，只是想兩個人去仁川約會。」

申金很快就聽懂約會是什麼意思，這是聯絡接頭的活動分子之間的俗語。她毫不掩飾地放聲大笑。

「光棍要勾引姑娘啊？哈哈哈。她說不定馬上就要出嫁了。」

「沒辦法知道長山他母親的消息嗎？」

二鐵沒有察覺到嫂子想要改變氣氛的意圖，再次沉重地提到妻子。他一出獄就聽嫂子詳細敘述了姑姑和她接生長山的事、智山和長山得了痲疹，在死亡線上徘徊，生死交錯的事、還有韓如玉決心去滿洲時，將哥哥和自己叫到外面討論這些事。申金說道：

「應該加入了抗日聯軍吧？她在回朝鮮之前，曾經在那裡活動過。要是有個固定的住處也還好，但她這樣一個扛著槍在山野之間戰鬥的女人，又有誰能知道她的消息呢？」

「雖然我也很想去滿洲，但我們這群人是為了在國內重建朝鮮共產黨才聚在一起的，必須再努力看看。」

申金點了點頭。

「不管是誰，總該有人做的。要把善玉叫來？」

「嫂子，拜託了。我會自己向朴善玉詢問要不要和我去仁川。」

從柳樹屋到善玉外祖父母家的米糕店步行十多分鐘就能到達，申金在水池邊洗手後站了起來。

「我去去就回來，請幫我看一下智山。」

申金去找朴善玉的時候，她正在廚房裡忙碌著，雙手沾滿豆粉，高興地跑了出來。

「我們有多久沒見面了？好像有幾年沒見到姐姐了。」

「什麼啊？去年夏天還在市場一起吃了涼麵。」

申金壓低聲音說道：

「我小叔要見妳，好像有話要說。」

「只聽說他出來了，他沒叫我，所以也不敢去看他。他身體恢復得怎麼樣了？」

「嗯，好多了。」

申金帶著朴善玉回到家裡，等待著的二鐵和善玉進入對面的房間進行討論。他們低聲交談，所以申金沒有聽到內容，也不想故意去聽。只是憑猜測感覺到要見在仁川的某個人。第二天十點左右，李百萬去工廠上班，一鐵還在遙遠的地方駕駛著特快列車，此時，二鐵拿著小行李箱從對面的房間走出來，離開前對嫂子說道：

「請不要告訴我父親和哥哥任何事情，我去仁川的事情只有嫂子知道就好。說不定安定下來以後，會給您消息。」

「在你走之前，我有件事要告訴你。」

看到申金真摯嚴肅的表情，二鐵在簷廊的盡頭坐下。

「你不知道吧，這三個月零十天中，母親一直守在你的床頭。」

二鐵沒有像以前那樣開玩笑，而是低頭坐著聽嫂子敘述。

「有時候還帶長山來呢。」

聽到這句話，二鐵哽咽起來，低下了頭，眼淚撲簌撲簌滴落在地板上。申金也忍不住哽咽：

「生與死其實也沒有什麼不同，所以做你想做的事吧。」

二鐵匆匆地離開了柳樹屋，再也沒有回到這裡。雖然後來聽說他發生了變故，但第二年初李一鐵舉家搬到鐵道官舍，並在那間房子裡住了三年。李鎮五透過奶奶申金和父親李智山，詳細瞭解了他們過去在鐵道官舍的生活。

四四方方像箱子一樣的房子面對汽車來往的大馬路，進門之後走過大小約為七步的前院，就會出現玄關。房子後方有三、四步大小的後院，走過相同距離的間隔就是後面那排房子的後院。運氣好的話，可以分配到南向的房子，如果運氣不好，就會被分配到朝西或朝北的房子。帶有格子玻璃的玄關是推拉門，門板下面有小滑輪，門檻上有鐵絲，稍微用力推一下就能敞開。從玄關走上簷廊，旁邊是廁所，廁所前面是門房，門房的前面是連接簷廊的廚房。簷廊前有隔扇門，可以進入家人聚在一起的客廳。廚房灶檯前也有小側門，可以彎腰把飯桌搬進內屋。如果打開簷廊前的隔扇門，鋪著六張榻榻米的韓式廳堂就是家人聚在一起吃飯、互相談論一天事情或迎接客人的空間。也就是說內屋是在隔扇門右邊的內側，左邊還有一個房間。客廳前面有帶著格子窗的紙門，簷廊長長地連接在一起，外側也有帶著玻璃的拉門。夏天可以打開，冬天就必須關緊，連窗戶紙都必須留意。冬天如果碰到天氣好的時候，可以把內側的拉門打開，陽光就會透過玻璃窗照射進來，榻榻米也會變得溫暖。但畢竟是西南向的房子，運氣還算不錯。

住在鐵道官舍的人大多數是日本職員，朝鮮人只有兩、三成。官舍的所有者是總督府鐵道局，因此屬於租賃居住，任何人都不能改造，修理也必須得到許可，由營繕部的技師施工。但是大部分朝鮮人都不習慣榻榻米，而且榻榻米這種東西也不適合朝鮮的氣候，所以很多人都會不經許可，偷偷把內屋改造成暖炕房。他們起初按照日本人的習慣，在鐵皮保溫桶裡裝滿熱水，放進被褥中禦寒，但到了凌晨就完全冷卻，上了年紀的人非覺得很痛苦。一般來說，榻榻米房的保溫只有炭火爐，如果不加以通風，有時會發生中毒事件。李百萬製作了一個小的鑄造暖爐，放在客廳裡，燒著褐煤，所以他們家非常溫暖。

隨著大陸正式爆發戰爭，生活轉變為戰時體制。李一鐵成為特快列車的司機後，月薪也隨之上漲。他加入鐵路互助會，獲得急用金錢貸款；或者投入少量資金，即可享受大筆款項的金融優惠。糧食、被服等生活必需品雖然改為配給制，但鐵道局福利會的消費部為鐵道局工作人員的家屬大量購買糧食，讓他們能夠以低於市場的價格買到，並優先獲得配給。可是隨著李百萬家人入住鐵道官舍夾在日本人中間生活，在外部世界，即朝鮮人社會中，不得不實行當時仍只是總督府政策施行令的所有皇國臣民的生活方針。首先，創氏改名過去在鐵道局只是以隱然的壓力要求，朝鮮人社會直到兩年後才強制執行，但他們一入住官舍，居住地的朝鮮人班長主動要求他們改名。他們家族的李氏改為李家，一鐵的名字改為一徹。父親的名字也滑稽地變成李家百萬，智山變成了池山，申金跟隨丈夫的姓，名字則定為絹。

雖然總督府施行令在一年數月後才公布，但由於只有極少數的朝鮮人自願改名，所以定下六個月的期限，強制更改姓氏和名字。對沒有創氏改名的家庭子女，實行各級學校拒絕入學及升學的措施，已經入學的學生也將停學或遭到退學。如果私立學校不遵守規定，將會被強制關閉。學校對於沒有創氏改名的兒童無故斥責、毆打，在兒童的哀求下，父母才不得已幫他們取日本名字。任何公家機關都不會聘用沒有創氏改名的成年男女，就算是在職人員，也會逐步解僱，但如果換成日本名字，就可以復職。對於沒有創氏改名的朝鮮人，行政機關都不會處理有關他們的所有業務。另外，日本政府把沒有創氏改名的朝鮮人視為非國民或不良朝鮮人，記錄在警察手冊上，徹底進行覆查。這些人會被指定為優先勞務徵用對象，被排除在糧食、生活必需品的配給對象之外。鐵路運輸貨物的牌子上如果寫上朝鮮姓名，相關貨物將不會獲得處理，並立即退回。不進行創氏改名者，不得前往日本境內。當時還有規定，創氏改名令制定後出生的子女，如果未以日式姓名進行出生申報，將持續退回申請，並強制其父母義務性地創氏。

每個職場和家庭都要貼上「內鮮一體」——即日本和朝鮮是一家的口號。鐵道官舍的公會堂正面也貼著裱在玻璃框裡的韓文毛筆字。在每月舉行一次的愛國例會中，讓他們如同合唱一樣背誦以忠於日本為內容的誓約。雖然每天早晨都規定向東京的宮城（皇宮）方向行禮，但沒有朝鮮人家庭自願出來行禮，偶爾日本節日或國慶日時，在班長的帶領下，聚集在公會堂或區域的空地進行儀式。平時沉默寡言的李百萬在入住鐵道官舍一個月後，把兒子叫來抱怨道：

「怎麼進了比二鐵進進出出的刑務所還差的地方呢？」

一鐵沒有回答，申金說道：

「現在外面的白米配給根本不夠，市場上賣的也貴三、四倍。過生日要吃米飯這件事已經成為過去，這裡的物資還沒短缺，算是幸運的了。」

那時，一鐵不僅是對父親，對妻子也閉口不談時局。智山六歲時，送到了官舍裡的托兒所，申金則開始到官舍的公會堂工作。公會堂是木造建築，由小禮堂和幾間辦公室構成，內部設有倉庫和小賣店等。日本和朝鮮主婦們分成縫紉班、編織班、修繕班，每個班有將近十多人，主要進行志願服務兼副業活動，申金也進入編織班學習織毛線。她們用竹針和鈎針編織毛線和蕾絲，織出手套、襪子，還有各種花紋的毛衣，並交給國友會。編織班的班長是一位四十多歲的日本女性，她的丈夫是工廠技師。

一天下午，申金正專心編織時，公會堂的朝鮮人跑腿告訴她有人找她。走到公會堂正門一看，朴善玉在周圍東張西望等候。申金心想是不是又發生了什麼事，覺得自己好像快要癱倒在地。

「出了什麼事？」

善玉簡單地回答道：

「這裡有規定的工作時間嗎？」

申金叫她稍等片刻，自己則趕緊回到工作室，對編織班長說家裡有事要先回去，然後就走了出去。朴善玉什麼話都沒說，直到申金帶自己回家為止。進入房間坐下後，善玉似乎才安了心，開口說道：

「其實也沒什麼，二鐵哥哥說想見姐姐……」

「他現在在哪裡？」

「仁川。」

申金嘆了一口氣。

「時局都已經變成這樣，小叔應該好好休息，想想怎麼過日子啊。」

「要見他嗎？」

「他是不是有什麼急事要找我？」

朴善玉看她露出答應的表情，立刻說道：

「明天和我一起去月尾島玩吧。」

「明天？」

「怎麼了？是因為智山嗎？把他寄放在我家，我們坐火車去，很快就能回來。」

隔天申金在公公上班後，立即帶智山去朴善玉家的米糕店，然後去車站坐上前往仁川的火車。從永登浦坐火車只需要四十分鐘，所以兩人在上午十點多就到了下仁川站。朴善玉當報告員已有數年之久，所以非常老練。她們從市中心爬上萬國公園，坐在可以俯瞰四周的岩石上等待時間經過，那是確認她們是否被跟蹤的重要程序。過了兩個小時，確認沒有人跟蹤她們後，朴善玉帶著申金離開公園，去了中國街。她看了好幾遍招牌，把申金帶到海風吹來的二樓角落。兩個女人坐著邊喝茶邊點菜時，二鐵突然推門進來。他穿著草綠色的工作服，戴著像軍帽一樣的工作帽，看起來像是某個工廠的技術員。

「大嫂！」

他低聲叫喊，申金從座位上起身。朴善玉站起來說道：

「你們聊，我先走了。」

「怎麼了？吃完午飯再走吧。」

雖然申金如此說，但朴善玉沒有回答，消失在剛進門的二鐵身後。申金和二鐵點了烏龍麵，默默地坐著。服務員放下飯菜離開，嫂子才問小叔。

「不是說安頓好了嗎，又發生什麼事了？」
「我有事要出差一趟。」
「去哪裡？」
二鐵猶豫了一會，回答道：
「邊境。能不能幫助我去新義州？」
申金想起了丈夫，並頑強地搖了搖頭。
「當局知道你們夫婦都是活動分子，而且你現在就等同於通緝犯。山下派來的刑警會每個月來家裡一趟，打聽你的去向，你要去出差不就是要拜託智山他爹嗎？」
二鐵懇切說道：
「所有認識我的人都知道我給嫂子、哥哥、家裡人添麻煩，所以大家也都知道大哥從事特別的職業，而我是他的弟弟。這一輩子就拜託您這一次了。」
「確切來說是要做什麼呢？」
「去新義州把某人安全地接回來。」
申金馬上溼了眼。
「絕對不能利用智山他爹做那種危險的事情！」
這時，二鐵從椅子上起身，跪在地板上，雙手合十。
「嫂子，求求您和大哥幫我這個忙吧！」

申金嚇了一跳，對小叔說道：

「快起來坐下吧，你究竟要智山他爹怎麼做？」

李在柳和黨重建派的多數成員被捕後，剩下的成員、與國際黨有聯繫的小組、曾入獄的領導人物為了團結在一起，正開始展開全國性的連結。二鐵的任務是讓在滿洲具有政治影響力的人士進入國內，與今後要發揮領導作用的國內同志會合。二鐵沒有詳細說明，只是簡要地傳達了情況，最後補充說道：

「我都說出來了，雖然我們是一家人，但如果不信任，就沒有辦法洩露一字一句。嫂子和大哥不幫我的話，這個計畫就會被取消。」

申金靜靜地望著涼掉的烏龍麵，低聲說道：

「我回家跟你哥商量一下，你得先告訴我什麼時候、怎麼坐特快車跟你哥碰面。」

二鐵說會在指定的日期坐火車，只是乘車站不是京城，而是在開城。從新義州回來的時候，下車的車站也會是開城和京城之間的某個地點。以後的聯絡由朴善玉進行，嫂子就不用再辛苦了。二鐵一說完，申金就把捲起來的五十元紙幣遞給小叔。

「上次你離開家的時候，沒能給你多少錢，心裡很過意不去。」

二鐵沒有拒絕，一言不發地收下嫂子給的錢。

❖ ❖ ❖

李二鐵已經知道金根植的存在，也知道他是跟隨李在柳路線的黨重建派初創期的同志，而且根據工廠林立的仁川的特殊情況，知道他與國際黨的權某組織也有關聯。二鐵確信金根植的觀點和立場與自己相同，他認為雖然表面上組織瓦解，但現場工人所在的工廠組織還沒有暴露，因此生存下來的人必須負起收拾殘局、在全國範圍內重新連接和整合的責任。他認為要想從保護觀察中解脫出來，就必須離開永登浦和京城地區，於是透過朴善玉前往仁川，並見到了金根植。

金某很堅強也很大膽，作為長期的活動分子，他也非常老練。仁川各工廠的讀書會或聯誼會聚會正在積極進行，但盡量避免進行與治安當局和公司管理階層相牴觸的直接行動。分發、閱讀和銷毀文件是日常的事情。東洋紡紗、仁川鐵廠、二宮鐵廠、有馬碾米廠、鹿東碾米廠、京仁針織、仁川碼頭等地的現場，分別形成了多則七、八人、少則三、四人的組織。他們以各工廠的細胞為主進行活動，不像以前那樣由細胞負責人單獨進行聯合聚會或隨意參加別人的讀書會，如果有事就單獨見面。

在上次事件中，負責碼頭的趙什長和方又昌等人一起被捕，一個姓尹的人試圖連結這個分散的讀書會，李二鐵也記得他在接受拷問時坦白到什麼程度，且隱瞞了什麼。金根植不僅沒有被暴露，而且被捕者在接受調查期間，還堅持保護在仁川與金有所關聯的現場勞動者組織的一貫原則。他們只是說了幾個以自己工作崗位為中心傳達文件的人，並主張他們只是想知道這個世界是如何運轉的。總之，金根植和現場組織都停止了活動，只透過文件連接在一起。二鐵離開永登浦的第二天，在文鶴山的散步小徑上第一次見到金根植。他們透過交談，互相瞭解彼此的實踐和想法到了何種程度。金根植和二鐵在那附近走了一下午後做出決定。
「李同志應該要在這裡就業。」
「我以前學過車床，工作幾天就熟練了。」
「在仁川鐵工廠找份工作，下週一去工廠見朴龍吉同志吧，我會先跟他說好。」
幫他介紹工作就是表示要接受他進入這個地區的組織內。在分手前，金根植問他：
「有沒有落腳的地方？」
「這裡應該有飯館或日租房吧？」
金根植聽到二鐵的回答，搖了搖頭。
「那種地方反而更不安全，那些走狗隨時會來檢查住宿者。看看能不能暫時住在工廠裡。」
金根植在心裡盤算著日子。
「今天是星期五，到星期一為止有三天的時間。碼頭前面的巷子裡有很多便宜的小旅館，因為主要是船員進出這裡，所以有很多外地人。好，如果沒什麼事，我們很快就能再見面了。」
李二鐵按照他所說的，在仁川碼頭後面的一家旅館租了房間。巷子裡有酒館和食堂，船員們進進出出直到深夜。他知道大伯李千萬和叔叔李十萬住在這附近，也知道他們的家在哪裡。大伯李千萬曾當過輪機長，在貨輪上工作過，現在是中型船舶的船長，來往於中國和仁川之間。李十萬曾擔任過米豆事務所和碾米廠的經理，現在成了糧食批發商。三兄弟中，年紀最小的李十萬算是最成功的。只是戰爭開始後，糧食進入當局的配給體制，如果不是黑市交易，民間交易很難獲利。他擔任配給公署的理事，仍然可以管理各碾米廠產出的糧食。他與大哥合作，從中國的大連、煙臺等地引進大豆、玉米、小米等雜糧，充當日本及在大陸的日軍補充軍糧。李二鐵沒有去叔叔家，雖然李百萬在生活上沒有和兄弟們來往，但是彼此間有喜、喪事的時候，幾年也會見一兩次面，所以表兄弟們也都知道彼此的名字和長相。永登浦警察署可能掌握了戶籍資料，但他們已經確認幾年前事件發生時，親戚之間幾乎沒有來往。而且二鐵認為，在沒有出事之前，保護觀察對象失蹤應該不會成為必須重點關注的任務，但他仍認為不能隨便去親戚家。

李二鐵去仁川鐵廠找到那個叫朴龍吉的人，並順利就業。朴某把他介紹給車床部班長，班長問了幾個專業的問題，立即察覺他是個經驗豐富的工人。仁川鐵廠是一間中型工廠，擁有一百多名工人，大部分是朝鮮人，只有社長、技術人員和幾名辦公室職員是日本人。工廠的後院有值班室，還有六棟典型的集體住宅。日本技術人員、工廠廠長、事務員等住在其中五棟，另一棟是供職工使用的空間。房子裡有三個房間，還有廚房、廁所和浴室。兩個房間由工廠警衛使用，另一間是值班室，都是普通的榻榻米房。四十歲出頭的朴龍吉是土生土長的仁川人，從工廠創立初期就在這裡從事車床工作。他沉默寡言，經常面帶笑容。他們沒有談論任何活動，也沒有談論金根植。李二鐵信任金根植經營組織的方式，有一天，朴龍吉偷偷將幾張文件遞給工作結束後回到值班室的二鐵。

「就當作草紙使用吧。」

這是讀完文件後扔進廁所裡的意思。那是關於最近仁川的動向、局勢的幾個簡短通信，還有因為自己被逮捕而未能接觸到的《紅旗》等幾個部分的手抄本。雖然是三年前的文章，但對於二鐵來說，這無異於是迫在眉睫的任務。這也是李在柳同志被捕之前潛伏在京畿道一帶，試圖透過分發文件恢復組織的痕跡，也是創刊宣言之後出現的《紅旗》的關鍵部分。

當前，面對國、內外形勢和重大革命任務，我們朝鮮共產主義運動在理論、實踐、組織、技巧上都是完全分散的。正因如此，真正的共產主義者傾向於從事地方性活動，這縮小了他們的視野，限制了他們的活動，阻礙了他們對政治活動的掌握和訓練，從而使運動遭受極大的打擊。這與過去俄國社會民主勞動黨時期並無二致。為消除此一缺點和錯誤，乃至為了在全國範圍內集中統一在地方上分散的運動，當務之急是以生動的各工廠報紙為基礎，發行全國性的集體宣傳、鼓動、組織、領導的唯一政治報紙。全國性的政治機構，亦即沒有完成黨重建的我們朝鮮，連黨的政治性報紙也不存在。另外，以我們目前的力量，還不具備在全朝鮮民眾面前創立一個進行政治宣講的平臺。但這並不意謂我們在履行特定任務的過程中，不可能依靠我們的力量，創辦地方及京城地區的政治性報紙。對此，我們順應各陣營內諸位組織同志的真正要求，或根據我們執行任務的需要，順應普通鬥士的願望，創設可激發全國性的宣傳、鼓動、組織、領導等目的的過渡性政治性報紙《紅旗》。

二鐵寄居在工廠內的值班室，經過兩個月左右，他掌握了除朴龍吉外，還有金秀南、劉昌福等人的組織。在他們的建議下，二鐵在朴龍吉鄰居家租了一個房間。那是仁川常見的日式雙層木製住宅，他租到二樓樓梯旁邊的房間，透過窗戶可以觀察巷子兩側。因為對面是山坡的低處，所以可俯瞰前屋的屋頂。而順著屋頂，可遠望碼頭和大海，二鐵對住處十分滿意。又過了三個月，朴龍吉在下班的路上悄悄對他說：

「今天沒什麼事的話，一起喝杯米酒吧。」

自從來工廠工作後，朴龍吉沒有主動請他喝過酒，二鐵有些驚訝。

「我還是第一次知道朴兄也喝酒。」

「啊，我當然不喝。」

他向呆呆看著自己的二鐵說道：

「我只負責帶你去酒館。」

前方有著從工廠進入市中心的馬路，以及二鐵第一次到仁川時住過幾天的旅館、酒館較多的巷子，朴龍吉選擇走進巷子。不知怎的，二鐵覺得這是他熟悉的地方，心裡也就踏實下來。他們走進一家地板總是溼漉漉的，泛著一股鹽味和海腥味的餐館。嘈雜的漁夫們坐在一起，身上還穿著沾有魚鱗的雨衣，彼此大聲嚷嚷。打開格子玻璃門走進去，在向外開啟的陳列窗旁邊，金根植就坐在那滿是烤魚煙氣的地方。他向二鐵微微舉手，朴龍吉連招呼都沒打就離開了，二鐵回頭一看，已經不見他的蹤跡。二鐵自然地走到金根植的對面坐下，他已經點了生魚片和佐酒湯，他把自己的碗遞給二鐵，然後倒進米酒。

「我猜你現在的生活應該穩定下來了，所以約你見面。」

二鐵顧不上打招呼就先乾了一杯。很快的，侍者送來了他的酒碗和筷子、湯匙，頗大的酒壺還很重，先來的金根植好像也只喝了一杯。二鐵把碗還給他，並給他斟了酒。

「工廠的同志們都很照顧我，我過得還可以。」

「仁川與京城有點距離，所以和永登浦的氣氛會很不一樣。」

「在其他地區，很多情況都必須獨立判斷和行動。但是在這裡，過了黃海就是大陸了。」

金根植點了點頭。

「所以海路方面的警戒非常嚴格。」

兩人好一陣子無言地喝著米酒。金根植低聲問二鐵：

「聽說你哥是特快列車司機。」

「是，我父親在鐵道局永登浦工廠成立初期就開始工作了，現在成了技術雇員。哥哥從龍山鐵道員培訓中心畢業，現在擔任光號的司機。」

二鐵突然察覺到會不會讓人以為他是在炫耀家人，急忙補充說道：

「他們只是無意識埋首於生計的殖民地小市民。」

金根植並不同意。

「他們也有可能是潛在的同志，你父親和哥哥不也是產業工人嗎？這是最重要的。正因為他們理解你，所以李同志你才能做這麼多事情吧？」

「是的。」

金根植環視了一下酒館內部，不知何時，酒館裡已經坐滿了客人，喧鬧聲此起彼伏。他環顧四周，把壺裡的酒倒進二鐵和自己的酒杯之後說道：

「我們趕緊喝完走吧。」

他們走出酒館，越過大馬路，走向碼頭。到海邊之後，金根植在一個安靜的地方對二鐵說道：

「我們的組織並沒有像日本鬼子說的那樣徹底潰敗。京城和仁川也留存有很多組織，在地方上，不僅有很多工人，還有很多農民組織。問題是相互之間沒有聯合在一起，只能形成個人之間的聯絡。雖然為時已晚，但在西班牙內戰後，共產國際活動的路線也轉向了人民陣線。就是要根據各地的情況進行革命。為此，不應該把階級鬥爭放在首位，而應該形成統一戰線。由於地區的特點，我們已經把目標指向了這個方面，打造全國性的聯合統一戰線是當務之急。最近我們前輩之一的重要領導人出獄了，他被釋放簡直是奇蹟，他在刑務所裡裝瘋賣傻，蒙蔽了日本帝國主義者的眼睛。他現在潛伏起來，負責調查他所在之處的高等係應該都在拚命尋找。他故意傳出假消息，所以有人說他發瘋，變成了流浪病患，還有人說他在某處養病。在滿洲地區，由於戰後日本帝國主義的反覆圍剿，與中國聯合的抗日武裝鬥爭也趨於平靜，小規模的戰鬥仍在持續。國際黨派遣了一位朝鮮的關鍵人物，我們正在準備他和國內人士的會談。」

「不會像上次金亨善事件一樣受到損失吧？」

二鐵小心翼翼地開口，金根植點了點頭。

「沒錯，我當時也對金先生和國際黨國內路線的權同志的公開宣言以及傳單等祕密鬥爭感到驚訝。雖然將我們的李在柳同志視為派系主義者，將金亨善同志視為知識分子的冒險主義不見得完全正確，但從批判的角度來看，雙方確實存在這樣的傾向。」

李二鐵說道：

「黨的重建運動必須透過現場勞動者的鬥爭，由下而上組織起來。」

金根植表示贊同。

「在中日戰爭之前，原則上那是正確的路線。但現在處於平穩期，發動戰爭的日本帝國主義的法西斯壓迫會愈來愈嚴重。從歐洲的情況來看，戰爭會進一步擴大到全世界。現在西方的帝國主義列強將針對納粹德國建立反法西斯聯合戰線，並與蘇聯等社會主義陣營建立戰略同盟關係。如果法西斯勢力在世界大戰中敗北，日本也會被擊敗。如此一來，朝鮮就會迎來崛起的絕好機會。在這種情勢下，活動分子不能輕舉妄動，應該隱祕地取得運動分子的支持，保存力量，抓住革命的關鍵時機。現在形勢發生了變化，應該要開始準備先鋒領導隊伍，並且要有最高指導原則。為了保存革命力量，為了運動分子的政治統一和團結，必須透過報紙持續進行意識化。現階段，領導隊伍要做的工作是出版一份機關報，並透過組織發放。」

在街頭的聚會結束分手前，金根植對二鐵說道：

「對了，潛伏在地方的李冠洙同志又回到了京城，那邊也通知我了，你要不要聯絡一下？」

李二鐵激動起來。他想起為了見李冠洙，去了昌信洞山坡上的祕密基地。也想起為了促成李在柳和金亨善的會見，和長山母親——韓如玉分別擔任聯絡員的幾次見面。他告訴李冠洙金亨善在永登浦被捕的危急事實，在昌信町和駱山路交叉處分手的情景成了他們最後一次見面。

李二鐵按照金根植所說的，去見了同樣是組織成員，從監獄出來不久的李冠洙的妹妹。他們從初期開始就是組織成員，她輾轉於東大門地區的橡膠工廠、製絲工廠等地，確認以前的組織的狀況。她帶著李二鐵到李冠洙進京之後定下的祕密基地，李冠洙在敦岩町附近租了一間簡樸的韓屋，他依然健康而充滿活力，但裝扮卻和以前不同。與過去穿著破舊的工作服不同，他現在像城市的事務員一樣，穿著乾淨的西服，還端正地繫著領帶。看到進入院子的二鐵，他從簷廊上跑下來迎接他。

「你吃了很多苦吧？」

「沒什麼……大家都是這樣。」

「金根植同志是我的老朋友，我聽到你的消息真的很高興。」

李冠洙和李在柳在楊州隱身躲避，李在柳被捕後，他偽裝成乞丐走到大邱，開了小菜店安頓下來。他在那裡也沒有停止從事活動，組建了幾個以紡織工人為主的學習小組，最近剛回到京城。從監獄釋放的初期成員中，沒有放棄活動的男女組織成員不到十人，但這些人都是具有鋼鐵般信念的活動分子。他們發行名為《共產主義者》的地下月刊，並取得共識，決定克服一切失敗重新開始。李冠洙當時接觸了朝鮮共產黨創立時期的前輩活動家，並向咸興、元山等地的太平洋勞動組合組織派遣聯絡員，擴大了組織。他們自稱是京城聯絡小組，簡稱為「京城連」。從某種角度來看，李在柳當初主張透過現場鬥爭證明實力的人組成先鋒組織的構想正慢慢成為現實。李冠洙比以前更加寬厚，更加沉著冷靜。他讓從仁川上來的李二鐵過一夜再走，他們一起做飯，吃過之後，並排躺在同一個房間裡。當時李冠洙向二鐵委婉地囑咐：

「有一個很重要的任務，希望能由二鐵同志來負責。」

李二鐵已經猜到了。雖然金根植沒有說明，但他推測是因為這件事才讓自己來找李冠洙。他沒有回答，等了一會之後，李冠洙說：

「聽說你哥哥是特快列車司機。」

「是的，他負責光號火車的京義段。」

「我們必須把某人從新義州帶到京城來，組織上得出結論，李同志你是負責這個任務最合適的人選。」

李二鐵確認了他所預期的，於是回答道：

「我來負責。」

「那麼日期和接頭方法之後會通知到仁川給你。」

幾天後，他從金根植那裡聽到京城的通報內容。於是，他把嫂子申金叫到仁川見面。申金一回家就向結束工作在家休息的丈夫一鐵說明了小叔的情況和請求。一鐵沒有回答，滿臉不高興地陷入沉思。

「對不起，讓你多操這個心。可是小叔懇切地拜託我……」

「妳有什麼好對不起的？他是我弟弟，雖然是家裡令人頭疼的存在，但也不是到哪去當什麼盜賊。他們冒著生命危險進行獨立運動，我們難道只能過著安穩的日子？如果二鐵要去的日期和我上班的日期對不上，我可以提前或推遲一兩天，應該沒什麼問題。」

15

李二鐵在確定日期後，確認光號在開城站的停車時間，並找到去開城的路。他之所以執意要去開城乘坐特級火車當然是為了安全。對他們這種有思想運動前科的人而言，最危險的是去官廳附近或搭乘火車等交通工具。不僅是永登浦，京城站的高等係和憲兵隊的助理都敏銳地注視所有乘客，而且通往國境的京義線比京釜線鐵路的監視更加徹底。即使坐上火車也不能掉以輕心，因為移動警察、憲兵會和列車長一起隨時往返於各車廂之間觀察乘客。他相信在哥哥的幫助下，在開城站能找到安全乘車的方法。仁川自朝鮮王朝以來，就有繞過江華島進入漢江入海口並登上麻浦的船，現在還有定期渡輪。他決定租一艘漁船到江華島對面的開豐郡，只要在乘坐火車的前一天停留在開城即可。

他在仁川碼頭組織的幫助下，得以乘坐駛向延坪島沿岸的漁船。按照計畫，他去到江華島對面長滿蘆葦和香蒲的海邊，還可以遠望東北側的松岳山。二鐵步行兩個小時進入開城府，直到晚上特快車到達為止，他一直待在市郊的酒館裡。天黑了，從京城駛來的特快列車光號進入開城時，二鐵靠近了遠離車站的貨物倉庫後面。他推開一扇低矮的鐵門，像來托運的貨主一樣，站在倉庫前等候。推著推車來往的工人中沒有人注意到他。特級列車傳來汽笛聲，在遠處的鐵路盡頭，火車頭的前照燈光迅速靠近。他發現了一排排倉庫的盡頭有一棟單層建築，裡面有站員的等候室。二鐵慢慢地往那邊走，對面有人走過來向他搭話。

「二鐵嗎？」

「哥……」

穿著火車司機工作服的一鐵來到他面前，緊握他的手。周圍沒有任何人。他走到等候室，拿出帶來的包袱告訴他說：

「快點換衣服後出來。」

哥哥準備的是鐵道員的工作服、工作帽等。二鐵穿著淡褐色的工作服，腿上纏著綁腿，戴上工作帽。一鐵上下打量換完衣服的弟弟，走在前面。他們穿過鐵路，去到特快列車駛入的月臺，並登上火車頭。二鐵看到火車頭的外觀和駕駛室的機器後對一鐵說：

「這是騰雲嗎？」

「對，是Tender型，也是其中最大的波羅第系列，牽引力是三萬三千磅。」

「沒有Mater嗎？」

「嗯，那個最常見，大部分都用來牽引貨運列車。因為是山岳型，所以北線大部分是Mater，在山區不能使用Mikado。」

回答時，一鐵愣愣地看著弟弟。

「繼川崎工廠之後，龍山和永登浦工廠也開始製作騰雲火車頭。你當初要是踏踏實實地工作，現在應該是一級技術員了。」

一鐵在助手到來之前提醒弟弟：

「大型煤水車的火車頭都有自動供煤裝置，你自然不用操心，但你得記下來。」按下副駕駛座前面的自動供煤裝置，連接到後面儲煤庫的螺旋輪就會旋轉，將煤炭直接供應到火爐中。因此，與舊款 Mikado 或 Paci 等火車頭不同之處在於不需要火夫。Tender 型騰雲火車頭由司機和助手操控。

「幸好今天我的助手是朝鮮人，已經提前說好了，所以應該不會起疑。你是負責貨物列車的司機，說好今天要去新義州坐貨物列車。開城是你岳家，你不是培訓中心畢業的，而是火夫出身。只要記住這幾點就好，別說太多話。」

助手跑過來抓住鐵樓梯上了火車頭。他一隻手拿著熱水瓶，二鐵自然地接住熱水瓶，伸出一隻手拉住他的手。

「啊！您好。」

一位看起來二十多歲的助手從二鐵那裡接過熱水瓶後說道。

「我去辦公室一看，正好煮了一壺人參茶，就裝滿帶過來。」

他從儲物櫃裡拿出兩個瓷杯遞給一鐵和二鐵，小心翼翼地倒入。冬季到達開城站後，去辦公室倒滿人參茶是他的工作內容之一。哨音傳來，前方軌道的閉塞器升起。站員站在月臺上，用紅旗打信號。出發的廣播傳來，一鐵拉著頭頂的繩子拉響汽笛，這是火車馬上要出發的信號。他拉上壓力機，活塞發出沉重的聲音開始轉動。離開車站後，火車頭加快了速度，時速穩定在六十到七十公里之間。其間，助手觀察機器，透過按下或停止自動供煤機來調節火力。很快的，火車奔馳在黃海道的平原地帶。

「我從鐵路學校畢業才三年。要是在以前，根本不可能在這種特快列車上當助手。因為受最近時局影響，朝鮮人的運氣還算不錯。」

火車司機一鐵用寬容的表情看著他，二鐵也盡量忍住不說話，助手則一直跟他搭話。

「前輩們說過了十年才能駕駛旅客列車，其中特快列車是鐵路之花。您是在貨運列車工作的吧？」

「啊？是的。」

「過去您在哪條線工作？」

「啊，京仁線和京元線，」

「是培訓中心畢業的嗎？」

二鐵因為事先和哥哥套好招，所以若無其事地回答：

「我比老哥您幸運，是從底層爬上來的。」

他一下就聽懂從底層爬上來是什麼意思。

「啊！您是臨時工出身的啊？」
「是啊，剛進來是當火夫。」
他把沒有要他說的話都說出來了。家在京城，妻子的娘家在開城。妻子從很久以前就說要回娘家一趟，但是大家都知道，在火車上工作的人哪裡有空。所以利用換班把妻子送去開城，在回去的路上接上她，把她帶回去。
火車深夜到達平壤後再次出發，凌晨越過清川江大橋，直到早晨才進入新義州。李一鐵沒有去集體宿舍，而是和弟弟一起去市內的旅館開了一個房間。二鐵要見的人應該是活動家，所以很明顯的，他不會從安東經由出入境事務所入境。二鐵查了義州的地址，走了十幾里路。義州是朝鮮王朝官衙的所在地，新義州則是架設鐵路和鐵橋後建的新城市。二鐵找到官衙街轉彎處的一家藥鋪，石牆和瓦房面向街道，前面是帶有長簷廊的廂房，用作患者和訪客出入的醫院，後面則是住宅。他觀察了一下內部，戴著眼鏡的醫生坐在房間內側，地板上坐著的年輕小伙子則是跪在地上用鍘刀切草藥。小伙子對他說：
「歡迎光臨。」
「請問一下，醫生在嗎？」
「您哪裡不舒服。」
「身體不舒服，所以想請他把把脈。」
聽到他們的對話，內側房間裡戴眼鏡的人乾咳了一下，並說道：

「請他進來。」

李二鐵走上簷廊，進入房間坐下，醫生說：

「請坐。把袖子挽起伸過來。」

二鐵默默地按照指示捲起袖子，將手臂伸到了桌子上。醫生把食指和中指放在他的手腕上，為他把脈。

「您是從哪裡來的？」

「啊，我是從京城來的。」

「遠道而來啊。」

「我是來看我叔叔的。」

醫生微微一笑，然後靜靜地說道：

「名字是二鐵嗎？」

「是的。」

張醫生站起來說道：

「到現在還沒吃早飯，應該很餓吧？裡邊請。」

二鐵意識到互相確認的程序已經結束，於是跟著他走進內側的住宅。內側也有主人的廂房，當他打開推拉門時，看到裡面坐著一位穿西服的中年男人。他的銳利目光投向站在醫生身後的二鐵臉上。醫生說你們一起聊聊吧，就轉身出去了。等二鐵坐下，穿著西裝的男人問二鐵：

「您是李二鐵同志吧？」
「是的。」
男人呵呵一笑。
「那你哥哥應該是叫一鐵了。」
「是的，他現在擔任特快列車司機。他們讓我來陪金先生到京城……」
金先生說道：
「麻煩你遠道而來，真對不起。」
他說他在一個多月前走過結冰的河面來到此處，應該是透過新義州的聯絡員傳遞消息。
「什麼時候能出發？」
「今天晚上乘特快列車去京城，出發前兩個小時得去車站。」
「嗯，那麼時間還算充裕。」
他問了二鐵一些事情。首先詢問了目前京城的活動和組織情況，並詢問了他們之間掌握的海外文件，各組織的報紙都有哪些種類。二鐵如實回答，也告訴他逮捕風波之後情況已經好轉。金先生說道：
「對我們來說，沒有什麼好時機或壞時機，革命活動將持續到解放的那一天。」
二鐵帶著金先生去了新義州，見到在旅館等他的哥哥。一鐵把自己的計畫簡單地告訴他們。
「特快列車上坐著刑警和憲兵，和助理一起，兩人一組進行任務，一共四個人。他們可以在非常時期的任何車站停車，也可以在任何車站要求增援人力，所以一般車廂很危險，我不推薦。你們可以坐火車頭後面的郵政車廂。郵政車箱大小像普通貨車，分為兩節，有裝載包裹等貨物的行李車廂，還有能分揀郵件、辦公的郵政室。兩個人如果要躲在行李車廂，時間太長的話會有點難受。」

「夜間火車嘛，好好睡一覺就可以了。」

二鐵說完，金先生問他哥哥：

「火車頭和郵政車廂之間可以進出嗎？」

「火車頭的尾部有裝滿煤炭和水的碳水車廂，會堵住兩節車廂的進出。火爐旁邊有緊急通道，但運行中會很危險。」

金先生低聲說道：

「有可能成為甕中之鱉，但至少火車在行駛中不會有危險。」

他們在傍晚薄暮時分從旅館出來。一鐵把小背包遞給弟弟，裡面裝有軍用水壺、兩袋壓縮餅乾和兩個當作尿壺使用的榴彈炮。弟弟去義州的時候，一鐵去市場準備了這些物品。

「郵政室大概會有兩、三個人搭乘，他們是負責人、整理帳簿的人以及火車停靠時裝卸郵件的工人。貨物少的話只會有兩個人，多一點的時候三、四個人一起搭乘。現在不是節假日，是換季期，貨物可能不多。」

他們到達特快專列月臺，登上郵政車廂。在一鐵的帶領下，他們穿過漆黑的郵政室，打開小門進入行李車廂。裡面有事先堆好的貨物，外面有一排行囊。堆放貨物的內側有木箱，每個格子都整理好包裝的行李，以便分類。他們把木箱推到外面，在牆的中間留了個小空間，調整出一個能讓兩人靠牆而坐的位子。金先生和二鐵進去坐好後，一鐵在上面堆起貨物。當然，最內側的物品最終目的地是京城，然後依次是送到平壤和開城等地的物品。一鐵悄悄說：

「恐怕清晨才會到達京城。經過坡州、高陽、水色後，火車將會緩行，下車地點請你們自行安排。」

出發三十分鐘前，他們聽到兩個職員走進郵政室的聲音。這兩人為了領取晚送到的包裹和行李，進入行李室打開了出口。裝運行李的車開過來，職員們接過行囊和包裹，分類堆放在前面。特快列車從新義州出發，經過平壤到開城，再到京城，小站則大部分直接通過，不做停留。一鐵在到達平壤站時暫時下車，在月臺徘徊，假裝是在吹風，其實是查看後面的郵政車廂。兩名郵政局職員正卸下行李和行囊，並裝上從平壤送來的行李。郵政室的一側和貨物間兩側都設有可側推的進出門，當晚平安無事。

兩人蹲在裝滿包裹和貨物的木箱後面，反覆打盹、醒來。有時被經過鐵橋時的轟鳴聲驚醒，有時經過平原，車輪規律地在鐵軌間行駛的聲音讓他們自然入眠。二鐵認為過了平壤，只要再過開城就可以了。火車在行駛時，郵政室裡十分安靜，不知裡面的人是否也在休息。就像到達平壤站之前一樣，在到達開城站之前也能預測到職員們會進入行李車廂。他們吃著壓縮餅乾當作宵夜，還打開榴彈炮蓋子小便。他們稍微放鬆一些，腿伸到行李之間，背部靠在車廂的牆壁上睡著。

聽到汽笛聲和經過鐵橋的聲音後，郵政室的小門打開，職員們進來打開燈。三十燭光的燈泡掛在半空中，他們互相交換意見，把郵包和包裹放在一邊。也許是進入開城站內，火車發出蒸汽的聲音，並放慢速度。像在平壤火車站一樣，推著手推車過來的行李搬運工將包裹和行李搬下來，並裝上要托運的郵件。他們離開開城站時伸懶腰、打哈欠。到了京城站，他們會像火車司機一樣，和京釜線的職員換班。

二鐵他們兩人已經完全清醒，準備要下車。經過鐵橋的聲音再次傳來，可以推測出那是臨津江大橋。郵政室職員因為快要接近終點站，似乎已經放心地睡著。兩人打開行李室的門鎖，並開啟一扇木門。寒風無情地颳了進來，火車橫穿黑暗中的原野行駛著。路過燈火通明的小站時，他們發現已經快接近水色了。果不其然，火車汽笛長鳴，然後放慢了速度。二鐵對金先生低聲說道：

「我們在這裡下車吧。」

二鐵先把背包扔向黑暗中，然後跳下火車。他滾落到雜草叢生的山坡下，一頭栽進乾涸的田埂，站了起來。隨後，依稀看到金先生從前方滾下來。他們朝著鐵路邊爬去，二鐵走近金先生問道：

「沒有受傷吧？」

「沒事。好，下一個目的地是哪裡？」

二鐵連背包都不想找了，在前方帶路。

「京城近在咫尺了。」

兩人在破曉時分來到兒嶺山脊，京城的早晨正拉開帷幕。商販們敲著手鈴，背架上揹著豆腐、魚、小菜，提高嗓門高喊買豆腐喲、買青魚、大黃魚喲，十分熱鬧。到了上班時間，街道變得擁擠，他們兩人乘電車在敦岩町終點站下車，去到山坡路小巷裡李冠洙的韓屋。二鐵敲門，大門就像等待已久一樣打開。李冠洙在大門廳裡踱來踱去，等候著他們。三人默默地在李冠洙的帶領下走進內屋。

「我知道你們會在今天這個時間到達，所以一直在等你們。」

「謝謝。」

金先生說道。李冠洙也向二鐵表示感謝。

「你做了誰都無法做到的事。」

李二鐵沒有坐下，站在門口說道：

「我先走了。」

他很清楚報告員的任務到此為止。李冠洙點了點頭。

「好吧，到仁川還有很長的路要走，走好。」

二鐵順著原路坐電車到麻浦，然後乘上去仁川的渡輪。他推測當時國際線的金先生和擔任京城連領導階層的朴憲永進行了會面。朴憲永在監獄裡假裝成吃自己糞便的瘋子，欺騙獄警，因而停止執行刑罰被釋放，之後在同志們的幫助下，安然無恙地潛逃。接受他的是京城的黨重建派初期活動分子。李在柳入獄後，他們接觸了剩餘的活動分子和其他派別的運動分子，推舉實際上創建朝鮮共產黨的朴憲永為組織的核心，活動分子沒有不知道他的名字的。與他們在多個勞動現場擁有細胞的基礎相比，朴憲永長期在海外活動，因反覆被逮捕和入獄，在國內沒有群眾基礎，他的加入對活動分子來說具有很大的象徵意義。朴憲永與國際黨有著密切的聯繫，可以傳達京城連的實際情況。他們為了建立過去分裂的社會主義運動中心，決定發行報紙，作為實踐統合的第一步。

申金是唯一一個詳細瞭解小叔李二鐵是如何被捕的人。和以前不同，朴善玉偶爾將二鐵的近況告訴申金。她是連接永登浦、京城和仁川的重要聯絡員。朴善玉相信，申金的丈夫李一鐵雖然是總督府鐵道局的火車司機，但自從上次他的弟弟李二鐵出差到新義州以來，他們一家人已經被認定為支援革命分子的團體。

✣ ✣ ✣

第二年春天，朴善玉接到京城的通知後去了仁川。因為去過二鐵家幾次，所以她先在萬國公園散步，傍晚時分才去了二鐵家。二鐵住的區域是一個從山坡下分層建築的小房子，有很多巷子和階梯，是二鐵工作過的仁川鐵廠共產主義者朴龍吉為他租下的房子。這個房子是日式雙層建築，一樓有紡織機，是女房東和六名工人工作的小型家庭工廠，她的丈夫是在沿岸碼頭工作的辦事員。二樓有兩個房間，以月租的方式租給在附近工廠工作的工人，二鐵住其中一間。善玉一敲房門，只穿著背心的二鐵打開推拉門。
「怎麼來了？」
「我餓死了。」
「什麼呀，一見面就說餓，永登浦沒有人請妳吃飯嗎？」
善玉稍微打開推拉門，望著樓梯和狹窄的走廊問道：
「隔壁房間空著嗎？」
「空著啊，搬走大概有十天了吧。」
朴善玉確認二樓除了他們兩人以外沒有其他人之後說道：
「我接到京城的聯絡，說明天晚上七點會有人過來。」
「誰要來……」
「我也不知道，你告訴我見面的地點，我轉告就可以了。」
二鐵想了一會回答道：
「去萬國公園聖公會教堂附近的散步小徑好了。」
朴善玉結束聯絡回去後，二鐵向金根植報告。聽了二鐵的話，他似乎已經猜到什麼，微微一笑說道：
「如果是京城的聯絡，應該是李冠洙同志派來的，可能是重要的任務。」
果然不出他所料，第二天出現在聖公會教堂附近散步小徑上的是李冠洙的妹妹李金順。過去因方又昌事件，李二鐵在第一次被逮捕之前見過她，所以很快就認出彼此。她曾兩度入獄，出獄後仍未放棄停止從事活動。李二鐵在聖公會教堂下方的道路徘徊時，她出現在他身後，神色自若地邊走邊搭話。

「迎春花都開了，天氣卻還有點涼，我們走走吧！」

兩人並排邊走邊談。

「我需要一間安全的房子，月租房也好、全租房也好。」

「什麼時候要？」

「愈快愈好。如果和金根植同志討論、決定好了，請李同志親自來京城，因為要陪重要的人過來。」

「知道了，我馬上會去敦岩町見您。」

說完正事，她停下腳步，擺出要分手的姿勢。

「那您再多散散步吧。」

二鐵轉身要離去時，背後傳來她輕快的聲音。

「上次長途旅行您處理得很好！」

「啊，是嗎……」

走了一會，回頭一看，她已經消失在陰暗的樹林裡，不見蹤影。李二鐵立即與金根植進行討論，得出有必要區分安全家屋、祕密基地和工作場所的結論。李二鐵的住處在牛角嶺附近，金根植居住的地方則必須經過船橋十字路口，附近有許多工廠。報紙的印刷決定在二鐵的住處進行，會將整個二樓租下來。李二鐵為了專心從事朴先生的報告員角色，決定辭去鐵工廠的工作。從京城過來的人士住處決定在以前栗樹谷的栗木町尋找。在仁川港賺了錢的商人都會集中在栗木町一帶的瓦屋，這地方也被稱為新村。如果說萬國公園一帶有日本富村，那麼朝鮮富村就是栗木町。朝鮮有錢人大部分都是經由碾米業或釀酒業致富的，金根植讓在碾米工廠的組織成員瞭解情況，也聽說村子入口處有一家販賣小菜的店。據說女主人和上女子學校的女兒一起生活，裡面的別院有兩個房間。以前碾米廠的電工在她家寄宿了一年以上，金根植讓組織成員在三天內簽訂該別院的寄宿合約。準備就緒後，李二鐵去了京城李冠洙家，那天晚上，二鐵住在李冠洙家裡，聽到了幾件重要的事情。

「我們把過去火燿會和上海派[1]的前輩們請來，再次聚集在一起。他們很早就組成了朝鮮共產黨，歷經千辛萬苦，不曾變節地生存下來。其中朴憲永先生在莫斯科求學，曾流亡到上海，在地獄般的監獄裡歷經九死一生。請他過來是為了建立組織中心，也是為了各政派的團結，我們即便獻出生命也要保護他。」

李冠洙說，為編輯報紙，必須準備祕密基地，讓朴先生住在那裡。第二天晚上李二鐵坐電車

1 由李東輝主導，在上海市組織的政黨。其前身是一九一八年四月亞歷山朵拉．金（Alexandra Kim）和李東輝等在哈巴羅夫斯克組織的韓人社會黨。

到麻浦終點站，麻浦碼頭附近的江邊築臺全部是用石頭砌成，路上也鋪著石子，風景不像朝鮮，有著異國風情。江邊停泊著大大小小的貨船和客輪，李金順正等候著走下電車的李二鐵，確認他發現自己以後，率先走向碼頭。碼頭上有幾艘船，她登上了其中一艘有著圓形船頂的木船，二鐵緊隨其後。穿著西服的他坐在船艙裡，船夫有兩個人，他們先將船划到河心，然後揚起雙帆。趕上退潮時間的船乘風迅速向下遊駛去。朴先生看上去像是在眺望黑暗中的江水，李金順默默地坐在他旁邊。二鐵離得稍遠，朝相反方向坐了下來。他們在搖晃的船隻上時睡時醒，眺望遠處村落的燈光。第二天凌晨經過江華島大明浦口，來到永宗島前海。由於出海捕魚的漁船正在返航，沿岸來往的船隻相當多。二鐵首先將兩人帶到位於昌榮町牛角坡自己的住處，直到上樓進入房間時，朴先生才將目光投向二鐵。

「同志，你辛苦了。」

朴先生戴著牛角鏡框望著二鐵，眼神冷淡，面無表情。他們上午休息後，在山脊處的食堂用餐，並前往栗木町的小菜店。在巷子分成三岔路的轉角處有一家店，窗戶是格子玻璃窗，旁邊則是鐵皮小門。走進店內，看到大大小小的餐盒和銅製器皿層層堆積，盛滿了美味的菜餚。穿著工作褲和圍裙的嫺靜中年婦女熱情迎接他們。二鐵恭敬地對她說：

「不久前已經說好要寄宿在你們家的廂房……」

「啊，是的，我也收到了今天要來的口信。」

女人迅速注視他們三個人，興高采烈地在前面帶路。

「請進。」

走進店內打開後門之後，出現一個院子，裡面有水井和幾棵樹，地面還有醬缸。院子對面原本可能是倉庫的地方，有一間小廂房。不僅有灶檯和狹窄的廚房，還有簷廊，房間則是中間裝有推拉門的上、下房。因為重新貼過壁紙，所以顯得清雅明亮。掛衣服的架子固定在窗戶下方，房間裡沒有櫃子或閣樓，疊好的被子上蓋著白色棉布。朴先生默默地環顧房間，朝窗外望去。李金順和女房東結清了帳，朴先生的身分變成因工作調動，遠離家人在仁川上班的辦事員；二鐵是他的部下，而金順成為他的妹妹。提前拿到幾個月住宿費的房東開心地對金順說道：

「哎喲，之前因為廂房空著，冷清清的，還真令人害怕，現在先生住進來了，心裡就踏實多了。」

朴先生連工廠附近都沒去過，他並不是大眾化的指導者，而是所謂的知識分子理論家，也是一位在原則和實踐上非常透徹的革命家，他的鬥爭經驗和各種文件的政治著作廣為社會主義運動家所熟知。他的加入使得京城連具備了領導階層的權威和組織體系。其後根據許多評論者的證言指出，京城連才是日本帝國主義統治下的京城地區首次也是最後一次聚集在一起的團體，他們從事的勞工運動是不分路線和地域差異的。在此期間，有一百多名活動分子加入或登記為準會員。在京城的黨重建派主導下，火耀派的朴憲永以及上海派運動分子的加入，幾乎網羅了所有當時沒有變節的國內派社會主義者。在權某的領導下，重建派剷除了國際主義路線所造成的派系主義，成為了重建派勝利的明證。

李金順搬進金根植的住處，成為祕密聯絡組織的偽裝夫婦，報紙編輯也由京城活動分子中具有執筆能力的男女成員加入。透過全國組織聚集到京城的地方消息突破了黑暗嚴酷的戰時體制，開始經由報紙向活動分子傳播。總督府警務局的調查內容也被傳開，說是平壤的紡織工人進行了同盟罷工。而在加強經濟控制後，罷工、怠工等勞動爭議逐漸增加，以全國為範圍，每天都發生一兩起類似事件。平壤東友橡膠工廠和京畿橡膠工廠女工們罷工的消息，以及在大邱嶺南地區躲避徵用的壯丁躲在八公山進行武裝鬥爭的消息，也經由報紙傳開。報紙在極其嚴格的保護下，經由細胞組織，以有限的份數、抄寫或再謄寫的方式發放，但在製作的過程中被總督府當局查獲。

治安當局開始追查以前有過思想犯罪前科的人的下落。對於未被逮捕或在保護觀察期間潛逃的人，將由專門負責的刑警組進行徹底的調查和追蹤，跟蹤過去事件的相關人員並監視他們的日常生活。刑警掌握到組織的人民戰線部與自由主義知識分子或較為鬆散的學生運動都有關聯，日本帝國主義透過暗中調查，發現了李冠洙的存在和活動內容。高等係的李冠洙專案組跟蹤擔任他報告員的中央高中補校學生，在惠化町圓環成功逮捕李冠洙。當時他正打算把從仁川傳來的報紙原件在祕密基地重新謄寫後轉交給報告員。李冠洙豎起大衣衣領，一手拿著層層捲好的報紙，與從東崇町迎面走來的報告員擦肩而過，傳達報紙後悠閒地朝惠化町方向走去。在這些報紙中有著共黨報紙謄本，刑警隊在逮捕學生的同時，向李冠洙跑去。當時李冠洙察覺到跟蹤者緊隨其後，於是開始奔跑，在惠化町圓環前，其他刑警組已經提前在那裡待命。當他被前後包夾時，他橫穿了電車和汽車來往的大馬路。刑警們吹著哨子，路過的行人中有人看到這樣的情景，沒有多想就絆了一下李冠洙的腿，於是他摔了個四腳朝天。也許是摔倒時扭傷了腿，他踉踉蹌蹌地走了幾步後就癱坐在地，緊追不捨的刑警們撲向他。警務局向京城一帶的所有警察署高等係下達指示，要求全面抓捕與此相關的思想犯。

永登浦警察署的山下崔達英升職為高等係刑警班長，他對於李二鐵在保護觀察期間離開轄區後下落不明的情況感到掛心。山下決定把李一鐵叫來，企圖從他身上找到線索。他們全家人住進鐵道官舍生活，一鐵駕駛光號火車，輪流負責京義線和安東—新京線的運輸，忠實地履行自己的職責。身為總督府鐵道局職員，他善良臣民的身分理應得到保障。

「你弟弟到底在哪裡做什麼？」

山下問李一鐵時，他反而嘆了口氣問道：

「我也很鬱悶，或許你才知道些什麼吧？」

「他因為違反保護觀察守則，一旦被抓到就會立即重新拘留。」

一鐵默默地喝著茶，喃喃自語道：

「會不會是在地方小城市或者去了國外？」

山下睜大眼睛問道：

「你該不會是用火車把他弄到大陸去了吧？」

「唉，要是能那樣把家裡的麻煩清除掉就好了。」

李一鐵回話後，感到背脊一陣寒涼，趕忙補充說道：

「你知道最近因為是戰爭時期，特快列車的安保有多麼嚴密嗎？」
「這個嘛……總之一有消息就要馬上通知我們，上面逼得緊啊。」
「不如我把他抓回來交給你，這樣也能睡個安穩的覺。」
山下把跟蹤潛伏組派到與過去事件相關的人身邊，每天都進行回報。有一天，一名隊員進來向他報告。
「朴善玉今天去了趟仁川。」
「嗯，朴善玉？她是誰？」
「就是上次事件中被逮捕的女工，現在靠做米糕生意過日子。」
「啊，米糕店？她進了李二鐵組織的讀書會……」
山下用鋼筆敲著桌子陷入沉思，然後說道：
「去了仁川是吧？從明天起，集中調查朴善玉。」
他讓一名刑警和三名助理組成了朴善玉專案小組。不僅要監視她，還要跟蹤她移動的所有地方，確認她遇到的每個人的身分。山下喃喃自語說道：
「對，就是仁川。那裡肯定正在發生什麼事情。」
大約過了半個月，山下接到了電話報告，說朴善玉坐上去往仁川的火車。山下帶著兩名刑警，坐火車跟去。他們到了約定的地點——本町站的咖啡館，等待跟蹤組的聯絡。過了兩個小時左右，那個跟蹤的刑警出現，臉上漲得通紅。

「山下班長，別嚇著了！你猜朴善玉見的人是誰？」

山下原本坐在椅子上，突然站了起來。

「她去見誰了？」

「她去見李二鐵。」

山下輕拍了一下桌子，又坐了下來。

「太好了！你應該知道李二鐵的住處了吧？」

刑警再次詳細地報告。朴善玉走過船橋十字路口，來到了昌榮町監理教會後山的散步路。因為難以貼身跟蹤，跟蹤者只能遠遠地觀察她。三十分鐘後，有個男人出現，起初沒認出他就是李二鐵。他們在周圍散步約三十分鐘，甚至還爬上山坡坐了一下，然後又走下來，在牛角谷路上分開。因為朴善玉已經被掌握，所以跟蹤組決定集中於她見到的男人。他進入昌榮町巷子裡的住宅區，並確認進入某間二樓的房子。跟隨他走到家門口的朝鮮助理回來後向刑警做了這個驚人的報告，在進入家門之前，李二鐵觀察道路兩側，確認是否有人跟蹤他。助理突然看到他的臉孔，確定這個男人就是李二鐵。

「要不要立刻逮捕？」

日本刑警問道，山下陷入了沉思。包括自己在內共有四名刑警，還有兩名老練的助理。這六個人無論有什麼突發情況，完全可以逮捕二鐵。他想了半天才下結論。

「現在開始進入潛伏階段，逮捕延緩二十四小時。明天一天內，確認李二鐵跟誰見面後，立刻進行逮捕。」

他們訂好旅館，並按時間輪班潛伏在李二鐵家附近。夜間的監視直到二樓熄燈為止，天亮後再開始重新潛伏。晚上不需要喬裝打扮，但天亮後無法來來去去，所以租了一輛烤地瓜推車，在巷子西北側的入口處佯裝商人。另一名助理在巷子對面的東南側入口處，假裝成乞丐，穿著破爛衣服坐在那裡。

李二鐵接到朴善玉要來仁川的電報，當然電報是經由金根植的其他報告員轉達的。收到報紙已經是在兩週前，他研判發生了緊急情況，朴善玉帶來的果真就是李冠洙被捕的消息。李冠洙是和中央有著直接聯絡管道的核心幹部，因此情況非常危急。他送走朴善玉，回到自己居住的村落時，不知何因覺得神經緊繃。在散步路上，二鐵也看到那個時間獨自穿著外出服，在寂靜的散步路上擦身而過的男人。如果不是出來散步的村民，那就應該是正要去某個地方，但上方已經沒有人居住。二鐵送走朴善玉後，故意走在昌榮町大馬路的上坡路段，看到有人加快腳步，從他背後經過，和剛才在散步路上遇到的那個男人完全不同。二鐵站在門口觀察，那個戴著打鳥帽的男人低頭經過，從帽簷下朝這邊看，是讓人切實感受到視線相撞的眼神。他覺得肯定是走狗！進入二樓自己房間的李二鐵趕緊走到窗邊，稍微把窗簾拉開，往下檢視巷子的動靜。那個路過的男人果然又折返回來，從家門口經過，他路過的時候還抬頭看了看房子。二鐵當時把房間的燈打開。被跟蹤就意謂著自己的真實身分和住所已經暴露，他沒有換下衣服，直接躺在榻榻米上沉思，然後急忙站起來，披上外套，出門後就突然跑了起來。雖然是故意那麼做的，但完全沒有任何人在後面跟蹤的跡象。正如他所預料的，時間出現了空檔。走狗們已經確定了他的住處，他們將會在討論後前來逮捕自己。

他跑到了金根植、李金順偽裝夫婦的家。雖然是冬天，因為跑了好一陣子，脖子上都滲出了汗。他敲了敲門，李金順問是誰，聽到二鐵的聲音後，趕緊打開門。他把消息告訴了金根植和李金順。

「今天接到消息，李冠洙同志被逮捕了。」

李金順用手摀著嘴，低聲叫道：「啊，哥哥。」

「我得趕緊把這裡收拾一下。」

金根植喃喃自語，李二鐵急忙說道：

「沒有時間磨蹭了。我的報告員從永登浦過來，後面分明有人跟蹤她。」

他簡單說明了原委。金根植和李金順是長期的活動分子，也相信李二鐵的老練。金根植說：

「現在沒有時間猶豫了，妳陪朴先生去第二個場所。我和李同志收拾一下這裡。」

李金順二話不說，把衣服塞進包裡，穿上外套，頭上纏著圍巾，並把幾張紙幣遞給金根植。金根植推開她的手說道：

「我們應該是要入獄了，你們更需要旅費。」

李金順的臉孔被淚水淹沒，轉身後用一隻手臂抱住金根植的肩膀，然後跑出了大門。李金順要前往栗木町小菜店，讓朴憲永先生逃脫。她一離開，李二鐵就說道：

「一切的責任由我來承擔，金前輩也快躲起來吧。」

「好吧，要想分散走狗的注意力，我先潛逃再被抓比較有利。但是李同志受的苦會很嚴重。」

「就算是那樣，也只是遵守二十四小時原則的事情嘛。」

金根植點了點頭。

「我不能離開仁川。無論如何，躲過幾天的雷陣雨，整理好組織後，就會讓他們來抓我。」

「我得回家待著。」

金根植也打算整理好家裡後，趕快向親信通報情況。李二鐵回到牛角谷自己的住處，來回的時間大概是三十分鐘左右。他出門的時候故意開著電燈，潛伏組似乎還沒有回來。他拿著謄寫器、文件等下樓，去屋後的水邊焚燒，把灰燼也乾淨地倒進下水道後回到房間躺著，卻無法成眠。

他第二天也照常起床，到附近的飯館吃完早飯就直接回家。巷子入口處停著一輛帶有烤地瓜桶的小推車，戴著毛帽的小販搓著手站在原地，二鐵一眼就看出他是潛伏組員。

下午稍晚時，二鐵像是故意要去見人，穿上外套經過船橋十字路口，向新浦町繁華街道方向走去。他確認有人跟蹤他之後，沒有過馬路或繞道巷子，而是直接往銀行、商店、旅館等建築鱗次櫛比的繁華街道，走進一家烤肉店。雖然離晚飯時間還早，但他打算點烤牛排，享受從湯開始依次上菜的西式餐點。正當他開始切牛肉時，有人來到他前排座位猛地坐了下來。

「喂，二鐵，好久不見啊！」

此人正是山下崔達英。因為正如自己所預料的，二鐵並未感到驚訝。他已經和金根植套好話，共黨報紙是從京城傳來的，他收到後重新謄寫，由金根植分發。因此在仁川，自己和金根植是謄寫並分發這些文件的負責人。山下在跟蹤過程中意識到自己的判斷是錯誤的，應該立刻逮捕的，延遲的結果反而讓他們爭取到時間。山下也意識到二鐵泰然自若地徑直走到新浦町，獨自享用晚飯，證明他早就察覺到有人在跟蹤他了。二鐵微微一笑說道：

「這家的菜味道不錯。大哥，需要我幫你點菜嗎？」

侍者拿著菜單走過來，山下點了漢堡後說道：

「好吧，反正這是你我的最後一餐……」

山下為了平息憤怒，掏出香菸點上。

「這恐怕是你難以獨自承受的事情，如果有什麼需要我瞭解的，就提前告訴我。」

「先吃飯吧！」

山下點的菜端了上來，他們默默地使用叉子和餐刀，友好地吃著晚飯。刑警和助理們坐在入口和附近的座位上看著兩人。二鐵說道：

「是不是應該向仁川警察署通報緊急情況？」

山下在作為甜點的咖啡裡放進方糖，慢慢攪拌，微微一笑。

「這不是你應該擔心的事情，還是擔心你的家人吧。因為根據你的交代程度，你哥哥有可能會失業或坐牢。」

二鐵放聲一笑。

「哈哈，親日派逮捕親日派，這會成為內鮮一體的優秀事例呢。」

「反正你現在進去，就再也出不來了。跟我合作吧，免得彼此受罪。」

吃完甜點後，兩人就像朋友一樣走出西餐廳，另一名刑警給李二鐵戴上手銬。山下在吃飯之前，派刑警到仁川警察署報告情況。因為是總督府警務局整體指揮的思想事件，所以仁川署根據李二鐵的審問結果，逮捕了當地的活動分子，並且在最快的時間內完成基本調查後，將其押送到綜合管理事件的鍾路警察署。京城連事件從一九四〇年十二月因李冠洙被捕而開始進行調查，一直持續到第二年春天為止，在一百多名準會員及會員被捕後才宣告結束。李二鐵被帶到仁川高等係調查室，開始了審問和拷打。二鐵坦白交代說自己從京城拿到共黨報紙文件後，在家裡重新謄寫，並由金根植分發。之前與讀書會事件有所牽連的工人被逮捕，開始做口供。碼頭邊金根植的藏身之處也很快被查獲，因為是準備好的口供，所以警察前往現場時，金根植還泰然自若地睡大覺，並以穿著內衣的模樣被逮捕。經過拷問後，金根植假裝受不了，說出發放報紙的幾個人名字，他們也被逮捕，經過審問後，幾個人被抓回來。仁川地區有二十多名工人因涉嫌收取文件並閱讀而被捕，仁川警察署雖以這種程度挽回了面子，但山下徹悟到此次作戰完全失敗，但是不能表露出來。最終，李二鐵和金根植被視為仁川的領導階層，隱瞞了朴憲永的存在。他們分別被押送到東大門警察署和鍾路警察署。京城連的相關人士以鍾路署為中心，被分散收容在西大門署和東大門署。

離開仁川的李金順護送朴憲永前往忠清道地方，躲在忠清北道的農村，直到京城連事件平息一年後才南下光州。此後直到解放為止，朴憲永一直以金成三的假名躲在磚頭工廠當工人，李金順擔任他唯一與外界接觸的聯絡員。這是日本殖民時期在朝鮮內展開的社會主義組織最後一次運動。從京城連瓦解的一九四一年開始到解放為止，不僅是在國內，海外朝鮮人的抗日武裝鬥爭也進入了衰退期。

日本不但與中國進行戰爭，還接連攻擊珍珠港，與美國發生太平洋戰爭。活動分子將彼此的連結最小化，各自生存，切身感受到法西斯日本帝國主義的敗亡日期愈來愈近。朝鮮人的創氏改名被徹底實施，包括糧食在內的所有物資都成為戰時體制下的配給或繳納對象。此外還實施了對朝鮮人的徵用、徵兵制以及慰安婦動員。所有朝鮮語報紙和雜誌都停刊，即便是私立高等普通學校、私立專門學校等，也由總督府直接管理。

一天深夜，申金醒了過來。有人把她搖醒，朱安媳婦坐在黑暗中。

「您怎麼又來了？」

只見朱安媳婦張開雙腿坐著，止不住抽泣。

「那個什麼，我的孩子二鐵死了。」

「啊？什麼時候？」

「剛才……」

申金把棉被推到一邊，撐起上半身坐了起來，朱安媳婦則退到房門前站著。李二鐵不知是什麼時候出現的，他穿著囚衣，站在朱安媳婦旁邊。當他們打開房門準備離開時，申金搖了搖雙手喊道：

「等一下，你們要去哪裡？」

在旁邊睡覺的丈夫一鐵醒來後抓住妻子的衣角。

「怎麼了？發生什麼事？」

他們消失了。申金對著不知所措的一鐵哽咽說道：

「二鐵小叔……」

「嗯，他怎麼了？」

申金哭了起來。因為知道妻子平時習慣，一鐵抱著她，拍了拍她的後背。

「小叔死在監獄裡了。」

「誰說的……母親來過了嗎？」

申金沒能再說什麼，只是點了點頭。

李二鐵經過一年多的預審，被判處四年徒刑，在數月前被轉移到全州刑務所。他在西大門刑務所時，也經常因為拷問後遺症而排泄血便或無法吃飯。申金去探望他的時候，看到瘦骨嶙峋的小叔，非常心痛。二鐵對於因為自己導致朴善玉和曹永春被判處一年半的徒刑感到十分抱歉。他千叮嚀萬囑咐，說不要給自己提供什麼特別伙食和金錢，可以的話，給他們倆送去。申金說朴善玉有家人，所以沒有什麼可擔心的，曹永春孤家寡人，會多給他一些錢。但二鐵說，哪怕是只有一點錢，也要公平地分給他們兩人。

申金看到朱安媳婦幻影的兩天後，刑務所當局發來電報，告知二鐵的死訊，並要求將他的屍體接走。哥哥一鐵因為是特級列車司機，無法抽空前往，父親李百萬和嫂子申金為了收拾二鐵的屍體，乘坐湖南線火車去了全州。在全州刑務所，他們看到二鐵躺在囚犯們用木板製作的簡陋棺材裡，但將棺木運送到京城在當時是無法想像的大事。刑務所附近有公墓，還有附屬火葬場。李百萬說不能將兒子獨自埋在異鄉，想在火化後，把骨灰帶回去。把灰燼中挑出來的骨片放進小罈子裡，用白布包起來，父親抱在懷裡回到京城，埋在永登浦外圍的公墓，還立起了小墓碑。葬禮結束，李百萬就斷然對一鐵說：

「我們立刻搬家吧！」

李百萬從以前就十分討厭鐵道官舍生活，說好像在坐牢一樣。他堅持住進妹妹莫音去滿洲時租出去的間村房子。李百萬離開鐵道官舍時，也剛好從永登浦鐵道工廠退休。搬家後，就像在柳樹屋時一樣，在院子前面建造了工坊。他在失去二兒子後，一直待在工坊裡製作五金工藝品，藉以解憂。

李智山搬到間村是在他十歲時，以前的普通學校從小學校再次改名為國民學校，國民學校是「皇國新民」學校的簡稱，智山當時就讀三年級。他從住在鐵道官舍時就以父親是火車司機而感到自豪。在學校裡，住在集體住宅的勞動者的孩子，都會羨慕李智山的父親是特級列車司機，日本老師們也反覆詢問是不是事實。不知從何時起，李智山下定決心，自己長大後也要成為火車司機。爺爺李百萬用白鐵皮做了玩具火車送給孫子。比任何人都瞭解火車結構的火車修理工李百萬製作出幾乎與實物一模一樣的火車，上面還帶有輪子、煙囪和機房，他把這個小火車塗上黑漆，還加裝了一節旅客車廂。最令李智山難以忘懷的是他從國民學校畢業時，和母親申金一起去滿洲旅行的事情。因為是鐵道局職員和火車司機的家屬，所以他們母子可以乘坐特快列車的頭等艙，在安東—新京區間可以跟著父親待在駕駛室裡。他們決定前去住在新京的莫音姑姑家拜訪。

光號特快列車越過鴨綠江，在安東站停車後，李智山和申金去了列車餐廳。座位已經預訂好，脫掉工作服換上西服的父親一鐵走進餐車，他們點了飲料和壽司。雖然從京城到新義州已經是一段遙遠的距離，但接下來要走的路更遠。在此地要更換裝滿煤炭、用水的火車頭。飯後一鐵問兒子：

「你不是說想去駕駛室？」

「是，父親。可以嗎？」

申金問道：

「從駕駛室可以通往我們的座位嗎？」

「一般旅客原本是不能來往火車頭和車廂之間的。」

申金告訴智山：

「你如果和你父親一起去駕駛室的話，就沒辦法回來頭等車廂了。」

「真的嗎？」

對於兒子的擔心，一鐵回答：

「餐車前面有兩節頭等車廂，再前面是觀景車廂，你去過那裡吧？」
「是，那裡沒有任何朝鮮人，而且很無聊。」
「嗯，沒錯，過了那節觀景車廂之後就是郵政車廂，郵政車廂的小行李車廂旁邊有一扇小門，火車司機們可以從那裡通行。如果有職員同行的話，你也可以隨意進出。」
李智山輪流看著父母，然後對母親說道：
「我想和父親一起去駕駛室，如果覺得無聊，就回來找您。」
申金也知道智山從很久以前開始就對火車狂熱，所以無法勸阻。而且兒子已經是即將升上中學的十二歲少年。一鐵帶著妻兒回到頭等車廂，申金坐回自己的位子，一鐵帶著智山經過觀景車廂後走進郵政車廂。一鐵去郵政車廂的休息室更換衣服時，鐵道局郵政職員看到少年後說道：
「李桑，這是你兒子啊？」
「是啊，他總是說想看火車頭，所以就把他帶過來了。」
「噺，看來你想跟父親一樣當火車司機啊。你叫什麼名字？」
李智山聰明地用日語回答。
「我是李家池山。」
「嗯，你生了個聰明的兒子。」
一鐵帶著兒子打開郵政室行李車廂的小門，經過圍繞欄杆的火車頭儲煤庫旁邊的狹窄通道，進入火車頭。朝鮮人助手看到和司機一鐵一起進來的智山後表示歡迎。

「歡迎，你就是智山啊？」

「是，您好！」

一鐵向兒子一一說明了讓火車前進和後退的逆轉機操縱桿、旁邊的剎車自閥、注水器、自動供煤器和加減閥操縱桿、車速表、空氣壓力儀表等。並說明了水在火口上的鍋爐房中沸騰，水蒸氣被壓縮後噴出，以其力量連動活塞和轉動輪子的原理。一鐵在接到信號後鳴笛，拉動逆轉機操縱桿，使火車前進。助手將站長發出的通行牌掛在駕駛室後方牆上，火車以愈來愈快的速度向北行駛，廣闊的原野延伸到奉天，遠處則是低矮的丘陵。一望無際的開闊荒蕪之地連綿不斷，偶爾出現稀少的玉米地和高粱地。與朝鮮的黃土不同，沒有農作物生長的廣闊田野是肥沃的黑土，大平原的地形似乎持續了好幾個小時。助手向智山講述了自己第一次經歷的滿洲冬天風景。

「現在還算是不錯的季節，再過一陣子就冷了，這裡的雪下得很早。剛開始就像輕飄飄的碳粉一樣飛舞，後來就在空中逐漸變得結實而緊繃。雪花愈來愈密集，然後紛紛落下跟孩子頭部一樣大的雪花，填滿整個田野。聽說這裡還不怎麼特別，如果從哈爾濱越過黑龍江去到西伯利亞的話，現在小溪和瀑布可能都已經結冰了。」

「火車司機真好，可以去遙遠的國家，也可以看到陌生的人和城市。」

李智山眼睛發亮說道，駕駛助手興致愈來愈高。

「嗯，但是應該沒有像火車司機一樣既危險又辛苦的職業了。」

他瞥了一眼火車司機一鐵，然後說道：

「土匪有時會在鐵路邊埋下炸藥引爆。幾年前我在貨物列車工作的時候，日本關東軍的武裝列車還在前面護衛行駛。」

一鐵乾咳了一下，跟助手說了一句。

「你去看看注水器，加點水。」

助手察覺到一鐵的用意，立刻中斷話題，假裝回到自己的工作中。李智山問父親：

「土匪是從哪裡來的？」

「哪有那回事？這裡是關東軍占領區，非常安全。」

一鐵知道時間已經過了很久，於是輕輕拍著坐在火車司機位子上的兒子肩膀。

「現在去你母親那裡吧。」

他把以相同速度行駛在原野中的火車交給助手，帶著兒子穿過通道。他打開郵政車箱的門，然後對智山說道：

「我們在新京終點站見。」

智山回到坐在頭等車廂的母親那裡，在奉天站停靠時，走下月臺向中國人買熱茶和餃子吃。他也吃了和朝鮮糖餅相似的冰糖葫蘆，但太甜了，連一根都沒吃完。

到了黃昏時分，紅色的太陽從寬廣而鮮綠的高粱田野盡頭緩緩落下。隨風飄動的玉米葉就像大海的波浪一樣不斷晃動，在落日的陽光照射下閃閃發光。一隻大鳥在廣闊的原野上朝向昏暗的天際不住拍打翅膀飛去。只要打開窗戶，飛到列車車頂的煤煙就會散發出刺鼻的硫磺味，在室內停留一段時間後消失。申金讓睡著的智山枕在自己的膝蓋上，自己則是時睡時醒。為什麼周圍幾個熟人都去了滿洲呢？

到新京站下車，已經是傍晚了。站臺上擠滿前來迎接的人，在車站入口處還看到有人舉著寫有名字的牌子。申金和智山排隊站在盤查和驗票的出口，從裡面傳來了熟悉的聲音。

「智山他娘，這裡啊，這裡。」

申金看到莫音姑姑穿著陌生的衣服，在出口的人群中揮手。她把票交給站員，並將身分證遞交給警察，在接受檢查後進入站內，莫音姑姑先抱住姪媳婦申金，然後彎下腰撫摸智山的頭。

「你們坐了這麼久的車，一定又餓又累吧？一鐵還沒出來嗎？」

莫音姑姑說完後，跑到入口東張西望，說要找一鐵。

「他讓我們在候車室等。他要去鐵路事務局申報，大概需要半個小時左右才能出來。」

「原來如此，其實我上個月已經見過他了。」

申金轉過身來，看著走過來的莫音姑姑，發現她穿著很漂亮的洋裝。衣服是兩件式女套裝，上衣的肩膀上裝有墊肩，下身則穿著緊身短裙，外套則是用輕柔的布料製成，沒有扣上扣子，頭上還戴著一頂附有裝飾品的棕色帽子。莫音姑姑也許是感受到申金的視線，自己上下打量了一下，嗤嗤地笑了起來。

「嗯？我的穿著怎麼了……」

申金說道：

「您成了新女性了哦。」

姑姑也對同樣穿著連衣裙和半大衣的申金說了一句。

「妳不也穿了洋裝，幹嘛呀。一鐵沒告訴妳啊？」

「告訴我什麼？」

「來新京的話得穿洋裝。」

他們走進候車室，按照丈夫的吩咐，坐在入口處的咖啡館裡。侍者過來點餐，莫音姑姑用日語點了兩杯咖啡，給智山點了冰淇淋。

「在這裡，如果不說日語就不能受到像樣的款待。去市場的話，中國話雖然能受到歡迎，但在酒店、咖啡廳或茶館，只有使用日語才能被有禮貌地對待。」

「朝鮮話呢？」

「坐馬車或計程車的時候，如果穿著朝鮮衣服說朝鮮話，馬夫或司機就會假裝聽不懂，不然就讓我們走著去，根本不載我們。滿族和漢族的人看到我們總是竊竊私語，說我們是亡國奴。」

申金掩嘴而笑。

「亡國奴沒錯啊。」

「聽說在這裡是這樣，日本人是一等國民，朝鮮人二等國民，滿族、漢族、蒙古族是三等國民。」

「他們不是說我們是亡國奴？」

說著說著，中金突然想起小叔，眼淚在眼睛裡不住打轉。

「怎麼了？發生什麼事了？」

莫音姑姑問道，中金喃喃自語說道：

「我突然想起二鐵。」

莫音姑姑的眼眶發紅，拿出手絹擤鼻涕後說道：

「過去的事就別提了。哎呀，真是可憐的傢伙，那個孩子是我把他養大的啊。」

「日本什麼時候滅亡，我們國家就能獨立了。」

「噓，別亂說那種話。小心有人聽到。」

「聽說日本開始戰敗，離滅亡不久了。」

莫音姑姑壓低嗓門對姪媳說道：

「妳能預測到吧？最近還能看到鬼魂嗎？」

「姑姑不也一樣？」

「但是我自從來到這裡以後，連一次都沒見過嫂子。是因為距離太遠了嗎？」

一鐵做完工作報告後，穿著西裝走進候車室咖啡廳。莫音姑姑急急忙忙地走到站前廣場，黑色的計程車排成一列，馬路對面還排著一長列的雙頭馬車。姑姑回頭看著一鐵家人說道：

「這段路適合閒逛，我們坐馬車回去吧。」

中金後來回顧時還說李家的人頭腦就是聰明，說的就是莫音姑姑。她雖然連普通學校都沒讀完，到滿洲新京不久就能流利地使用日語和中國話。與新京相比，永登浦只不過是一個邊陲的小工廠地帶，姑姑也只是農村的平民婦女。她在新京閱讀了各種日本雜誌和印刷品，最重要的是在中心街道的幾處劇場和電影院觀看了東、西方的文明戲和美國、歐洲、日本、中國的電影。中金笑著對滿洲的莫音姑姑說道：

「接受新文明的洗禮了哦。」

姑父姜木匠一直是建設會社的現場技師，公司的業務從日本擴展到朝鮮和滿洲。他雖然沒有受過特別的教育，但建設數百間日式聯排屋、集體住宅和三、四層木製建築的經驗是日本技師也無法企及的。車站前筆直的大道是大同大街，市中心有大同廣場，左右一整排酒店、百貨商店、電影院、劇場和官廳。廣場的東西向是興仁大街。在大同大街的右側轉彎，經過官廳街，越過公園就能看到住宅區。與朝鮮和日本不同，滿洲自古以來的住家就以磚瓦形式建築，住宅區的房子也建得十分整齊。姑姑家雖然是單層，但天花板很高，家裡還有壁爐。天氣雖然還不是很冷，但仍燒著幾根木柴，家裡非常暖和。朝鮮人女傭已經在家裡擺好飯菜等候，客廳傳出聲響後，姑父打開房門走了出來。從技術中學畢業，剛剛進入實習職位的次子以尷尬的動作緊隨其後。長子在奉天找到工作，幾個月才回家一次。姑姑曾說只住三年就回去朝鮮，但這樣的決心卻是事與願違。每當想念姑姑時，中金總是重複同樣的話：

「人活著，好時節總會到來，但壞時節也會緊隨其後。日子過得那麼好，但在解放後，道路卻中斷了。大概是因為以後得吃苦，所以先過過好日子吧？」

根據從滿洲回國的人敘述，日本關東軍戰敗後，滿洲人不但將日本人的財產搶奪一空，還奪走朝鮮人的財產，殺害了無數人，交通也為之中斷。申金猜測，姑父姜某可能先出事，兩個兒子後來可能也發生了什麼事。又或者，姑姑夫妻倆雖然平安無事地活下來，但可能是因為等候住在奉天的長子，所以錯過了回國的時機。

16

朴善玉接到曹永春的聯絡是在下午三點多的時候。她坐了一年六個月的牢，出獄一看，外祖父已經去世，外祖母也氣力衰弱，行動不便。因為是糧食被嚴加控制的年代，製餅、釀酒等行業早已消失。生活能力很強的朴善玉沒有屈服，數年間，她往返於仁川與京城，購買乾魚和蝦醬等，在已經編入市場的家門口擺攤，藉以維持生計。到了該準備晚市的時候，朴善玉從箱子裡拿出乾魚擺置、撒鹽、趕走飛來的蒼蠅，將黏蟲膠掛在屋簷上，十分忙碌。因為還沒有客人出來買菜，所以整條巷子空無一人。朴善玉從彼端的市場通道看到有人跑過來，仔細一看，是曹永春。她無緣由地心跳加速，擔心是不是又發生了什麼大事，會不會連累到以前的工廠組織。曹永春發現在自家門口的善玉，氣喘吁吁地走了過來。她沒有勇氣問發生了什麼事，只是瞪著眼睛等他開口。

曹永春與她對視後，突然望著天空哈哈大笑起來。

「妳自己看看妳那驚嚇的眼睛，真的發生了天翻地覆的事情。」

曹永春指著朴善玉，開始笑了起來。朴善玉以為他瘋了，更加害怕。

「朝、朝鮮解放了！」

「噓，進去再說吧。」

朴善玉拉著他的衣袖，曹永春立刻甩開，連連笑了起來。

「日本投降了，聽說每個工廠都廣播告知了。今天大家什麼事都沒幹，都回家了。」

所有聽到朝鮮解放消息的人起初都不敢相信這個如同夢境一樣的事實，由於收音機帶有雜音，聽廣播的人也聽不懂日本天皇裕仁的日語。日本國歌〈君之代〉莊重地響起，播音員告知消息的話語聽來十分悲痛，僅憑這一點，就能察覺到發生了什麼大事。節目結束後，日本人跪在地上放聲大哭，員工發現這對日本來說是絕望的，但對朝鮮來說卻是充滿希望的事情。日本幹部向工廠的朝鮮班長、技術人員簡單地說道：

「戰爭結束了。今天休息，你們回家吧。」

在小聲交流意見之後，朝鮮人終於明白戰爭結束的意義和日本人的悲傷。日本在與同盟軍的戰爭中失敗，他們將返回內地，毫無疑問的，朝鮮也即將獨立。這時有人停下機器高呼萬歲。

「朝鮮獨立萬歲！」

呆呆站著的工人們也開始一個個高呼萬歲，整個工廠充滿高呼萬歲的吶喊聲。工廠外面的街道上湧出在其他工廠工作的男女工人，萬歲聲就像在運動比賽中自己一方獲勝時，自然而然爆發出來的吶喊聲一樣，從遠處也傳來近乎波浪般的聲音。曹永春從幾個組織工人那裡聽到兩、三次同樣的話，在經過楊平町、堂山町一帶的工廠街道時，親眼目睹了工人高喊萬歲，大家的情緒逐漸激昂起來。然後他去找一起經歷苦難的組織初創期黨員朴善玉。朴善玉把已經擺置好的乾魚重新裝進箱子裡，對曹永春說道：

「有個地方我得去一趟。」

曹永春對即將出門的善玉說道：

「今天晚上會在木材加工廠集合，妳一定要來。我也得趕快去聯絡其他人了。」

「幾點？」

「六點。」

朴善玉只是點了點頭，就匆匆地走向市場西北方向的新路，她要去告訴住在閭村的申金。如果李百萬像以前一樣去工廠工作，或者他們家人仍然住在鐵道官舍，那麼他們早就會知道那天發生了什麼轟動世界的事件。申金給公公做了午飯，在炎熱的天氣裡還使用風爐，所以滿頭大汗。她洗完臉之後，坐在陰涼處，正搧著扇子休息。朴善玉一邊敲著申金家的大門，一邊毫無顧忌地大聲喊叫：

「申金姐、姐姐，快開門啊！」

申金知道那是善玉的聲音，嚇了一跳。她放輕腳步，沒有應聲地走到大門旁，雙手放在胸前。

「姐姐，好消息啊！」

申金一打開大門，朴善玉就猛地推開門跨進來。

「日本投降了。」

聽到朴善玉的吶喊聲，申金只是呆呆地看著她。

「什麼意思？」

「聽說日本被聯軍打敗了，要回他們自己的國家了。這樣一來，朝鮮就會獨立了。」

申金因為還不相信這句話而目瞪口呆，但是在善玉說明工人們聽到工廠的廣播，大家都中斷了工作，湧向街頭之後，她才哭了出來。原本坐在工坊裡的李百萬也走了出來，聽到這個事實，披上襯衫就往外跑。怒濤般的激動和興奮平息之後，李一鐵深夜才結束遠行回到家。他對於事態的掌握更加準確。

他雖然沒有告訴家人，但早在十天前，他就在滿洲新京聽到人們私下議論紛紛。在新京，比起日本本土的廣播，收聽中國、英國、蘇聯、美國廣播的事務員和知識分子更多，而且國籍也十分多樣，因此時刻都在傳達正確無誤的新聞。日本在太平洋戰爭中屢戰屢敗，今年三月，數百架美國飛機飛到東京進行大轟炸，造成十萬多人傷亡。此次廣播的最新消息是美國B-29轟炸機編隊於八月六日早晨向廣島投擲原子彈，翌日開始傳出可怕的慘狀。廣島有數十萬平民犧牲，城市一瞬之間化為灰燼。三天後，B-29轟炸機再次向長崎投擲了第二顆原子彈。李一鐵在事後才在新京得知這一消息，而且整個民心都因此而沸騰。長崎被轟炸的八月九日，蘇聯向日本宣戰，從第二天開始，由五千多輛坦克、數百架飛機、兩萬六千多門大炮武裝的一百六十萬名強大蘇聯紅軍兵力，分成三股向滿洲和朝鮮北方進軍。蘇聯紅軍的攻勢比攻陷德國柏林時更快、更猛烈，其閃電式機動戰瞬間擊潰了日本關東軍。日本投降早已成為定數。在美國投下原子彈和蘇聯軍閃電戰之前，日本再也無法堅持，只能經由廣播播放日本天皇接受聯合國《波茨坦宣言》中提出的所有條件。

第二天八月十六日，關押在西大門刑務所的政治犯被釋放，群眾和樂隊也走上街頭舉行歡迎儀式，在首爾站前和鍾路一帶進行遊行活動。當天日本天皇裕仁的廣播內容在首爾全境被翻譯成韓文印刷品後散發，雖然時間相差幾天，但消息已經擴散到全國。其內容如下。

朕深鑒世界之大勢與帝國之現狀，欲以非常之措置收拾時局，茲告爾忠臣良民：

朕使帝國政府，對米、英、支、蘇四國，通告受諾其共同宣言之旨。

抑圖帝國臣民康寧，偕萬邦共榮之樂者，皇祖皇宗之遺範，朕之所拳拳不措。曩所以宣戰米、英二國，亦實出於庶幾帝國自存與東亞安定；如排他國主權、侵領土者，固非朕志。然交戰已閱四歲，不拘於朕陸海將兵之勇戰、朕百僚有司之勵精、朕一億眾庶之奉公，各盡最善，戰局未必好轉，世界大勢亦不我利。加之敵新使用殘虐爆彈，頻殺傷無辜；慘害所及，真至不可測。而尚繼續交戰，終不僅招來我民族之滅亡，延而可破卻人類文明。如斯，朕何以保億兆赤子，謝皇祖皇宗之神靈哉？是朕所以使帝國政府應於共同宣言也。

朕對與帝國共終始協力於東亞解放之諸盟邦，不得不表遺憾之意。致想帝國臣民，死於戰陣、殉於職域、斃於非命者，及其遺族，五內為裂。且至於負戰傷、蒙災禍、失家業者之厚生，朕所深軫念也。惟今後帝國可受之苦難，固非尋常。爾臣民之衷情，朕善知之。然時運所趨，朕堪所難堪、忍所難忍，欲以為萬世開太平。朕茲得護持國體，信倚爾忠良臣民之赤誠，常與爾臣民共在。若夫情之所激、濫滋事端，或如排擠同胞、互亂時局，而為誤大道、失信義於世界，朕最戒之。宜舉國一家，子孫相傳，確信神州不滅，念任重而道遠，傾總力於將來之建設，篤道義，鞏志操，誓發揚國體精華，可期不後於世界之進運。

爾臣民，其克體朕意矣！

日本天皇裕仁的公開廣播內容中沒有一句是對侵略的反省，也沒有闡明戰敗投降的意義。甚至狡辯說，這是為了穩定東亞不受美國和英國影響而不可避免的事情，搶奪主權和侵略不是他的意思。其內容以接受盟軍總司令的《波茨坦宣言》為主，含糊其詞。解放後的一位朝鮮知識分子暨評論家在後來如此回憶道：

「朝鮮的解放只有一九四五年八月十六日一天而已。」

裕仁在八月十五日正午透過廣播播放了朗讀《大東亞戰爭終結詔書》的原聲錄音，但這分明不是投降廣播，而是終戰的廣播。八一五日本帝國主義無條件投降並不是客觀事實。日本帝國主義直到一九四五年九月二日上午九點在東京灣停泊的美國海軍戰艦密蘇里號上簽署投降文件為止都沒有投降。日本帝國主義為何沒有在八月十五日投降，而是一直堅持到九月二日？那是因為他們決定等到美軍登陸日本後再向美國投降。

朝鮮半島的三十八度線分割是一九四五年八月九日開始對日本宣戰的蘇聯軍隊進入滿洲、進攻朝鮮後，八月十一日美國戰略政策團為了阻止蘇聯軍隊南進的緊急對策，以北緯三十八度線為界，緊急分割了朝鮮半島。至於「朝鮮半島的分割由美國即興主導，蘇聯在不知情的情況下同意」的觀點完全不是事實，而是美國早已定下的戰略。美方戰略家關注三個主要港口，並認為其中兩個港口——釜山和仁川應該由自己掌控，並決定在首爾以北劃線，因此他們判斷沿著三十八度線分割是最好的方案。美國總統和國務卿早在波茨坦會議上即非正式地提出分割朝鮮半島的議案。

從八月分開始，呂運亨等愛國人士成立了建國準備委員會，並在其下組織保安隊，在全國設立一百四十五個支部，九月六日通過了《朝鮮人民共和國組織基本法》，並選出人民委員，組成新政府。大會決定成立臨時政府歡迎準備委員會和美軍歡迎會。

九月八日，解放軍——即美國軍隊在仁川登陸的消息傳出後，從日本殖民時期開始一直進行獨立運動的建國準備委員會和保安隊成員與工廠和碼頭工人、市民會合，熱烈歡迎占領軍。站在歡迎隊伍前面的朝鮮工會仁川中央委員權某因胸部和腹部中槍死亡，仁川保安隊員李某青年則因背部和腰部中槍致死。除他們之外，還有十多人受傷。開槍的日本警察在美軍主導的法庭陳述說因為他們越過警戒線，所以才開槍。美軍方面則做出判決，認為警察開槍是正當的。那幾天在與日本警察的衝突中，全國共有四十多人被殺。這種慘案無疑是事先預料中的事情。

美軍登陸前一天的九月七日，麥克阿瑟向朝鮮居民發布通知，並使用軍機在京城上空空投傳單。

「太平洋美國陸軍總司令部公告」第一號

向朝鮮居民公告：

以太平洋美國陸軍最高指揮官的身分，公告如下

根據代表日本國天皇、政府和大本營簽署的投降文件條款，本官麾下的軍隊占領北緯三十八度線以南的朝鮮地區。

考慮到朝鮮人長期被奴役的事實和適當時期進行朝鮮解放獨立的決定，確信朝鮮人知道占領朝鮮的目的是履行投降文件條款以及保護朝鮮人的人權、宗教上的權利，為此要求積極援助和合作。

本官擁有賦予本官的太平洋美國陸軍最高指揮官權限，即日起對朝三十八度線以南地區和該地區居民實施軍政。有關占領的條件如下：

第一條　對朝鮮北緯三十八度線以南地區和居民的所有行政權暫時在本官的權限下施行。

第二條　政府、公共團體或其他名譽職員從事包括雇用、公益事業、公共衛生在內的公共事業職員和雇員，無論支薪與否，或者從事其他各種重要職業的人，在另行頒布命令之前，應繼續擔任現有職務，並保護所有紀錄和財產。

第三條　居民對於本官或在本官的權限下發布的命令應無條件服從。對占領軍進行反抗行為或擾亂秩序、安全者，將毫不留情地予以嚴懲。

第四條　尊重居民的所有權。居民在本官頒布其他命令之前，應從事日常工作。

第五條　軍政期間使用英語用於所有目的的通用語言。英語、朝鮮語或日語之間的解釋或定義不明確或不同時，以英語為準。

第六條　以後公布的公告、法令、規章、告示或條例在本官或本官的權限下發布，明確記錄居民需要履行的事項。

茲公布上述事項。

「公告」第二號

犯罪或違法

向朝鮮居民公告：

本官為謀求本官指揮下的占領軍安全，確保占領地區的公共治安、秩序安全，作為太平洋美國陸軍最高指揮官，公告如下：

違反投降書條款或太平洋美國陸軍最高指揮官權限發出的布告、命令、指示者，以及危害美國人和其他聯合國人員生命、所有物或安全者，擾亂公共治安、擾亂秩序者，故意對正當行政官員或聯軍進行敵對行為者，在占領軍紀律會議裁定有罪後，經會議決定，處以死刑或其他刑罰。

一九四五年九月七日

太平洋美國陸軍最高指揮官　美國陸軍上將　道格拉斯・麥克阿瑟

一九四五年九月九日下午三點四十五分，戰勝國美國和戰敗國日本為了與共同敵人蘇聯對決，阻止朝鮮半島統一獨立，南朝鮮占領軍美軍司令官舉行了朝鮮總督殖民地統治權移交的簽字儀式。那並非投降文書的簽字儀式，而是將日本帝國主義的朝鮮殖民統治權移交給美國的統治權移交儀式。雙方在移交統治權文件上簽名，結束統治權移交儀式的美軍南朝鮮占領軍和日本帝國主義朝鮮總督府於當天下午四點三十五分，在朝鮮總督府進行了國旗交接儀式。當時沒有一個朝鮮人在場。

在京城，一般民眾真正瞭解解放的意義是在日本天皇廣播後的第二天——八月十六日。九月九日雖然舉行了降下日本國旗、升起星條旗的國旗交替儀式，但直到十月中旬，非京城的地方城市仍然懸掛日本國旗。美國占領軍司令官約翰·哈吉在九月十四日未經司法處理就解僱了包括總督在內的朝鮮總督府官員，十月十七日解僱了南朝鮮各地方的日本帝國主義官員。九月十九日，將殖民統治權移交給美國占領軍的朝鮮總督和官員，乘坐美軍提供的軍用飛機返回日本。

❈ ❈ ❈

解放當晚，在永登浦市場圓環對面馬路邊的木材加工廠，聚集了包括曹永春和朴善玉在內的二十多名男女工人。他們根據自己所瞭解的，談論工廠內的情況，並討論了建國準備委員會和保安隊的組織問題。不到一個星期，建國準備委員會京城永登浦分部成立，仁川、水原、京畿道等地的組織幾乎同時成立。這得益於從日本帝國主義時期開始在全國範圍內進行聯絡的農民勞工運動的組織基礎。在日本帝國主義宣布停戰後的短短三週內，建國準備委員會在全國設立了一百四十多個支部，並在其旗下建立了保安隊，即青年治安隊。以此為基礎，朝鮮人民共和國宣布成立。

李一鐵雖然曾是光號特快列車的司機，但再也不能去大陸了。大部分工廠、企業都停止了生產活動，工人們組成自治委員會，從日本人那裡接手運營。除了總督府官員和警察組織外，全國的日本民間人士急於離開朝鮮，也有很多工廠、企業向朝鮮工人自治委員會提供交接文件或移交設施。

那年八月的某一天，李一鐵因為弟弟的緣故，兩度見到以前曾是京城連的成員。剛開始是曹永春和朴善玉一起來找他。曹永春說他們在永登浦一帶組織了建國準備委員會保安隊，他們大部分是工人，也是在監獄裡死去的李二鐵的朋友。

「一定要把崔達英殺掉，那傢伙是徹頭徹尾的的日本鬼子。他吸了我們朝鮮人的脊髓，還當上副警監。一定要替李二鐵同志報仇。」

「你們不是也知道崔達英住在沙村嗎？」

朴善玉回答了一鐵的提問。

「我們現在正接收警察署，不僅是日本警察，連朝鮮人巡警和助理都全部逃跑了。我們去過崔達英的家，發現連他妻兒都不見了。」

「我認為當務之急是盡快建立獨立政府，這樣的話，我們的政府就能審判親日分子，並依法定罪。」

總之，直到十月中旬為止，完全沒有崔達英的消息。在八月底，住在仁川的金根植前來拜訪李一鐵，是朴善玉帶他來到間村的住家。他坐了四年多的牢，多虧解放，才勉強活了下來。金根植相信，二鐵的哥哥一鐵比弟弟更穩健，可以成為比革命分子志願者更進一步的實踐型活動家。金根植身為京仁地區的黨重建負責人，對於李一鐵非常關注。

「我來這裡的目的不是別的，而是鐵路工人是各產業工會中最應該起到中心作用的組織，所以來跟你討論。你現在還是火車司機吧？」

「我第一次被分配到駕駛部，開始進行駕駛工作時，一百人中只有二十名是朝鮮人。到了戰爭的最後階段，朝鮮鐵道員增加到百分之六十左右。火車司機的一半左右也由朝鮮火車司機來填補。目前，日本人火車司機和車站人員已經放下手中的工作，很多路線都停止運行。京釜線、湖南線、京義線、京元線的基礎路線也是每隔幾天才運行一次，地方支線幾乎都停止了。我負責京義線和安東—新京線，但是大陸已經被堵住。因為我住在首爾，所以北線地區的開城也是我負責的區域，但北邊已經成了蘇聯軍隊管轄區。」

金根植小心翼翼地提議。

「火車司機、軌道員或車站管理的事情誰都可以做，問題是能夠起到首腦作用的組織活動家更重要。希望您能參與並領導龍山鐵道局的工會，要不然負責永登浦這裡的鐵道工廠如何？」

李一鐵沉思了一會，回答道：

「龍山鐵道局的幹部大部分是日本人，他們絕對不會把重要管理職位交給朝鮮人，更何況火車司機還特別被當作局外人對待。待遇雖然很好，但不過就是技術人員。如果在龍山組織工會，就應該由老練的黨活動家親自加入。」

金根植笑著說：

「為什麼李一鐵同志您不能成為老練的活動家？」

「我還真希望進入這裡的工廠工作。這裡是我出生、長大的地方，最重要的是這是我父親度過一生的職場。住在永登浦的人，無論是誰，我幾乎都認識。我想在這裡的工會工作。」

金根植開心地笑著說道：

「這正是我要拜託李同志的事情！希望你能來領導永登浦的產業工會。」

申金還記得解放後丈夫迅速改變的樣子。表面上穩健、端正的面貌沒有改變，但對敵人的憎惡和決心卻非常堅定。她感覺丈夫漸漸遠離了家裡的事情，也許是因為弟弟二鐵的死亡成為深深扎進他心裡的釘子。喝醉酒回來的某一天，一鐵向妻子申金吐露了心聲。他自責說，自己過去甘心成為忠實的日本帝國主義臣民生活，充當他們的左右手，履行鐵路的職務，還裝出一副消極幫助弟弟從事抗日活動的樣子，藉以安慰自己。在這個已經解放的國家，他似乎下定決心不要再像以前那樣生活，他想站在弟弟二鐵夢想世界的那一邊。

早在八月十六日，黨重建派的工作人員就在首爾各處張貼「懇請朝鮮勞動大眾的偉大領導人朴憲永先生快點出來指導我們！」的海報。隱居在光州，偽裝成糞便清掃工、磚廠工人、臨時工金成三的朴憲永在八月十九日離開光州，前往首爾。他立即指示組織成員參與建國準備委員會並進入保安隊核心，宣布建立人民共和國。但因為美國占領當局宣布實施軍政，他於九月十一日發表朝鮮共產黨重建準備委員會，以人民委員會為中心重組全國性組織。他們想把在國內鬥爭中堅持到最後的工農群眾當作組織基礎，重新出發。

一鐵接到龍山鐵道局中央事務局的命令，前往永登浦鐵道工廠成為技工。只剩下朝鮮人的工廠工人、技術人員、中層幹部等大部分都認識他的父親李百萬，也知道他的弟弟李二鐵因抗日鬥爭死於獄中的事實。在全國迅速形成的工會中，金屬、鐵路、出版工會等是最團結的組織，也成為全國各產業工會的先鋒。李一鐵當選為永登浦鐵路工會的支部長。他過去是朝鮮和大陸間特級列車的朝鮮人司機，由於像他一樣具有相應經驗的鐵道局員工十分罕見，因此他迅速受到工會成員的關注，也成為朝鮮勞動組合全國評議會準備委員會的永登浦準備委員長。

十一月五、六日兩天，陰沉雲層籠罩在南山的天空上，當日與會的十六個產業工會代表一致通過組成朝鮮勞動組合全國評議會，會員有二十多萬名。根據大會緊急提議，通過向朝鮮勞動階級首領暨愛國者朴憲永同志表示感謝、向聯合國勞動者表示感謝、根除擾亂者李英一派、絕對支持朴憲永同志的路線等四大決議。

在此之前，山下崔達英在日本天皇廣播播出的當天晚上回家後，立即催促妻子去娘家安養住一段時間，自己也收拾好簡單的行李離開了家。他明白再也無法依賴日本上司或同事。他來到永登浦站前本町通日本人街，給松田部長打了電話。

「我是山下。」
「嗯，你在哪？」
「我到了你家附近。」
松田使用與平時不同的語氣說道：
「什麼？為什麼不進來？我們見一面。」
山下崔達英來過松田家幾次，走到玄關後敲門，只見松田身穿羽織服迎接他。他們在客廳相對而坐，松田的妻子把兩瓶啤酒和杯子放在托盤上，擺在他們面前。松田打開瓶蓋，將啤酒倒入杯子裡，泡沫還溢了出來。
「雖然泡在水裡，但是不怎麼涼。如今冰塊什麼的，物資都非常缺乏。」
山下崔達英小心翼翼地問道：
「今天天皇陛下的玉音是什麼意思？」
「什麼意思？就如同天皇所說的，日本將接受聯合國的決定並結束戰爭。」
「那麼所有日本人都會回國嗎？」
「當然。現在像你這樣的人應該站出來發展朝鮮的警察組織。」
崔達英再次問他：
「如果朝鮮成為獨立國家，像我這樣的人將會受到處罰。」
這時松田發出低沉的笑聲。

「恐怕不會那樣。雖然我們戰敗，但也不代表朝鮮贏了。如果美軍進駐，他們將會承襲我們的治安行政體系。」

松田把手指向上豎起來說道：

「進入北邊的不是共產主義蘇聯嗎？進來這裡的就是資本主義美國，美軍會想要你這樣有才能的人，因為你對我們很好，所以他們也會尋找對他們好的人，這難道不是理所當然的事情嗎？更何況你是打擊共產主義分子的高手。」

崔達英眼前一亮，像是領悟到了什麼。松田接著說道：

「不是只有你在擔心，今天下午一看，所有的朝鮮巡警助理都悄悄地消失了。看來我們也要暫時停職，估計十天內是沒有辦法去上班了。如果美軍進駐，治安就會恢復。」

「我也很久沒有休假了，得趁這個機會休息休息。等到美軍占領軍進駐，那時候再見吧。」

「嗯，就這樣，到時候一定要去警察局上班，還有武器也帶上吧。」

崔達英恍然大悟，精神為之一振，坐上開往安養岳母家的京釜線慢車。

建國準備委員會的保安隊和學兵同盟的青年占領首爾的各警察署，與日警發生了衝突。因過去積累的仇恨，發生了數十起殺害或毆打朝鮮人警察的事件，但事態很快就獲得平息。與此相比，蘇聯軍占領下的北韓不僅調查了日本警察和憲兵，還調查了檢察官和法官過去的履歷，並根據朝鮮人受害者的證詞將其送上法庭，進行了司法處罰。因此許多朝鮮人出身的警察和官吏逃到南韓。正如預期的，到了九月初，首爾各警察署混亂的治安不安現象為之消失。日軍開始守衛首爾市內，日帝警察幹部們讓朝鮮人警察幹部接替他們的職務。

崔達英一直住在安養岳母家。表面上看起來太平無事，但他的內心卻非常不安和複雜。他知道自己獲得的副警監這一日本帝國主義警察的階級，在眾多朝鮮人職業中並不多見。美軍登陸仁川後，崔達英小心翼翼地回到永登浦警察局上班。根據公布的命令，所有職工都必須回到工作崗位，履行平時的職務。比起其他人，警察更應該率先履行職責。松田部長在崔達英進入辦公室後，向他招手。待他走近時，松田高興地說道：

「我等你來上班等了好久，我們日方警官全部被撤職了，朝鮮人署長馬上就會上任，你被調到龍山署了。」

松田把公文遞給了崔達英。

「雖然你在這裡可以說是身經百戰、經驗豐富，但是知道的人應該不多，美軍政廳[1]警務部好像參考了這一點。」

首爾市內的十個警察署長和京畿道內二十一個警察署長由美軍政府當局任命，他們都是日據時期的警察或具有官吏經歷的人。崔達英被調到龍山警察署，新任朝鮮人署長過去在日據時期也是警務官，參加正式巡警考試後升為幹部。像所有人一樣，要想登上高層職位，必須逮捕許多朝

1 指駐朝鮮美國陸軍司令部軍政廳（United States Army Military Government in Korea, USAMGIK），是一九四五年九月八日至一九四八年八月十五日之間，美國陸軍在朝鮮半島三八線以南地區設立的軍政府，也是日本殖民朝鮮結束至大韓民國成立間三年內統治朝鮮南方的占領軍政權，一般簡稱美軍政廳。

鮮獨立運動家並讓他們入獄。他拿著崔達英的履歷文件看了一會，點了點頭。

「你的直屬上司松田警官是我的同事，現在正需要像你這樣有能力的專家。你會特別晉升一級為警監，擔任調查科長。」

「はい，我會奉獻自己全部的心力。」

署長微微一笑。

「喂，我們現在不是日本警察了。」

過去的副警監在改制後的階級是警衛，職務是股長或主任，現在崔達英倒成了科長警監。更何況調查科正是幾個月前由日本高等係更改而來的名稱。解放一個月後的九月中旬，美軍政府警察首次在日據時期的警察講習所進行了警察錄用考試，不是筆試而是面試。崔達英打聽後，聯絡了過去偵探組的兩個助理和朝鮮人刑警等以前的部下，讓他們參加面試，他則作為考官。過去在日本機關擔任過面[2]書記、看守、雇員的人無條件獲得錄用。只讓他們寫上姓名，確認不是文盲，就宣布及格。起先美軍政府當局緊急調派的署長中，不是和警察而是官吏出身的人士持不同政見的那些人辭職後，首爾市內的警察署長職位出現了八個空缺。龍山署長調任為其他行政職務，解放當時擔任副警監的崔達英擔任龍山警察署長，再次獲得特別晉升。這是關注他履歷的警務部幹部們做出的決定。解放後第二年的一月中旬，曾是警察署高等係刑事班長的山下副警監在不到五個月的時間裡就成為總警，也當上龍山警察署長，他把名字改成了崔勇。

李一鐵以永登浦鐵道工廠和京城電氣、朝鮮紡織等為中心，擴大各產業工會永登浦支部。他們打算至少在年底前成立全國各產業工會評議會。美軍政府當局發表反對呂運亨等人成立人民共和國的聲明，李承晚回國後也拒絕擔任人民共和國的主席。因此朴憲永領導的朝鮮共產黨人民統一戰線被粉碎，那時只有建設新祖國的強烈渴望，真是陷入比日本帝國主義末期更黑暗、更沉悶的時間。製造業、資本和技術、人力的百分之八、九十都掌握在日本人的手裡，但日本戰敗後，資本和技術人員暫時撤出，大部分工廠停工。再加上南、北韓的分裂阻斷了過去南韓以農業、北韓以工業為主的產業分工，導致化學品、電力、化肥等生產品無法再行供應南韓。進入一九四五年初冬，批發物價比八一五解放當時上漲了近三十倍以上。政府雖然凍結了秋糧的價格，但白米價格卻上漲了數十倍，普通百姓很難買到白米。美軍政府當局發行朝鮮銀行券，貨幣量增加了三、四倍。

每當提起那個時期，中金就會想起她在金浦農村裡務農的娘家，也曾數度前去尋求幫助。

「美軍讓警察和青年團在前面帶頭，挨家挨戶搜刮，要求交出白米。他們的理由是有人囤積稻米，而且米價上漲幅度過大，所以要控制米價，但這樣做不就是實行配給制了嘛。那怎麼可能公平呢？中間有人私吞，反而讓市場更加混亂。」

當時，李一鐵沒能回家，在工廠值班室小睡一會，或者在別的工廠打轉。他不再是過去那個腳踏實地、責任心強的家長了。

2 面為地方行政單位，層級類似於臺灣的鄉鎮。

「比起其他，我最擔心的就是智山。他已經十四歲，是初中生，正是得好好吃飯、快快長大的時候。還有我公公什麼話都沒說，他該有多辛苦啊？有好幾天，我一天為他準備兩餐地瓜，每次小飯桌的碗裡都是空的，我就想，他雖然辛苦，但還是勉強吃了吧。後來我為了找盛水泡菜的碗，進去他的工坊一看，他那時正在睡午覺。悄悄進去拿碗的時候，發現飯桌下面還有三個地瓜，應該是午飯也沒吃，大概是想等到真正餓了以後再吃才留下來的。」

從解放到第二年的秋天，申金感覺像好像是過了數十年一樣。甚至比傳說中的大洪水時期——婆婆朱安媳婦把被水捲走的豬隻撈起來，與村裡人分享；或是划著木筏，救活了工廠的工人；還有乙丑年在柳樹屋的樹上修葺避難處，躲避大水的時候，死去的朱安媳婦出現，把兩個兒子和家人帶走的遙遠傳說還要長久。那是恐怖、可怕的故事，許多人死亡或南、北分離，再也無法相見。

從此時起，直到第二年秋天以及第三年丈夫一鐵完全從南韓失去蹤影為止，申金似乎一直處於漫長的夢境中。

「不是說韓國的波折極多，所以這裡的一年等於是其他國家的十年？這裡的十年，就等於外面的百年歲月，所以我們都是幾百歲的人了。」

永登浦街頭上，居民發生的所有事件都成為夢境，它創造了一個半透明的模糊世界，就像肥皂泡一樣。像薄霧一樣巨大的罩子從空中包裹整個永登浦。在浴血奮戰中被打死或者死於非命的人們舉行葬禮後，他們的形態並沒有消失，而是變成了灰色的鬼魂，在這個薄霧般的罩子裡飄蕩。

家家戶戶像朱安媳婦一樣能看到形體、語言還能相通的幽靈和家人一起生活。因此，永登浦可能是沉睡了很長時間，或者是得了失眠症。不知是否處於夢遊，抑或是醒著的狀態，整天過著渾渾噩噩的日子。

當時，不僅是永登浦人，整個南韓的人都必須到處尋找白米。原本秋天金色的田野裡，稻穗如波濤翻飛。可是還沒到冬天，白米就都不知消失何處。申金也把米袋疊得整整齊齊，緊緊地綁在褲腰帶上，到處尋找白米。用那些大鼻子美國人大肆印刷的朝鮮銀行券漸漸買不到任何東西。不用奢望肉或魚了，連穀類、馬鈴薯、地瓜、蔬菜等都是以物易物。只有白米是從洞會拿到配給表後，到配給所領取定額的數量。但沒過幾天就以收購量售罄為由，關閉了配給所。有一天晚上，申金經過第一次發現的配給所前，看到像灰色煙霧一樣的鬼魂拿著瓢、盒子、籮筐等東西排起長隊。她心不在焉地走到隊伍的最後面站著。當時民間的習慣是看到隊伍就無條件地排起隊來，如果是普通居民，自然會排隊等候，互相交換鄰里消息、打招呼，但他們只是悶悶不樂地沉默著，像晾在繩子上的衣服一樣搖搖晃晃地站立。申金忍不住和站在她前面的女子搭話。

「這裡什麼時候開始有配給所的？」

女人穿著粗布韓服，所有人的臉孔都呈現灰色，如同煙霧一般，在他們之間，只有申金的顏色鮮明。被問到這個問題時，女人大吃一驚，反問道：

「妳能看到我們啊？」

「怎麼會看不見？我還看到最前面的那個奶奶把米抱走了呢。」

隊伍裡開始鬧哄哄地出現騷動，並且傳來竊竊私語的聲音。

「那個女人說能看見我們。」

「什麼？那就是跟我們一樣死了的人吧？」

「不，她活得好好的。」

「不是只有活著的家人才能看到我們嗎？」

「那也得看是哪個家人了，要是沒什麼能力的話，連孩子都看不見我們。」

申金毫不示弱，理直氣壯地排隊等候。

「我問你們這裡什麼時候開始有配給所的？」

申金再次詢問，站在前面的灰色鬼魂回答道：

「聽說今天才開始的，還說什麼每天都會遷移。」

「有沒有說每家給多少？」

「只說會把帶來的袋子全部裝滿。」

等到自己排到最前面，申金才回頭觀望，確認沒有任何人排在自己後面。前面排著長隊的灰色鬼魂在拿到配給物後，各自搖搖晃晃地散去。申金望著前方漆黑的入口，裡面依稀有人走出來伸出手，她猛然一看，朱安媳婦正在負責配給工作。

「哇，母親！」

申金嚇了一跳喊出聲來，朱安媳婦開心地笑著，伸出如鍋蓋般的手說道：

「把袋子給我！」

申金不由自主地把袋子從腰間抽出來交給婆婆，她拿著瓢子，把白米裝滿袋子，然後把袋子綁起來遞給申金。申金用雙手接過，因為太重，而且太突然，只能暫時放在地上。把腰伸直後站起來，配給所什麼的都完全消失。她四處張望，喊道：

「母親，母親！」

只見自己所在的地方是閭村外圍的原野。

解放的那年冬天，物價暴漲。美軍政廳為了籌集統治費用，不負責任地胡亂印製貨幣。同年十二月的物價比八月分足足上漲了七十倍，但是工人的薪資與物價上漲幅度相比落後很多，與日本帝國主義殖民時期經濟體制的一九三〇年代中期的最低薪資相比，也下降到三分之一以下。工人為了一個月只能拿到兩、三斗米的薪資，每週必須承受超過一百多個小時的長時間勞動。日本企業主退位後，經過數月的自治期，從一九四六年的春天開始，接受美國軍政轉讓或根據軍政當局新編制的工廠管理階層，和勞工之間開始發生爭議，這也發生在朝鮮勞動組合全國評議會已經組織全國性的產別工會之後。紡織工廠的工人代表對來到罷工現場的產業工會同事們毫不誇張地說出實際情況：

「這次公司和我們工人之間的問題不是爭議，而是生死的問題了。花言巧語騙我們說一天能給兩碼半的粗布和一百元錢，所以去年十二月來工廠工作，但一直到三月才給我們二十碼粗布，糧食只有高粱飯可吃，這要我們怎麼活下去啊？」

申金在朦朧的夢境中雖然記得收到朱安媳婦配給的白米，但並沒有把白米裝滿袋子帶回家的記憶。後來發生幾個月來第一次讓全家人能吃飽幾天的奇蹟。有一天，鐵路邊的丸星工廠著火，當時是半夜時分，中金在睡夢中感覺有人把她搖醒。

「趕快起來，妳得養活家人啊！」

果然是朱安媳婦。根本不需多看，她在婦女中算是個子高大、肩膀寬闊，只要看影子就能知道是她。

「啊？哪裡？我要去哪裡？」

申金還沒完全醒來，只是從被窩裡撐起上半身，坐了起來。朱安媳婦把手伸到兒媳的腋下，把她攙扶起來。

「大家現在都跑到丸星工廠去了。」

似醒非醒站起來的申金跑到院子裡，朱安媳婦塞給她兩個米袋。

「把這兩個袋子裝滿啊！」

申金走到馬路上，隱約看到四方都是人影，遠處東南方有一片紅色的火海。從間村看過去，分明是永登浦站的方向。黑暗中，人們各自尋找和呼喚著某個人，紛紛跑出來。他們中間還夾雜著同樣身處疲憊時代的亡者——灰色的影子，朱安媳婦也是那些灰色的鬼魂之一。路過永登浦市場街道時，人數已經增加到數百名。繞過永登浦車站，穿過複雜的鐵路，看到人群陸續從丸星工廠敞開的正門湧入。工廠每個倉庫的門都被打開，人們蜂擁而上。起火的地點是工廠建築物，但機器和油類燒焦的味道十分刺鼻。丸星工廠原本釀造清酒和啤酒，雖然停止生產，但糧食、麵粉等堆到倉庫的天花板。申金在黑暗中揹出兩袋麵粉，然後又進去摸索著，把白米之類的東西裝進袋子裡，因為太重，所以在地上拖著。如何把這些東西運回閒村是最大的問題。申金拖著袋子，好不容易才越過鐵路，來到站前廣場。丈夫已經好幾天沒回家，她後悔地想，早知道就把公公李百萬或初中生兒子智山叫醒，讓他們一起過來就好了。這時，在黑暗中消失的朱安媳婦突然出現，一把抱住兩袋麵粉，甩到背後，然後搖搖晃晃地走著。申金雙肩扛著兩袋糧食，勤快地跟在婆婆後面。不知什麼時候終於到了家，全身被汗水浸溼的申金把袋子放進廚房，然後去找兒子。

「智山、智山，趕快出來！」

智山嚇了一跳，連忙跑出來。和孫子一起睡覺的李百萬頭髮蓬亂地走到院子裡。

「大半夜的，在吵什麼？」

「父親，得趕快了，丸星工廠著火，大家都去搬糧食了，我們得快點過去。」

申金把木桶拿給智山，自己又拿出被單圍在肩膀上，走出家門時，急忙對公公說：

「父親，腳踏車，牽著腳踏車跟我走。」

他們走到市場十字路口時，看到迎面而來的人群各自揹著米袋或背架，幸運的人把滿滿的麵粉袋放在手推車上拖走，於是申金更加心急。繞過車站、經過鐵路時，人數比剛才更多，甚至擠滿整條道路。他們在人潮的推動下走進工廠，每個倉庫的門都被打開，堆積的麵粉和穀物高度已經降低許多。這時突然聽到槍聲，他們在黑暗中看到打開前照燈的卡車陸續開來。申金一家人先將麵粉袋裝上李百萬的腳踏車貨架，木桶和被單裡則裝滿糧食，申金用頭部頂著，兩個米袋則由智山揹著。從卡車上下來的美軍和警察發射空包彈，跑到倉庫前面。百姓驚險地走出工廠大門，跨過鐵路，在車站前方穿越馬路後，並沒有走在大路上，而是走進巷子裡。從那時開始，工廠成為禁止出入區域。他們意識到自己還算幸運，回家一看，有四袋米和五袋麵粉。雖然後來發現米不是完整的，而是碎米粒，味道也很差，但是和蔬菜一起煮粥的話還是可以入口。麵粉可以和麵，做麵疙瘩吃，也可以擀成薄片做刀削麵吃。那年春天是如此幸運，李百萬一家人也因此有好一陣子沒有捱餓。

李一鐵成為朝鮮勞動組合全國評議會中央委員，也成為永登浦地區全國評議會產別工會的副支部長，支部長由弟弟李二鐵過去的同志安大吉擔任。首爾地區的所有全國評議會指導部都由過去重建派和京城共產黨的現場組織成員掌控，這也是一九三〇年代以後接續抗日鬥爭的產物。解放雖還不到六個月，在全國組織人民委員會、組織工會全國評議會和全國農民組合總聯盟的民眾，總算擁有以自己的願望為基礎，大步走向自主獨立國家和民主社會建設的經驗。從解放初期開始，由於美軍的進駐，所有美好希望都為之受挫的過程，反而給人民帶來豐富的歷史和社會發展規律的教育效果。在美軍政廳的庇護下，那些親日勢力雖然掌握政治權力和公共權力，人民也因此受到壓迫和迫害，但他們並不畏懼。

右翼政客們從一開始就對工人和農民的組織化不感興趣，但由於在莫斯科舉行的美、英、蘇三國外長會議的決議問題，贊成和反對的政治對決成為現實，並認識到工農組織的重要性。他們緊急組建了名為大韓獨立促進全國青年總同盟的青年團體，召集從北韓來到南韓的青年和失業者，成立了西北青年會等右翼青年團體。他們以右翼政客的反共理論瓦解全國評議會主導的勞動運動，並以此為目的，成立了御用勞工團體。這些團體雖然標榜從事勞工運動，但實際上並不是為了勞工所成立的組織。他們以暴力右翼青年團體瓦解全國評議會所屬工會，另外成立大韓獨立促成全國勞動總同盟的方式擴大組織。右翼勞動團體是在經營工廠的企業家積極支持下成立的，他們的活動資金主要由李承晚一派的韓民黨、企業家和美軍政廳官員支援。

一九四六年四月中旬左右，包括永登浦的鐵路、紡織、電氣、印刷、金屬部門的各產業工會中央委員聚集到鐵道局厚生會館開會，他們正在為即將到來的解放後第一個五一勞動節做準備。有兩百多人聚集，不是一般工人，而是各工廠擔任作業班長、技術專員或工會主要部門的工人。有人站在講臺上朗讀了二月分成立的北朝鮮臨時人民委員會的委員長金日成、副委員長金斗峰以及南韓左翼陣營民主主義民族陣線委員長呂運亨、副委員長許憲、朴憲永等人的聲明書。幾天後，南韓右翼陣營就組成大韓獨立促成國民會，分別推舉李承晚和金九為總裁和副總裁。工會朗讀完聲明書後，與會者全員鼓掌喝采，此時突然傳來嘈雜的聲音，一群青年從會場的前、後門湧入。他們不由分說地打破玻璃門進入會場，頭上綁著白布，一手拿著木棍和十字鎬，還有些人拿著鋒利的鐮刀。洪某和金某帶頭站在這些從走道闖進來的青年前面，李一鐵認出洪某的面孔。日本殖民時期，洪某在元山進行勞工運動，後來接到龍山鐵道局的命令，進入永登浦鐵道工廠擔任勞務管理。他一進來，就讓與他親近的幾個青年進來工作，一夥人同進同出。由於全國評議會的組織管理非常老練，所以雖然不像日本殖民時期那樣徹底保密，但仍然進行分組討論、閱讀文件，週末則透過戶外活動進行聯誼和組織管理。對洪某他們而言，如果不加入工會，除了在工廠內的工作之外，他們無法掌控任何情況。但這些人得到鐵道局上級的支援，所以周圍也會有人追隨，保有十多名擁護者，這意謂他們也算是工廠內非全國評議會派的工人組織。站在最前面的洪某用咸鏡道方言高喊：

「臭小子們，誰允許你們擅自壟斷勞動節的活動？工廠是你們赤色分子的私有財產嗎？」

「我們正在開會，請保持安靜。不是工會會員的人請出去。」

「你們應該解散，這是非法集會吧？」

洪某揮舞著手臂喊道：

「來，把這些赤色分子趕出去！」

他們揮舞著武器走進會場，任意毆打參加會議的群眾。坐著的工人莫名其妙被攻擊頭部，肩膀和後背被毆打，因為疼痛，躺在地上翻滾，他們站起來之後拿起椅子開始抵抗。工會執行部決定先躲避，李一鐵等人從窗戶越過花壇逃走。後來才知道，類似當天的事件不僅在永登浦發生，在其他地區的會場也發生了相同的事情。當天雖然有一些認識的工人帶頭的情況，但大部分都是被完全陌生的人集體毆打。他們的服裝也很多樣，有穿著美國染色軍服的人，也有穿著學生制服的人，還有一些根本就是後街的流氓，竟穿著乾淨合身的西服，他們大多是接受穿著警服夾克或軍裝上衣的人指揮，而這些人的年紀明顯偏大。

實際上，五月一日國際勞動節當天，大韓勞工總聯合會在首爾運動場田徑場，全國評議會在首爾運動場棒球場分別舉行活動。田徑場聚集了三千人，棒球場聚集了五萬多人。左、右翼的活動場所不僅在聚集的人數上存在差異，大韓勞總在活動現場的決議文中表示，今日的朝鮮不是無產階級革命期，比起階級鬥爭，更是民族的解決期，明確表示他們不是工會。此外，在紀念儀式上，他們強調為了建國，勞動時間要超過八小時，勞動者每天要工作十六小時，必要時甚至要二十四小時勞動。在背後支援他們的美軍政廳勞務科的朝鮮工作人員，是在日據時期朝鮮總督府勞動部負責徵集勞動力的人。因此美軍政廳和保守派的勞工運動從一開始就是高舉勞資合作主義的理念，綱領中也標榜勞資間親善，政治目標是反共以及打倒全國評議會。五一勞動節以後，右翼青年團體開始破壞工會，並對勞動運動分子個人發動恐怖襲擊，全國評議會也成立了自衛保安組織。李一鐵讓青年勞工常駐鐵道工會辦公室，他每次出門時，都會有兩個人陪同保護。初夏，美軍政廳當局捏造朝鮮精版社偽幣事件，試圖將惡性通貨膨脹的責任轉嫁到朝鮮共產黨身上。同一時期，李承晚在井邑主張建立韓國單獨政府，北朝鮮成立了北朝鮮勞動黨，金日成擔任委員長、金科奉等人擔任副委員長。美軍政廳對朝鮮共產黨領導層朴憲永等人下達逮捕令，之後南韓的社會主義組織完全被壓制，轉入地下。一些傳說中的抗日運動家和社會主義人士被捕。進入秋天後，隨著全國評議會的總罷工，展開十月人民抗爭，在流血鎮壓中南朝鮮勞動黨成立，選舉許憲為委員長，朴憲永為副委員長。

李一鐵代表永登浦鐵道工廠參加在全國評議會館討論的總罷工決定會議，他也是全國評議會中央委員其中一員。當時，龍山警察署長山下崔達英在建築物周圍部署了調查科刑警以及穿著制服的警察。他上午接到美軍政廳警務部的電話指示，在出動前再次確認了情況。右翼青年團體和大韓勞總成員們計劃先襲擊，警察則包圍建築物周邊，俟雙方發生激烈衝突後，逮捕工會領導階層。他詳細瞭解李一鐵從去年開始在永登浦活動的內部報告，事實上，五一勞動節事件之後，他曾與一鐵見過面。當時正是開始逮捕左派領導階層和政客的時期，大眾社會團體實施內部調查，並觀望情勢。他不知道政局會如何發展，對於被他逮捕入獄後死亡的李二鐵的哥哥李一鐵，及其周邊人士的傳聞感到十分好奇。李一鐵的永登浦全國評議會辦公室位於堂山町，他派遣調查科的部下前往該處。他的部下長期在山下偵探組擔任刑警助理。他來到李一鐵的辦公室，發現前往二樓的樓梯前有一位健壯的青年看守。

「我是來見李一鐵副支部長的。」

刑警說完，青年打量他全身上下。

「您是誰？有什麼事？」

刑警假意笑著，並拿出身分證給他看。

「我有事找他商量。」

青年朝上喊人，那人跑下來，和青年壓低嗓門竊竊私語。那人上去後，探出頭，朝下面喊了一聲。

「您上來吧！」

刑警被帶到辦公室，和幾個人坐在一起的李一鐵問道：

「有什麼事？」
圍坐在旁邊的人用銳利的目光盯著他。
「您認識崔達英吧？」
「你是說山下嗎？他現在在做什麼？」
一鐵身體瞬間前傾問道。刑警其實對他們之間的事情也十分瞭解，並未感到驚訝。
「他現在是警察署長，我替他帶口信來。」
「那該死的東西有什麼要說的……」
提高嗓門接話的是曹永春。刑警仍然維持著笑臉，沉著說道。
「不都是過去的事嗎？他說李先生和自己是好朋友，希望能跟您見一面。」
「你轉告他，只要告訴我們他在哪裡，我們就會去找他。」
曹永春說完，李一鐵在紙條上不知寫了什麼，然後遞給刑警。
「你把這個轉交給他吧，上面有地點、日期和時間。」
刑警收下一鐵寫的紙條離去後，曹永春說道：
「這不是你個人的事情，山下是我們必須懲處的賣國賊。」
一鐵長嘆了一口氣後站了起來。
「如果我們建立了政府，那當然就能夠依據法律懲處，但是現在美軍政廳警務部和日本帝國主義總督府沒什麼兩樣，他們掌握了所有的治安責任和公權力。我去見崔達英，只是想看看那邊的動向。」

「您跟支部長商量一下吧。」

「當然。」

全國評議會永登浦分會的支部長安大吉，解放前與李二鐵一起經歷牢獄之災，後來倖存下來，他也是朝鮮共產黨領導階層的一員，當時正是被通緝的身分，無法出席公開場合。李一鐵當晚與安大吉單獨會面，安大吉的母親仍然在同一個地方開餐廳，他藏身於小工廠聚集的絲屋町附近的鐵工廠二樓。一鐵一提到崔達英，安大吉就忍不住憤怒地說：

「如果我們不能處決他，怎麼能安慰死去同志們的靈魂？」

李二鐵之前在獄中死亡，一鐵身為他的哥哥，自然氣憤不已，但他感覺比起自己，安大吉、曹永春等人對於崔達英更加憤慨。安大吉說道：

「美軍政府當局對我黨的建築物進行了名義處理，對朴憲永同志等全體領導階層下達逮捕令。他們認為這是一個扼殺我們的好機會，我們也應該發動總攻勢。」

「等我去見他之後，您再做決定吧。」

「應該組織一個特別任務組來處決那些人。」

當時，一鐵切實感受到戰鬥即將到來。三天後，李一鐵去了站前本町通的酒家，他曾在那裡和山下見過面。日本人離開之後，營業場所的主人也多所更換，但是那間酒家由朝鮮人廚師長接手，像以前一樣營業。他被帶到餐廳內側，山下崔達英在隔間裡猶豫著站起來。他比以前更加神采奕奕，穿著整潔的西服，塗上髮油，西裝頭在照明下閃閃發光。

「喂，好久不見啊！」

看到崔達英高興的神色，一鐵覺得非常彆扭，他無奈伸出的一隻手被崔達英的雙手緊緊握住，任由他揮動。

「山下大人，你和以前沒有兩樣啊……」

一鐵喃喃自語，崔達英哈哈大笑，掏出自己的名片。

「啊，那是過去創氏改名的名字嘛，你不也改名了嗎？」

一鐵看了看名片，上面印著龍山警察署長總警崔勇。

「崔勇？看來是新名字啊。」

「是啊，解放了，我也得跟過去告別，重新做人。而且也要為建設新國家出一份力，你也幫幫我吧。」

一鐵拿起崔達英給他倒的清酒，喝了一半後說道：

「二鐵就是被你抓進去弄死的吧？」

「呃呃，那個事情說來話長，而且也很複雜。就像你開特快車一樣，我也是為了生計才當警察的。當時如果二鐵改變思想，像你這樣安安靜靜地過日子，就不會發生什麼事了。」

一鐵雖然湧起各種悲傷，卻強忍情緒，他問崔達英：

「為什麼要見我？」

崔達英降低聲音說道：

「現在全國都快下逮捕令了，我來給你個提醒。大家都知道你們背後是朝鮮共產黨，當然不可能置之不理。我再說一遍，就算是為了家人著想，你還是退出全國評議會吧。我想跟上級建議讓你當鐵道局的幹部。」

「我就不勞你費心了，你覺得二鐵以前的同志們會放著山下你不管嗎？」

崔達英沉著地說道：

「喂，除了日本鬼子回去之外，情況一點都沒變，現在就只剩下赤色分子的問題而已。你知道像我這樣的人叫什麼嗎？我跟你一樣都是專家，我就是抓赤色分子的專家。美國需要像我們這樣的人，有實力的朝鮮人也需要我們。」

李一鐵舉起喝了一半的清酒杯，潑在崔達英的臉上，並大聲喊道：

「好，你好好幹吧，走狗！」

一鐵從座位上站起來，崔達英拿出手帕擦臉，安靜地說：

「別犯傻了，以後會後悔的。」

最終，李一鐵後悔的只是自己輕易露出情緒。

在警察包圍全國評議會館並加以部署的情況下，軍用卡車開始聚集。卡車上坐著數百名用木棍、鐵管、十字鎬等武裝的青年。他們自稱是大韓勞總成員，但大部分是保守政黨的青年團和西北青年團，並由從日據時期開始就在京城總督府的管理下行使暴力的流氓們帶頭。守衛會館入口和樓梯走廊等地的勞工保安隊員們，很快就被帶頭的暴力集團武力制服，流氓中還有持槍者，連連聽到槍聲。數十人受傷或被殺害，警察進入血跡斑斑的會場，逮捕了一千四百多名普通勞工和幹部。

當天，李一鐵在周圍同事的幫助下找到逃生路，並逃到首爾站，直到晚上才搭乘貨車撤退到永登浦。他們首先封鎖了永登浦鐵道工廠，開始靜坐抗議。

中金半夜被大門哐噹哐噹的聲音吵醒，她套上鞋子，走到大門口低聲問道：

「誰啊……？」

「嗯，是我，快開門。」

聽到丈夫熟悉的聲音，打開大門的門閂，一鐵立刻衝了進來。半邊臉用繃帶纏住，一隻手臂用夾板固定，套在脖子上。她一走進房間，在微弱的燈光下看到一鐵繃帶外滲出的黑紅血跡，嚇了一跳。

「這、這是怎麼回事？你還好嗎？」

「給我水，有沒有飯？」

中金久久不能忘記那天一鐵慌慌張張地接過一整碗水，一口氣咕咚咕咚地喝下去，然後把空碗扔到地板上，向天空張著嘴長嘆的畫面。就像看到離家出走的小狗拖著滿是傷痕的四肢回來，趴在地板上喘著氣喝水，她為此感到心痛。放在溫鍋裡的麥飯已經被水氣浸溼，幾乎變成稀飯。看到發酸的蘿蔔纓泡菜和鹹青花魚燉菜，他毫不猶豫地往飯碗裡倒水。然後不斷舀起泡水的飯，像倒進嘴裡一樣狼吞虎嚥，用一隻手輪流拿起湯匙和筷子，夾起泡菜吃。他不知餓了多久，看著都覺得可憐。深夜吃完飯後，他向妻子要內衣，換完衣服後，把襪子和內衣包在包袱裡站了起來。

「你又要去哪裡？」

申金問完，一鐵摟住妻子的肩膀輕拍，淡淡地說道：

「智山睡了嗎？父親也……」

「嗯，大家都睡了。你先休息一下，早上再走吧！」

「我現在得走了，大家都在等我。」

申金不忍心挽留他，因為想起許多等待著他的同事的臉孔，也察覺到當時緊急的情況。李一鐵回頭望向申金，只見他腫脹的臉纏著繃帶，申金不忍心看他眼裡噙滿淚水的模樣，轉過頭說道：

「明天我去工廠找你。」

一鐵沒有回答，瞬間從大門外消失。那天之後他再也沒能回家。

第二天，那些流氓湧向龍山鐵道局永登浦工廠。當時，靜坐示威的工人也做好了充分的準備。工廠入口用各種雜物築起路障，並用障礙物層層圍住，四面八方堆放著可發射石頭的工具，他們還準備了火焰瓶。得到首爾八個管區警察署支援的三千多名警力，包圍工廠一帶的大街和建築物，流氓首先向正門路障方向衝去，當示威隊伍用石頭抵抗後，不知從哪裡開始，陸續傳來卡賓槍開槍的聲音。雖然後來也出現是使用機關槍的說法，但事實上應該是使用M2卡賓槍連續射擊。據說越過圍牆進入工廠院子的暴力分子還投擲手榴彈，藉以對抗火焰瓶。

戰鬥之所以沒有持續很長時間，是因為傷亡人數極多。工人們以前和日本帝國主義鬥爭的時候，也沒有經歷過如此殘酷的殺傷鎮壓，所以非常驚慌。他們在每一個死守的地方各讓出一個街區，冷靜地將傷員後送之後進行撤退。青年勞工們向已經在全國評議會館因第一次暴行受傷而進入靜坐示威現場的李一鐵提議：

「副支部長，您先躲起來吧。」

「不，我會陪大家到最後。」

「我們從外部接到聯絡，要您進行組織保護。」

正如此爭執不休的時候，曹永春跑了過來。

「你在做什麼？快點離開，這裡由我負責，安支部長已經被逮捕了。」

他被兩個青年拉到廠裡偏僻的地方，下水道的蓋子開著，鐵梯往下延伸。青年先爬了下去，他隨後摸索地往下走，在後面護衛他的青年工人下來後蓋上蓋子。他們彎腰沿著漫到腳踝的工廠廢水管道前進，後來再次打開蓋子，來到黑暗中的工廠地帶，可以看到遠處從工廠方向冒出紅色的火焰。永登浦鐵道工廠的靜坐示威最終以數十人被槍殺、工人被大批逮捕結束。但是在全國範圍內擴散的集體罷工仍在繼續，口號的內容也從經濟鬥爭擴大到政治鬥爭。從擴大米糧配給、保障勞動者結社自由、制定民主勞動法、釋放政治犯等，到「一切權力屬於人民委員會」成為罷工勞動者的口號。在罷工期間，全國學生也透過聯合罷課加入了抗爭的行列，大部分報紙也發表了支持的文章。

包括龍山和永登浦在內，鐵路工人有一千七百多人被捕。但是抗爭的火苗並沒有熄滅，擴散到全國的導火線是從大邱開始。

首爾的全國評議會決定進行集體罷工後，電氣工會、郵電工會和紡織工廠首先進行了罷工，九月三十日大邱市內所有的工廠幾乎都進行了集體罷工。在街頭示威中，所有的要求都被組織成「給我白米」的饑餓遊行。學生們把在音樂課上學到的義大利民謠〈聖塔露西亞〉改成「去搶白米吧」的歌詞，在大眾間傳播開來。

倉庫裡堆積的白米、糯米和粳米
只有你肚子餓嗎？我的肚子也餓了
拿個米袋子去搶白米吧
拿個米袋子去搶白米吧

美軍政廳下達了強制徵收糧食以及禁止運入糧食的命令，而且當時為了防止正在擴散的霍亂疾病傳染，還下達了禁止通行令，導致糧食無法運入，大邱的饑餓狀態持續惡化中，其程度甚至嚴重到在專賣廳的菸草工廠只要塗抹在菸草紙上的漿糊一搬出來，工人們就會把那些漿糊都吃光。對於那些因饑餓無力，躺在路邊的人，美軍和警察把他們強制運送到因罹患霍亂而被隔離的收容所。對於因饑餓參加遊行，最終闖入市長室的婦女，承諾配給肥皂給她們，藉以代替白米。而隨著市長咒罵她們「在家裡做家務的女人連米都沒有嗎？」的惡言傳開，終於引發大眾的憤怒。

十月一日，大邱四百多家工廠的工人舉行全體罷工支持大會，加上聚集的學生和普通市民，人數達到數萬名之多。他們高喊「美軍滾出去」，展開大規模街頭示威。在警察的威脅射擊下，煤炭工廠的工人被槍殺。憤怒的一萬五千多名大邱市民徹夜抗議示威，上午十點左右在大邱警察署前舉行集會。在憤怒沸騰的群眾面前，一名青年站出來高喊「再沒有比此刻更適合為死去的同志復仇了」，當場被警察開槍打死。接著，五名演講者爭先恐後地站了出來，但他們也在警察的瞄準射擊下先後倒下，渾身是血。憤怒的群眾開始丟擲石頭，但在警察的射擊之下，現場有十七人死亡。大邱市民冒著槍林彈雨的危險占領警察局，還有一些青年搶奪武器，進行武裝。他們每數百人分成一組，攻擊市內所有派出所，並控制了整個大邱。從午夜到凌晨，從日本帝國主義時期開始讓民眾怨聲載道的調查刑警們被市民殺害，市長、專賣廳長、道知事的官邸也遭到襲擊。市民把搶來的白米和粗布運到達城公園，有秩序地進行配給。每個區域都有青年戴著袖章指揮交通，鞋店老闆還無償給示威隊分發鞋子。當天下午開始，隨忠南警力到達，晚上六點在大邱地區一帶宣布了戒嚴令，使用坦克和機關槍武裝的美軍進入市內，警方實施了大規模的反擊鎮壓。從晚上七點開始下達禁止通行令，開始逮捕示威者和主導者。大邱起義開始後，鄰近的永川、義城、軍威、倭館、善山以及浦項、迎日等各地區，分別舉行集會後響應，地方則更加激烈，甚至轉變為暴力行動。農村抗爭之所以暴力化，是因為遑論土地改革在美軍政廳下沒有任何變化，與日本帝國主義時期一樣，警察仍然肆意進行暴力鎮壓，他們意識到所謂解放並非真正的解放，於是充滿挫折感。農民們改寫〈插秧歌〉並唱道：

田裡四處的出水口都打開，主人去哪了？
手裡拿著章魚、鮑魚去小妾家玩了
太陽落山，天色陰暗，家家戶戶炊煙升起
我們的父母去哪了？為何家裡沒有炊煙
腥味、腥味、黑狗的血腥味
我們的哥哥被捆綁帶走
即使接受軍法審判，也要反對強制徵收白米

農民的口號簡單明瞭。

「廢除白米上繳制度，實行土地改革，所有權力屬於人民委員會！」

慶尚道所有區域都陷入抗爭。不僅是首爾和京畿道，還蔓延到忠清道大田、全羅道光州、和順、木浦等地。美軍動員警察、剛成立的國防警備隊、右翼青年團和黑社會組織成員等展開鎮壓作戰。與過去不同的是美軍開始毫不猶豫地屠殺平民，在馬山，不分青紅皂白地向示威的六千多名群眾射擊。全國各地有兩萬八千多人被殺，一萬五千多人被捕。被逮捕民眾的房子被警察和流氓肆意破壞、掠奪，人被帶到警察局後遭到嚴刑拷打。由於大量逮捕，監獄和拘留所收容能力不足，還設立了臨時收容所，關押罷工者和示威者。這種抗爭持續了三個月。

十月三日，智山雖然正處於集體罷課階段，但他從曾是大韓民主青年同盟的學長那裡收到消息，去了學校的集會。按照當時學制，初中五年級是畢業班，而與智山同齡的三年級學生正處於所謂的中間階段，在每個學校都是最不聽話的群體。智山雖然尚未加入大韓民主青年同盟，但是對於理論非常精通，甚至可與學長們進行時局討論，這在很大程度上是受到父親以及死在監獄裡的叔叔影響。來到學校的有三百多人，透過與相鄰學校聯絡，到達美軍政廳大樓時已達到數千人。再加上市民和工人，群眾多達兩萬多名。他們經過光化門通，聚集在美軍政廳前高喊口號：

「給我們白米！反對殖民教育！釋放被關押的愛國者！反對恐怖主義！」

鎮暴警察拿著填滿實彈的槍枝靠近他們，後面則是騎馬警察隊，手上舉著從日本殖民時期就開始使用的長棍。他們從兩側向過去是朝鮮總督府中央廳的美軍政廳建築靠近，南大門方向也有一支警察隊逼近。警察開始包圍聚集在大樓廣場前的群眾，並射擊空包彈。群眾則漸漸擁入廣場正中央，騎馬警察隊衝進他們中間，開始用長棍抽打人群。當天在混亂中有二十多人被殺，智山撕開內衣包住裂開的頭部，好不容易才回到永登浦的家。當時已經是漆黑的深夜，中金到村口等他，提心吊膽地來回走動，看到兒子踉踉蹌蹌地走過來，她跑過去抱住他。

「哎呀，你看你成了什麼樣？讓我看看……」

據說當時身高已經和母親一樣高的李智山撲進母親懷裡，就像孩子一樣哇哇哭泣。當然，智山後來堅持說絕對沒有這回事，李百萬也站在孫子那一邊，他說：

「智山雖然哭了……但因為是太過氣憤才哭的吧？」

鎮五在小學時曾問過申金奶奶：

「日本帝國主義統治時期就算了，為什麼我們一家人總是不向權力大的那一邊靠攏，而總是站在輸家那一邊呢？」

「怎麼？你討厭弱者啊？」

「當然，損失太大了嘛！」

這時，奶奶總是瞇起滿是皺紋的眼睛，笑著說道：

「那時雖然看起來像是輸了，但最終還是弱者勝利。雖然遲來的勝利讓人感到鬱悶。」

申金補充道：

「活久了就會知道，大家心裡都明白，只是沒表現出來。」

李一鐵在鐵道工廠靜坐示威中被青年團和黑社會鎮壓後，像其他全國評議會幹部一樣開始逃逸。雖然沒有中斷與領導階層的聯絡，但避免直接接觸。工作小組中的積極分子分成兩派，一派主張應該激化鬥爭，另一方則主張應該先降溫一段時間，審時度勢並強化組織。朴憲永逃走之後，負責南朝鮮勞動黨的新執行部與美軍政廳官員見面，尋求妥協，總罷工的熱情為之降溫。當時黨中央沒有能力在全國範圍內控制或領導罷工，在地方城市，警察的攻勢更加猛烈，逮捕和殺害變得日常化，被追捕的人逃到山區，形成了擁有微不足道武器的野山隊。這種地方城市的現實也傳到停滯不前的首爾，青年勞動者和學生中也有主張抗爭並展開暴力鬥爭的團體。他們主要把在該地區知名且重新得到美軍政廳支援而得勢的親日派作為攻擊對象。青年們瞄準的大部分都是日本帝國主義時期高等係警察出身，當時依舊在職的人員。

全國評議會永登浦支部支部長安大吉被逮捕，副支部長李一鐵逃亡在外，議員們也紛紛散去，但負責工廠各細胞的中央事務局實務負責人像日本殖民時期一樣，轉入地下繼續活動。負責人是金屬部門的長期活動分子池正浩，副負責人是曹永春。他們和安大吉、方又昌、李二鐵、朴善玉等都是京城派的最後組織成員。方又昌在警察局受到拷問後死亡，李二鐵因拷問後遺症而死於獄中。曹永春清楚記得崔達英的刑警部下來到全國評議會辦公室，安排與副支部長李一鐵見面的事情。崔達英帶領山下偵探組，逮捕連結仁川和永登浦的國際派和重建派，以及經過數年艱苦合併過程的京城派組織成員，崔達英也因此飛黃騰達，可說是必須優先除掉的最主要敵人。曹永春等人十分清楚崔達英身為龍山警察署長，指揮突襲鐵道局全國評議會館，並深入參與粉碎工廠靜坐示威的過程。不僅是崔達英，他的手下山下偵探組的刑警和助理都獲得晉升，在龍山署和永登浦署工作。中央事務局暗中調查這些人的名單和工作地點，並告知所有成員，他們決定第一個處決的對象就是崔達英。

曹永春指派兩名女性掌握崔達英活動的路線，並進行事前考察，四名男性負責潛伏和實際行動，他自己則指揮和參與最終行動。他們在鷺梁津附近的山村租了一套空置的日本房子，時間定在十天以內。如果無限期拖延下去，一定會被周圍的人發現。他們仿效當時聚集到首爾邊緣的北朝鮮南下居民，偽裝成兩個家庭。朴善玉和孫英順假裝在漢江對岸的工廠上班，他們的丈夫是小販，十幾歲的學徒工是弟弟，曹永春是偶爾來訪的親戚。到了晚上，他們都在差不多的時刻回家吃飯，然後圍坐在一起開會。

「首先要掌握他的動線。」

曹永春一說完，朴善玉立刻接話：

「我們去過崔達英位於青坡洞的家，一共有七個人，並有警衛輪流看守。有崔的老婆、女傭、還在上學的兒女，還有一個司機。」

他們按照所擔負的任務分別做了報告。

「車子應該是軍用吉普車吧，他經常坐車嗎？」

「上、下班的時候。」

「吃早飯前，他會把狗帶去附近的公園散步。」

「有規律性嗎？」

「他一大早就會出門，當然也有不出門的時候。」

「沒有同行的人嗎？」

「我觀察了三次，每次都是獨自一人。」

曹永春說道：

「聽說那混蛋小時候養過豬，他非常喜歡動物，甚至能和豬聊天。」

「從一個養豬的幹到署長，真是飛黃騰達了。你聽誰說的？」
「我聽副支部長說的，他們一起上普通學校。」
他們對崔達英實施了五天的移動路線觀察，決定將起事地點定為孝昌公園。有一天，曹永春望著西邊的天空，對大家說道：
「明天天氣應該會很好，就定在明天動手吧！」
第二天清晨五點，曹永春帶著四名工人出發。不知是不是曹永春對於天氣的判斷正確，當天真是典型的朝鮮秋天的天空，晴空萬里。後來他告訴朴善玉，如果要知道第二天的天氣，就看前一天西邊天空的晚霞即可。清晨五點四十分左右，他們穿過漢江人行橋，到達青坡洞崔達英的家附近。曹永春和兩名工人坐在孝昌公園入口的松林中間，另外的少年工和工人決定在離崔達英家附近稍遠的地方等候。他們擔心崔達英當天不出來散步，或者後面有人跟隨著他，所以感到不安、焦慮。六點整開始有了動靜，從茂盛的檜樹和冬青樹後方的日本房屋圍牆裡傳出狗吠聲，還聽到責罵狗的聲音。六點二十分左右鐵門打開，狗先跑了出來，手上握著項圈的男子跟著出來。狗是狼狗，雖然身軀不小，但看起來不太成熟，大概是六個月大的崽子。崔達英穿著簡便的運動服和籃球鞋，他拉緊項圈，輕輕責罵似乎要往前衝去的狼狗，開始走了起來。少年特意走過他前面，並告訴後方跟上來的工人。
「是崔達英沒錯。」
他們維持適當的距離，沿著崔達英散步的小路走著。少年的任務就此結束，他在途中轉向南大門方向，另一個工人假扮成擺攤的商販，獨自揹著背架，慢慢跟在崔達英身後。他判斷在水芹菜田對面公園的松林裡等候的一行人已經看到崔達英，所以從旁邊的小路離開。崔達英也許認為這是他經常走的路，所以十分放心，等待著狗排便。他一邊罵著狗一邊小跑，然後又慢慢行走。他從公園入口向上走的時候，看到兩個脖子上掛著毛巾的男子走下來。崔達英不愧是老警察，用犀利的目光觀察他們，判斷這兩人都是早起運動的普通年輕人，隨之放鬆警覺心再次出發。前面一個身穿國民服的男子手拿捲起的報紙走過來，崔達英看到他，心想自己曾在哪裡見過這個人，覺得非常眼熟。這時兩個剛走過他身邊的青年從後面衝了上來，抓住他的雙臂和肩膀。崔達英放開狗鏈，沒有時間高聲喊叫，從前面走過來的人把包在報紙裡的刀抽出來，迅速刺進崔達英的肚子，在後面抓住他的人也用一隻手臂抓住他的上半身，另一隻手抽出刀，數次捅向他的肋下。鮮血像決堤的水一樣湧出，崔達英當場倒了下來。他躺在地上，瞪著眼睛，最初動刀的男子露出牙齒微笑，輕聲說道：

「山下！我是曹永春。方又昌、李二鐵兩位烈士會在黃泉路上等你。」

崔達英本來想說什麼，最終還是低下了頭，當場死亡。他們拉著崔達英的雙腿往松林間走去，並觀察四周。被放開的狼狗似乎在水芹菜田裡聞到什麼味道，跑來跑去。附近沒有人經過，他們互相看著對方。曹永春動刀時，正面噴出的血液染紅了國民服的前襟，抓住並刺傷崔達英肋部的工人也分別沾上鮮血。他們把上衣脫掉，扔在草叢裡，只穿著內衣離開現場

第二天，龍山警察署和永登浦警察署的調查組掀起狂瀾，四處尋找嫌疑犯。兩個警察署的調

查人員合計六十多人，以過去隸屬於山下崔達英的組員為主，這些人後來都升任為科長、股長。警方翻閱了至今仍存在的過去活動分子的情報報告書以及審問調查書，根據經驗者的判斷，確信崔達英事件與京城派永登浦組織有關。在他們看來，嫌疑犯都是全國評議會的實務人員。

刑警隊襲擊了已經清空的全國評議會辦公室，還有所有議員、中央委員事務局以及被列入調查名單中的所有普通會員勞工的家。共有一百多人被捕，永登浦的所有工廠都停止運轉。

事件發生當晚，朴善玉來到申金位於間村的家。她收拾好行李，揹著背包，一副要出遠門的樣子。兩個女人蹲在院子裡輕聲交談，朴善玉說：

「黑狗們會發瘋的。」

所謂黑狗，是指當時日本帝國主義與美軍的走狗警察，是民眾之間對他們的稱呼。

「又發生了什麼事？」

「我們處死了山下。」

「啊……」

當時申金只覺心裡一震，比起終於為小叔李二鐵報仇的想法，她更擔心早已逃亡的丈夫一鐵的人身安全，永遠見不到丈夫的絕望感壓迫著她。

「預計明天開始會出大事，我們不能住在這裡。姐，妳帶家人趕緊離開。」

申金那時靜下心來，陷入了沉思。丈夫別說回家了，他絕不能出現在永登浦附近。她明白只有自己離開家，才能與躲起來的丈夫建立聯絡管道，而且朴善玉是能夠連接自己和李一鐵的唯一組織線。智山可能是在對面的房間裡睡覺，沒有任何動靜。院子對面的工坊亮著燈，申金走到工坊門前，小聲叫著父親，李百萬的聲音迅即傳來。

「什麼事？」

他摘下老花眼鏡，放在當作工作檯使用的木板上，當時他正研磨著水牛角。

「父親，聽說今天工會成員處決了山下。」

「哎呀，事情鬧大了。」

「就算沒發生這事，他們還紅著眼尋找智山他爹呢。天一亮，我們全家都會被帶走，受盡折磨。」

李百萬本來是個對好壞都不怎麼表態的沉默寡言之人，但他深知事態的緊迫性。在過去的幾年裡，他目睹二鐵的抗日活動和死亡，甚至承受去刑務所領回兒子屍體的苦痛。解放後的一年時間裡，所有的夢想和希望都為之消失，連長子一鐵也像日本帝國主義時期一樣被到處追趕。

「調查組的那些人一定會來這裡，至少要避開一個月或半個月。」

聽了兒媳的話，李百萬半天沒回答，只說了一句：

「我家就在這裡，你要我去哪？」

「智山現在也長大了，對於世上的事情也很清楚，他們不會放過智山的。」

「要去哪？」

「我想帶著全家去金浦，等時局平靜下來之後再回來。」

聽到兒媳婦說要回娘家，李百萬又陷入沉默。中金連連催促道：

「趕快動身吧。」

「那個……不也得有個人留在家裡讓他們問話？」

「所以會遭受苦楚啊！如果他們問其他人去哪了，您要怎麼回答？」

「這個嘛……我就說我出門之後回來一看，大家都離開了。」

「比起其他人，他們一定更想找到孩子他爹的行蹤。」

聽了兒媳的話，李百萬淡淡地回答道：

「現在智山他爹不是這裡的人了。」

中金後來說，那句話再次讓她感到心碎。罷工和抗爭的十月結束，當年冬天對五百三十七名動亂相關人士進行公審時，有十六人被判死刑。事實上，當時正是地方頻繁發生當場槍決的時期。

「如果刑警找我們的話，就說我們去了以前工廠同事位於忠清道的鄉下。您告訴他們，孩子他爹究竟是死是活，一直杳無音信。」

聽了兒媳的話，李百萬只是如此喃喃自語：

「就像日據時期那樣回答就行了。」

中金一下子就聽懂了李百萬的話。以前每當崔達英的山下組來查看二鐵的行蹤和家庭情況時，他都會反覆說同樣的話。說赤色分子是不認父母和妻兒的傢伙，所以早就不把赤色分子當成孩子了，比起你們，我更是把孩子當成仇人。

申金和朴善玉商量後決定，得睡幾個小時，在天亮前出發。兩個女人並排在臥室裡躺著。

「可能真的要越過三八線了。」

聽了申金的話，善玉喃喃自語道：

「不能那樣，我們有三百萬黨員，總不能為了自己能活下來就跑掉吧。黨中央還在地下活動，只有在萬不得已的情況下才能越過三八線。」

「從北邊南下的人不是也愈來愈多了嗎？」

「那邊早就完成土地改革，所有的生產工具都收歸國有了。還是有很多人沒辦法適應革命吧。」

「是啊，我丈夫如果越過三八線，什麼時候才能再見面呢？」

朴善玉當時信心十足地說：

「不會花很長時間的，我們民族本來就不是好欺負的人。美國人滾出去的話，南、北人民委員會就會合而為一，完成統一。」

「是啊，那些大鼻子應該會滾出去吧！」

兩人就那樣對於不確定的未來聊了幾句。申金腦子一沉，即將睡著時，朴善玉喃喃自語：

「姐姐，睡著了嗎？」

「嗯，怎麼了……」

「我喜歡過二鐵哥哥，過去這幾年真的很辛苦。」

申金聽了朴善玉的話，不由自主地醒了過來。

「什麼時候開始的？」
「我還以為姐姐妳明明知道還裝作不知道呢。從在我家舉行讀書會那時開始的。」
申金突然想起了新婚時期小叔四處逃竄後回家的某一天，她看到坐在飯桌前的二鐵背後有兩個女人，不由自主地說了出來，結果被丈夫一鐵罵了一頓，小叔也放下筷子走了出去。二鐵被捕，失去長山，韓如玉離開後，直到二鐵再次入獄死亡為止，她曾幾次想過小叔背後的兩個女人究竟是誰。但即便是善玉一直在身邊，她也沒有看出端倪，善玉的心裡該有多難受啊？
「哎呀！那……那不就是從第一次見面開始就喜歡上他了。」
「嗯，二鐵哥哥回答我的問題時。那時候姐姐也在。」
「我記不起來了……」
「我問他無產階級是什麼意思，結果哥哥說明我們就是無產者的時候，我的心裡就好像電流通過一樣，酥麻麻的。」
申金支起上半身坐起來。
「妳怎麼不說呢？妳不是一直都是二鐵的聯絡員嗎？」
「長山他母親是我們的同志，也是同一個組織的活動分子，我不敢說出來。」
兩個女人又躺下來，然後低聲哭了一會。
「這個世界到底是怎麼回事啊？」申金抽抽噎噎地自言自語。
天剛亮，朴善玉先睜開了眼睛，申金叫醒還沒睡醒迷迷糊糊的智山，頂著包袱和背包出門。

他們出發時，李百萬站在院子裡等候。

「父親，記得按時吃飯，有什麼事就去找工廠的人。」

「好，別擔心我，快走吧。」

申金帶著智山和朴善玉同行，她打算越過梧木橋，乘坐從鹽倉渡口駛向河口的退潮船隻前往金浦。朴善玉說先在金浦申金的娘家住幾天，然後去仁川。申金娘家的父親在解放前幾年去世，大哥和二哥奉養母親，種地維生。李一鐵忙到不能回岳母家的程度，去年只有申金帶著智山回了一趟娘家。申金的大哥因為是村裡有名望的人，所以沒有顯露出心情，但是二哥在經歷美軍政廳繳納糧食的命令後，憤怒達到了極致。地方邑面的底層官員或以前的巡警再次占據官廳和警察署的位子，帶領美軍強行收走秋糧，民眾對此都感到厭倦。二哥成為全國農民會的會員，申金一走進院子，坐在簷廊下的二哥就對房間裡的家人高喊：

「申金回來了，母親，申金回來了。智山也來了！」

大哥和嫂嫂們各自從廚房、臥室和對面的房間跑了出來。家人互相問候，隨即問起一鐵的消息。母親悶悶不樂地說道：

「智山他爹現在還在駕駛火車，應該很忙吧。」

「唉，母親，智山就在旁邊，幹嘛找他啊？」

二哥就此轉開話題。他透過文件知道全國評議會過去這段時間的活動，也知道現在對他們來說是非常時期。他把原本住在後院兩間廂房裡的孩子們集中到內屋，讓申金一行人使用。朴善玉和她們一起生活了幾天後去往仁川，她說如果和李一鐵聯絡上，就會告訴他申金和智山在岳母家，而且約好如果接到他的消息，善玉就會過來金浦。

第二天早上，永登浦警察署調查科的四名刑警果真就來到間村的家。他們無言地敲著大門，李百萬把門打開後，警察就蜂擁而入，穿著鞋子翻遍內屋、對面的工坊和後屋。櫃子和箱子都被翻亂，屋子四處散落著衣服和雜物。

「李一鐵這段期間沒有聯絡嗎？」

看起來像是組長的年長刑警問道，李百萬回答：

「上次不也來搜遍了嗎？那小子離家已經三個多月了，說要去全國評議會館，從那天開始到現在都沒有消息。」

另外一名刑警問道：

「李一鐵的妻子……就是你的兒媳婦，她去哪了？」

「幾天前，她說在忠清道有老朋友，還把孩子帶去了。」

刑警們並排坐在簷廊下，輪番威嚇提問，李百萬站在院子裡恭敬地回答，好像主客對調了似的。

「李一鐵是不是帶著家人一起越過三八線了？」

對於刑警的提問，李百萬突然發起火來。

「他們那種惡劣的赤色分子本來就是不認父母、不認妻兒的可憐蟲。我早就當作自己沒有兒子了，我們家兒媳婦也不認一鐵是自己的丈夫，你們就別讓我心煩了。」

過去是山下偵探組助理的刑警非常瞭解李二鐵的事件，而且李百萬與兩個兒子不同，他在鐵道局工作一輩子之後退休，以前在鐵道官舍生活時也是順從的皇國臣民，因此他的話裡包含一定程度的真心，刑警翻閱過的思想動向報告書中也記載了類似的內容。地方已經發生了屠殺，戰爭期間更加嚴重，但城市還沒有發生大規模的暴力事件。刑警們如預期的空手而歸，在出門前，組長刑警遲疑了一下，又折回來對李百萬說道：

「我們也知道李一鐵和這次事件沒有直接關係，但總得有人來負責吧。他不能在這裡生活了，還不如到北朝鮮去，這樣也才有活路。」

後來申金從公公李百萬那裡聽到這些話。她經常說：

「刑警和走狗中有好人，也有壞人，這句話是對的，也是錯的。雖然角色由他們自己決定，但這種情況下，還是不能對一般平民做得太絕，總得買個保險嘛，因為當時是世道在一夜之間就能發生翻天覆地變化的時期，誰知道明天會發生什麼事？」

18

李一鐵藏身於冠岳山山腳下的羅蜜村，就像日據時期一樣，全國評議會的聯絡員輪流把消息傳遞給他。許相佑老師是他在普通學校時的導師，也擔任過弟弟二鐵的導師。因此他在與妻子申金結婚時，還曾拜託許老師當證婚人。日據時期，李二鐵被通緝的時候曾躲在他的家裡。許老師此後擔任校長，退休後從道林洞官舍回到故鄉始興郡羅蜜生活。他的兒子繼承他的衣缽從事教職，過去留在故鄉的弟弟則搬進京城。李一鐵在永登浦工廠的靜坐示威被粉碎後來到他家，許相佑老師高興地歡迎他。解放後，各地區成立建國準備委員會時，他擔任了始興郡委員長，這當然是因為他的學生中瞭解老師品性的人舉薦了他。他還記得自己負責班級的學生崔達英。曾經躲在自己家裡的二鐵後來自首，被關進監獄時，許老師還去探望過他。有一天，報紙上大篇幅報導崔某總警官被左翼恐怖分子襲擊死亡的事件，許老師拿著報紙，跑去一鐵暫居的廂房。

「出大事了，聽說崔達英被殺了。這是那個山下崔達英沒錯吧？聽說改名叫崔勇。」

一鐵下意識地接過報紙，一口氣讀完後，長長地嘆了口氣。

「一方面覺得很痛快……但還是有點遺憾。」
「唉，那小子的人生也真是荒唐。」
「左傾冒險主義吧。算是給他們提供了藉口。」
「是嗎？」
「還不如我們繼續遭受欺負，讓人民憤怒起來。」
「蘇聯從朝鮮人民的生活狀況判斷，似乎不覺得對自己不利；美國則似乎想盡一切辦法要建立單獨的南韓政府，李承晚去美國也是因為這個原因。」
「從蘇聯軍登陸羅津、美軍登陸仁川的那天起，戰爭就開始了。日本在戰敗之前非常清楚這一點。」

李一鐵那年冬天在羅蜜許老師家度過，一直待到三月初。全國評議會永登浦分會發來的報告說，事務局要員中有一半以上被捕，當局並對李一鐵和曹永春下達了一級通緝令。他透過躲在仁川的朴善玉進行聯繫，得知妻子在金浦娘家。還接到消息說進步陣營正在全國範圍內準備三一節活動。

三一節當天，左翼組織在南山舉行了活動，右翼分子則在首爾運動場舉行。左翼團體結束活動後，前往南大門方向，右翼組織經過乙支路和三越百貨公司朝鮮銀行前，又轉往南大門方向。以學生和工人為先鋒的左翼隊伍經過南大門前，正往市政府方向前進時，右翼隊伍的數百名青年團員拿著木棒等衝向左翼隊伍的中段。該地點的衝突是有預謀的，武裝警察正在當地待命，他們開始向左翼隊伍的群眾開槍，當天的槍擊造成數十人死亡。在該地點被捕的人因違反美軍布告令而被交付審判，抓捕風潮再次襲來，對各地區人民委員會和南朝鮮勞動黨地下幹部的追蹤成為常態。

當天李一鐵在許老師內宅帶有簷廊的廂房裡與許老師下著圍棋。許老師的家位於羅蜜村右端最內側，必須從公路大街上往左走。雖說是村子，但只有許老師家和另外兩戶人家是瓦房，其餘的十多間都是構造相似的茅草屋，所以是十分熟悉彼此的小村子。聽到村裡傳來嘈雜的狗吠聲，許老師放下手中的棋子，側耳傾聽。

「好像有人來了？」

當時籬笆外面已經傳來很多人的腳步聲，李一鐵平時就很謹慎，所以趕緊站起來，打開通往後院的推拉門。雖然外部被窗戶紙門擋住看不清楚，但能聽到好幾個人的動靜，大廳和院子的推拉門同時被打開。大廳那邊有兩個人，院子前面有一個人，後面則是一大群武裝巡警，站在最前面的刑警用手槍瞄準他們。

「不許動！」

打開門之後瞥了一眼，看到李一鐵從簷廊後側跳下去。正前方用手槍瞄準的人先行開槍，站起身來阻止他的許老師胸部中彈。站在大廳簷廊下的人趕緊轉身推開北側的門，但因為整個冬天都從外面扣上，所以一時打不開。李一鐵之前就已經觀察演練過，所以一口氣衝出後院，跑上北邊的野山。

「哪一個方向？」

從院子經過廂房湧到後院的刑警隊和巡警們，在猶豫不決的過程中錯過了決定性的瞬間。

「那邊！」

一鐵的蹤跡在野山的樹木中時隱時現。

「你們在幹什麼？快追上去抓住他。」

當天共出動十五名警力，五人是調查刑警，指揮者是主任警衛。主任無力地站在廂房裡，在他的腳邊，許相佑老師流著血蜷縮著倒在地上，他還沒有斷氣。刑警用腳推開許老師的身體，低下身，看著他追問：

「李一鐵什麼時候來的？他會逃去哪？」

許老師低聲咳嗽，嘴裡吐出血來，瞬間停止了動作。另一名刑警站在簷廊上說道：

「好像死了。」

「就是因為亂來，所以才會死啊。這個人是建國準備委員會始興郡委員長吧？」

他們幾天以來翻查保管在永登浦警察署的解放前高等係調查書和動向報告書，決定突襲許老師的家。他們還發現李二鐵第一次被通緝自首前，曾待在許相佑老師家，許老師是他們兄弟的導師，李一鐵結婚時還擔任證婚人。那天上午，經由一次針對村裡的調查，有人說村裡來了客人，而且住了很久。警方確信該客人正是通緝犯李一鐵，並調來逮捕的警力。

許老師的家人只有他的妻子和幫忙做家務的村裡婦女，當時兩個女人正在村子前面的田野挖春季長出來的薺菜。

李一鐵順著冠岳山山脈向北攀爬，迂迴著朝西南方向走去，他在山裡等到天黑才從耿梅那邊下山。從房間逃出來時，因為沒時間穿鞋，只穿了襪子。不知不覺間，襪子上沾滿泥土，還破了個洞。一鐵在光明里東區遇到年輕的路人，花錢買來鞋子穿上。他的工作服上衣口袋裡縫有暗袋，裡面一直裝著應急資金。他似乎已經暫時擺脫了危機，決定前往仁川，並在素砂吃了晚飯。一鐵知道非常時期的第一接頭人，那是因為曾是仁川京城派組織負責人金根植長久以來的聯絡員與朴善玉保持接觸所致。李一鐵在教堂見到她後，聯絡上朴善玉，暫時安頓在仁川船橋。仁川支部沒有聽從全國評議會的全國罷工決定，維持獨立路線，因此比其他地區更平穩安全。他們正致力於在內部對各個工廠進行更廣泛、群眾性的組織強化。負責南朝鮮勞動黨地下組織的金三龍等人信任金根植的組織運營方式，由於都被通緝，所以依舊像日據時期一樣，透過聯絡員進行聯繫。金根植一見到李一鐵就流下眼淚。

「和李二鐵同志道別還像昨日一樣。」

一鐵看到金根植回憶起弟弟不由自主流淚的情況，也深受感動。不禁想到自己目前所處的絕境，二鐵究竟經歷了多少次？

「解放之後我才從周圍得知弟弟活動的內幕。可是大家都說，我們現在所經歷的情況，跟日據時期沒什麼兩樣。」

聽到一鐵的話，金根植搖了搖頭。

「不全然是那樣，現在我們周圍不是有幾百萬人民群眾嗎？雖然不知道這種混亂會持續多久，但即使我們死去，新的社會也終將到來。」

金根植不停地咳嗽。後來一鐵聽到他在戰爭前因長期折磨的肺結核在地下活動中死亡。金根植笑著說：

「但是偶爾會覺得奇怪，世界一直不像我們所希望的那樣實現，而總是不盡如人意或變成不同的樣子，更何況還是過了很長時間才變成這樣。與漫長的歲月相比，我們只不過是一粒塵埃。」

金根植談到與一鐵見面的緣由。

「很難繼續在這裡工作的組織幹部們，首先會被送回三八線以北，現在南朝鮮勞動黨中央在海州。」

「那就再也回不來了嗎？」

「啊，當然這一切都是臨時措施。」

李一鐵無法詢問有關家人的情況，因為他們正處於無論到了哪裡，別說是家人，就連自己都無法照顧的時期。金根植察覺到他猶豫不決的態度。

「等時局好轉，不就可以回來和家人一起生活了？」

「那麼什麼時候、怎麼去北邊呢？」

金根植笑著回答一鐵的提問。

「李十萬先生……你應該很清楚。」

「他是我叔叔，已經好久沒見到他了。」
「他會幫上很多忙的。」
金根植拿出紙條，寫上幾個字後遞給一鐵。
「這是他的地址，離這裡很近。」
臨別前，金根植又告訴李一鐵：
「明天晚上我會提前給他打個電話。你放心，我之前跟他見過面，也跟他說過了。」
一鐵前往紙條上寫的地址，那是位於栗木町的韓屋，周遭砌上高高的築臺，在有著階梯的山坡上圍了籬笆。按下鐵門上的門鈴，一名中年男子出來迎接他。經過庭院，有著玻璃窗的現代式韓屋大廳盡頭，面容熟悉的李十萬出來看著一鐵。他向妻子介紹姪子，在客廳坐下後就開口說道：
「你們兄弟倆怎麼活成這個樣子？百萬大哥也是。二鐵死前好像在仁川待過一段時間，但也從來沒有出現在我面前。」
「結婚的時候見過您，之後就沒見過了。」
一鐵起身，雙手合十跪在地板上，向叔叔夫婦行大禮。李十萬點了點頭，等了一會之後繼續說道：
「我在日據時期活了下來，現在也靠各種關係活著。當時主要是靠運送糧食，現在也沒有太大變化，也是靠運送南、北朝鮮之間的糧食過活。」

一鐵知道叔叔經由碾米廠和米穀生意發財。他認為，弟弟來到仁川活動時之所以沒有來叔叔家，比起階級的原因，更重要的是出於對自己和組織的安全考量。但是在經歷幾年後即將到來的戰爭之後，延續數百年的村落共同體和親情等，都將完全消失。在雙方政府上臺之前，三八線附近的警備並不嚴謹，在美軍和蘇聯軍的主導下，只有道路和鐵路被封鎖。李十萬繼續說道：

「雖然不知道能做到什麼時候，但我目前往返於南、北兩邊運送物資做生意。北方有工業品，這邊有糧食。你們的人一直拜託我把你送到海州，你難道就不能平平安安地養家活口嗎？」

「二鐵死了以後，我的想法就跟以前大不相同，而且國家現在也解放了。」

「你也知道，這個世界沒有什麼變化。啊，我也提前告訴你，我不會偏向哪一邊。我們如果不是血脈相連的親戚，站在我的立場，是不會答應這樣的請求的。」

運送糧食的船定於下週初啟航。透過朴善玉接到聯絡的申金在出發前一天急忙去仁川見了丈夫，申金不知以後會如何發展，所以還把智山帶去。李十萬為他們一家三口準備了獨院，李一鐵凌晨前往碼頭時，申金在栗木町韓屋前與他道別。雖然一鐵和來帶領他的船員以及李十萬準備離去，申金還是沿著階梯走了下去。

「什麼時候回來？要怎麼聯絡你？」

申金對於自己最後竟然問丈夫這句蠢話一直感到十分後悔。在這短暫而寶貴的時間裡，能說的話難道只有這些？所有的離別不過轉瞬即逝，剩下的只是彼此隨風消逝的模糊表情而已。

「不會很久的。」

中金站在階梯看著丈夫轉身離去的背影。李十萬又跟在姪子後面走了幾步。

「我也在考慮要不要去千萬大哥定居的日本，這裡的局勢實在是不穩定。保重身體……過日子嘛，不要太明顯表態。這是我的經驗，你好好活下去吧。」

李一鐵到達海州後，來到中央黨部辦公室。朴憲永知道一鐵到了，所以一直在辦公室等候。他也記得解放前死在獄中的二鐵，回憶起二鐵擔任他聯絡員期間的幾件軼事，簡短地講了幾句話。但朴憲永不是大眾領導人，看不出他情緒上的變化，只覺得他冷靜而無表情。與他的面談十分鐘即結束，隨後一鐵接到其他幹部的指示。根據李一鐵過去的經歷，他是運輸部門需要的人力，所以讓他去平壤。當時留在北朝鮮的火車頭技術人員不到二十人，正式的火車司機只有六人。他被分配到隸屬於臨時人民委員會的運輸部，擔任鐵路職工培訓學校的校長。李一鐵引人矚目的是他不僅曾擔任過京釜線、京義線的司機，而且在安東—新京線的大陸運行上也有豐富經驗，更是堪稱大陸鐵路之花的光號特快列車的司機。最重要的是，他的家人是貧農出身，父親從殖民地產業化初期開始就是勞動階級，一鐵和他的弟弟是徹頭徹尾抗日革命家的成分評價，對他也有很大的幫助。

當時的南韓鐵路除了京釜線、京義線、京元線、咸鏡線等通往大陸的幹線外，支線由私營鐵路公司建設營運，但軌道規格都是統一的。較為特別的是，煤礦和海岸運輸等雖然有窄軌鐵路，但只限於部分地區而已。但是北韓除了幹線之外，山區支線上的窄軌區間較多，各區間沒有統一連接的路線也比較多。北韓的緊急運輸計畫從臨時人民委員會移管至政府後，交通局以一元化的行政體系促進改善和連接這些線路的業務。日本人離開後，鐵路部門的技術人力嚴重不足。交通局的首要目標是改善鐵路並培養技術人員，以盡快投入現場。李一鐵雖然是全國評議會的幹部，但是從南朝鮮勞動黨的政治任務中退出，轉換為技術人力，這也許是他以後的人生中值得慶幸的事情。

李一鐵到達北韓幾個月後，推動左、右合作的中立左派政治家呂運亨在逃過幾次被暗殺的危險後，最終仍被狙擊身亡，後來主張並促進南、北韓協商的極右派民族主義鬥士金九也被暗殺。濟州島在三一節活動當天的偶發性衝突引起示威和罷工，政府還恣意進行屠殺。隔年四月，在濟州島發生人民抗爭後，由受美軍政廳指揮的國防警備隊、警察隊、西北青年團等組成的鎮壓圍剿隊，對平民進行了大規模屠殺。[1]當時掀起逮捕左翼勢力的熱潮，數千人被拘留，地方到處都發生規模不一的屠殺。在美國的影響下，韓半島問題被提交到剛成立的聯合國會議上，南朝鮮實施了分裂政府的國會議員選舉，並宣布以李承晚為總統的大韓民國成立。四個月後，北朝鮮也成立了最高人民會議，並宣布以金日成為首相的民主主義人民共和國成立。南、北韓的國防警備隊和人民保安隊分別改編制為國防軍和人民軍，成為韓半島敵對的正規軍。部分國防軍接到出動鎮壓濟州島暴動命令後，在麗水、順天進行抗命起義，在這一地區左、右派發生衝突，肆意屠殺平民。此後，南韓包括漢拏山、智異山在內的幾乎所有山區，都成為游擊隊的活動根據地，在三八線南、北兩軍的戰鬥成為日常。

李一鐵前往北韓後，申金只得侍奉公公李百萬，並照顧兒子李智山。李百萬待在工坊裡努力製作五金工藝品，申金則將過去勤儉存下的錢全部拿出來，在永登浦市場開了一家小店鋪。她起初被抓去警察局接受了幾天關於她丈夫的行蹤調查，在獲釋後，刑警們偶爾還會突然闖入間村的房子察查，但隨著時間的推移，調查也逐漸鬆懈。不適應北韓革命制度和生活條件的人不斷越過三八線，包括開城在內的首爾附近出現了收容所和集體村。但韓國民眾對於美國軍政的不滿和抵抗也沒有停止過。

李智山希望自己能插班到鐵路運輸學校。鐵路運輸學校只是更換了名字，其實就是過去父親李一鐵就讀的總督府鐵道從業人員培訓中心，教育內容幾乎相同。智山從小就受到爺爺和父親的影響，少年時期乘坐由父親駕駛的特級列車行駛在滿洲的曠野上，是他難以忘懷的強烈記憶。雖然曾經有過進入鐵道局，像父親一樣成為火車司機的夢想，但是解放後經歷了時局的變化，智山覺得這也許是不可能實現的願望。學校調查身分時，發現李智山是被通緝的全國評議會鐵道局幹部李一鐵的兒子，他因此被拒絕入學。

美國召開聯合國會議，推動通過南韓單獨選舉的決議案。這在同盟國之間也引起了強烈的反對，因為這些國家認為美國計劃將韓半島永久分裂，最終將威脅世界和平。在九個獲得聯合國總會授權的臨時委員會成員國中，只有不到半數的四個國家贊成韓國的單獨選舉方針。亦即美國打

1 濟州四三事件，發生於一九四八年四月三日至一九五四年九月二十一日期間，南韓最大規模的國家暴力事件之一，根據二〇〇〇年官方《濟州四三事件真相調查報告書》，造成超過三萬名一般民眾死亡。

著聯合國的招牌決定讓韓國單獨選舉的計畫，大為脫離聯合國原本的創立目的和秩序。面對國土分裂、民族和骨肉至親分離的危機，全國各地憤怒的朝鮮民眾挺身而出。左翼勢力將此稱為二七救國鬥爭。此後，從單獨選舉到南、北分裂政府的成立，雙方進入了加重壓迫和武裝鬥爭的階段，民族主義者的南、北協商也遭受挫敗，最終走向全面戰爭。

從一九四八年正月末開始，李智山就接到民青同志們的聯絡。他是京城地區學生協議會委員，並參與了永登浦民青組織。學生運動成員事先知道全國評議會即將實施全國性的罷工，他們聯合首爾多所學校進行了聯合罷課，散發全國評議會的傳單和張貼宣傳海報，並計劃在舉事當天舉行街頭示威。如同一九四六年大邱的十月抗爭時一樣，全國評議會組織的全國性罷工成為抗爭的導火線。鐵路、電信部門工人領導的罷工使美軍政廳的活動和溝通癱瘓。在首爾，鐵路工人進行了全面罷工，大大小小的工廠都關門。尤其是在永登浦工廠地帶的京城紡織、大韓紡織、朝鮮皮革、鐵道工廠、京城電氣等主要工廠的工人們都展開罷工。在首爾和永登浦市中心，工人、學生、市民反對聯合國委員團訪韓、反對建立單獨政府、要求外國軍隊立即撤出韓半島，前後進行了數十次示威。工人罷工、學生的集體罷課和白領市民都加入示威，全國共有兩百多萬人參與，不僅是大城市，農村郡邑也發生了更為激烈的衝突。

李智山在南大門路和龍山附近的示威中，站在隊伍的最前列，到了當天下午，經過反覆的鎮壓和突破，情勢稍微和緩下來。聽到永登浦正發生更激烈衝突的消息之後，他和幾名學生一起越過漢江大橋。永登浦站前和市場圓環附近人群雲集，天色雖暗，但群眾並沒有散去，而是包圍了警察署、稅務署、區政府等地，守衛政府公署的警察隊進行了威脅射擊。當天，全國有數百人被殺。此後的十天期間又掀起檢舉旋風，不僅是全國評議會的罷工領導階層，民青的執行部、大學、專門中學等學生委員也被通緝，警察和青年團成員到處進行抓捕。當時，全國有八千五百多名工人、學生、市民被捕入獄。李智山躲在離間村不遠的教堂裡，等待宵禁時間，當周圍人跡完全消失，房屋的電燈也漸次熄滅之後的深夜，他才回到家裡。如果敲門發出聲音，鄰居可能會聽到，所以他翻越圍牆。進到院子之後，小心翼翼地邁開腳步，隨著內屋的門開啟，傳來申金輕柔的聲音。

「智山回來了嗎?快進來。」

智山一進屋就癱坐在地上，不由自主地哭了起來。母親靠近兒子，握住兒子的雙手。就像事先知道兒子會回來一樣，她掀開放在炕頭飯桌上的布說道：

「餓了吧?快吃飯吧。等一下，我去熱湯。」

申金下廚房時，工坊那邊傳來李百萬的乾咳聲，爺爺聽到聲響也醒了過來。申金雖然沒有表露出來，但她後來說道，當天朱安媳婦也一如既往地出現，在傍晚時分把她叫醒。她知道兒子會像丈夫一樣離開自己。急急忙忙地吃完飯後，智山對呆呆坐著看著自己的申金說道：

「母親，我想去找父親……」

申金只是坐著，沒有任何回答。不久，她淚眼汪汪，低下了頭，眼淚簌簌地滴到膝蓋上。

「是啊，你想念父親了吧?」

「待在這裡的話，不但會被開除，還會被逮捕。」

她在房間裡踱來踱去，打開衣櫃，開始整理兒子的內衣和衣物。申金去到廚房，將白米和豆子放在鍋裡搗碎成麵茶，放進背包，沉痛地對坐著的智山說道：

「去仁川吧，善玉阿姨會幫你。見到你父親之後……快點回來吧……」

申金摀著嘴強忍哭泣，內屋的門打開，李百萬在房門外面偷聽後走了進來，這時申金才放心地放聲大哭。

「什麼？你說你要去哪裡？」

爺爺走近坐下，雙手拍打孫子的胸膛喊道：

「哎呀，你這傢伙，你們這些壞傢伙啊。」

離家之前的少年和母親、爺爺之間沒有什麼對話。爺爺和母親依次接受了李智山的大禮，李百萬呆呆地站在院子裡，智山出門前，申金對他說：

「你也應該跟奶奶道別……」

智山很快就聽懂這意謂著什麼。如果是平時，他可能會苦笑著說「欸，我才不信」，然後跑掉。但當時他立刻擺好姿勢，面對大門旁的牆壁跪在地上行大禮。在他即將走出家門口時，申金靠在兒子的耳邊輕聲說道：

「快點回來和媽媽一起生活吧！」

李智山說那就像什麼咒語一樣，一直在他耳邊縈繞。

智山經過海州到達平壤時，父親在車站迎接他。李一鐵身穿工作服，戴著陌生的列寧帽，面無表情，沉默寡言。父子倆坐電車去了鐵道員學校，智山在學校餐廳和父親一起吃了晚飯，在校長室喝麥茶，聊起過去這段時間的工作和家事。當聽到申金在永登浦市場開了店鋪時，父親抬頭看了看天花板。李一鐵向兒子問道：

「你說你想當鐵道員？」

「是的，我一天也沒有停止過當火車司機的想法。」

「鐵路斷了，如今已經沒有人能保護你母親了。」

然後他又說道：

「總之你要好好學習，目前鐵路運輸是國家最緊迫的課題。」

隨著一名教員來帶智山去宿舍，父子之間的對話就此結束。

李智山在接受為期六個月的短期駕駛員培訓課程期間，曾與父親見過四次面，其中三次一起吃飯，剩下的一次是接到命令前往派駐地之前，父子倆在校長宿舍裡一起過了一夜。

智山被分配到平元線的貨物部，兩端的終點各為鎮南浦和元山。他在見習期間擔任鎮南浦和平壤間貨物火車頭的駕駛助手，見習結束後成為平壤至元山的貨物列車助手。京義線是行駛在平原上的路線，但往北行駛的鐵路在義州中斷，南端無法前往開城，只能停在平山，亦即再也不會有像父親一樣在廣闊的滿洲原野上行駛的機會了。運輸部為了將貨物運輸提高到解放前的水準，鼓勵進行全天候工作，最重要的是軌道的維修和連接工作，連當地的農民也加入進來。鐵路沿線及所有火車頭均用紅漆寫著「生產突擊」口號。在平元線上往來的期間，山岳地帶艱苦運行，繞過彎路，沉悶而無聊的日子持續不斷。

李智山還記得第一次聽到戰爭爆發的那一瞬間。他在宿舍睡醒之後就接到通知，要求所有鐵路工作人員在操場上集合。黨幹部上臺宣布「祖國解放戰爭」爆發，「無敵不敗的人民軍」勢如破竹，突破三八線，正進軍首爾。幹部強調，從現在開始，所有鐵路工人都要成為革命戰士，投身於補給戰線。智山當時只有十八歲，戰爭初期繼續在平元線上擔任貨物列車助手。七月末，智山晉升為司機，並接到前往南朝鮮大田待命的命令。

當時，李一鐵從鐵道員培訓學校校長調任為運輸部幹部。智山去平壤調車場附近的鐵道官舍見父親，那裡已經被炸成斷垣殘壁。房子倒塌了一半，只剩下一個房間，在置放石油爐的荒廢宿舍裡，一鐵做飯，煮著豬肉豆腐燉湯，飯桌上還有燒酒。

「恭喜你，聽說你被提升為火車司機了？」

智山只是淡淡地回答是，毫無任何感動。他低頭注視父親擺好的飯桌，兩碗剛盛好的飯、一碗泡菜，中間放著燉菜大鍋。兩個鋁製碗放在各自的飯碗旁邊，那就是酒杯。父親先給兒子倒酒，然後遞出自己的杯子。智山在一鐵的杯子裡倒酒，他們互看了一眼，然後一飲而盡。

「你今年幾歲了？」

「十八歲了。」

「啊，原來如此。都能當上司機前往戰場了，究竟是歲月過得太快，還是世道無常？」

「據說只要洛東江戰線被打通，馬上就能實現統一。」

智山喃喃自語，一鐵用手指在孩子的頭上撓了兩下。

「你看，都開始長鬍子了。你的臉上慢慢出現一鐵那傢伙的樣子了。」

他們默默地喝著酒，一鐵呆呆地看著智山說道：

「這裡是異地他鄉，你絕對不能死啊。」

父子倆那天晚上喝得酩酊大醉。父親小聲唱起流行歌曲〈新羅月夜〉，還唱了歌曲〈山茰花〉。智山是第一次喝酒，還喝多了，當場倒下睡著。凌晨口渴醒來，父親蜷縮著睡在旁邊。雖然不冷，但智山還是拉起垂在腳下的被子，給父親蓋上。

父子在平壤鐵道官舍前道別時，李一鐵輕輕拍著兒子的肩膀說道：

「回去你母親那邊吧……」

✣ ✣ ✣

李鎮五在夢中看到肩膀寬闊、高個子的女人，以及與她形成鮮明對比，肩膀狹窄、瘦小的女人，兩人並排站著俯視他。

「呃？妳們是誰？」

鎮五喃喃自語抬起頭來，個子較小的女人伸出手來按住他的胸口。

「再睡一會吧，離太陽升起還遠著呢。」

是申金奶奶。

「會有好消息的。」

申金奶奶的模樣、聲音與生前一樣，穿的衣服也是去市場的時候經常穿的白色襯衫和便褲。旁邊的老奶奶大概是經常來到她身邊的朱安媳婦曾祖母，她穿著沒有衣帶的白上衣和黑色裙子。與頭髮斑白、全身萎縮的兒媳申金相比，朱安媳婦曾祖母顯得更年輕，頭髮也更黑，看起來十分健康。她們對著鎮五笑了笑，轉身向空中走去。

「奶奶，您要去哪？奶奶，我跟您一起走！」

李鎮五喊著，試著立起上半身，但四肢卻無法動彈，因為身體被包在睡袋裡。他拉下拉鍊，仰望著帳篷的下擺躺了一會，肩膀感受到初夏夜晚令人心情愉悅的清涼空氣。

曾祖父李百萬在鎮五小學畢業的那年去世，享年七十八歲，以當時來說算是高壽。鎮五雖然沒能為他送終，但後來聽奶奶敘述，他臨終前呼吸急促，對兒媳說對不起，連喊兩次一鐵、一鐵這個長男的名字後停止呼吸。李鎮五還記得父親李智山跟隨爺爺李一鐵去了北韓，在歷經千辛萬苦，失去一條腿回來後，與曾祖父李百萬一起在工坊工作的歲月。從兩人在工作中嘰嘰咕咕交談的往事中，鎮五知道了爺爺李一鐵和叔公李二鐵的過往。對於奶奶來說，父親李智山始終是珍貴而稚嫩的兒子。父親李智山給從市場回來的母親按摩肩膀，並交頭接耳地談話。智山曾經幾次給申金講過這樣的內容：

大田站在美軍轟炸機數次的空襲下完全破壞，臨時軌道被隱藏在東北部的郊外。白天用樹枝和草堆偽裝起來，但太陽下山夜幕降臨時，軌道就會運行。大田—沃川區間是第一區間，從沃川經過黃澗隧道，繞過溪谷到秋風嶺是第二區間。軍需物資的運輸路線等同於生命線，途中中斷的鐵路和橋梁被地區農民和人民軍工兵連夜修復。天亮後，列車在幾層偽裝網和草木的遮擋下，停在山坡和彎道上。白天前往前線的物資和增援兵力沿著鐵路邊的行軍路以及附近小山脈，由勞務隊扛著擔子徒步經過。途中從中斷路口運來的物資，用車、背架或木刀裝在草叢中的貨物車廂裡。智山在鐵路旁的樹蔭下睡覺，睡了整整一個下午。他徹夜駕駛火車，往返於嶺東之間搬運貨物數十次。他被軍歌聲吵醒後往下看，剛好看到穿著新軍服、戴著軍帽，背包上插著雜草的一隊義勇軍經過當地。這些人幾乎都是在南韓入伍的年輕新兵。智山醒來後喝了一口水壺裡的水，無意中看了一眼隊伍，突然站起來衝了下去。

「善玉阿姨！」

朴善玉穿著還散發土布味道的新軍裝，肩上佩掛帶有三顆小星星的上尉階級肩章。善玉脫下被汗水浸溼的帽子，握住智山的手。

「哦哦，智山啊！」

智山從她左胸上的徽章看出她是政治軍官。兩人暫時坐在路邊的樹蔭下，互通了彼此知道的消息。智山講述身處平壤的父親消息，朴善玉則敘述了永登浦和申金的事情。她正向洛東江戰線移動，兩人在很短的時間內談論活著的人和死去的人的情況。她說起曹永春的消息時，紅了眼睛，淚水浸溼兩頰。智山也記得這位曾來過鐵道官舍和間村家的楊平洞叔叔，對於父親或死在獄中的叔叔而言，曹永春一直都是最親近的活動分子，也是個令人熱血沸騰的人。他在戰爭爆發的幾個月前與金三龍等人一起被捕，關押在大田刑務所，後來被槍決。智山談到在平壤偶然與父親見面的永登浦全國評議會支部長安大吉，他被捕後關進西大門刑務所，後來人民軍先鋒部隊以坦克為先導，全面占領開城和首爾刑務所，安大吉也因此成為幾名左翼活動分子中倖存下來的人之一。短髮、臉龐曬黑的朴善玉握著智山的手說道：

「我們一定要勝利，然後凱旋回家。」

「好，注意身體健康。」

善玉走了幾步又回頭，然後拔下插在耳邊的髮夾遞給智山。

「見到申金姐姐的話……把這個轉交給她。」

智山把髮夾放在上衣口袋裡，但幾經生死，最終不知去向。最後被分配到洛東江戰線的義勇軍新兵大部分都沒能回來。

美軍登陸仁川導致戰線崩潰，一直到開始撤退時為止，鐵路運輸隊始終致力於通過嶺東—黃澗之間漫長而狹窄的溪谷到達秋風嶺的補給作戰，但後來只穿梭於通過黃澗隧道，從秋風嶺到金泉的溪谷入口這一較短區間，戰況變得非常緊急。有一天工作到淩晨，火車駛出黃澗隧道，正駛向狹窄的溪谷盡頭時，戰鬥機編隊飛來，開始對地面攻擊。智山看著炸彈在火車頭前方爆炸，他急忙拉動停車把手，鐵輪在鐵軌上發出刮擦聲後滑行，火車頭正面隨著一聲巨響，一股巨大的黑煙撲面而來。火車頭向上衝，偏離軌道側翻。第二天他清醒過來時，人已經在美軍的野戰治療所帳篷裡。直到那時，他的右腿還纏著繃帶連接在身上。但在他被轉移到後方之前，延遲治療的右腿被毫不留情地鋸斷，他有好長一段時間一直想伸手去撓他消失的右腳大拇趾。

在戰俘營裡，李智山被歸類為病患，免除所有工作，和其他傷員關押在一起。停戰談判後，收容所當局對俘虜進行了分類審查。坐在美軍軍官旁邊的韓國軍隊審查官問智山：

「你的地址是首爾永登浦。如果被釋放，你會去哪裡？」

李智山簡單回答道：

「我會回家。」

智山回到永登浦間村後過了兩個月，雖然不知道是否屬實，但南韓的廣播和報紙大幅報導了朴憲永和南朝鮮勞動黨幹部被捕的消息，據說是平壤廣播發表的內容。第二天，李百萬叫他買一升米酒回來，就著泡菜和豆腐，爺孫倆第一次喝酒。李百萬一言不發，只是喝著米酒。酒都喝盡的時候，李百萬只說了一句話。

「不知道一鐵過得怎麼樣……」

被李鎮五稱呼曾祖父的李百萬去世，他的父親李智山雖然身殘，但獨自守在工坊中生活。隨著傳統家庭手工業金屬工藝逐漸衰退，父親李智山和母親尹福禮一起去市場經營服裝店，奶奶申金在家的時間也變多了。父親李智山拄著拐杖，身體不便，但也活到將近七十歲才過世。申金先送走了兒子，她活得更長，直到九十歲才去世，所以鎮五和她告別也不過是五年前的事。所有這些事情都發生在他們家人生活的同一時代，那是如同驚濤駭浪般急速流淌過深谷的歲月。

上週，李鎮五煙囪靜坐示威四百天的紀念文化節，在發電站圍牆外的空地舉行。在他爬上煙囪的一年多期間沒有任何反應的公司，三天前卻傳來消息，要求與他們見面。其實勞資雙方的要求條件和協議事項在數年的爭議過程中反覆了數十次，因此根本沒有必要再次確認。但由於當年是八一五光復七十週年，也許是執政黨希望將勞動界和市民社會一直要求解決的勞動者長期靜坐示威問題在七月底前進行整理，否則公司不可能突然改變想法，提出進行協商的要求。公司由會長和專務出面，工會這邊則是由擔任金屬工會事務處交涉委員長和解雇者代表金昌洙與會。公司承諾將新設子公司，繼承雇用，保障工會活動，並將在明年年初之前達成團體協議。亦即如果工會不再引起騷亂或爭議，靜坐者從煙囪上下來，公司就會徹銷此前追究民事、刑事責任的告訴。他們擬定了一份協議書，並將協議內容告知媒體。李鎮五的公司同事、一起從事工會活動的同齡金昌洙，立刻用手機向他傳達了達成協議的消息。

在李鎮五爬上煙囪的第四百一十天，他們向警方通報靜坐示威即將結束。工會表示將在煙囪下舉行歡迎大會，但警方則主張靜坐者此前擾亂治安、妨礙業務，因此必須先接受法律處罰，而活動只能在圍牆外的空地上進行。對此，工會認為如果警方堅持此一做法，則不會停止靜坐示威，並將抵抗不正當的公權力。下煙囪的前一天，工會與記者們依次進行電話採訪，他們發表聲明表示，示威者忍受一年又四十五天的惡劣生活條件，進行世界最長期的高空靜坐示威，如果警方不顧勞資協議，逮捕並將其送到拘留所，將成為向全世界暴露韓國政府非人道處事的不幸事件。在這種僵持狀態下，天色已亮。

李鎮五起床後立即解開掛在欄杆上的繩子，收起蓋在上面的防水布，還拆掉露營帳篷，並將被褥依次疊好用繩子綁好。這段時間生活必需品漸次增加，各種各樣的東西非常多。他有兩個學生們放在桌上使用的雙層書櫃，每個格子裡都放著書籍。剪開後當作花盆，種植花草、生菜的寶特瓶有將近十個。還有刀、扳手、鐵鎚、鉗子、螺絲刀等工具。再加上換季後，沒來得及運下去的冬季防寒服。他收拾行李，看起來像是要搬宿舍一樣。他俯視成排綁在欄杆上隨時與他對話的空寶特瓶，放聲叫出寶特瓶的名字。

「小理髮師、鎮基、英淑姐、朱安媳婦鬼魂奶奶、神通廣大的申金奶奶。」

此刻不會再有人出現，因為他們也應該知道他即將回到地上的活人領域。鎮五無法把他們和其他垃圾一起扔掉，他一屁股坐下，用小刀把名字切下來，並把那些碎片分別收起來，珍藏在口袋裡。

天色慢慢亮起，早晨到來。鎮五在漫長的冬天過後，從春天開始又恢復三套動作。他做伏地挺身，邊抬起上身，雙腿併攏，以坐姿蹲下，再站起來，抬起手臂，猛地跳起來。重新擺好坐姿，伸展雙腿，再回到伏地挺身。冬天結束，春天重新到來的時候，他連做十個動作也很累，但現在可以輕鬆做二十次，體力好的時候可以超過這個極限，再做兩、三次，有時候可以再做五次。他今天好不容易做滿二十次就停止動作，站起來自言自語，這是厭煩了？還是力氣用盡了？

他重新整理行李，把要扔的東西單獨放。昨天已經把行李裝在從下面吊上來的紙箱裡，他坐在上面等候。到了八點，老金和老么小車一起揹著休息處廚房準備的早餐過來。他像往常一樣靠在欄杆上，俯視著他們進入發電廠正門，然後向煙囪靠近。看到他站在欄杆前，老金和小車揮了揮手，鎮五則舉起雙臂左右揮動。值班的警察大致檢查了一下他們拿出來的東西，鎮五放下滑輪上的繩子，早餐送了上來。小車用手圍在嘴邊喊道：

「如果上午跟警方達成協議的話，兩點就可以下來了。」

老金也喊了一句：

「我再打電話給你。」

他們順著原路走出正門，過了一會，手機嗡嗡作響，是老金打來的。

「雖然很無聊，但再忍耐一下。」

「都四百一十天了，湊到五百天吧。」

鎮五雖然笑著說道，但事實上，他一看到同事們，激動的心情就像想小便一樣，從小腹緩緩上升到心臟。

「警察到昨天為止還沒有改變立場，等你下來之後，今天下午三點我們會舉行歡迎大會，到時就可以跟大家見面了。」

「如果想抓我，那我就住進去嘛。」

聽到鎮五的話，老金的聲音和語調為之一變。

「你在說什麼鬼話？在這種局勢下，我們取得了寶貴的勝利。不只是工會會員，還有千萬名勞工在看著你。你得想想其他歷經長期鬥爭的工廠，這不僅僅是我們的鬥爭而已。」

「謝謝啦，只不過是開個玩笑。」

雖然這樣搪塞過去，但鎮五的鼻子酸酸的。

鎮五認真吃了早餐，還得等到中午。雖然老金讓他想一想其他長期鬥爭的工廠，但鎮五比任何人都清楚。重工業、電子、汽車公司等眾多企業沒有遵守勞資協議。即使達成了協議，資方也不知道什麼時候會反悔，並經由建立御用工會來分裂和削弱民主工會，或者動員勞務流氓與國家公權力來破壞工會。甚至還有人自嘲說協議是為了被打破而簽的。所以，我們真的贏了嗎？

中午時分，兩名負責休息處廚房的女性被解雇者拿著飯菜背包來到這裡。

「好久不見，其他人都去哪了？」

鎮五在煙囪上大聲詢問。其中一個人把手圍在嘴邊喊道：

「有幾位去警察局了，工會正在準備活動。」

飯籃吊下去又吊上來，他真不敢相信這是最後一頓飯。他拿起裝有湯水的熱水瓶，倒進飯碗裡。因為覺得如果不泡飯吃，今天似乎會嚥不下去。休息處的女性們在下面等待他結束用餐，這一點也讓他無法安心吃飯。飯籃吊下去之後，她們也揮手離開了。到了一點，發電站的圍牆外開始喧鬧起來，警察巴士陸續出現，在每個玻璃窗上設置鐵絲網的警察巴士好像有十幾輛。車輛沿著發電廠的圍牆排成長龍，車門打開，從公車上走下來的警力排著長隊，按照口令步伐向正門湧來。他們都穿著嚴實的鎮壓示威抗議者的裝備，頭上戴著頭盔，身穿厚厚的防護服，配戴棍棒，另一手拿著盾牌。他們的隊伍停在煙囪下面，圍住四周，從正門方向過來的路也被切斷。另一隊堵在正門前，在隊伍前面設置粗鐵管路障。手持對講機的便衣警察和身穿輕便服裝、只戴著頭盔的機動隊在警備室後面待命。隨著一聲巨響，一輛笨重的起重機緩緩駛來。機動隊移開路障，敞開正門，起重機小心翼翼地緩慢通過，進入煙囪下面的空地後停了下來。最後，看似警察現場指揮車輛的小型貨車出現，包括身穿制服的警監在內的幾個人下車，他們走進了警衛室。

從遠處傳來擴音器的聲音，進行曲風格的勞動運動歌謠聲音嘈雜，隨後出現勞動者的隊伍。他們在大門附近朝擋在前面的義警走來，義警們用盾牌將路口圍得嚴嚴實實，阻止他們前進，工人的隊伍在盾牌正前方開始高喊口號。警方用擴音器發出警告：請遵守秩序，在允許的地方集會，如果鬧出事端，會依法加以懲處。

老金走到舉著盾牌的警察隊伍左側，對像是指揮官一樣的人說了些什麼，然後跟著他通過正門。他走進了警衛室，好像彼此都確認了什麼。老金一出來就打手勢，老鄭、老朴、小車等靜坐示威當事人以及李鎮五的母親尹福禮和他的妻子從示威群眾中走出來，進入了正門。他們走到煙囪下面，站在警察中間向煙囪揮手。尹福禮說：「辛苦了，我的兒子！快下來吧！」妻子舉起雙手瘋狂地搖著，然後兩個女人抱頭痛哭。在發電站後面的空地上，市民團體的聯合文化活動開始進行。透過手機，金昌洙對鎮五說道：

「在警方撤回拘留之前不要下來，聽說現在上級正在研究當中。」

「知道了，從現在開始就是夏天了，我還能堅持下去。」

三個小時後，起重機才開始啟動。老金和老鄭坐上去，兩名刑警也跟著。起重臂碰到欄杆後，老金先下，老鄭則擋在刑警前面。

「給我們一點面談的時間。」

刑警們可能是因為不願意上去狹窄的煙囪露臺，緊緊抓住起重臂的鐵欄杆說道：

「快點結束吧！」

老金向鎮五低聲說道：

「警方大言不慚地說逮捕令已經下達了，不能撤回。我們今天無論如何也要拖延時間，讓大家都知道這件事，他們因為輿論壓力，不會把你留置多久的。怎麼辦，你家人都在下面，連頓飯都沒能一起吃……」

「我已經叫她們待在家裡，我母親幹嘛跟著來呀，真是的。」

「知道了吧？如果要把你拖走，你就直接躺在地上，拖延時間，要盡量抵抗，我們也會拚命。」

他們把收拾好的行李搬上起重機，同事們也幫忙接住。起重臂開始慢慢下降，老鄭從背囊中取出無線迷你手持麥克風遞給鎮五，刑警伸出手想抓住他。

「哦，不行，你們這是違反約定。」

「在這裡發生衝突的話，會有生命危險的。」

在老金警告下，刑警們都退後一步。李鎮五開始向聚集在牆外活動現場的群眾高喊起來，說明他登上煙囪的理由、靜坐示威中最開心和最悲傷的事情，還有在各種鬥爭現場死亡的勞動者的名字。當他喊出這些名字時，人群也跟著他喊出死者的名字。

「我在空中度過了數百天，見到了珍貴的星星。」

鎮五用手指著快要日落的天空。

「他們化身為星星，在那裡看著我們！」

吊車緩緩而下，圍牆擋住了他的視線。

✤ ✤ ✤

李鎮五幾經周折，大約在一個月後獲釋。根據協議，解雇者中堅持到最後的十一人即將復職。他們在首爾集合，坐長途巴士到地方的工廠去。工廠裡只剩下幾臺生鏽的機器，不見其他工人。說是宿舍，但也只是廢棄了很久的住宅，牆壁上長滿黴菌，塑膠地板被掀起，還有很多凹陷的地方。氣憤的他們打電話給總公司，但是沒能和高層通話，基層職員只是重複了幾次同樣的話，說馬上會招募新職員，派到地方去，在此之前讓他們耐心等候。他們失落苦笑，互相爭吵。有幾個人離開了，只剩下幾個人。離開廢墟，在長途巴士站分道揚鑣之前，他們把燒酒分著喝完。最後剩下的三個人互相避開對方的視線，只是看著燒酒杯。一直低著頭的老金看向鎮五低聲說道：

「再上去吧，這次我來。」

老么小車說道：

「我也要。金前輩，我也要上去。」
言止於此，再也無人說話。

作家的話

正如我從很久以前就說過的，關於《鐵道家族》的構想始於一九八九年訪問北韓時在平壤聽到的某位老人的故事。在北韓當局的引導下，我們訪問了平壤百貨公司，在與女性總經理打過招呼後，見到負責現場嚮導的副總經理。有傳聞說，總經理在戰爭期間為供應某個地區的生活必需品起到了很大的作用，因此可以推測，上了年紀的副總經理也是在物流或運輸方面表現出自己過人實力的人，所以直到老年為止，還一直擔任部門負責人。

我注意到他說的一口道地的首爾話，而且他使用的不是最近的標準語，而是首爾話的老式口音和單詞。我問他的故鄉是哪裡，他回答說「首爾」，我又問「首爾哪裡」，他回答「永登浦」。永登浦是我的家人一九四七年離開平壤，越過三八線南下定居的地方，也是我到高中時期為止，度過了大部分青少年時期的地方。我們並沒有在百貨公司裡參觀陳列的商品，而是談論以前的永登浦。他和我對永登浦的回憶在兩人之間引起了共鳴。我當時是剛進入國民學校的小孩，他是全國工會評議會所屬的鐵道司機，我們曾經在同一時間、同一空間中生活過。例如，位於他居住的區域和我們村子之間的日據時期小學發生火災，建築物被燒毀，木製建築的廁所也被燒了，臭味充斥整個村子好幾天，對於我們清楚地記得同一件事，彼此都覺得很高興。

幾天後，我向招待所的監視員懇求，得以在大同江邊水產市場與那位同鄉老人見面，一邊喝著燒酒，一邊聽他的人生故事。他講述了父親在永登浦鐵道工廠工作、他進入鐵道學校，以及他駕駛火車往返於大陸的故事。他記得在滿洲無邊無際的黑色原野上如臉盆般大小的紅太陽西沉、隨風飄蕩的高粱田、大小如同嬰兒頭部漫天飛舞的大雪花、朝鮮美麗的山河和山谷、佇立在原野上的美麗簡易車站等既抒情而又感人的故事。他也講述解放後，全國評議會受到美軍政府的壓迫，他帶著兒子逃到北韓，十多歲的少年兒子在戰爭爆發後，結束短期速成教育，成為火車司機，在接到運送洛東江戰線軍需物資的任務後下落不明，再也沒有回來等故事。對於這個故事，我寫寫停停，前後花了三十多年的時間。按當時的年齡估算，那位老人可能已經去世了。

我在閱讀我們的近現代文學時，發現有些地方是遺漏的。與短篇小說相比，質量和數量明顯下降的長篇小說，其中反映近代產業勞動者生活的小說寥寥可數。在日據時代暫時存在的卡普[1]痕跡中，大部分都是短篇小說或談論城市貧民、勞動零工或無業遊民階層的作品，可以說沒有以產業勞動者為主角的正式長篇小說。即便是最近的長篇小說，大部分也都是以農民為主的作品。

我在查閱這一時期的勞動運動資料時，才知道殖民地時代以來，朝鮮的抗日勞動運動理所當然地是以社會主義思想作為基本的出發點。然而，隨著解放與國家分裂，展開生存權鬥爭的勞動者們被譴責為「赤色分子」。韓戰爆發後所形成的世界性冷戰體制，及隨後數十年的開發獨裁時代，所有勞動運動都被認為是「赤色分子運動」。我們經歷了漫長的分裂時代，一提到北韓就很難認為其擁有民族正統性，與此同時，南韓民眾在成為近代化的主體、實現產業化、建立民主主義體制的過程中，自然而然地具備用血、汗實現的正統性，然而，至今也仍有所不足。從這點來看，也許直到民族統一的那一天，南、北韓的正統性爭論仍需雙方克制。但如果我們能夠克服並填補自己的不足之處，同時能夠包容北韓，引導其變化，那或許將是邁向理想的和平統一之路。

從韓半島延伸到大陸的鐵路是殖民地現代化以及帝國主義的象徵，世界近代以開闢鐵路的歷史起始。我想探究從殖民地時期以來就處於分裂，並生活在後資本主義全球化體制的韓半島，過去一百多年當中勞動者的夢想是如何變形和扭曲的。雖然勞動者失去或隱藏了階級意識，但他們的生活條件並沒有太大的變化。我想如同進入夢境一樣描繪人類的大小事。比起歷史事實，更想用個人的日常軼事來創作故事情節，描繪一個以永登浦為中心的民譚世界。雖然歷史事實偶爾會妨礙這種嘗試，但對於抗日勞動運動家的活動，也以過去的敘事方式進行了書寫。這本書偶爾會有嚴肅的時候，但過去的故事就像褪色的照片或古董一樣，似乎柔和地包裹著尖銳而鮮明的事實。

1 朝鮮無產階級藝術家同盟（Korea Artista Proleta Federacio，統稱KAPF），成立於一九二五年八月，一九三五年五月二十日解散，是社會主義文學團體，以階級意識為基礎、有組織的無產階級文學和階級革命運動為目的。

我想將文學史中遺漏的產業勞動者推到讀者面前，透過他們近現代一百多年的生活歷程，揭示現在韓國勞動者的生活根源。此外，我也希望這能成為歷經風雨歲月的韓國文學高塔的一塊基石。有些人說，現在進入混亂的新自由主義世界，是資本主義世界體制沒落後走向其他秩序的過渡期。減少或延長這種痛苦的時間，完全取決於我們自己的努力。在浩瀚的宇宙時間裡，我們生活的時代和生命的痕跡也許只是幾粒塵埃，雖然世界變化得極其緩慢，但我不想放棄能變得更好的期待。

這本小說在《Channel Yes》的版面連載時，原書名為《Mater 2-10》，那是山岳型火車頭，現在如同分裂的化石一般，被放置在統一公園內的火車頭編號。但是編輯們認為讀者可能會覺得很陌生，所以決定以更容易、大眾化的《鐵道家族》[2]為書名。這個書名是我長期以來的暫定書名，算是回到了最初的題目。

我在寫這部作品時得到很多幫助。我要向提供《韓國鐵路百年史》（鐵道廳，一九九九）和《永登浦區誌》（首爾特別市永登浦區，一九九一）等資料的KORAIL和永登浦區廳表示感謝。另外，金京一教授的《日本帝國主義統治下的勞動運動史》（創批，一九九二）和《李載裕研究》（創批，一九九三）成為具體展示日本帝國主義強占時期勞動者鬥爭和生活的珍貴資料。安宰成作家的《京城三駕馬車》（社會評論，二〇〇四）和他的其他作品一樣，對我有所幫助。此外，還有姜萬吉教授的《日本帝國主義時代貧民生活史研究》（創批，一九九五）等很多資料，在此不一一列舉。

感謝經由宋慶東詩人介紹認識的車光浩金屬工會前文會長。他就是在煙囪上靜坐示威四百〇八天的主角。他把自己的日常生活，例如「三個動作體操」作為身體動作，詳細地告訴了我。我也想向KTX司機孫敏斗表示感謝，他數次允許我進入駕駛室，讓我體驗到多條鐵路線的駕駛前排座位。經他介紹認識的姜惠珍老人畢生都是蒸汽火車時代的司機，他向我說明了蒸汽火車頭的結構和駕駛技能。尤其是他在展示蒸汽火車的場所進行了數次示範，並說明了火車司機的工作和生活。

在執筆的過程中，我幾次在永登浦我長大的社區附近走動。雖然首爾周邊任何地方都很類似，但在保留老巷子和老建築的地方，我停留了非常久，看看來往的人群中有沒有熟悉的面孔。有時，我忘卻的過去記憶浮現出來，母親、姊姊、弟弟以及早逝的父親等當時的情景出現在巷子、市場拐角或故居的舊址上。

比起將眾多資料中出現的韓國史著名人士當成登場人物，我更關注的是在其中留下名字，但卻成為事件中如塵埃般的勞動者們。這本小說中登場的活動分子都是獻出身心，履行賦予自己微小角色的無名勞動者。身為作家的我雖只能在想像中描繪出來，但他們是存在於警方報告、法庭紀錄及其他檔案中，無數只有名字的民眾集合體。

這部小說關於我的故鄉，也充滿我童年的回憶，同時也是這個時代勞動者的故事。我想用這

2 原韓文書名철도원 삼대直譯為《鐵道員三代》。

部小說填滿韓國文學的空白，獻給韓國勞動者。

最後，感謝執筆期間給予我各種幫助的益山友人，特別感謝從住處到日常細心照顧我的圓佛教徐宗明教務。我也要對從構思初期開始就給予我資料支援以及鼓勵的創批編輯群的辛勞表示感謝。

二〇二〇年五月 彌勒山山麓　黃晳暎

導讀　韓國文學的實力與底蘊——黃晳暎與他的《鐵道家族》

崔末順（國立政治大學臺灣文學研究所教授）

黃晳暎被譽為韓國最受讀者推崇的真正「說書人」，也是當代最具影響力的作家之一。他於一九四三年出生於滿洲長春，畢業於東國大學哲學系。高中時期，他以短篇小說〈立石附近〉榮獲《思想界》新人文學獎，初展文壇才華。一九六四年，他因參與反對韓日國交正常化[1]會談的示威活動遭警方拘留。此後，他曾在捕魷魚船和麵包工廠等處謀生，過著漂泊不定的生活。後來，他為了追求修行之路而入山，開始了一段行者生涯。最終，他入伍服役，新兵教育完訓後被分派至海軍陸戰隊，旋即隨著部隊赴越南參戰。以這段經歷為基礎，他創作了短篇小說〈塔〉（一九七〇），並獲得《朝鮮日報》新春文藝獎，自此正式踏上文學創作之路。一九八〇年，雖未親身經歷光州事件，但為掩護光州事件紀錄者們的安全，於一九八五年同意掛名出版《五一八．光州！光州！》。[2]一九八九年，他訪問北韓，一九九三年歸國後因相關事件被判刑七年，[3]直至一九九八年獲特赦出獄。黃晳暎的生命歷程與韓國現代史緊密相連，他的作品不僅反映個人經驗，也為歷史留下深刻見證，堪稱韓國現代史的重要紀錄者。

一九八九年，他憑藉深刻探討越南戰爭本質的長篇小說《武器的陰影》榮獲萬海文學獎；二○○○年，他以描繪社會主義崩潰後，人們在變革夢想中奮鬥的長篇小說《悠悠家園》再度摘得丹齋獎與怡山文學獎；二○○一年，他以黃海道信川大屠殺事件為背景的長篇小說《客人》又贏得大山文學獎。他的小說不僅在韓國廣受好評，亦被翻譯成多國語言，風靡全球。[4]

其中，《客人》、《沈清，蓮花之路》和《悠悠家園》曾入圍法國費米納文學獎（Prix Femina），而《悠悠家園》更在法國與瑞典被評為「年度圖書」，備受好評。此外，《日暮時分》榮獲法國愛彌爾・吉美亞洲文學獎（Prix Émile Guimet de littérature asiatique），亦入圍國際布克獎，展現其深厚的文學底蘊。二○二四年，他的作品《鐵道家族》更入圍國際布克獎最終候選名單，獲得國際文壇的高度評價與讚譽。在臺灣，早在一九八八年，作家陳映真便出版了《當代世界小說家讀本32—黃皙暎》，這套文集以第三世界文學的視角探討臺灣社會對美日資本主義經濟侵略，以及國家主導工業化下民眾生活現實的認識與反思。儘管《悠悠家園》隨後在臺灣出版，相較於黃皙暎在韓國文壇的影響力及其豐富的作品產出，臺灣對他的介紹與討論仍然有限。然而，近期這部橫跨韓國百年歷史的鉅作《鐵道家族》問世，使臺灣讀者得以進一步感受韓國文學的深厚底蘊，並領略黃皙暎所展現的敘事魅力。

黃皙暎的小說橫跨朝鮮後期、殖民地時期至近現代，時代背景極為廣闊。他的作品不僅深入刻劃封建社會的矛盾，也涵蓋韓國現代史中的重大悲劇，如戰爭與分裂、冷戰時期的動盪，以及對民族統一的渴望，甚至延伸至新自由主義時代，探討人類無限膨脹的消費欲望。作家始終深入社會矛盾的核心，剖析各個時代的關鍵議題：《張吉山》（共十冊）這部大河歷史小說生動描繪朝鮮時期抗爭民眾的故事；一九七〇年代的中短篇作品，如〈客地〉、〈森浦之路〉、〈豬夢〉，則細膩展現急速工業化、現代化與城市化過程中，離農勞工與被拔根都市貧民的生存困境；《武器的陰影》深入探討越戰的本質與背後意涵；《江南夢》則赤裸呈現韓國資本主義核心地區——江南的形成過程，以及其中人們的欲望與掙扎。《客人》聚焦韓戰期間聯合國軍隊虐殺韓國人民的歷史事件，《鉢里公主》描寫脫北女孩在九一一事件與阿富汗戰爭背景下的生命際遇，而《沈清，蓮花之路》則觀照十九世紀東亞歷史，反思時代變遷中人們的處境。這些作品無不展現他對民眾生活的關懷、對民族命運的關注，以及對韓國歷史變遷的深刻洞察，貫徹其一以貫之的社會關懷與歷史視野。

二〇二〇年出版的《鐵道家族》以三代鐵道員的家庭歷史為基礎，深入探討韓國近現代的勞動運動史。這部作品源自黃晳暎一九八九年訪問北韓時聽聞的一名鐵道員故事，經過三十年的沉澱，最終化為小說呈現於讀者眼前。故事從韓國鐵道誕生之初講起，經歷朝鮮戰爭，描繪三代鐵道工人與火車司機的生活軌跡，並延續至二〇一五年，講述他們的後代在高空抗議中的奮鬥。小說透過這一連貫的歷史視角，呈現殖民時期以來韓國勞動者的命運與處境。正如小說末尾〈作家的話〉中所言，本書「將文學史中遺漏的產業勞動者推到讀者面前，透過他們近現代一百多年的生活歷程，揭示現在韓國勞動者的生活根源」。小說的主要背景——永登浦與仁川，皆為韓國勞動運動敘事中的關鍵地點，而這兩地之間的連繫則可追溯至一八九九年開通的韓國第一條鐵路——京仁線。鐵路作為現代化的象徵，不僅融合了西方資本主義與科技，更成為日本殖民統治的基礎。黃晳暎敏銳地捕捉到這一歷史脈絡，並將其描繪得淋漓盡致。

小說以一名被解僱的勞工李鎮五的故事拉開序幕，他爬上相當於十六層樓高的發電廠煙囪，展開一場高空抗議。當他所任職的工廠倒閉並被其他公司收購後，李鎮五瞬間淪為失業者。身為工會分會長，他懷著強烈的責任感，決定以高空抗議作為解決問題的最後手段。高空抗議既孤獨又無助，卻也充滿了自由。這份孤獨與自由不禁使得李鎮五展開了一場「時間旅行」。他的回憶從童年時期開始，那時他住在永登浦，經常與理髮店的小伙伴小理髮師偷偷溜進電影院看電影；接著，他的思緒飄向更遙遠的過去，回憶起曾祖父李百萬與曾祖母朱安媳婦的故事——李百萬曾是鐵道工廠的技術員。透過這段跨越時空的回溯，他的時間旅行將逐步揭示韓國近現代百年來的歷史軌跡。

來自江華島的李百萬，自十幾歲起便在京城（今首爾）與仁川做過各種工作，後來進入鐵道局任職，並在永登浦工廠安定下來。他早年曾目睹火車穿越漢江鐵橋的景象，深深著迷，於是為兩個兒子取名為一鐵與二鐵。長子一鐵通過鐵道從業人員培訓中心的考核，成為當時少數的朝鮮人火車司機，而次子二鐵則隨父親在鐵道工廠工作。然而，在參與罷工後，二鐵遭到解僱，並全身投入勞工運動。最終，卻因遭受酷刑而死於獄中，這一事件促使一鐵選擇北上前往北韓。一鐵的兒子智山則追隨父親的腳步，成為火車司機。然而，韓戰爆發後，他被派往洛東江前線作戰，戰鬥中負傷成為戰俘，最終獲釋並返回永登浦的家。在二鐵與其同志們發起的勞工運動中，真實歷史人物如李載裕（一九〇五—一九四四，小說人物李在柳）、金炯善（一九〇四—一九五〇，小說人物金亨善）、三宅鹿之助（一八九九—一九八二，小說人物三宅教授）等人相繼登場，使敘事更加厚重。此外，小說亦透過曾為駐所密探、後來成為惡名昭彰的親日警察，戰後又搖身一變成為龍山警察署長的崔達英，揭示了李承晚（一八七五—一九六五）政權的親日根源。

　　這部小說巧妙地將虛構情節與歷史事實融為一體，書中登場的人物包括一九三〇年代初、中期負責國內勞工運動的「京城三人組」領袖李載裕，以及主要活動家李觀述（一九〇〇—一九五〇，小說人物李冠洙）、金三龍（一九〇八—一九五〇，小說人物金根植）、李順今（一九一二—？，小說人物李金順）、安炳春（一九一〇—？，小說人物安大吉）等歷史人物。小說不僅詳細介紹鮮為人知的優秀活動家李載裕的英雄事蹟，還生動描繪了永登浦紡織廠勞工的罷工抗議、現場活動家[5]金三龍的祕密組織活動，以及左翼理論家朴憲永（一九〇〇—一九五五）的隱匿生活等情節。在日據時期，朝鮮勞動者的工時通常超過十二小時，工資只有日本勞動者的一半，生活條件非常艱困，幾乎無法維持基本生計。為了改善非人道的工作條件，勞動者們進行了激烈的抗爭，但遭到日警的無情鎮壓、逮捕和囚禁。因此，勞動者的抗爭無可避免地發展成暴力鬥爭。特別是在一九三〇年代，隨著日本殖民當局的鎮壓加劇，勞動者們在與殖民警察的激烈對抗中，逐漸意識到加入左翼的工會是唯一的鬥爭方式。在此歷史脈絡下，朝鮮共產黨的重建運動特別著力於在工人階級中組織左翼工會。在殖民統治下的朝鮮，共產主義者與工人運動的結合，使勞動運動不僅呈現明顯的左翼傾向，更因殖民當局的鎮壓而被貼上非法標籤。作家黃晳暎透過其作品，精準地再現了這一特殊時期的社會矛盾與勞工運動的發展軌跡。一九三一年，日本侵略滿洲，並於一九三七年發動中日戰爭，採取強硬鎮壓政策。在此背景下，許多獨立運動者選擇出國尋求海外支援，而那些留在國內的人們，則在日本當局的嚴密監視下，依然堅持與日本資本家和殖民政府展開抗爭。

此外，小說以虛構人物二鐵和一鐵為核心，構建了鐵道員三代家族的故事，並靈巧地融入歷史人物的真實事蹟，使韓國勞動運動史與鐵道員家族史自然地交織在一起。尤其在女性角色的塑造上，作者生動展現了她們在艱難時代中的堅韌與智慧，其中曾祖母朱安媳婦的故事尤為引人入勝。朱安媳婦來自韓國最早的鹽場地區，作為鹽工之女，她成為了連結仁川和永登浦這兩個重要地點的象徵性人物。她從仁川帶來蝦醬和魚，並在永登浦市場開設店鋪，撐起家庭的經濟重擔。她代替對家務漠不關心的丈夫，悉心照料家庭，並在乙丑年（一九二五）大洪水中為避難者蒐集食物和柴火，展現了非凡的力量。儘管她早逝，但關於她的傳奇事蹟透過她的小姑李莫音和媳婦申金流傳下來，這些故事雖似荒誕，卻成為支撐那個艱難時代的精神支柱。朱安媳婦去世後，仍然在鐵道員家族中占據重要地位，並逐漸成為一種家族傳說。與此同時，李莫音和申金兩位女性角色也深刻影響了家族的命運。李莫音憑藉出色的口才與朱安媳婦的靈魂溝通，積極參與家族事務的管理；申金則以智慧與天生的預知能力，圓滑地克服家族的種種矛盾與困境，穩固了家族的地位。這些女性角色不僅展現強大的生存能力，更被描繪成大母神般的存在。透過她們，小說突破僵化的現實主義框架，生動呈現民眾的生活史。即使在殖民時期，日常生活依然持續，人們在喜怒哀樂中尋找克服困難的方式，並賦予生活意義。這些豐富的情感與生命力，透過女性敘事得以鮮活地展現。

這種生命力賦予黃晳暎獨特的小說技法——所謂的「民譚寫實主義」[6]——更為豐富的敘事性：有時如同快板相聲般流暢明快；有時則交織傳說般的家族史與當代科學革命史；現在與過去錯綜重疊；生者與鬼魂在毫無特殊設置的情境下自然共存。這種敘事方式令人聯想到馬奎斯的《百年孤寂》，以「魔幻寫實主義」呈現生者與幽靈在同一空間中的交流。特別值得一提的是，作為家族守護神的大母神朱安媳婦，她穿越生死、庇佑後代的場景成為小說的一大亮點。這種手法早在《客人》或《鉢里公主》中便已展現，然而在本作中更顯得精妙且富有層次。此外，在敘事空間的開拓上，小說透過鐵道的延伸，從釜山、京城、新義州、奉天到新京，打破南北韓分斷的現實格局，拓開了被封閉的想像空間。這樣的設定使小說不僅局限於韓半島，而是擴展至全球視野，這也是黃晳暎長篇小說的一大特色。

如果說這部小說講述了從鐵道員祖先傳承下來的韓國產業勞動者的故事，那麼李鎮五的高空抗議並非一個孤立或例外的事件，而是真實反映了當前韓國勞動者的現實處境。小說中，「在造船廠起重機上堅持了一年多的鋼鐵般的女性勞動者」英淑，很可能是以二〇一一年因抗議韓進重工解僱勞工而進行高空抗議的勞動運動家金真淑（一九六〇—）為原型塑造的角色。鎮五與公司展開協商，最終在四百一十天後從煙囪上下來，然而公司卻背棄了復職的承諾。鎮五與同事們舉杯共飲，決心再次登上高處：「再上去吧，這次我來。」「我也要。金前輩，我也要上去。」這一結尾令人聯想到他早期小說《客地》中的最後一幕。無論是一九七〇年代的東赫、二〇一〇年代的鎮五，還是鎮五祖先生活的殖民地時期，甚至是二〇二〇年代的當下，勞動者的處境並未發生根本性的改變，這一結尾深刻揭示了這一點。然而，儘管「在浩瀚的宇宙時間裡，我們生活的時代和生命的痕跡也許只是幾粒塵埃」，《鐵道家族》的故事卻將成為引發世界微小變化的無限可能的種子。正如李鎮五在「既非天，又非地」的四十五公尺高煙囪上艱難維持生活時，從花盆中種出的生菜嫩葉一樣，終將茁壯成長，象徵著希望與生命的韌性。

黃晳暎的主要作品包括：

《客地》（一九七一）、〈韓氏年代記〉（一九七二）、〈森浦之路〉（一九七三）、〈歌客〉（一九七八）、《張吉山》（一九八四）、《武器的陰影》（一九八八）、《悠悠家園》（二〇〇〇）、《客人》（二〇〇一）、《沙村的孩子們》（二〇〇一）、《沈清，蓮花之路》（二〇〇三）、《鉢里公主》（二〇〇七）、《金星》（二〇〇八）、《江南夢》（二〇一〇）、《熟悉的世界》（二〇一一）、《潺潺流水聲》（二〇一二）、《日暮時分》（二〇一五）、《囚人》（二〇一七）、《鐵道家族》（二〇二〇）等。

1 韓日國交正常化談判歷程始於一九五一年，期間經歷七輪正式會談，最終在一九六五年達成協議，整個過程橫跨十四年之久。在李承晚政權時期，由於韓國方面採取強硬立場，會談陷入長期停滯；而朴正熙政府上臺後，為獲取日本提供的經濟合作資金（特別是對日請求權資金），轉而積極推動談判進程。由於戰後日本亟需對外輸出資本以促進經濟復甦，加上美國為強化東亞反共陣營而積極斡旋，這些因素促成了談判的重啟與最終達成。然而，該協議在韓國國內卻引發強烈反彈，反對聲浪主要來自三個方面：其一，在野政治勢力批評協議未能徹底清算日本殖民統治的歷史問題；其二，社會團體與學生運動質疑朴正熙政權對日外交過於軟弱；其三，社會各界憂慮日本資本的大舉進入可能導致經濟依附，形成日本「新帝國主義」的隱患。

2 原韓文書名直譯為《跨越死亡、跨越時代的黑暗》。

3 一九八九年，黃晳暎應北韓「朝鮮文藝總同盟」之邀訪朝，並會見金日成。此後未能順利返回南韓，後輾轉於德國藝術院擔任駐院作家，並旅居柏林至一九九一年。一九九三年四月二十七日返國時，遭到韓國政府以違反《國家保安法》之名逮捕入獄。

4 萬海文學獎由創作與批評社於一九七三年設立，以紀念詩人兼獨立運動家萬海韓龍雲的卓越貢獻，傳承其文學精神，並促進民族文學的發展。丹齋獎則由韓吉社於一九八六年創立，適逢民族運動家兼歷史學者丹齋申采浩逝世五十週年，旨在弘揚其民族精神與歷史思想。怡山文學獎設立的初衷在於表彰詩人怡山金珖燮的文學成就與精神，而大山文學獎則於一九九三年由教保生命創辦人大山慎鏞虎創立，致力於推動創作文化並促進韓國文學的國際化。

5 指第一線的運動者或組織者。

6 民譚（folktale）指的是由民間口耳相傳並廣為流傳的故事。黃晳暎曾表示，在其後期創作中，他借用了巫俗、傳說及民譚等元素，以拓展其早期的現實主義文學視野。他並指出，《鐵道家族》便是一部運用民譚形式創作的作品。

Literati

春山文藝 035

鐵道家族 철도원 삼대 Mater 2-10

作　　者　黃晳暎 황석영
譯　　者　盧鴻金
責任編輯　莊舒晴
封面設計　印刻部　P & C dept.
內文排版　張瑜卿

總 編 輯　莊瑞琳
行銷企畫　甘彩蓉
業　　務　尹子麟
法律顧問　鵬耀法律事務所戴智權律師

出　　版　春山出版有限公司
地　　址　116臺北市文山區羅斯福路六段297號10樓
電　　話　(02) 2931-8171
傳　　真　(02) 8663-8233

總 經 銷　時報文化出版企業股份有限公司
地　　址　桃園市龜山區萬壽路二段351號
電　　話　(02) 2306-6842
製　　版　瑞豐電腦製版印刷股份有限公司
印　　刷　搖籃本文化事業有限公司
初版一刷　2025年4月
定　　價　550元
I S B N　978-626-7478-57-8（紙本）
　　　　　978-626-7478-56-1（EPUB）
　　　　　978-626-7478-55-4（PDF）

國家圖書館出版品預行編目（CIP）資料

鐵道家族／黃晳暎著；盧鴻金譯
＿初版＿臺北市：春山出版有限公司，2025.04
544面；14.8×21公分＿（春山文藝；35）
譯自：철도원 삼대
ISBN 978-626-7478-57-8（平裝）
862.57　　114002761

春山出版　填寫本書線上回函

EMAIL SpringHillPublishing@gmail.com
FACEBOOK www.facebook.com/springhillpublishing/

MATER 2-10

Published by arrangement with The Susijn Agency Ltd., through The Grayhawk Agency.
This book is published with the support of the Literature Translation Institute of Korea (LTI Korea)

Cover Design P&C dept.

IG print_and_carve_dept
FB 印刻部